MIRA®

Umwelthinweis:
Dieses Buch wurde auf chlor- und säurefreiem Papier gedruckt.

New York Times und *USA Today* Bestsellerautorin **Gena Showalter** gilt als Shootingstar am romantischen Bücherhimmel des Übersinnlichen. Ihre Romane erobern nach Erscheinen die Herzen von Kritikern und Lesern gleichermaßen im Sturm. Die *Herren der Unterwelt*-Reihe gilt als ihre bislang stärkste Serie.

Gena Showalter

Die Herren der Unterwelt 8: Schwarze Niederlage

Roman

Aus dem Amerikanischen von
Maike Müller

MIRA®

MIRA® TASCHENBUCH
Band 65067
1. Auflage: Dezember 2012

MIRA® TASCHENBÜCHER
erscheinen in der Harlequin Enterprises GmbH,
Valentinskamp 24, 20354 Hamburg
Geschäftsführer: Thomas Beckmann

Titel der nordamerikanischen Originalausgabe:
The Darkest Surrender

erschienen bei: HQN Books, Toronto

Published by arrangement with
Harlequin Enterprises, II B.V./S.àr.l.

Konzeption/Reihengestaltung: fredebold&partner gmbh, Köln
Umschlaggestaltung: pecher und soiron, Köln
Redaktion: Daniela Peter
Titelabbildung: Harlequin Enterprises S.A., Schweiz
Satz: GGP Media GmbH, Pößneck
Druck und Bindearbeiten: CPI – Ebner & Spiegel, Ulm
Printed in Germany
Dieses Buch wurde auf FSC®-zertifiziertem Papier gedruckt.
ISBN 978-3-86278-486-8

www.mira-taschenbuch.de

Für Donna Glass, eine Bianka Skyhawk aus dem wahren Leben.
Deine Unterstützung und Begeisterung für die Herren der Unterwelt bewegen mich stärker, als ich auszudrücken vermag.
Danke, danke, tausendmal danke!
(Habe ich schon erwähnt, dass ich dir dankbar bin?)
Und alle Krieger, die derweil in der Budapester Burg weilen, lassen dir ausrichten, dass du jederzeit herzlich willkommen bist. Gideon fügt noch hinzu: „Ich hoffe inständig, dass du nicht kommst!"
Und Lysander sagt, es gebe eine Wolke mit deinem Namen – gleich neben seiner.

PROLOG

Vor eintausendfünfhundert Jahren …
Oder:
Vor einer Million Jahren …
(je nachdem, wen man fragt)

Zum allerersten Mal waren die zweimal im Jahrhundert stattfindenden Harpyienspiele mit mehr toten als lebendigen Teilnehmerinnen zu Ende gegangen, und jede der Überlebenden wusste, dass daran die vierzehnjährige Kaia Skyhawk schuld war.

Dabei hatte der Tag ganz unschuldig begonnen. Als die Morgensonne hell am Himmel gestanden hatte, war Kaia Hand in Hand mit ihrer geliebten Zwillingsschwester Bianka durch das überfüllte Camp geschlendert.

Zelte von unterschiedlicher Größe standen dicht nebeneinander, und überall knisterten Feuer, um die morgendliche Kälte zu vertreiben. In der Luft lag der Duft von geklauten Keksen und gemopstem Honig. Ihr lief das Wasser im Mund zusammen.

Ein ewiger Fluch der Götter verdammte die Harpyien dazu, dass sie nur essen konnten, was sie stahlen oder sich verdienten. Wenn sie irgendetwas anderes aßen, mussten sie sich tagelang schrecklich übergeben. Deshalb war Kaias Frühstück auch recht mager ausgefallen: eine pappige Reiswaffel und ein halber Krug Wasser, beides hatte sie aus den Satteltaschen eines Menschen stibitzt.

Vielleicht wäre ein Keks von einem der gegnerischen Clans besser, dachte sie, schüttelte dann aber den Kopf. Nein, sie musste halbhungrig bleiben. Zwar lebten Harpyien nicht nach besonders vielen Regeln, aber die wenigen, die sie hatten, wurden strikt eingehalten. Wie zum Beispiel: Schlaf niemals irgendwo ein, wo dich Menschen finden könnten, zeige niemandem gegenüber Schwäche und, besonders wichtig, stiehl niemals auch nur einen Krümel Essen von einer deiner Artgenossinnen – auch nicht, wenn du sie hasst.

„Kaia?“, fragte ihre Schwester neugierig.

„Ja?“

„Bin ich das hübscheste Mädchen hier?“

„Natürlich.“ Kaia brauchte sich nicht umzuschauen, um wahrheitsgemäß zu antworten. Bianka war das hübscheste Mädchen *auf der ganzen Welt*. Doch manchmal vergaß sie das und musste daran erinnert werden.

Während Kaia einen ekelhaften Mopp roter Haare und langweilige, graugoldene Augen hatte, war Biankas Haar voll und herrlich schwarz und ihre Augen bernsteinfarben, was sie zum Ebenbild ihrer erhabenen Mutter, Tabitha der Teuflischen, machte.

„Danke“, erwiderte Bianka und lächelte zufrieden. „Und ich denke, du bist mit Abstand die Stärkste.“

Kaia konnte das Lob ihrer Schwester gar nicht oft genug hören. Je stärker eine Harpyie war, desto mehr Respekt bekam sie. Von allen. Und Kaia sehnte sich nach Respekt. „Sogar stärker als …“ Sie ließ den Blick über die Harpyien schweifen, die in der Nähe standen, und suchte nach jemandem, mit dem sie sich vergleichen konnte.

Jene, die alt genug waren, um sich den traditionellen Prüfungen von Macht und List zu stellen, eilten geschäftig hin und her und bereiteten sich auf das bevorstehende Turnier vor, das den Titel „Last Immortal Standing“ trug. Schwerter wurden aus Scheiden gezogen, Dolche an Wetzsteinen geschärft.

Endlich erspähte Kaia eine für ihren Vergleich geeignete Mitstreiterin. „Bin ich sogar stärker als die da?“, fragte sie und zeigte auf eine bullige Frau mit stark ausgebildeten Muskeln und breiten, im Zickzack verlaufenden Narben auf den Armen.

Die Wunden, von denen diese Narben stammten, mussten wirklich schlimm gewesen sein, denn eigentlich erholten sich die unsterblichen Harpyien schnell und vor allem restlos von ihren Verletzungen. Nur selten blieben Andenken an ihre oft raue Lebensweise zurück.

„Ohne Frage", erwiderte Bianka loyal. „Ich wette, die würde Hals über Kopf davonrennen, wenn du sie herausfordern würdest."

„Du hast bestimmt recht." Aber mal ehrlich: Wer würde denn *nicht* vor ihr weglaufen? Kaia trainierte härter als jede andere und hatte sogar schon ihre Trainerin besiegt. Zweimal.

Sie wollte ja nicht angeben, aber wenn die anderen aus ihrem Clan Feierabend machten, trainierte sie weiter, bis ihr der Schweiß in Strömen herunterlief, ihre Muskeln vor Anstrengung zitterten und ihre Knochen ihr Gewicht nicht länger tragen konnten.

Eines Tages, vielleicht schon bald, würde ihre Mutter stolz auf sie sein. Immerhin hatte Tabitha ihr vor ein paar Tagen abends auf die Schulter geklopft und gesagt, ihre Fähigkeiten im Dolchwerfen hätten sich fast verbessert. *Fast verbessert.* Noch nie war ein süßeres Lob über Tabithas Lippen gekommen.

„Komm", sagte Bianka und zerrte an ihr. „Wenn wir uns nicht beeilen, haben wir keine Zeit mehr, uns im Fluss zu waschen, und ich will wirklich top aussehen, wenn ich zusehe, wie sich unser Clan wieder einmal den Sieg holt."

Allein beim Gedanken an die Preise, die ihre Mutter sammeln würde, richtete Kaia sich stolz auf.

Die Harpyienspiele waren vor vielen Tausend Jahren ins Leben gerufen worden. Sie sollten den Clans Gelegenheit geben, über Missstände zu „diskutieren", ohne einander den Krieg zu erklären – oder besser: ohne *noch mehr* Kriege anzufangen. Obendrein bot das Ereignis den Clans die Möglichkeit, ihr Können zur Schau zu stellen und gegeneinander anzutreten. Dazu trafen sich die Älteren der zwanzig Stämme und einigten sich im Vorfeld auf Turnierablauf und Preise.

Dieses Mal stand am Ende eines jeden der vier Wettkämpfe ein Gewinn in Höhe von einhundert Goldstücken. Zweihundert dieser Goldstücke hatten die Skyhawks bereits eingesackt. Einhundert waren an die Eagleshields gegangen.

„Erde an Kaia … braves Mädchen“, sagte Bianka, als sie ihren Schritt beschleunigte und Kaia zwang, dasselbe zu tun. „Du träumst zu viel.“

„Gar nicht.“

„Jawohl.“

„Nein!“

Ihre Schwester seufzte und gab sich geschlagen.

Kaia grinste. Da die beiden die Aufmerksamkeit einiger Harpyien auf sich gezogen hatten, strich Kaia über das Skyhawk-Kriegermedaillon, das um ihren Hals baumelte. Ihre Mutter hatte es ihr erst vor wenigen Monaten gegeben, und Kaia hütete das Symbol ihrer Kraft fast genauso sehr, wie sie ihre Zwillingsschwester hütete.

Fast jede, die ihren Blick auffing, nickte ehrerbietig, selbst die, die zu einem rivalisierenden Clan gehörten. Und die anderen … Keine Harpyie würde es wagen, auf neutralem Boden anzugreifen, weshalb Kaia sich keine Gedanken über eine mögliche Auseinandersetzung machte. Sie hätte sich ohnehin nicht gesorgt. Immerhin war sie genauso mutig, wie sie stark war.

Eine Bewegung in der Baumgruppe, die am Rande des Camps stand, ließ sie innehalten. Sie sah genauer hin. „Diese Männer.“ Sie zeigte auf die Gruppe Männer mit nackten Oberkörpern. Einige liefen frei umher, ein paar waren an Pfosten angebunden und einer war in Ketten gelegt. Soweit sie wusste, war es Männern nicht gestattet, den Ort der Spiele zu betreten, geschweige denn bei den Spielen zuzusehen. „Was machen die da?“

Bianka blieb stehen und sah in die Richtung, in die ihre Schwester zeigte. „Das sind Gemahle. Und Sklaven.“

„Ich weiß. Deshalb habe ich ja auch gefragt, was sie da machen, und nicht, was sie sind.“

„Sie erledigen Pflichten, du Dummkopf.“

Kaia zog irritiert die Augenbrauen zusammen. „Was denn für Pflichten?“ Ihre Mutter hatte stets betont, wie wichtig es war, sich zuerst um sich selbst zu kümmern, danach um seine Familie und sonst um niemanden.

Bianka dachte nach, zuckte die Achseln und sagte: „Wäsche waschen, Füße baden, Waffen fertigen. Du weißt schon, all die banalen Dinge, für die wir viel zu schade sind."

Und was sagte ihr das? Wenn man einen Gemahl oder Sklaven hatte, brauchte man nie wieder die Wäsche zu machen. „Ich will einen haben", verkündete Kaia, und die winzigen Flügel, die ihr aus dem Rücken ragten, flatterten wild.

Wie alle Harpyien trug sie ein bauchfreies Top, das ihre Brüste bedeckte – die zu ihrer großen Enttäuschung bei ihr noch nicht einmal ansatzweise sichtbar waren –, am Rücken jedoch offen war, damit ihre kleinen Flügel genügend Platz hatten. Schließlich waren sie die Quelle ihrer überdurchschnittlichen Kraft.

„Du weißt doch, was Mutter immer sagt", fuhr sie fort.

„Allerdings. Mit einem netten Wort verdienst du dir ein Lächeln, aber welches Wesen, das etwas im Kopf hat, will sich schon ein Lächeln verdienen?"

„Das meine ich nicht."

Bianka schürzte die Lippen. „Einen Menschen kann man nicht mit Freundlichkeit töten, man muss sein Schwert benutzen."

„Das auch nicht."

Entnervt warf ihre Schwester die Arme in die Luft. „Was denn dann?"

„Wenn man sich nicht die Schätze und die Männer nimmt, die man will, wird man die Schätze und die Männer, die man will, auch nie bekommen."

„Ach so." Bianka riss die Augen auf und schaute erneut zu den Männern. „Und welchen willst du?"

Kaia tippte sich mit der Fingerspitze gegen das Kinn, während sie die Kandidaten eingehend betrachtete. Alle Männer trugen Lendenschurze, und ihre gestählten Körper waren mit Schmutz und Schweiß bedeckt, aber keiner von ihnen war derart mit Wunden und Blutergüssen übersät wie sie. Also keine Anzeichen dafür, dass sie sich auf dem Schlachtfeld bewiesen hatten. Oder wenigstens den Versuch unternommen hatten.

Nein, stimmt nicht, bemerkte sie im nächsten Moment. Der Mann in Ketten präsentierte Kampfspur über Kampfspur, und seine dunklen Augen blickten definitiv aufsässig drein. Er war ein Kämpfer. „Den“, sagte sie und deutete mit dem Kinn auf ihn. „Wem gehört der?“

Bianka musterte ihn von Kopf bis Fuß und erzitterte. „Juliette der Ausmerzerin.“

Juliette Eagleshield, eine Verbündete und zugleich eine kaltherzige Schönheit, die von Tabitha Skyhawk persönlich ausgebildet worden war.

Einen Mann zu erobern, den zu zähmen die Ausmerzerin nicht geschafft hatte, wäre … „Umso besser.“

„Ich weiß nicht recht, Kye. Man hat uns gewarnt, mit keinem der Männer zu sprechen.“

„*Mich* hat niemand gewarnt.“

„Oh doch. Das weiß ich deswegen so genau, weil du direkt neben mir standest, als Mutter die Warnung ausgesprochen hat. Wahrscheinlich hast du wieder mal geträumt.“

Sie wollte sich nicht von ihrem Weg abbringen lassen. „Neue Regel: Wenn eine Tochter eine Warnung nicht hört, braucht sie sie auch nicht zu befolgen.“

Bianka schien nicht überzeugt. „Der riecht förmlich nach Gefahr.“

„Und wir lieben die Gefahr.“

„Aber wir lieben es auch zu atmen. Und ich denke, dass er uns eher in Stücke reißen würde, anstatt uns die Füße zu waschen. Ganz zu schweigen davon, was Juliette mit uns anstellt, falls es uns wirklich gelingt, ihn uns zu schnappen.“

„Vertrau mir. Juliette ist nicht so stark wie ich, sonst hätte sie ihn nicht festketten müssen.“ Sicher, Juliette war für ihre Bereitschaft bekannt, jeden jederzeit umzubringen, ungeachtet des Alters oder des Geschlechts, doch Kaia würde schon bald als das Mädchen bekannt werden, das sie übertrumpft hatte.

Ihre Schwester dachte einen Moment über das Argument nach und nickte. „Stimmt."

„Ich werde ihm nur kurz erklären, welche Strafe ihm droht, wenn er mir nicht gehorcht, und dann *wird* er mir gehorchen, das verspreche ich dir." Die Sache war kinderleicht. Ihre Mutter wäre ja so stolz auf sie.

Tabitha war nicht auf viele Leute stolz, sondern nur auf jene, die sich ihr als ebenbürtig erwiesen hatten. Anders gesagt: Bis dato war sie auf niemanden stolz. Vielleicht war das der Grund dafür, dass jede Harpyie so sein wollte wie sie und dass jeder Mann sie für sich gewinnen wollte. Ihre Stärke war einzigartig und ihre Schönheit unerreicht. Ihre Weisheit war grenzenlos. Alle erzitterten, wenn man ihren Namen nur erwähnte. (Und wenn nicht, war es ein Fehler.) Alle respektierten sie. Und alle bewunderten sie.

Eines Tages werden mich *alle bewundern.*

„W…wie willst du ihn denn unbemerkt von ihr wegbringen?", fragte Bianka. „Und wo willst du ihn verstecken?"

Hmm, gute Fragen. Doch während sie über die Antworten nachdachte, machte sich Empörung in ihr breit. Warum sollte sie ihn überhaupt unbemerkt von hier wegbringen? Warum sollte sie ihn verstecken? Wenn sie das täte, würde doch niemand von ihrer kühnen Tat erfahren. Dann würde niemand Geschichten schreiben, die von ihrer Stärke und ihrem Schneid erzählten.

Und was sie sich noch mehr wünschte als einen Sklaven, der ihre Wünsche erfüllte, waren solche Geschichten. Sie brauchte solche Geschichten. Weil sie und Bianka Zwillinge waren, wurden sie ständig damit aufgezogen, dass sie sich teilten, was eigentlich für eine Person vorgesehen gewesen war. Die Schönheit, die Stärke, einfach alles. Als ob jede von ihnen nur die Hälfte dessen besäße, was ihr eigentlich zustand.

Ich bin gut so, wie ich bin, verflucht! Und das werde ich beweisen.

Sie würde sich den Mann hier und jetzt schnappen. Vor den

Augen aller Anwesenden.

Kaia platzte schier vor Tatendrang, als sie sich zu ihrer Schwester umdrehte und ihre Händen an die vom Wind rosa gefärbten Wangen legte. Biankas feine Gesichtszüge wurden von großer Sorge überschattet, doch das hielt Kaia nicht davon ab zu sagen: „Sorg dafür, dass niemand weiter geht als bis hierher. Es wird nur einen Moment dauern."

„Aber …"

„Bitte. Tu es für mich, *bitte.*"

Unfähig zu widerstehen seufzte ihre Schwester. „Also schön."

„Danke!" Kaia gab ihr einen Kuss auf den Mund und eilte davon, bevor ihre gutmütige Schwester es sich anders überlegen konnte. Sie umfasste ihren Dolch. Die Männer taten, als bemerkten sie sie nicht, als sie sich an ihnen vorbeidrängelte, und sie vernahm nicht einen Laut des Protestes. Gut. Sie hatten jetzt schon Angst vor ihr.

Nachdem sie das Objekt ihrer jungen Begierde erreicht hatte, stellte sie sich so hin, wie sie es bei ihrer Mutter schon so oft gesehen hatte. Die rechte Hüfte leicht vorgeschoben, die Faust mit dem Dolch so in die Seite gestützt, dass die Klinge nach außen zeigte.

Der Mann saß auf einem Baumstumpf und hatte die Ellbogen auf seine verschorften Knie gestützt. Den Kopf hielt er leicht gebeugt, sodass ihm die tiefschwarzen Haare in die Stirn fielen.

„Du", sagte sie in Menschensprache. „Sieh mich an."

Er hob den Blick und schaute sie durch seine wirren Locken an. Er sieht gut aus, dachte sie. Seine Gesichtszüge wirkten wie in Stein gemeißelt. Er hatte eine markante Nase, scharfe Wangenknochen, schmale, rote Lippen und ein kantiges Kinn.

Aus der Nähe stellte sie fest, dass die Kette nur um seine Handgelenke lag, jedoch nirgends festgemacht war. Entweder hatte Juliette keine Ahnung, wie man einen Gefangenen ordentlich festhielt, oder der Mann war schwächer, als Kaia angenommen hatte.

Enttäuschend. Aber kein Grund, ihre Pläne zu ändern.

„Du gehörst mir“, sagte sie kühn. „Vielleicht wird deine vorherige Herrin versuchen, mit mir um dich zu kämpfen, aber ich werde sie besiegen.“

„Ach ja?“ Seine Stimme war tief und kräftig und schien mit Donner und Blitzschlag getränkt. Kaia unterdrückte ein Schaudern. „Wie heißt du, kleines Mädchen?“

Sie biss fest die Zähne aufeinander. Ihre vorübergehende Beunruhigung war vergessen. Sie war kein kleines Mädchen! „Ich bin Kaia die … Stärkste. Ja, genauso heiße ich.“ Beinamen waren bei den Harpyien extrem wichtig und wurden von den Stammesführerinnen ausgewählt. Zwar wartete Kaia noch auf ihren Namen, doch sie war sich ganz sicher, dass ihre Mutter ihre Wahl gutheißen würde.

„Und was genau hast du mit mir vor, Kaia die Stärkste?“

„Ich werde dich natürlich zwingen, alle meine Bedürfnisse zu erfüllen.“

Er zog eine Augenbraue hoch. „Wie zum Beispiel?“

„Meine Pflichten zu erledigen. *Alle* meine Pflichten. Und wenn du sie nicht erledigst, bestrafe ich dich. Mit meinem Dolch.“ Sie wedelte mit besagter Waffe in der Luft herum, wobei die Klinge bedrohlich im Sonnenlicht glänzte. „Ich bin ziemlich grausam, weißt du? Ich habe schon Menschen getötet. Richtig getötet. So getötet, dass sie selbst danach noch Schmerzen hatten.“

Er reagierte weder auf ihre Waffe noch auf ihre implizierte Drohung, und sie kämpfte darum, sich ihre Frustration nicht anmerken zu lassen. Sie tröstete sich mit der Tatsache, dass die meisten Menschen keine Ahnung von den Fähigkeiten einer Harpyie hatten. Offensichtlich gehörte er zu diesen schlecht informierten Exemplaren. Weil er selbst keinen Fünfhundertkilofels hochzuheben vermochte, konnte er sich vermutlich nicht vorstellen, dass jemand anderes dazu in der Lage war.

„Und wann soll ich mit der Erfüllung dieser neuen Pflichten beginnen?“, fragte er.

„Sofort.“

„Na schön." Sie hatte mit einem Streit gerechnet, doch er erhob nur seinen massigen Körper von dem Baumstumpf. Götter, wie groß er war! Sie musste hoch ... hoch ... und noch weiter hoch schauen.

Dennoch war sie nicht eingeschüchtert. Beim Training hatte sie gegen weitaus größere Wesen gekämpft und gewonnen. Na ja, vielleicht waren sie nur ein bisschen größer gewesen. Also gut, sie waren allesamt kleiner gewesen. Sie war sich nicht sicher, ob es überhaupt irgendwen gab, der so groß war wie dieser Mann. Kein Wunder, dass Juliette ihn für sich beansprucht hatte.

Kaia grinste. Ihr erster Soloangriff und dann auch noch am helllichten Tag, *und* sie würde das Feld mit einem Preis von vielen verlassen. Sie hatte eine gute Wahl getroffen. Ihre Mutter würde an dem Mann keinen Makel finden, ihn womöglich sogar selbst haben wollen. Wenn Kaia mit ihm fertig wäre, würde sie ihn vielleicht Tabitha überlassen.

Tabitha würde sie anlächeln, sich bedanken und ihr sagen, was für eine wunderbare Tochter sie war. Endlich. Kaias Herz setzte einen Schlag aus.

„Steh da nicht so rum." Noch ehe der Mann Zeit hatte, etwas zu erwidern, eilte sie mit wild schwirrenden Flügeln hinter ihn und gab ihm einen Schubs. „Beweg dich."

Er stolperte, fing sich jedoch schnell wieder. Hoch erhobenen Hauptes ging er los. Doch kurz bevor er den Rand des Unterholzes erreicht hatte, blieb er abrupt stehen.

„Weiter", befahl sie und schubste ihn abermals.

Er rührte sich nicht vom Fleck. Drehte sich nicht mal um, um sie anzusehen. „Ich kann nicht. Um diese Lichtung wurde ein Kreis aus Harpyienblut gezeichnet, und die Ketten hindern mich daran weiterzugehen, wenn ich nicht unerträgliche Schmerzen erleiden will."

Sie musterte seinen muskulösen, breiten Rücken. „Ich bin doch nicht blöd. Ich werde dir die Ketten bestimmt nicht abnehmen." Außerdem wollte sie, dass er gefügig war, wenn sie ihn durch das Camp führte, und nicht etwa einen Fluchtversuch unternähme. Wenn Juliette erst entdeckte, was sie getan hatte, würde sie sie herausfordern. Dann bräuchte Kaia ihre volle Konzentration – Ablenkungen konnte sie sich nicht leisten.

„Es ist nicht nötig, mir die Ketten abzunehmen." Weder sein Ton noch sein Verhalten verrieten seine Gefühle. „Du brauchst nur dein Blut unter das Harpyienblut zu mischen und einen Tropfen davon auf die Ketten zu geben. Dann kannst du mich ohne Probleme über die Grenze führen."

Ach ja. Von diesen Blutketten hatte sie schon mal gehört. Durch sie war ein Gefangener in einem Kreis eingesperrt, ganz gleich wie groß oder klein dieser Kreis war. Nur das Blut einer Harpyie konnte die Begrenzung aufheben. Das Blut *jeder* Harpyie. „Gute Idee. Ich bin froh, dass ich daran gedacht habe."

Aufmerksam betrachtete sie das Harpyiencamp. Niemand hatte sie bemerkt, aber Bianka trat nervös von einem Bein aufs andere und sah mit flehendem Blick von Kaia zum Camp und zurück.

Geschickt schnitt Kaia sich mit dem Dolch in die Handfläche. Den scharfen Schmerz nahm sie kaum wahr. Nachdem sie ihr Blut auf den roten Ring am Boden geträufelt hatte, fuhr sie mit der Wunde über die kühlen Metallglieder zwischen den Handgelenken des Mannes. Als das erledigt war, eilte sie abermals hinter ihn und gab ihm einen Schubs.

Er stolperte über die Grenze, nur um kurz dahinter stehen zu bleiben. Er schüttelte den Kopf, streckte sich und zog die Schulterblätter zusammen. So fest der nächste Stoß auch war, er bewegte sich keinen Millimeter. Allerdings drehte er sich um und grinste sie an. Noch ehe sie begriff, was vor sich ging, hatte er ihr die Hände um den Hals gelegt und sie hochgehoben.

Sie riss die Augen auf, als er mit einer Kraft das Leben aus ihr herauswürgte, die absolut unmenschlich war.

Trotz des Sauerstoffmangels, des Nebels in ihrem Gehirn und der brennenden Kehle, begriff sie plötzlich: Er war gar kein Mensch.

Auf einmal strahlte er den puren Hass aus, und in seinen dunklen Augen tanzte ein hypnotischer Strudel. „Du dumme Harpyie. Die Ketten kann ich vielleicht nicht sprengen, aber dieser Kreis war das Einzige, das mich davon abgehalten hat, im Camp zu randalieren. Jetzt werdet ihr alle dafür sterben, dass ihr mich derart beleidigt habt."

Sterben? Zum Teufel, nein! *Du hast einen Dolch. Benutze ihn!* Sie versuchte, ihn zu treffen. Doch er lachte nur grausam und schlug ihre Hand fort.

Im Hintergrund hörte sie Bianka kreischen, hörte die eiligen Schritte, mit denen ihre Schwester näher kam. *Nein*, versuchte sie zu schreien. *Bleib weg von ihm.* Dann würgte der Mann sie fester, und ihre Gedanken zerfielen in tausend Stücke.

Eine schwarze Welle warf sie in ein Meer aus nichts.

Nein, kein Nichts. Es ertönten Schreie ... so viele Schreie ... Ein Stöhnen, Grunzen und Knurren. Das Geräusch von Metall, das durch Fleisch glitt. Das Knacken von Knochen, die brachen. Das ekelhafte Geräusch von Flügeln, die ausgerissen wurden. Die albtraumhafte Symphonie dauerte mehrere Stunden an, vielleicht sogar mehrere Tage. Dann verstummte sie endlich.

„Kaia." Sie spürte, wie ihr jemand seine verhornten Hände unter die Oberarme schob und sie schüttelte. „Wach auf. Sofort."

Sie kannte diese Stimme ... Kaia kämpfte sich den Weg aus dem dunklen Meer empor und öffnete die Augen. Es verstrich ein Moment, ehe sich der dunkle Nebel lichtete und sie wieder einen klaren Gedanken fassen konnte. Im Mondlicht sah sie, wie sich eine blutgetränkte, düster dreinblickende Tabitha über sie beugte.

„Sieh nur, was du getan hast, Tochter." Noch nie hatte die Stimme ihrer Mutter so hart geklungen – und das wollte etwas heißen.

Obwohl sie sich am liebsten geweigert hätte, setzte sie sich auf. Sie verzog das Gesicht, als ihr der Schmerz durch den Nacken schoss, ehe er sich im restlichen Körper ausbreitete, und ließ den Blick über das Camp schweifen. Ihr kam die Galle hoch. Harpyien und ... andere Dinger schwammen in blutroten Flüssen. Waffen lagen nutzlos am Boden. Stofffetzen von zerfledderten Zelten hatten sich in den Zweigen der Bäume verfangen und wehten nun wie eine traurige Parodie auf weißen Friedensfahnen im Wind.

„B...bianka?", keuchte sie mit rauer Stimme.

„Deine Schwester lebt. Gerade noch."

Kaia stellte sich auf die zittrigen Beine und sah in die bernsteinfarbenen Augen ihrer Mutter. „Mutter, ich ..."

„Still! Ich habe dir verboten, diesen Bereich zu betreten, doch du hast mir nicht gehorcht. Und dann, *dann* hast du versucht, einer anderen Frau den Gemahl zu stehlen, ohne mich um Erlaubnis zu fragen."

Am liebsten hätte sie gelogen, um an dem Traum vom stolzen Lob festzuhalten. Doch sie konnte nicht. Nicht gegenüber ihrer geliebten Mutter. „Ja." Die Tränen brannten in ihren Augen, als der Traum im Nu zu Asche zerfiel. „Das habe ich."

„Siehst du die Verwüstung hinter mir?"

„Ja", wiederholte sie leise.

Tabitha zeigte keine Gnade. „Dafür bist allein du verantwortlich."

„Es tut mir leid." Sie senkte den Kopf, bis das Kinn ihr Brustbein berührte. „Es tut mir unendlich leid."

„Spar dir deine Entschuldigungen. Sie können nicht das Leid rückgängig machen, das du verursacht hast."

Oh Götter. Jetzt lag *Hass* in der Stimme ihrer Mutter. Echter, purer Hass.

„Du hast Schande über unseren Clan gebracht", sagte Tabitha und riss Kaia das Medaillon vom Hals. „Das hier hast du nicht verdient. Eine wahre Kriegerin beschützt ihre Schwestern und bringt sie nicht in Gefahr. Und dein selbstsüchtiges Handeln hat dir auch endlich deinen Beinamen eingebracht. Von diesem Moment an wirst du als Kaia die Enttäuschung bekannt sein."

Mit diesen Worten drehte Tabitha sich um und ging davon. Unter ihren Stiefeln spritzte das Blut, und dieses Geräusch brannte sich in Kaias Ohren fest.

Sie sank auf die Knie, und zum ersten Mal in ihrem Leben schluchzte sie wie ein Kind.

1. KAPITEL

Heute.

„Ich will ihn haben."

„Wo habe ich das nur schon mal gehört? Ach ja. Am Tage des unglückseligen Zwischenfalls – den ich schwören musste, nie wieder zu erwähnen, selbst nicht, wenn man mir mit dem Tode droht. Und ich werde auch jetzt nicht darüber sprechen, also reg dich nicht unnötig auf. Ich dachte einfach, du würdest mit deinen Gefühlen heute etwas vorsichtiger umgehen."

Kaia Skyhawk sah zu ihrer Schwester hinüber – Bianka die Hure der Himmlischen Hügel, wie Kaia sie seit Neuestem nannte. Und diesen Namen hatte ihre teure Schwester verdient. Immerhin hatte sie sich einen Engel geangelt. Einen Scheißengel. Natürlich hatte Bianka im Gegenzug Kaia einen neuen Namen verpasst: Bettwärmerin der Unterwelt, weil sie sich mit Paris eingelassen hatte, der größten männlichen Nutte, die es gab.

Dieser Name stach nicht annähernd so sehr wie der letzte. Also gut, wie der aktuelle. Harpyien hatten ein gutes Gedächtnis, und noch immer hörte sie Ausrufe wie „Seht mal her, da kommt die Enttäuschung", wenn sie ihren Artgenossinnen über den Weg lief.

Egal. Bianka sah genauso hinreißend aus wie immer, mit den dunklen Haaren, die ihr lang über den Rücken fielen, und diesen strahlenden, bernsteinfarbenen Augen. Im Augenblick wühlte sie in einem Stapel Designerkleider, wobei sie eine Mischung aus Entschlossenheit und Sorge ausstrahlte.

„Das ist schon gefühlte Millionen Jahre her", meinte Kaia, „und Strider ist der erste Mann, den ich … verflucht, er ist eben der erste Mann, den ich will – *wirklich* will", fügte sie hinzu, bevor ihre Schwester Kommentare über ihre „Freunde" loslassen konnte, die sie in den vergangenen Jahrhunderten so gehabt hatte.

„Wenn man es genau nimmt, ist *das*, wie du es nennst, erst eintausendfünfhundert Jahre her, aber *wir reden ja nicht darüber*. Also, was ist mit Kane, dem Hüter von *Katastrophe*, hm? Hattest du mit dem nicht mal irgendein Erlebnis? Etwas, das deine Sinne berührt hat oder so ähnlich?"

„Nur elektrostatische Aufladung. Sonst nichts."

Ein amüsiertes Schnauben. „Komm, sei ehrlich."

„Keine Ahnung. Vielleicht hat sein Dämon in mir eine verwandte Seele gespürt und in der Hoffnung, die Flammen einer Romanze zu entfachen, seine Hände danach ausgestreckt. Aber das heißt nicht, dass Kane und ich füreinander bestimmt sind. Ich fühle mich nicht zu ihm hingezogen."

„Ist auch besser so. Okay, Kane ist also raus. Vielleicht musst du dich mal woanders nach einem Mann umsehen. Wie zum Beispiel im Himmel. Ich könnte dich mit einem Engel bekannt machen." Bianka hielt einen Streifen fließenden blauen Stoff hoch, der oben mit einer Reihe von Blütenapplikationen und unten mit mehreren Lagen Spitzenrüschen verziert war. „Was hältst du von dem?"

Ohne das Kleid zu beachten, presste Kaia hervor: „Keine Verkupplungsaktionen. Ich will Strider."

„Er ist nicht gut für dich."

Er ist perfekt für mich. „Erstens gehört er zu keiner anderen Harpyie. Zweitens ist er kein Psychopath", sie hielt einige Sekunden inne, ehe sie einschränkte: „Na ja, jedenfalls ist er nicht immer ein Psychopath. Und drittens ist er … ist er mein Gemahl, das weiß ich." So. Nun hatte sie die Worte gegenüber jemand anderem als sich selbst und dem gehirngeschädigten Mann, um den es hier ging, ausgesprochen.

Mein Gemahl.

Wie Kaia inzwischen wusste, waren Gemahle extrem schwer zu finden und genau deshalb sehr kostbar. Aber sie waren notwendig. Harpyien waren von Natur aus sehr launisch, gefährlich und – wenn wütend – eine tödliche Gefahr für ihre Umwelt. Gemahle beruhigten sie. Gemahle beschwichtigten sie.

Wenn sie ihren Gemahl doch nur aus einem Katalog hätte auswählen können und fertig. Doch stattdessen suchte der Instinkt einen aus, und der Körper folgte dieser Wahl. Was an sich nicht so schlimm gewesen wäre, wenn einer Harpyie in ihrem scheinbar endlosen Leben nicht nur ein einziger Gemahl gewährt würde. Nur einer. Und wenn sie ihn verlor, litt sie bis in alle Ewigkeit – falls sie sich nicht sofort das Leben nahm.

Dass Kaia einst versucht hatte, Juliette ihren Gemahl wegzunehmen, dass Juliette die ganze Zeit über ohne ihren Mann gewesen war, ohne zu wissen, ob er lebte oder tot war, und ihn für das hasste, was er getan hatte, ihn aber trotz allem brauchte, dass Juliette noch immer einen großen Hass auf Kaia hegte und auf Rache schwor – eine Rache, auf die diese Hexe nach wie vor aus war – beschämte sie. Und zu allem Überfluss gab es nichts, was sie zu ihrer Verteidigung vorbringen konnte.

Sie war ungehorsam gewesen. *Sie* hatte den Mann freigelassen. *Sie* hatte eine nichts ahnende Gemeinschaft seiner Raserei ausgesetzt.

Jedes Jahr schickte Kaia einen Obstkorb an Juliette, zusammen mit einer Karte, auf der stand: „Das mit deinem Gemahl tut mir leid.“ Und jedes Jahr kam der Korb mit vergammelten Apfelgehäusen, schwarzen Bananenschalen und einem Bild von Juliette zurück, wie sie ihr den Stinkefinger zeigte – und mit den Worten „Stirb, du Hure, stirb“, die irgendwo mit Blut geschrieben standen.

Der einzige Grund, weshalb Juliette noch nicht angegriffen hatte, war ihr Respekt gegenüber Tabitha. Sie galt immer noch als Größe, mit der Verbündete wie Gegner rechnen mussten.

Denk nicht über die Vergangenheit nach. Sonst fällst du nur wieder in diese Gedankenspirale.

Sie würde an ihren Gemahl denken. An Strider. Den primitiven, schlampigen, idiotischen Strider. Er war ein unsterblicher Krieger, der vor langer Zeit die Büchse der Pandora gestohlen und geöffnet hatte, um „diesen Götter-Ärschen eine Lektion zu erteilen“, weil sie es gewagt hatten, „eine läppische Frau“ dafür auszuwählen, so ein „dämliches Relikt“ zu bewachen. Und wegen seiner grenzenlosen Gedankenlosigkeit waren er und seine Freunde, die ihm geholfen hatten – die berühmten und für alle außer für die Harpyien herrlich Furcht einflößenden Herren der Unterwelt – verflucht worden, für immer die Dämonen in sich zu tragen, die sie befreit hatten.

Strider, der schöne Idiot, war vom Dämon *Niederlage* besessen. Er konnte keine Herausforderung verlieren, ohne unsägliche Schmerzen zu erleiden. Und das führte dazu, dass er wild entschlossen war, *alles* zu gewinnen, sogar so etwas Albernes wie das Computerspiel „Rock Band“. Was sie nie wieder mit ihm spielen würde, weil sie erst an der Gitarre gewonnen hatte, dann am Schlagzeug und danach am Mikrofon, woraufhin er wild zu zucken angefangen und sie angeschrien hatte, ehe er das Bewusstsein verlor und sich vor Schmerzen gekrümmt hatte.

Ganz schön melodramatisch.

Seine Gewinnsucht machte ihn auf jeden Fall dämlich, egoistisch, dämlich, zu einem riesengroßen Rindvieh und dämlich! Aber es gab keinen besser aussehenden und schärferen Mann.

Keinen Mann, der weniger mit ihr zu tun haben wollte.

Hatte sie schon erwähnt, dass er dämlich war?

„Und?“ Bianka wedelte mit dem Kleid vor Kaias Gesicht herum und angelte sich so gewaltsam ihre Aufmerksamkeit. „Deine Meinung, bitte. Und zwar am besten noch heute.“

Konzentrier dich. „Töte den Überbringer der Botschaft nicht, aber in diesem Fummel wirst du wie eine völlig fertige Ballkönigin aussehen, die nicht vorhat, nach dem großen Abend mit ihrem Freund zu schlafen – weil sie keinen Freund hat. Dafür ist sie einfach zu schräg. Tut mir leid.“

Bianka zuckte nur unbeeindruckt die Achseln. „Fertige Ballköniginnen sind vielleicht schräg, aber auch heiß.“

„Wenn *heiß* ein Synonym für *dazu verdammt, alleine zu sein* ist, hast du recht. Also nur zu. Nimm das Kleid, und ich kaufe dir hundert Katzen, die dir Gesellschaft leisten, während du den Rest der Ewigkeit darüber nachgrübelst, an welchem Punkt in der Beziehung zu deinem Engel etwas falsch gelaufen ist, ohne jemals zu begreifen, dass die Probleme *an diesem Abend* angefangen haben."

„Du weißt wohl gar nichts über mich, was? Hallo, ich bin ein *Hunde*typ. Aber schon gut, ist ja auch egal." Mit geschürzten Lippen knallte ihre Zwillingsschwester den Bügel zurück auf die Stange und setzte ihre Suche nach „dem perfekten Abendkleid" fort, das sie tragen wollte, wenn sie *ihrem* Gemahl Lysander eine schlechte Nachricht überbringen würde.

Arme Bianka. Sie hatte sich nicht nur einen Engel geangelt, sondern sich auch noch an einen gebunden. Für immer. Lysander lebte und arbeitete im Himmel und war so langweilig, dass Kaia anderen Leuten lieber Bambussplitter unter die Fingernägel rammen würde, als Zeit mit ihm zu verbringen. Okay, schlechtes Beispiel. Denn sie liebte es, anderen Leuten Bambussplitter unter die Fingernägel zu rammen.

Wenn die Leute schrien und um Gnade bettelten, das hatte etwas vom besten Musical aller Zeiten – und sie hätte sich den ganzen Tag lang gute Musicals anhören können.

„Kaia?", sagte Bianka. „Warum zur Hölle seufzt du?"

„Weil ich an Musicals denke."

„An Musicals? Im Ernst? Während ich dringend deine Hilfe brauche? Könntest du mir vielleicht ausnahmsweise mal zuhören?"

„In einer Minute. Mein Gott. Ich muss noch kurz meinen Gedanken nachhängen. Die waren gerade so gut." Oder vielmehr war der Zwischenstopp vor den Musicals gut gewesen. Ein so langweiliger Mann brauchte einen ebenso langweiligen Spitznamen ... wie ... Papst Lysander der Erste. Das war gut. Er war ein Elitekrieger mit goldenen Flügeln und ja, er war ein Dämonenmörder erster Klasse und okay, er war verdammt sexy. Aber er war auch ein Moralapostel. Fast schon ein zwanghafter. Kaia erschauderte angewidert. Er war dabei, langsam, aber sicher den Spaß aus ihrer einst so reizenden Schwester zu saugen.

Lysanders Abneigung gegen unverblümten Ladendiebstahl war sogar der Grund, weshalb sie Budapest verlassen hatten, nach Alaska zurückgekehrt waren und mitten in der Nacht in die Anchorage 5th Avenue Mall eingebrochen hatten, anstatt sich das, wonach ihnen der Sinn stand, bei Tageslicht zu nehmen so wie sonst. Zu viele neugierige Blicke.

Ehrlich gesagt war Kaia dieses Entgegenkommen sogar peinlich. *Ihrem* Mann hätte sie gesagt, er solle sich seine Bitte „nicht vor den Augen der Menschen zu stehlen, weil es sie auf falsche Ideen bringen könnte" in den Arsch schieben. Außerdem hatte ihr der Nervenkitzel gefehlt, den sie doch so dringend brauchte, um ihre dunkle Seite zu beschwichtigen, aber egal. Sie liebte ihre Schwester. Und außerdem stand sie so tief in Biankas Schuld, dass sie es wohl niemals begleichen könnte.

Sie sprachen zwar nie über den *unglückseligen Zwischenfall*, aber Kaia hatte ihn nie vergessen. (So viel zum Thema: Harpyien und ihr gutes Gedächtnis.) Jeden Tag sah sie das Bild von Bianka vor sich, die sich vor Schmerzen in ihrer eigenen Blutlache krümmte. Hörte das qualvolle Stöhnen, das über ihre aufgeplatzten Lippen quoll.

Bianka seufzte. „Okay, lass uns deine Probleme aus dem Weg räumen, damit wir uns auf mich konzentrieren können. Sag mir, warum du Strider zu deinem Herzbuben auserkoren hast. Ich weiß doch, dass du darauf brennst, von ihm zu schwärmen."

Einen Augenblick lang konnte Kaia ihre Schwester nur anstarren. Sie musste sich verhört haben. „Willst du mich etwa verarschen? Herzbube? Hast du gerade *Herzbube* gesagt?"

Bianka kicherte. „Allerdings, und ich musste mir ein Würgen verkneifen. Lysanders Einfluss, du weißt schon. Egal, Strider ist ein Handlanger. Und eine Herausforderung." Noch ein Kichern. „Verstanden? Eine Herausforderung ... er kann keine einzige verlieren ... und gleichzeitig ist er selbst eine."

Kaia verdrehte die Augen. „Ich glaube, du verbringst zu viel Zeit mit den Engeln. Dein IQ ist merklich gesunken."

„Was? Das war doch lustig." Mit ihren rechteckig gefeilten,

knallblau lackierten Fingernägeln trommelte sie auf die Metallstange zwischen ihnen. „Und nur zu deiner Information: Die Engel sind gar nicht so schlecht."

„Wenn es dir guttut, dir das einzureden, nur zu, meine Liebe."

Bianka warf ihr einen giftigen Kuss zu. „Ich sage nur, dass Strider einen auf Trab hält – und zwar nicht im positiven Sinne. Er ist – Moment, warte. Vergiss, was ich gerade gesagt habe. Er ist so egozentrisch, dass es ihn überhaupt nicht interessiert, ob er andere auf Trab hält. Er ist nicht gut für dich. Moment. Das trifft es auch noch nicht genau. Wie soll ich das nur ausdrücken? Er wird …"

„Schon kapiert! Er hat ein riesengroßes Päckchen zu schleppen und ist verdammt lästig. Worauf willst du hinaus?"

„Ich bin froh, dass dein Gehirn endlich wieder funktioniert. Wirklich traurig, dass ich dir so viel erklären muss." Das Funkeln in den Augen ihrer Schwester wurde matter. „Du hast ihm gesagt, was du für ihn empfindest, und er hat dich zurückgewiesen. Wenn du weiterhin auf ihn zugehst, wird ihn das wütend machen, und ein wütender, von einem Dämon besessener Krieger ist eine drohende globale Katastrophe."

„Ich weiß." Wenn sie früher begriffen hätte, wie wichtig er ihr war, hätte sie nicht mit seinem Freund Paris, dem Hüter von *Promiskuität*, geschlafen. Auch bekannt als Paris der Sexorzist. Dieser Mann war so sinnlich, dass er jeder Frau im Nu den Kopf verdrehte. Und wenn sie nicht mit dem Sexorzisten geschlafen hätte, hätte Strider der Dämliche sie nicht zurückgewiesen.

Vielleicht.

Oder vielleicht auch doch. Denn zu ihrem Entsetzen – ja, Entsetzen und nicht verschlingende, brennende Eifersucht – begehrte er eine andere Frau. Haidee, eine hübsche Frau, die seinem Freund Amun gehörte, dem Hüter von *Geheimnissen*.

Aber wenigstens war Haidee tabu, und Kaia brauchte sich keine Sorgen zu machen, dass Strider sich heimlich an sie ranmachte. Das hing mit dem Ehrenkodex unter bösen Dämonen und diesem Zeug zusammen.

Aber verflucht! Allein beim Gedanken daran, dass Strider eine andere Frau ansah, wurden Kaias Fingernägel zu langen, scharfen Krallen. Ihre Fangzähne wuchsen, und ihr Blut begann zu kochen. *Meiner!* rief jede Zelle ihres Körpers. Sie würde jede umbringen, die sich an ihn ranmachte – und jede, an die *er* sich ranmachte. Sie konnte einfach nicht anders. Ihre dunkle Seite würde die Kontrolle übernehmen, und sie würde beschützen, was ihr gehörte.

„Mal im Ernst: Er hat Glück, dass er noch lebt – und das nicht nur, weil ich ihm am liebsten seine Kronjuwelen abschneiden und sie vor seinen Augen an die Zootiere verfüttern würde", fuhr Bianka fort. „Jeder Mann, der nicht erkennt, wie kostbar du bist, verdient es, ordentlich gefoltert zu werden."

„Ich weiß." Nicht weil Kaia etwas Besonderes war – obwohl sie das natürlich war … irgendwie … vielleicht … verdammt noch mal, früher war sie es mal gewesen –, sondern weil niemand eine Harpyie zurückwies, ohne die schwerwiegenden Konsequenzen zu ertragen.

Die meisten Harpyien hätten sich Strider einfach genommen, ungeachtet dessen, was er wollte. Vielleicht war *sie* also die Dämliche, weil sie es zugelassen hatte, dass er sie wegstieß. Aber sie wollte einfach, dass er sie freiwillig nahm. Sich heimlich mit ihm davonzustehlen, hieße, ihn zu besiegen, und ihn zu besiegen, hieße, ihn zu verletzen.

Und sie konnte ihn einfach nicht verletzen. Auch nicht, wenn es sie um den Verstand brachte.

„Du bist sowieso zu gut für ihn", meinte Bianka so loyal wie immer.

„Ich weiß", sagte sie einmal mehr, doch diesmal log sie. Sie würde auf ewig eine Schande für ihren Clan sein. Er hatte etwas Besseres verdient.

Ihre Schwester seufzte. „Aber du willst ihn trotzdem." Eine Feststellung, keine Frage.

„Ja."

„Und was willst du unternehmen, um ihn dir zu angeln?“

„Nichts“, erwiderte sie und kämpfte die aufkeimende Depression nieder. „Ich habe ihn einmal aufgespürt.“ Und er hatte sie für unzureichend befunden. „Das werde ich bestimmt kein zweites Mal tun.“

„Vielleicht …“

„Nein. Vor ein paar Wochen habe ich ihn herausgefordert, mehr Jäger zu töten als ich.“ Die Jäger – die Feinde, die alles Dämonische vernichten wollten. Die Fanatiker, die mit Vorliebe auf Unschuldige losgingen, die ihnen in die Quere zu kommen wagten. Die zum Tode verurteilten Menschen, die Bekanntschaft mit ihren Krallen machen würden, wenn sie sich Strider noch einmal näherten.

Na ja, wenn sie es wagten, sich ihm mit einer Waffe in der Hand zu nähern. Dass sie auf Knien zu ihm krabbelten, um sich für den Ärger zu entschuldigen, den sie seit Jahrhunderten verursachten, würde sie vielleicht noch tolerieren. Die Herren foltern – dieses Privileg stand allein *ihr* zu. Gebäude in die Luft sprengen – gähn. Ging es noch zweitklassiger? Mann, war das lästig. Den Hüter von *Misstrauen* enthaupten – okay, das war schon etwas mehr als nur lästig, denn immerhin hatte Strider die Sache noch immer nicht verarbeitet.

Apropos Mord an *Misstrauen*: Haidee hatte dabei geholfen. Ja, *die* Haidee. Die Frau, auf die Strider so scharf war.

Das ging nicht in Kaias Kopf. Wenn er Haidee trotz ihrer Verbrechen wollte, warum wollte er dann Kaia nicht?

„Ich wollte ihm helfen, die Männer zu töten, die hinter ihm her waren. Er sollte sehen, wie tüchtig ich bin“, fügte sie hinzu. „Er sollte meine Fähigkeiten bewundern. Aber hat er das getan? *Neeeeein*. Er war wütend. Er regte sich über die Schmerzen auf, die ich ihm bereiten würde. Deshalb ließ ich ihn gewinnen. Und du weißt genau, dass ich noch nie auf einen Sieg verzichtet habe.“ Das schmeckte so widerlich nach Schwäche, und es gab schon viel zu viele Leute, die sie als schwach betrachteten. „Und wie hat er es mir gedankt? Indem er mir gesagt hat, dass ich verschwinden soll." Er-nie-dri-gend. „Lass uns bitte das Thema wechseln." Bevor sie noch einen Tobsuchtsanfall bekäme und das Einkaufszentrum dem Erdboden gleichmachte. „Nach was für einem Look suchst du denn?", fragte sie, während sie selbst die Regale durchforstete.

„Schlampig und zugleich elegant", erwiderte ihre Schwester, ohne den Themenwechsel zu kommentieren.

„Gute Wahl." Sie rieb mit der Zunge über ihren Gaumen, während sie sich die bunte Sammlung von Abendkleidern ansah. „Glaubst du, es wird die Situation leichter machen, wenn du dich in Schale wirfst?"

„Bei den Göttern, das hoffe ich. Mein Plan ist, dass Lysander mir das Kleid vom Leib reißt und auf die dreckigste Art Sex mit mir hat. Und dann, während er nach Luft schnappt, werde ich die große, böse Bombe platzen lassen und blitzschnell wegrennen."

Das hätte Kaia mit Strider auch gern gemacht – jedenfalls den Teil mit dem dreckigen Sex –, aber ihm war es ja ohnehin schnurz, was sie sagte. Das hatte er schließlich schon bewiesen. „Was willst du Lysandi denn eigentlich sagen? Was genau, meine ich."

Bianka zuckte die scheinbar zierlichen Schultern. „Genau ... weiß ich das noch gar nicht."

„Versuch's bei mir. Stell dir vor, ich wäre dein ekelhaft verliebter Engels-Gemahl und gestehe."

„Okay." Bianka seufzte, setzte sich gerade hin und sah Kaia ängstlich aus ihren bernsteinfarbenen Augen an. „In Ordnung. Es geht los." Eine Pause. Ein Schlucken. „Liebling, ich, äh, muss dir was sagen."

„Und was?", erwiderte Kaia mit tiefer Stimme. Sie stützte sich mit den Ellbogen auf die Kleiderstange, sodass sich die Bügel in ihre Haut bohrten. „Schnell raus damit. Ich muss nämlich meinen Feenstaub versprühen und meinen Zauberstab schwingen, wenn ..."

„Er versprüht keinen Feenstaub! Er ist ein Killer, verflucht."

Die Empörung verschwand genauso schnell, wie sie gekommen war. „Aber was diesen Zauberstab angeht …“ Bianka erschauderte und grinste frech. „Der ist wirklich groß. Wahrscheinlich größer als Striders.“

Kaia sah sie nur erwartungsvoll an.

Ihre Schwester atmete tief ein und langsam wieder aus. „Also gut. Weiter im Text. Liebling, zum ersten Mal seit einer Ewigkeit wurde meine Familie eingeladen, an den Harpyienspielen teilzunehmen. Warum zum ersten Mal seit einer Ewigkeit, fragst du dich bestimmt. Tja, das ist eine lustige Geschichte. Weißt du, meine Zwillingsschwester hat etwas Saublödes gemacht und …“

„Ich bin mir sicher, dass du bei diesem Teil übertreibst“, unterbrach sie Bianka, noch immer mit der tiefen Lysander-Stimme. „Deine Schwester ist die stärkste, intelligenteste Frau, der ich je begegnet bin. Und jetzt erzähl mir etwas *Wichtiges*.“

„Wie dem auch sei“, fuhr Bianka in sanftem Ton fort. „Ich weiß nicht genau, warum wir eingeladen wurden, aber vor ein paar Tagen kam eine Karte mit geprägter Goldschrift via Harpyien-Express, die nach unserer Aufmerksamkeit verlangte. Wir können die Einladung nicht ablehnen, ohne große Schande über unseren gesamten Clan zu bringen. Wir würden als Feiglinge abgestempelt, und wie du weißt, bin ich kein Feigling. Deshalb … breche ich in einer Woche auf und werde für vier Wochen weg sein. Ach ja, die vier Disziplinen, auf die man sich geeinigt hat, sind ziemlich blutrünstig – möglicher Verlust von Gliedmaßen und definitive Folter inklusive. Also, bis dann.“ Sie winkte mit dem kleinen Finger, hielt inne und wartete auf Kaias Reaktion.

Kaia nickte. „Gefällt mir. Knackig, informativ und selbstbewusst. Er wird keine andere Wahl haben, als dich ohne große Aufregung gehen zu lassen.“

Bianka sah schon ein wenig unbesorgter aus. „Denkst du das wirklich?“

„Bei den Göttern, nein. Auf keinen Fall. Er wird total ausflippen. Du kennst ihn doch. Beschützer über alle Maßen." Bianka hatte wirklich Glück. „Was hältst du davon?" Sie hielt ein kaum sichtbares Kleidchen hoch, das an den Seiten von dünnen Silberketten zusammengehalten wurde.

„Das ist toll. Perfekt. Und du bist eine alte Ziege."

Kaia lächelte reuelos. „Aber du liebst mich trotzdem."

„Wie du selbst gesagt hast: Mein IQ ist gesunken." Bianka kaute auf ihrer Unterlippe herum. „Okay pass auf. Ich denke, so wird es nach meinem Geständnis ablaufen. Zuerst wird er versuchen, mich aufzuhalten."

„Du hast es erfasst."

„Dann, wenn er merkt, dass ihm das nicht gelingt, wird er darauf bestehen, mich zu begleiten."

„Wieder richtig. Ist das okay für dich?" Alle würden sich darüber lustig machen, dass sie sich an einen Wohltäter gebunden hatte. Sogar ihre Mutter. *Insbesondere* ihre Mutter. Tabitha hasste Engel mehr als die meisten anderen, da sie immer gedacht hatte, der Vater ihrer jüngsten Halbschwester sei ein Engel, und dem Mann die Schuld an Gwens vermeintlicher Schwäche gegeben hatte.

„Ja." Bianka lächelte verträumt. „Das ist okay für mich. Ich bin nicht gerne von ihm getrennt. Außerdem werde ich jeden töten, der schlecht von ihm spricht, was die Turniertage für mich noch interessanter machen wird."

„Ganz zu schweigen davon, dass das die Konkurrenz ausdünnen wird, weil ich dich bei dieser Aufgabe unterstützen werde." Wie sehr sie sich doch wünschte, sie könnte Strider mitnehmen.

Nein, lieber doch nicht, dachte sie im nächsten Moment. Den Göttern war Dank, dass er sie nicht begleitete. Sie wurde von den Angehörigen sämtlicher Harpyien-Clans verschmäht und würde vor lauter Demütigung sterben, wenn er sähe, dass ihre Artgenossinnen ihr den Rücken kehrten. Außerdem würde sie sich in Grund und Boden schämen, wenn er ihren verhassten Spitznamen zu hören bekäme.

Ein Soldat wie Strider schätzte Stärke. Das wusste sie genau, weil sie ein Soldat wie Strider war.

Der Gedanke, der ihr als Nächstes in den Sinn kam, traf sie hart in die Magengrube – Haidee war stark. Diese Schlampe. Obwohl sie (zum Großteil) ein Mensch war, hatte diese Frau es geschafft, dem Tod wieder und wieder von der Schippe zu springen und wiederaufzuerstehen, um gegen die Herren zu kämpfen. Bis sie sich in Amun verliebt hatte.

Wenn ich Amun nicht so verehren würde, ich würde diese Frau zurück ins Grab schicken – und zwar zum letzten Mal, verflucht! Niemand erregte Striders Aufmerksamkeit, ohne unvorstellbar dafür zu leiden.

Vielleicht würde Kaia vor ihrer Abreise zu dem Turnier noch dafür sorgen, dass die Frau von einer Horde Kopfläuse heimgesucht würde oder so ähnlich. Niemand würde verletzt, Strider würde verprellt und Kaia hätte das Gefühl, sich irgendwie gerächt zu haben. Also eine absolute Win-win-Situation.

„Hörst du mir zu, oder habe ich dich wieder an deine Gedanken verloren?“, fragte Bianka genervt.

Sie riss sich zusammen. „Ja, ich höre zu. Du hast von … großen Konsequenzen gesprochen.“

„Du hast ja wirklich zugehört“, sagte ihre Schwester und legte sich eine Hand aufs Herz. „Danke für dein Angebot, mir zu helfen, jeden zu bestrafen, der Lysander beleidigt. Du bist von allen auf der Welt meine Lieblingsverbündete, Kye.“

„Und du meine, Bee.“ Für Bianka würde sich alles zum Guten wenden. Lysander würde sie blind unterstützen, und die Harpyien würden sehen, wie hartnäckig er sein konnte, und klein beigeben. Für Kaia hingegen … Nein, für sie würde sich gar nichts zum Guten wenden.

„Unsere geliebte Mutter wird auch da sein“, meinte Bianka und bemühte sich um eine Gleichgültigkeit, die keine von beiden bei dem Thema verspürte, „und sie wird ihn hassen, nicht wahr?“

„Mit Sicherheit. Aber andererseits hat sie einen lausigen Männergeschmack. Sieh dir unseren Vater an: ein Phönix-Gestaltwandler alias die schlechteste von allen schlechten unsterblichen Rassen. Immerzu plündern sie irgendwelche Städte und brennen alles nieder. Ehrlich, man muss schon eine ziemlich dumme Nuss sein, um sich mit so einem einzulassen. Und das bedeutet was? Dass Mutter eine ziemlich dumme Nuss ist. Ich würde mir Sorgen machen, wenn sie Lysander *mögen* würde."

Aber was würde Tabitha von Strider halten?

Bianka kicherte tief und leise. „Du hast recht. Mit beidem."

„Und soll ich dir noch was sagen? Sie kann mich mal." Starke Worte. Doch im Innern war Kaia noch immer das kleine Mädchen, das sich nach der Anerkennung seiner Mutter sehnte. „Aber vielleicht ... ich weiß nicht ... vielleicht wird sie das Kriegsbeil mit mir ja endlich begraben." Götter kam dieser sehnsüchtige Ton wirklich aus ihrem Mund?

Bianka beugte sich über das Regal und tätschelte ihre Schulter. „Ich zerstöre wirklich nur ungern deine Hoffnungen, Schwesterchen, aber das Kriegsbeil wird sie nur dann begraben, wenn sie es in deinem Rücken vergraben kann."

Sie bemühte sich, nicht in sich zusammenzusacken. „Du hast ja so recht." Und es wäre ihr egal. *Egal.* Wirklich. Aber warum, warum, warum hielt niemand außer ihrer Schwester sie für gut genug?

Ein Fehler, nur ein einziger – und das auch noch, als sie ein Kind gewesen war – und ihre Mutter hatte sie abgeschrieben. Ein Fehler, nur ein einziger, und Strider wollte sich nicht mit ihr einlassen. Dabei war es ja nicht so, dass sie ihn betrogen hatte. Sie waren beide seit Jahren Single und noch nicht mal miteinander aus gewesen. Sie hatten sich noch nie geküsst. Sich noch nicht mal richtig unterhalten. Und die Nacht, als sie mit Paris geschlafen hatte? Da hatte sie nicht gewusst, dass sie Strider einmal sexuell attraktiv finden würde. Oder überhaupt attraktiv.

Er hätte ihre Anziehungskraft von Anfang an registrieren und versuchen müssen, sie zu verführen. Wenn man also darüber nachdachte, lag die Schuld ganz allein bei ihm. Oder vielleicht bei seinem Dämon. *Niederlage* musste erst noch begreifen, dass sie zu verlieren viel schlimmer wäre, als eine Herausforderung zu verlieren. Sonst würde Strider *ohne* sie schrecklich leiden.

Sie wollte, dass er ohne sie furchtbar litt.

Der Dämon war fest an Strider gebunden. Ohne ihn konnte der Krieger nicht überleben. Vielleicht also ... könnte sie irgendetwas unternehmen, um den kleinen Teufel auf ihre Seite zu ziehen. Falls sie sich überhaupt entschlösse, noch einen Angriff zu wagen. Was sie nicht täte. Denn wie sie bereits ihrer Schwester gesagt hatte: Sie hatte ihre Chance bei ihm verspielt. Außerdem würde es ziemlich verzweifelt rüberkommen, wenn sie sich ihm noch einmal näherte. Es reichte, dass sie verzweifelt war, das musste sie nicht auch noch offen zur Schau stellen.

Götter, das war vielleicht deprimierend. Und ärgerlich! Zwar war sie es gewohnt, Widerstände zu zerstören, aber wie sollte sie gegen einen Mann kämpfen, den sie zugleich beschützen wollte?

„Woran denkst du gerade?“, wollte Bianka wissen. „Deine Augen sind fast pechschwarz, was mir verrät, dass jeden Moment deine Harpyie die Kontrolle übernimmt, und ...“

„Hey. Hey Sie! Was machen Sie hier?“, rief jemand.

Während sie sich zwang, ruhig zu atmen und sich zu beruhigen, warf sie einen kurzen Blick über die Schulter. Na super. Der Sicherheitsdienst des Einkaufszentrums war eingetroffen. „Mir geht's gut, wirklich. Treffen wir uns zu Hause?“, fragte sie und warf ihrer Schwester das ausgesuchte Kleid zu.

„Ja.“ Bianka fing das Kleid auf und stopfte es sich unters T-Shirt. „Hab dich lieb.“

„Ich dich auch.“

Dann flitzten sie in unterschiedliche Richtungen davon.

„Stehen bleiben! Oder ich schieße!“

Da Kaias rote Haare in der Dunkelheit förmlich leuchteten und sie zum leichteren Ziel machten, entschied sich der Wachmann – der im Übrigen nicht schoss, der Lügner – ihr zu folgen, während er über Funk Verstärkung anforderte. Dass sie ihm den Stinkefinger gezeigt hatte, ehe sie um die erste Ecke gebogen war, hatte damit sicher nichts zu tun.

Fast alle Lichter in dem Geschäft waren ausgeschaltet, und auch im restlichen Einkaufszentrum war die Beleuchtung eher spärlich. Doch dank ihrer überdurchschnittlich guten Harpyienaugen spielte das keine Rolle. Routiniert blickte sie durch die Dunkelheit, während sie sich blitzschnell den Weg in Richtung Ausgang bahnte. Nur leider kannte der Mensch die Umgebung besser als sie und schaffte es, ihr auf den Fersen zu bleiben.

Zeit für die nächste Stufe.

Ihre Flügel begannen zu flattern … machten sich bereit … Doch kurz bevor sie in Hypergeschwindigkeit davonsausen konnte, tat der Wachmann das Undenkbare und verpasste ihr eins mit seiner Elektroschockpistole. Also doch kein Lügner. Kaia fiel aufs Gesicht, während sich der Sauerstoff in ihrer Lunge in Feuer verwandelte. Sie war nur noch wenige Zentimeter vom Ausgang entfernt, doch ihre verkrampften Muskeln hinderten sie daran, ihre Flucht fortzusetzen.

Sie hätte sich die Klemmen der Waffe vom Rücken reißen können. Sie hätte sich umdrehen, einen der vielen Dolche an ihrem Körper packen und dem Schmerz ein Ende bereiten können. Oder dem Menschen. Aber das hier war ihre Heimatstadt, und sie wollte die Einwohner nicht umbringen. Oder besser gesagt: Nicht mehr als einen Einwohner pro Tag, und dieses Limit hatte sie heute schon erreicht.

Eine Lüge, aber das war jetzt egal.

Außerdem fiel ihr keine Rechtfertigung ein, weshalb sie den Wachmann töten sollte, nachdem sie bei der Verfolgungsjagd nicht alles gegeben hatte – in dem Wissen, dass er ihr geben konnte, wonach sie sich insgeheim sehnte: einen Grund, Strider zu rufen.

Irgendjemand würde sie schließlich aus dem Gefängnis befreien müssen.

2. KAPITEL

Strider wartete im Eingangsbereich des Anchorage Police Department. Sein Freund Paris war bei ihm. Die Kaution für Kaia hatten sie bereits hinterlegt, nun warteten sie darauf, dass man sie in ihre Obhut entließ. *Komm schon, Rotschopf. Beeil dich.* Ein Polizist nach dem anderen musterte Strider argwöhnisch von Kopf bis Fuß – die Leibesvisitationen, die er schon über sich hatte ergehen lassen müssen, waren weitaus weniger invasiv gewesen –, während ihre Kolleginnen ihn mit den Blicken auszogen. Ihn und Paris.

Sie waren bewaffnet, ja. Strider hätte nicht einmal eine Kirche im Himmel besucht, ohne irgendwo ein paar Messer zu verstecken – insbesondere seitdem er wusste, dass der Himmel von einem verfluchten Riesenarschloch von Engel bewacht wurde –, geschweige denn ein Gebäude betreten, das bis unters Dach mit Waffen und Menschen gefüllt war, die eben diese Waffen zu benutzen wussten. Bisher hatte niemand eine Bemerkung fallen lassen, aber sie konnten die hübsche Sammlung, die er unter Jacke, T-Shirt und Jeans verbarg, ja auch nicht sehen.

„Warum müssen wir beide uns schon wieder darum kümmern?“, fragte Paris. Mit seiner Größe von zwei Metern und den gestählten Muskeln war der Hüter von *Promiskuität* – vorsichtig ausgedrückt – ein Koloss. Und fünf Zentimeter größer als Strider, der Mistkerl, aber – und das war ein großes Aber – nicht annähernd so stark.

Nach den zahllosen Kämpfen, die sie schon ausgetragen hatten, war das nicht nur Striders subjektive Wahrnehmung, sondern eine unumstößliche Tatsache.

„Ich war ihr noch einen Gefallen schuldig“, erwiderte er, darum bemüht, keine Emotionen zu zeigen. Denn in Wahrheit wäre er lieber im Kerker des Feindes eingeschlossen und ließe sich foltern, statt hier zu sein. In Wahrheit wollte er Kaia nicht wiedersehen. Niemals. In Wahrheit wollte er nicht, dass

Paris Kaia je wiedersah. Nie, nie, niemals. „Und sie hat ihn eingefordert."

„Was für einen Gefallen?"

„Das geht dich nichts an, klar?" Er wollte nicht darüber nachdenken und schon gar nicht darüber reden. Das wäre viel zu peinlich. Fast, wie in der Öffentlichkeit mit heruntergelassener Hose erwischt zu werden.

Moment. Schlechtes Beispiel. Mit „heruntergelassenen Hosen" sah er nämlich gut aus. Sehr gut sogar.

Stopp. *Ego-Alarm.* Er hatte sich vorgenommen, sich nicht immerzu für all seine wundervollen Qualitäten auf die Schulter zu klopfen. Das war den anderen Erdenbürgern gegenüber nicht fair. Sie konnten nichts dafür, dass sie ihm in jeder Hinsicht unterlegen waren.

„Also *ich* schulde ihr nichts." Paris sah ihn mit funkelnden Augen an. Er wirkte angespannt. Tragischerweise, äh, *zum Glück* schmälerte das seine Attraktivität nicht im Geringsten. Er hatte Haare, die jede Frau vor Neid erblassen ließen. Voll und in unterschiedlichsten Farben schimmernd, von dunkel wie die Nacht bis golden wie Honig. Und für einen Blick in sein schönes Gesicht hätten die meisten Frauen wohl getötet.

Kaia hatte sich wahrscheinlich in diesen Haaren festgekrallt und dieses Gesicht mit Küssen bedeckt.

Strider biss die Zähne aufeinander. „Du hast mit ihr geschlafen. Muss ich dich wirklich daran erinnern?"

„Nein danke. Aber so gesehen ist sie *mir* einen Gefallen schuldig. Und jetzt bist du mir ebenfalls was schuldig, so wie du mich herbeizitiert und meine Suche unterbrochen hast, nur damit ich dir helfe." Sein Ton war so beißend wie Säure. Nicht wegen Strider, sondern wegen der „Suche".

Sienna, die Frau, nach der Paris sich mehr sehnte als nach irgendetwas sonst, wurde im Himmel als Sklavin des Götterkönigs gefangen gehalten. Und noch schlimmer: Sie war vom Dämon *Zorn* besessen. Paris hoffte inständig, sie zu finden, zu retten und alle zu bestrafen, die ihr wehgetan hatten.

Strider presste die Zunge an den Gaumen und zwang sich zu schweigen. Paris hatte sein „Ein und Alles“ gefunden, wie der Vollidiot sich seit einiger Zeit ausdrückte, und dennoch mit Kaia geschlafen. Nach Striders Meinung sollte ein Mann, der ein „Ein und Alles“ hatte, nicht so herumhuren. Ja, ja, Paris konnte nicht anders. Wegen seines Dämons musste er jeden Tag mit einer anderen Frau schlafen, sonst wurde er immer schwächer oder … starb.

Ein winziger Teil von Strider wünschte beinahe, sein Freund hätte sich fürs Schwächerwerden entschieden, anstatt die Harpyie anzufassen.

Natürlich bekam er bei dem Gedanken sofort ein schlechtes Gewissen. Kaia war nicht Striders Ein und Alles, falls es so etwas für ihn überhaupt gab. Sie musste sich ständig beweisen, war zu stark und zu sehr darauf aus, ihm das Leben schwer zu machen. Die Ironie des Ganzen war ihm sehr wohl bewusst. Er verhielt sich allen anderen gegenüber genauso. Trotzdem konnte er nicht leugnen, dass er sich zu ihr hingezogen fühlte, und besitzergreifend, wie er schon immer gewesen war, gefiel ihm die Vorstellung überhaupt nicht, dass sie mit einem anderen Mann schlief.

Vor allem, weil er in allem, was er tat, der Beste sein musste. Wegen seines Dämons musste er gewinnen – auch im Bett. Und da er niemanden kannte, der mehr Erfahrung hatte als Paris, gab es keine Chance für Strider, auf diesem Gebiet zu siegen.

Vielleicht hätte er die anderen Gründe ignorieren können, aus denen er Kaias in letzter Zeit immer stärker werdende Avancen abwies. Aber diesen einen konnte er nicht vergessen. Nicht mal für eine einzige Nacht. Denn ein Mann, der einmal von der verbotenen Frucht probiert hatte, würde zurückkehren und mehr haben wollen. Da sein Verstand schon arg angeschlagen war, könnte er nicht anders. Strider würde also immer wieder zu ihr zurückkehren, und jedes Mal, wenn er sie berührte, sie schmeckte und ihr mit den Zähnen das Höschen auszöge, würde er Schmerz in seiner reinsten Form erfahren.

Ja, Strider war verdammt gut im Bett. Und das sollte kein Eigenlob sein. Das mache ich ja nicht mehr, erinnerte er sich. Na gut, weil er so außergewöhnlich talentiert war, würde er noch einmal eine Ausnahme machen. Er war besser als „gut". Er war eine Granate. Aber er ließ sich niemals auf einen Kampf ein, den zu gewinnen er sich nicht sicher war. Nichts war die körperlichen und seelischen Qualen wert, die eine Niederlage mit sich brachte, und Paris war vermutlich noch besser als eine „Granate".

Nein. Nicht „vermutlich", wenn Strider dem Gestöhne glauben konnte, das aus den zahlreichen Hotelzimmern erklungen war, die Paris in den vergangenen Jahrhunderten schon angemietet hatte.

Aber das Glücksgefühl, das ein Sieg mit sich brachte ... süße Götter im Himmel. Das war sogar besser als Sex. Strider war genauso süchtig nach diesem Rausch wie Paris nach Ambrosia, der Droge der Unsterblichen. Lieber würde er einem geliebten Freund die Kehle durchschneiden, als von ihm – oder ihr – besiegt zu werden. Und sei es auch in so etwas Unwichtigem wie einem Buchstabierwettbewerb.

Die beste Art, Sieg zu buchstabieren? T-Ö-T-E-N.

„Wie auch immer", holte Paris ihn zurück in die Gegenwart. „Was hat Kaia für dich getan, dass du bereitwillig Schulden bei mir machst?"

„Wie gesagt: Das geht dich nichts an. Hast du was an den Ohren?"

„Nein, aber ich dachte, wenn ich weiter nachbohre, knickst du vielleicht ein."

„Falsch gedacht. Nur zur Erinnerung: Ich bin etwas sturer als die meisten. Und außerdem habe ich bei dir keine Schulden gemacht. Im Gegenzug für deine Hilfe habe ich mich bereit erklärt, mit dir nach Titania zu gehen und nach Sienna zu suchen." Titania. Bescheuerter Name. Aber Cronus, dieser egomanische Götterkönig, hatte den Olymp neu benannt, um die eingekerkerten Griechen, die hier einst regiert hatten, zu ärgern.

Man brauchte schon Eier aus Titan, um einen Ort nach sich selbst zu benennen. Ihn würde interessieren, was Cronus damit zu kompensieren versuchte.

Nicht dass Strider und sein bestes Stück, das er bescheidenerweise Stridey-Monster nannte, dazu etwas hätten sagen können. Sie waren in jeder Hinsicht perfekt.

Ego-Alarm. Verdammt noch mal. Wie oft würde er den heute noch ausrufen müssen?

„Du hast mir einen riesigen Schuldschein ausgestellt, Alter. Du hast dich nämlich auch bereit erklärt, diesen Vollidioten William zu kidnappen und mitzunehmen“, meinte Paris.

„Ich habe mich auch bereit erklärt, diesen Vollidioten William zu kidnappen und mitzunehmen, ja.“ Und das ärgerte ihn noch immer maßlos. William, ein sexsüchtiger Unsterblicher, der mit Kaia schlafen wollte. Leider war Willy momentan auch die einzige Person, die Sienna sehen konnte. Sienna war nämlich tot, und er hatte die Fähigkeit, Tote zu sehen.

Außerdem war es hilfreich, dass der Kerl sich hin- und herbeamen konnte. Aus irgendeinem Grund kehrten die Fähigkeiten, derer die Götter ihn einst beraubt hatten, nun zurück.

Egal. Strider und seine Gefährten hatten in der jüngsten Vergangenheit gelernt, dass „tot“ nicht notwendigerweise „für immer fort“ bedeutet. Nicht für Menschen und ganz gewiss nicht für Unsterbliche. Ganz im Gegenteil. Seelen konnte gefangen, manipuliert und … missbraucht werden. Sienna gehörte zur Sorte „missbraucht“, und Paris war fest entschlossen, sie zu retten.

Der besessene Krieger verlagerte das Gewicht von einem gestiefelten Fuß auf den anderen. Hinter dem Schalter stöhnte eine Frau, als sei die Bewegung für sie die reinste Folter. „Du hast mir deine Hilfe angeboten, obwohl du wusstest, dass du Sienna auf jeden Fall finden musst – ganz egal, wie lange es dauert. Sonst leidest du Qualen. Furchtbare Qualen.“

Was Strider anging, konnte es gar nicht lange genug dauern. Je größer die Distanz zwischen ihm und Kaia war, desto besser.

Er musste sich beweisen, dass er fortgehen und sie vergessen konnte.

Das hatte er schon einmal getan. Das Problem war nur, dass er sie nun besser kannte und sich stärker zu ihr hingezogen fühlte.

„Du bist wochenlang im Himmel gewesen, ohne Fortschritte zu machen“, meinte Strider. „Du brauchtest mich.“

„Ja, aber du brauchst mich nicht. Nicht für so etwas Einfaches.“

Doch. Das tat er. Er musste Paris und Kaia zusammen sehen. Er musste sich in Erinnerung rufen, warum er sie nicht haben konnte. Warum er aufhören musste, die ganze verdammte Zeit an sie zu denken. Warum sie schlecht für ihn war. Am besten, bevor sein Dämon beschloss, dass sie sich Kaia nehmen müssten – oder Schlimmeres.

Außerdem musste Strider aus Budapest fliehen, um Abstand zu Amun und dessen neuer Freundin Haidee zu bekommen. Strider hatte zweitklassige Annäherungsversuche bei ihr gestartet, doch sie hatte ihn abgewiesen. Sicher, er hatte sie auch bei jeder sich bietenden Gelegenheit beleidigt und gedroht, ihr den Kopf abzuschlagen, aber meine Güte – dafür hatte er auch exzellente Gründe gehabt.

Haidee war früher eine Jägerin gewesen, hatte seinen besten Freund Baden getötet, den Hüter von *Misstrauen*, und hatte versucht, sein Zuhause zu zerstören.

Dennoch hatte er sie begehrt. Und jetzt wurde er bei ihrem Anblick jedes Mal an seine Niederlage erinnert. An seinen Verlust. An den folgenden Schmerz. Aber – und das war der Knackpunkt – er hatte niemals Schwierigkeiten gehabt, ihr zu widerstehen. Er hatte ohne Probleme seine Zunge, seine Hände und sein Lieblingsanhängsel bei sich behalten.

Kaia hingegen würde dieses Wohlwollen nicht erfahren, wenn sie Zeit zu zweit verbrächten. Schon jetzt lief ihm bei der Vorstellung, wie sie wohl schmecken mochte, das Wasser im Mund zusammen; schon jetzt juckten seine Hände vor lauter

Lust, sie zu berühren, und sein bester Freund ragte in peinlicher Vorfreude steil empor.

Oh ja. Er musste sich so weit wie möglich von der gesamten Situation entfernen.

„Stridey-Man. Bist du bei mir oder was?"

Er blinzelte und kehrte in die Gegenwart zurück. Paris. Polizeirevier. Bewaffnete Menschen. Ständig mit den Gedanken abzuschweifen, war dämlich. Kaia warf er immer vor, dass sie sich nicht konzentrierte – noch ein Grund, ihre Nähe zu meiden. „Ich will nicht darüber reden", war alles, was er erwiderte.

Paris wollte ihm gerade eine passende Antwort geben, da vernahmen sie das willkommene Klappern von Absätzen auf dem benachbarten Korridor. Kurz darauf bog Kaia um die Ecke. Die seidigen roten Haare fielen ihr wirr über den Rücken, die graugoldenen Augen leuchteten und ihr sinnlicher Körper bewegte sich in einem verführerischen Takt, den hoffentlich nur Strider hören konnte. Zumindest betete er dafür.

Nein. Er wollte ihn gar nicht hören, also würde er auch nicht beten, dass nur er ihn hören könnte. Aber falls noch jemand diesen Takt hörte, würde er ihm aus beiden Ohren das Trommelfell herausreißen. Weil Kaia trotz allem seine Freundin war. Sie hatten gemeinsam gegen den Feind gekämpft und füreinander Blut vergossen. Sie hatten sogar miteinander gescherzt und gelacht, verdammt. Also waren sie Freunde, und er konnte es nicht leiden, wenn jemand seine Freunde schikanierte. Und das war der einzige Grund, verflucht. Dasselbe hätte er für Paris getan – der gut daran täte, diesen Takt nicht zu vernehmen!

„Bringen Sie sich nicht noch einmal in Schwierigkeiten, hören Sie?", sagte der Officer, der sie begleitete, mit unverhohlener Zuneigung. Am liebsten hätte Strider den Kerl dafür umgebracht, dass er sie so unverblümt belästigte – oder überhaupt mit ihr sprach. „Wir alle lieben Sie, aber wir wollen Sie hier nicht noch einmal sehen."

Beruhig dich. Du bist nicht mit ihr zusammen, und du wirst *auch nicht mit ihr zusammen sein. Oder sie küssen. Am ganzen*

Körper. Ob der Bulle mit ihr flirtet oder nicht, spielt überhaupt keine Rolle.

„Als ob ich mich ein viertes Mal erwischen lassen würde", erwiderte sie und schenkte ihm ein bezauberndes Lächeln.

Bei diesem Anblick zog sich Striders Brust zusammen. Niemand sollte so volle rote Lippen haben oder so gerade weiße Zähne. Da war es auch nicht gerade hilfreich, dass sie pinkfarbene, kniehohe Schlangenlederstiefel trug, kombiniert mit einem ultrakurzen Jeansrock und einem weißen Trägertop, durch das man ihren weißen Spitzen-BH sehen konnte.

Ein Wunder, dass sie heute überhaupt einen BH trug.

Als sie ihn erblickte, blieb sie kurz stehen, und ihr Lächeln verblasste. Er wusste nicht genau, welche Reaktion er von ihr erwartet hatte, aber Zurückhaltung ganz sicher nicht.

Ihr Blick wanderte zu Paris, und ihr Lächeln kehrte zurück. Genau wie das Engegefühl in Striders Brust. „Hey, Fremder. Was machst du denn hier?"

„Das weiß ich auch nicht so genau." Paris warf seinem Freund einen finsteren Blick zu. „Nicht dass ich unglücklich bin, dich zu sehen, versteh mich nicht falsch."

„Schon klar. Ganz meinerseits. Und danke fürs Abholen. Das weiß ich sehr zu schätzen."

„Jederzeit. Nur hoffentlich nicht so bald wieder."

Sie lachte leise, und dieses warme, volle Geräusch barg einen erotischen Unterton, der sanft über Striders Haut streichelte. „Versprechen kann ich's nicht."

Obwohl die beiden nicht miteinander flirteten, kratzten ihre Stimmen an seinen Ohren. Vielleicht weil er insgeheim darauf wartete, dass sie einander anhimmelten, damit seine Hormone endlich kapierten, dass sie Sperrzone für ihn war.

Er hatte das Gefühl, dass er sich so oder so geärgert hätte.

Wie zuvor ihr Lächeln verging jetzt ihr Lachen, als sie ihre Aufmerksamkeit auf Strider richtete. „Aha", sagte sie. „Du also." Sie klang, als hätte sie gerade eine fleischfressende Bakterienkultur auf ihrer Schuhsohle entdeckt.

Die Unfreundlichkeit ist keine Herausforderung, informierte er seinen Dämon, als der dämliche Kerl den Kopf reckte.

Keine Antwort. Fakt war: *Niederlage* war von Kaia eingeschüchtert und wollte so selten wie möglich ihre Aufmerksamkeit auf sich ziehen.

Eigentlich ließ *Niederlage* sich ohnehin nur dann dazu herab, mit Strider zu sprechen, wenn sein Kampfgeist beteiligt war.

Strider zog es jedoch vor, wenn sich der kleine Bastard in seinem Kopf zurückzog und sich als dunkler, stiller Schatten zeigte, der sich leicht ignorieren ließ.

„Ich habe damit gerechnet, dass du jemanden schickst, und nicht selbst kommst", fügte Kaia hinzu und lehnte sich auf ihren Absätzen zurück.

„Nach der Nachricht, die du mir hinterlassen hast?" Er schnaubte. „Wohl kaum."

„Heulst du etwa? Weil ich da so einen weinerlichen Schuljungen höre."

Ich finde sie nicht amüsant. „Ich heule nicht."

Er hatte sich diese Nachricht tausendmal angehört und kannte jedes Wort und jeden Atemzug auswendig. Piep.

Strider? Hey. Hier ist Kaia. Weißt du noch? Die Frau, die dir vor ein paar Wochen das Leben gerettet hat. Dieselbe Frau, die du danach mit Füßen getreten hast. Tja, heute ist Zahltag. Schwing doch bitte deinen trägen Hintern aus dem Bett und hol mich aus dem Gefängnis, bevor ich mich dazu entschließe, auszubrechen und dein Gesicht als Versuchsfeld für meine spitzen Absätze zu benutzen. Piep.

Feindseligkeit war gut, und er hoffte ernsthaft, dass sie so weitermachen würde, obgleich er Himmel und Erde hatte in Bewegung setzen müssen, um hierherzukommen. Himmel – weil er Paris angerufen und überredet hatte, alles stehen und liegen und sich von Lysander nach Hause bringen zu lassen, um Strider zu begleiten. Erde – weil er Lucien angerufen und überredet hatte, alles stehen und liegen zu lassen und sie beide binnen einer Sekunde von Budapest nach Alaska zu beamen.

Keins von beidem war einfach gewesen.

Er hätte sich sogar lieber die Zunge mit einem stumpfen, verrosteten Buttermesser herausschneiden lassen. Beide Männer hatten Fragen gestellt. Viele Fragen, auf die er nicht hatte antworten wollen.

Und ja – nun war Strider auch dem Hüter von *Tod* einen Gefallen schuldig. Langsam stapelten sich seine Schuldscheine, und das alles nur wegen dieser auf trügerische Art zierlich aussehenden, extrem kurvenreichen Mordsbraut, die da vor ihm stand und ganz offensichtlich seinen Kopf auf einer Pike aufgespießt sehen wollte.

„Es wäre nett gewesen, wenn du mir einen Hinweis auf deinen Aufenthaltsort gegeben hättest. Torin musste alle …" Strider unterbrach sich gerade noch rechtzeitig, ehe er öffentlich zugab, dass Torin, der Hüter von *Krankheit*, sich in jede Datenbank der Welt einhacken konnte. Diese Fähigkeit hielten sie besser sorgfältig unter Verschluss. „Er musste dich suchen. Und das hat uns ziemlich viel Zeit gekostet."

„Und?"

„Und? Das ist alles, was du zu deinem miesen Verhalten zu sagen hast?" Den Göttern war Dank – wie er gehofft hatte, hielt sie ohne zu zögern an ihrer Feindseligkeit fest. Ja, den Göttern war Dank. „Du hättest Bianka anrufen können. Es heißt, sie ist mit dir hier in Anchorage." Nicht, dass sie *seinen* Anruf entgegengenommen hätte. „Aber stattdessen verschwendest du meine Zeit mit diesem Mist."

„Und?"

Verdammt noch mal! Ein bisschen Dankbarkeit war doch nicht zu viel verlangt, oder? Er hätte schließlich auch zu Hause bleiben und sie verrotten lassen können. Stattdessen hatte sie – bildlich gesprochen – einmal mit ihren langen Wimpern geklimpert, und er war wie ein treudoofer Hund zu ihr gehechelt. Nervtötende Frau.

Er hatte ihr unrecht getan, ja, und im Gegensatz zu Haidee hatte sie es nicht verdient. *Ich dachte, darüber wolltest du nicht nachdenken.* Die Erinnerungen kamen trotzdem.

Eine Gruppe Jäger war ihm tagelang gefolgt, aber er war viel zu beschäftigt gewesen, sich im Selbstmitleid zu suhlen, weil er Haidee an Amun verloren hatte, um es zu bemerken. Kaia war gerade rechtzeitig aufgetaucht, um einen verheerenden Hinterhalt zu verhindern. Und – mächtige Götter! – sie war sexy, wenn sie kämpfte.

Diesen speziellen Kampf hatte er zwar nicht gesehen, dafür aber einige davor – und den einen danach, und er hatte sogar Kampfzüge mit ihr trainiert. Er konnte sich den Todestanz, den sie in jener Nacht vollführt hatte, lebhaft vorstellen.

Dann war der Kampf danach gekommen, als sie ihn zu einer Runde „Wer tötet mehr Jäger?" herausgefordert hatte. Er war total sauer gewesen, weil sie erstens mehr Jäger umbringen konnte – keine Frage – und er zweitens andere Dinge zu tun gehabt hatte. Wie zum Beispiel die ersten Ferien seit Jahrhunderten zu machen. Doch die Herausforderung war ausgesprochen gewesen, sein Dämon hatte sie angenommen und Strider hatte alles stehen und liegen lassen müssen, um keine Niederlage zu erleiden.

Zu seinem Entsetzen hatte sie ihn gewinnen lassen. Als Harpyie konnte sie eine ganze Armee binnen Sekunden in Stücke reißen – und zwar ohne auch nur ein bisschen ins Schwitzen zu geraten –, doch statt ihnen den Todesstoß zu versetzen, hatte sie ihre noch atmenden Eroberungen aufeinandergestapelt und Strider überlassen. Danach war sie verschwunden.

Und bis zu der Nachricht auf seiner Mailbox hatte er nichts mehr von ihr gehört.

„Ich will gar nicht darauf herumreiten, wie langsam du bist", sagte Kaia, während sie sich die Fingernägel an ihrem Top polierte, „aber ich musste Bianka schon zwölfmal an nur einem Tag aus dem Gefängnis holen und habe mich nicht ein einziges Mal beschwert."

Nicht amüsant, sagte er sich erneut. „Habe ich dir schon mal gesagt, wie sehr ich es hasse, wenn Leute übertreiben?"

„Ich schwöre es!“ Sie stampfte mit dem Fuß auf. „Ich habe mich wirklich nicht beschwert.“

Kein bisschen amüsant. Ich werde nicht lachen. „Das meinte ich nicht.“

„Ach so, tja.“ Die Empörung fiel von ihr ab. „Ich übertreibe nicht. Niemals.“

Er musste sich ein Lachen verkneifen – ein frustriertes Lachen, kein amüsiertes, versicherte er sich. „Du übertreibst zum Beispiel in exakt diesem Augenblick.“

„Und du jammerst immer noch, du Heulsuse!“

Götter, sie war wunderbar, wenn sie wütend war. In ihren Augen glänzte das Gold stärker als das Grau, als würden Flammen durch ihre Iris tänzeln, und ihre Wangen erröteten wie eine seltene, exotische Rose. Ihre prächtige rote Mähne stand regelrecht von ihrer Kopfhaut ab, als hätte sie den Finger in eine Steckdose gesteckt. Rings um sie knisterte die Energie.

„Wow“, sagte Paris und sah sich um. „Das nenne ich mal lustig.“

„Habe ich dir jemals gesagt, wie sehr ich Sarkasmus verabscheue?“, fragte Strider ihn.

Kaia holte kontrolliert Luft, ohne den Blick von Strider zu nehmen. „Weißt du, lassen wir dein Heulsusen-Gehabe mal beiseite, aber ich werde mich trotzdem nicht bei dir revanchieren und auch nicht zu meiner Anhörung auftauchen.“ Arrogant und bockig hob sie das Kinn. „Nur dass du's weißt.“

Auf Wiedersehen, Nicht-Amüsiertheit. Scheiß auf eine Entschuldigung. *Niederlage* summte jetzt. Er war bereit zu kämpfen – ob er von ihr eingeschüchtert war oder nicht. Strider knirschte mit den Zähnen, sagte jedoch kein Wort mehr. Er machte einfach auf dem Absatz kehrt und stapfte aus dem Gebäude, bevor die Situation in irgendeiner Form hässlich würde. Paris und Kaia zwang er, ihm zu folgen. Zusammen. Vielleicht täten sie ihm den Gefallen und hielten Händchen.

Er hörte, wie sie hinter ihm her stapften und ununterbrochen miteinander plauderten, und zerrte seine Sonnenbrille aus der

Jackentasche. Er setzte sich das Metallgestell auf die Nase. Obwohl die Sonne hell am Himmel stand, war die Luft kalt. Strider polterte die Stufen hinunter, blieb stehen und wirbelte herum.

Kein Händchenhalten, aber definitiv Wir-haben-einander-nackt-gesehen-Funken. Sie steckten die Köpfe zusammen und sprachen leise und vertraut miteinander. Vermutlich schwelgten sie in Erinnerungen an die tausend gemeinsamen Orgasmen.

Das war genau das, was er wollte und brauchte. Eine Erinnerung.

Eine Erinnerung daran, dass Paris der Harpyie die Kleider vom Leib gerissen hatte. Dass er sie auf sein Bett geworfen und zugesehen hatte, wie ihre vollen Brüste dabei auf- und abgewippt sind. Dass er ihre Knie auseinandergedrückt hatte. Dass er in das heißeste, feuchteste Stückchen Himmel geblickt hatte, das die Erde je beehrt hatte. Dass er seinen Kopf nach unten gebeugt, geleckt, geschmeckt, genossen und die weiblichen Schreie der Leidenschaft und Hingabe gehört hatte, während sich weiche und zugleich muskulöse Beine in seinen Rücken gepresst hatten. Vielleicht sogar Stilettos. Und dann, als sein Hunger zu groß geworden war, hatte Paris sich aufgerichtet und war in einen Kern eingedrungen, der so herrlich eng war, dass es ihn auf immer verändert hatte.

Kaia hatte den Krieger fest umschlungen. Hatte seinen Namen geschrien. Hatte ihn gekratzt, gebissen und um mehr gebettelt.

Plötzlich wurde Paris' Gesicht zu Striders, und auf einmal war es Strider, der in diesen geschmeidigen kleinen Körper stieß – rein und raus, immer und immer wieder. Hart und schnell, während er stöhnte und noch mehr wollte.

Fantasie … unerträglich …

Er ballte die Hände zu Fäusten. Verdammt noch mal und verdammt waren Paris und Kaia. Denn wenn er ehrlich war, war er genauso wütend auf Paris, wie er von Kaia erregt war. Und er war so verflucht erregt, dass er sich das T-Shirt über den Hosenbund ziehen musste, um den wachsenden Beweis dafür zu verbergen. Paris hätte Kaia widerstehen müssen; er begehrte eine andere, und Kaia hatte etwas Besseres verdient, als zweite Wahl zu sein.

Warum konnte Kaia das nicht sehen?

Jeden Moment würde Strider nicht mehr das Verlangen verspüren, sie auseinanderzureißen, Paris' Gesicht über den Beton zu schleifen und danach die Luft aus Kaias Lungen zu saugen. Jeden Moment würde er seinem Kumpel wohlwollend auf die Schulter klopfen und damit anfangen, Kaia als eine hübsche Frau zu sehen, die für ihn nicht mehr war als eine gute Freundin – und definitiv keine Geliebte.

Ja. Jeden Moment.

3. KAPITEL

Verschwinde, klar?", zischte Kaia ihm ins Ohr, als sie mit Paris die Stufen hinunterging, die sie in die Freiheit führten ... und zu Strider. „Du bist wie ein lästiger Ausschlag, der immer wiederkommt."

Er lachte donnernd, und dieses Lachen war von einem gewissen Schmerz durchsetzt.

„Im Ernst. Noch nie hat Strider mir so viel Aufmerksamkeit geschenkt, und du ruinierst alles. Hau ab, bevor ich dich haue."

Paris blieb stehen und packte sie beim Arm, womit er sie ebenfalls zum Stehenbleiben zwang. Seine Belustigung war einem Ausdruck des Mitgefühls gewichen. Die goldenen Strahlen der Sonne, die ihn zärtlich streichelten, ließen sein Gesicht förmlich leuchten. Was für ein schöner Mann! Selbst die Naturgewalten hatten Schwierigkeiten, ihm zu widerstehen.

„Hör gut zu, Süße. Ich gebe dir jetzt nämlich einen Tipp, der dir das Leben retten könnte. Sei ein braves Mädchen, und ärgere den Bären heute nicht. Er ist ohnehin schon gereizt."

Sie kniff die Augen so fest zusammen, dass die Wimpern miteinander verschmolzen, und fixierte Paris. „Ich dachte, du wärest ein schlaues Kerlchen, so schnell, wie du mir auf die Schliche gekommen bist. Aber ... hallo?! Manchmal muss der Bär ein bisschen geärgert werden, weil er sonst nie aus seinem Winterschlaf erwacht."

Einer seiner Mundwinkel zuckte. „Ach ja? Dann frag dich doch mal, was ein Bär nach dem Winterschlaf als Erstes macht."

Oh Mann. „Er frisst. Und ehrlich gesagt freue ich mich schon riesig darauf."

„Ja, ja, ich weiß. Das kann lustig sein." Paris' Mund zuckte noch immer, als er sich zu ihr hinüberbeugte und flüsterte: „Aber soll ich dir noch was sagen? Bären quälen ihre Beute gern. Bären lieben es, ihre Beute zu quälen, Kye. Sie sind gemein. Wenn ein Mensch einem Bären in die Quere kommt, vor allem nach einem ausgedehnten Schlaf, endet das immer unschön.

Gib diesem hier Zeit, sich an deine listige Art zu gewöhnen."

„Erstens bin ich nicht gerade ein Mensch", erwiderte sie und hob dabei das Kinn. „Und zweitens habe ich eine Wahnsinnsneuigkeit für dich, meine kleine Zuckerschnecke. Ich bin stärker als du. Stärker als *er*. Stärker als ihr alle zusammen. Ich komme mit allem zurecht, was er mir vorsetzt."

„Jetzt reicht's mir aber", knurrte Strider unvermittelt. „Wir müssen los, Paris. Du kannst also aufhören, dich an unsere Flüchtige ranzumachen."

Unsere hatte er gesagt. Nicht *deine*. Ein wirklich guter Fortschritt. Kaia bemühte sich, ein Lächeln zu unterdrücken, als sie sich von Paris abwandte und sich langsam zu Strider umdrehte. Ihre Wut auf ihn war schon um ein paar Grad abgekühlt. Ihr stockte der Atem. Paris war schön, ja, aber Strider ... Strider war umwerfend.

Nach Wochen hatte sie ihn vorhin im Eingangsbereich des Polizeireviers zum ersten Mal wiedergesehen. Kahle weiße Wände hatten ihn umgeben, und ihre Knie waren weich geworden. Seine nur mit den Fingern gekämmten Haare waren total zerzaust gewesen und hatten in sämtliche Richtungen abgestanden. Er hatte sie mit seinen marineblauen Augen von oben bis unten gemustert, war dabei an den richtigen Stellen mit dem Blick hängen geblieben und ihr Magen hatte gezittert.

Nun, als sie ihn zum zweiten Mal ansah ... Er war groß und überragte sie, obwohl sie einige Stufen über ihm stand und High Heels trug. Seine prächtigen Muskeln ließen sich von der langen Lederjacke, dem engen schwarzen Shirt und der Jeans nicht verbergen. Und, Götter, sein Gesicht. Dieses ach so unschuldige und zugleich so verruchte Gesicht eines gefallenen Engels.

Zuerst hatte sie den wunderbaren Gegensatz in seinem Gesicht gar nicht erkannt. Sie hatte nur die Unschuld gesehen und war damit fortgefahren, nach jemandem mit den Qualitäten zu suchen, die sie besonders attraktiv fand: grüblerisch, gefährlich und vorübergehend interessiert.

Deshalb hatte Paris ihr Interesse geweckt.

Er trauerte um den Verlust seiner Menschenfrau. Grüblerisch – Kriterium erfüllt. Er war abhängig von Ambrosia und in der Lage, ohne zu zögern zu töten. Gefährlich – Kriterium erfüllt. Er war mit Sicherheit eine einmalige Sache und würde nicht klammern. Vorübergehend interessiert – Kriterium erfüllt. Doch als sie sich nach ihrem Schäferstündchen heimlich aus seinem Bett gestohlen hatte – eine Harpyie ging immer nach dem Hauptereignis –, hatte sie sich hohl und leer gefühlt.

Was vermutlich der Grund dafür war, dass sie wenige Wochen später für ein paar Sekunden zu ihm zurückgekehrt war. Sie hatte sich so fühlen wollen, wie sie sich gefühlt hatte, als sie zusammen gewesen waren. Satt. Befriedigt. Doch er hatte sie abgewiesen und aus seinem Zimmer geschoben, da er körperlich nicht in der Lage gewesen war, die Sache zu wiederholen. Sicher, er hätte sie befriedigen können, ohne selbst einen Nutzen daraus zu ziehen, aber das wäre aus purem Mitgefühl geschehen und für sie nicht zu tolerieren gewesen.

Und da sie bei diesem zweiten Verführungsversuch nichts als einen Morgenmantel getragen hatte, hatte sie das Zimmer auch in nichts als einem Morgenmantel wieder verlassen – und ganz in Gedanken vertieft war sie auf dem Flur direkt mit Strider zusammengestoßen.

Da hatte sie zum ersten Mal das Böse in seinen Augen gesehen.

In diesem Moment hatte sie das Gefühl gehabt, in ihr würde ein Schalter umgelegt. Mit Paris ins Bett zu gehen war ein Fehler gewesen. Der Mann, der vor ihr stand, war alles, was sie sich je gewünscht hatte, und noch viel mehr.

Seine Haare waren feucht gewesen und hatten an seinen Schläfen geklebt, wodurch sie dunkler gewirkt hatten. Um seinen Hals hatte er ein weißes Handtuch geschlungen, und er hatte kein Hemd getragen, das seinen faszinierend definierten Bauch versteckt hätte. Wie hypnotisiert hatte sie beobachtet, wie kleine Schweißtropfen an den goldenen Härchen entlangwanderten, die vom Bauchnabel abwärts wuchsen, ehe sie im

Paradies verschwanden. In einem Paradies, das sie besuchen wollte. Mit ihrer Zunge.

Seine Shorts saßen so tief auf der Hüfte, dass sie die zerklüfteten Ränder des saphirblauen Schmetterlingstattoos sehen konnte, das er auf der rechten Hüfte trug. Ihr Mund wurde trocken. Offensichtlich hatte er gerade ein Work-out hinter sich. Ein sehr intensives Work-out. Noch immer ging sein Atem schwer zwischen den geöffneten Lippen. Lippen, die unsägliche Lust versprachen, während sie sich in sündhafter Belustigung verzogen.

„Hübsches Outfit", sagte er, wobei er sie langsam von ihren zerrauften Haaren bis zu den pinkfarbenen Fußnägeln musterte – und mit seinem Blick an ihren kleinen Knospen und zwischen ihren zitternden Oberschenkeln hängen blieb.

„Das war alles, was ich gefunden habe", erwiderte sie mit unsicherer Stimme und in der Befürchtung, dass sich die Situation womöglich zur unsterblichen Version des Walk of Shame entwickelte. *Wie kann ich das nur wieder in Ordnung bringen?*

„Da hat der Morgenmantel aber Glück gehabt. Allerdings würde er ohne den Gürtel noch besser aussehen."

Okay, vielleicht brauche ich gar nichts in Ordnung zu bringen. Zum ersten Mal seit ihrer Bekanntschaft hatte Verlangen in seiner Stimme gelegen. Und dieses Verlangen berührte sie bei Weitem mehr als ihr Abenteuer mit Paris. „Ach ja?"

„Allerdings. Und suchst du jemand Bestimmtes?"

„Kommt drauf an." Die Erregung rauschte durch ihren Körper. Sie machte einen Schritt auf ihn zu. „Was schlägt dieser *Jemand* denn so vor?"

Hinter ihr ging quietschend eine Tür auf. „Kaia?", sagte Paris auf einmal, und sie drehte sich mit einem flauen Gefühl im Magen herum. Er warf ihr ein Paar pinkfarbene Fellpantoffeln zu. „Die hast du vergessen. Ich würde sie ja gern behalten, aber sie sind mir etwas zu klein."

„Oh." Die Schuhe landeten direkt vor ihr auf dem Boden. „Danke."

„Keine Ursache. Hey, Strider", rief Paris.

„Hey", erwiderte er knapp. „Interessante Nacht gehabt?"

„Geht dich nichts an."

Als Paris in seinem Zimmer verschwunden war, wandte Kaia sich wieder Strider zu, dessen Gesichtsausdruck nun verschlossen war.

„Interessante Nacht gehabt?", richtete er die Frage diesmal an sie.

Sie schluckte. „Eigentlich nicht. Es ist nichts passiert. Diesmal", zwang sie sich hinzuzufügen. Wenn er heute Abend irgendetwas Verbotenes mit ihr anstellte und erst danach die Wahrheit über sie und Paris herausfände, würde er sie hassen. Also lieber alle Karten auf den Tisch legen. Außer …

„Man sieht sich, Kaia." Strider war an ihr vorbeigegangen und hatte sich davongemacht, statt sie mit dem aufzuziehen, was sie getan hatte. Oder sie zu fragen, was wirklich geschehen war. Oder sich in irgendeiner anderen Form dafür zu interessieren.

Offensichtlich war die plötzliche Anziehung, die sie verspürt hatte, doch nur einseitig gewesen.

„… mir verdammt noch mal zuhören!", knurrte Strider in diesem Augenblick und holte sie in die Gegenwart zurück. „Nicht, dass *ich* darauf bestehe, aber du machst meinen Dämon wütend."

Sie machte seinen Dämon wütend? Sie wollte seinen Dämon *verführen*. Nicht wahr? Oder hatte sie die zwei bereits abgeschrieben, so wie sie es Bianka gesagt hatte?

Kaia blinzelte, konzentrierte sich und musterte ihn abermals. Vor Wut hatte sein Gesicht messerscharfe Züge angenommen, und diesmal knickten ihre Knie tatsächlich ein wenig ein. *Er ist so verdammt umwerfend.* Ein Wilder, ein Wüstling. Paris fing sie auf, bevor sie auf den Gehweg stürzte, und hielt sie fest.

Oh Götter. Schwäche? Hier? Jetzt? Ihre Wangen glühten vor Scham.

Strider machte einen bedrohlichen Schritt auf sie zu, erstarrte dann aber. „Paris, Alter, lass sie los", knurrte er, und Paris gehorchte augenblicklich. Strider fixierte sie mit einem animalischen Blick aus seinen blauen Augen. „Wann hast du zum letzten Mal etwas gegessen, Kaia?“

Den Göttern war Dank. Er brachte ihre Schwäche mit Nahrungsmangel in Zusammenhang und nicht mit seinem unwiderstehlichen Anblick. Sie zuckte die Achseln und war froh, sich aus eigenen Kräften auf den Beinen halten zu können. „Keine Ahnung.“

Da sie sich entschieden hatte, keinem ihrer Mitgefangenen die Essensschale zu stehlen, und zwei Tage lang im Knast gesessen hatte ... nun ja, sie war am Verhungern.

Okay. Sie hätte essen können. Wie immer war Bianka gekommen, um sie zu retten. Sie hatte sie rausholen und ihr etwas zu essen geben wollen. Kaia aber hatte ihre Schwester mit der strengen Warnung, nicht wiederzukommen, – gefolgt von einer angedeuteten Ohrfeige – weggescheucht. Sie hatte ihr damit gedroht, dafür zu sorgen, dass sich der Spitzname Hure der Himmlischen Hügel verbreitete und in den Köpfen aller hängen bliebe. Für immer.

„Verdammt, Kaia. Du zitterst und kannst dich kein bisschen konzentrieren.“ Sein Blick flog zu Paris. „Ruf Lucien an, damit er uns abholt. Wir treffen uns dann in Buda. Ich werde ihr etwas zu essen besorgen, und dann können wir ...“

Paris schüttelte den Kopf. „Ich werde Lucien anrufen, damit er uns abholt. Aber ich werde nicht in Buda auf dich warten. Wenn du dein Ding hier geregelt hast, wie die Kids von heute sich ausdrücken, sorg dafür, dass Lucien oder Lysander dich in den Himmel bringen. Einer von beiden wird wissen, wo ich bin.“

Strider nickte steif.

Paris wuschelte kurz durch Kaias Haare, ehe er um die Ecke verschwand und sie mit dem Krieger ihrer Träume allein ließ. Genau das hatte sie insgeheim gehofft, als sie Bianka aus der Zelle geschoben und sich wieder eingeschlossen hatte.

Sie starrten einander eine ganze Weile an, ohne dass einer

von ihnen sich bewegte oder ein Wort sprach. Die Spannung wuchs. Noch nie war seine Kriegernatur offensichtlicher gewesen. Seine Arme baumelten links und rechts an den Seiten hinunter, seine Hände waren nur Zentimeter von den nun sichtbaren Schäften seiner Waffen entfernt und er hatte den typischen breitbeinigen Stand des zum Angriff bereiten Kämpfers eingenommen. Zum Angriff auf sie? Oder auf jeden, der vorhatte, ihr wehzutun?

Schließlich konnte sie die Stille nicht länger ertragen. „Du willst in den Himmel?"

Er nickte. Seine Haut sah im Sonnenlicht aus wie poliertes Gold. Die animalische Wildheit fiel von ihm ab. Er schien sich sichtbar zu entspannen. Diese Seite von ihm gefiel ihr auch.

„Warum?" Was sie eigentlich wissen wollte: Wie lange wirst du weg sein? Triffst du dich dort mit einer Frau? Mit einem Engel? Sein Freund Aeron hatte sich in so einen geflügelten Tugendbold verliebt. Warum also nicht auch Strider?

Ich werde die Schlampe umbringen.

„Bist du sicher, dass du das wissen willst?", entgegnete er. „Es hat mit Paris und einer anderen Frau zu tun. Mit einer Frau, die er will."

Erleichterung machte sich in ihr breit. „Super! Klatsch und Tratsch." Grinsend rieb sie sich die Hände. „Leg los."

Er fuhr sich mit der Zunge über die Zähne. „Ich tratsche nicht gern, Kaia."

„Ach so", murmelte sie und ließ enttäuscht die Schultern hängen.

„Du hast mich nicht ausreden lassen. Ich tratsche nicht gern, also hör mir jetzt gut zu." Sie bemerkte, dass er sich ein Lächeln verkneifen musste, und freute sich darüber. „Die Frau, die Paris liebt ... hasst, was auch immer. Wie gesagt: Er will sie, und sie wird dort oben gefangen gehalten."

Ach soooo. Strider würde seinen Kumpel in einem Kampf unterstützen und nicht für einen Quickie mit einer großäugigen, erntereifen Flügelstürmerin in die Wolken reisen. Ihre

Erleichterung verdreifachte sich. „Ich könnte, keine Ahnung, dir helfen, ihm zu helfen. Ich habe da oben ein paar Verbindungen“, was nicht unbedingt eine Lüge war, „und ich …“

„Nein!“, schrie er, bevor er etwas ruhiger wiederholte: „Nein. Aber trotzdem danke. Allerdings … Macht es dir wirklich nichts aus, dass der Mann, den du begehrst, scharf auf eine andere ist?“

„Moment. Wer sagt denn, dass ich ihn begehre?“

„Tust du das denn nicht?“

„Nein.“

Zwar blieb seine Miene unverändert, aber er räusperte sich. „Na ja, geht mich ja auch nichts an. Zurück zum eigentlichen Thema: Paris hat Lysander um etwas Engelsbeistand gebeten und einen Korb kassiert.“

„Natürlich wird Lysander ihm nicht helfen. Aber Bianka würde er helfen, und Bianka würde mir helfen.“

„Nein. Tut mir leid.“

Sturer Esel. Er wollte sie so dringend loswerden, dass er nicht mal erwog, sie auszunutzen. Noch eine Zurückweisung – wie seltsam.

Mit steifen Bewegungen winkte er sie zu sich herüber. „Komm. Wir kümmern uns erst einmal um deinen Hunger.“

Alles, was ich will, ist ein paarmal an dir knabbern. „Mach dir um mich keine Sorgen. Ich komme schon alleine klar.“

„Ich weiß, aber ich bleibe, bis du satt bist. Ich will sichergehen, dass du nicht wieder verhaftet wirst.“

Ihre Harpyie kreischte in ihrem Kopf. Sie wollte Strider beweisen, wie fähig und stark sie war. *Ach ja? Bist du das?* „Na schön. Ach, hier kommt übrigens ein *Wahrheitsgeschoss* für den Dämon, der immer *gewinnen* will. Ich bezweifle, dass du das kannst“, spöttelte sie aus purer Gewohnheit.

Er atmete heftig aus. Vermutlich war damit die zweite Runde des Wütendseins eingeläutet.

„Du gehst vor“, befahl er knapp, bevor sie sich entschuldigen konnte.

Okay, vielleicht hätte sie nicht so provokant sein sollen. *Mein Fehler.* „Mach ich." Aber sie würde nicht mit ihm auf Essensjagd gehen. Noch nicht. Stattdessen führte sie ihn zu der Hütte, die sie sich mit Bianka in sicherem Abstand von der Zivilisation teilte. Zum Glück war ihre Schwester nicht da. „Sieh dich ruhig um. Ich muss duschen und mich umziehen."

„Kaia", begann er und ging hinter ihr den Flur entlang. „Ich bin ein wenig unter Zeitdruck und muss wegen dem, was du gesagt hast, bei dir bleiben und …"

Sie schloss die Schlafzimmertür vor seinem verblüfften Gesicht, hörte ihn knurren und grinste. Dann kam ihr plötzlich ein Gedanke, und das Grinsen verschwand. In der Küche lag eine Menge gestohlenes Essen herum. Wenn er das bemerkte, gäbe es keinen logischen Grund mehr für sie, mit ihm auf Jagd zu gehen.

Das muss ich riskieren. Ich stinke. Kaia nahm eine schnelle Dusche und war dankbar, als der Schmutz und das mittlerweile pappige Ganzkörper-Make-up von dem warmen Wasser weggespült wurden. Beinahe wäre sie aus ihrem Zimmer gestürzt, nachdem sie sich in ein pinkfarbenes Glitzer-T-Shirt mit dem Aufdruck „Fremde haben die besten Bonbons" und eine kurze Jeansshorts geworfen hatte, sah sich jedoch gerade noch rechtzeitig im Spiegel. Ihr Outfit war okay, aber ihre Haare nicht. Die rote Matte war triefend nass und klebte förmlich an ihrem Kopf und an den Armen, sodass sie wie ein durchnässter Clown aussah.

Wieder im Badezimmer föhnte sie sich schnell. Sie erwog, eine neue Schicht Make-up aufzutragen, da Strider sie um ihretwillen begehren sollte und aus keinem anderen Grund, verwarf die Idee jedoch wieder. Sollte Strider es doch sehen. Sollte Strider sich doch nach ihr verzehren. Im Augenblick würde sie ihn nehmen, wie immer sie ihn kriegen konnte. An den Gründen dafür könnten sie später noch arbeiten.

Falls sie sich entschied, ihm noch eine Chance zu geben.

Endlich eilte sie aus dem Zimmer. Sie war in Rekordzeit fertig geworden. Knapp unter zwanzig (vierzig) Minuten.

Eine duftende Wolke folgte ihr den Flur hinunter. Kein Strider im Wohnzimmer, wo ihre lebensgroße Hulatänzer-Lampe und die Burg aus leeren Bierdosen standen. Anscheinend schaute er sich um. Sie fragte sich, was er von ihrem Zuhause und ihren persönlichen Sachen denken mochte, und versuchte, das Zimmer mit seinen Augen zu sehen.

Abgesehen von dem Couchtisch, dessen geschnitzter Holzfuß einen Sumoringer darstellte, der sich vornüberbeugte und eine dünne Glasplatte trug, und dem Stuhl, dessen Armlehnen wie Menschenbeine aussahen, die sich bis zum Boden erstreckten, war ihr Mobiliar hübsch. Bianka und sie hatten sich die Stücke über die Jahrhunderte zusammengeklaut.

Der Duft der Geschichte klebte an fast jedem der polierten Möbelstücke. Na ja, außer vielleicht an dem weißen Läufer, an dessen Ende zwei gelbe Kissen genäht waren, sodass das Ganze wie Spiegeleier in einer Bratpfanne aussah. Oder an dem Hamburger-Sitzsack – komplett ausgestattet mit Blattsalat, Tomate und Senf –, aber das war's dann auch.

Und – na ja gut – vielleicht hatten sie sich das Sofa und den Doppelsitzer, die nicht älter als zehn Jahre waren, vor allem unter dem Aspekt der Gemütlichkeit ausgesucht. Vor ein paar Jahren hatte sie eine Verbindungsparty gesprengt und das Gefühl genossen, wie sich die üppigen Kissen ihrem Körper angepasst hatten. Außerdem war die Garnitur gelbbraun, beinahe so wie Biankas Augen, weshalb sie darauf bestanden hatte, sie mitzunehmen. Es hatte ja auch niemand versucht, sie davon abzuhalten. Was möglicherweise daran lag, dass sie die Teile über ihrem Kopf getragen hatte. Alleine.

Bunte Vasen zierten die Tische. Hier und da saßen individualisierte Wackelkopffiguren und ein ausgestopftes Eichhörnchen in verrückten Klamotten. Waffen und Kunstwerke hingen an den Wänden rechts neben den selbst gemachten Tafeln, auf denen ihr zu besonders gut erfüllten Missionen gratuliert wurde. Ihr Lieblingsstück: die Tafel, auf der Bianka ihr für das beste Geburtstagsgeschenk aller Zeiten dankte – für die Zunge des Mannes, der sie eine „hässliche, gemeine Hexe" genannt hatte.

Außerdem hingen hier Fotos von ihr und ihrer Familie. Von Bianka genauso wie von ihrer jüngeren Schwester Gwen und ihrer älteren Halbschwester Taliyah. Kaia, die in Clubs feierte, Bianka, die Schönheitswettbewerbe gewann, Gwen, die versuchte, sich vor der Kamera zu verstecken, und Taliyah, die stolz über ihren toten Opfern stand. Und gewinnsüchtig, wie sie war, hatte sie viele Todesopfer zu verzeichnen.

In der Küche ... Kaia blieb abrupt stehen, und ihr Herz fing an, heftig gegen ihre Rippen zu schlagen. Strider. Der umwerfende, sexy Strider. Er saß an dem Billardtisch, den sie bei ihrem allerersten Besuch in Buda aus seiner Burg gestohlen und zum Frühstückstisch umfunktioniert hatte. Über den gesamten Tisch lag Essen verteilt – von Chipstüten über Käsescheiben bis zu Schokoriegeln.

Er sah nicht in ihre Richtung, und dennoch erstarrte er, als sie den Raum betrat. „Da all diese Sachen hier liegen, bin ich davon ausgegangen, dass du sie essen kannst. Was bedeutet, dass ich die Herausforderung gewonnen habe. Ich habe dich überlistet und übertroffen."

„Danke", erwiderte sie trocken. Was für eine Enttäuschung. Ausnahmsweise wünschte sie, der Mann ihrer Träume vergäße, dass er ein Gehirn und ein Gedächtnis hatte.

Sie lehnte sich an den Türrahmen und verschränkte die Arme vor der Brust. Ihr Magen zog sich zusammen und drohte zu knurren, doch sie verharrte wartend an Ort und Stelle. Erst wenn er sie intensiv gemustert hätte, würde sie sich bewegen.

„Kaia. Iss."

„Gleich. Ich genieße den Anblick. Solltest du auch mal versuchen."

Er verkrampfte noch mehr. „Am Kühlschrank hängt eine Nachricht von deiner Schwester. Sie ist bei Lysander im Himmel und trifft dich in vier Tagen bei den Spielen."

„Okay."

„Was für Spiele sind das? Ach, egal", beeilte er sich zu sagen, ehe sie antworten konnte. „Ich will es gar nicht wissen. Was für ein Parfum trägst du? Ich mag es nicht."

Arschgesicht. „Ich trage überhaupt kein Parfum." Und sie wusste, dass er ihren Duft liebte. Er hatte eine Schwäche für Zimt. Das war ihr aufgefallen, während sie ihn verfolgt ... äh ... während sie Zeit mit ihm verbracht hatte.

Binnen Stunden, nachdem sie von diesem Faible erfahren hatte, hatte sie ihren Vorrat an Seife, Shampoo und Conditioner mit Zimtduft aufgestockt.

„Hör auf, den Anblick zu genießen, und iss endlich", erwiderte er durch zusammengebissene Zähne.

Er hatte die Vorhänge an dem einzigen Fenster zugezogen und das Licht eingeschaltet. Zwar brachte natürliches Sonnenlicht ihre Haut am besten zur Geltung, aber ... Oh Mann, wen wollte sie mit ihrem zurückhaltenden Getue eigentlich veräppeln? *Jedes* Licht brachte ihre Haut zur Geltung.

„Kaia. Komm her. Iss was. Sofort."

Götter, wie sie diesen autoritären Ton liebte! Auch wenn das ein Fehler war. Eigentlich sollte sie ihn hassen – schließlich war es eine Sünde, dass Barbaren für moderne Frauen attraktiv waren –, aber dennoch erzitterte sie. „Du musst mich schon dazu zwingen." *Bitte.*

Endlich wanderte sein Blick zu ihr herüber, und in der nächsten Sekunde war er auch schon aufgesprungen, und sein Stuhl rutschte hinter ihm über den Boden. Er öffnete und schloss den Mund. Seine Pupillen weiteten sich. Er leckte sich die Lippen. Er streckte die Hände aus, um sich an der Tischkante festzuhalten, während sich seine Nasenflügel aufblähten, als er um Luft rang. „Du ... Deine ... Verdammt!"

Mit hämmerndem Puls drehte sie sich langsam. Sie wusste, was er sah: Splitter des Regenbogens, die hypnotisch über jeden Zentimeter sichtbarer Haut tanzten, eine gesunde und vitale Röte ... die versprochene Verführung. „Gefällt es dir?"

Wie in Trance ging er um den Tisch herum und auf sie zu. Kam näher ... blieb kurz vor ihr stehen und fluchte. Er wirbelte herum, drehte ihr den Rücken zu und fuhr sich durch die Haare.

„Ich muss los“, sagte er heiser. Die Worte klangen, als müssten sie sich durch einen Fluss aus zerbrochenem Glas kämpfen.

Was? Nein! „Du bist doch gerade erst gekommen.“ Und er war so kurz davor gewesen, sie zu berühren. Allein beim Gedanken daran richteten sich ihre Brustwarzen auf, und zwischen ihren Beinen wurde es feucht.

„Du weißt doch, dass ich Paris versprochen habe, ihm zu helfen. Ich muss ihm helfen. Ja, genau das muss ich tun.“

Ob sie seine Entschlossenheit, ihr zu widerstehen, jemals bezwingen könnte? Denn *sie* wollte ihn. Sie wollte ihm noch eine Chance geben. Und noch eine. So viele er bräuchte, bis er endlich das Richtige täte. „Strider, ich ...“

„Nein. *Nein.* Ich habe dir doch schon gesagt, dass ich dabei bin, über eine unglückliche Frauengeschichte hinwegzukommen, und dass ich mich nie mit jemandem einlassen würde, der mit einem meiner Freunde zusammen war.“

Ach wirklich? „Diese unglückliche Frauengeschichte heißt nicht zufälligerweise Haidee, oder? Es ist nicht zufällig die Frau, die dich nicht wollte? Die Frau, die – was? *Mit einem deiner Freunde zusammen ist?*“

Schweigen. Ein schweres, schreckliches Schweigen.

Er würde sich nicht verteidigen. Würde nicht mal versuchen, seine unlogischen Entscheidungen und Beweggründe zu erklären. Er hatte Haidee den Mord an Baden vergeben. Warum konnte er Kaia nicht ihre Nacht mit Paris verzeihen?

„Du bist kein Unschuldslamm, Strider. Du hast schon mehr Frauen flachgelegt, als man zählen kann. Das letzte Mal, als ich dich gesehen habe, hast du gerade die Pfirsich-Bodylotion vom Körper einer Stripperin geleckt.“ In jenem Moment hatte Kaia beschlossen, dass Pfirsiche die ekelhaftesten Früchte aller Zeiten waren und die Welt ohne sie besser dran wäre.

Sie hatte bereits an ihren Kongressabgeordneten geschrieben und verlangt, alle Pfirsichplantagen niederbrennen zu lassen.

„Ich habe nie behauptet, ein Unschuldslamm zu sein. Ich habe nur gesagt …“

„Ich weiß schon. Dass du mit niemandem zusammen sein kannst, der was mit deinen Freunden hatte. Dann bist du auch ein Lügner. Aber vielleicht … Ich weiß nicht, vielleicht könntest du mit einer meiner Freundinnen schlafen. Dann wären wir gewissermaßen quitt.“ Oh Götter.

Erstens: Wie verzweifelt musste sie sich anhören? Unerträglich verzweifelt! Sie hatte doch genau gewusst, dass so etwas geschähe, wenn sie noch einen Eroberungsversuch starten würde. Und dennoch hatte sie es getan. Wie ein Pawlowscher Hund fing sie jedes Mal an zu sabbern, wenn sie Strider sah, und verriet ihren Stolz für jeden noch so kleinen Schnipsel Aufmerksamkeit, den er ihr hinwarf.

Zweitens: Beim Gedanken daran, dass dieser Mann mit einer anderen zusammen war, wuchsen ihre Krallen, und die Harpyie in ihr fing zu schreien an. Ihre Flügel flatterten genauso arrhythmisch wie ihr Herz, wodurch sich ihr T-Shirt hob und senkte, hob und senkte.

Wenn sie nicht aufpasste, würde ihre Harpyie die Kontrolle übernehmen. Ihr Sichtfeld würde schwarz, und ein unbändiges Verlangen nach Blut würde sie verschlingen. Sie würde durch die Nacht irren und jedem wehtun, der ihr in die Quere käme.

Einzig Strider wäre in der Lage, sie zu beruhigen, doch das wusste er nicht. Und selbst wenn er es wusste, er wollte diese Verantwortung ganz offensichtlich nicht. Schließlich tat er alles in seiner Macht Stehende, um sie wegzustoßen.

„Ich werde nicht mit einer Freundin von dir schlafen“, erwiderte er tonlos.

Ihr Körper verströmte eine heiße Spannung. „Gut. Das ist gut. Meine Freundinnen sind sowieso allesamt hässliche Hexen.“ In Wahrheit waren sie alle atemberaubend schön, aber wenn er ihr Angebot angenommen hätte, hätte sie ihnen auf der Stelle die Freundschaft gekündigt und sich neue Freundinnen gesucht. Hässliche.

„Kaia. Es gibt nichts, was du sagen könntest, um mich umzustimmen. Ich mag dich, wirklich. Du bist schön und klug und verdammt witzig. Und dazu noch stark und mutig. Aber zwischen uns wird niemals irgendwas laufen. Tut mir ehrlich leid. Ich sage das nicht, weil ich fies sein will, sondern weil ich dir nichts vormachen möchte. Wir tun einander einfach nicht gut. Wir passen nicht zusammen. Tut mir leid", wiederholte er.

Sie taten einander nicht gut? Was er tatsächlich meinte, war, dass *sie ihm* nicht guttat. Nachdem sie ihn gejagt, zu seinem Schutz einen Kampf verloren und sich wieder und wieder auf ihn geworfen hatte, *passte sie nicht* zu ihm. Und ihm ... tat ... es ... leid.

Plötzlich verspürte sie das Verlangen, *ihm* das Gesicht zu zerfetzen. *Sein* Blut zu trinken.

Denk an das bevorstehende Turnier. Wenn sie ihn verletzte, würde sie auch sich verletzen, und dabei musste sie in Bestform sein.

Sie atmete tief ein, hielt die Luft so lange an, bis ihre Lunge brannte, und atmete dann ganz langsam jedes Molekül wieder aus. Vielleicht hatte sie gedacht, Strider verdiente etwas Besseres, jemand Besseren, aber nein – *sie* verdiente etwas Besseres als das hier. Oder?

Er schloss mit den lahmen Worten: „Ich hoffe, du verstehst mich." Anscheinend war er sich der Verwüstung, die er in ihr angerichtet hatte, überhaupt nicht bewusst. Oder vielleicht war es ihm auch einfach nur egal.

Strider musste unbedingt noch lernen, wie man angemessen mit seiner Harpyie umging.

Kaia würde es ihm beibringen.

Sie sollte zu ihm gehen und mit den Fingerspitzen über seinen Körper fahren, ehe er Zeit zum Weglaufen hatte – und dabei ihre sinnlichen Rundungen an ihn pressen. Sollte alles tun, um ihn zu erregen. Alles, um ihn zu zwingen, mehr in ihr zu sehen als die hübsche, kluge und lustige Frau, die den Hüter von *Promiskuität* gevögelt hatte. Und wenn er schließlich um Erlösung bettelte, sollte sie einfach weggehen.

Er wäre verletzt, aber er könnte besser nachvollziehen, wie sich scheußliche Brandmarkung anfühlte.

Doch Kaia schaffte es nicht, auch nur einen Schritt zu tun. Womöglich wäre am Ende wieder sie diejenige, die abgewiesen und unterliegen würde. Womöglich würde er sie wegstoßen, ehe sie zum Angriff ansetzen könnte. Und in den nächsten Wochen standen ihr auch so schon genügend Zurückweisungen und Niederlagen bevor.

Soviel zum Thema „ihm unzählige Chancen geben".

„Ich verstehe dich gut", flüsterte sie. „Viel Spaß auf deiner Reise." Eine Verabschiedung. „Ich habe auch vor, mich zu amüsieren." Eine Lüge. Auch wenn sie tatsächlich vorhatte, den Kopf nicht hängen zu lassen und es so vielen Harpyien zu zeigen wie möglich. *So* vielen Harpyien, dass ihr Clan noch mal über ihren Titel nachdenken müsste.

Nicht mehr Kaia die Enttäuschung. Vielleicht würde sie zu Kaia der Unaufhaltsamen. Oder zu Kaia der Tötomanin.

„Du … fährst weg?", fragte er und klang erleichtert.

Keine Reaktion zeigen. „Jupp."

Noch immer sah er sie nicht an. „Wohin denn? Und wann?"

Bloß keine Reaktion zeigen. „In vier Tagen. Ich fahre nach … ach, egal." Sie ging um ihn herum und setzte sich an den Tisch. „Das willst du gar nicht wissen, erinnerst du dich?" In dem Bemühen, nonchalant, ja sogar selbstgefällig zu wirken, obwohl der Mistkerl ihr das Herz herausriss und darauf herumtanzte, riss sie eine Tüte Chips auf.

„Stimmt. Aber … pass auf dich auf. Wir sehen uns dann … pass einfach auf dich auf, okay?"

Er hatte sich gerade noch mal daran gehindert, „später" zu sagen. *Wir sehen uns dann später.* Weil er nicht vorhatte, sie wiederzusehen. Jemals.

„Versprochen", erwiderte sie, während sie zum zweiten Mal

in ihrem Leben mit den Tränen kämpfte. Vermutlich hatte sie das verdient. Das war die Bestrafung für den unglückseligen Zwischenfall, für Paris, zur Hölle, für all die Zurückweisungen, die *sie* in all den Jahrhunderten ausgeteilt hatte. „Du auch." Sosehr sie ihn im Augenblick auch verachtete, sie wollte dennoch, dass er gesund und ganz blieb.

„Mach ich." Er ging aus ihrer Küche, aus ihrer Wohnung, aus ihrem Leben, und hinter ihm knallte die Haustür Unheil verkündend zu.

4. KAPITEL

Den nächsten Vormittag verbrachte Strider damit, durch die Burg zu streifen und nach seinen Freunden zu sehen. Er tat alles, um sich von den Gedanken an Kaia und daran, wie traurig sie kurz vor seinem Gehen geklungen hatte, abzulenken. Und davon, wie sehr er sich danach gesehnt hatte, sie in die Arme zu ziehen, festzuhalten und zu trösten. Zu verschlingen.

Denk an etwas anderes.

Legion, eine verdorbene, waschechte Dämonen-Lakaiin, die sich zuerst in einen verdorbenen Menschen mit dem Körper eines Pornostars, dann in eine gefolterte Gefangene Luzifers und schließlich in eine kleinlaute, ans Bett gefesselte Jungfrau verwandelt hatte, drehte sich so auf die Seite, dass sie ihm den Rücken zuwandte, als er ihr Zimmer betrat.

Ihr Körper hatte sich von der höllischen Gefangenschaft erholt. Doch ihr Geist würde sich womöglich niemals erholen. Mehrere Wochen lang war sie von einem dämonischen Hohen Herren zum nächsten gereicht und vergewaltigt und geschlagen worden – und allein die Götter wussten, was sonst noch. Niemand wusste Genaueres, da sie sich weigerte, darüber zu sprechen.

„Hallo, Prinzessin." Strider setzte sich neben sie aufs Bett und tätschelte ihre Schulter. Sie zuckte unter der Berührung zusammen. Seufzend nahm er die Hand weg.

Er besuchte sie nicht gern. Nicht etwa, weil er sie nicht mochte. Im Gegenteil: Es tat ihm sogar entsetzlich leid, welche Qualen sie erlitten hatte. Aber er hatte Angst, dass *Niederlage* ihre emotionale Distanz als Herausforderung begreifen und ihn zwingen würde, sie zu mehr zu drängen. Zu mehr, als sie bereit war zu geben.

Sie brauchte Hilfe, und ihr engster Freund Aeron und sein Glück bringender Engel Olivia gaben sich wirklich alle Mühe. Doch bislang hatte Legion auf niemanden positiv reagiert. Sie aß nur schlecht und wurde langsam, aber sicher immer schwächer. Strider wusste, dass ein Schutzengel über sie wachte, auch wenn er den Kerl noch nie gesehen hatte. Aber eins war sicher: Der unsichtbare Bastard machte seinen Job alles andere als gut.

Zugegeben – Legion war eine egoistische Nervensäge gewesen, aber das hier hatte sie nicht verdient. Trotz aller Kapriolen hatte sie Strider vorher besser gefallen.

„Wusstest du, dass das, was dir zugestoßen ist, auch schon einigen von uns passiert ist? Kane sogar schon mehrmals. Seit er von *Katastrophe* besessen ist, zieht er solche Sachen wie ein Magnet an. Und das sage ich jetzt nicht, weil ich tratschen oder intime Geheimnisse ausplaudern will. Als wir in New York lebten, hat er eine Selbsthilfegruppe geleitet, um anderen zu helfen. Vielleicht solltest du mal, keine Ahnung, mit ihm sprechen oder so."

Schweigen.

Ihre blonden Haare waren verfilzt und stumpf. Auf ihrer Haut lag ein kränklicher grauer Schleier. Und er wusste, dass ihre Schultern unter dem weißen Stoff ihres Nachthemdes eingefallen waren.

„Einmal haben Paris und ich sogar … Moment. Jetzt tratsche ich doch. Ist sowieso unwichtig. Du musst Paris fragen, wenn du dieses Schmankerl hören willst."

Schweigen. Von ihr und von seinem Dämon. Obwohl sie eine Herausforderung darstellte, zeigte *Niederlage* sich gleichgültig.

Er zog ihr die Bettdecke bis zum Kinn und sah, wie eine glitzernde Träne an ihrer Wange hinunterlief.

Also gut. „Ich wollte nur nach dir sehen, aber da ich weiß, dass du dich in meiner Gegenwart unwohl fühlst, gehe ich besser wieder", sagte er sanft. Sie konnte sich nicht entspannen, solange er hier war, und er wollte es ihr nicht noch schwerer machen.

Wieder Schweigen. Er seufzte abermals, als er aufstand. „Ruf mich, wenn du etwas brauchst, ja? Egal, was es ist. Ich helfe dir gern."

Wieder kam keine Antwort – weder von Legion noch von seinem Dämon. Er fragte sich, was mit seinem – abgelenkten? sich versteckenden? gleichgültigen? – Gefährten los war, während er zu seiner nächsten Station schlenderte. Amuns Zimmer.

Obwohl er und Amun – und zur Hölle, sogar er und Haidee – gut miteinander auskamen, hatte er den Kontakt zu ihnen mehr als eine Woche vermieden. Allein wenn er Haidee ansah, tanzten Abertausende schmerzende Funken in seiner Brust. Nicht weil er sie immer noch wollte, sondern weil er sie verloren hatte. Weil er sie nie haben und weil sein Dämon niemals vergessen könnte, was sie wegen ihrer Zurückweisung durchgemacht hatten.

Haidee öffnete die Tür, und er musterte sie aus purer Gewohnheit. Sie war durchschnittlich groß und hatte blonde Haare mit pinkfarbenen Strähnen. In einer Augenbraue trug sie ein Piercing und ein Arm war lückenlos mit Tätowierungen bedeckt. Mit dem Hello-Kitty-T-Shirt und der zerfetzten Jeans würde sie in jeder Bar nach ihrem Ausweis gefragt.

Als sie ihn sah, verfinsterte sich ihr Blick, und sie trat zur Seite, um ihn hereinzulassen. Trotz der düsteren Miene schien sie von innen zu leuchten, und zwar vor ... er verzog das Gesicht. Was zur Hölle war das?

Hätte man ihm die Mündung einer 10-mm-Waffe in den Mund gesteckt und befohlen zu raten, wenn er nicht sterben wollte, hätte Strider gesagt, aus ihren Poren sickerte die Liebe in ihrer reinsten Form. Es tat beinahe weh, sie anzusehen, sosehr strahlte sie.

Verdammt. „Bist du schwanger?"

„Nein." Ein geheimnisvolles Lächeln legte sich auf ihre Lippen. Na toll. Sie hatte sich schon Amuns Alles-ist-ein-Geheimnis-Ausstrahlung zu eigen gemacht. „Was gibt's?"

Strider war darauf gefasst, noch mehr Schmerz zu verspüren – insbesondere bei diesem Glanz, der ihm schier die Hornhaut versengte – und rieb sich mit der Hand übers Herz, aber … nichts. Das Organ setzte nicht einen Schlag aus. Na schön. Dann also los.

Er sah sich im Zimmer um. Haidee hatte die Dekoration in die Hand genommen, weshalb es hier nicht mehr wie in einer Höhle aus Vanilleeis aussah – eintönig, schmucklos und ohne Persönlichkeit.

Haidee mochte offensichtlich einen zeitgenössischen Stil mit japanischem Flair. Er bemühte sich, nicht zusammenzuzucken. Laternenähnliche Lampen hingen von der Decke herab. Die Wände waren jetzt braun und orange, und die Farben waren so angeordnet, dass sie ein Kastenmuster bildeten. In jeder Ecke schienen Bonsais zu sprießen, und unter drei gläsernen Nachttischchen erstreckten sich weiße Wollteppiche. Weißer Teppich. Hatte sie denn nicht gesehen, wie viel Dreck Kriegerstiefel hereintragen konnten? Die Bettdecke war ebenfalls weiß und mit orangefarbenen Perlenkissen geschmückt.

Wenn sie diesen Mist in seinem Zimmer probiert hätte, hätten sie ein ernsthaftes Problem gehabt. Wenn ein Mann sich entspannen wollte, musste er sich in seiner Umgebung wohlfühlen. Und das hier war definitiv keine Wohlfühlatmosphäre.

Strider hatte erst ein Mal mit einer Frau „zusammengelebt“, und das auch nur, weil sie ihn herausgefordert hatte, bei ihr einzuziehen. *Ich weiß, dass ich dich glücklich machen kann, wenn du jede Nacht zu mir nach Hause kommst. Aber kannst du mich auch glücklich machen? Ich schätze, das werden wir noch herausfinden.*

Nach einigen Wochen des Zusammenlebens hatte er die Niederlage bereitwillig hingenommen. Er hatte sie nicht glücklich machen können, weil er sie nicht glücklich machen *wollte*.

Er dachte an Kaias Wohnung und *ihren* Dekostil. Das war mal eine Frau, die wusste, wie man einen Ort behaglich und lustig gestaltete. Sie hatte sogar eine Toilette, die wie ein geöffneter Mund aussah. *Ich will.*

Haidee räusperte sich. „Strider?“

Er drehte sich zu ihr um. „Was?“ Als er in ihr erwartungsvolles Gesicht blickte, das durch das, was auch immer sie ausstrahlte, ganz weich war, fiel ihm wieder ein, dass er zu ihr gekommen war und nicht andersrum. „Ach ja, ähm. Wo ist Amun?“

„Cronus hat ihn in den Himmel bestellt.“

„Warum?“

Noch ein geheimnisvolles Lächeln. „Weiß ich noch nicht.“

„Wie lange ist er schon weg?“

„Drei Stunden, neunzehn Minuten und achtundvierzig Sekunden. Nicht, dass ich die Uhr hypnotisiere oder so. Kann ich dir irgendwie helfen?“

„Nee.“ Er hatte seinen Freund einfach nur sehen wollen, nach allem, was Strider ihm angetan hatte … Er hatte versucht, Amun und Haidee voneinander fernzuhalten … Diese Schuldgefühle – manchmal fraßen sie ihn regelrecht auf. „Ich, äh, komme einfach später noch mal vorbei.“

Sie zog irritiert die Augenbraue hoch. Und besorgt? Ja. Das war Sorge. „Bist du sicher?“

Eigentlich hätte er nicht überrascht sein sollen, aber … sie hatte Baden getötet, den Hüter von *Misstrauen*. Sie hatte versucht, Strider zu töten. Und für beides hatte sie sehr gute Gründe gehabt. Vor langer, langer Zeit hatten die Herren dabei geholfen, ihre Familie zu vernichten, und damit ihr Leben zerstört. Hölle, wegen eines Dämons war sie wieder und wieder getötet worden.

Jedes Mal, wenn sie zurückgekommen war, hatte sie sich nur an ihren Hass und an den Tod jener erinnert, die sie einst geliebt hatte. Hatte nur nach Rache gesucht. Und das ergab durchaus einen Sinn, denn immerhin war sie von einem Teil des Dämons *Hass* besessen gewesen. Und vielleicht war das noch ein Grund dafür, dass Strider sie gewollt hatte. Wegen dieses Teils von *Hass* hatten andere sich selbst und Haidee nicht gemocht. Strider hatte diese Abneigung schnell überwunden, hatte sie *besiegt*. Und deshalb – so seine Vermutung – war es für ihn und seinen eigenen Dämon wie ein Rausch gewesen, mit ihr zusammen zu sein.

Dass sie nun Amun liebte, dass sie die Herren nun in ihrer Sache unterstützte, nun ja, das war ein Wunder, das zu hinterfragen Strider unbedingt aufhören musste.

„Ja, ganz sicher." Er beugte sich vor und gab ihr einen Kuss auf die Wange. Noch nie zuvor hatte er von sich aus Kontakt gesucht, wenn nicht Messer im Spiel waren. „Bis dann, Haidee."

Ihr fiel die Kinnlade herunter, und sie stammelte: „Ja. Bis dann." Noch nie war er so nett zu ihr gewesen.

Anscheinend wurde er auf seine alten Tage noch weich.

Als Nächstes stand er in der Tür zu Sabins Zimmer und aß dabei eine Handvoll Red Hots nach der anderen. Er hatte in jeder Ecke der Burg ein geheimes Depot von diesen scharfen Zimtkaubonbons, die er so liebte. Er sah seinem Freund dabei zu, wie er allen möglichen Mist in einen Koffer warf. Seine Frau Gwen wuselte um ihn herum und versuchte halbherzig, die Kleiderberge zusammenzufalten, die Sabin zusammengeknüllt hatte, die Waffen zu stapeln, die er nur teilweise in Scheiden gesteckt hatte, und zum dritten Mal das Megafon aus dem Koffer zu nehmen.

Früher hatten die Harpyien sie Gwendolyn die Schüchterne genannt. Strider wusste nicht, wie sie sie jetzt nannten, aber dieser Spitzname passte auf keinen Fall mehr zu ihr. Das kleine Energiebündel hatte sich gemacht und sogar Kaia in den Hintern getreten, indem sie sie in den Kerker gesperrt und daran gehindert hatte, Sabin die Haut abzuziehen und als Siegesmantel zu tragen.

Kaia.

Sein Herz setzte einen dämlichen Schlag lang aus, und er fühlte sich wie ein verknallter Schuljunge. Etwas, das er nie gewesen war. Zeus hatte ihn als erwachsenen Mann geschaffen, als Waffe, die einsatzbereit war gegen jeden, der den ehemaligen Götterkönig und seine Lieben bedrohte. Selbst damals, bevor man Strider seinen Dämon zugeteilt hatte, hatte er den

Sieg geliebt und jeden plattgemacht, der ihm in die Quere gekommen war.

Was war schon verführerisch an einer Niederlage? Nichts.

Sein Dämon brummte einvernehmlich.

Strider konzentrierte sich wieder auf seine Umgebung, bevor der kleine Scheißer anfing, ihn herumzuschubsen. Während er Gwen beobachtete, merkte er, wie sehr sie ihrer älteren Schwester ähnelte.

Kaia.

Und da wären wir wieder. Gwen hatte dicke blonde Haare mit roten Strähnen – es war die gleiche Rotnuance wie bei Kaias Haaren. Aber wenn er ehrlich war, waren Kaias Haare schöner. Welliger und seidiger. Und während Gwens Augen eine faszinierende Mischung aus Grau und Gold waren – so wie Kaias – waren Kaias Augen doch schöner. Bei ihr sah das Grau fast aus wie flüssiges Silber und das Gold, tja, das Gold flackerte wie Glühwürmchen.

Was bist du? Eine Memme? Hör auf, den Poeten zu spielen.

Egal. Wenn Kaias Harpyie die Kontrolle übernahm, bekam sie pechschwarze Augen, in deren Tiefe der Tod schwamm. Doch wenn er auch hier ehrlich war, fand er sogar das sexy.

Gwen und Kaia hatten die gleiche Stupsnase, die gleichen Pausbäckchen und das gleich sture Kinn. Und dennoch war Kaia die leibhaftige Sünde und Gwen die wandelnde Unschuld. Das ergab keinen Sinn. Trotzdem ließ ihn die Ähnlichkeit alles andere als kalt.

Er zwang seinen Körper mit aller Willenskraft, unbeeindruckt zu bleiben. Sabin würde sich furchtbar aufregen, wenn Strider in Gegenwart seiner Herzdame einen Ständer präsentierte. Und natürlich bedeutete „sich aufregen", dass Strider sich mit seinen Innereien um den Hals geschlungen wiederfände und Atmen ein Privileg vergangener Tage wäre.

Nur zu, dachte er.

Das leise Lachen von *Niederlage* schreckte ihn auf.

Angespannt wartete er darauf, dass eine Herausforderung

ausgesprochen würde. Aber nichts geschah. Süße Götter im Himmel, er musste vorsichtiger sein. Keine Beinahe-Herausforderungen mehr.

Was machte er hier überhaupt? Sollte er nicht im Himmel bei Paris sein? Sollte er nicht mit William in Nebraska sein und die Familie foltern, die Gilly misshandelt hatte, eine Menschenfrau, mit der sie sich angefreundet hatten? Sollte er nicht da draußen sein und Jäger töten? Sollte er nicht in Rom sein und mit den Unaussprechlichen verhandeln – mit den Ungeheuern, die in einem antiken Tempel festgekettet waren und sich verzweifelt die Freiheit wünschten?

Er hatte ihnen eins der vier göttlichen Artefakte gegeben, die nötig waren, um die Büchse der Pandora zu finden und zu vernichten. Ein Relikt, nach dem die Jäger ebenfalls suchten.

Die Unaussprechlichen hatten die Zweiadrige Rute und den Tarnumhang, die Herren den Zwangskäfig und das Allsehende Auge. Somit stand es Herren: 2, Jäger: 0. Juchhu!

Die Unaussprechlichen waren an den Artefakten an sich überhaupt nicht interessiert. Für sie war einzig interessant, gegen was sie die Artefakte *eintauschen* konnten. Derjenige, der ihnen den Kopf des momentanen Götterkönigs präsentierte (abzüglich des Körpers), bekäme im Gegenzug die Zweiadrige Rute, sodass sie nur noch den Umhang hätten. Den Umhang, den Strider schon mal besessen, dann aber gegen Haidee eingetauscht hatte.

Damals hatte ihm der Tausch nichts ausgemacht, weil er sich verdammt sicher gewesen war, dass die Unaussprechlichen das Ding behalten würden, um später mit ihm zu handeln. Und das war er noch immer. Er wusste zwar, dass er tief in die Tasche greifen müsste, aber das war besser, als wenn er Haidee entkommen lassen und sie seine Geheimnisse mit ihren Jägerfreunden geteilt hätte.

Eigentlich hatte er schon längst zurückgehen wollen, doch dass er Haidee an Amun verloren hatte, hatte ihn länger als eine Woche außer Gefecht gesetzt. Sein Dämon hatte sich vor

Schmerzen gekrümmt und gebrodelt wie ein Hexenkessel.

Vielleicht war ich deshalb unfähig, Haidee loszulassen, dachte er nun. *Weil der Schmerz so lange nachgehallt hat. Vielleicht ist das der Grund, warum ich Kaia immer noch zurückweise.*

Denk nicht mehr an sie, du Vollidiot. Sonst fängst du noch an zu sabbern. Er wies sie zurück, weil sie letztlich auf seinem Stolz, seinem Wohlbefinden und vermutlich sogar auf seinem Lebenswillen herumtrampeln würde.

Musste er daran allen Ernstes noch mal erinnert werden?

Er zwang sich, wieder an die Artefakte zu denken. Strider hatte geschworen, den Umhang zurückzuholen. Und das würde er auch. Bald. Weil nämlich derjenige, der die Büchse der Pandora als Erster fände, den Krieg gewinnen würde, und wenn es etwas gab, das er noch mehr wollte als Kaia – auch wenn er ja gar nicht an sich dachte –, dann war es der Sieg über die Jäger.

Das wäre der ultimative Sieg. Welches Glücksgefühl würde er verspüren … Götter, er konnte es sich nur ansatzweise vorstellen. Besser als Sex oder Drogen.

Egal. Das alles war zwar ohne Zweifel wichtig, aber auf einmal wurde ihm klar, dass er an diesem Vormittag extra allen einen Besuch abgestattet und verschiedene Dinge wiedergutgemacht hatte, damit er gehen und … Verflucht! Nicht gut. Das war gar nicht gut.

Damit er gehen und nach Kaia sehen konnte. Er musste sich davon überzeugen, dass es ihr gut ging. Auch wenn er dafür seine Verpflichtungen erneut hintanstellen musste.

Alter, das kannst du nicht machen. Und er würde es auch nicht. Auf keinen Fall! Nun, da er seine Absicht erkannt hatte, konnte er der Sache einen Riegel vorschieben.

„Warum zum Teufel stehst du einfach nur da?“, brüllte Sabin auf einmal. „Sag, was du willst, und hau ab, Stridey-Man. Deinetwegen wird Gwen noch zu einer rasenden Irren.“

„Wenn ich zu einer rasenden Irren werde, dann *deinet*wegen!“, grummelte sie, als sie abermals das Megafon aus dem Koffer nahm. „Wir brauchen das ganze Zeug nicht.“

„Woher willst du das wissen?“, erwiderte Sabin. Er fuhr sich mit der Hand durch die dunklen Haare. Der Goldton in seinen Augen war heller als gewöhnlich. „Du hast noch nie zuvor an den Harpyienspielen teilgenommen. Und damit solltest du auch jetzt nicht anfangen, verdammt noch mal!“

„Du hast Bianka doch gehört. Alle Töchter von Tabitha Skyhawk wurden dorthin zitiert. Und selbst wenn nicht, selbst wenn nur eine Handvoll Angehörige des Clans gerufen worden wären, würde ich trotzdem hingehen. Es geht um meine Familie.“

„Na ja, aber du gehörst jetzt zu meiner Familie.“

„Im Grunde gehörst *du* jetzt zu *meiner* Familie, und da ich der General, der Kapitän und der Kommandeur bin, folgst du mir überall hin. Und *ich* gehe!“

„Fuck.“ Sabin ließ sich auf die Bettkante fallen und steckte den Kopf zwischen die Knie.

„So schlimm?“, fragte Strider, um einen beiläufigen Tonfall bemüht. *Ich sterbe nicht vor Neugier. Ehrlich nicht.*

Kaia hatte am Vortag versucht, ihre Angst zu verstecken, doch das war ihr nicht so ganz gelungen. Als er ihre Reise erwähnt hatte, hatte sie zu zittern angefangen und war ganz blass geworden. Eigentlich hätte ihm das nicht auffallen dürfen, denn er hatte ihr ja den Rücken zugewandt. Aber in den Vorhängen war ein Spalt gewesen, sodass er ihr Spiegelbild in der Fensterscheibe hatte sehen können. Und er hatte ganz genau hingesehen.

Sie hatte wie ein Diamant gefunkelt und seine Blicke magnetisch angezogen, und er war so wild darauf gewesen, sie zu berühren, dass sein Körper innerlich gebrannt hatte.

Harpyienhaut ... Es gab nichts Exquisiteres. Trotzdem war es komisch, dass er niemals das Verlangen verspürt hatte, Gwen, Bianka oder Taliyah so zu streicheln und zu schmecken, wie er Kaia streicheln und schmecken wollte.

Aber er dachte ja gar nicht mehr an sie.

Niederlage stieß abermals ein leises Lachen aus, und Strider erstarrte. Doch als der kleine Scheißer weder antwortete, noch sich herausfordern ließ, entspannte er sich ein wenig. Verflucht. Was zum Teufel war nur mit seinem Dämon los?

Gwen kaute auf ihrer Unterlippe herum. „Bianka hat mir erzählt, die Spiele seien so brutal, dass die Hälfte der Teilnehmerinnen am Ende tot ist oder betet, bald zu sterben. Und ein Mal, vor über tausendfünfhundert Jahren, ist mehr als die Hälfte gestorben. Oder besser gesagt: fast alle."

Strider richtete sich ruckartig auf und das Blut gefror ihm in den Adern. „Was? Wieso?"

„Mehr hat sie mir nicht gesagt, also sieh mich nicht an, als würdest du mir die Kehle durchschneiden, wenn ich nicht augenblicklich auspacke", erwiderte Gwen, ehe sie hinzufügte: „Aber übertrieben hat sie nicht. Ach ja, warte. Etwas hat sie mir doch noch erzählt. Offensichtlich war es den Skyhawks jahrhundertelang nicht gestattet, an den Spielen teilzunehmen, weil Kaia irgendwas getan hat – auch wenn mir niemand verraten will, was. In unserem Clan hat niemand jemals darüber gesprochen, und zu den Frauen anderer Clans hatte ich keinen richtigen Kontakt. Die haben uns immer gemieden. Aber jetzt empfangen sie uns plötzlich wieder mit offenen Armen. Es ist seltsam, und es gefällt mir nicht, aber ich werde meine Schwestern gewiss nicht alleine in feindliches Terrain ziehen lassen."

Striders Gedanken blieben an einem einzigen Detail hängen: Kaia hatte den Tumult verursacht. Was hatte die bezaubernde Unruhestifterin bloß getan?

„Ach ja, und noch etwas: Bianka denkt, dass es eine Falle ist." Gwen richtete Sabin auf und setzte sich auf seinen Schoß. Automatisch schlang der Krieger die Arme um sie und hielt sie fest. „Sie denkt, die Skyhawks – und insbesondere Kaia – werden als Zielscheiben für die Rachegelüste der anderen dienen."

Kaia ... eine Zielscheibe für jede nachtragende Harpyie ... Nun erhitzte sich sein Blut aus einem anderen Grund: in seinem Innern kochte ein wahres Inferno. „Dürfen Männer auch dorthin?"

„Gemahle und Sklaven ja, und sie *dürfen* die Harpyien nicht nur begleiten, sie werden sogar dazu ermuntert. Blut ist für Harpyien wie Medizin, und die Gemahle und Sklaven helfen den verletzten Teilnehmerinnen zu heilen.“

„Hat Kaia einen … Sklaven?“, krächzte er. Einerseits wollte er, dass sie einen hatte, damit sie sicher war, andererseits verspürte er jetzt schon den Drang, den elenden Scheißkerl umzubringen.

Niederlage knurrte – und diesmal klang es weder heiter noch ängstlich.

Das ist keine Herausforderung, Kumpel. Oder war sein Dämon beunruhigt von der Vorstellung, dass jemand anderes außer Strider Kaia verletzen könnte?

Auf kranke, verworrene Art ergab das sogar einen Sinn. Seine Besitzgier war hoch entwickelt – vor allem bei seinen Feinden, aber auch bei seinen Freunden. Und Kaia war ein bisschen von beidem.

Zum Glück gab *Niederlage* keine Antwort. Strider konnte auf eine zusätzliche Komplikation gut verzichten, und die hätte es bedeutet, wenn er nun auch noch gegen Kaia und/oder jeden, der sie herausforderte, hätte kämpfen müssen. Ihr Wohl lag nicht in seiner Verantwortung. Sie war nicht sein Problem.

„Nein“, antwortete Gwen schließlich mit trauriger Stimme. „Kaia hat keinen Sklaven.“

Welche Erleichterung. „Dann werden wir ihr einen suchen.“ Welche Wut.

„Nein.“ Die erdbeerblonden Strähnen schlugen gegen ihre Wangen, als sie den Kopf schüttelte. „Sie denkt, dass *du* ihr Gemahl bist.“

Ja, irgendwann hatte Kaia tatsächlich schon einmal so etwas in der Art zu ihm gesagt. Und er hatte ihr geglaubt, dass sie das glaubte. Aber er hatte auch geglaubt, dass sie sich irrte und ihn in Wahrheit einfach nur attraktiv fand. Obwohl es ein „einfach nur attraktiv“ für sie nicht gab. Sie wollte für sich nur das Beste vom Besten, und er konnte ihr nicht verübeln, dass …

Ego-Alarm. Mit der freien Hand massierte er sich den Nacken. Neue Formulierung: Sie wollte jemanden, der stark, kompetent und gut aussehend war. Mist. Ego-Alarm, dachte er wieder. Sie hatte jemanden, *etwas* gewollt, das gut aussah.

Nein. Das funktionierte nicht. Eine Tatsache war eine Tatsache, und daran führte kein Weg vorbei. Sie hatte jemanden gewollt, der extrem gut aussah, und er entsprach ihren Anforderungen. Nur ...

Paris war besser aussehend.

Besser aussehend – der Ausdruck existierte nicht einmal, oder? Doch, wahrscheinlich schon, und höchstwahrscheinlich hatte man es allein wegen Paris erfunden. „Und?“, fragte er heftiger als beabsichtigt.

„Und sie wird niemand anderen mitnehmen“, plapperte Sabin drauflos. „Harpyien sind verdammt besitzergreifend und stur. Was bedeutet, dass sie genauso sind wie du und unfähig, Kompromisse einzugehen.“

Gwens Blick verfinsterte sich. „He!“

„Tut mir leid, Baby, aber das ist die Wahrheit.“ Mit Blick auf Strider fuhr er fort: „Kaia wird entweder dich mitnehmen oder niemanden. So ist es nun mal.“

„Und deshalb ...“ Gwen atmete tief durch, während sie Strider bedrohlich ansah. „Du weißt, dass ich dich gern habe, nicht wahr?“

Er nickte steif. Mist, Mist, Mist. Ihn oder niemanden. Ein Segen und ein Fluch. Dafür hatte er keine Zeit. Er wollte das nicht. Er konnte nicht noch mehr Zeit mit ihr verbringen. Er hatte ihr sogar schon Auf Wiedersehen gesagt.

Ein „Auf Wiedersehen“, das um ein Haar seinen Dämon aufgescheucht hätte. Bei jedem Schritt, den er sich von Kaias Wohnung entfernt hatte, war *Niederlage* durch seinen Kopf gepirscht, weil er zu gerne gehandelt hätte. Zu gerne hätte er sie festgenagelt und genommen – der Sieg wäre so verdammt süß gewesen –, doch er hatte es sich selbst untersagt. Denn die Niederlage wäre verdammt schmerzhaft gewesen.

Nie war Strider glücklicher darüber gewesen, dass die Dämonen aus der Büchse der Pandora Angst vor den Harpyien hatten. Und das aus gutem Grund, denn sie waren Abkömmlinge von Luzifer, dem Herrn über alles Dämonische.

Außerdem hatte *Niederlage* Kaia kämpfen gesehen. Welche Waffe sie auch benutzte – ob Pistole, Messer, Krallen oder Fangzähne – sie erledigte ihre Gegner schneller, als das Auge es wahrnehmen konnte. Nette Eigenschaften für eine Frau, mit der man ausgehen wollte, und definitiv ein Aphrodisiakum. Aber nur, solange die eigene Existenz nicht davon abhing, immer siegen zu müssen – wie bei ihm.

Strider aß die letzten Bonbons und warf die leere Tüte in den Abfalleimer neben Sabins Tisch. *Yeah*. Zwei Punkte.

Niederlage schnurrte zufrieden, und kleine Funken der Befriedigung sausten durch Striders Adern.

„… mir eigentlich zu?", fragte Gwen.

„Ja klar", log er und sah sie schnell an. Sie saß nicht mehr auf Sabins Schoß, sondern stand breitbeinig mit in die Hüften gestemmten Fäusten nur wenige Zentimeter vor Strider. Die Pose kam ihm bekannt vor. „Aber, äh, ich glaube, ich hab es nicht ganz verstanden. Du hast gerade gesagt …"

Sie verdrehte die Augen. „Ich habe dir gesagt, dass dir nur noch zwei Tage bleiben, um dich um deine dringlichen Angelegenheiten zu kümmern. Denn obwohl ich dich gern habe, werde ich dafür sorgen, dass du mit zu den Spielen reist. Kaia braucht dich, und du wirst für sie da sein. Sonst …"

Er bedachte Sabin mit einem Blick, der sagte „Und wie hast du vor, mir zu helfen?" Auf dem Gesicht des anderen Mannes spiegelte sich Mitleid, aber keine Spur von Entschlossenheit oder Wut. Ach so. Sein furchtloser Anführer würde also gar nichts tun. Na toll.

Strider blickte zu Gwen. „Denk nicht einmal daran, mich herauszufordern", warnte er sie. „Ich werde nicht zögern, mich dafür zu rächen." Natürlich wusste er, dass Sabin ihn angreifen würde, wenn er der Frau auch nur einen Kratzer zufügte. Er würde gegen seinen Boss kämpfen müssen, aber zwei Siege mit einer Klappe? Nur zu.

„Als ob ich jemals deinen Dämon gegen dich einsetzen würde“, erwiderte sie und verblüffte ihn damit. „Gott, ich kann nicht glauben, dass du so schlecht von mir denkst.“ Sie klang ehrlich verletzt. Als er gerade den Mund öffnete, um sich zu entschuldigen, sagte sie: „Ich hatte lediglich vor, dich windelweich zu prügeln, zu fesseln und dafür zu sorgen, dass Lucien dich an den Ort des ersten Harpyientreffens beamt. Meine Güte! Du traust mir ja gar nichts zu.“

„Lediglich“, hatte sie gesagt. Er schürzte die Lippen. „Dir ist schon klar, was du anrichten würdest, wenn du mich windelweich prügelst und mich fesselst? Du würdest meinen Dämon gegen mich einsetzen. Die Niederlage würde mich zerstören.“

„Oh.“ Sie schaute ratlos drein. „So weit habe ich gar nicht gedacht.“ Dann hob sie das Kinn, wodurch sie ihn abermals an Kaia erinnerte. „Aber ich werde es trotzdem tun. Also mach dir die Sache selbst leichter und erklär dich bereit, sie zu begleiten. Bitte.“

„Betteln funktioniert bei mir nicht. Genauso wenig wie weinen, nur damit du Bescheid weißt.“ Vor langer Zeit, als er sich noch mit Frauen verabredet hatte, hatte er gelernt, dass Betteln und Weinen Methoden weiblicher Kriegsführung waren. Frauen wollten etwas und taten alles, um es zu bekommen.

Bewundernswert, aber er hatte nicht lange gebraucht, um sein Herz gegen solche Tücken zu panzern. Oder um zu beschließen, dass feste Beziehungen nicht sein Ding waren. So schnell er die Tricks seiner Partnerinnen durchschaut hatte, so schnell hatten sie ihn durchschaut.

Er musste gewinnen, und sie versuchten immer, das zu ihrem Vorteil auszunutzen. Wie oft hatte er verschiedene Varianten von „Ich wette, du kannst nicht den ganzen Tag mit mir verbringen und es genießen“ gehört? Unzählige Male.

„Also?“, drängte Gwen. „Ja oder nein? Auf die nette Tour oder auf die harte?“

„Wie lange?“, zischelte er.

„Vier Wochen“, antwortete sie mit unverhohlener Hoffnung in der Stimme.

Seiner Reaktion nach zu urteilen hätte sie auch sagen können „eine Ewigkeit“. Vier Wochen. Vier verdammte Wochen mit Kaia. Sie verpflegen, bewachen und mit seinem Körper beschützen, falls sich die Gelegenheit böte.

Stridey-Monster zuckte vor Eifer. *Das ist nichts, worauf man sich freuen sollte, du Idiot.* Er würde sie mit seinem Körper beschützen, falls es die *Umstände erforderten.* Doch selbst die neue Formulierung änderte nichts daran, dass die Schwierigkeiten vorprogrammiert waren. Sich so galant wie möglich in eine Situation hinein- und wieder herauszumanövrieren, das war sein neues Motto, und es tat ihm gut. Denn so hatte niemand Zeit, seine Marotten auszuloten – oder sie gegen ihn einzusetzen.

Kaia allerdings kannte seine Eigenarten bereits und zögerte nie, ihn herauszufordern. Ein Teil von ihm mochte diesen Nervenkitzel, ja. Wenn man nie mitspielte, konnte man auch nicht gewinnen, und bei ihr war alles ein Spiel. Auf der anderen Seite konnte er auch genauso gut verlieren.

„Was ist mit unserem Krieg gegen die Jäger?“, fragte er Sabin. Wenn es irgendwen gab, der genauso gerne gewann wie Strider, war es Sabin. Der Kerl hätte seine eigene Mutter bei eBay versteigert, nur um eine Schlacht zu finanzieren. Das heißt, wenn er eine Mutter gehabt hätte.

„Ich habe schon mit Cronus gesprochen“, entgegnete Sabin. „Galen stellt momentan keine Gefahr dar. Er ist zu stark verletzt, als dass er Probleme machen könnte. Und Rhea ist verschwunden.“

Galen, der unsterbliche, vom Dämon *Hoffnung* besessene Krieger, der zudem – so wollte es die Ironie – Anführer der Jäger war. Rhea, die hinterhältigste Götterkönigin aller Zeiten, die über die Hälfte des Himmels herrschte. Beide standen ganz oben auf seiner langen Feindesliste.

„Verschwunden? Immer noch?“ Er wusste, dass sie verschwunden war, aber irgendwie war er davon ausgegangen, dass sie in Deckung gegangen war, nachdem ihr Ehemann von ihrem jüngsten Verrat an ihm erfahren hatte – sie hatte ihre Schwester überredet, seine Geliebte zu werden und ihn auszuspionieren – und sie dafür bestrafen wollte. „Ist an der Sache etwas faul?“ Nicht viele Wesen konnten erfolgreich eine Göttin entführen.

„Ja, auch wenn Cronus keine Einzelheiten preisgeben wird.“

Vielleicht weil er keine hatte. Das würde auch erklären, warum Cronus ihren Freund Amun zu sich bestellt hatte. Niemand war besser geeignet, um Antworten zu liefern, als der Hüter von *Geheimnisse*. „Dann ist das der ideale Zeitpunkt, um die Jäger anzugreifen“, zwang er sich zu sagen.

„Im Gegenteil“, widersprach Sabin und zog eine Augenbraue hoch. „Erinnerst du dich an die Frau, die wir gesehen haben? Die den Dämon von *Misstrauen* in sich aufgenommen hat?“

„Nein, Sab. Die habe ich vergessen“, erwiderte er trocken. Sie waren beide im Tempel der Unaussprechlichen gewesen und hatten miterlebt, wie die Kreaturen die Luftmoleküle manipuliert und ihnen gezeigt hatten, was gerade einen ganzen Kontinent entfernt geschah.

Galen war es irgendwie gelungen, das Unfindbare zu finden: den verlorenen Dämon *Misstrauen*, der vollkommen wahnsinnig geworden war. Er hatte *Misstrauen* in einen Raum gesperrt und die Bestie davon überzeugt, einen neuen Besitzer zu akzeptieren. Eine Frau, eine Jägerin.

Trotz eingehender Untersuchungen hatten sie bislang nicht mehr über die Frau herausgefunden. Weder wo sie sich aufhielt, noch wie es ihr ging.

„Was für eine Haltung, tz, tz, tz“, meinte Sabin. „Egal, Cronus hat beschlossen, dass er sie haben will. Und Amun soll mehr über sie in Erfahrung bringen.“

Aha. Deshalb hatte er Amun also zu sich bestellt. Zum Teufel mit Rhea. Aber wenn Sabin davon wusste, bedeutete es, dass

Haidee es ebenfalls gewusst hatte. Was wiederum hieß, dass sie die Information nicht mit Strider hatte teilen wollen. Eine kleine Bestrafung ihrerseits, da war er sich sicher, und er konnte es ihr nicht einmal verdenken.

„Was hat die Frau damit zu tun, ob wir jetzt ein paar Jägern in die Ärsche treten oder nicht?“, fragte er.

„Die Jäger werden alles dafür tun, sie versteckt zu halten, und viel zu beschäftigt sein, um uns anzugreifen.“

„Das hoffst du. Aber dann ist der Zeitpunkt doch erst recht ideal für einen Angriff.“

„*Wenn* wir sie finden können. Ohne Amun müssen wir uns auf unsere mittelmäßigen Detektivfähigkeiten verlassen.“

Wohl kaum. „Wir haben doch Ashlyn.“ Maddox, der Hüter von *Gewalt*, hatte eine Frau geheiratet, die die Fähigkeit hatte, an jedem x-beliebigen Ort alle Gespräche zu hören, die dort jemals geführt worden waren. *Niemand* konnte sich vor ihr verstecken.

„Hast du mir nicht zugehört? Sie ist momentan zu strenger Bettruhe verdonnert. Die Zwillinge, die sie austrägt, hatten einen ziemlichen Wachstumsschub. Sie ist so dick, dass sie nicht mal ohne Hilfe aufs Klo gehen kann. Maddox geht davon aus, dass die Kinder bald zur Welt kommen.“

Der arme Kerl wurde vor lauter Sorge vermutlich schier wahnsinnig. Ashlyn war (zum größten Teil) ein Mensch, und deshalb so zierlich und zerbrechlich wie eine Glasvase. Nicht so wie Kaia, die ... *Nicht an sie denken.* „Ich weiß ja nicht, wie es mit dir steht, aber ich bin ein verdammt guter Detektiv.“

Sabin zuckte die Achseln. „Dann sieh es mal so: Ich musste mich entscheiden. Entweder unseren Vorteil ausnutzen oder auf meine Frau aufpassen. Rate mal, wie meine Entscheidung ausgefallen ist.“

Wann war Sabin nur so ein Weichei geworden?

„Wenigstens brauchen wir uns keine Sorgen zu machen, dass unsere Jungs verletzt werden, weil wir sie alleine zurückgelassen haben.“

Als ob sie sich deshalb hätten Sorgen machen müssen. Die „Jungs" waren genauso tüchtig wie Strider. Ganz zu schweigen von der Tatsache, dass sie von Bösewichten wie *Schmerz*, *Krankheit* und *Elend* besessen waren. Sie waren allesamt wild und brauchten keine Babysitter – ob nun eine Schlacht bevorstand oder nicht.

„Tja, also ich kann nicht mitkommen. Ich habe schon andere Pläne", meinte Strider. *Und ich kann nicht zaudern. Mehr gibt es dazu nicht zu sagen.* „Ich habe Paris versprochen, ihm im Himmel zu helfen."

„Hilf ihm später", mischte Gwen sich wieder in das Gespräch ein. „Kaia braucht dich jetzt."

Sein Körper reagierte augenblicklich, seine Haut begann zu prickeln – *Kaia braucht dich* – sämtliche Zellen erwachten – *Kaia braucht dich* – sein Penis wurde hart – *Kaia braucht dich ... will, dass du sie berührst, ausziehst und ausfüllst.*

„Ich lasse es mir durch den Kopf gehen", sagte er angestrengt. Er trat hinaus auf den Flur und ging zu seinem Zimmer, ehe Gwen ihm ein zweites Mal drohen konnte. Dort angekommen, schloss er die Tür hinter sich und stellte sich in die Mitte des Raumes. Er starrte an die Wand, während seine Gedanken rasten.

Was Wohnungsdekorationen anging, hatten er und Kaia den gleichen Geschmack. An ihren Wänden hatten Waffen gehangen, an seinen hingen auch welche. Er fragte sich, ob die Stücke aus ihrer Sammlung ebenfalls den Menschen und Unsterblichen gehörten, die ihr im Laufe der Jahrhunderte unterlegen waren.

Kaia. Niederlage. Zwei Wörter, die für ihn zu Synonymen geworden waren.

Bei den Harpyien überlebte nur der Stärkere, und das glaubte er gern. Durch Gwen wusste er, dass es ihnen verboten war, in Anwesenheit von Menschen – beziehungsweise von jedem, der nicht ihr Gemahl war – zu schlafen. Er wusste, dass sie niemanden gegenüber auch nur die kleinste Schwäche zeigen durften – auch gegenüber ihren Gemahlen nicht. Und nie und nimmer durften sie ihre Schwestern bestehlen. Wenn sie eine dieser Regeln brachen, wurden sie bestraft.

Verflucht noch mal! Was sollte er nur tun? Eigentlich konnte sie hervorragend selbst auf sich aufpassen – allerdings nicht, wenn andere Harpyien im Spiel waren. Außerdem würde Kaia jeden Vorteil brauchen, den sie kriegen konnte. Wie – und das war eklatant wichtig – sich auszuruhen. Sie müsste sich zwischen den verschiedenen Disziplinen ausruhen, wie auch immer diese aussähen. Und da sie der Überzeugung war, dass Strider ihr Gemahl sei, würde sie das nur in seiner Gegenwart tun.

Zweitens müsste jemand dafür sorgen, dass sie anständig aß. Wenn er nur daran dachte, dass sie im Gefängnis beinahe verhungert wäre.

Drittens müsste ihr irgendwer Rückendeckung geben, wenn sie etwas stahl, und wie er sie kannte, würde sie eine Menge stehlen. Dazu eignete sich am besten jemand, der – oder die – nicht auch noch für seinen eigenen Schutz sorgen musste.

Für gewöhnlich starb die Hälfte der Teilnehmerinnen, hatte Gwen gesagt. Die Hälfte. Harpyien zeigten keine Gnade. Sie nahmen keine Gefangenen. Und aus irgendeinem Grund prangte auf Kaias Rücken eine Zielscheibe.

Wenn er es täte, wenn er sie begleitete … müsste er einen Weg finden, sich gegen ihre Anziehungskraft zu schützen. Denn auf gar keinen Fall durfte er mit ihr schlafen. Nicht nur wegen Paris, sondern weil sie jeglichen intimen Kontakt als Bindung betrachten würde – als Bindung zwischen Harpyie und Gemahl. Als eine *ewige* Bindung. Und er würde unter gar keinen Umständen ein lebenslanges Urteil unterschreiben.

Aber konnte er ihr überhaupt widerstehen?

Oder, und das war die bessere Frage: Konnte er sie beschützen? Wenn ihre Feinde erführen, wer er war, könnten sie seinen Dämon gegen sie einsetzen. Sie könnten ihn herausfordern, sie zu verletzen. Sie könnten ihn herausfordern, sie zu vernichten.

Gewinnen? schwirrte auf einmal die heisere Stimme von *Niederlage* durch Striders Kopf.

Mist. *Ich habe mir verboten, an Kaia zu denken, also hör du auf, ans Gewinnen zu denken. Bitte.*

Gewinnen, wiederholte der Dämon. Diesmal war es eine Forderung. Eine Forderung unterlegt mit einer Spur Angst.

Zu spät, dachte er. *Niederlage* hatte eine Herausforderung gewittert, und es gab keinen Weg zurück. *Gegen jede Harpyie gewinnen, die versucht, Kaia wehzutun?*

GEWINNEN.

Ja. Gegen alle Harpyien, die versuchten, Kaia wehzutun. *Warum? Du magst sie nicht mal besonders. Warum willst du also, dass ich sie beschütze?*

Gewinnen, gewinnen, gewinnen.

Wieso hatte er überhaupt mit einer Antwort gerechnet? Im Gegensatz zu einigen der anderen Dämonen verfügte seiner nur über einen sehr begrenzten Wortschatz. Er hatte bei der Dämonenvergabe auf jeden Fall das kürzere Streichholz gezogen. Aber … vielleicht erinnerte *Niederlage* sich einfach nur daran, wie gut sich ein Sieg über Kaia anfühlte, und wollte mehr davon. Oder vielleicht betrachtete er Kaia – besitzergreifend, wie er war – auch als ihr persönliches Schlachtfeld, auf dem kein anderer spielen durfte. Niemals.

Was wusste er schon? Er würde zu den *Harpyienspielen* fahren.

5. KAPITEL

Kaia sah sich liebend gerne Filme an, aber im Augenblick fühlte sie sich, als hätte sie die Hauptrolle in einem Horrorstreifen mit dem Titel „Das Pyjamaparty-Massaker“. Nur dass sie statt Schlafsack und Teddy ein Beil – na und, dann war sie eben ein wenig sentimental – und eine gezackte Klinge bei sich trug.

Sie und ihre Schwestern, die ebenfalls ihre Waffen umklammerten, gingen scheinbar alleine einen langen, dunklen Flur entlang. Auch an der Taille und auf dem Rücken trugen sie Waffen. Hätte der „Böse Mann“ sie tatsächlich aus dem Schutz der Schatten beobachtet und auf einen günstigen Moment zum Angriff gewartet, so hätte er ihre Bewegungen und die im Wind wehenden Haare vermutlich wie in Zeitlupe wahrgenommen. Und im Hintergrund hätte man gruselige Musik gehört.

Zu schade, dass das hier nicht Hollywood war.

Taliyah ging in der Mitte. Sie war von allen die mit Abstand Älteste, Stärkste und Tödlichste. Groß, schlank, blass von Kopf bis Fuß – sie sah aus wie eine elegante Eiskönigin und hatte auch die passende Persönlichkeit. Gefühle gehörten nicht zu den Dingen, die Taliyah sich erlaubte. Während Kaia immer danach gestrebt hatte, so wie ihre Mutter zu sein, hatte Taliyah sich für das Gegenteil entschieden. Stets nüchtern, zielstrebig und mit einem Plan im Kopf.

Bianka und Kaia gingen links und rechts neben ihr, und Gwen ging links neben Kaia. An einem Ende der Östrogen-Brigade ging Sabin, am anderen Lysander. Normalerweise mussten die Gemahle bei Ereignissen wie diesem ein Stückchen hinter den Harpyien bleiben, aber diese Männer waren alles andere als „normal“. Sie waren Ebenbürtige. Geliebte. Und entschlossen, *ihr* Liebstes zu beschützen.

Jede der Frauen strahlte eine weißglühende Spannung aus, die sich perfekt mit Kaias vermischte. Alles dank dem wirklich sehr dummen Strider. Er würde sie nicht unterstützen. Etwas früher an diesem Tag hatte Gwen sie dazu gebracht, daran zu glauben … nachzudenken … zu hoffen … sich danach zu sehnen … aber nun ja. Strider war nicht aufgetaucht, obwohl sie und ihre Schwestern eine halbe Stunde gewartet hatten und jetzt drohten, zu spät zur Versammlung zu kommen.

Dummer, *dummer* Strider.

Verdammte, *verdammte* Kaia.

Aber wenigstens hatte sie ihn endgültig abgeschrieben und sich eingestanden, dass sie ohne ihn besser dran war. Er war Zurückweisung, Erniedrigung und Herzzerbrechen, eingeschnürt in ein hübsches Paket. Sie würde ein anderes hübsches Paket finden, ohne all die überflüssigen Extras.

Zumindest wären Bianka und Gwen gut beschützt, und das beruhigte ihre Nerven ein bisschen. Aber wenn es irgendjemand wagen sollte, sie wegen dem, was Kaia einst getan hatte, zu bedrohen, würde sie das „Pyjamaparty-Massaker" in „Blutbad und andere Grausamkeiten" verwandeln, eine Dokumentation von Kaia Skyhawk.

Und falls irgendwer Bianka damit aufziehen sollte, dass sie mit einem Engel liiert war, dann bekäme auch diejenige eine Hauptrolle in diesem Dokumentarfilm. Leider hatte sie das Gefühl, dass sie eine Menge Hauptrollen würde vergeben müssen.

Auf den ersten Blick sah Lysander von Kopf bis Fuß wie ein Gutmensch aus. Seine Haare glänzten, als wären sie aus goldener Seide. Seine blasse Haut hatte einen leichten rosafarbenen Schimmer. Er trug eine lange weiße Robe, aus der seine Flügel wie zwei goldene Bögen über seine Schultern ragten. Er trug keine sichtbaren Waffen. Allerdings brauchte er die auch gar nicht. Schließlich konnte er aus der bloßen Luft ein Feuerschwert erschaffen. Die Harpyien würden erst auf den zweiten Blick begreifen, dass er durch und durch Krieger war – muskulös und stark und wild entschlossen, das zu beschützen, was ihm gehörte.

Doch dann wäre es zu spät.

Bei Sabin hingegen wüsste jede gleich beim ersten Blick, wer da vor ihr stand: ein knallharter Kerl, dem jegliche Moral fehlte. Er hatte braune Haare und ockerfarbene Augen. Seine Gesichtszüge waren eine Mischung aus harschen Flächen und scharfen Winkeln. Von seinem zwei Meter großen Körper hingen mehr Waffen herab, als eine ganze Armee tragen konnte, und jeder seiner Schritte erinnerte an einen ersterbenden Herzschlag. *Rumms*. Pause, Pause. *Rumms*. Aber, äh, wieso hielt er ein Megafon in der Hand?

Zwar würde Gwen seinetwegen nicht aufgezogen werden, aber sie müsste ihm wahrscheinlich mit aller Kraft die anderen Frauen vom Leib halten. Sabin verkörperte alles, was die Harpyien bewunderten. Er war böse, mehr als gefährlich und er ließ sich nicht von gesellschaftlichen Regeln einschränken.

Er strahlte eine unverhohlene Gefahr aus – und das, obwohl er ein T-Shirt trug, auf dem stand: „Ich bin zwar kein Gynäkologe, aber ich sehe es mir trotzdem mal an".

So eins musste Kaia unbedingt für Strider kaufen.

Endlich standen sie vor den Türen, die zur Aula der Grundschule führten. Ja, es war tatsächlich eine Grundschule. In Brew City, Wisconsin.

Erst an diesem Morgen waren die Benachrichtigungen rausgegangen, wo die Einführungsveranstaltung abgehalten würde, und die Location hatte sie erstaunt. Vor einer Million Jahre hatte die Einführung auf einem offenen Feld mehrere Meilen jenseits der Zivilisation stattgefunden. Sicher, die Zeiten hatten sich geändert. Aber eine Grundschule? Wirklich?

Nachdem Lucien, der Hüter von *Tod*, seine Verblüffung zum Ausdruck gebracht hatte, hatte er sie und Gwen hierher gebeamt und vor dem Haupteingang der Schule abgesetzt. Lysander hatte Bianka eingeflogen, und Taliyah hatte sich einfach aus einem dicken, dunklen Nebel materialisiert. Offensichtlich hatte das Mädchen eine neue Fähigkeit entwickelt, sich bei näherem Nachfragen jedoch geweigert, Einzelheiten preiszugeben. Was zum Teufel konnte sie eigentlich noch alles? In ihrem jahrhundertelangen Leben hatte Kaia noch nie jemanden gesehen, der einfach aus einer Nebelwolke hervortrat.

Im Übrigen war es auch unfair, denn Taliyah besaß bereits eine spitzenmäßige Fähigkeit: Sie konnte die Gestalt wechseln – auch wenn sie es nie getan hatte. Und jetzt beherrschte sie zusätzlich diesen Nebeltrick, während Kaia gar nichts Cooles konnte.

Beleidigte Leberwurst! Kaia hörte auf, darüber nachzudenken, als sie die Türen zur Aula erreichte. Sie waren geschlossen, und durch den winzigen Spalt zwischen den metallenen Türflügeln drang Stimmengemurmel. Ein Schauer raste über ihre Wirbelsäule und ließ ihre Gliedmaßen erzittern.

Taliyah blieb ebenfalls stehen. Sie verstaute ihre Waffen und legte Kaia fest die Hand auf die Schulter. Ihr eisiger Blick war messerscharf. „Du weißt doch, dass ich bei dir bin – ganz gleich, was passiert, nicht wahr?"

Ihr Herz schmerzte vor Liebe, als sie Beil und Messer in die Scheiden steckte. „Ja, das weiß ich." Ihre Mutter mochte sie abgeschrieben haben, nicht aber ihre Schwestern. Sie unterstützten sie. Immer und überall.

„Gut. Dann lasst es uns tun."

Taliyah drückte die Doppeltür auf, die protestierend in den Angeln quietschte. Ohne diese Barriere wurde das Gemurmel zu einem lautstarken Stimmengewirr. Ein Stimmengewirr, das komplett erstarb, als sich alle Blicke auf die jüngsten Ankömmlinge richteten.

Kaia suchte das Meer von Gesichtern ab, die sie seit Jahrhunderten nicht mehr gesehen hatte, konnte ihre Mutter jedoch nicht entdecken. Oder irgendeine andere Skyhawk. Dafür blickten sie knapp hundert Frauen mit zusammengekniffenen Augen an. Sie hob das Kinn. Mehrere Ladys griffen nach Schwertern oder Dolchen, aber keine machte einen Schritt auf sie zu.

Vermutlich sollte die hasserfüllte Aufmerksamkeit sie einschüchtern. Doch Kaia stellte fest, dass sie sich daran erfreute.

Sie war stark, stärker als je zuvor, und sie würde sich beweisen. Endlich.

Endlich würden alle wissen, dass sie ihrer würdig war.

Tabitha könnte sich ihr „fast verbessert“ in den Hintern …

„Seht, seht, wer sich entschlossen hat, sich zu uns zu gesellen. Kaia die Enttäuschung. Samt Anhang natürlich.“ Die vertraute Stimme hallte von den Wänden wider. Juliette die Ausmerzerin. „Was für eine Überraschung. Wir dachten, du würdest nicht kommen – was eine sehr kluge Entscheidung gewesen wäre. Aber andererseits hast du ja ohnehin nur ein halbes Gehirn, nicht wahr?“

Uuuund da waren sie wieder: die „Zwillinge haben von allem nur die Hälfte“-Witze.

Juliette fuhr fort: „Ich fühle mich verpflichtet, dich zu warnen, dass du verlieren und dabei keinen Spaß haben wirst. Solltest du es überhaupt überleben. Nicht, dass ich aus Erfahrung sprechen könnte. Ich habe bei den letzten acht Spielen die Goldmedaille mit nach Hause genommen. Aber ich dachte mir, dass du das nicht weißt – immerhin warst du ja nicht eingeladen.“

Bianka knurrte leise, Taliyah spannte die Muskeln an und Kaia biss die Zähne aufeinander, während sie ihre Erzfeindin ansah.

Juliette stand in der Mitte der Bühne. Sie war groß, durchtrainiert und atemberaubend schön. Die schwarzen Haare reichten ihr bis zu den Schultern, und ihre Augen hatten die Farbe von reinem Lavendel. Sie trug ein Trägertop und einen kurzen Rock, der die Tätowierungen auf ihren Beinen zur Schau stellte. Es waren alte Symbole der Götter, die von Rache sprachen. Frei übersetzt bedeutete jedes: „Die rothaarige Schlampe muss sterben.“ Hübsch.

„Nicht mehr lange, und du wirst deiner Goldmedaille Auf Wiedersehen sagen müssen“, erwiderte Kaia. „Die gehört dieses Mal nämlich mir.“

Ein selbstgefälliges Grinsen breitete sich langsam auf Juliettes Gesicht aus. „Ach, weißt du – ich denke, da liegst du falsch. Denn falls du es noch nicht weißt: Ich nehme dieses Jahr gar nicht am Wettbewerb teil. Nein, ich leite das Ganze. Anders gesagt: Ich bin die Chefin hier. Die Älteren haben sich getroffen und die Sache beschlossen. Und jetzt bin ich das A und O."

Das verhieß nichts Gutes für Kaias Sieg. Da Juliette das Sagen hatte, würde sie entscheiden, wer gegen die Regeln verstieß und wer nicht, und am Ende würde sie den Schlussstand bekannt geben. Kein Wunder, dass man Kaia zu dem Wettbewerb eingeladen hatte. Sämtliche Vorzeichen standen ungünstig für sie.

„Du bist also die Chefin. Schöne Ausrede, um nicht kämpfen zu müssen", schaffte sie es trotz der dunklen Vorahnung zu sagen. Wie oft in den letzten Jahrhunderten hatte sie sich bei Juliette entschuldigt? Unzählige Male. Wie viele Obstkörbe hatte sie ihr geschickt? Hunderte. Was konnte sie noch tun? Nichts. Und sie war es auch leid, es zu versuchen, wenn das hier dabei herauskam.

In den lavendelfarbenen Augen flackerte Wut auf, doch Juliette erwiderte nichts. „Eure Männer müssen bei den anderen sitzen." Mit einer ruckartigen Bewegung zeigte sie zum hinteren Teil der Aula, wo sich eine große Gruppe Männer – als bloße Zuschauer – auf der Balustrade aneinanderdrückten.

„Unsere Männer bleiben bei uns. Und darüber werden wir auch nicht diskutieren." Taliyah machte ein paar Schritte nach vorn und wirkte dabei wie ein Raubtier. „Und nun dürft ihr mit der Versammlung fortfahren." Obwohl so höflich vorgetragen, zeigte der Kommentar Wirkung.

„Das werden wir auch", erwiderte Juliette verärgert. „Macht euch darüber keine Gedanken." Und schon begann sie einen Vortrag über angemessenes Verhalten vor, während und nach den Spielen.

Ohne sie weiter zu beachten, folgte Kaia ihrer ältesten Schwester „samt Anhang". Rechts neben der Bühne blieben sie neben einem anderen Clan stehen. Den Eagleshields. Juliettes Familie. Kaia hob das Kinn noch eine Nuance. Alle Familienmitglieder traten ein Stück zurück, als hätte sie eine ansteckende Krankheit, und eine warme Röte stieg ihr in die Wangen.

Nein, nicht alle Familienmitglieder, bemerkte sie im nächsten Moment. Neeka die Ungewollte hatte allein am Rand der Gruppe gestanden und machte nun sogar ein paar Schritte auf die Skyhawks zu. Sie lächelte.

„Taliyah." Neeka neigte respektvoll das Haupt. Nachdem man ihr bei einem Angriff in die Ohren gestochen hatte, war sie nun taub. Damals war sie noch ein Kind gewesen, doch sie hatte sich nie von der Verletzung erholt. Ihre eigene Mutter hatte später versucht, sie umzubringen, weil sie es wagte, mit so einer Schwäche weiterzuleben.

Die Frau hatte bestimmt ein paar Unterrichtseinheiten an der „Tabitha Skyhawk-Schule für Mütter" genommen.

Die beiden Frauen umarmten sich und klopften einander ein-, zweimal auf den Rücken. Als sie sich wieder trennten, sah Neeka zu Kaia. Schockierenderweise erstarb ihr Lächeln nicht. Ihre Haare waren von einem weichen Dunkelbraun, genau wie ihre Augen. Auf der Nase hatte sie Sommersprossen, die dunkler waren als ihre mokkafarbene Haut. Sie waren der einzige „Makel" in einem ansonsten zu perfekten Gesicht.

„Alle erwachsen geworden", sagte sie mit einer etwas monotonen Stimme.

„Ja." Sie wartete darauf, die ersten Beleidigungen an den Kopf geworfen zu bekommen.

Vergebens. „Ich hoffe, du bist genauso tödlich, wie es der Klatsch verheißt."

Moment. Was? „Vermutlich noch tödlicher", entgegnete sie bescheiden. Also, für *ihre* Verhältnisse bescheiden.

Das Lächeln wurde breiter. Offensichtlich hatte Neeka gelernt, von den Lippen zu lesen. „Gut. Das wird die nächsten Wochen erträglich machen. Sag mal, vor ungefähr einem Jahr erwähnte jemand, dass du einen Menschen aus einem sechzigstöckigen Gebäude gehalten hast. An den Haaren. Stimmt das?"

„Schon, ja." Und es tat ihr nicht leid. „Gwennie war verschwunden, und er war der Letzte, der sie gesehen hatte." Sie zuckte die Achseln. „Ich wollte nur Antworten."

„Cool. Und was ist mit ..."

„Genug jetzt", keifte Juliette. „Du verschwendest unsere Zeit mit deinen Übertreibungen, während du mir lieber zuhören solltest."

Übertreibungen? Oh, bitte. Statt sich zu verteidigen, wiederholte Kaia, was gesagt worden war. Da Juliette hinter Neeka stand, hatte das arme Mädchen keine Ahnung, dass das Publikum sie und Kaia anstarrte und nicht gebannt an Juliettes Lippen hing.

Nach Juliettes Ermahnung stellte Neeka sich nicht wieder zu ihrem Clan, sondern sie blieb neben Taliyah stehen. Merkwürdig. Was war ...

Auf der anderen Seite des großen Raums ging eine weitere Doppeltür auf. Und dann starrte Kaia über die gesamte Länge des Raumes hinweg in das Gesicht ihrer Mutter. Tabitha die Teuflische. Juliette verstummte, während allseits ehrfürchtig nach Luft geschnappt wurde.

Soeben war eine Legende eingetroffen.

Kaias Magen wurde steinhart, und sie schluckte. Sie hatte gewusst, dass dieser Moment käme, hatte gedacht, sie wäre darauf vorbereitet. Aber ... oh Götter. Ihre Knie zitterten heftig, und sie musste die Fersen in den Boden drücken, um nicht den Halt zu verlieren.

Verdammt, ihr plötzliches Nervenflattern brauchte irgendein Ventil. Ihre Haut kribbelte, als ob Hunderte kleine Käfer mit glühend heißen Beinen über ihren Körper krabbelten.

Mehr als ein Jahr war vergangen, seitdem sie zuletzt mit ihrer Mutter gesprochen hatte, und diese letzte Unterhaltung war nicht gerade erfreulich gewesen.

Ich habe keine Ahnung, warum ich mich so lange mit dir aufgehalten habe, hatte Tabitha gesagt. *Ich dränge und dränge dich, aber du unternimmst nichts, um dich zu rehabilitieren. Stattdessen bleibst du in Alaska, kämpfst gegen Menschen, bestiehlst*

Menschen und spielst mit Menschen.

Kaia hatte nach Luft geschnappt. *Mir war nicht klar, dass ich mich vor dir beweisen muss. Ich bin doch deine Tochter. Eigentlich solltest du mich doch bedingungslos lieben, oder?*

Offensichtlich verwechselst du mich mit deinen Schwestern. Und sieh dir nur an, wohin ihre Nachsicht dich gebracht hat. Nirgendwo. Die anderen Clans hassen dich nach wie vor. Ich habe dich die ganze Zeit über beschützt und ihnen niemals gestattet, gegen dich vorzugehen. Aber das hat hier und heute ein Ende. Meine *Nachsicht hat dich nämlich auch nicht weitergebracht.*

Ihre Definition von „Nachsicht" wich stark voneinander ab. Und ehrlich gesagt hatte diese Abweichung sie so tief verletzt, dass sie sich unmöglich jemals davon würde erholen können. *Mutter …*

Nein. Schweig jetzt. Es gibt nicht mehr zu sagen.

Mit hallenden Schritten war ihre Mutter davongegangen. Für immer. Es hatte weder Anrufe gegeben, noch Briefe, E-Mails oder Kurznachrichten. Kaia hatte einfach aufgehört zu existieren. Juliette hatte sie noch immer nicht angegriffen, weshalb sie davon ausgegangen war, dass ihre Mutter sie trotz allem weiter „beschützt" hatte.

Vielleicht hatte sie sich geirrt.

Vielleicht war das gar nicht der Grund, weshalb sie nun hier war.

Und obwohl sie wusste, dass Tabitha sie womöglich verletzt und gebrochen sehen wollte, saugte sie den Anblick ihrer Mutter mit den Augen auf. Diesen ersten Anblick seit Monaten, so ungebeten er auch war – und, Götter, Tabitha war wunderschön. Obgleich sie seit Jahrtausenden lebte und vier (schöne) Töchter geboren hatte, die mittlerweile – schon laaaange – nicht mehr unter das Jugendschutzgesetz fielen, wirkte sie nicht älter als fünfundzwanzig. Wunderschön gebräunte Haut, seidig schwarze, volle Haare, bernsteinfarbene Augen und die zarten Gesichtszüge einer chinesischen Puppe.

In all den Jahren hatte sie ihre Haare ein paarmal rot gefärbt, und Kaia hatte gehofft, es bedeutete, dass … Aber nein.

„Tabitha Skyhawk", sagte Juliette ehrfürchtig. Sie neigte den Kopf zum Gruß. „Willkommen."

„*Das* ist deine Mutter?", wollte Sabin plötzlich von Gwen wissen. „Ich meine, du hast mir zwar erzählt, dass sie dich hasst und sich deshalb von dir fernhält, aber diese Frau sieht aus, als würde sie nur abgebrochene Fingernägel und Laufmaschen hassen."

„Sie ist nur meine biologische Mutter, also mach mir keine Vorwürfe", erwiderte Gwen. „Und ich versichere dir, sie würde dir das Gesicht zerschmettern, ohne auch nur einen Moment an ihre Fingernägel zu denken."

Gwen war immer die Sensible und Schutzbedürftige gewesen. Dennoch hatte sie an dem Tag, als Tabitha sie unwürdig genannt hatte, nicht geweint. Sie hatte einfach mit den Achseln gezuckt und war weitergezogen. Nicht ein Mal hatte sie zurückgeblickt.

„Sie kann nicht ganz so schlecht sein", meinte Sabin. „Nicht bei den Beinen."

Männer. „Wusstest du, dass sie ein Kinderherz besitzt? Wirklich, es liegt in einer Schachtel neben ihrem Bett." *Und weißt du noch was? Es gehört mir!*

Nach dem unglückseligen Zwischenfall war Kaia ihrer Mutter jahrhundertelang wie ein demütiger Hund hinterhergelaufen. Sie hätte alles getan, hätte gegen jeden gekämpft, um sich den Respekt und die Liebe ihrer Mutter neu zu verdienen. Doch wieder und wieder hatte sie versagt. Schließlich hatte sie begriffen, wie fruchtlos ihre Bemühungen waren, und ihre Aufmerksamkeit auf die Menschen verlagert. Aber damit hatte sie bei Tabitha nur noch mehr Missachtung geerntet.

Stattdessen bleibst du in Alaska, kämpfst gegen Menschen, bestiehlst Menschen und spielst mit Menschen. Die Worte wehten abermals durch Kaias Kopf. Bei den Menschen galt sie als Hauptgewinn, als liebenswert, mutig und lustig. *Natürlich* hatte sie mit ihnen gespielt.

Du bist über ihre Zurückweisung hinweg, weißt du noch? Es macht dir nichts mehr aus.

Ihre Mutter betrat den Saal, dicht gefolgt von neun Harpyien. Als sich die Tür mit einem leisen Klicken schloss, blieb die Gruppe stehen und inspizierte den Raum – die Anwesenden. Alle zehn ließen den Blick mit rasender Geschwindigkeit über sie gleiten, als wäre sie unsichtbar.

Sieh mich an, dachte sie verzweifelt. *Bitte, Mutter.* Diese bedeutungsvollen Sekunden über fühlte sie sich wieder wie ein armes kleines Mädchen. Natürlich kehrte der goldene Blick nicht noch einmal zu ihr zurück. Stattdessen landete er auf Juliette und füllte sich mit Stolz. Stolz. Warum?

Spielte es eine Rolle? Ein verbittertes Lachen stieg in Kaias Kehle auf. Dann bemerkte sie die zueinanderpassenden Medaillons, die an ihren Hälsen baumelten, und das Lachen kam wie erstickt heraus. Kleine Holzscheiben, in deren Mitte verschlungene Flügel geschnitzt waren – das Symbol der Skyhawkschen Stärke. Kaia war immer damit klargekommen, dass ihre Mutter Juliette und die Mitglieder anderer verfeindeter Clans trainiert hatte. Aber einer anderen als einer Skyhawk diese Medaille zu geben? Oh, das tat weh!

Noch eine Erinnerung kam an die Oberfläche. Auf einmal spürte sie, wie Leder an ihrem Nacken rieb, als man ihr *ihre* Kette abriss.

„Unser Flug hatte Verspätung“, erklärte Tabitha, und ihre harte Stimme hallte von der gewölbten Decke wider. „Dafür entschuldigen wir uns.“

Wenn auch noch so steif geäußert ... eine Entschuldigung? Von Tabitha der Teuflischen? Das war ein Novum. Träumte Kaia etwa? Hatte sie, ohne es zu bemerken, irgendein Paralleluniversum betreten? Nein, unmöglich. Dann hätte Tabitha sie nämlich angelächelt.

Dann hatte sie die Entschuldigung also tatsächlich ausgesprochen. Und das konnte nur eins bedeuten: dass Tabitha Respekt vor Juliette hatte.

Ihre Knie begannen erneut zu zittern und ließen sich einfach nicht bändigen.

„Entschuldige die Verspätung", hörte sie eine heisere Männerstimme hinter sich.

Und zurück zur Traumtheorie. Es war unmöglich, dass Strider hier war und sich entschuldigte. Kaia wirbelte herum. Mit Sicherheit hatte sich ihre Umgebung kein bisschen verändert. Doch zu ihrem großen Schrecken bestätigte ihr Sehsinn ihren Hörsinn.

Strider stand in seiner ganzen Kriegerpracht vor ihr.

Ein Lächeln von der geliebten Mutter hin oder her – sie *hatte* ein Paralleluniversum betreten. Eine andere Erklärung gab es einfach nicht. Oder doch? „Was machst du hier?" Er zog eine Zimtfahne hinter sich her, und als Kaia sie – gierig – einatmete, verfiel ihr Herz in einen unkontrollierten Rhythmus.

„Den Göttern sei Dank", murmelte Sabin. „Gwen hätte meine Eier fast zum Frühstück verspeist, als sie gehört hat, dass ich dich heute Morgen nicht daran gehindert habe, die Burg zu verlassen."

Gwen wurde rot. „Sabin! Jetzt ist wirklich nicht der richtige Zeitpunkt, um unsere Bettgeheimnisse auszuplaudern."

Bianka kicherte hinter vorgehaltener Hand. „Ich glaube nicht, dass er das gemeint hat, Gwennie-po-Pennie."

Während sie sprach, stellte sich Lysander zwischen sie und die beiden dämonenbesessenen Krieger. Er hatte zwar einem Waffenstillstand mit den Herren der Unterwelt zugestimmt, doch das hieß noch lange nicht, dass er sie mochte. Und nachdem er ihrem Kumpel Aeron den Kopf abgeschnitten hatte, zählten die Herren auch nicht gerade zu seinen größten Fans. Ganz offensichtlich wollte er verhindern, dass sie ihre Missgunst an Bianka ausließen. Als ob sie das getan hätten. Dämonenbesessen oder nicht – die Krieger behandelten die Skyhawk-Mädchen, als gehörten sie zur Familie. Wie nervige Cousinen, die ihre Gastfreundschaft überbeanspruchten, aber dennoch Familie waren.

Plötzlich ging ein neuerliches Keuchen durch die Menge. Die Männer waren bemerkt worden. Richtig bemerkt worden und nicht nur als Blutspender und Jahrmarktesel wahrgenommen. Hier und da wurden „Engel“ und „Herren“ geraunt. Ersteres klang belustigt, wie Kaia befürchtet hatte, Letzteres neidisch.

Neid. Ihretwegen. Sie versuchte, sich nicht wie ein Pfau aufzuplustern.

Vergebens.

„Was machst du hier?“, wiederholte sie leise an Strider gewandt. Er war tatsächlich hier. Bei ihr.

„Frag mich morgen noch mal. Bis dahin habe ich mir vielleicht eine Antwort überlegt“, erwiderte er trocken.

Abermals schwoll ihr Herz an. Aber diesmal nicht vor Liebe, sondern vor Lust, Freude und Erleichterung. Er war aufregender denn je, wie er in einem blutverschmierten weißen T-Shirt und zerrissener Jeans vor ihr stand. Schmutzige Streifen verliefen quer über sein Gesicht, und seine blonden Haare klebten schweißnass an seinem Kopf.

„Eigentlich wollte ich viel früher hier sein“, fügte er hinzu, „aber mein letzter Kontrollgang durch die Burg war erfolgreich.“

„Jäger?“

„Ja. Diese Dreckskerle. Versuchen immer irgendwas Hinterhältiges.“

„Hast du sie alle getötet?“

Seine blauen Augen funkelten und gaben einen kurzen Blick auf den siegreichen Dämon in seinem Innern preis. „Jeden einzelnen.“

Das ist mein Mann. „Braves Mädchen.“ Ja, sie hatte ihn soeben ein Mädchen genannt. Und er war hier. Er war wirklich hier. Über diese verblüffende Tatsache kam sie gar nicht hinweg. Was hatte das zu bedeuten? Hatte er begriffen, dass sie zusammengehörten? Hatte er ihr den One-Night-Stand mit Paris vergeben? Sie kämpfte den Drang nieder, ihm die Arme um den Hals zu schlingen, ihn festzuhalten und nie wieder gehen zu lassen.

Anscheinend hatte er die Fragen und Wünsche in ihren Augen gelesen, denn er sagte: „Komm bloß nicht auf falsche Ideen." Peng. Illusionen zerstört. „Du brauchtest einen Erste-Hilfe-Koffer, und hier bin ich. Sobald die Spiele vorbei sind, bin ich aber auch wieder weg. Und das sage ich nicht, weil ich gemein bin, sondern weil ich ehrlich sein will." Sensibel, wirklich sensibel. „Okay?"

„Ja, klar. D…danke." Da er nicht sehen sollte, wie ihre Freude zerbröckelte, drehte sie sich wieder um. *Ich werde nicht weinen.* Ihre Mutter hatte sie nicht gebrochen (jedenfalls nicht vollständig), und er würde es auch nicht schaffen (nicht noch einmal).

Wieder stand sie im Zentrum der Aufmerksamkeit. Alle Blicke waren auf sie gerichtet. Genau wie beim ersten Mal hob sie das Kinn, um ihre Bestürzung zu verstecken.

„Und, was habe ich verpasst?", fragte er.

„Siehst du die heiße Brünette da drüben?" Sabin zeigte auf Tabitha. „Das ist ihre Mutter."

„*Das* ist ihre Mutter?", keuchte Strider.

Kaia ballte die Hände so fest zu Fäusten, dass sich ihre länger werdenden Nägel in die Haut bohrten. Warme – zu warme – Blutstropfen liefen zwischen ihren Fingerknöcheln entlang, ehe sie auf den Boden fielen. „Wenn du nicht vorsichtig bist, werde ich …" Ihr fiel keine Drohung ein, die gemein genug war. „Mach ihr einfach keine Komplimente."

„Fordere mich nicht heraus, Rotschopf. Das Ergebnis würde dir nicht gefallen."

Rotschopf. Aus dem Mund eines jeden anderen wäre es ein Kosename gewesen. Aus Striders Mund war es ein Fluch. „Warum? Versohlst du mir sonst den Hintern?"

„Nein, sonst gehe ich." Klare Worte.

Sie presste die Lippen zusammen. Dass er ging, war das Einzige, was sie nicht riskieren würde. Ob sie ihn mochte oder nicht – momentan übrigens eher nicht. Er mochte eine Nervensäge sein, er mochte stur sein und manchmal auch gehässig, aber er war die beste Chance, die sie hatte, um diese Sache zu gewinnen, das wusste sie genau. Mit Juliette als Verantwortlicher brauchte sie jemanden, der acht Tage die Woche und fünfundzwanzig Stunden am Tag alles im Blick hatte und ihr Rückendeckung gab.

„Meine Mom gehört nicht gerade zu den liebsten Menschen in meinem Leben, okay?“ Sie drehte sich ein wenig, ohne ihn anzusehen, und flüsterte: „Könntest du jetzt bitte so tun, als ob du auf mich stehst? Nur eine Zeit lang?“

Endlich ließ Tabitha sich dazu herab, ihre Gruppe wahrzunehmen. Sie ließ ihren Blick über die Männer gleiten, wobei sie angewidert den Mund verzog. Die ganze Zeit über streichelte sie den Griff des Messers, das an ihrer Hüfte baumelte.

„Erstens habe ich ihr kein Kompliment gemacht. Zweitens sieht sie aus, als ob sie die Hoffnungen und Träume anderer Leute zum Frühstück verspeisen würde, und zwar nicht nur, weil sie ihr gut schmecken. Das ist nicht attraktiv. Und drittens siehst *du* aus, als ob du den Hoffnungen und Träumen anderer Leute entsprungen wärest. Ich konnte – kann – einfach nicht glauben, dass ihr verwandt seid.“

Wie … süß. Kaia war hin und weg. Zum Teufel mit ihm! Zuerst kündigte er an, dass er nicht lange bleiben würde, und dann machte er ihr ein Kompliment. Wie sollte sie denn emotionale Distanz zu ihm wahren, wenn er solche Sachen zu ihr sagte?

„Moment mal. Warte. Wer hat das eben gesagt?“, knurrte Strider, bevor sie etwas erwidern konnte.

„Du“, meinte sie, „und ich weiß auch, was du als Nächstes sagen wirst. Du hast dich wie ein Weichei angehört.“ Es machte ihr wirklich keinen Spaß, ihn so anzugehen, aber schließlich stand ihr Verstand auf dem Spiel.

Strider bleckte die Zähne.

„Also, wer hat was gesagt?“, fragte sie mit einem Seufzer.

Er ließ seinen finsteren Blick über ihre kleine Gruppe gleiten, ehe er wieder zu ihrer Mutter sah, wobei in seinem Kiefer ein Muskel zuckte. „Egal. Vergiss es.“

O-kay. Gemahle. Man konnte nicht mit ihnen leben, aber

man konnte ihnen auch nicht die Zunge herausschneiden, ohne ein Leben lang hasserfüllte Blick zu ernten.

„Da jetzt alle hier sind, sollten wir zur Tagesordnung zurückkehren", sagte Juliette. „Die Spiele waren schon immer ein wichtiger Teil in unserem Leben. Sie erlauben uns, jene zu bestrafen, die uns schlecht behandelt haben ...", natürlich schielte sie bei diesen Worten zu Kaia hinüber, „... und jenen, die wir lieben, zu beweisen, wie stark wir geworden sind. Hier können wir das tun, was wir am besten können. Anderen in den Arsch treten!"

Jubelrufe ertönten.

„In euren Nachrichten findet jede von euch die Liste der Teams", verkündete Juliette. Ihre Stimme troff vor Zufriedenheit, und ihre Aufmerksamkeit blieb einen Moment lang an Strider hängen.

Und in diesem Moment begriff Kaia die kalte, harte Wahrheit. Vor lauter Wut wäre sie beinahe auf die Bühne geflogen. *Ruhig, ganz ruhig. Das ist doch genau das, was Juliette erreichen will.* Und was wollte sie noch? Strider. Offenbar hatte die Schlampe auf den Tag gewartet, an dem Kaia ihren eigenen Gemahl fand, höchstwahrscheinlich, um ihn ihr auf dieselbe Art wegzunehmen, wie Kaia ihr einst den ihren weggenommen hatte.

Fan-fucking-tastisch. Wie hatte sich die Sache nur schon herumsprechen können, wenn sie und Strider offiziell noch gar kein Paar waren? Und verdammt noch mal, ein ungebundener Strider wäre leichte Beute. Ihre Wut verwandelte sich in Angst. Galle stieg in ihrer Kehle auf und drohte, herauszuschwappen.

Strider und Juliette ... Juliette, die nicht mit Paris geschlafen hatte ... ineinander verschlungen, nackt, sich windend, stöhnend, bettelnd ...

Oh Götter. *Konzentrier dich auf das Hier und Jetzt.* Mit allem anderen könnte sie sich später befassen. Vielleicht. Wenn sie weiter darüber nachdachte, würde sie noch jemanden angreifen – und zwar Juliette oder Strider – oder zusammenbrechen. Nichts von beidem war eine akzeptable Option.

Zitternd zog Kaia ihr Handy aus der hinteren Hosentasche, scrollte nach unten und fand eine Nachricht. Nur war sie nicht beim Team Skyhawk gelistet. Genauso wenig wie ihre Schwestern. „Ich verstehe nicht ganz."

„Mutter behauptet, sie hätte keine Töchter mehr", erklärte Taliyah. „Was bedeutet, dass wir nicht als Skyhawks teilnehmen können. Ich musste den Rat ersuchen, einen neuen Clan aufzunehmen. Als das erledigt war, waren wir dabei."

Keine Reaktion. Sie würde keine Reaktion zeigen. Sie war nicht gerade dabei, innerlich zu sterben. Nein, das war sie *nicht*. „Und wie lautet unser neuer Teamname?" Die Antwort erschien auf ihrem Display, bevor sie weitersprechen konnte. Team Kaia. Ihre Schwestern sowie Neeka und ein paar andere kämpften im Team Kaia.

Einen Moment lang verblasste ihre Umgebung genauso wie ihr Schmerz, und sie wärmte sich in der unbeirrten Unterstützung ihrer Schwestern. Sie liebten sie. Was auch geschah, sie liebten sie. Sie akzeptierten sie. Sie fanden, sie sei gut so, wie sie war. Dann kam mit rasender Geschwindigkeit die Welt zurück in ihr Bewusstsein, und sie musste brennende Tränen wegblinzeln.

Verdammt noch mal. Wie oft würde sie heute denn noch den Drang zu weinen unterdrücken müssen?

„Der erste Wettkampf beginnt morgen in aller Frühe", sprach Juliette weiter. „Danach werden alle darüber informiert, wo genau der nächste Wettkampf stattfindet. Wie ihr wisst, halten wir die Spiele nicht mehr an nur einem Ort ab, weil sie in der Vergangenheit von einigen Teilnehmerinnen manipuliert und sabotiert wurden." Obwohl Kaia dafür nicht verantwortlich war – hallo-ho, sie war ja nicht mal eingeladen gewesen –, richtete Juliette die Worte explizit an sie.

Egal. Sollte sie doch. Ihre Wirbelsäule richtete sich noch ein Stückchen auf, als würde sie von Stahlseilen gehalten.

Strider legte ihr die Hände auf den unteren Rücken. Sie fühlten sich warm, ruhig und tröstlich an. Und brodelnd. Süßer Himmel, abermals verblasste die Umgebung, bis nur noch sie beide existierten. Sie stellte sich vor, wie er sie statt mit den Händen mit dem Mund berührte, wie er sich mit der Zunge langsam einen Weg nach unten bahnte. Ihr entfuhr ein Keuchen.

Reiß dich zusammen. Wenn sie wegen eines unschuldigen Tätschelns „auf falsche Ideen" käme, würde er wie angedroht abreisen. Und das könnte sie ihm nicht mal übel nehmen. In der umgekehrten Situation hätte sie das Gleiche getan.

Tief im Innern waren sie sich sehr ähnlich. Sie beide waren Krieger, geschliffen auf dem Schlachtfeld, scharf wie Dolche, zynisch und bereit, alles für ihre Freunde zu tun. Und irgendwie waren sie auch Freunde. Vom ersten Moment an. Vielleicht wollte er nicht hier sein, aber er wollte auch nicht, dass sie verletzt würde. Deshalb war er gekommen; er würde ihr helfen. Aber er ließe sich nicht zu mehr drängen. Solange sie eine emotionale Distanz aufrechterhielt, würde er bleiben und ihr „Erste-Hilfe-Koffer" sein.

So wütend und verletzt sie war, so dankbar war sie auch.

„Noch etwas ist in diesem Jahr neu", fuhr Juliette fort und riss Kaia aus ihren Gedanken. „Der Preis. Dieses Mal werden die Siegerinnen nicht nach jeder Disziplin Silber und Gold bekommen."

„Was?", rief jemand.

„Deshalb sind wir doch hier!", rief eine andere.

Juliette hob die Hände und bat um Ruhe. Eine Bitte, der augenblicklich Folge geleistet wurde. „In diesem Jahr haben wir etwas Besseres."

Inmitten des Gemurmels teilte sich der Vorhang auf der Bühne. Und dann ... Kaia fiel die Kinnlade herunter. Nein. Das war unmöglich, verdammt. Der „Sklave", den sie vor all den Jahrhunderten in ihren Besitz hatte bringen wollen, derjenige, der in den Harpyienclans solch verheerenden Schaden angerichtet hatte, stellte sich neben Juliette. Wie zuvor waren seine Handgelenke gefesselt. Er war jetzt muskulöser, und seine dunklen Haare waren länger, aber seine Gesichtszüge waren noch immer scharf und stur.

„Gütige Götter. Ist *er* das?“, japste Bianka.

„Ja“, piepste sie. Niemand hatte ihr gesagt, dass Juliette ihn gefunden hatte. Wann hatte sie ihn gefunden? Und wo? „Er ist es.“

„Wer ‚er‘?“, wollte Strider wissen.

Zuerst dachte Kaia, sie hätte in seiner Stimme eine Spur von Eifersucht ausgemacht, und diese Reaktion war so gemahlmäßg, dass sie ihn am liebsten heftig und dreckig geküsst und splitternackt ausgezogen hätte. Sie wollte ihn bis in alle Ewigkeit hart und schnell reiten. *Alles meins.* Dann verpasste ihr Verstand ihr einen astreinen rechten Haken. Vielleicht *war* er eifersüchtig, aber nicht so, wie sie es gewollt hätte. Strider hatte beschlossen, ihr zu helfen, und sein Dämon würde niemandem erlauben, ihm in die Quere zu kommen. Schon gar nicht einem anderen Krieger.

Ein Teil von ihr bedauerte das. Der andere Teil bedauerte es zutiefst. „Jetzt trägst du aber etwas dick auf, *Doc*. Er ist niemand, der dich zu interessieren hat.“

„Kaia“, mahnte er.

„Leise jetzt.“ Sie konnte ihm nicht die Wahrheit sagen. Er sollte nicht von ihrer Dummheit erfahren, wo er ohnehin schon so wenig von ihr hielt. „Sonst stehe ich vor meinem Team noch schlecht da.“

„*Kaia.*“

„Na schön. Ich erkläre es dir später“, log sie.

Eine angespannte Pause. Dann: „Besser ist es.“

„Sonst gehst du?“

„Ja.“

Ihr Erzfeind – der Mann, den sie jahrelang vergeblich gesucht hatte, um ihn für das zu bestrafen, was er ihrer Schwester angetan hatte – hielt nun einen langen, dünnen Speer in der Hand.

Seine dickeren, länglichen Enden waren aus Glas, und irgendetwas glänzte und drehte sich darin.

Dieser Speer strahlte eine schier unerträgliche Macht aus.

Juliette nahm ihm die Waffe ohne ein Wort des Dankes ab. Der Mann – sein Name war Lazarus, das hatte Kaia vor langer Zeit erfahren; doch sie und Bianka hatten ihm den Spitznamen Der Tampon verpasst, weil er so ein Vollidiot war – drehte sich auf dem Absatz seiner Stiefel um. Er ließ seinen düsteren Blick suchend über die Menge gleiten … ehe er Kaia erspähte und sie anstarrte.

Der Sauerstoff gefror ihr in der Lunge, sodass es unmöglich war, weiterzuatmen. Jetzt bloß keine Reaktion zeigen, dachte sie. Nicht hier und nicht jetzt. Aber später würde sie ihn aufsuchen. Und sie würde ihm genauso wehtun, wie sie es immer vorgehabt hatte.

Langsam verzog er den Mund zu einem Grinsen. So hübsch …und so kalt und böse. Sie fauchte, und ihre Eckzähne sprangen aus ihrem Kiefer. *Du bist ein toter Mann, Cowboy.* Er gehörte zu Juliette, ja, und niemand gab ihm die Schuld für das, was mit ihren Lieben geschehen war, sondern Kaia. Und, ja, sie beschuldigten sie aus gutem Grund. Hätte sie die Anweisungen ihrer Mutter befolgt, hätte er nicht die Kraft gehabt, irgendwem etwas anzutun. Aber *er* war es gewesen, der mit Zähnen und Klauen Fleisch zerrissen hatte. *Er* hatte all diesen Harpyien den Todesstoß versetzt.

Und er wäre es auch, der dafür bezahlen würde – und zwar durch Kaias Hand.

Jedes Mal, wenn sie einen Obstkorb an Juliette verschickt hatte, hatte sie auf die Vergangenheit hingewiesen – aber in ihrem Kopf hatte sie sich für etwas entschuldigt, was sie für die Zukunft geplant hatte: ihn umzubringen. Niemand verletzte ihre Schwestern. Niemand.

„Vergiss später. Wer ist er, verdammt noch mal?“, wiederholte Strider.

Ehe sie sich eine Antwort überlegen konnte, setzte sich Der

Tampon in Bewegung, verließ die Bühne und versteckte sich hinter dem Vorhang. Schlau von ihm. Sie war sich nämlich nicht sicher, wie lange sie sich noch zurückhalten könnte, bevor sie auf ihn losgegangen wäre.

Aber wenn sie ihn angriff, sollte es unter vier Augen geschehen. Niemand sollte da sein, um ihn zu retten.

„Später", entgegnete sie noch einmal.

„Das hier", sagte Juliette und lenkte die Aufmerksamkeit aller auf den Speer in ihrer Hand, „ist etwas sehr, sehr Kostbares. Es ist viel kostbarer als Silber oder Gold." Mit ihren lavendelfarbenen Augen fixierte sie Kaia. „Ich bin mir sicher, dass ihr die Macht gespürt habt, die davon ausgeht, aber soll ich euch etwas verraten? Diese Macht kann sich auf *euch* übertragen. Ihr könnt sie ausüben und kontrollieren. Ihr werdet stärker sein, als ihr es euch vorstellen könnt. Ihr werdet unbesiegbar sein."

Ein Murmeln wurde laut.

Wenn es stimmte, was Juliette behauptete, warum hatte sie die Macht dann nicht auf sich übertragen? Warum hatte sie Kaia nicht schon längst angegriffen? Warum war sie so eifrig darauf aus, dieses Ding herzugeben?

Juliette lächelte nachsichtig. „In all den Jahrhunderten haben die Götter diese mächtige Waffe die Zweiadrige Rute genannt. Aber ich habe dafür einen besseren Namen: Erster Preis."

Strider erstarrte.

Sabin fluchte.

Beide Männer wären auf die Bühne gesprungen, wenn Taliyah und Neeka sie nicht zurückgehalten hätten. Aber es hätte ihnen sowieso nichts genützt, da die Waffe von einer Sekunde auf die andere verschwand.

„Was zum Teufel ist das?", fragten Kaia, Gwen und Bianka im Chor.

Kaia drängte ihre Schwestern von der Seite ihres Mannes, nahm sein Gesicht zwischen ihre Hände und zwang ihn, sie anzusehen. „Was geht hier vor?"

„Der Erste Preis", zischelte Strider. „Das ist das vierte Artefakt, das wir brauchen, um die Büchse der Pandora zu finden und zu zerstören."

„Was bedeutet", ergänzte Sabin tonlos, „dass der Erste Preis die Macht hat, uns für immer das Licht auszupusten."

6. *KAPITEL*

Wie zum Teufel hatte das passieren können? Strider tigerte in dem schmuddeligen Motelzimmer auf und ab. Das Eis in seinen Adern machte seine Bewegungen schleppend. Seine Stiefel hämmerten auf dem struppigen braunen Teppich, sodass ein kleiner Trampelpfad entstand.

Kaia saß mit besorgtem Gesicht auf dem Fernseher und beobachtete ihn. Die langen, glatten Beine hatte sie an den Knöcheln gekreuzt und schwang sie vor und zurück. In regelmäßigen Abständen schlugen ihre Füße gegen die Mattscheibe. Etwas schneller, und der Takt hätte zum Takt seines Herzschlags gepasst.

Sabin und Gwen saßen auf der Kante eines der Doppelbetten, Bianka und Lysander auf dem anderen. Taliyah hatte sich mit einer hübschen rothaarigen Frau mit Sommersprossen aus dem Staub gemacht, und keine von beiden hatte ein Wort darüber verloren, wohin sie gingen oder wie lange sie weg wären.

„Die Unaussprechlichen haben behauptet, sie hätten die Zweiadrige Rute", fluchte er. Irgendwer musste die Unterhaltung/den heftigen Streit ja beginnen.

„Offensichtlich haben sie gelogen." Sabin stützte die Ellbogen auf die Knie und ließ seinen Kopf in die Handflächen sinken.

Ja. Offensichtlich. Mist. Mist, Mist, Mist. „Das ist schlecht. Richtig schlecht."

Er hätte es wissen müssen oder es zumindest ahnen. Stattdessen hatte Strider vor ein paar Wochen ihren Tempel aufgesucht. Es war ihm egal gewesen, diesen Ungeheuern den Umhang zu überlassen, weil er gedacht hatte, sie besäßen bereits ein anderes Artefakt. Warum nicht noch eins? Er hatte gedacht, sie würden beide Relikte bewachen, bis er zurückkäme, mit ihnen verhandelte und am Ende beide bekäme.

Er hatte falsch gedacht.

So ein Durcheinander! Wären die Unaussprechlichen im Besitz der Zweiadrigen Rute gewesen, hätten sie sie Juliette niemals gegeben. Nicht ohne Bezahlung, und als Bezahlung hätten sie nicht etwa Juwelen akzeptiert. Das Einzige, was sie wollten, war Cronus' Kopf.

Da der Götterkönig noch am Leben war, hatte keinerlei Austausch stattgefunden. Was bedeutete, dass die Unaussprechlichen kein bisschen vertrauenswürdig waren und niemand sagen konnte, was sie mit dem Umhang machen würden, wenn Strider ihnen den gewünschten Kopf nicht lieferte.

Gewinnen, grummelte *Niederlage*. Keine Frage, sondern die unverblümte Annahme der auf der Hand liegenden Herausforderung.

Von seiner Seite sprach nichts dagegen. Auch wenn sie dann zwei offene Projekte hätten. Den Umhang und Kaia. *Ich weiß. Geht klar.*

Zuerst musste er die Zweiadrige Rute stehlen. Sabin hatte nicht gelogen. Wenn sie in die falschen Hände gelangte – und mit „falsch" meinte er alle Hände, die nicht seine waren –, könnte die Büchse der Pandora gefunden werden, was für ihn und seine Freunde womöglich das Ende bedeutete. Ihre Dämonen würden aus ihren Körpern gerissen und zurück in die Büchse gesaugt werden.

In der Theorie ganz großartig, aber die Männer und ihre Bestien waren inzwischen fest miteinander verbunden. Der eine konnte ohne den anderen nicht leben. Würden sie getrennt, würden die Männer augenblicklich ins Gras beißen, und die Dämonen würden verrückt werden.

Ein unerträglicher Druck breitete sich in ihm aus. Er blieb mitten im Zimmer stehen und sah zu Kaia. „Wir müssen sie stehlen."

Sie öffnete den Mund, diesen roten, sinnlichen, ach so verführerischen Mund. „Äh, wie war das?"

„Vergiss die Spiele, und hilf mir, die Rute zu stehlen." Wie ein braver kleiner Soldat knirschte er mit den Zähnen und fügte hinzu: „Bitte." Manchmal brauchte ein Kerl eben eine helfende

Hand, und das hier war so eine Situation. Denn er wusste weder, wie der Verstand einer Harpyie funktionierte, noch wo Juliette ihren Schatz verstecken mochte.

Kaia war seine Insiderquelle. Sein einziger Zugang.

Ihre Pupillen weiteten sich – vor Wut. Großartig. Das war genau das, was er jetzt nicht gebrauchen konnte. Die kleine Lady war wütend, und sie hatte keine Angst, es zu zeigen. Als sie sich mit der Zunge über die Zähne fuhr, durchzuckte die Lust seinen Körper. Das Eis schmolz, und es blieb nur ein glühendes Inferno zurück, das in ihm die Sehnsucht weckte, ihre Wut noch weiter anzustacheln.

Zu diesem Zeitpunkt? Wirklich?

Es gibt keinen falschen Zeitpunkt, meldete sich seine Libido. *Vielleicht greift sie dich an, aber wenigstens spürst du dann ihre Hände auf deinem Körper.*

Er hätte sich selbst in den notgeilen Hintern treten können.

„Nicht nur nein, sondern verflucht noch mal nein!“, erwiderte sie und hob stur das Kinn.

Seine Lust wurde von Furcht verdrängt. Er kannte diese Haltung. Genauso hatte sie in einem Raum voller Harpyien gestanden. Sie hatten Kaia mit ihren Blicken bei lebendigem Leib die Haut abgezogen, doch aus irgendeinem Grund hatte sie nicht klein beigegeben.

„Und du wirst sie auch nicht stehlen“, fügte sie hinzu.

Von wegen. „Versuchst du, mich zu bestrafen, Rotschopf?“ Er hatte den fatalen Fehler begangen, ehrlich zu ihr zu sein und ihr zu sagen, dass er hier war, um ihr zu helfen und nicht, um sie zu erobern. Dabei hatte er es besser gewusst. Man durfte eine Frau niemals in die Karten schauen lassen. „Wenn es nämlich so ist …“

„Oh, meine Götter. Bist du wirklich so egoistisch?“ Ihr silbergoldener Blick wurde scharf wie ein Dolch und schnitt sein Innerstes in Stücke. Er mochte es weder, wenn sie wütend war (jedenfalls zum Großteil nicht), noch wenn sie verletzt war. Und in diesem Augenblick schien sie beides zu sein. „Es geht nicht immer um dich, Strider."

„Das weiß ich. Glaub mir, ich rufe einen Ego-Alarm nach dem anderen aus. Dann sag mir doch einfach, wo das Problem liegt. Ich erinnere mich da nämlich an eine gewisse rothaarige Harpyie, die einmal sagte, sie täte *alles*, solange es unsterblich sei und der Preis stimme. Also los. Nenn deinen Preis, und tu es."

„Es gibt keinen Preis", gab sie kurz angebunden zurück. „Nicht dafür."

„Hast du Angst?" Ein Schlag unter die Gürtellinie, ja, aber er war verzweifelt.

Sie hüpfte vom Fernseher und bleckte die Zähne. Ihre Eckzähne verwandelten sich in etwas, das noch viel gefährlicher war als dieser Dolch in ihrem Blick, und ihre Augen wurden schwarz.

„Jetzt wird sie es dir zeigen", sang Bianka, und Lysander drückte ihr die Hand auf den Mund, damit sie nicht noch mehr sagte.

„Idiot", murmelte Sabin. „Ich werde dir nicht helfen. Du hast nämlich verdient, was gleich passieren wird."

„Ich habe vor gar nichts Angst." Kaia sprach mit zwei Stimmen gleichzeitig, und beide waren heiser, bedrohlich und … messerscharf. Sie atmete ein und aus, jedes Einatmen war mühsam, jedes Ausatmen abgehackt. „Du hast ein Riesenglück, dass meine Harpyie sich standhaft weigert, dir etwas anzutun. Sonst hätte ich dich schon längst zerfleischt. Und falls du versuchen solltest, die Rute zu stehlen, nachdem ich es dir verboten habe, werde ich dich zu Wettbewerben herausfordern, die du nicht mal in deinen kühnsten Träumen gewinnen kannst. Und zwar bis in alle Ewigkeit."

Am liebsten hätte er sie geschüttelt. Und geküsst – aber natürlich nur, damit sie endlich den Mund hielte. Verflucht noch mal, selbst in diesem Moment schrammte sie nur haarscharf an einer Herausforderung vorbei. *Niederlage* pirschte in seinem Schädel von einer Seite zur anderen. Sein Mund schäumte förmlich vor Lust, es mit ihr aufzunehmen. Allein die Angst vor dem Verlieren hielt den Dämon davon ab, die Herausforderung anzunehmen.

Du bist derjenige, der unbedingt herkommen wollte. Du bist derjenige, der beschlossen hat, jeden umzubringen, der sie angreift. Ja, Strider hatte sich selbst in diese Situation gebracht. Irgendwie wollte er ihre Gegnerinnen ausnehmen und enthaupten, bevor sie auch nur einen einzigen Schlag gegen Kaia führen konnten. Seine Motive waren ihm klar: Er fühlte sich zu ihr hingezogen und war über alle Maßen gierig, sie zu besitzen. Aber was waren die Motive von *Niederlage*? Er wusste es nicht. *Warum machst du bei der Sache mit?*

Gewinnen, war alles, was die Bestie erwiderte. Wie immer.

„Kapiert?“, drängte Kaia ihn, als er nicht antwortete.

In ihm machte sich Enttäuschung breit. Sie versuchte tatsächlich, ihn zu bestrafen, und irgendwie hatte er etwas Besseres von ihr erwartet. Sie mochten einander mit Worten beharken und mochten hoffnungslos voneinander fasziniert sein, aber sie waren auch Freunde. Oder jedenfalls hatte er das gedacht. Denn Freunde halfen Freunden.

Ein typisches Beispiel: Er war in Wisconsin, obwohl er eigentlich an tausend anderen Orten sein sollte.

Er wirbelte herum und starrte Bianka an. Er hatte kein Problem damit, in den eigenen Reihen zu wüten. Normalerweise. Aber mit den Harpyien war das so eine Sache. Sie waren anders als jeder oder alles, womit er bisher zu tun gehabt hatte. Sie konnten sich schneller bewegen, als das Auge es wahrnehmen konnte. Sie konnten einem anderen mit den Zähnen die Luftröhre herausreißen. Verdammt, sie konnten binnen Sekunden eine ganze Armee zerfleischen.

Es gab keine Linie, die sie nicht überschritten, keine Tat, die zu grausam war. Wenn er die Rute stehlen würde und sie ihn dabei erwischten, würden sie ihn umbringen. Aber ohne die Rute war er sowieso tot. Also, kein Wettbewerb. Er würde sie stehlen.

„Was ist mir dir?“, knurrte er Bianka an.

„Mir gefällt dein Ton nicht, Krieger", warnte Lysander ihn mit so sanfter Stimme, dass Strider beinahe die Macht nicht gespürt hätte, die sich dahinter verbarg. Beinahe.

Das ist keine Herausforderung, ermahnte er seinen Dämon. Er weigerte sich, die Frage noch einmal an Kaias Zwillingsschwester zu richten. Zum Glück – oder auch nicht – war *Niederlage* noch viel zu sehr mit Kaia, dem Umhang und der Rute beschäftigt. Wenn Strider es nicht schaffen sollte, die beiden Artefakte in seinen Besitz zu bringen, und zwar schnell, würde er die Schlacht verlieren. Und verletzt werden. Dennoch konnte er auch Kaia nicht allein lassen, ohne verletzt zu werden.

Bianka schob Lysanders Hand von ihrem Mund. „Tut mir leid, Großer, aber ich kann dir nicht helfen."

„Warum nicht?"

Sie zuckte unschuldig mit den Schultern. „Wenn du unbedingt willst, zähle ich dir ein paar Gründe auf. Aber ich kann dir nicht garantieren, dass sie stimmen."

Er wandte sich an Gwen. „Und du?"

„W…wie bitte?", fragte sie und klang verwirrt. Sie sah zu Kaia, die den Kopf schüttelte. Das wusste er, weil er ihr Spiegelbild in dem Bild sehen konnte, das über dem Nachttisch zwischen den Betten hing. „Ich kann nicht", sprach sie mit festerer Stimme weiter.

Okay, irgendetwas ging hier vor. Kaia hatte keine Angst. Das wusste er genau, ganz gleich, was sie sagte. Diese Frau war viel mutiger, als gut für sie war. Sie hatte in einem Raum voller Harpyien gestanden, und obwohl sie sie angesehen hatten, als wäre sie ein leckeres Rippchen und sie selbst überzeugte Vegetarierin, hatte sie den Kopf hochgehalten und sie herausgefordert, ein Stückchen zu probieren.

Nur ein einziges Mal hatte sie ihre Coolness verloren, und ein Gefühl, das er nicht näher benennen konnte, hatte ihren gesamten Körper zum Zittern gebracht. In dem Moment nämlich, als sie ihre Mutter angesehen hatte. Ihre ziemlich heiße, offensichtlich mörderische Mutter, die womöglich in seinem

Kopf gesprochen hatte – dessen war er sich allerdings immer noch nicht sicher.

Als die sonderbar jung aussehende Brünette mit den toten Augen ihn von oben bis unten gemustert hatte, hatte er eine kalte, gefühllose und dennoch sehr feminine Stimme flüstern gehört: „Kaia wird sterben, ehe der letzte Wettbewerb beginnt."

Mehr war nicht gesagt worden. Und außer ihm hatte auch niemand sonst diese Warnung – oder war es eine Drohung? – vernommen. Vielleicht hatte er nur eine blühende Fantasie. So oder so – es war ihm egal. Er war hier und würde tun, was er versprochen hatte, aber Kaia, verflixt noch mal, müsste ihm schon ein Stückchen entgegenkommen.

„Verschwindet", befahl Strider den beiden Pärchen auf den Betten.

Da Sabin seinen Freund gut kannte, packte er ohne Protest seine Gwen und schob sie zur Tür hinaus. Bis zuletzt tauschten die Männer einen verschwörerischen Blick. Sie würden Berge versetzen, um diese Rute zu kriegen, mit oder ohne Zustimmung der Skyhawks. Doch zuerst würden sie alles Erdenkliche tun, um Antworten zu bekommen. Auch wenn das bedeutete, sich aufzuteilen und keine Rückendeckung zu haben.

Dank eines leisen „Ist schon in Ordnung" von Kaia folgten Bianka und Lysander dem Beispiel von Sabin und Gwen. Mit einem leisen *Klick* schlossen sie die Tür hinter sich. Der Engel kannte ihn weder, noch wusste er, wozu Strider fähig war, aber offensichtlich hatte er die Gefahr erkannt, die er darstellte.

„Warum?" Er drehte sich zu Kaia um.

Kaia tat nicht mal so, als wüsste sie nicht, was er meinte. „Weil sie sonst sagen werden, dass ich kein Vertrauen in meine Fähigkeiten habe. Sie werden mich einen Feigling nennen."

„Na und?" Sie war bereit, sein Leben wegen ihres Egos aufs Spiel zu setzen? „Ein bisschen Gespött hat noch niemanden umgebracht."

Sie warf sich eine lange Strähne ihrer roten, gelockten Haare über die Schulter – eine typische Geste für eine verärgerte Frau.

Wenigstens war das Schwarz aus ihren Augen gewichen, was ein Zeichen dafür war, dass sie ihre Harpyie wieder im Griff hatte. „Also gut. Es fällt mir zwar schwer, es zuzugeben, aber du wirst es ja ohnehin herausfinden. Also kann ich es dir auch genauso gut sagen.“

Eine Pause. „Sprich weiter.“

Sie schluckte. „Vor langer Zeit habe ich während der Harpyienspiele versucht … einem anderen Clan … etwas zu … stehlen.“

Ach ja? „Warum so zögerlich?“

„Egal“, fuhr sie fort, ohne seinen Einwand zu beachten, und ihre Wangen erröteten. „Mein Verhalten führte zu einem Massaker. Die Hälfte der Harpyienpopulation wurde vernichtet, und mir hat man nie vergeben.“

Er wusste, was das bedeutete. Man hatte sie geächtet. Und wenn jemand verstand, wie spitz der Stachel der Zurückweisung war, dann Strider.

Als die Götter Pandora zur Beschützerin von *dimOuniak* auserkoren hatten – der Büchse, in der die bösen Geister gefangen waren, die es geschafft hatten, aus der Hölle zu fliehen –, hatte er sich von seinem Stolz überwältigen lassen. Wie konnten sie es wagen, eine Frau auszuwählen, wo er doch noch nie einen Kampf verloren hatte? Strider hatte jeden ausgelöscht, den Zeus hatte tot sehen wollen.

Er hatte beweisen wollen, dass er der Sache würdig war, und deshalb dabei geholfen, die Büchse zu stehlen und zu öffnen. Natürlich hatte er vorgehabt, die Dämonen wieder einzufangen, nachdem sie eine kleine Verwüstung angerichtet hätten. Nach dem Motto: „Seht ihr, was ich kann und eure tolle Pandora nicht?“ Doch die Büchse war verschwunden, und die Verwüstungen waren alles andere als klein gewesen. Weder zuvor noch seitdem hatte er etwas Ähnliches erlebt.

Nicht mal, als *Niederlage* mit seinem Körper gepaart worden war und der Drang, zu verletzen, zu töten und zu zerstören, ihn verschlungen hatte. Dennoch war dies für die Griechen nicht Bestrafung genug gewesen. Sie hatten ihn aus dem einzigen Zuhause geworfen, das er je kennengelernt hatte, und ihn nie wieder anerkannt.

Also, Zurückweisung, Unversöhnlichkeit – das kannte er beides nur zu gut. Dennoch durfte er sich durch nichts, nicht mal durch Kaias möglichen Niedergang, davon abhalten lassen, diese Rute zu bekommen. Es stand einfach zu viel auf dem Spiel.

„Wenn ich noch etwas stehle … werden sie mich umbringen, Strider. *Nachdem* sie dafür gesorgt haben, dass ich denselben Schmerz verspüre, den sie verspürt haben."

Sie war überzeugt von dem, was sie sagte. Die Wahrheit glitzerte genauso in ihren Augen wie die Tränen. „Ich werde dich beschützen."

„Zwing mich nicht dazu, dir ins Gesicht zu sagen, wozu du in der Lage bist und wozu nicht", erwiderte sie mit einem verbitterten Lachen. „Natürlich könnte ich davonlaufen, aber was für ein Leben wäre das? Oder was wäre, wenn sie auf meine Schwestern losgehen, wenn sie mich nicht finden können?"

Guter Einwand. Und einer, von dem er sie nicht würde abbringen können. Er versuchte es auf einem anderen Weg. „Niemand bräuchte zu erfahren, dass du sie genommen hast. Wir schnappen sie uns und hauen ab, kein Problem."

Traurig schüttelte sie den Kopf. „Es ist egal, ob ich Spuren hinterlasse oder nicht. Wenn die Rute verschwindet, werden sie mir in jedem Fall die Schuld dafür geben."

„Na und?", wiederholte er. Er musste einen Panzer um sein Herz aufbauen.

„Du hast keine Ahnung von der Gerechtigkeit der Harpyien, Strider. Da wird nicht verhandelt. Da gibt es kein ‚im Zweifel für den Angeklagten'. Wenn ich unter Verdacht stehe, werden sie mich jagen, foltern und – wie gesagt – umbringen."

„Ich werde dich beschützen", sagte er noch einmal, und das war die Wahrheit.

Sie zog eine Augenbraue hoch. „Du zwingst mich doch dazu, es dir ins Gesicht zu sagen: Das kannst du nicht."

Das ist keine Herausforderung. „Doch, ich kann."

„Du willst mich vor einer Armee aus Harpyien beschützen, die nicht zögern würde, jeden zu verletzen, den du liebst, nur um mich zu kriegen? Vor einer Armee aus Harpyien, die sogar den Jägern helfen würde, wenn das hieße, mich zu bestrafen?"

Mist. „Was soll ich deiner Meinung nach dann tun, hm?" Er ging zu ihr hinüber, packte sie bei den Unterarmen – sie fühlte sich so zerbrechlich und verletzlich an – und schüttelte sie endlich, wie er es schon so lange hatte tun wollen. Bei jeder Bewegung stieg ihm ihr Duft in die Nase, Zimt und Zucker, ein Fest für seine Sinne. Ihm lief das Wasser im Mund zusammen, und sein Blut erhitzte sich. „Was? Sag es mir."

Noch immer lag dieser unglückliche Ausdruck auf ihrem Gesicht. „Tu das, wofür du ursprünglich hergekommen bist. Verhalte dich wie mein Gemahl. Ich werde kämpfen, und ich werde die Rute gewinnen. Auf ehrliche Art."

„Ich dachte, ‚ehrlich' gibt es bei dir nicht."

Durch zusammengekniffene Augen sah sie zu ihm auf. Endlich wurde die Traurigkeit durch Empörung ersetzt. Als sich ihre Wimpern berührten, war er auf seltsame Art froh, nur noch den Silberschimmer in ihren Augen zu sehen, der wild umherwirbelte. Jegliche Goldnuance war verschwunden. „Bei dieser Sache schon. Es steht zu viel auf dem Spiel." Ihre Worte waren wie ein Spiegel seiner Gedanken. „Nicht nur für mich, sondern auch für meine Schwestern."

Gewinnen.

Die Rute? *Alter, ich arbeite daran. Ein bisschen Geduld wäre nett.*

Gewinnen!

Ich weiß, verflucht! „Was ist, wenn ... Mist." Er ließ Kaia los und rieb sich mit der Hand übers Gesicht. Nach all den Kämpfen, die er in seinem langen Leben bereits ausgetragen hatte, konnte er eine Sackgasse riechen, ehe er um die Ecke bog und die Mauer sah. Sie befanden sich in einer Pattsituation, und er wusste es. Sie würde nicht nachgeben – solange er nicht den Einsatz erhöhte.

„Wenn du das für mich tust, schlafe ich mit dir. Okay?"

Einen Moment lang zeigte sie keinerlei Reaktion. Dann stieß sie einen Schrei aus und schubste ihn von sich weg. Und „schubsen" bedeutete: Sie setzte so viel Kraft ein, dass er regelrecht ein Stück nach hinten flog.

„Wie großmütig von dir." Im nächsten Moment stand sie wieder vor ihm. Abermals stieß sie ihn heftig zurück, bis seine Kniekehlen das Bett berührten. „Mir deinen Körper anzubieten, wo du mich doch so offensichtlich nicht begehrst. Deine Ansprüche herunterzuschrauben und dich zu verkaufen. Mich zu benutzen, egal, wie sehr ich am Ende darunter leiden muss."

Er krümmte sich unter ihren Worten, die ihn wie Pfeile trafen, erwiderte jedoch nichts. Noch nicht. Als seine Knie einknickten und er auf die Matratze plumpste, konzentrierte er sich ganz auf seinen Dämon. *Das ist keine Herausforderung, sie zum Sex herumzukriegen, verstanden?*

Gewinnen!

Strider drückte die Zunge gegen den Gaumen. Er dachte, sein Dämon hätte noch immer die Rute im Sinn, aber sicher war er sich nicht. Und als Kaia auf ihn sprang und sich mit gespreizten Beinen auf ihn setzte, drehte er sich blitzschnell mit ihr zusammen um und nagelte sie mit seinem Gewicht unter sich fest. Und, Götter – das fühlte sich *gut* an. Sie passte perfekt zu ihm – ihre weichen Brüste an seiner Brust, ihr Oberschenkel, der sich herrlich an seinen harten Penis drückte.

Ihr Zimtduft hüllte ihn ein und vernebelte ihm die Gedanken. Hitze, eine unbeschreibliche Hitze strahlte von ihrer weichen, köstlichen Haut aus und brandmarkte ihn.

GEWINNEN.

Bastard. „Es geht um Leben oder Tod, Kaia."

Sie keuchte, als sie die Hände in seinen Haaren vergrub und ihre Fingernägel in seine Kopfhaut bohrte. „Für mich auch."

„Würdest du es für … Paris tun?", fragte er und hasste sich dafür.

„Nein."

Kein Zögern auf ihrer Seite. Das linderte das Engegefühl in seiner Brust. Ein Gefühl, dessen Existenz er bis zu diesem Moment gar nicht wahrgenommen hatte. „Kaia."

„Strider."

„Ich … ich habe nie gesagt, dass ich dich nicht begehre." Er war sich nicht sicher, was er eigentlich hatte sagen wollen. Er wusste nur, dass es *das* nicht war. Die Worte waren einfach so über seine Lippen gehuscht. „Ich begehre dich. Wie sollte ich auch nicht?"

Sie knabberte auf ihrer Unterlippe. „Willst du damit sagen, dass du mein Gemahl sein willst?"

„Nein." Diesbezüglich würde er sie nicht anlügen. Und zwar nicht, weil sie ihn zerfleischen würde, wenn sie die Wahrheit herausfände. „Ich kann dir kein ‚für immer' geben."

Das Knabbern wurde heftiger, bis ein Tropfen Blut sichtbar wurde. „Weil wir nicht gut zusammenpassen?"

Natürlich würde sie sich an jede Beleidigung erinnern, die er ihr je an den Kopf geworfen hatte. „Ja."

„Was kannst du mir denn dann geben?"

„Das Hier und Jetzt." Mit jeder Sekunde, die verstrich, sehnte sein Körper sich mehr nach ihr.

„Als Gegenleistung dafür, dass ich dir helfe, die Zweiadrige Rute zu stehlen." Eine Feststellung, keine Frage.

„Ja." Vielleicht sogar ohne Gegenleistung. So heftig war sein Verlangen, sich an sie zu schmiegen, sich an ihr zu reiben und ihre Lust anzufachen, bis sie ihn anflehte, es ihr richtig zu besorgen.

Ihre rosa Zungenspitze huschte über ihre Zähne. Zähne, die sich gerade in messerscharfe Dolche verwandelten, aber, Götter – diese Zunge war wunderschön. „Davon wirst du mich schon überzeugen müssen", meinte sie heiser, während sie seinen Kopf immer tiefer zu sich herunterzog, bis seine Lippen dicht über ihren waren. „Gib mir einen Vorgeschmack davon, was du zu bieten hast."

GEWINNEN, GEWINNEN, GEWINNEN.

Eine Herausforderung. Ob beabsichtigt oder nicht. Und diesmal hatte er keine Schwierigkeiten, zu interpretieren, was sein Dämon erwartete und brauchte. Strider musste sie küssen, und er musste sie überzeugen, sonst würde er furchtbare Qualen erleiden.

Er wartete darauf, dass sich die Wut in ihm breitmachte, doch als er Kaia ansah und ihren Duft einatmete, wollte er nur noch eins: ihr diesen Vorgeschmack geben.

Er löste ihre Hände aus seinen Haaren und führte sie über ihren Kopf, sodass sich ihr Rücken durchbog und ihr Körper sich an seinem rieb. Ihre Brustwarzen waren hart und warteten förmlich auf seinen Mund.

„Kein Wort mehr", befahl er, und dann holte er endlich, *endlich* zum entscheidenden Schlag aus.

7. KAPITEL

Kaia hatte das Gefühl, schon immer auf diesen Moment gewartet zu haben. Und irgendwie hatte sie das auch. Endlich lag sie in den Armen ihres Gemahls, der ihre Sehnsüchte erwiderte. Ihre wildesten, sinnlichsten Sehnsüchte. Strider presste die Lippen auf ihre. Seine heiße Zunge wanderte in ihren Mund und tanzte mit der ihren. Sein Geschmack erfüllte sie, verschlang sie. Noch nie hatte sie Zimt mehr geliebt als in diesem Moment. So süß und würzig mit einem Hauch Schärfe.

Mit seinem muskulösen Körper drückte er sie fest auf die Matratze, und die Waffen, die er am ganzen Körper trug, verursachten ihr vermutlich blaue Flecke. Aber das war ihr vollkommen egal. Was waren schon ein paar blaue Flecken, wenn Strider gerade ihren Kopf zwischen seine Hände nahm, um den Kuss noch zu vertiefen? Wenn ihre harten Brustwarzen bei jedem Atemzug an seiner Brust rieben und ihr Verlangen immer stärker wurde?

Sie spreizte die Beine, damit er sich mit dem Unterleib enger an sie schmiegen konnte. Er fühlte sich so herrlich groß an und traf sie genau an der richtigen Stelle. Sie atmete scharf ein. Heißer, heißer, noch heißer.

„Strider", stöhnte sie.

„Kaia."

Ihr Name auf seinen Lippen … Himmel und Hölle, süß und quälend. Ein Sirenenlied. „Mehr."

„Wie magst du es?"

„So wie du es mir gibst." Ihre Fingernägel hatten sich schon in Krallen verwandelt. Versehentlich zerschnitt sie ihm T-Shirt und Haut, als sie ihm über den Rücken kratzte. Er stöhnte, und ihre Zähne schabten aneinander. Sie spürte, wie er ihr Gesicht fester hielt. „Entschuldige", sagte sie atemlos. Mit den Knien umklammerte sie seine Hüfte, nur für den Fall, dass er vorhatte, sich wieder zurückzuziehen.

„Hör auf, dich zu entschuldigen", erwiderte er. „Mach es einfach noch mal." Er saugte fest an ihrer Unterlippe, bis sie am ganzen Körper Gänsehaut hatte.

Noch nie hatte sie Worte gehört, die erotischer und befreiender gewesen wären. Als Harpyie war sie stärker und lasterhafter als die meisten anderen Unsterblichen. Sie hatte immer ihre Leidenschaft und ihr Temperament zügeln und sich beherrschen müssen. Selbst bei Paris.

Aber bei Strider bräuchte sie sich nicht zu beherrschen – und sie täte es auch nicht. Was sie auch von ihm verlangte, er käme damit zurecht. Hölle, er würde es genießen. Für alles andere war er viel zu stark und viel zu entschlossen. Er mochte wie ein Engel aussehen, aber er war bei Weitem gefährlicher als jeder andere Herr. Und zudem noch gefährlich auf die bestmögliche Art. Teuflisch gefährlich. Sanft und vorsichtig – das war nicht sein Stil.

Er hatte einen total schrägen Humor. Wenn er einen seiner Freunde an das Bett einer Frau gefesselt vorfand (hüstel, Lucien, hüstel), machte er Fotos davon und mailte sie an alle Bekannten. Wie cool war das denn, bitte?

So ein Mann würde niemals von ihr verlangen, mit dem Stehlen aufzuhören. Eher würde er sie auf ihren obligatorischen Diebeszügen begleiten und dafür sorgen, dass ihre dunkle Seite glücklich war, ohne dass sie allzu viel Schaden anrichtete. Außerdem kannte er Triumph und Niederlage besser als jeder andere. Er würde alles genießen, was sie vollbrachte, egal ob gut, schlecht oder hässlich. Er wäre der Erste, der ihr sagen würde, wenn sie versagt hätte, aber er würde sie niemals abschreiben.

Vielleicht aber war der Mann, den sie sich in Gedanken ausmalte, auch nur eine Fantasiegestalt. Denn der Kerl, der gerade auf ihr lag, wollte einen Tauschhandel mit ihr eingehen: sein Körper als Gegenleistung für ihre Kooperation. Und das machte sie wirklich stinkwütend – wenn auch nicht so wütend, dass sie jetzt aufhören würde, ihn zu küssen.

Er ist die Droge meiner Wahl, dachte sie, und ich bin jetzt

schon süchtig nach ihm.

„Kaia! Konzentrier dich verdammt noch mal auf das, was hier gerade passiert", knurrte er.

Mit einem Mal war sie wieder im Hier und Jetzt. Sie blinzelte ihn an. Er keuchte und schwitzte – vielleicht mehr, als er sollte –, und sein Gesicht war angespannt. Anscheinend hatte er sie schon eine ganze Weile gerufen. Und verdammt noch mal, sie hatte aufgehört, ihn zu küssen, um über seine Tugenden und Torheiten nachzusinnen. Ein Fehler, den sie umgehend wiedergutmachen würde.

„Ich bin hier." Sie schlang die Beine um seinen Körper und verhakte die Knöchel ineinander. Nun spürte sie seine Erregung noch deutlicher. Er fühlte sich so gut an. So hart. So perfekt. So verdammt heiß.

„Braves Mädchen." Seine Zunge glitt wieder in ihren Mund, und jetzt glich der wilde Tanz einem Duell um die Dominanz.

Sie ließ ihn gewinnen, unterwarf sich ihm, erlaubte ihm, die Führung zu übernehmen und sie zur völligen Befriedigung zu treiben. Oder vielleicht zum Wahnsinn. Das Verlangen vernebelte ihr den Verstand, ihr Blut begann zu kochen und ihre Harpyie trällerte Beifall.

Davon hatte sie geträumt, das hatte sie sich ausgemalt, danach hatte sie sich mit jeder Faser ihres Körpers gesehnt. Ihr Mann, der ihre Nähe genoss und sich an ihr rieb. Sie würde nie genug von ihm bekommen, würde immer mehr wollen. Immer mehr brauchen. Ihre Nervenenden fingen Feuer, die stetig wachsende Glut war beinahe zu viel, der Schmerz zwischen ihren Beinen heftig.

Sie musste diese Abmachung besiegeln. Musste ihn fast zu Tode lieben, sie aneinanderbinden und ihm nie, nie erlauben, ihr zu entfliehen. Niemals einer anderen Harpyie erlauben, sich ihm zu nähern. Er gehörte ihr. Er würde immer ihr gehören.

So darfst du nicht denken. Er ist ein Krieger, der es gewohnt ist, die Kontrolle zu haben. Wenn du versuchst, ihn an dich zu binden, wird er davonlaufen. Das hier muss eine Partnerschaft sein und keine Harpyiatorschaft. Ja, okay. Sie könnte es tun. Mit ihm arbeiten. Alles, damit er bei ihr bliebe, sie ihn wieder küssen und ihn haben könnte. Und zwar mit Haut und Haaren.

Die Frage war nur: Könnte *er* auch mit *ihr* arbeiten?

„Verdammt, Kaia." Er nahm die Hand von ihrem Gesicht, legte sie auf eine ihrer Brüste und drückte sie leicht. „Was zum Teufel geht in deinem Kopf vor?"

„Du, wir, zusammen. Ja." Sie stöhnte und lehnte sich in seine Berührung. Heiß, sie war so heiß, und sie wurde immer heißer. „Mehr."

„Ja, gut. Fester?"

„Fester. Bitte." Sie hob das Becken, sodass die Bettfedern quietschten, und drückte sich noch fester an ihn. So erregt, wie sie war, hätte auch Dampf aus ihren Poren dringen, sie beide umhüllen und die Luft anreichern können. „Mehr. Alles."

„Verflucht! Dein Mund ist ja der reinste Feuersturm. Er brennt. Aber gut, Baby, ich werde dir ..." Er sog angestrengt Luft ein, verkrampfte und fluchte. Er fluchte so heftig, dass sie nicht überrascht gewesen wäre, wenn ihre Ohren zu bluten angefangen hätten. „In Ordnung. Ja. Das machen wir. Du und ich. Ich gebe dir mehr, alles."

Seine Stimme klingt irgendwie seltsam, dachte sie benommen. Nicht mehr erregt, sondern genauso steif, wie sein Körper auf einmal war, und so formal. Fast schon roboterhaft. Warum? Was hatte sich geändert? Sie bedauerte den Verlust.

Wieder legte er seinen Mund auf ihren und küsste sie weiter. Sie rieb ihre empfindsamste Stelle an seiner, konnte einfach nicht damit aufhören, und hielt ihn weiter fest umklammert. Er drückte sich an sie, seine Haut war schweißnass. Sie fiel zurück aufs Bett, doch die ganze Zeit über kämpfte sie sich durch den Nebel der Lust, der allmählich abkühlte. Sie musste unbedingt herausfinden, was mit ihm los war.

Immer wieder glitt seine Zunge in ihren Mund und wieder heraus, als hätten ihre Münder Sex. Mit der Hand drückte er ihre Brust. Gleichzeitig ließ er das Becken kreisen, sodass er ihre erregte Perle streifte. Es war ein Tanz. Jede Bewegung passte zum Rhythmus der nächsten. Seine Technik war makellos. Nicht mehr lange, und sie würde den Höhepunkt erreichen.

Technik, dachte sie als Nächstes. Ja, genau das war es. Eine Technik. Er war genau an der richtigen Stelle hart, ja, aber auch an anderen Stellen – seine Muskeln waren hart wie Stein. Kein hingebungsvolles Stöhnen. Wie auch? Jede Bewegung seiner Zunge war kalkuliert, als dächte er darüber nach, was er tun sollte, statt sich von seinem Instinkt leiten zu lassen. Als hätte er die Kontrolle über alles und wäre er meilenweit davon entfernt, sich in ihr zu verlieren.

Was bedeutete, dass er nicht genoss, was er gerade tat. Er absolvierte nur eine Vorstellung. Fachte ihr Verlangen immer weiter an und manipulierte sie. Gab ihr, was sie wollte, nahm sich aber nicht, was er brauchte.

Irgendwie hatte er es geschafft, sich mental abzukoppeln.

„Was gefällt dir?“, fragte er. „Sag es mir, und ich mache es.“

Sie hätte jede x-beliebige Frau sein können, es hätte ihn nicht interessiert. Und wenn es vorbei wäre, hätte er sie genommen, sie gehabt, aber sie wäre nur eine von tausend anderen gewesen – unwichtig und vergänglich. Ein leichter Sieg. Ein Mittel zum Zweck.

Nein. *Nein!* Sie würde nicht Kaia die Enttäuschung sein. Nicht bei ihm. Sie würde sich nicht mit einer vorgetäuschten Zuneigung zufriedengeben und es sich schönreden. Sie wollte alles oder nichts. Abmachungen waren etwas für Schwächlinge.

Aber sie war kein Schwächling.

Doch obwohl sie wusste, was er tat, obwohl sie – wieder – zutiefst verletzt war und obwohl sie sich inständig wünschte, von ihm erlöst zu werden, brachte sie es nicht fertig, ihm etwas anzutun. Weder eigenhändig, noch indem sie seinen Dämon benutzte. Er musste diesen Wettbewerb des Wollens gewinnen, ohne ihren Stolz noch mehr zu ersticken, als er es bereits getan hatte. Irgendwie.

Sie schluckte ein bitteres Lachen herunter. Wieder einmal

würde sie einen Wettkampf ausrufen. Nur dass der Preis dieses Mal weitaus wichtiger war. Sein Körper … und sein Herz? Nein, nicht sein Herz. Das würde er niemals anbieten. Jedenfalls nicht ihr. Dieselbe Entschlossenheit, die ihn zu solch einem wilden Krieger und Liebhaber gemacht hatte, hatte ihn auch in einen emotionalen Eigenbrötler verwandelt.

Kühler … und kühler … „Strider?“

Seine Zunge streifte ihre, er drückte ihre Brust. „Sag es mir“, erwiderte er, ohne ihren Einwurf zu beachten. „Dein Mund … die Hitze ist weg.“

„Tut mir leid.“

„Muss es nicht. Ich mag beides. Aber warum ist sie weg?“

Genug jetzt. Außerdem wusste sie es nicht. Noch nie zuvor war sie so heiß geworden. „Ich glaube … Ich glaube nicht, dass du aufhören kannst.“ Götter! Nachdem sie die Worte gesagt hatte, nachdem sie kratzig durch ihre Kehle gewandert waren, zitterte sie frustriert.

Er erstarrte über ihr. Noch immer tropfte der Schweiß von ihm herunter. Sein T-Shirt war klitschnass und klebte ihm an der Brust. „Was hast du gerade gesagt?“

„Ich glaube nicht, dass du aufhören kannst, mich zu küssen und zu berühren.“

Unter einem Schwall finsterer Flüche erhob er sich blitzschnell von ihr und stieg aus dem Bett. Am Rand der Matratze blieb er stehen und starrte auf Kaia hinunter, während sie sich langsam aufsetzte. Sie kämpfte um jeden Atemzug, und in ihrer Lunge wurde es immer kälter … und kälter.

„Verdammt, Kaia!“

Sie bleckte ihre scharfen Fangzähne. „So heiße ich nicht.“

Er stutzte. „Was? Kaia? Zufällig weiß ich es besser.“

„Nein. Ich heiße nicht *verdammt Kaia*.“

Er kniff die Augen zusammen, während seine Mundwinkel zuckten. „Wie auch immer.“

Das war alles, was er zu sagen hatte? Nach allem, was er gerade getan hatte?

„Stiehlst du nun die Zweiadrige Rute für mich oder nicht?“, fragte er.

Offensichtlich schon.

Empfand er denn gar nichts für sie? Keinen Funken echter Leidenschaft? Sie leckte sich über die Lippen und fühlte sich ermutigt, als sie bemerkte, dass er der Bewegung mit dem Blick folgte. „Nein. Aber“, sprach sie schnell weiter, bevor sein Dämon ihn dafür bestrafen konnte, dass er es nicht geschafft hatte, sie zu überzeugen. Und, ja, sie wusste, dass dies einer der Gründe dafür war, warum er sie in dieser Sache so bedrängte. Jedenfalls hoffte sie das. Dadurch fiel es ihr leichter, ihm zu verzeihen, dass er ihren elektrisierenden Kuss auf einen Verhandlungsgegenstand reduziert hatte. „Wir werden einen Kompromiss schließen.“

Er schüttelte ein Mal den Kopf und erwiderte steif: „Nein.“

„Doch.“

„*Nein.*“

„*Doch.* Ein Kompromiss verschont dich vor körperlichen Qualen.“

Er kniff die Augen noch weiter zusammen, sodass das Blau seiner Iris nicht mehr zu sehen war. „Aber er hilft mir auch nicht.“

Sie hob das Kinn. „Willst du meinen Vorschlag hören oder nicht? Wenn nicht – da ist die Tür.“

„Allmächtige Götter, ich hasse es, wenn du das Kinn reckst.“ Er knackte mit dem Kiefer. „Schieß los.“

„Ich werde an den Spielen teilnehmen.“ Rasch fügte sie hinzu: „Falls ich irgendwann disqualifiziert werden oder das Gefühl haben sollte, dass mein Team nicht den ersten Preis holen kann, werde ich mein Leben und meine Zukunft riskieren und die Rute für dich stehlen.“

Schweigend verschränkte er die Arme vor der Brust.

Sie wusste genau, was er jetzt dachte. „Zu den Regeln des Kompromisses gehört, dass du nichts unternehmen darfst, um eine Disqualifikation absichtlich herbeizuführen. Weder bei mir noch bei einem Mitglied meines Teams."

Oh ja. Genau daran hatte er gedacht. Plötzlich begann die Wut in ihm zu brodeln und sich in winzigen Lichtblitzen von seiner Haut zu lösen. Seine Augen leuchteten rot, und kurz flackerte sein Gesicht wie ein Totenkopf auf. „Was ist, wenn es jemand anderem gelingt, sie zu stehlen, während du die Wettkämpfe absolvierst?"

Der Arme. Sein Dämon hatte die Kontrolle übernommen. Sie hatte Mitleid mit ihm, denn sie hasste es, wenn ihre Harpyie dasselbe bei ihr tat. „Unmöglich. Du könntest alle Krieger und Götter herbeirufen, die du kennst, aber keiner von ihnen wäre in der Lage, sie zu finden, geschweige denn, sie sich zu nehmen. Und, nein, das ist keine Herausforderung, sondern die Wahrheit. Wir Harpyien sind misstrauische und besitzergreifende Wesen, und wir bedienen uns radikaler Mittel, um zu bewachen, was wir als unser Eigentum betrachten. Glaub mir, Juliette wird *niemanden* in die Nähe der Rute lassen."

Es vergingen mehrere Minuten, ehe er sich entspannte. Er konnte nicht gegen die Harpyien kämpfen – jedenfalls nicht mit Erfolg – und das musste er wissen. „In Ordnung. Dann haben wir eine Abmachung." Sie öffnete den Mund, um etwas zu erwidern, doch er fügte bedrohlich hinzu: „Und jetzt hör mir gut zu, kleines Mädchen."

Kleines Mädchen. Genauso hatte Lazarus sie vor all den Jahrhunderten genannt. Schatten trübten ihren Blick. Die einzige Farbe, die sie noch sah, war das Purpurrot des Bull's Eye auf Striders Brust. *Ruhig, ganz ruhig.*

Misch dich nicht ein, befahl sie ihrer Harpyie.

„Du hast behauptet, ich wäre dein Gemahl, und dass Gemahle kostbar sind. Außerdem hast du gesagt, dass du alles tun wirst, um deinen zu beschützen."

Sie fletschte die Zähne. „Das habe ich nie gesagt." Jedenfalls nicht laut.

„Na schön. Vielleicht hat Gwen es mir erzählt. Fakt ist: Es stimmt."

Und jetzt hatte er vor, sein Wissen gegen sie zu verwenden?
„Tja, sieh dich an, Mr Klugscheißer." Sie klatschte in die Hände. „Herzlichen Glückwunsch. Du weißt, dass ich dir nichts antun kann. Aber hey – was spielt das schon für eine Rolle? Ich kann immer noch einen anderen dafür bezahlen, die Drecksarbeit für mich zu erledigen."

An seinem unteren Augenlid zuckte ein Muskel. „Du bist bereit, ein Artefakt, das mich umbringen kann, in den Händen deiner Feindin zu belassen", erwiderte er, ohne auf ihre Drohung einzugehen. „Diese Frau, Juliette, die mit dem Freund, von dem du mir noch immer nichts erzählt hast, wird dir die Rute nicht geben. Ob du gewinnst oder nicht, sie hasst dich und wird dich wohl kaum belohnen."

Kaia packte die Bettdecke so fest, dass sie beinahe den Stoff zerrissen hätte. „Woher weißt du, dass sie mich hasst?" Er hatte nur das Ende der Versammlung mitbekommen, und Juliette hatte sich nach seiner Ankunft nicht mehr direkt an sie gewandt.

„Ich habe Augen im Kopf, Kaia. Jedes Mal, wenn sie dich angesehen hat, hätte sie dir mit ihrem Dolch am liebsten das Gesicht zerkratzt. Was hast du ihr angetan? Und erzähl mir jetzt nicht, dass sie dir einfach nur nicht vergeben hat, was die Clans durch deine Schuld erlitten haben. Das mit euch ist etwas Persönliches. Keine andere hat dich so angesehen wie sie."

Unsicher sah sie zu ihm hoch. Seine Beobachtungsgabe war besser, als gut für ihn war. „Wieso denkst du, dass *ich ihr* etwas angetan habe?"

„Komm schon. Du musst mich wirklich für total bescheuert halten, wenn du meine Frage mit einer Gegenfrage beantwortest und denkst, ich würde es nicht merken und die Sache auf sich beruhen lassen."

„Na ja, jetzt, wo du es sagst …"

„Sehr witzig." Er streckte die Hand aus und lockte mit dem Finger. „Komm her."

Da sie es nicht zulassen konnte, die Gelegenheit, ihn zu berühren, ungenutzt verstreichen zu lassen, nahm sie seine Hand.

In dem Augenblick, als sie sich berührten, zog er sie auf die Füße und so dicht an sich heran, dass kein Blatt mehr zwischen sie gepasst hätte. Er sah auf sie hinunter. Seine Wärme wand sich wie eine Boa um ihren Körper.

Zwischen ihnen knisterte eine Spannung, die so heiß war, dass Kaia meinte, die Flammen zu spüren. Striders Lippen waren geschwollen, rot und noch immer feucht von ihrem Kuss. Seine Augen waren halb geschlossen, als befände er sich in einem Traum, aus dem er nicht aufwachen wollte.

Wenn er angetörnt schon so lecker aussah, wie würde er erst aussehen, wenn er satt und befriedigt wäre?

Verstand, komm raus. Das war offensichtlich ein weiterer Versuch, sie abzulenken und auf seine Seite zu ziehen. Sie musste stark bleiben. „Also?"

„Hast du dich an ihren Mann herangemacht?", fragte er zielsicher. O-kay. Anscheinend war er doch aus dem Traum aufgewacht.

Ihr tiefes Erröten war Antwort genug.

Er ließ sie los und rieb sich mit der Hand übers Gesicht. „Verdammt, Kaia."

Ohne seine Berührung kühlte ihre Haut ab. Sie würde ihre eigene Dummheit gewiss nicht zugeben, selbst wenn es schon so lange her war. Sie würde nicht zugeben, dass sie sich einer Mutter als würdig hatte erweisen wollen, von der sie nie geliebt worden war, und dabei in jeder Hinsicht versagt hatte.

„Ich habe ihn gesehen, gewollt und ihn mir genommen. Ende der Geschichte." Das war die Wahrheit – zumindest so, wie sie sich nach Striders Vermutungen ungefähr anhören würde. Er würde nie verstehen, was wirklich geschehen war, das war auch ganz gut so.

„Und sie hat es herausgefunden?" Seine Stimme knallte wie ein Peitschenhieb.

Hah. Sie hatte ihn genau da, wo sie ihn durch das Auslassen wichtiger Details der Geschichte hatte haben wollen. „Genau." Kaia nickte. „Stimmt genau."

„Und wie?“

Sie riss die Augen auf. Warum beließ er es nicht dabei? „Wie bitte?“

„Wie hat sie es herausgefunden?“

„Ach so, äh, sie hat uns zufällig erwischt“, schwindelte Kaia und sah dabei zu Boden. Als ihr klar wurde, was sie getan hatte, zwang sie sich, den Blick wieder zu heben. Es gab nämlich zwei Dinge, die eine Frau beachten musste, wenn sie log. Erstens: Selbstvertrauen ausstrahlen. Man konnte jeden von allem überzeugen, solange man nur selbst daran glaubte. Zweitens: Einzelheiten preisgeben. Je mehr Details man lieferte, desto glaubhafter war die Geschichte. „Wir waren gerade voll dabei. Und ich kann dir sagen: Es war ziemlich heiß. Bei ihm war ich kein bisschen abgelenkt.“

Strider schwieg für einen Moment. Dann sagte er mit weicher Stimme. „Tatsächlich?“

Vielleicht tappte er doch nicht so sehr im Dunkeln, wie sie gedacht hatte. Wodurch hatte sie sich verraten? Na ja, das spielte eigentlich keine Rolle. Er konnte solange Vermutungen über die eigentliche Wahrheit anstellen, wie er wollte, aber er könnte sich niemals sicher sein. Und, zum Teufel, vielleicht gab es ja noch einen anderen Weg, ihn von ihrer Version zu überzeugen.

Sie sah ihm in die Augen. „Ja, tatsächlich. Er lag auf mehreren Fellen auf dem Rücken.“ Sie stellte sich Strider in derselben Position vor. Sogleich entfachte ihr Verlangen von Neuem, und ihre Stimme bekam eine rauchige Note. „Er war nackt … und ich auch. Ich saß auf ihm und, Götter, er war so wunderschön. Er hatte sich voll und ganz in der Leidenschaft verloren. Und in mir.“

Strider wirbelte herum, als könnte er ihren Anblick nicht länger ertragen. So. Geschafft, dachte sie. Sie hatte ihn vollends von ihrer liederlichen Natur überzeugt. Ihre Schultern sackten ein Stück nach unten. Ein Teil von ihr wünschte, er hätte sich weiterhin geweigert, ihr zu glauben.

Es ist besser so, sagte sie sich. Sexuell freizügig war sie in seinen Augen ohnehin schon gewesen. Hätte sie sich nun noch schwach und dumm in die Gleichung eingefügt, hätte das jeglichen Fortschritt mit ihm nur erschwert.

Auch wenn sie heute nicht gerade von einem Fortschritt sprechen konnte.

Sie lügt, dachte Strider und musste auf einmal alle Kraft aufbringen, um nicht zu grinsen. Und sie war noch zehn Mal anziehender, während sie ihr Lügennetz spann. Vielleicht weil sie ihn fast gehabt hätte. Aber dann hatte sie auf den Boden geschaut, und dieser Blick hatte sie verraten. Wenn Kaia an etwas glaubte, glänzte ihr Selbstvertrauen wie ein heller Stern.

Niederlage gefiel es, dass sie ihr Spiel durchschaut hatten, und er schickte kleine Glücksfunken durch seine Blutbahn. Es war ein unvorhergesehener Sieg, aber dennoch so köstlich wie mit Ambrosia versetzter Wein. Und fast so köstlich wie Kaias Kuss.

Daran darfst du jetzt nicht denken.

Er konnte nicht anders. Heiliges Höllenfeuer, dieser Kuss … Die Frau war die Leidenschaft in Person und so sinnlich, dass er sie bis in alle Ewigkeit hätte küssen und streicheln können und trotzdem noch mehr gewollt hätte. Sie hatte die Zunge genau richtig bewegt, ihn mit den Fingernägeln genau richtig gekratzt und die Beine mehr als genau richtig um ihn geschlungen.

Sie hatte einfach … zu ihm gepasst. Perfekt zu seinem Körper gepasst. Jede Kurve, jede Vertiefung. Wie zwei zueinanderpassende Puzzleteile. Und das, obwohl sie beide noch angezogen gewesen waren! Falls er sie jemals ausziehen sollte, würde er … Nein. Nein, nein, nein. In diese Richtung durfte er gar nicht weiterdenken. Der Kuss war ein Fehler gewesen. Ein verdammt köstlicher Fehler, aber einer, der seiner Sache ernsthaft hätte schaden können.

Sie hatte seinen Verstand schon völlig eingelullt.

Und leider konnte er das diesmal nicht auf ihre Haut schieben. Denn das bisschen, das aus der Kleidung herausschaute, hatte sie mit Make-up abgedeckt, sodass sie wie ein Mensch aussah. Nein, nicht ganz. Sie sah nie wie ein Mensch aus, ganz gleich, was sie tat. Dazu waren ihre Gesichtszüge zu blendend, zu makellos.

Sie küsste auch nicht wie ein Mensch. Dazu war sie viel zu mutig, sinnlich und hingebungsvoll.

Zu sehr die Seine, hatte er mittendrin gedacht, als er ihr alles hatte geben wollen – so wie sie es verlangt hatte. Erst in dem Moment hatte er begriffen, wie verloren er war. Er hatte ihr Zusammensein einfach nur genossen und sich nicht künstlich bemüht, ihr Lust zu verschaffen. Er hatte einfach genommen, gegeben und noch etwas mehr genommen. Dabei gab es für ihn nichts Gefährlicheres. Er musste ihr mehr Lust verschaffen, als Paris es getan hatte, sonst würde er schrecklich leiden.

Sein Verlangen im Zaum zu halten war der schwierigste Kampf seines Lebens gewesen, aber er hatte es geschafft. Er hatte gewonnen. Und *Niederlage* hatte ihn dafür geliebt und dasselbe Glücksgefühl durch seinen Körper geschickt, das ihn in diesem Moment erfüllte. Was es umso schwerer gemacht hatte, sich zurückzuhalten und jede seiner Liebkosungen wohl zu dosieren.

Ganz verstand er es immer noch nicht. Erst hatte sie ihn gewollt, und er war bereit gewesen, ihr alles zu geben, sie auf den Gipfel der Lust zu tragen. Und dann hatte er plötzlich aufhören sollen. Er erkannte eine Herausforderung sofort, und „Ich glaube nicht, dass du aufhören kannst" war hundertprozentig eine gewesen.

Was er aber immer noch nicht kapierte, war, *warum* sie es getan hatte.

Ist auch egal, dachte er. Was geschehen war, war geschehen, und es gab keinen Weg zurück. Er musste den Kuss vergessen und sich auf die bevorstehende Reise konzentrieren. Auf die Spiele, die Rute und den endgültigen Sieg. Er musste die Farbe vergessen, die ihr in die Wangen gestiegen war, den Atem, der scharf durch ihre Nase geflossen war, die Funken der Wut, die bei jedem seiner Worte in ihren Augen explodiert waren. Musste vergessen, dass sie umwerfend war, wenn die Gefühle in ihr tobten, dass sie wie ein Feuerwerkskörper zu leuchten anfing und er sich sehnlichst wünschte, sich an ihr zu verbrennen.

Kaia räusperte sich. „Strider", setzte sie an.

Er hob abwehrend eine Hand. „Hör zu, es ist doch so: Du vertraust mir nicht, und ich vertraue dir nicht, aber wir werden trotzdem zusammenarbeiten. Deshalb wirst du mir von dem morgigen Kampf erzählen, und anschließend werden wir die Konkurrenz ausloten."

Oder besser: *sie* würde sie ausloten. *Er* würde nach der Rute suchen. Sosehr er ihre Misere und ihren Schmerz auch verstand – es änderte nichts an den Tatsachen. Kein Artefakt, keine Büchse.

Und deshalb würde er die Rute auch finden und stehlen. Selbst auf Kosten von Kaias Stolz. Zwar würde er sich danach mit Sicherheit nicht mehr mögen – denn immerhin erforderte sein Sieg, dass er ihr Vertrauen missbrauchte –, aber nichts würde ihn von seinem Kurs abbringen.

„Verstanden?", hakte er nach. Schon jetzt musste er das aufkeimende Schuldgefühl unterdrücken.

Eine unsichere Pause. Dann flüsterte sie: „Ja. In Ordnung. Wir arbeiten zusammen."

„Gut." Er setzte ein neutrales Gesicht auf, drehte sich zu ihr herum und schaute ihr direkt in die Augen. „Und jetzt erzähl."

8. KAPITEL

William der Lustmolch stand im Wohnzimmer eines Hauses, in dem Menschen lebten. Er war ehrenhalber Herr der Unterwelt und ein Mann von solcher körperlicher Perfektion, dass er einst zum schönsten Unsterblichen aller Zeiten gekürt worden war. Gut, das lag vielleicht auch daran, dass er in diesem Wettbewerb der einzige Richter gewesen war. Na und? Er würde bei den Überbleibseln seiner Seele schwören, dass das Ergebnis nicht schon von vornherein festgestanden hatte …

Eigentlich hätte Strider der Wortbrecher bei ihm sein sollen. *Ich scheine auf ihn abzufärben.* Strider hatte es versprochen, aber stattdessen verbrachte der glückliche Mistkerl seine Zeit ausgerechnet mit der Harpyie, die William in seinen Träumen schon so oft verführt hatte.

William hatte schon mit Vampiren, Menschen, Hexen, Gestaltwandlerinnen und Göttinnen geschlafen, aber noch nie mit einer Harpyie. Er wollte mit einer Harpyie schlafen. *Schnief, schmoll.*

Wenn er hier fertig wäre, könnte er mit Strider ja ein kleines bisschen um Kaias Gunst wetteifern. Schließlich mochte der Krieger Wettkämpfe, und William gab doch so gerne. Immer dachte er zuerst an andere statt an sich.

Genau diese Gebernatur war auch der Grund, weshalb er hier war.

„Hier" war ein durchschnittliches Wohnhaus mit durchschnittlich vielen Zimmern, die dringend einen Innenausstatter sehen mussten. Beigefarbene Möbel, beigefarbene Wände und beigefarbener Teppich, als hätten die Bewohner Angst vor Farbe. Ach ja, und halb leere Wodkaflaschen, die im Rauchabzug, hinter Büchern und sogar in Aussparungen in den Matratzen versteckt waren.

In diesem profanen, gefängnisähnlichen Alkoholikerparadies war seine kleine Gilly Gumdrop aufgewachsen.

Gilly. Alias Gillian Shaw. Mensch, braune Augen und sinnlicher, als gut für sie war. Mit ihren siebzehn Jahren hatte sie schon mehr Grauen und Schrecken kennengelernt, als die meisten Unsterblichen in einer ganzen Ewigkeit erfuhren. Und alles wegen der Bewohner dieses Hauses im Nirgendwo von Nebraska.

William hatte nicht viele Freunde, und genau deshalb kümmerte er sich rührend um die wenigen, die er hatte. Sicher, er mochte die Herren der Unterwelt ziemlich gerne. Es machte Spaß, sie zu quälen, und besonders unterhaltsam war es, dabei zuzusehen, wie sich einer nach dem anderen verliebte. Wie Fliegen, die Bekanntschaft mit dem Gitter einer Fliegenklatsche machten. Bestes Beispiel: Strider. Natürlich nur so lange, bis William dazwischenfunkte. Irgendwann unterläge Kaia mit Sicherheit seiner reizvollen List und vergäße den Hüter von *Niederlage*.

Allein dieses Unterhaltungsprogramm war den Preis für sein Ticket in ihre Budapester Burg wert. Um dort ein- und ausgehen zu können, erlaubte er Anya, der verdammten (Halb-) Göttin der Anarchie, ihn mit seinem wertvollsten Eigentum zu erpressen. Nachts lag er oft wach und malte sich verschiedene Szenarien aus, wie er dieses Eigentum zurückerlangen könnte. Es war ein verschlüsseltes Buch, in dem stand, wie er sich von den Flüchen befreien konnte, welche die Götter ihm auferlegt hatten. Aber darüber würde er jetzt nicht nachdenken.

Jetzt würde er nur an seine Gilly denken. Er hatte sie vor einigen Monaten kennengelernt, als die Frau des Hüters von *Schmerz* sie in die Burg gebracht hatte, und war sogleich hin und weg gewesen. Nicht in sexueller Hinsicht, dafür war sie noch viel zu jung – und das würde er sich, falls nötig, auch noch tausendmal sagen –, sondern auf ritterliche Art.

Sie hatte ihn angesehen und einen umwerfend attraktiven, unsterblichen Krieger erblickt, der ihrem Körper unsägliche Lust bereiten könnte. Natürlich. Das sahen alle in ihm. Zudem hatte sie einen unsterblichen Krieger erblickt, der ihre Drachen töten könnte.

Er wollte ihre Drachen töten. Und er würde es auch tun.

In den vergangenen Monaten war er nach verschiedenen Schlachten mehrmals verletzt in die Burg zurückgekehrt. Gilly hatte sich jedes Mal ganz zärtlich und süß um ihn gekümmert und dafür gesorgt, dass er anständig aß und sich im Bett ausruhte. Sie hatte keine Angst vor ihm. Sie lachte mit ihm, machte ihre Scherze mit ihm, und wenn er sie verärgerte, blieb sie und setzte sich mit ihm auseinander, statt davonzulaufen und sich vor seiner Wut zu verstecken.

Tief im Innern wusste sie, dass er ihr nie etwas antun würde. Dessen war sie sich sogar sicherer als er selbst. Denn in ihm lauerte eine Finsternis, eine rauschende Finsternis, die den abscheulichsten Winkeln der Hölle entsprungen war. Eine Finsternis, die er nie mehr geliebt hatte als in diesem Moment.

Kaum jemand bemerkte seine böse Seite. Man sah in ihm den respektlosen Schuft, als den er sich ausgab. Und dieses Bild war auch keine Lüge. William war respektlos bis ins Mark, aber es steckte noch mehr in ihm, und irgendwie konnte Gilly diesen Teil ebenfalls sehen.

Und dennoch akzeptierte sie ihn. Hatte ihn nie gebeten, sich zu ändern. Hatte immer nur seine Gesellschaft genossen und ihn beschützt. Nie zuvor hatte irgendwer versucht, ihn zu beschützen.

Jetzt würde *er sie* beschützen. Ihre Familie hatte ihr auf übelste Art wehgetan. Und deshalb würde ihre Familie nun auf übelste Art sterben. Immerhin war Rache eine ganz eigene Form des Beschützens. Natürlich war mittlerweile Zeit vergangen, und sie hatte keinen Kontakt mehr zu ihnen gehabt. Doch das änderte nichts an der Tatsache, dass sie ihr furchtbar wehgetan und sie schließlich auf die Straße getrieben hatten – und das könnten sie wieder tun, mit jemand anderem. Er hatte das hier schon vor langer Zeit erledigen wollen, und er wollte es noch immer. Das Bedürfnis war sogar stärker geworden.

William ging in dem Zimmer umher, hob Schnickschnack auf, ließ ihn fallen und lächelte, wenn er auf dem Boden zerbarst. Gillys Mutter und Stiefvater waren offensichtlich bei der Arbeit, und ihre Stiefbrüder wohnten nicht mehr hier, weshalb er sich keine Mühe gab, leise zu sein. Als er mit der Aufwärmübung fertig war, sah er sich die Fotos an, die auf dem Kaminsims standen.

Von Gilly war keins dabei.

Anscheinend hatten sie sie aus ihrem Leben gestrichen. Kein Gedanke an sie oder daran, was mit ihr geschehen sein mochte, nachdem sie gegangen war.

Stattdessen sah er eine wasserstoffblonde Frau in den Dreißigern mit Silikonbrüsten und einen durchschnittlich aussehenden Mann, ebenfalls in den Dreißigern.

Williams Magen zog sich zusammen, als er auf das Gesicht des Mannes tippte. Der Bastard würde für jede unsittliche Berührung und für jedes Quäntchen Scham, das er in ihr ausgelöst hatte, bezahlen. Die Mutter würde dafür bezahlen, dass sie das alles zugelassen hatte. Die Brüder würden dafür bezahlen, dass sie Gilly nicht beschützt hatten.

Ihre Familie hatte ihr keine andere Wahl gelassen, als im Alter von fünfzehn Jahren abzuhauen. Fünfzehn. Über ein Jahr lang hatte sie sich mutterseelenallein durchgeschlagen, bis Danika sie gefunden und nach Budapest gebracht hatte. Doch nach allem, was man ihr angetan hatte und was sie hatte tun müssen, um etwas zu essen zu bekommen, hatte sie jegliche Selbstachtung verloren. Sie fühlte sich benutzt, schmutzig und wertlos. Zwar sagte sie das nie, doch er wusste es. Als sie in der Burg der Herren gewohnt hatte, hatte sie im Zimmer neben seinem geschlafen, und er hatte oft gehört, wie sie nachts aufschrie. Er wusste, dass sie von Albträumen geplagt wurde.

Auch für jeden einzelnen dieser düsteren Träume würde ihre Familie bezahlen.

Plötzlich vernahm er das Geräusch eines Garagentors, das langsam aufging. Er grinste. Prima. Der erste Kandidat des Wettbewerbs „Verletzen, Leiden und Sterben“ war zu Hause.

Nach seiner Ankunft hatte er die Tasche mit den „Spielzeugen“ auf dem Boden abgestellt. Nun bückte er sich und hob sie hoch. Oh nein, nie zuvor hatte er seine Finsternis mehr geliebt.

Das würde ein Heidenspaß.

Kane, Hüter des Dämons *Katastrophe*, ging den langen, gewundenen Korridor in dem ihm unbekannten Himmelspalast entlang. Die Wände sahen seltsam aus. Sie bestanden aus Abertausenden Fäden, die miteinander verwoben waren. Dicke, bunte Fäden, auf denen bewegte Bilder liefen. Es war, als wären die Menschen, die er sah, echte, atmende Wesen und als bräuchte er nur die Hand auszustrecken, um sie zu berühren. Das war das Faszinierendste, was er je gesehen hatte – und waren das da nicht Strider und Kaia, wie sie im Mondlicht an einem Hügel vorbeikrochen, während sich von hinten mehrere Frauen anschlichen und die Waffen auf ihre Köpfe richteten?

Er blieb stehen, kniff leicht die Augen zusammen, um das Bild genauer zu fixieren, und ballte die Fäuste. In seinen Schläfen explodierte ein unbeschreiblicher Schmerz. Erst als er geradeaus blickte und das Bild, das er gesehen hatte, aus seinem Kopf verbannte, ließ der Schmerz nach.

Er atmete ein und aus. Seine Gedanken wurden nebulös und wieder klar. Dann konnte er sich nicht mehr daran erinnern, was ihn überhaupt so aufgewühlt hatte. Na ja. Ein und aus. Ein, aus. Klarer und klarer. In der Luft lag der süße Duft von Ambrosia. Damit die Besucher gefügig blieben?

Wenn das doch nur bei ihm funktionieren würde. Doch die Göttinnen, die hier lebten, hätten Benzin durch die Lüftung pumpen können, und es hätte ihn nicht beeinflusst. Sein Dämon liebte alles Unaufrichtige, Verstohlene und potenziell Lebensbedrohliche. Und vielleicht, nur vielleicht, würde diese Liebe den Bastard davon abhalten, den Boden aufzubrechen, auf dem Kane stand. Oder die Decke über ihm aufzureißen. Vielleicht war sein Durst nach Unglück noch eine kleine Weile gestillt.

Ein Mann konnte doch wenigstens hoffen.

Kane setzte sich wieder in Bewegung. Er hatte ein Ziel, nicht wahr? Oh ja. Die Moiren hatten ihn gerufen. Warum zum Teufel hatten sie ihn gerufen?

Was auch immer der Grund sein mochte, er lächelte wie ein braver kleiner Junge. Er wollte die Moiren nämlich auf keinen Fall verärgern, und bei seiner momentanen Was-verdammt-noch-mal-geht-hier-vor-Stimmung musste er besonders vorsichtig sein. Sie waren weder Griechinnen noch Titanen – er wusste nicht, was sie waren – und dennoch hatte kein Göttergeschlecht je die Hand gegen die drei Frauen erhoben, die hier lebten, und das würde auch nie geschehen. Denn die Moiren waren Schicksalsgöttinnen. Sie spannen und sie webten, und die Szenen, die sie erschufen, geschahen immer. Ohne Ausnahme.

Noch nie hatte sich ihnen irgendwer genähert, wenn sie ihn nicht gerufen hatten. Nicht mal Cronus, der Götterkönig. Und in all den Jahrhunderten seines langen Lebens war Kane niemals jemandem begegnet, den dieser Ruf ereilt hatte. Bis heute. Und er, *Katastrophe*, war der glückliche Empfänger.

Er war gerade aus der Stadt zurückgekommen, wo er die ganze Nacht nach Jägern gesucht hatte. Nachdem er keinen gefunden hatte – anscheinend hatte Strider, dieser gierige Kerl, vor seiner Abreise alle abgemurkst –, war er sogleich ins Bett gefallen, ohne sich seiner Waffen oder Stiefel zu entledigen. Noch ehe er das Licht ausgeschaltet hatte, entfaltete sich eine leuchtende Schnur von seiner Decke, an dessen Ende eine vergilbte Schriftrolle hing.

Er hatte das Pergament gelesen und war genauso verwirrt gewesen wie jetzt. Das Ding war eine Kreuzung zwischen Hochzeitseinladung und Arzneimittelpackungsbeilage und zudem in Altgriechisch verfasst.

Sie sind herzlich in den Schicksalstempel eingeladen.

Bei Nichterscheinen möglicherweise Enthauptung oder Tod.

Enthauptung *oder* Tod? Wirklich? Im nächsten Moment war seine Umgebung verschwunden, und er hatte sich in besagtem Tempel wiedergefunden, um ihn herum diese Fadenwände. Er hatte sich in Bewegung gesetzt, da er dachte, jegliches Zögern seinerseits hätte besagte Enthauptung zur Folge. Oder besagten Tod.

Während er also wusste, *wo* er sich befand, wusste er noch immer nicht, *warum* er hier war. Warum er? Warum jetzt?

Das würde er vermutlich noch erfahren.

Der Bilderteppich an der Wand schien endlos weiterzugehen, aber plötzlich – leider? – erreichte Kane das Ende und betrat ein … Webzimmer? Drei Frauen – oder besser: drei alte Weiber – saßen vornübergebeugt auf Holzpfeilern. Die fisseligen, weißen Haare fielen ihnen über die Schultern. Alle drei trugen makellose, weiße Roben, die kein bisschen zerknittert waren.

Die mit den Altersflecken auf den Händen – dank der Legenden, die sich um die drei rankten, wusste er, dass sie Klotho hieß – spann die Fäden. Die mit den knorrigen Fingern, Lachesis, webte die Fäden zusammen, und die mit den pupillenlosen Augen, Atropos, schnitt die Enden ab.

Schweigend presste Kane die Lippen zusammen. Aus Respekt vor einer Macht, die weit größer war als seine eigene, wartete er, bis man ihn bemerkte. Vielleicht haben sie mich deshalb auserwählt, dachte er. Keiner der anderen Herren hätte sie mit der gebotenen Achtung behandelt, weshalb sie bestraft worden wären.

Wenn er doch nur die Wahrheit gekannt hätte. Er mochte wissen, wie man andere respektvoll behandelte, aber im Grunde war er der größte Chaot der Truppe. Derjenige, der nichts richtig machte. Derjenige, der meist zurückgelassen wurde, weil er dazu neigte, mehr Schaden anzurichten als zu helfen. Dennoch hörte er nicht ein Mal auf zu lächeln. Weder hier noch in Gegenwart seiner Freunde. Er wollte nicht, dass sie die Wahrheit erfuhren. Sie sollten nicht erfahren, dass er in seinem Innern nichts weiter war als ein großer qualmender Chaoshaufen.

Meistens funktionierte er via Autopilot. Wenn sein Dämon ihm zu viel wurde – wenn ihn das Verlangen erfüllte, etwas auszulöschen, zu vergessen, loszulassen, sich zu verstellen –, tat er … Dinge. Zerstörte er Sachen.

Sabin, der Hüter von *Zweifel* und zugleich der Krieger, dem Kane geradewegs in die Hölle gefolgt wäre, wusste das. Aber Sabin war auch der Einzige. Er profitierte sogar von Kanes Gewalt – was nicht weiter verwunderlich war – und half ihm, sie zu kanalisieren. Bevor er mit seiner Frau abgereist war, hatte Sabin ihm ein kleines Geschenk dagelassen. Ein Teil von ihm wollte unbedingt zurück zur Burg, um zu tun, was getan werden musste. Der andere Teil zeigte sich zufrieden damit, hierzubleiben und abzuwarten. Immerhin hatte er das Geschenk links liegen lassen und war stattdessen in die Stadt geeilt, weil er dachte, der Versuchung auf diese Art widerstehen zu können. Er hatte sogar vorgehabt, nach seiner Rückkehr ein Schläfchen zu machen. Alles, um seine Seele vor weiterem Schaden zu bewahren. Doch wie lange wäre er stark geblieben?

Eine, vielleicht zwei Stunden stand er da und wartete darauf, dass man ihn bemerkte. Für gewöhnlich bewirkte mangelnde Aktivität, dass sein Dämon handeln musste und irgendeine Katastrophe heraufbeschwor. Oder mehrere. Vielleicht lag es am Ambrosia, oder vielleicht hatte sein Dämon genauso große Angst vor den Weibern wie alle anderen. Zumindest benahm *Katastrophe* sich wie ein Musterschüler. Er summte nicht mal in Kanes Kopf, obwohl das Geräusch normalerweise nur selten verstummte.

„Warum bist du hier, Junge?“, fragte Klotho endlich mit rauchiger Stimme und ohne von der Arbeit aufzusehen.

Äh, wie jetzt? „Ich habe Eure Einladung erhalten“, erwiderte er und fügte schnell hinzu: „My Lady.“ Götter, was war er nur für ein Arschkriecher. Aber ein Mann musste tun, was ein Mann tun musste. Zwar trug er seinen Tiefschutz, doch hieß das noch lange nicht, dass er sich ein Schild mit der Aufforderung, ihn zu treten, an die Eier hängen musste.

„Dich eingeladen? Das ist schon Abertausende von Jahren her“, entgegnete Lachesis. „Da bin ich mir sicher.“

„Sicher“, wiederholte Atropos wie ein Echo. „Dennoch bist du nie gekommen.“

„Weshalb deine Einladung für ungültig erklärt wurde.“

„Du darfst auf demselben Weg gehen, auf dem du gekommen bist.“

Er sah sie mit offenem Mund an. Sie hatten ihn *vor Abertausenden von Jahren* eingeladen? Warum hatten sie ihn als Bestrafung für sein Nichterscheinen dann nicht enthauptet? „Ich möchte nicht respektlos erscheinen, aber ich habe eben gerade erst Eure freundliche Einladung erhalten.“

„Nicht unsere Schuld.“

„Wahrscheinlich warst du unaufmerksam.“

„Vielleicht lernst du nun, aufmerksamer zu sein.“

„Du darfst auf demselben Weg gehen, auf dem du gekommen bist.“

Achtung war eine Sache. Unbefriedigte Neugier eine andere. Außerdem – wenn sie ihn hergebracht hatten, um ihm weise Worte mitzuteilen, die ihm und seinen Freunden das Leben retten könnten, oder um ihn zu warnen, wollte er diese Worte verdammt noch mal auch hören. Deshalb ginge er auch nicht ohne sie.

„Darf ich Euch die Informationen abkaufen?“, fragte er.

„Welche Informationen?“

„Wer hat etwas von Informationen gesagt?“

„Du bist verrückt, nicht wahr?“

„Du darfst auf demselben Weg gehen, auf dem du gekommen bist.“

Er presste die Zunge gegen seine Schneidezähne. „Wenn Ihr mir vor Abertausenden von Jahren keine Information zuteil werden lassen wolltet …“, er bemühte sich, nicht wütend zu klingen, „… warum habt Ihr mich dann gerufen?“ Dieselbe Frage, nur andersrum gestellt. *Na los, schluckt den Köder. Sagt es mir.*

„Klotho, erinnerst du dich noch an das letzte Mal, als jemand versucht hat, uns schwindelig zu reden?"

„Oh ja, Lachesis. Wir haben sie in das Endlose eingewebt."

In das endlose was?

„Vielleicht hat sie ihre Lektion gelernt."

„Vielleicht hat sie ihre Lektion nicht gelernt."

„*Sie* ist nicht auf demselben Weg gegangen, auf dem sie gekommen ist."

„Wer ist ‚sie'?", fragte er, um seine Stellung zu behaupten. Vielleicht war das ein dämlicher Schachzug, aber er konnte nicht auf demselben Weg gehen, auf dem er gekommen war. Also was hatte er schon für eine Wahl? Sich allein mit der Kraft der Gedanken von einem Ort zum nächsten zu beamen gehörte nämlich nicht zu seinen Fähigkeiten.

„Sie? ‚Sie' ist natürlich dein Mädchen", antwortete Atropos.

Er blinzelte. „Mein Mädchen? Was?"

„Die im Endlosen."

„Nein, nein", widersprach Klotho. „Die gehört nicht ihm, sondern die andere. Oder ist es andersrum?"

„Womöglich gehören sie beide ihm?", entgegnete Lachesis.

„Sie gehört mir? Sie *gehören* mir?", fragte er atemlos. Inwiefern? Waren sie seine Geliebten? Falls ja, dann nein danke. Das hatte er schon ausprobiert und viel zu viel Unheil angerichtet. Seine Frauen litten immer. Dafür sorgte sein Dämon ganz von selbst. Kane war alleine besser dran.

„Natürlich gehört sie dir, wenn auch nicht die im Endlosen. Die gehört niemandem. Außer natürlich, sie gehört dir."

Die drei gackerten.

„Guter Witz, Schwester. Den muss ich mir für die nächste Einladung des Kriegers merken."

„Wer gehört mir oder gehört mir nicht?", fragte er, und sein Blick schoss von einem Weib zum anderen. *Die nächste Einladung?*

„Verantwortungslosigkeit natürlich."

„Verantwortungslosigkeit", wiederholte er. Etwa die *Hüte-*

rin von Verantwortungslosigkeit? Kane wusste, dass der böse Geist irgendwo da draußen war. In der Büchse der Pandora waren mehr Dämonen gefangen gewesen, als es ungehorsame Krieger gegeben hatte, weshalb die Götter sie auf die Gefangenen im Tartaros verteilt hatten, um sie einigermaßen im Zaum zu halten. *Verantwortungslosigkeit* war ein solches Überbleibsel.

Er hatte sogar nach ihm … ihr gesucht. Verdammt. Er war immer davon ausgegangen, dass der Hüter ein Mann wäre. Sein Fehler und einer, den er bestimmt nicht noch einmal machen würde. Er und seine Freunde wollten alle von Dämonen besessenen Krieger auf ihrer Seite wissen. Und das hieß, sie mussten sie finden, bevor die Jäger es taten.

Schließlich konnte Galen, der Hüter von *Hoffnung* und Anführer der Jäger, jeden von allem überzeugen. Und das Letzte, was die Jäger brauchten, war, dass er ihre Brüder und Schwestern überzeugte, sie zu töten.

„Habe ich das nicht gerade gesagt?", fragte eine von ihnen.

„Das hast du gerade gesagt."

„Du bist nicht besonders helle, nicht wahr, Junge?"

„Wie kann ich sie aus dem Endlosen herausholen?", fragte er, ohne auf die Frage einzugehen. Er wollte vielleicht keine feste Freundin haben, aber er wollte diese Dämonenhüterin finden. Wozu war sie in der Lage? Wie mächtig war sie? „Was ist das ‚Endlose' überhaupt?"

„Wieso kennt er die Antworten auf diese Fragen nicht?"

„Haben wir sie ihm nicht schon längst gegeben?"

„Vielleicht ist unsere Zeitachse wieder kaputt", meinte Klotho.

Wieder? Wie oft geschah das denn? Oder anders gefragt: Was hatte es zur Folge, wenn das geschah?

„Sollen wir zurückspulen?"

„Sollen wir vorspulen?"

Gütige Götter. Keine der beiden Optionen erschien ihm klug.

„Ja“, sagten sie im Chor und schüttelten den Wandteppich, an dem sie gerade arbeiteten. Ein Moment verstrich in Stille, dann noch einer.

Dann: „Was machst du hier, Junge?“

Kane ertappte sich dabei, wie er wieder nur blinzelte. Nichts hatte sich verändert. Weder seine Umgebung noch die Frauen. Alles war genauso wie beim ersten Betreten des Raumes, und dennoch hatten sie vergessen, dass er hier war?

Hatten sie zurückgespult? Oder vorgespult? Mist. Falls ja, was bedeutete das für ihn? „Ihr habt mich gerufen“, krächzte er.

„Ja, ja. Wir haben dich gerufen.“

„Erst heute Morgen. Gut, dass du so schnell gekommen bist.“

„Beeindruckend.“

Offenbar hatten sie Abertausende von Jahren zurückgespult. Wenn er diesen Tempel wieder verließe, würde er dann ins antike Griechenland zurückkehren? Sein Magen verkrampfte sich.

„Was bist du nur für ein Sensibelchen.“

Konnten sie etwa nicht nur die Zeit manipulieren, sondern auch seine Gedanken lesen? Er hätte wirklich ihren Rat befolgen und auf demselben Weg gehen sollen, auf dem er gekommen war. Das hier war … Das hier war genauso verrückt wie er.

„Als ob wir deinetwegen das Zeitgewebe zerstören würden.“

„Du wirst auf demselben Weg gehen, auf dem du gekommen bist.“

Den Göttern war Dank. „Ihr habt eine Frau erwähnt.“

„Ich habe keine Frau erwähnt. Habt ihr eine Frau erwähnt?“

„Ich nicht. Ich erwähne dem Hüter von *Katastrophe* gegenüber viele Tausend Jahre lang keine Frau.“

„Vielleicht ist unsere Zeitachse wieder kaputt.“

Wieder schüttelten sie den Wandteppich. Mit trockenem Mund und schlotternden Knien wartete er mehrere stille Sekunden ab.

„I…ich denke, ich gehe jetzt auf demselben Weg zurück, auf dem ich gekommen bin“, sagte Kane und zog sich zentimeterweise zurück. Er hielt es einfach nicht länger aus. Sie waren scheinbar nicht in der Lage, ihm auch nur eine klare Antwort zu geben, da ihr Verstand nicht zwischen Vergangenheit und Zukunft unterscheiden konnte. „Ich danke Euch dennoch für Eure Einladung und Gastfreundschaft. Wenn Ihr mir vielleicht noch den Weg nach draußen zeigen könntet ..."

Atropos, deren Augen so weiß waren, dass sie wie eine Schneedecke aussahen, hob den Kopf von ihrer Schere und schien – unmöglich! – ihn anzuschauen. „Endlich zeigst du dich uns. Nach der ganzen Zeit hatten wir schon aufgegeben."

Er massierte sich den Nacken. Machte das jeder durch, der hierher gerufen wurde? „Ja, endlich." Er machte einen Schritt, dann noch einen. „Ich entschuldige mich dafür, dass Ihr warten musstet, und möchte mich noch einmal für Eure Zeit bedanken, aber ich muss wirklich ..."

„Still." Lachesis sah ebenfalls auf, doch ihre knorrigen Finger arbeiteten weiter. „Wir wissen immer, was passiert, aber niemals warum. Deinetwegen haben wir uns wieder und wieder den Kopf zerbrochen, und nun hätten wir endlich gerne eine Antwort."

„Eine Antwort worauf?", fragte er. Was wollten sie nur von ihm wissen?

Das dritte Weib, Klotho, folgte nicht dem Beispiel der anderen, ihn anzusehen. Sie sagte einfach nur: „Wir möchten wissen, warum du mit der Apokalypse begonnen hast", und fuhr unbeeindruckt damit fort, ihre Fäden zu spinnen.

9. KAPITEL

Nur damit ich das richtig verstehe", flüsterte Kaia wütend. „Als du gesagt hast ‚die Konkurrenz ausloten', hast du wirklich gemeint ‚die Konkurrenz ausloten', nicht wahr?"

Strider warf ihr einen kurzen Blick zu, während sie unter Zuhilfenahme ihrer Ellbogen über den von Zweigen und Schmutz bedeckten Boden robbten. Der Vollmond stand hoch am Himmel, doch wegen des dichten Blätterdachs über ihnen erreichte sein silbernes Licht sie nicht. Das war aber kein Problem, denn sein geübter Blick durchschnitt spielend die Dunkelheit, und Strider nahm nur die Details wahr, die wichtig waren.

Außer heute Nacht. Heute nahm er alle Details wahr, die unwichtig waren.

Unwichtig: Kaia sah attraktiver aus als je zuvor. Seine persönliche GI-Jane-Puppe – und zwar aus der nicht jugendfreien Edition. Sie hatte sich das Gesicht schwarz und grün angemalt, um im Dunkeln weniger aufzufallen, und trug ein schwarzes Tuch über der roten Lockenmähne. Auf den kurzen Shorts war quer über den Hintern „Booty Camp" aufgedruckt.

Strider malte sich das heftige, unnachgiebige Training in so einem Camp aus. Die harschen Anweisungen. Die Disziplinen, die von jenen Teilnehmern absolviert werden mussten, die aus der Reihe tanzten.

Hallo, Stridey-Monster.

Na toll. Das war ja genau das, was er jetzt brauchte – sein bestes Stück war so hart wie ein Stahlrohr und hinterließ eine verräterische Spur auf dem Boden. Dieser verdammte Kuss hatte alles ruiniert. Hätte er seine Zunge in seinem Mund behalten, hätte er Kaia weiterhin einfach nur als Freundin betrachten können. Aber jetzt wollte er sie davon überzeugen, dass Blowjobs ein Pflichtteil ihres Abkommens waren.

Wag es bloß nicht, was zu sagen, ermahnte er seinen Dämon.

Stille.

Wow. „Du liegst genau richtig. Ich meinte, wir sollten die Konkurrenz ausloten", erwiderte er schließlich. Ein spitzer Stein pikte ihm in den Bauch, und er begrüßte den Schmerz. Er half, seinen Blick zu klären. Eine Diskussion über Ziele – gut. Sexuelle Fantasien über seine Begleiterin – schlecht. So wunderbar schlecht. „Was hast du denn gedacht, was ich meinte?"

„Och, weißt du … ich dachte, du wolltest die Konkurrenz vielleicht sabotieren."

Moment mal. „Dann ist es also in Ordnung, deinen Gegnerinnen vor einem Wettkampf die Kniescheibe zu brechen, aber es ist nicht in Ordnung, den Ersten Preis für deinen … deinen … Gemahl zu stehlen?" Nur unter größter Anstrengung brachte er das Wort über die Lippen. Denn das ließ ihre Abmachung nicht länger vorübergehend, sondern dauerhaft erscheinen.

Sie hielt inne, um ihn anzustarren. „Ich kann nicht fassen, dass du mir gerade diese Frage gestellt hast. Gebrochene Kniescheiben werden unter meinesgleichen erwartet. Fast schon eingefordert."

„Ich dachte, du hättest noch nie an Harpyienspielen teilgenommen."

„Stimmt, aber ich habe meiner Mutter dabei zugesehen."

„Na schön", knurrte er. „Dann sabotier mal ein bisschen." In der Zwischenzeit würde er seinen ursprünglichen Plan verfolgen. Während sie die Anzahl ihrer Gegnerinnen reduzierte, würde er sich ein genaues Bild vom Zeltplatz der Harpyien machen. Grundriss, Positionierung der Wachposten, Reaktionszeit. „Aber benutz deine Hände. Sie mit dem Messer zu verletzen wäre dann doch etwas übertrieben." In Wahrheit wollte er nur nicht, dass irgendwelche Blutspuren verfolgt werden könnten.

„Schon klar. Ich habe da einen hübschen blutfreien Angriff vorbereitet." Sie steckte eine ihrer zierlichen, eleganten Hände in ihre … Shorts? Tatsächlich. Süßer Himmel, genau das tat sie. Und zwar direkt in die Mitte, wo sie vermutlich warm und feucht war und bereit für seine Lippen. Bereit für *ihn*. „Ich habe hier etwas, das dir gefallen könnte."

Allerdings hatte sie das. Im Nu wurde Stridey-Monster ziemlich ungemütlich und – richtig: hinter ihnen war definitiv eine schlangenähnliche Spur zu sehen. Im nächsten Moment zog Kaia die Hand wieder heraus und streckte sie mit der Handfläche nach oben aus. In der Mitte lag ein kleiner Silberstab.

Enttäuscht und überrascht runzelte er die Stirn. „Was ist das?"

„Schau zu." Sie nahm ein Ende und machte eine schnelle Bewegung mit dem Handgelenk. Klack. Die Stange wurde ein paar Zentimeter größer. Noch eine Bewegung, noch ein paar Zentimeter, bis das verfluchte Ding aussah wie ein übergroßer Polizeischlagstock. Oder wie Stridey-Monster.

„So einen will ich auch haben", sagte er.

Ihre Augen funkelten lustvoll. „Ich weiß. Aber Finger weg, kleiner Dämon. Der hier gehört mir. Und jetzt komm." Sie setzte sich wieder in Bewegung.

„He. Ich bin dein Gemahl. Was dein ist, ist auch mein, kleine Harpyie." War es denn zu fassen? Dieses Mal war es gar nicht mehr so schwer, das G-Wort auszusprechen.

Er robbte hinter ihr her. Endlich erreichten sie den Rand des behelfsmäßigen Camps, in dessen Mitte ein Feuer knisterte. In seiner Anfangszeit auf der Erde hatte seine Jagd auf die Jäger ihn oft zu Camps wie diesem geführt. Zahlreiche Zelte, Felsen, die als Stühle dienten, und Federvieh, das über den Flammen röstete. Nur dass damals immer Soldaten Patrouille gegangen waren.

„Es ist niemand hier", flüsterte er.

„Ich weiß", erwiderte Kaia und seufzte niedergeschlagen.

Die Bewohner hatten das Camp eilig verlassen, das war an dem aufgewühlten Boden zu erkennen, den ihre Stiefel hinterlassen hatten. Anscheinend hatten sie sich so schnell bewegt, dass sie die Füße nicht anständig hatten heben können. Das Huhn war verbrannt, und schwarze Rauchwolken wehten durch die Luft. Eine Wasserflasche lag auf dem Boden und lief aus.

„Ich habe gehört, wie sie das sinkende Schiff verlassen haben", fügte sie hinzu, „aber ich hatte gehofft, dass noch ein paar Nachzügler hier wären. Verteidigt heutzutage denn niemand mehr sein Hab und Gut?"

Sie hatte sie gehört? Während er, ein ausgebildeter Soldat, nicht einen Mucks wahrgenommen hatte? Ein Ego-Alarm war an dieser Stelle überflüssig. Er hatte versagt. *Konzentrier dich auf die eigentliche Mission. Die Rute – und zwar nicht die in deiner Hose.* „Ich werde das Lager kurz inspizieren. Du bleibst hier und gibst mir Rückendeckung."

„Vergiss es. *Ich* werde das Lager inspizieren. Und *du* bleibst hier."

„Verdammt, Kaia. Du solltest … *arrgh.*" Er spürte, wie sich etwas Hartes um seine Knöchel schlang und zuzog. Er wurde nach hinten gezerrt. Auf halbem Weg drehte er sich um, setzte sich trotz aller Überrumplung auf und wehrte sich.

Er hörte das gequälte Grunzen einer Frau, als seine Angreiferin stolperte. Er war wieder frei.

Gewinnen, sagte *Niederlage* unvermittelt. Das war das erste Wort, das er sprach, seit sie das Motel verlassen hatten.

Erledigt. Jedenfalls für den Moment. Mehrere Kriegerinnen umzingelten ihn und starrten auf ihn hinunter. Alle hielten verschiedene Waffen in den Händen – von Macheten über Äxte bis zu jungsteinzeitlichen Dolchen.

Ja, ja. Langsam stand er auf, die leeren Hände nach oben gestreckt. Er war der Inbegriff von Unschuld – und Täuschung. „Guten Abend, Ladys. Können wir irgendetwas für euch tun?"

Kaia ging in die Hocke und stieß einen Schrei aus. Es war ein Schrei, den er gut kannte. Ihre Harpyie hatte die Kontrolle übernommen. Etwa deshalb, weil er verletzt werden könnte? Oder weil eine andere Frau ihn angefasst hatte? So oder so – jetzt sah Kaia die Welt durch einen rotschwarzen Schleier, und ihre Zunge wollte Blut schmecken.

„Mein", sagte sie mit doppelter Stimme. Das war die einzige Warnung. Danach griff sie an.

Während sie den schlanken Stock mit verblüffender Grazie und Entschlossenheit schwang, stieß *Niederlage* ein Wimmern aus, statt noch einmal den Sieg einzufordern. Kaia bewegte sich wie eine Tänzerin. Wie eine todbringende, psychopathische Tänzerin, die hoffte, den Rest ihres Lebens im Gefängnis zu verbringen. *Meine Frau.* Metall traf auf Knochen. Knochen knackten. Noch mehr Keuchen und Stöhnen.

Und dann war der Kampf in vollem Gang.

Als Kaia herumwirbelte, erhaschte er einen Blick auf ihr Gesicht. Es wirkte kalt und gnadenlos. In ihren schwarzen Augen züngelten rote ... Flammen? Ja, echte knisternde Flammen. Er konnte ihre Hitze spüren, und auf seiner Haut bildeten sich Schweißperlen. Auf *ihrer* Haut lag ein azurblaues Leuchten. Nicht das typische regenbogenfarbene Leuchten von Harpyienhaut, sondern das blaue Leuchten heißer Flammen.

Wieder dachte er an ihren Kuss und daran, wie sie ihn verbrannt hatte. Wie heiß sie gewesen war. Ein lebender Hochofen. Es hatte ihn angetörnt und ihm das Gefühl gegeben, verdammt gut zu sein. Aber jetzt kam er ins Grübeln ...

Besaß sie irgendeine besondere Macht?

Mit Krallen und Zähnen schnitt und biss sie sich durch ihre Gegnerinnen. Die Körper um sie herum bewegten sich so schnell, dass er sie mit den Augen nicht richtig verfolgen konnte, aber alle paar Sekunden wurde Kaia zurückgeworfen, als wäre jemand in sie hineingerannt. Im nächsten Augenblick heulte dieser Jemand vor Schmerzen auf – weil er oder besser sie, sich verbrannt hatte?

Gewinnen, knurrte *Niederlage*. Seine Angst war für den Moment vergessen.

Großartig. *Einen Moment.* Zuerst musste er noch etwas klären. Nämlich wie er sich in die Schlägerei einmischen sollte, ohne schnurstracks in Kaias Fäuste zu laufen.

Gewinnen!

Strider zog Jose – seine Sig Sauer – aus dem Hosenbund. Er hatte sich ebenfalls vorbereitet, denn ihm war klar gewesen, dass er jeden aus dem Weg räumen müsste, der ihm in die Quere käme. Jetzt wollte er nur noch jeden töten, der versuchte, Kaia zu „sabotieren". So war das unter Freunden eben.

Er feuerte einen einzigen Schuss in die Luft ab. *Bumm.* Keuchen, das Rascheln von Kleidung, das Stampfen von Stiefeln. Dann: Stille.

„Haut verdammt noch mal ab", knurrte er, während er die Waffe etwas tiefer hielt. „Sofort. Und bevor ihr euch die Köpfe mit der Frage zermartert, ob ich den Mumm habe, eure Gehirne in den Bäumen zu verteilen, lasst euch gesagt sein: Ja, hab ich."

Keuchend und blutbespritzt hörte auch Kaia auf, sich zu bewegen. Blitzschnell wichen die Frauen vor ihr zurück. So schnell, wie sich diese geflügelten Viecher bewegten, hätten sie leicht versuchen können, ihn zu töten. Aber das taten sie nicht. Entweder begriffen sie, dass er – wie versprochen – einige von ihnen ausschalten würde, ehe sie ihn erreichten, oder sie hatten Angst vor seinem Dämon.

Niederlage summte zufrieden, und winzige Glücksfunken tanzten warm durch Striders Brust. Mehr Funken als gewöhnlich, wenn man bedachte, dass er noch gar nicht richtig gewonnen hatte. Dann erinnerte Strider sich an die allererste Herausforderung, die sein Dämon hinsichtlich Kaia und dieser Frauen angenommen hatte.

Jede, die versuchte, ihr wehzutun, müsste leiden. *Nett.*

„Du", sagte er zu Kaia. „Komm näher."

Auch sie gehorchte ihm. Mit der freien Hand strich er ihr über den Arm, um sie zu beruhigen. Doch verdammt! Es fühlte sich an, als würde er geschmolzenen Stahl berühren. Sogleich bildeten sich Brandblasen auf seinen Fingern. Aber störte ihn das? Wohl kaum. Was waren schon ein paar Schmerzen, wenn ihr Wohlbefinden auf dem Spiel stand?

Endlich ging ihr kratziger Atem ruhiger, das Schwarz wich aus ihren Augen und die züngelnden Flammen erstarben. Ihre Haut kühlte ab.

„Erstklassiges Work-out, Baby Doll", sagte er.

„Jederzeit, Honigschnecke." Obwohl die Worte rau und abgehackt klangen, sprach sie mit nur einer Stimme. Ihre Harpyie war unter Kontrolle.

Strider sah sich um. Er und Kaia waren noch immer umzingelt, allerdings war der Kreis größer geworden, und er konnte einzelne Gesichter erkennen. Eine Harpyie nach der anderen starrte ihn finster an. Die Angst raste durch seine Adern, als er sich schützend vor Kaia stellte. Vermutlich ärgerte sie sich über seine Geste, doch in dieser Sache würde er sie nicht die Führung übernehmen lassen. Immerhin waren das hier ihre Leute, und wie ihre Schwester Gwen einst bewiesen hatte, war es unheimlich schwer, Artgenossen zu töten.

Strider war es noch nie schwergefallen, jemanden zu töten. Das war gewissermaßen ein Geschenk des Himmels.

Kaia stellte sich neben ihn und warf ihren Schlagstock ... vor die Füße ihrer Mutter. Am liebsten hätte er laut geflucht.

„Hallo Tabitha", sagte sie ruhig.

Die dunkelhaarige Schönheit machte einen Schritt vor. Ihr Gesichtsausdruck war leer, als sie statt ihrer Tochter ihn betrachtete. „Nimm die Waffe runter, Dämon. Wir wissen doch alle, dass du sie nicht benutzen wirst."

Kaia stöhnte. „Das hättest du nicht sagen sollen."

Freudestrahlend richtete Strider die Waffe aus und drückte den Abzug. *Bumm.* Ein schriller, ungläubiger Schrei. Er hatte die Harpyie neben Tabitha angeschossen. Blut quoll aus einer klaffenden Wunde an ihrem Oberschenkel. Die verletzte Frau hüpfte auf und ab, ehe die Kraft sie verließ und sie zu Boden fiel.

Gewinnen! kicherte *Niederlage* wie ein Schulmädchen.

In seiner Brust explodierten noch mehr Glücksfunken, während er eine Augenbraue hochzog. „Was hast du gesagt?"

Tabitha sah zu Kaia und fluchte. Dann verlagerte sie ihre Aufmerksamkeit auf die zitternde Verletzte und zuckte die Achseln. „Der Schuss hat sie ja nur gestreift. Wichtige Organe hast du jedenfalls nicht getroffen."

„Tatsächlich? Dann versuche ich es besser noch einmal."

Wieder betätigte er den Abzug. Dieses Mal schrammte die Kugel an Tabithas Oberschenkel vorbei. Sie trug eine knöchellange schwarze Hose, deren Stoff kaschierte, was er getan hatte. Allerdings konnte nichts die Kupfernote übertünchen, die plötzlich in der Luft lag.

Sie bleckte leicht die weißen Zähne. Sonst ließ sie sich nicht anmerken, dass er sie getroffen hatte.

„So ein Mist", sagte er. „Schon wieder nicht richtig getroffen. Vielleicht muss ich einfach noch ein bisschen üben. Wer will als Nächste?"

Empörtes Schnauben.

Tabitha hob die Hand und bat um Stille. Selbst die Nachtvögel gehorchten. Ihr Gezwitscher löste sich auf wie Dunst in der Morgensonne. „Natürlich bist *du* diejenige, die auf den alten Lagerfeuertrick hereinfällt", sagte sie zu Kaia. „Das überrascht mich überhaupt nicht."

„Da sind wir schon zwei. Du bist nämlich auf den alten ‚Dein Feind ist auf den alten Lagerfeuertrick hereingefallen'-Trick hereingefallen." Sie steckte zwei Finger in den Mund und pfiff laut und schrill.

Auf einmal raschelten die Blätter über ihnen. Strider machte große Augen, als er sah, wie Sabin, Lysander, Taliyah, Bianka, die Harpyie namens Neeka und noch ein paar andere, unbekannte Frauen zum Vorschein kamen. Sie saßen hoch oben in den Bäumen und zielten mit Pfeilen auf die Konkurrenz.

Niederlage fing wieder zu summen an.

Worüber freust du dich denn so? Sie waren die ganze Zeit hier gewesen, und er hatte es nicht gewusst. Sie hätten ihn abmurksen können, ehe er überhaupt gemerkt hätte, dass er angegriffen wurde. Und er hatte sich für so tüchtig und … unbesiegbar gehalten. Tja, heute würde er wohl keinen Ego-Alarm mehr ausrufen müssen. Er hatte mehr als versagt. Es war zum Kotzen.

Allerdings trug er daran keine Schuld. Kaia und ihr Booty Camp hatten seine Konzentration ruiniert.

„Das ist neu“, zischelte Tabitha. Rings um sie vermischten sich gemurmelte Kommentare der Bewunderung mit ungläubigem Schnauben und wütendem Prusten. „Jetzt bin ich wirklich überrascht.“

„Wie?“ Sein rauer Ton passte zu dem ihrer Mutter.

Kaia wusste sofort, was er meinte. „Ich habe ihnen eine Nachricht geschickt, bevor wir das Motel verlassen haben.“

Gute Idee, doch selbst das hatte er nicht mitbekommen. Allmählich wurde es richtig peinlich für ihn. „Und du hättest mich nicht einweihen können?“

„Nein.“ Kurz und knapp, als hätte sie nicht einmal an diese Möglichkeit gedacht. „Und, geliebte Mutter“, sagte sie und blendete ihn aus. „Bereust du es, deine Töchter aus deinem Team geworfen zu haben?“

„Nein“, erwiderte Tabitha, ohne zu zögern.

Autsch. Für einen kurzen Augenblick erstarrte Kaia. Strider wagte es nicht, sie anzusehen, wagte nicht, einen Arm um ihre Taille zu legen, um sie zu ermutigen. Jetzt war nicht der richtige Zeitpunkt. Aber später … ja, später. Trotz seiner tosenden Bedürfnisse und der Gefahr, die das für seine Selbstkontrolle bedeutete. Sie zu ermutigen gehörte zu seinen Pflichten als Gemahl, und für die nächsten vier Wochen *war* er ihr Gemahl in allem, was wichtig war.

Sex war nicht wichtig.

Jedenfalls würde er sich das einreden. Immer und immer wieder, bis er es glaubte. Oder bis ihn ein Spermarückstau vergiftete und umbrächte. Natürlich könnte er sich für den einen oder anderen One-Night-Stand davonschleichen, doch das würde er nicht tun. Und zwar nicht nur, weil Kaia jede Frau töten würde, mit der er auch nur flirtete, sondern weil er, na ja, keine andere wollte.

Er hatte Kaias Lieblichkeit geschmeckt, hatte ihre sündhaften Kurven gespürt und wusste, dass keine sterbliche Frau mit ihr mithalten könnte. Aber er würde über diese Schwärmerei hinwegkommen, dessen war er sich sicher. Selbst Haidee hatte seine Aufmerksamkeit nicht lange fesseln können.

Haidee. Ha! Heute hatte er kaum an sie gedacht, obwohl sie seine Gedanken über Wochen belagert hatte. Typisch Strider. Über die Jahrhunderte hatte er viele Male die Liste der Kandidaten mit der kürzesten Aufmerksamkeitsspanne der Welt angeführt.

„Denkst du wirklich, du kannst die Spiele gewinnen?“, wollte Tabitha von Kaia wissen.

„Ja.“

„Gegen *mich*?“

„Ich hasse es zwar, mich zu wiederholen, aber: ja.“

Das ist mein Mädchen. Also, natürlich nur vorübergehend.

„Juliette mag bei den letzten acht Spielen gesiegt haben, aber nur, weil ich gesperrt war. Wie du weißt, habe ich noch nie verloren“, meinte Tabitha und streichelte das Medaillon, das um ihren Hals hing.

Wieder erstarrte Kaia, als ob sie vom Schmerz gepackt würde. Doch sie schüttelte das ungute Gefühl schnell ab. Hatte diese Kette irgendeine Bedeutung? Strider nahm sich vor, Gwen zu fragen, da Kaia ihm gewiss keine Antwort geben würde. Das tat sie nie.

„Es gibt einen Grund, warum du nie verloren hast. Weil du nie gegen mich gekämpft hast“, konterte Kaia überheblich.

Sie wird sterben.

Die Frauenstimme hallte in seinem Kopf. Tabithas Stimme. Dieselbe Stimme, die er während der Einführungsveranstaltung gehört hatte. Zwar hatte Tabitha ihre Aufmerksamkeit nicht auf ihn verlagert, aber er wusste es. „Von wegen“, murmelte er.

Kaia warf ihm einen ungläubigen, verletzten Blick zu. „Aber so ist es.“

„Das weiß ich, Baby Doll. Ich habe nicht mit dir gesprochen.“

„Ach so. Okay.“

Gewinnen! Die Stimme von *Niederlage* zitterte leicht, doch der kleine Bastard würde nicht klein beigeben. Sie hatten beschlossen, Kaia zu helfen, und das täten sie auch. Sie würde *nicht* sterben.

Sie wird sterben – und du kannst nichts tun, um sie davor zu bewahren.

„Schluss damit“, befahl er und sah der Frau, die für die stummen Drohungen verantwortlich war, fest in die Augen.

Tabitha blinzelte unschuldig. „Warum spricht dein Gemahl zu mir, ohne dass ich ihn zuerst angesprochen habe?“, fragte sie Kaia. „Hast du ihm nicht beigebracht, wie man sich angemessen benimmt?“

Dem kleinen Mann war es also nicht gestattet, ohne Aufforderung mit dem Weibsvolk zu sprechen? Nicht mit ihm. „Halt dich einfach aus meinen Kopf fern, Harpyie, sonst wirst du es bereuen. Wie geht es eigentlich deinem Bein?“

Sie schnappte mit den Zähnen nach ihm.

Gewinnen!

Ich weiß, versicherte Strider seinem Dämon, *ich habe es dir doch gesagt: Ich werde nicht zulassen, dass Kaia etwas zustößt.*

Kaia blinzelte und wirkte ein wenig erschrocken. Dennoch stellte sie ihrer Mutter keine Fragen, und er überlegte, ob sie schwieg, weil sie wusste, dass ihre Mutter ihr keine Antwort gäbe, oder weil sie durch eine Frage ihre Unwissenheit preisgegeben hätte und ihr diese Unwissenheit als Schwäche ausgelegt worden wäre?

Harpyien ... Anscheinend war das Leben für sie eine einzige große Schachpartie. Absurd, wenn man ihn fragte. Er war sich der Ironie seiner Gedanken durchaus bewusst. Aber *er* konnte nicht anders, als alles, was er tat, in einen Wettstreit um Verstand und Macht zu verwandeln. *Sie* nicht. Und sie litten im Nachhinein auch nicht. Sie machten das aus purem Spaß an der Sache.

„Zerbrich dir nicht den Kopf über meinen Mann“, erwiderte Kaia schließlich und reckte das Kinn.

Mein Mann. Irgendwie gefiel ihm der Klang dieser Worte.

Er biss die Zähne aufeinander. Das war nur Show, und er durfte auf keinen Fall Show mit Realität verwechseln.

„Ich bin überrascht, dass du dir einen furchterregenden Herrn der Unterwelt geangelt hast", sagte Tabitha.

„Ich nicht", entgegnete Kaia und zuckte die Achseln. „Ich bin doch selbst ziemlich furchterregend."

Noch immer flackerte nicht das kleinste Gefühl auf Tabithas Gesicht auf. Weder Stolz noch Enttäuschung. „Ich schätze, morgen werden wir ganz genau erfahren, was du bist – wenn die Spiele richtig beginnen."

10. KAPITEL

Paris, Hüter des Dämons *Promiskuität* – oder *Sex*, wie Paris ihn nannte – hielt zwei Nullachtfünfzehn-Dolche in den Händen, während er durch die Schatten der finsteren Seitengasse schlich. Nullachtfünfzehn war zum Kotzen. Klar, sie waren relativ scharf, aber hier oben mit den Göttern, Göttinnen, Vampiren und gefallenen Engeln war „relativ scharf" einfach nicht genug.

Egal. Geh weiter.

Es erstaunte ihn immer wieder, wie ähnlich die unsterbliche Welt der Sterblichen war. In dieser Himmelsmetropole gab es Bars, Geschäfte, Restaurants und Hotels. Ganz zu schweigen von Drogen und jenen, die sie vertickten. Was immer man auch wollte, man bekam es.

Apropos Drogen: Ich brauche Ambrosia. Und zwar bald. Er hatte bereits erste Entzugserscheinungen und zitterte am ganzen Körper.

Aber jetzt war keine Zeit zum Trinken. Er durfte sich nicht verspäten. Bislang hatte er es erfolgreich vermieden, sich mit irgendwem einzulassen, der sexuell noch nicht mündig war. Ein Blick in sein Gesicht, und die Leute – jeglicher Spezies und jeglichen Geschlechts – warfen sich ihm an den Hals.

Vielleicht hätte ich sie lassen sollen, dachte er. *Sex* zog seine Kraft aus allem Erotischen, und Paris hatte ihm die notwendige tägliche Dosis heute noch nicht beschafft. Aber andererseits hasste er es, mit Leuten zu schlafen, die er nicht begehrte, weshalb er versuchte, sich einzuschränken. Und die heutige Kraftzufuhr bekäme er, sobald er sich mit der Waffengöttin träfe.

Die Frau hatte kristallene Dolche, die sich in *jede* Waffe verwandeln konnten, die sich der Besitzer wünschte. Er könne sie haben, hatte sie gesagt, für eine Gegenleistung. Da niemals irgendwer Geld von ihm verlangte, hatte er ihr versprochen, ihr zu geben, was sie wollte. Ihn. Er würde seinen Körper verkaufen, und das war auch in Ordnung. Es war egal. Er hatte es schon tausendmal zuvor gemacht und würde es wohl auch künftig noch tausendmal machen. Irgendwann käme er schon über das Gefühl von Schuld und Erniedrigung hinweg.

Er brauchte diese Kristalldolche, um die Frau zu retten, die er wirklich wollte. Sienna.

Seine Sienna. Ermordet wegen seiner Taten. Zurückgekehrt als verlorene Seele. Eine Seele, die er weder sehen noch hören konnte. Noch nicht.

Cronus, der Götterkönig, hatte sie versklavt und mit dem Dämon *Zorn* gepaart. Um Paris von ihr fernzuhalten, hatte Cronus sie anschließend in einem anderen Reich eingesperrt. Dafür würde er bezahlen. *Nachdem* Paris sie gerettet hätte. Und das würde er. Er hatte einen dreiteiligen Plan:

1. *Die kristallenen Dolche bekommen.*
2. *Arca finden, die ehemalige Göttin der Gesandten. Es hieß, sie wisse, wo Cronus seine wertvollsten Schätze versteckte.*
3. *Viola finden, die Halbgöttin des Jenseits. Es hieß, sie könne jedem beibringen, die Toten zu sehen.*

Zack und fertig. Ganz einfach. Ja. Okay, andere zu verführen war das Einzige, was ihm leichtfiel.

Er würde alles tun, was nötig war. Seit Jahrhunderten träumte Paris davon, mehr als nur ein Mal mit einer Frau zusammen zu sein. Wegen seines Dämons reagierte sein Körper auf keine Liebhaberin, mit der er bereits geschlafen hatte. Deshalb dauerten seine Beziehungen nie länger als eine Nacht. Außer mit Sienna. Er hatte sie gehabt, und trotzdem hatte sich der kleine große Paris sofort wieder geregt. In diesem Moment hatte er gewusst, dass sie zusammengehörten – trotz der Hindernisse, die ihnen im Weg standen.

Sie war eine Jägerin, sein Feind. Sie hatte ihn hereingelegt, unter Drogen gesetzt und geholfen, ihn einzukerkern. Egal. Sie hatte ihm auch geholfen, zu fliehen, und war dabei gestorben. Erschossen von ihren eigenen Leuten, während sie in Paris' Armen gelegen hatte.

Er hatte diesen Albtraum unzählige Male durchlebt und sich

immer wieder gefragt, was er anders hätte machen können – und müssen. Hatte an ihre letzten hasserfüllten Worte gedacht, an ihren Wunsch, dass er an ihrer Stelle stürbe. Sie hatte ihm die Schuld an den Ereignissen gegeben und das zu Recht.

Dennoch war ihre Seele zu ihm zurückgekehrt. War dem Himmelsgefängnis entflohen und hatte ihn gesucht. Damit er ihr half? Damit sie sich rächen konnte? Er wusste es nicht, und es war ihm egal. Er wusste nur, dass Cronus sie weggeschafft hatte, ehe er mit ihr hatte sprechen können. Wie verängstigt, verwirrt und verzweifelt sie sein musste.

Er könnte sie beruhigen. Er musste sie nur finden.

Ich will, sagte sein Dämon und zog Paris aus dem Gedankensumpf.

Ihn packte die Angst. Das Kommando konnte nur eins bedeuten.

Paris konzentrierte sich, und tatsächlich – am Ende der Gasse lauerten drei üble Kraftprotze. Vermutlich gefallene Engel, die sich aus welchen Gründen auch immer ihrer dunklen Seite hingegeben hatten. Götter konnten es nicht sein, auch keine Halbgötter, da sie keinerlei Macht ausstrahlten.

Er brauchte nur an ihnen vorbeizugehen und links abzubiegen, dann hätte er die Straße der Göttin erreicht.

Als sie ihn entdeckten, grinsten sie fies.

Ich will, wiederholte sein Dämon.

Du kommst noch früh genug an die Reihe.

Ohne ihn zu beachten, pumpte *Sex* seinen Spezialduft durch Paris' Poren. Schon bald erfüllte der Duft von Schokolade und teurem Champagner die Luft. Aus Erfahrung wusste er, dass die Männer mit jedem Atemzug vom Verlangen gepackt würden. Verlangen nach Paris allein, selbst wenn sie eigentlich andersherum tickten.

Du Bastard! knurrte er.

Ich will!

Als ihr Grinsen verschwand und sie sich die Lippen leckten, wurde seine Angst größer.

„Wenn du vorbei willst, musst du dich hinknien."
„Jeder von uns will mal."
„Und ich bin zuerst dran", sagte der Größte von ihnen.
Paris verlangsamte seinen Schritt, ohne jedoch stehen zu bleiben oder die Richtung zu ändern. Gefallene Engel waren im Prinzip nur unwesentlich stärker als Menschen. Er könnte sich ohne Probleme an ihnen vorbeidrängen.
Verletzen … töten … Ein leises Flüstern, ein düsteres Verlangen, das seinen Kopf seit Neuestem immer öfter erfüllte. Nicht von seinem Dämon, sondern tief aus *seinem* Innern. Er war sich nicht sicher, warum das geschah oder was der Auslöser dafür war, aber jedes Mal hatte er nachgegeben. Und das war jetzt nicht anders. Er würde es bis zu der Göttin schaffen, und diese Männer würden ihn nicht daran hindern. Er würde sich an ihnen vorbeidrängen, ja, aber dabei würde er sie verletzen – sie töten.
Im Chor sagten die drei: „Hinknien. Sofort."
„Die Einzigen, die gleich knien werden, seid ihr."
In dichter Folge warf er seine Dolche. Die Spitze des einen versank tief in der Halsschlagader des Kerls, der rechts stand. Der andere verfehlte sein Ziel und bohrte sich in eine Mauer aus goldenen Backsteinen.
Wimmernd versteckte sich *Sex* in der hintersten Ecke von Paris' Kopf. Sein Dämon war ein Liebhaber und kein Kämpfer.
Die zwei verbleibenden Männer beobachteten mit aufgerissenen Augen, wie ihr Freund zusammenbrach und im Todeskampf zuckte.
Verletzen … töten … Paris hatte den ersten Dolch im Laufen geworfen und verlangsamte seine Schritte auch jetzt nicht, sondern rannte mit ausgebreiteten Armen in die Kerle hinein und streckte beide nieder. Sie schüttelten ihre sexuelle Benommenheit ab, drehten ihn auf den Rücken und schlugen mit den Fäusten auf ihn ein.
In seinem linken Auge platzten ein paar Blutgefäße, was seine Sicht einschränkte. Seine Nase knackte. Sein Kiefer

wurde aus den Gelenken gerissen. Mit jedem Schlag wurde der Schmerz heftiger, doch er kämpfte immer weiter. Und er kämpfte schmutzig. Schlug in Weichteile, Nieren und gegen Kehlköpfe.

Verletzen …

Töten …

Die düsteren Zwänge wuchsen … wuchsen … und verschlangen ihn. Laut brüllend schwang er die Beine hoch und trat zu. Beide Männer flogen nach hinten. Er stürzte sich auf den Nächstbesten und nagelte seine Schultern mit den Knien auf dem Betonboden fest. Ein Hieb, zwei, drei. Blut spritzte.

Er schlug und schlug und schlug, bis der Kopf des Mannes zur Seite rollte und seine glasigen Augen ins Leere starrte. Erst da bemerkte Paris, dass der andere Kerl auf seinen Rücken gesprungen war und ihn die ganze Zeit auf den Kopf geschlagen hatte.

Paris griff nach hinten, bekam das T-Shirt des Kerls zu fassen und zog daran. Der Mann flog über seine Schultern und landete so hart auf seinem Kumpel, dass ihm die Luft wegblieb. Als Paris nach dem Messer in seinem Knöchelhalfter griff, kam sein Gegner wieder zur Besinnung und schwang eine seiner fleischigen Fäuste. Paris knallte gegen die Mauer. Schläfe gegen Backstein, und Backstein gewann. Benommen, wie er war, ließ er sich das Messer abnehmen.

Im nächsten Moment wurde ihm von einem gestiefelten Fuß die Luftröhre zugedrückt, sodass er zu Boden sackte und wehrlos auf dem Rücken liegen blieb.

Der Druck nahm zu, als der Kerl einen seiner Dolche zog, sich bückte und Paris in den Magen stach. Ein lähmender Schmerz durchzuckte ihn. Er atmete scharf ein.

„Das sollte reichen, um dich ruhigzustellen.“ Noch immer stand der Mann über Paris. Keuchend und finster dreinblickend öffnete er den Reißverschluss seiner Hose.

„Kein besonders kluger Schachzug“, krächzte Paris. Obwohl sein Instinkt ihm riet, den Kerl an den Fußgelenken zu packen und kräftig zu ziehen, steckte er die Hand ganz langsam hinter seinen Rücken und griff nach dem letzten noch verbliebenem Messer. „Du willst dein Ding doch behalten oder nicht?"

„Halt die Klappe. Vorhin hätte ich dich noch gehen lassen, nachdem ich mit dir fertig bin, aber jetzt …"

Endlich nahm er den Fuß von Paris' Hals. Einen Augenblick später hockte er sich zwischen Paris' Beine und machte sich an *seinem* Reißverschluss zu schaffen. *Er ist abgelenkt. Gut so.* Mit letzter Kraft riss Paris den Arm hoch. Noch ein Messer fand sein Ende in einer Halsschlagader.

Der Mann spie Blut. Gurgellaute drangen aus seiner Kehle. Seine Augen waren vor Schreck und Schmerzen ganz glasig. Paris riss das Messer heraus, doch das würde seinen Gegner nicht retten. Immer weiter ergoss sich der rote Lebenssaft, bis der Mann schließlich vornüberkippte und auf Paris zusammenbrach. Tot.

Schwach, aber entschlossen schob Paris den schweren Körper von sich herunter und rappelte sich mit zittrigen Beinen auf. Er sah an sich hinunter. Seine Kleidung war zerrissen, schmutzig und blutverschmiert, seine Haut abgeschürft, aufgeplatzt und mit Schnittwunden übersät. Gut möglich, dass die Göttin ihn bei diesem Anblick sofort wieder wegschickte.

Was vermutlich keine schlechte Idee wäre. Sie erwartete die Befriedigung ihrer Lust, und er war im Augenblick viel zu schwach, um ihre Bedürfnisse zu erkennen. Andererseits brauchte er Sex, um zu heilen. Aber wenn er sie benutzte, um zu Kräften zu kommen, könnte er nicht noch einmal mit ihr schlafen, um an die Kristalldolche zu gelangen.

Okay. Kleine Planänderung. Die nächste Frau, die ihm unter die Augen käme, würde er verführen. Er würde seinem Dämon freien Lauf lassen. Zwar wurde ihm bei dem Gedanken übel, aber egal. Danach würde er zum Haus der Göttin eilen. Er käme zwar zu spät, aber mit seinem Charme könnte er jede Kränkung wettmachen, die seine Verspätung möglicherweise verursachen würde. Noch so ein widerwärtiger Gedanke.

Spring über deinen Schatten. Er hatte sich für diesen Weg entschieden. Und er würde mit den emotionalen Nebenwirkungen leben müssen.

Entschlossen stapfte Paris aus der Gasse.

In quälende Schatten gehüllt, kauerte Sienna Blackstone in der Ecke. Ihre Flügel – diese stetig wachsenden schwarzen Flügel, die ein „Geschenk“ des Dämons waren, der nun in ihr hauste – zerrten an Sehnen und Knochen, von deren Existenz sie nicht einmal etwas geahnt hatte. Ihr ganzer Körper schmerzte.

Cronus hatte sie hierher gebracht – wo auch immer „hierher“ war. Eine marode Burg, die von Wasserspeiern mit Fratzengesichtern bewacht wurde, welche lebendig werden konnten. Die Wasserspeier konnten sie sehen und hören – im Gegensatz zu Paris, dem Krieger, den sie zu finden gehofft hatte – und sorgten dafür, dass sie genau dort blieb, wo sie war. Und als sie sich einmal doch den Weg durch ihre Fangzähne, Hörner, Krallen und Schwänze gebahnt hatte, hatte irgendein durchsichtiger Schild sie davon abgehalten, die Außenwelt zu betreten.

Zuerst hatte sie schreckliche Angst gehabt. Irgendjemand hätte ihr ruhig sagen können, dass der Tod tausendmal entsetzlicher war als das Leben. In den vergangenen Wochen hatte sie lernen müssen, sich an all diese übernatürlichen Wesen anzupassen. Obwohl sie um die Existenz von Dämonen gewusst und die Kreaturen einst gehasst hatte, war alles neu für sie. Und jetzt war das Einzige, was sie wollte, von hier zu fliehen, um zu einem solchen Dämon zu gelangen. Um ihn festzuhalten. Ihm zu helfen. Aber …

Sie kam hier nur weg, wenn sie Cronus bedingungslosen Gehorsam schwor. Aber weshalb?

Warum wollte er unbedingt ihren Gehorsam? Ihre Hilfe? Welche Erwartungen stellte er an sie? Das hatte er nie gesagt. Dafür hatte er sie in seinem verzweifelten Bemühen, sie zu kontrollieren, ihre ehemaligen Kollegen ausspionieren lassen. Die Jäger. Gott, was hatten sie für furchtbare Dinge getan …

Sie war angewidert und wütend. Einst hatte sie einen unschuldigen Mann verletzt – der Jäger wegen. Sie hatte zugeschlagen, als Paris am schwächsten gewesen war – der Jäger wegen. Sie hätte ihnen geholfen, den Krieger zu töten, wenn er nicht mit ihr geflohen wäre. In dem Glauben, er hätte sie als Schild benutzt, hatte sie ihn für ihren Tod verantwortlich gemacht. Sie hatte ihn dafür gehasst. Jetzt hasste sie nur noch sich selbst.

Nein, das stimmte nicht. Sie hasste die Jäger und alles, wofür sie standen.

Bevor sie – noch einmal – starb, würde sie sie vernichten. Oder noch besser: Sie würde Paris dabei helfen, sie zu vernichten. Irgendwie würde sie aus dieser Burg entwischen. Und sie würde ihn noch einmal finden. Sie würde ihm alles erzählen, was sie über seinen Feind wusste. Würde jedes Geheimversteck, jeden Schlachtplan und jede Strategie verraten, von der sie je erfahren hatte. Und wenn er sie noch immer nicht sehen oder hören könnte, würde sie es jemandem erzählen, der sie sah – zum Beispiel seinem dunkelhaarigen Freund. Und dann … dann würde sie dem anderen Freund von Paris ein Geschenk machen. Aeron – und zwar würde sie ihm *Zorn* schenken.

Das würde sie endlich töten. Für immer.

Zwar würde es nicht die Fehler wiedergutmachen, die sie begangen hatte – sie bezweifelte, dass das überhaupt möglich war. Aber es wäre ein Anfang.

Du musst nur einen Weg nach draußen finden …

Ihr entfuhr ein Seufzer. Sie war nicht festgekettet und sie wusste, dass Cronus hier noch andere Gefangene hielt, denn sie schrien und schimpften ohne Unterlass. Im Gegensatz zu ihr konnten sie sich nicht in der gesamten Burg frei bewegen. Den anderen Gefangenen gehörte nur die zweite Etage. Die wenigen Male, die Sienna sich dazu hatte durchringen können, ihre geflügelte Gestalt die Stufen hinaufzuschleppen, war der Dämon in ihr vollkommen durchgedreht. Die grausamsten Bilder hatten in ihrem Kopf aufgeflackert. Bilder von Blut,

Folter und Tod.

Die Leute da oben waren Krieger, die genauso von Dämonen besessen waren wie sie. Sie hasste sie weder, noch wollte sie ihnen etwas antun. Sie wollte ihnen helfen – aber ihr Dämon wollte sie bestrafen. Immer nur bestrafen.

Du kannst ihnen hier drin nicht helfen.

Ich kann ihnen aber auch nichts antun.

Jetzt stritt sie schon mit sich selbst. Sie lachte. Sie hatte sich immer gezwungen, zurückhaltend zu sein, sogar düster. Sie hatte immer jeglichen Anflug von Wut und Sarkasmus unterdrückt. Zu groß war die Angst gewesen, die Gefühle eines anderen zu verletzen. Zu groß die Sorge, ihre Lieben zu enttäuschen. Nach der Entführung ihrer jüngeren Schwester hatte sie hart wie ein Felsen sein müssen. Jede weitere emotionale Unruhe hätte sie zerstört.

Aber das war vorbei. Sie war stark. Sie war tüchtig. Sie wurde gebraucht.

Sie könnte ihren Dämon besiegen und den Wesen dort oben helfen. Ja, das könnte sie.

Für Paris.

11. KAPITEL

Der nächste Morgen dämmerte hell und früh. Zu hell, zu früh. Kaia war die ganze Nacht wach geblieben. Ihre Gedanken waren viel zu aufgewühlt gewesen, als dass sie ein Auge hatte zumachen können. Als sie nun das orangefarbene Glühen der Sonne sah, zeigte sie ihr wütend den Stinkefinger.

„Hau ab, du Mistding!"

Strider lag auf ihrem Bett und beobachtete sie amüsiert. Er hatte sich auf der Matratze breitgemacht und tief und fest geschlafen, während sie die ganze Nacht unruhig auf und ab gegangen war.

„Mit wem sprichst du?", fragte er mit verschlafener Stimme.

Mit einer verschlafenen Stimme, die sie antörnte. Dieser Mistkerl, alles an ihm törnte sie an. *Ergreif die Initiative. Erstick die Sache im Keim.* „Vielleicht mit dir", erwiderte sie zickig, stürmte zum Bett, schnappte sich ein Kissen und schlug ihm damit auf die Brust.

Er machte sich nicht mal die Mühe, schützend den Arm zu heben. „Hat dir eigentlich schon mal jemand gesagt, wie entzückend du morgens bist?"

Wumms. „Nein." *Wumms.*

„Würdest du dich mal kurz setzen?" Er riss ihr das Kissen aus den Händen und warf es auf den Boden. „Meine Güte. Ich brauche … Ich meine, *du* brauchst mal eine Auszeit von deinen Sorgen."

„Ich habe keine Sorgen", entgegnete sie und ließ sich neben ihn fallen. Lysander hatte sie alle in den Himmel gebracht und jedem ein Zimmer in seiner Wolke gegeben, wo keine andere Harpyie sie erreichen konnte. Sie und Strider hatten sich einen Raum geteilt, und niemand, nicht mal Lysander, konnte ohne ihre Erlaubnis hereinkommen.

So ein spitzenmäßiges Sicherheitssystem war ihr noch nie untergekommen. Und was noch besser war: Die babyblauen

Wände fungierten als Fernsehbildschirme und zeigten alles, was sie zu sehen wünschte. Ihre Mutter? Erledigt. Juliette? Würg.

Und das absolut Beste? Kaia brauchte nur zu sagen: „Ich will einen Dolch", und im nächsten Moment nahm einer auf magische Weise in ihrer Hand Gestalt an.

Kein Wunder, dass Bianka sich entschieden hatte, sich mit einem tugendhaften Engel einzulassen. Ja, Bianka müsste nur noch ein bisschen mehr mit ihrem Engel herummachen, um Lysander davon zu überzeugen, Kaia auch so einen zu beschaffen, damit sie beide mehr Zeit miteinander verbringen könnten. Immerhin waren sie Zwillinge, und Bianka brauchte sie.

„Kaum war die Nachricht da, hast du angefangen herumzustressen", sagte Strider. „Das war keine fünf Minuten, nachdem wir hier angekommen sind!"

Die Nachricht. Uff. Vor lauter Sorge verkrampfte sich ihr Magen. Auch wenn sie das niemals zugegeben hätte. Die ersten Harpyienspiele sollten in zwei Stunden beginnen.

Da die Mannschaftskapitäne zu wertvoll waren, um in dem Turnier schon so früh anzutreten und womöglich zu verlieren, nahmen sie an dem ersten Wettkampf niemals teil. Stattdessen wurden die vier stärksten und brutalsten Mitglieder eines jeden Teams ausgewählt, und die Kapitäne beteten nur, dass sie überlebten.

Doch Kaia musste kämpfen – obwohl sie Kapitän ihres Teams war.

In der vergangenen Nacht hatte sie dank der Wolkenwände ihr Motelzimmer beobachtet. Eine nach der anderen waren Harpyien aller anderen Teams hineingeschlichen, in der Hoffnung, ihr Gewalt antun zu können. Als ob sie in einem Zimmer bliebe, das sie unter ihrem Namen gemietet hatte. Also bitte. Aber für so dumm hielten die anderen sie. Und sie würden ihr solange nach dem Leben trachten, bis sie gelernt hätten, sie zu fürchten.

Das hatte sie von ihrer Mutter gelernt.

Und deshalb würde sie sie heute das Fürchten lehren.

Wer sonst noch kämpfen musste? Taliyah, Neeka – die Kaia niemals hatte kämpfen sehen, die Taliyah ihr aber ans Herz gelegt hatte; und Kaia vertraute ihrer älteren Schwester – und Gwen. Bianka schmollte noch immer, aber unterm Strich war Bianka einfach zu nett.

Einmal hatte sie eine andere Harpyie gegrillt, die ihr Aussehen demoliert hatte. Cool, oder? Nur ... als das Mädchen geschrien und sich gewunden hatte, war Bianka schlechten Gewissens losgeflitzt, um ihr ein Glas Wasser zu holen. So etwas taten nur Weicheier.

„Wenn du schon nicht still sitzen willst, verrate Papa Stridey wenigstens, was dich bedrückt."

Wieder diese grollende Stimme, die sie streichelte, durch ihre Haut sickerte, mit ihren Zellen verschmolz und ein Teil von ihr wurde. Offensichtlich ließ sich der Keim nicht einfach ersticken. „Ich muss daran denken, dass allein Gefängnisregeln gelten werden."

Er musste lachen. „Was soll das denn heißen? Dass man die Seife nicht fallen lassen sollte? Kommen in Runde eins etwa verschiedene Duschköpfe zum Einsatz?"

„Etwas mehr Ernst wäre durchaus angebracht."

Er schnaubte. „Dass ausgerechnet du von Ernst sprichst. Seltsam. Aber ..." Er setzte sich auf, und sein Blick zeugte von Interesse. Die Decke rutschte bis zu seiner Hüfte hinunter, sodass ein Muskelstrang nach dem anderen zum Vorschein kam. „Bitte sag mir, dass in Runde eins verschiedene Duschköpfe zum Einsatz kommen."

Ihre Lippen zuckten, während ihr das Wasser im Mund zusammenlief – so gerne hätte sie von ihm genascht. „Nein, du Perversling. Keine Duschköpfe. An meinem ersten Tag muss ich sofort die Größten und Schlimmsten töten. Nur dann werden die anderen mich in Ruhe lassen."

„Clever. Wie kann ich dir helfen?"

„Indem du in den Rängen sitzt und gut aussiehst."

„Geschenkt. Aber was kann ich tun, um dir beim Gewinnen

zu helfen? Deshalb bin ich doch schließlich hier, oder?"

Als ob sie das vergessen könnte. Er war nicht hier, weil er sie liebte, brauchte und etwas mit ihr anfangen wollte. Er war hier, um ihr dabei zu helfen, die verfluchte Zweiadrige Rute zu gewinnen.

Als er ankam, wusste er von der Rute noch gar nichts. Er mag dich. Das weißt du genau. Ja, er mochte sie. Nur leider nicht genug. Sie seufzte.

„Du … keine Ahnung, feuer mich einfach an." Seine Stimme zu hören gäbe ihr vielleicht Kraft. Vielleicht würde es sie auch ablenken, aber das würden sie gemeinsam herausfinden.

„Kein Problem. Es macht Spaß, dir zuzusehen."

Ihr Herz setzte einen Schlag aus. „Ja?"

„Allerdings."

Seine Stimme klang tiefer und heiserer als zuvor, und diverse Anspielungen schwangen mit. Ihre Brustwarzen wurden hart wie Perlen, sodass sie aufspringen und sich umdrehen musste, damit er ihre Erregung nicht sah.

Er hatte sie letzte Nacht beobachtet, als ihre Harpyie auf die Bedrohung rings um ihn herum reagiert hatte – fest entschlossen, ihn um jeden Preis zu beschützen. Er hatte sie auch beobachtet, als sie … Bei der Erinnerung erschauerte sie.

Beim Kampf gegen die Soldatinnen ihrer Mutter war etwas mit ihr geschehen. Etwas, das noch nie zuvor geschehen war. Sie hatte gebrannt. Bildlich gesprochen vor Wut, ja, aber sie hatte auch richtige Flammen gespürt. Sie hatten in ihrem Innern gewütet, ihre Zellen und Organe verbrannt und nichts als Asche zurückgelassen. Oder jedenfalls hatte es sich so angefühlt. Dennoch hatte sie nicht einen Rußpartikel auf ihrer Haut entdeckt, nachdem sie sich beruhigt hatte.

Vorahnungen tanzten durch ihren Kopf und wirbelten ihr ohnehin schon aufgewühltes Gedankenmeer noch mehr auf.

Durch ihre Adern floss Phönixblut – immerhin machte der Phönix die Hälfte ihres genetischen Codes aus. Sie war ihrem Vater nur ein einziges Mal begegnet, als er sie und Bianka entführt und ins Land der Asche verschleppt hatte. Er – und im Grunde alle seiner Art – war vollkommen herzlos, bar jeder Emotion. Als würde jeder weichere Zug von dem ewigen Feuer verbrannt, das in ihm tobte. Da konnte nicht mal ihre Mutter mithalten, und das wollte schon was heißen.

Doch die vom Stamme des Phönix waren nicht nur gefühllos, sondern flößten anderen mit ihrer Erscheinung auch gehörig Respekt ein. Aus den Fangzähnen und Krallen der Phönixe tropfte Gift. Ihre Flügel, die so weich und zart aussahen wie die Wolken um sie herum, waren in Wahrheit bläulich züngelnde Flammen. Die kleinste Berührung mit diesen Flammen konnte ein komplettes Gebäude niederbrennen.

Doch es gab auch eine positive Seite. Wenn ein Phönix etwas – oder jemanden – verbrannte, entstand daraus eine Asche, die so mächtig war, dass sie die Toten zu neuem Leben erwecken konnte.

Ihr Vater hatte gehofft, dass seine kleinen Mädchen mehr Phönix als Harpyien waren, doch als sich das Gegenteil herausgestellte, hatte er sie freigelassen. Natürlich erst, nachdem er sie mit seinem Gift gequält hatte. Er hatte ihnen einen kleinen Kratzer am Bizeps verpasst, und sie hatten das Gefühl gehabt, ihnen wäre eine Mischung aus Säure, Glassplittern und Napalm injiziert worden. Tagelang hatten sie sich vor Schmerzen gekrümmt und geschrien.

Ein echter Phönix hätte nicht solche Qualen gelitten. Er wäre gegen das Gift immun gewesen. Deshalb hatte Kaia auch gedacht, niemals phönixähnliche Tendenzen zu entwickeln. Doch das gestrige Brennen … Hatte sie womöglich eine Immunität und im Gegenzug weitere Fähigkeiten entwickelt?

„Hey, Kye. Wir müssen uns beeilen“, rief Bianka plötzlich von der anderen Seite der Tür.

Kaia blinzelte. Sie stand noch immer neben dem Bett, doch jetzt war Strider an ihrer Seite. Sie hatte nicht gehört, dass er sich bewegt hatte, und dennoch stand er da. Seine Wärme hüllte sie ein, sein starker, süßer Duft stieg ihr in die Nase.

Er packte ihre Unterarme und neigte nachdenklich den Kopf zur Seite. „Wo warst du dieses Mal?“

„Nirgendwo“, kam ihre automatische Antwort, die sie immer gab, wenn jemand anderes als ihre Schwestern ihr solche Fragen stellten.

Verlor sie sich wirklich so oft in Gedanken? *Wenn ich nicht ständig abschweifen würde, würde ich vielleicht nicht …*

„Kaia!“ Strider verdrehte die Augen, und ihr fiel auf, dass seine Pupillen seine wunderschöne Iris verdrängt hatten. Außerdem hatte er seinen Griff gelockert und streichelte ihre Arme mit den Fingerspitzen. „Wir müssen dringend deine Fähigkeit zum Lügen verbessern, Baby Doll.“

Fand er sie … War es möglich, dass er sie begehrte? „Ich habe eine Idee: Wenn ich dir die Wahrheit sagen soll, musst du sie dir erkaufen.“ Mit Küssen. Oder Orgasmen. *Egal.* Okay, er hatte ihr bereits angeboten, ihre Artefakt-Stehldienste mit Sex zu bezahlen und, okay, das hatte sie stinkwütend gemacht. Aber zu dem Zeitpunkt hatte er sie auch nicht wirklich gewollt. Jetzt wollte er sie womöglich, und das änderte alles. Natürlich nicht im Hinblick auf die Zweiadrige Rute, aber im Hinblick auf sie beide.

Er verzog den Mund zu einem frechen Grinsen. „Wer hat denn gesagt, dass ich die Wahrheit hören will?“ Er unterbrach sein Streicheln kurz, um ihr in die Nase zu zwicken. „Du bist süß, wenn du lügst.“

Sie knackte mit dem Kiefer. Welpen und Goldfische waren süß. *Ich bin heiß, verdammt.* „Ich lüge einwandfrei. Du kannst jeden fragen, den ich kenne! Mich hat noch nie jemand entlarvt.“

„Wie es aussieht, bin ich der Einzige, der weiß, dass du eine Menge Blödsinn erzählst. Muss an meiner unglaublichen Aufmerksamkeit liegen.“

„Und an deiner Armseligkeit. Du musst dringend daran arbeiten, das Luder in dir besser zu kontrollieren.“ Sie rollte die Schultern, wodurch sie unwillkürlich ihre Unterarme anhob, was wiederum seine Hände hob und dazu führte, dass er mit den Fingerknöcheln die Seite ihrer Brüste streifte. Gütige Götter, fühlte sich das gut an! In ihr wurde ein prickelndes Feuer entfacht.

Er bleckte die Zähne, als durchzuckte ihn ein heftiger Schmerz, und sein kräftiges Ein- und Ausatmen ließ seine Nasenflügel beben. „Und wie genau werden wir an diesem Luder arbeiten, hm? Im Bett?“

Tatsächlich, dachte sie verträumt. *Er begehrt mich.* Warum sonst hätte er vom Bett sprechen sollen, wenn sie andeutete, dass er zu verludert war? „Deine Art zu denken gefällt mir. Wir sollten …“

„Kye?“, schnitt Bianka ihr das Wort ab. „Bist du da drin? Ich weiß, dass du da drin bist. *Komm schon.*“

„Ja, Bee. Ich bin hier, aber ich brauche noch einen Moment“, rief sie, ohne den Blick von Strider zu nehmen. „Wir machen später weiter. Okay?“ *Bitte.* Sie brauchte seine Berührung, seine Nähe. Brauchte alles von ihm.

„Äh, nein, machen wir nicht.“ Er trat einen Schritt von ihr weg, dann noch einen, dann ließ er seine Arme sinken, sodass der Körperkontakt gänzlich abriss. „Wir werden es beim Platonischen belassen.“

Sie kniff die Augen zu zwei schmalen Schlitzen zusammen, bis sie durch ihre Wimpern nur noch sein schönes Gesicht sah. „Platonisch? Obwohl du mir die Zunge in den Hals gesteckt hast?“

Auch er kniff die Augen zusammen. „Na schön. Wir machen später weiter.“

„Wirklich?“ In ihr machte sich Freude breit – dicht gefolgt von Angst. „Ich soll dir also glauben, dass du deine Meinung geändert hast?“ Sie schnippte mit den Fingern. „Einfach so? Was für ein Spiel spielst du?“

„Kein Spiel. Dein Argument war überzeugend.“

Die Freude kehrte zurück. Und, Götter, wie wunderschön die Sonne auf einmal war – so groß und strahlend über ihrer

Wolke. „Alles klar. Dann also später." Sie versuchte nicht zu lächeln, als sie zur Tür hinausging und ihre Schwester begrüßte.

Strider hatte nicht recht gewusst, was er von dem ersten Wettkampf erwarten sollte, und war nach der Sache in der Grundschule für alles gewappnet. Jedenfalls hatte er das gedacht. Denn im Augenblick war er dabei, im Schock und dem endlosen, aufgeregten Summen seines Dämons zu ertrinken. Der kleine Scheißer war noch nie einer so derart feurig aufgeladenen Atmosphäre voller Kampfgeist und Siegeswillen ausgesetzt gewesen und flippte momentan herum wie ein Kind, das zu viele koffeinhaltige Getränke zu sich genommen hatte.

Strider saß auf der Tribüne eines Highschool-Basketballfeldes, umgeben von rund hundert anderen Männern. Sie alle waren Fremde – abgesehen von Sabin, der links neben ihm saß, und Lysander auf dem Platz rechts von ihm. Die meisten waren Menschen und nur einige wenige eindeutig Unsterbliche. Er erspähte die verräterisch blasse Haut eines Vampirs, die dunkle Aura eines Zauberers und die Reptiliengrazie eines Schlangengestaltwandlers. Leider entdeckte er nicht den „Ihn", mit dem Kaia angeblich geschlafen hatte.

Auf der anderen Seite saßen die Harpyien. Während die Männer still und zurückhaltend waren, benahmen sich die Frauen wie Hooligans. Sie hüpften auf den Stufen auf und ab, warfen Popcorn und sogar volle Becher mit Erfrischungsgetränken aufs Feld. Sie trugen winzige, enge T-Shirts, die knapp unter dem BH endeten – sofern sie überhaupt BHs trugen – sowie Shorts, die so kurz waren, dass Strider seine persönliche Lieblingsstelle bei einer Frau – die sinnliche Kurve zwischen Po und Bein – mehr als nur einmal sah. Und ja: Das Zentrum des Paradieses erspähte er ebenfalls.

„Die Falconways verlieren!", rief jemand.

„Denkste, Eagleshield. Aber du hast ja schon immer darauf gestanden, Frauen auf den Knien zu sehen."

„Oh bitte! Du könntest nicht mal eine Nymphe befriedigen,

wenn du mit Viagra vollgepumpt wärst."

„Viagra wirkt nur bei Männern, du Hirni."

„Hallo? Du und die anderen Frauen aus deinem Clan, ihr habt Schnurrbärte. Warum nicht auch dicke Dinger?"

Gekicher, Buh-Rufe und Gezischel vermischten sich.

„Und ich dachte, meine Bianka wäre … enthusiastisch", kommentierte Lysander. „Ich hätte nie gedacht, dass sie unter ihresgleichen eher zu den Ruhigen gehört."

Sabin schnaubte. „Komm schon. Wenn dich die Lesbenwitze nicht antörnen, bist du schwul."

Lysander sah Strider aus seinen dunklen Augen an. „Törnt *dich* das denn an?"

Typisch Engel. „Ich köchle schon, seit wir hier hereingekommen sind. Ich brauche die Witze nicht, um auf Touren zu kommen." Was er nicht erwähnte: Das lag ganz allein an Kaia.

Sein „Gespräch" mit ihr – eines, das er ewig hinauszuzögern versucht hatte, bevor ihm klar geworden war, wie vergeblich sein Bemühen war, solange sie ihn mit ihren langen Wimpern anklimperte – würde früher fortgesetzt werden, als selbst sie es geplant hatte.

Er hatte vor ihr gestanden, sie eingeatmet, die Wärme ihres Körpers absorbiert, in ihr sinnliches, hübsches Gesicht geschaut, und er hätte ihre Haut am liebsten mit Küssen bedeckt. Überall. Noch ein Mal probieren. Nur ein einziges Mal, dann würde er sich zwingen, zu der platonischen Freundschaft zurückzukehren.

„Lysander!", rief eine eifrige Frauenstimme quer über den Platz. „Lysander! Hier drüben!"

Strider suchte die rasende Menge nach Bianka ab. Er entdeckte sie oben auf der Tribüne, wo sie mit einem Schokoriegel winkte und wie ein frecher Bengel grinste. Die seidigen schwarzen Haare hatte sie zu zwei Zöpfen geflochten, die ihr gegen die Arme schlugen. Süß – bis man die heiße Uniform katholischer Schulmädchen wahrnahm, die sie trug. Im Nu verwandelte sich „süß" in „dem Herzinfarkt nahe". Sie hatte eine weiße, zugeknöpfte Bluse unter den Brüsten zusammengeknotet, und um ihren Hals baumelte lässig eine Krawatte. Der kurze Schottenrock ließ viel Platz zwischen ihren Oberschenkeln und den Kniestrümpfen.

In ihm wuchs der Wunsch, Kaia würde ihr Team anfeuern, anstatt zu kämpfen. In diesem Aufzug würde sie besser aussehen als „dem Herzinfarkt nahe“. Sie würde ihn auf der Stelle umbringen.

Nein, er war froh, dass sie sich für den Kampf entschieden hatte. Er hatte nämlich vor, die benötigte Trennung von ihr zu nutzen, um die Eagleshields auszuspionieren, vielleicht sogar ihre Habseligkeiten zu durchsuchen. Sobald die Spiele anfingen, würde er von hier verschwinden. Ohne schlechtes Gewissen. Jeder war sich selbst der Nächste.

Was ist, wenn Kaia verletzt wird? Wie sie selbst gesagt hatte, würde man nach „Gefängnisregeln“ kämpfen.

In seinen Augen blitzte es rot auf, und er krallte seine Finger in seine Oberschenkel. Kaia ist eine verdammt gute Kämpferin, sagte er sich. *Wenn es irgendjemand aus ihrem Team schafft, zu gewinnen, dann sie.*

„Lysander!“, rief Bianka erneut. „Schau mal nach oben, Baby. Hier drüben bin ich!“

„Es sind zu viele. Ich kann sie nicht … Bianka?“ Lysander fiel die Kinnlade herunter.

Vermutlich hatte er sie seit Verlassen des Himmels nicht mehr gesehen. Und zu dem Zeitpunkt hatte sie eine dunkelrote Robe getragen.

„Lysander, hast du das gesehen?“ Bianka drehte sich um, hob ihren Rock hoch und zeigte ihm – und allen anderen – ihr Höschen. Quer über den Hintern stand in neongrünen Buchstaben: „Eigentum von Lysander“.

Lysander stand auf, als wollte er zu ihr hinüberfliegen, fing sich jedoch schnell wieder und fiel zurück auf seinen Stuhl. „Süße Gottheit.“

„Deine Frau führt ihre Unterwäsche der Öffentlichkeit vor“,

meinte Sabin. „Muss nett sein. Wie hast du dieses kleine Wunder zuwege gebracht?“

„Das weiß nur die Eine Wahre Gottheit.“

Großartig. Jetzt konnte Strider nicht mehr aufhören, über Kaia nachzudenken. Was für ein Höschen sie wohl trug – oder auch nicht?

Offenbar hatte sich die Frau neben Bianka über ihre schrille Stimme beschwert, denn das Lächeln in Biankas Gesicht erstarb, und sie bedachte die Frau mit einem wütenden Blick. Ein Streit entflammte. Dann gingen die beiden – natürlich – aufeinander los, dass die Gliedmaßen nur so flogen.

„Ist sie nicht bezaubernd?“, fragte Lysander in die offene Runde.

„Sicher“, erwiderte Sabin abgelenkt. Er streichelte das Megafon, das zwischen seinen Füßen stand. „Wo sind eigentlich *unsere* Frauen?“

Unsere Frauen. Es gefiel Strider, wie sich das anhörte. Dabei hätte es ihm nicht gefallen dürfen. „Keine Ahnung.“

Denkst du wirklich, dass Kaia den Sieg nach Hause holen kann?

Die heimtückische Stimme erfüllte Striders Kopf. Sie war männlich. Und vertraut.

Vielleicht wird sie ja getötet …

Zum Teufel, nein. „Sabin“, knurrte er. Diesmal wusste er, woher die Stimme kam. Als Hüter von *Zweifel* zehrte Sabin von der Unsicherheit derer, die in seiner Nähe waren.

„’Tschuldigung“, erwiderte sein Freund.

„Bring gefälligst deinen Dämon unter Kontrolle.“

„Glaub mir, das versuche ich die ganze Zeit. Ich will nicht, dass er sich über jemanden aus dem Team Kaia hermacht.“

Gewinnen. Sie muss gewinnen.

Und da war auch schon Striders Dämon, der … Moment mal. *Sie* muss gewinnen? Noch nie hatte sich *Niederlage* für einen anderen Sieg interessiert als für Striders. Warum für Kaias? Und warum jetzt? Weil ihr Triumph (möglicherweise) mit der Zweiadrigen Rute verbunden war? Weil der Dämon wusste, welche Konsequenzen ihr Versagen hätte – und er sich davor fürchtete? Weil sie ... ihm gehörte? Ihr gemeinsamer Privatspielplatz war? Das hatte er sich vorher schon gefragt ...

Ich darf nicht so denken. Denn dann würde er nicht tun, was getan werden musste.

Zu *Niederlage* sagte er: *Erstens habe ich vor, die Zweiadrige Rute noch vor dem Ende der Spiele zu finden. Und zweitens wird sie gewinnen.* Wenn nicht ... Er dachte darüber nach, wie wahrscheinlich es war, dass *Niederlage* ihm wehtat, selbst wenn nicht er derjenige wäre, der verlöre. Dann hätte Strider sie nicht so beschützt wie die Herausforderung, die er angenommen hatte, es verlangte. Deshalb ...

Die Wahrscheinlichkeit ist hoch, entschied er. Er hätte ihr die Sache ausreden sollen. Von nun an war alles, was geschah, seine Schuld.

Ausnahmsweise blieb die Aussicht auf mögliche Qualen wirkungslos. Ihm gefiel einfach die Vorstellung nicht, dass *Kaia* etwas zustieß.

„Lysander!“, rief Bianka von Neuem und zog abermals Striders Aufmerksamkeit auf sich. Ihr Kampf mit der anderen Harpyie hatte damit geendet, dass die arme Frau bewusstlos im hinteren Teil der Tribüne lag. „Gefällt es dir?“

Lysanders Miene wurde weich. „Und wie, Liebes. Sehr gut sogar. Mir gefällt alles, was du anhast.“

Wie pathetisch, dachte Strider. Nur weil ein Kerl verliebt war, musste er doch nicht zum Waschlappen mutieren.

Oh, da war Kaia! Strider sprang auf und winkte ihr zu, um ihre Aufmerksamkeit zu erhaschen. Er wollte ihr sagen, dass sie vorsichtig sein sollte, doch sie war viel zu konzentriert auf das Geschehen vor sich, als sie durch die Doppeltür trat, die aufs Spielfeld führte. Ihre Mannschaftskameradinnen flankierten sie. Sie trugen alle die gleichen Uniformen aus blutrotem Leder. Die bauchfreien Tops verliefen im Rücken über Kreuz, um den Flügeln Platz zu geben, und die Shorts waren am Saum – für mehr Bewegungsfreiheit – mit Fransen besetzt.

Kaia hatte die roten Locken zu einem Pferdeschwanz zusammengebunden, der hin und her schaukelte. Weder Ellbogen- noch Knieschoner schützten sie. Verflucht. Er wünschte, sie hätte welche getragen. Wenn die Frauen auf dem Holzboden kämpften, würden sie sich die Haut abschürfen, und er mochte ihre Haut so, wie sie war.

Gewinnen!

Ich weiß. Ich habe dich schon beim ersten Mal gehört, Arschloch.

Als die Harpyien auf der Tribüne das einziehende Team bemerkten, fingen sie an zu buhen. Abgesehen von einem leichten Zucken um ihre Mundwinkel verriet Kaia in keiner Weise, dass es ihr etwas ausmachte. Eine wahre Popcorndusche regnete von den Rängen herab. Ein paar Körner trafen Kaias Mitspielerinnen sogar in die Augen.

„He, Millicent", schrie Bianka eine der Popcornwerferinnen an. „Wie ich sehe, hast du dir extra diesen Moment ausgesucht, um dich vor versammelter Mannschaft zu erniedrigen. Du kannst ja gar nicht zielen!"

Eine hübsche Blondine wirbelte mit in die Hüfte gestemmten Händen herum. „Hallo, Zwillingshälfte Nummer eins. Oder ist es Nummer zwei? Das kann ich mir nie merken. Dafür seid ihr beide einfach zu unwichtig. Wenn ich ein Stöckchen werfe, haust du dann ab, um es zu holen?"

„Ich bin doch kein Hund, du Schlampe." Bianka stemmte ebenfalls die Hände in die Hüfte. „Zumindest sieht dein Dad das so. Er hat mir heute Morgen gesagt, dass ich der heißeste Feger bin, den er je hatte. Als ich aus seinem Bett gekrochen bin, meine ich."

Ein hörbares Keuchen ging durch die Menge, und Strider blinzelte nur verblüfft. Diese Dad-Sache rief ein derartiges Entsetzen hervor?

„Mein Vater ist tot, du herzloser Mischling", fauchte die Frau mit Namen Millicent.

„Oh“, erwiderte Bianka und ließ die Schultern hängen. Dann hellte sich ihre Miene auf. „Deine Mom findet, dass ich ein heißer Feger bin. Das hat sie mir gesagt, als ich heute Morgen aus ihrem Bett gekrochen bin.“

Das entsetzte Keuchen verwandelte sich in Gekicher. Millicent flog die Stufen hinauf, um Bianka anzugreifen. *Ding, ding.* Schon ging der nächste Kampf los.

Strider ertappte sich dabei, wie er grinste. „Meinst du, ihr ist klar, was sie da gerade angedeutet hat?“

„Ja“, erwiderte Lysander seufzend.

„Ich drücke dir die Daumen, dass die beiden aufhören zu kämpfen und anfangen zu knutschen“, meinte Sabin. „Aber wenn das passiert, sollte besser irgendwer den Einsatz für ’ne heiße Orgie geben.“

Spürbar interessiert straffte Lysander die Schultern. „Ich verstehe, was du mit ‚angetörnt‘ meinst.“

Plötzlich brachen die Harpyien, die eben noch Buhrufe von sich gegeben hatten, in ohrenbetäubenden Jubel aus, und Strider vergaß alles andere. Er biss die Zähne zusammen. Tabitha und ihre Mannschaft hatten soeben den Platz betreten.

Sie trugen ebenfalls bauchfreie Tops und mit Fransen besetzte Shorts, nur waren ihre blau. Hinter ihnen stapfte ein drittes Team in lilafarbener Kampfmontur hinein, gefolgt von einem Team in Pink. Und einem in Gelb. Verflucht. Wie viele Teams kämen denn noch? Ein grünes. Eins in Schwarz.

Sein Mund wurde trocken, als er sah, dass einige der Frauen größer waren als er. Muskulöser, größer und … Teufel, er wäre nicht überrascht gewesen, wenn er an ihnen eindeutig männliche Körperteile entdeckt hätte. Obwohl einige Kandidatinnen genauso zerbrechlich wirkten wie Kaia.

Die Frauen stellten sich in einem großen Kreis auf. Die Frau namens Juliette, die Brünette, die schon die Einführungsveranstaltung geleitet hatte, trat in die Mitte des Kreises und hob die Hände. Sofort wurde es still in der Menge.

„Wenn es euch genauso geht wie mir, habt ihr lange auf diesen Moment gewartet", rief sie und wurde von wieder aufkeimenden Jubelrufen unterbrochen. Als es ruhiger wurde, fügte sie hinzu: „Deshalb wollen wir keine Sekunde verschwenden. Erste Regel: Sprecht nicht übers Abklatschen. Zweite Regel: *Sprecht nicht übers Abklatschen.*"

Noch mehr Jubel.

Grinsend sagte Juliette: „Ich mache nur Spaß. Jetzt zu den echten Regeln. Von jedem Team darf sich immer nur ein Mitglied im Kreis aufhalten. Wenn die Teilnehmerin raus will", Buhrufe ertönten und verebbten wieder, „braucht sie nur eine ihrer Teamkolleginnen anzutippen. Falls sie eine erreicht."

Uuuund … noch mehr Jubelrufe explodierten auf der Tribüne.

„Wenn jemand zu verletzt ist, um weiterzukämpfen, muss sie endgültig aussteigen. Aber überlegt euch gut, ob ihr das macht, Ladys. Denn selbst wenn ihr geheilt seid, dürft ihr nicht wieder hinein."

„Ich habe nicht gezahlt, um Feiglinge zu sehen", rief jemand.

Juliette nickte zustimmend. „Diejenigen unter euch, die noch nie zuvor an so einem Wettbewerb teilgenommen haben, lasst euch gesagt sein, dass der Wettkampf erst endet, wenn nur noch ein Team übrig ist. Und noch ein Tipp: Kämpft mit allen Mitteln."

„Die Eagleshields werden's allen zeigen", rief eine andere.

Juliettes Lächeln verfinsterte sich, als sie zu Kaia schaute. „Viel Glück euch allen. Ihr werdet es brauchen." Mit diesen Worten trat sie ab und verschwand in der Menge der kampfbereiten Kandidatinnen.

Kaia warf Strider einen kurzen Blick zu. Aha. Sie wusste, wo er saß. Sie war sich seiner Anwesenheit genauso bewusst, wie er sich ihrer. Er nickte ihr ermutigend zu, obwohl sich ihm der Magen umdrehte. Die anderen Frauen beäugten Kaia, als erblickten sie nach wochenlangem Fasten ein saftiges Filet. Er sollte da unten sein und sie beschützen, statt hier oben zu sitzen und nichts zu tun.

„Keine Sorge“, meinte Sabin und tätschelte ihm den Rücken. „Gwen wird nicht zulassen, dass ihr etwas geschieht.“

„Ich mache mir keine Sorgen“, knurrte er. Auf keinen Fall würde er zulassen, dass Sabin, der *Zweifel* in Person, mehr Vertrauen in seine Frau hatte als Strider in Kaia. Auf gar keinen Fall. „*Kaia* wird *Gwen* beschützen.“

Sein Freund blinzelte ungläubig. „Willst du dich darüber wirklich streiten?“

Ja, verdammt, das wollte er.

Gewinnen.

Immer. „Halt einfach die Klappe, und sieh dir den Wettkampf an“, erwiderte er. „Ich sage dir Bescheid, bevor ich losziehe und mit dem Ausspionieren anfange.“

12. KAPITEL

Ich werde nicht versagen. Ich werde nicht versagen. Ich werde verdammt noch mal nicht versagen. Das Mantra kreiste durch Kaias Kopf, als sie sich in Position begab.

Neeka war die Erste, die für das Team Kaia im Ring stand. Mit gestrafften Schultern und hoch erhobenem Kopf stapfte die Rothaarige zusammen mit den ersten Kämpferinnen der anderen Teams in die Platzmitte. Bald standen zwölf Harpyien dort und warteten auf den Startpfiff. Die restlichen Kandidatinnen warteten entlang der Seitenlinie in Hockstellung mit ausgestreckter Hand.

„Der Sieg gehört uns", murmelte Gwen neben ihr.

„Ich weiß", erwiderte sie. Zum Glück klang ihre Stimme fest. Strider saß oben auf der Tribüne und sah in seinem T-Shirt mit aufgebügelter Krawatte und den zerrissenen Jeans zum Anbeißen aus. Der einzige Blick, den sie sich gestattet hatte, war ein Fehler gewesen. Er stellte eine Ablenkung dar, die sie sich nicht leisten konnte, doch sie hatte sich davon überzeugen müssen, dass er dort oben war und sie nicht im Stich gelassen hatte. Nun konnte sie nur noch beten, dass er Zeuge ihres Sieges würde und nicht ihrer Niederlage.

Ich werde nicht versagen. Zu viel stand auf dem Spiel. Ihr Ruf. Striders Respekt. Zum Teufel, sein Leben.

Auch wenn er ihren Bedingungen nicht zugestimmt hatte. Er hatte nie direkt gesagt, dass er darauf warten würde, ob sie die Rute gewänne und seine diebischen Hände solange bei sich behalten würde. Das war ihr erst vor einer Stunde klar geworden, als sie sich auf den Wettkampf vorbereitet hatte. Sie hatte sich dringend von ihrer Panik ablenken müssen, dass dieses Mal ihre ganze Welt auf dem Spiel stand, und war deshalb das Gespräch mit Strider in Gedanken noch einmal durchgegangen.

Hatte er vor, während der Spiele nach der Rute zu suchen? Höchstwahrscheinlich. Sie fragte sich, ob er ihr nicht zutraute, den Ersten Preis zu ergattern, oder ob er einfach zu ungeduldig war, um abzuwarten.

Denk jetzt nicht darüber nach. Konzentrier dich.

Ich werde nicht versagen.

„Warte ab, bis du Neeka kämpfen siehst", sagte Taliyah beinahe … grinsend? Unmöglich. Taliyah grinste nie. Sie guckte auch nie böse. Oder schrie.

„Wenn sie so gut ist, warum hat ihr Clan sie dann gehen lassen?", wollte Kaia wissen.

„Weil sie taub ist und ihre Leute Idioten sind. Außerdem hat sie den Titel ‚Erste, die auf die Palme geht und alle um sich herum umbringt' gewonnen."

Und jetzt war sie auf Kaias Seite? „Wie nett!"

Das Schrillen der Pfeife prallte von den Wänden ab und dröhnte in Kaias Ohren.

Der Wettkampf hatte begonnen.

Sofort stürzten sich die Frauen in der Platzmitte aufeinander. Kaia sah angespannt zu. Sie griffen einander mit gebleckten Zähnen und scharfen Krallen an, und binnen weniger Sekunden knallten die ersten Körper in die Wand aus wartenden Kämpferinnen. Warmes Blut spritzte. Ihre Harpyie fing den Kupfergeruch auf und verlangte kreischend nach einer Kostprobe.

Ruhig, sie musste ruhig bleiben. Die Einzigen, denen sie etwas antun durfte, waren die Harpyien im Ring. Würde sie irgendwen außerhalb verletzen, hätte das ihre Disqualifikation zur Folge. Und wenn ihre Harpyie die Kontrolle übernähme, würde sie *alle* verletzen.

Jedes Team konnte es sich leisten, von einer Disziplin disqualifiziert zu werden, und sich dennoch für den Ersten Preis qualifizieren. Doch wenn das geschah, musste man hoffen und beten, dass man bei den anderen drei Disziplinen eine gute Show ablieferte und jedes Mal mindestens den dritten Platz belegte. Sonst hätte man keine Chance.

Ein gottloses Kreischen riss sie aus ihren Gedanken. Sie sah zu Neeka hinüber. Die rothaarige Frau mit dem niedlichen Gesicht … gütige Götter. Neeka sprang hoch und schwebte in Matrix-Manier über den kämpfenden Frauen – in Zeitlupe, die Arme ausgestreckt, die Knie angezogen. Sie ließ den Blick über die Köpfe rasen und nahm Bestand auf, ehe sie sich für ihr nächstes Opfer entschied und blitzschnell hinunterschnellte. Sie landete auf zwei breiten Schultern, legte die Hände um den darauf sitzenden Kopf und drehte ihn kräftig herum. Man hörte ein Knacken, dann brach die arme Frau zusammen.

Autsch! Halsverletzungen waren besonders fies.

Neeka grinste zufrieden. In dem Moment rannte eine muskelbepackte Brünette in sie hinein und warf sie um. Neekas Kopf prallte krachend auf den Boden. Blitzschnell bildete sich eine Blutlache. Sie war benommen und unfähig, aufzustehen, was ihre Gegnerin zu ihrem Vorteil nutzte. Ein Fausthieb nach dem anderen prasselte einem giftigen Hagel gleich auf sie hinab.

Verdammt. Wenn Neeka bewusstlos geschlagen würde, könnte vorerst keine aus dem Team Kaia den Ring betreten. Und auch nicht zu einem späteren Zeitpunkt. Schließlich musste jede Auswechselkämpferin abgeklatscht werden.

Einige andere bemerkten, dass Neeka am Boden lag. Sie drängelten sich um ihren hilflosen, angreifbaren Körper und prügelten auf sie ein.

„Komm schon, Neeka!“, rief Bianka von der Tribüne. Kaia hätte die Stimme ihrer geliebten Schwester überall und in jedem Lärm erkannt. Sie betete, dass Neeka die Anfeuerung irgendwie wahrnehmen konnte. Mit ihren tauben Ohren ging es ja nicht. „Zeig ihnen, dass du Eier aus Titan hast!“

„Töte sie!“, schrie eine andere. „Und hack ihr diese Eier ab!“

„Wie wär’s, wenn ich stattdessen dich töte, Miststück?“, keifte Bianka. Dann waren stampfende Schritte und ein gequältes *Hmpf* zu hören.

Ohne ihre Aufmerksamkeit vom Kampfgeschehen zu nehmen, wusste Kaia, dass ihre Zwillingsschwester die ungebetene Sprecherin soeben angegriffen hatte.

Irgendwie schaffte Neeka es, ihre letzten Kräfte zu mobilisieren. Körper flogen in sämtliche Richtungen, als sie sich abermals in Matrix-Manier über ihre Konkurrentinnen in Position brachte. Doch dieses Mal setzte sie nicht zum Angriff an, sondern flog zu Gwen und klatschte mit ihr ab.

Gwen schoss in den Ring, und Kaia atmete erleichtert auf. „Gut gemacht“, sagte sie. Sie hätte Neeka gern auf den Rücken geklopft, hatte aber Angst, das arme, zitternde Ding dadurch in die Knie zu zwingen.

„Sie haben mir einen Zahn ausgeschlagen!“, schimpfte Neeka undeutlich durch geschwollene Lippen.

„Du wirst noch Zeit haben, dich zu rächen“, versicherte Taliyah ihr.

Was Juliette der Menge nicht erklärt hatte, war, dass sich jedes Teammitglied mindestens drei Mal in den Kampf stürzen musste. Falls eine Teilnehmerin das nicht schaffte, weil sie zum Beispiel tot war, wurde das betroffene Team disqualifiziert. Und um als Sieger eines Wettkampfes gekürt zu werden, mussten alle Mitglieder des jeweiligen Teams in der letzten Runde bei Bewusstsein sein.

Offenbar hatte es diese Disziplin auch schon bei den letzten drei Harpyienspielen gegeben. Gerüchten zufolge konnte sich das „Abklatschen“ über mehrere Tage erstrecken. Doch selbst dann waren keine Unterbrechungen erlaubt. Weder um zu trinken noch um zu heilen noch um aufs Klo zu gehen.

Außerdem hieß es, dass manchmal gewartet werden musste, bis das erste Team wieder vollständig bei Bewusstsein war, um die Siegerinnen zu küren.

Der Kampf ging weiter, und eine Gegnerin nach der anderen wechselte sich aus. So wie sich die erste Gruppe auf Neeka gestürzt hatte, machte es die zweite Besetzung mit Gwen. Aber sie war schnell und bewegte sich mit der Geschwindigkeit einer Pistolenkugel.

„Du schaffst es, Baby!“, donnerte Sabins stolzerfüllte Stimme übers Spielfeld – lauter als jede andere zuvor.

Das Megafon, dachte Kaia.

Ein Mitglied vom Team Skyhawk packte Gwen beim Arm,

als sie vorbeisauste, und wirbelte sie in die entgegengesetzte Richtung herum. Gwen nutzte den Angriff zu ihrem Vorteil, indem sie mehrere Gegnerinnen im Bowling-Stil umwarf. Die Unterlegenen vibrierten, so stark war ihr Drang, sich zu rächen. Im Nu waren sie wieder auf den Beinen und setzten zum nächsten Angriff an. Als sie realisierten, wer vor ihnen stand, stürzten sie sich auf sie. Einen Moment lang sah Kaia nur noch die fliegenden Beine ihrer Schwester.

Funken der Wut erhitzten Kaias Körper. Und wer war es wohl, die zu einem Schlag unterhalb der Gürtellinie ansetzte, indem sie Gwens Flügel packte? Dieselbe Harpyie aus dem Team Skyhawk. Aber was noch schlimmer war: Die Schlampe lachte dabei. Die Funken wurden heißer … flogen weiter …

„Runter von ihr!“, rief Sabin jetzt. „Ich schwöre bei den Göttern, dass ich sonst … Gut so, Baby! Ja! Weiter so!“

Gwen brüllte vor Wut und Schmerzen, als sie ein paar Frauen mit Tritten abschüttelte.

„Genau so“, rief er arrogant durch das übersteuerte Megafon.

Natürlich kamen die Frauen wieder.

Kaia brannte und vibrierte vor lauter Lust, in den Ring zu springen und irgendwen fertigzumachen.

Noch ein Brüllen, und dann bahnte sich Gwen unter Einsatz ihrer Krallen den Weg nach draußen. Vor Anspannung war ihr Gesicht kreidebleich, wodurch die Blutspritzer auf ihrer Haut irgendwie obszön wirkten. Es gelang ihr, sich bis zur Seitenlinie vorzukämpfen und mit Taliyah abzuklatschen, die mit voller Kraft in den Ring sprang.

Ihr erster Angriff galt der Soldatin ihrer Mutter. Sie warf die Frau zu Boden und drückte ihr Gesicht in die Holzplanken.

„Bist du okay?“, fragte Kaia ihre jüngere Schwester.

„Sie … haben mir … den … Flügel gebrochen“, erwiderte Gwen keuchend.

Oh verdammt. Kaias Hoffnungen stürzten in sich zusammen, ihr Körper kühlte ab. Die Flügel einer Harypie waren die Quelle ihrer Kraft. Wenn diese Flügel untauglich gemacht wurden, wurde sie unfassbar schwach. Gwen müsste mindestens noch zweimal in den Ring und kämpfen. Doch wie erfolgreich wäre sie noch, wenn sie so kraftlos agierte wie ein Mensch?

Noch ehe sie die Frage zu Ende gedacht hatte, hatte Kaia bereits mit dem Entwurf einer Strategie begonnen. Sie waren Kriegerinnen; sie konnten mit der Situation umgehen. Gwen würde gegen Ende des Wettkampfs ein zweites Mal in den Ring steigen und sich nach wenigen Sekunden auswechseln. Wenn schließlich alle anderen Teams kampfunfähig wären, könnte sie ein drittes und letztes Mal antreten. Zack, fertig. Ganz einfach.

Gewinnen.

Kaia blinzelte verblüfft. Das war nicht *ihre* innere Stimme gewesen, sondern die eines Mannes. Vertraut und zugleich … auch nicht. Nur eine Person – oder Kreatur? – sehnte sich genauso nach dem Sieg wie sie. Automatisch blickte sie nach oben. Strider saß nicht mehr zwischen dem kreidebleichen Sabin und dem stoischen Lysander. Er war überhaupt nicht mehr auf der Tribüne.

Sie sah rote Punkte aufflackern, als sie den Blick wieder auf das Kampfgeschehen richtete. Die Wölfinnen hatten sich gemeinsam auf Taliyah geworfen. Sie prügelten und traten auf sie ein, während sie sie zu Boden warfen. Nur konnten sie sie nicht unten halten. In einem Moment war sie da, war sie der Mittelpunkt ihrer Wut, und im nächsten war sie verschwunden und ließ nur noch eine schwarze Rauchwolke zurück.

Die Gegnerinnen tauschten irritierte Blicke. Hinter ihnen erschien noch eine Rauchwolke, und aus ihrer Mitte trat Taliyah. Sie wirbelte um ihre eigene Achse, wodurch sie eine unaufhaltsame Stoßkraft entwickelte, und schlug aus. Köpfe knallten zusammen, Körper fielen um.

Als die noch Stehenden begriffen, was da vor sich ging, stürzten sie sich abermals auf die große, schlanke Taliyah. Und abermals verschwand Kaias ältere Schwester in einer Rauchwolke, nur um danach an einer anderen Stelle wieder aufzutauchen.

Dasselbe wiederholte sich mehrere Male. Gnadenlos schlug

und biss Taliyah um sich, bevor sie davontänzelte. Doch die Harpyien, die sie auf die Bretter schickte, rappelten sich schnell wieder auf und klatschten mit ihren Teamschwestern ab.

Wie Kaia hatten auch sie Taliyah beobachtet und gelernt, ihre Bewegungen zu antizipieren, indem sie nach dem Rauch Ausschau hielten. Und als Taliyah das nächste Mal Gestalt annahm, warteten sie bereits auf sie. Sofort traf sie eine Faust am Kinn, sodass sie nach hinten geschleudert wurde. Doch niemand näherte sich ihr, weil alle wussten, was gleich geschähe. Und richtig – als sie sich wieder gesammelt hatte, verschwand sie erneut. Von Neuem wurde sie von einer Faust getroffen, als sie wieder erschien, und von Neuem flog sie quer durch die Luft.

Sie schüttelte den Kopf. Vermutlich sah sie Sterne. Auch dieses Mal stürzten sie sich nicht auf sie, sondern warteten einfach ab.

Taliyah sah Kaia aus ihren eisblauen Augen an.

Jetzt bin ich an der Reihe, dachte sie und streckte eifrig die Hand aus. *Komm schon.*

Taliyah raste nach vorn und trotzte hämmernden Fäusten und Stiefeln, um zu … Neeka zu gelangen.

Einen Moment lang war Kaia vor Schreck wie erstarrt. Dann traf die Realität sie wie ein rechter Haken, und sie knurrte gekränkt: „Was soll das, Tal?"

„Ist besser so", erwiderte ihre Schwester keuchend.

Was? Ihre Schwester zweifelte an ihren Fähigkeiten? Oh, das tat weh. „Du weißt doch, dass ich dreimal rein muss."

„Ja, aber es ist besser, wenn du am Ende reingehst."

Wenn alle geschunden, ramponiert und am Ende ihre Kräfte waren. Oh, das schmerzte noch mehr. „Gwens Flügel sind kaputt. *Sie* muss am Ende rein, nicht ich."

„Das wird sie auch. Sie wird kurz vor dir reingehen."

Diesmal tat es nicht nur weh. Diesmal zerstörte es sie. Ihre Familie liebte sie, ja, aber wie ihre Mutter – und wie Strider – hatten sie kein Vertrauen in sie. „Du bist nicht die Anführerin unseres Teams. Dieses Recht hast du an *mich* abgetreten."

„Siehst du denn nicht, was die mit uns machen, kleine Schwester? Verfeindete Teams verbünden sich, um uns zu schlagen. Aber dich, dich werden sie versuchen zu massakrieren."

„Ich weiß." Sie hob das Kinn. „Und ich bin darauf vorbereitet."

Gewinnen.

Wieder diese tiefe, heisere Stimme. Aber entgegen ihrer Hoffnung war es weder Strider noch sein Dämon, denn schließlich war der Krieger überhaupt nicht in Sichtweite. Aber ... wer war es dann?

Taliyah seufzte. „Na schön. In Ordnung. Wenn du als Nächste rein willst, dann geh. Aber dann wird die Niederlage auf deinen Schultern lasten."

Die Niederlage. Als wäre es klar, dass sie verlieren würde.

In Kaias Augen brannten Tränen, als sie sich wieder auf den Kampf konzentrierte. Die Schwellung in Neekas Gesicht war zurückgegangen, sodass ihre Sicht nicht länger eingeschränkt war. Dennoch wussten alle ihre Gegnerinnen, dass sie taub war, und nutzten diese Schwäche schamlos aus. Sie riefen einander Anweisungen zu, die Neeka nicht hören konnte, und planten Angriffe, gegen die sie sich nicht wehren konnte.

„Du gehst von rechts an sie ran und ich von links."

„Ich bin in der Mitte."

„Und ich hinten."

Neeka sprang in die Luft.

„Pack sie am Knöchel!"

Die Frau in der Mitte befolgte das Kommando, wirbelte Neeka herum und warf sie in die entgegengesetzte Richtung ihrer Teamkolleginnen, sodass sie nicht abklatschen konnte. Die Luft rauschte durch ihre aufgeplatzten Lippen, als sie auf dem Boden aufschlug. Eine Gegnerin wartete bereits auf sie und trat sie in den Magen. Sie krümmte sich, versuchte einzuatmen.

Das Rot in Kaias Blickfeld verdunkelte sich zu Schwarz. Soweit ihr bekannt war, hatten gegnerische Teams noch nie zusammengearbeitet. Dass sie es nun taten … dass Kaias Niedergang das Ziel war, welches sie einte … dass sie sie immer noch so hassten … hinterließ ein wundes Gefühl in ihrem Innern.

Sie war noch ein Kind gewesen, als sie ihre Familien unabsichtlich zerstört hatte, Götter noch mal!

Aber jetzt war sie kein Kind mehr, und es war höchste Zeit, diesen Frauen zu zeigen, dass sie sich nicht einfach hinlegen und alles über sich ergehen lassen würde. Mit wachsender Entschlossenheit verschmolzen die schwarzen Punkte miteinander. Ihr Blickfeld war fast vollständig verdunkelt, und sie sah nur noch die Wärme der Körper, die vor ihr kämpften.

Beruhig dich, bevor du vergisst, wo du bist und was du tun darfst.

Tief einatmen … kräftig ausatmen … Das half nicht. Kaia rief sich Striders Bild ins Gedächtnis. Seine blonden Haare, die marineblauen Augen, das freche Grinsen. Endlich löste sich das Schwarz auf, und sie konnte wieder normal sehen. Sie sah zu, wie Neeka sich aus der Mitte der Gewalt ihren Weg zu Taliyah bahnte.

Wie versprochen behielt ihre Schwester die Hände an den Seiten. Kaia streckte eine Hand aus und berührte vorsichtig Neekas Finger, die offenbar gebrochen waren. Die Ärmste brach auf der Seitenlinie zusammen, als Kaia in den Ring trat. Zuerst verharrten alle in ihren Bewegungen und funkelten sie einfach nur wütend an. Ihre Gegnerinnen bluteten, schwitzten und atmeten schwer. Und ganz offensichtlich hatten sie auf sie gewartet.

„Deinetwegen ist meine Schwester gestorben."

„Ich habe eine Tochter verloren."

„Aus Respekt vor deiner Mutter haben wir uns nie an dir gerächt. Aber nun hat sie dich endlich verleugnet."

Keine Reaktion. Wieder stieg das Brennen in ihrer Brust hoch, doch sie kämpfte es nieder. Und sperrte es weg. Nur nicht zur Harpyie werden. „Gut. Dann wollen wir doch mal sehen, was ich für euch tun kann."

„Irgendwie habe ich das Gefühl, dass deine Fähigkeiten mich *enttäuschen* werden.“

Die Frauen kicherten boshaft, während Kaia errötete. Im nächsten Moment drehten sich alle gleichzeitig um und wechselten sich gegen ein anderes Teammitglied aus. Sie erkannte die Frau aus dem Team ihrer Mutter. Hatte einst mit ihr trainiert.

Wie Kaia hatten auch diese Frauen noch nicht gekämpft. Sie waren bei vollen Kräften und fest entschlossen, sie einzusetzen. Und zwar ohne Zweifel allein gegen sie.

Du bist stark. Du kannst sie besiegen.

Gewinnen!

Ja. Das würde sie.

Das war ihr letzter Gedanke, bevor ihre Gegnerinnen zum Angriff ansetzten. Kaia duckte sich und wirbelte herum, verteilte Tiefschläge und heftige Kratzer. Irgendwer schaffte es, sie mit einem harten Faustschlag an der Schläfe zu treffen, doch das hielt sie nicht davon ab, mit ihren Krallen mehrere Achillessehnen durchzuschneiden. Schmerzerfüllte Grunzlaute erklangen, gefolgt von dem krachenden Geräusch von Knien, die auf Holz knallten.

„Gut so!“, rief Strider.

Er war hier. Er war immer noch hier. Schwindelerregende Freude durchflutete sie, aber sie hatte keine Zeit, das Gefühl zu genießen. Denn schon wieder stürzten sich die Harpyien auf sie. Diesmal ließ sie sich von ihnen einkreisen. Als sie zuschlugen, bog sie den Rücken durch, schwang die Ellbogen vor und zurück und trat um sich, wobei ihre Bewegungen fließend ineinander übergingen.

GEWINNEN!

„Rupf ihnen die Augen raus!“, schrie Bianka.

Nicht ein Mal wurde ihr Tanz langsamer, obwohl sie nicht unversehrt blieb. Sie wurde überall geschlagen. Sie wurde überall getreten. Schon bald verknoteten sich ihre geschundenen Muskeln, und ihre Gliedmaßen zitterten. Doch das Wissen, dass Strider da oben war und ihr zusah, gab ihr Kraft. Mehrere Male versuchte das Brennen, aus seinem Käfig zu entkommen, doch ihr eiserner Griff hielt es unerbittlich fest.

Mit einem Ellbogencheck gegen die Luftröhre schaltete sie eine ihrer Konkurrentinnen ein für alle Mal aus. Blieben noch zehn. Eine weitere ging zu Boden, als Kaia sich Neekas Trick bediente und ein Genick brach.

Das machte die neun Verbleibenden noch wütender, und ihre Angriffe wurden umso wilder.

Kaia schoss aus der Horde hervor. Ihr Plan war es, loszurennen und so viel Schwung zu bekommen, dass sie irgendwem die Zähne bis ins Gehirn treten konnte. Doch sie wurde an den Haaren gepackt und nach hinten gerissen. Sie knallte gegen eine harte Wand, und im nächsten Moment prasselten unzählige Fäuste auf sie nieder.

„Komm schon!", brüllte Strider. „Du hast doch viel mehr drauf! Wehr dich!"

„Friss ihre Zungen zum Abendessen!", schrie Bianka.

Obwohl sie mit aller Kraft kämpfte, gelang es den anderen ohne große Mühe, sie festzuhalten. Diejenigen, die nicht ihre Arme oder Beine festnagelten, flogen in die Luft und schlugen heftig auf sie ein. Sie spürte, wie Knochen brachen und Organe rissen.

Die anderen lachten. Dann konnte sie ihre selbstgefälligen Gesichter nicht mehr sehen – ein Glück! Die Welt um sie herum versank in einem tiefen Schwarz. Aber nicht in dem guten Schwarz, das sie vielleicht hätte retten können. Bevor sich ihre Harpyie aus dem Käfig befreien konnte, drehte man sie auf den Bauch und ließ ihren Flügeln die gleiche brutale Behandlung zukommen.

Dieser Schmerz … diese Qual … die Niederlage … das Versagen …

„Verdammt, Kaia!" Strider.

„Nein! *Neeeeeiiiin!*" Bianka.

„Befrei dich." Taliyah.

„Beweg dich, Kye. Komm zu mir." Gwen.

Gewinnen! Gewinnen!

Ein warmer Schwall in ihrer Kehle, in ihrem Mund. Ein warmes Rinnsal an ihrer Wange. Vielleicht füllte das Blut auch ihre Ohren, denn der Lärmpegel wurde leiser … immer leiser … bis sie nur noch Stille wahrnahm. Dann hämmerte ihr eine Faust in die Schläfe, wieder und wieder, und sie war sich auch der Stille nicht länger bewusst.

ES GAB NUR NOCH VERGESSEN. SÜSSES VERGESSEN.

13. KAPITEL

Strider war bereit, kaltblütige Morde zu begehen. Und er würde mit Sabin und Lysander anfangen, die ihn gewaltsam auf seinem Platz festhielten. Vielleicht war es ihnen nicht klar, aber mit ihrem Verhalten forderten sie seinen Dämon heraus, weshalb Strider ihnen beiden eine verpasst hatte. Sie ließen ihn los. Doch statt aufs Basketballfeld zu rennen, blieb er auf der Tribüne. Unter Einsatz all seiner Willenskraft.

Zuvor hatte er ein Mal versucht, sich davonzuschleichen und zu den Eagleshields auf der anderen Seite zu gelangen. Aber dann war Kaia eingewechselt worden, und er war wie von der Tarantel gestochen zurück zu seinem Platz gerast.

Wenn er sich erlaubte einzugreifen, würde er sich seinen Weg durch diese Frauen metzeln. Turnier beendet. Kein Erster Preis. Und falls *er* die Zweiadrige Rute nicht fände, müsste Kaia gewinnen. Außerdem würde er Kaia mit seinem Eingreifen erniedrigen. Aber andererseits waren ihm der Erste Preis und die Erniedrigung scheißegal.

War Kaia okay?

Ihr Körper war schlapp geworden, nachdem die anderen sie eine halbe Ewigkeit verprügelt hatten. Zum Glück hatten ihre Gegnerinnen irgendwann das Interesse an ihrer bewusstlosen Gestalt verloren und sich gegeneinander gewandt. Als Strider sie gesehen hatte, wäre er um ein Haar wieder von seinem Stuhl aufgesprungen. Ihr Gesicht war mit Blut bedeckt. Ihre Kleider waren zerrissen und genauso blutverschmiert. Ihre Hände waren geschwollen, ihr Brustkorb war regungslos.

Sabin straffte die Schultern und wischte sich das schmutzige Popcorn von den Schultern. „Sie wird schon wieder“, meinte er. „Sieh dir Bianka an. Sie ist zwar wütend, aber nicht panisch.“

Schon komisch, dass ausgerechnet der Hüter von *Zweifel* ihn zu beruhigen versuchte, aber Strider befolgte seinen Rat. Er sah zu Bianka hinüber. Sie ging unruhig auf der Tribüne auf und ab. Rings um sie hatten sich schon längst alle verzogen. Sie stampfte so fest mit den Füßen auf, dass das Holz darunter vermutlich schon Risse hatte.

Er rieb sich mit der – zitternden! – Hand übers Gesicht. Dann richtete er seine Aufmerksamkeit wieder für eine gefühlte Ewigkeit auf Kaia. Sie musste von seinem Blut trinken. Sie *sollte* von seinem Blut trinken. Sie musste sich nur bewegen und die Sache zu Ende bringen.

Komm schon, Baby Doll. Du schaffst es.

Ihr Team konnte sich noch immer durchbeißen und gewinnen. Und selbst wenn nicht … Nein. Diesen Fall würde er gar nicht erst in Erwägung ziehen. Überraschenderweise war das Einzige, was zählte, Kaia. Sie hatte sich so gut geschlagen und mit einer Fertigkeit gekämpft, die ihn erregt hatte. Ja. Während er ihr zugesehen hatte, war Stridey-Monster ganz hart geworden. Und dann hatte die Harpyiengang sie k. o. geschlagen.

Was zur Hölle hatte sie getan, dass sie einen derartigen Hass auf sich zog?

Wenn sie das nächste Mal alleine wären, würde sie es ihm erzählen. Keine Lügen mehr. Ganz egal, wie sexy sie war, wenn sie log.

Dann, endlich, eine Regung. Sie zuckte. Jeder Muskel in seinem Körper spannte sich an. Niemand bemerkte es, als sie die Augen öffnete. Er wusste genau, in welchem Moment sie wieder klar denken konnte, weil ihre weißen Zähne inmitten von lauter Rot zum Vorschein kamen. Doch verletzt, wie sie im Augenblick war, konnte sie sich an denjenigen, die sie so zugerichtet hatten, nicht rächen. Deshalb tat sie das einzig Vernünftige. Sie kroch zu Taliyah.

„Komm schon, Baby Doll“, murmelte er. Unbemerkt hatten sich seine Gedanken zu Worten geformt und schlüpften nun über seine Lippen. „Du schaffst es.“

Gewinnen. Schon lange bevor Kaia in den Ring getreten war, hatte *Niederlage* den Sieg eingefordert.

Ja, das wird sie. Götter, noch nie war er stolzer auf jemanden gewesen. Nicht einmal auf seine Freunde, die an seiner Seite gegen die Jäger gekämpft und ihm Rückendeckung gegeben hatten. Denn als sie k. o. gegangen waren, hatten sie sich nicht wieder berappelt. Im Gegensatz zu Kaia. Sie kämpfte weiter.

Kaia hob die Hand nur wenige Zentimeter und verzog das Gesicht zu einer Grimasse. Irgendjemand kreischte auf und eilte zu ihr, um sie von dem Wechsel abzuhalten. Doch da berührte sie die Hand ihrer Schwester, und die blonde Harpyie sprang voller Wut in den Ring.

Sekunden später ertönten schmerzerfüllte Schreie, eine Symphonie der Qual. Körper flogen durch die Luft – und standen nicht mehr auf. Bis eine keuchende, blutverschmierte Taliyah als Einzige im Ring stand. Sie wechselte Gwen ein, die einfach nur herumhüpfte und jede trat, die am Boden lag. Gwen wechselte Neeka ein, die das Spiel wiederholte. Neeka wechselte wieder Gwen ein, die somit ihre dritte Runde absolvierte.

Als Gwen fertig war, klatschte sie mit Kaia ab, die es irgendwie schaffte, ein paar Zentimeter nach vorn zu kriechen und einer der Darniederliegenden in den Magen zu treten. Doch anscheinend verschlimmerte die Aktion ihre ernsthaften inneren Verletzungen, denn sie verlor kurz das Bewusstsein.

„Komm schon, Kaia!“, brüllte Strider.

„Du schaffst es!“, schrie Sabin in sein Megafon, und Strider wünschte, er hätte auch eins.

Allmählich berappelten sich die anderen Harpyien wieder. Die Frau, die Kaia getreten hatte, setzte sich mit einem Ruck auf, was Kaia wachrüttelte.

„Verdammt, Kaia! Du bist die Beste. Zeig es ihnen!“ Strider hätte sich am liebsten übergeben, als sie erneut angegriffen wurde. Doch irgendwie schaffte sie es, zu Taliyah zu kriechen und mit ihr abzuklatschen.

Er dachte, sie würden es schaffen. Er dachte, sie würden gewinnen. Doch am Ende, als Kaia ein drittes Mal in den Ring ging, wurde sie so brutal verprügelt, dass sie ein für alle Mal das Bewusstsein verlor – und ihr Team aus dem Wettbewerb flog. Und zu allem Überfluss ergatterte ausgerechnet Team Skyhawk den ersten und Team Eagleshield den zweiten Platz.

Etwas Warmes lief Kaias Kehle hinunter. Lecker, dachte sie und schluckte geschwächt. Mehr, davon brauchte sie mehr, doch sie hatte nicht die nötige Kraft, um noch einmal zu schlucken. Bis die Wärme ihren Magen erreichte. Blitzschnell breitete sie sich in ihrem ganzen Körper aus, verjagte die kalte Schwere ihrer Glieder und gab ihr Energie.

Sie öffnete die Augen. Sie sah Strider, der über ihr lehnte und sein Handgelenk über ihren Mund hielt. Blut tropfte auf ihre geschlossenen Lippen und an ihren Wangen hinunter. Mit der anderen Hand versuchte er, ihren Mund zu öffnen. Als er bemerkte, dass sie aufgewacht war, verharrte er in der Bewegung.

Ihr Mund ging wie von selbst auf, und noch ein Schwall Wärme rauschte in ihren Magen und erfüllte sie.

„So ist es gut", sagte er, während er sein Handgelenk auf ihre geöffneten Lippen legte. „Braves Mädchen."

Ihre Fangzähne wurden länger, und sie biss zu. Sie saugte und saugte und saugte. Trank sein heilendes Blut. Er schmeckte wie ein vollmundiger, reifer Wein mit einem Hauch von Schokolade und Honig. Noch nie hatte jemand so gut geschmeckt.

Während sie trank, musterte sie ihn. Er saß neben ihr, seine Hüfte berührte ihre. Um Augen und Mund waren Falten der Anspannung zu sehen, und seine Haut war blass. Da sie nicht wusste, wie viel Blut er ihr spenden konnte, zwang sie sich, ihr flüssiges Festmahl zu beenden.

Er zog eine Augenbraue hoch. „Reicht das schon?"

Nein, aber es musste reichen. Sie nickte. Die Bewegung löste einen heftigen Schwindel aus, und sie verzog das Gesicht. Langsam und bedächtig atmete sie ein und aus. Endlich beruhigte sich ihr Kopf, und sie konnte ihren Erinnerungen nachgehen.

Sie wusste noch, wie sie den Ring betreten und es ihren Gegnerinnen gezeigt hatte – und wie man es schließlich *ihr* gezeigt hatte. Danach … verdammt, verdammt und noch mal verdammt. Sie lag in einem unbekannten Bett in einem unbekannten Zimmer. Das bedeutete … verdammt, verdammt, verdammt.

„Wo sind meine Schwestern?“ Wow. Sprechen tat *weh*. Irgendwer musste ihr ordentlich was auf die Luftröhre gegeben haben.

„Bianka ist mit Lysander zurück in den Himmel gegangen, weil ich kurz davor war, ihr die Luft abzudrehen. Und Gwen ist bestimmt irgendwo mit Sabin und trinkt von seinem Blut, um zu heilen.“ Striders Stimme klang kalt und distanziert. „Was Taliyah und die anderen angeht, habe ich keine Ahnung.“

„Aber alle meine Mädels haben den Kampf überlebt?“

„Ja. Alle.“

„Und sie haben auch nicht mit dem Tod gerungen?“

„Nein.“

Was für eine Erleichterung. In Ordnung. Okay. Sie lebten und erholten sich. Dann könnte sie alles ertragen. Vielleicht jedenfalls. „Wer hat … gewonnen?“

Er fuhr sich mit der Zunge über die Zähne. „Deine Mutter. Euer Team hat keinen Platz belegt.“

Meinetwegen, dachte sie. Auf einmal fühlte sich ihre Brust ganz hohl an. *Weil ich ohnmächtig geworden bin.* Was beinahe genauso schlimm war, wie disqualifiziert zu werden.

Ihre Augen brannten. Sie schloss die Lider. Verflucht. Sie brauchte einen Moment für sich, brauchte Zeit, sich zu fassen. Oder zu schluchzen. Strider hatte ihr Versagen beobachtet. Sie durfte jetzt nicht vor ihm zusammenbrechen, sonst bekäme er eine noch schlechtere Meinung von ihr.

Und obendrein sah sie wahrscheinlich auch noch scheußlich aus. Am besten hängte sie alle Spiegel in ihrer Nähe mit Trauerschleiern ab, bevor sie sich noch darin sähe und beschließen würde, sich das Leben zu nehmen. „Sei ein guter Gemahl und besorg mir eine Flasche Wasser, damit ich sie dir stehlen kann. Ich habe Durst.“

„Dann trink deine Tränen, Heulsuse."

Sie riss die Augen auf und sah ihn entgeistert an. Das Verlangen zu weinen verschwand im Nu. „Wie kannst du es wagen, mich so zu behandeln? Wo ist dein Mitgefühl? Ich bin dabei zu sterben."

„Oh bitte. Du hast lediglich ein paar Kratzer."

Kratzer? Kratzer! Sie sah an sich hinunter. Man hatte ihr die Kleider aufgeschnitten, sodass sie nackt war. Nur sah sie nach wie vor angezogen aus. Ihre Haut war übersät von Schnitten und blauschwarzen Blutergüssen. „Das sind die übelsten Wunden, die du je gesehen hast, du Mistkerl. Gib es zu."

Seine Mundwinkel zuckten. „Nö. Ich habe mich schon mal zwischen Daumen und Zeigefinger an einem Blatt Papier geschnitten. Keiner weiß, was echter Schmerz ist, solange er das noch nicht erlebt hat."

Er. Machte. Witze. „Noch ein Wort, und ich ramme dir ein Messer ins Herz." Leise schimpfend zog sie sich die Bettdecke bis unters Kinn. Jede einzelne Bewegung löste höllische Schmerzen aus, aber das war es wert. Nackt vor Strider sein? Kein Problem. Aber nackt und verletzt? Zum Teufel, nein!

„Pass auf, was du sagst, okay? Mein Dämon spielt nämlich verrückt." Während er sprach, steckte er vorsichtig den weichen Stoff rings um sie herum fest.

Ihre Wut verflog ein wenig. „Was meinst du mit ‚verrückt spielen'?"

„Er ist scharf auf einen Kampf."

„Warum?" Sie wusste, dass sie lieber den Mund halten sollte. Wusste, dass es Strider wütend machen würde, aber es war nur zu seinem Besten. Also fügte sie hinzu: „Ich bezweifle, dass du es so erklären kannst, dass ich es verstehe."

Er kniff die Augen zusammen und strahlte auf einmal pure Wut aus. „Er hat dich angefeuert. Er hat dich verlieren sehen. Das hat ihn mitgenommen. Er hat mir zwar nichts getan, aber jetzt muss er irgendetwas gewinnen. Kapiert?"

„Ja." Sein Dämon hatte sie angefeuert? Wirklich? Dann war es

also doch seine Stimme gewesen, die sie gehört hatte? „Danke."
„Es gibt keinen Grund zu lächeln."
Lächelte sie? Oh ja. Das tat sie. Sie setzte ein neutrales Gesicht auf. „Na schön. Ich werde mich benehmen. Und, geht es dir schon besser?"
Es verstrich ein Augenblick, bevor sich die Spannung legte, die sie in ihm gespürt hatte. Er hatte gewonnen. Zwar war es ein strategischer Sieg gewesen, aber dennoch ein Sieg, der seinen Dämon hoffentlich beruhigte.
„Du hast das mit Absicht gemacht", erwiderte er nachdenklich.
„Und?"
„Und ... das war süß von dir." Zärtlich strich er ihr die Haare aus der Stirn. „Wir müssen noch reden. Sobald du dich kräftig genug dafür fühlst."
Die Wärme seines Körpers umhüllte sie stärker als die Decke. „Warum sollte ich mich nicht kräftig genug fühlen? Kratzer, du erinnerst dich?" Als sie den nüchternen Klang ihrer Stimme wahrnahm, begriff sie noch etwas: Strider hatte zuvor kein Mitgefühl gezeigt, weil er gemerkt hatte, dass sie kurz davor gestanden hatte, zusammenzubrechen. Jede Form von Sanftheit hätte ihr den Rest gegeben, und sie *wäre* zusammengebrochen.
Sie hätte ihm diesen Zusammenbruch übel genommen und sich Gedanken über die Konsequenzen gemacht. Das blieb ihr nun erspart. Jetzt konnte sie einfach seine Nähe genießen.
„Geht es dir wirklich gut?", fragte er. „Sei ehrlich."
„Ja, es geht mir gut."
„Brauchst du noch irgendwas?"
„Eine nackte Abreibung."
Seine Pupillen weiteten sich, fraßen das Blau seiner Augen auf. „Außerdem."
„Außerdem, außerdem", äffte sie ihn nach und zwang sich, ihn wütend anzusehen. „Pass auf, ich weiß, dass du aufrichtig um mein leibliches Wohl besorgt bist, aber wenn du mir nicht

endlich etwas Wasser holst, das ich – wie schon gesagt – dringend brauche, werde ich persönlich …"

„Ganz offensichtlich steht dir der Sinn nach reden." Diesmal verzog er die Lippen zu einem richtigen Lächeln.

So. Viel besser. Er hatte nicht gewollt, dass sie zusammenbrach, und sie hatte nicht gewollt, dass er sich wegen ihrer körperlichen Verfassung den Kopf zerbrach.

„Deshalb …" Er hielt eine glitzernde Flasche hoch und wedelte damit vor ihrem Gesicht hin und her. Ein paar Tropfen Kondenswasser spritzten auf ihre Brust, und sie keuchte. „… kann ich zugeben, dass ich habe, was du willst, und dich ausnutzen."

Plötzlich fing ihr Gaumen an zu schmerzen, so trocken war ihr Mund auf einmal. Vorher hatte sie nur vorgegeben, Durst zu haben. Aber jetzt, beim Anblick dieser Flasche, wollte sie sie haben. Musste sie sie haben. Oder sie würde sterben. „Gib sie mir."

„Na, na, na. Wenn du sie haben willst", erwiderte er mit leichtem Singsang in der Stimme, „musst du sie dir verdienen. Ich werde dir ein paar Fragen stellen, und du wirst sie mir beantworten. Und nur zu deiner Information: Ich habe auch noch einen Hamburger und einen Schokoshake, mit denen ich dich bezahlen kann."

Sie leckte sich die Lippen. In diesem Moment hasste und liebte sie ihn zugleich. Das war genau der Grund, warum sie niemals Harpyiengeheimnisse verriet. Weil sie gegen sie verwendet werden konnten. Aber von Gwen wusste Strider, dass Kaia sich ihr Essen tatsächlich verdienen musste. Wenn er ihr eine Frage stellte und sie für ihre Antwort eine Bezahlung akzeptierte, könnte sie ihn nicht anlügen. Sonst würde ihr schrecklich übel werden, genau wie wenn sie etwas äße, was sie sich selbst zubereitet hatte.

Wieder wedelte er mit der Wasserflasche. „Abgemacht?"

„Abgemacht", zischte sie. Nun brauchte sie nicht länger nur so zu tun, als würde die Wut wieder aufkeimen. Er würde etwas über die nächste Disziplin erfahren wollen. Das wusste sie. Sie …

„Erzähl mir, warum die Harpyien dich so hassen."

… irrte sich. Sie sank in die Matratze und starrte zur Decke. Einige Stellen hatten sich durch einen Wasserschaden dunkel verfärbt. Dann waren sie also wieder in irgendeinem billigen Motel. Vermutlich noch immer in Wisconsin.

„Ich warte, Baby Doll."

„Die Antwort ist nicht wichtig."

„Das entscheide ich."

Sie seufzte. „Der Mann … Juliettes Mann. Der Mann, den du am Einführungstag gesehen hast. Als ich vierzehn war, wollte ich, dass er mein Sklave ist. Er sollte meine Wäsche machen und so. Deshalb habe ich versucht, ihn zu stehlen. Ich wollte beweisen, was ich wert bin. Wie stark ich bin." Während sie sprach, begann sie zu zittern. Wenn sie ihm die ganze Wahrheit erzählte, würde er sie verlassen. Genauso, wie fast der gesamte Clan sie verlassen hatte.

Wie sollte er auch anders? Er hatte sie gerade verlieren sehen. Zu hören, dass sie schon immer eine Versagerin gewesen war und vermutlich nie mehr sein würde als …

Wollte sie die Wasserflasche wirklich so sehr?

„Und?", drängte er.

Besser ich verliere ihn jetzt, dachte sie. Er blieb ohnehin nur wegen der Rute, und wenn er ginge, bräuchte sie sich wenigstens keine Gedanken wegen des nächsten Wettkampfs zu machen – und darüber, wieder vor seinen Augen zu verlieren.

„Stattdessen", schloss sie, „habe ich ihn freigelassen, und er hat mich fast umgebracht. Er *hätte* mich umgebracht, wenn Bianka nicht gewesen wäre. Sie hat ihn von mir gezerrt, und da hat er sich auf sie gestürzt. Danach hat er alle anderen angegriffen. An jenem Tag haben mehr Harpyien ihr Leben verloren als an irgendeinem anderen Tag in unserer Geschichte. Selbst während der Großen Revierkämpfe, in denen wir gegen andere Spezies gekämpft haben, waren es weniger."

Strider zog die Augenbrauen zusammen. „Wenn er so viele verletzt hat, warum geben sie dann nicht *ihm* die Schuld für die Geschehnisse? *Ihn* hat niemand mit hasserfülltem Blick angesehen. *Ihm* ist niemand an die Gurgel gegangen."

Das war seine Reaktion? Warum war er nicht davongelaufen? „Juliette hatte ihn festgekettet. Ich habe ihn befreit. Wäre ich von ihm ferngeblieben, hätte er nicht die Möglichkeit gehabt, irgendetwas zu tun."

„Okay, dann beantworte mir Folgendes: Wenn er so gefährlich ist, warum hat Juliette ihn dann nicht schon längst verstoßen?"

„Weil eine Harpyie ihrem Gemahl fast alles verzeiht", grummelte sie.

Ein Moment des Schweigens. „Was ist Juliettes Gemahl überhaupt?", fragte er, ohne auf ihre Bemerkung über das Verzeihen einzugehen. Wieso? Sie hatte ihm soeben einen ewigen Freifahrtschein gegeben. „Ein Mensch ist er jedenfalls nicht, so viel steht fest."

„Ich weiß nicht, was er ist. Ich bin noch nie jemandem wie ihm begegnet. Weder vorher noch danach."

Er schürzte die Lippen. „Dann hast du also nicht mit ihm geschlafen?"

„Ich war vierzehn. Was denkst du denn?" Als sie seinen neutralen Gesichtsausdruck sah, murmelte sie schnell: „Moment. Sag lieber nichts."

„Götter, bist du empfindlich. Ich weiß, dass du nicht mit ihm geschlafen hast. Ich wollte es nur aus deinem Mund hören." Ganz sanft zeichnete er die Kontur ihres Kiefers nach. „Und vielen Dank, dass du mir diesmal die Wahrheit gesagt hast."

Bloß nicht dahinschmelzen. Schließlich hatte er ihr keine Liebeserklärung gemacht. „Vielen Dank? Mehr hast du nicht zu sagen?"

„Nein. Wieso? Hast du einen Limerick erwartet?"

Nein. Sie hatte einen Vortrag und ein Auf Wiedersehen erwartet. „Wegen dem, was ich getan habe, haben die anderen mir den Namen ‚Kaia die Enttäuschung' gegeben." So. Jetzt wusste er alles. Jetzt wusste er, dass die Person, in die er sein Vertrauen setzte und an die er glaubte – irgendwie jedenfalls –, seine Erwartungen womöglich nicht erfüllen würde.

„Was hat es eigentlich mit den Harpyien und ihren Spitznamen auf sich?", erkundigte er sich und überraschte sie einmal mehr.

Jedes Mal, wenn jemand sie Kaia die Enttäuschung nannte, starb sie innerlich ein bisschen mehr, aber Strider tat, als wäre das keine große Sache. Sie wusste nicht, ob sie lachen oder weinen sollte. „Ich an deiner Stelle würde mir über uns und unsere Spitznamen nicht den Kopf zerbrechen. Bisher haben wir dir ja noch keinen gegeben."

In seinen Augen blitzte etwas Bedrohliches auf – und war im nächsten Moment wieder verschwunden. „Als ob es mich interessieren würde, wie ihr mich nennt." Trotz der kurzen Veränderung in seinem Blick blieb seine Stimme flach und neutral.

Er konnte so ein Arschloch sein. *Wir werden ja noch sehen, ob es dir wirklich so egal ist, wenn wir dir erst einen hübschen Titel verpasst haben.* „Nur zu deiner Info: Paris nennen wir den Sexorzisten."

Striders Nasenflügel bebten, als er scharf einatmete. Eine Stille legte sich über sie, die so schwer war, dass sie allmählich ein schlechtes Gewissen bekam. Dann sagte er steif: „Du hast dir deine erste Bezahlung verdient." Er schraubte den Deckel von der Flasche, legte Kaia eine Hand in den Nacken und hob ihren Kopf sanft an. Im nächsten Moment berührte eine kalte Flüssigkeit ihre Lippen, und jegliche Schuldgefühle waren vergessen.

Sie schluckte gierig, und, Götter, mit jedem Tropfen schmeckte es besser. Als sie fertig war, zerdrückte Strider die leere Plastikflasche und warf sie über seine Schulter. Er strich Kaia über den Rücken und nahm die Hand schließlich weg. Betrübt zog sie eine Schnute, um sich davon abzuhalten, um mehr Hautkontakt zu betteln.

Er beugte sich zum Nachtschrank und nahm ein Stück des Hamburgers, den er in vier Teile geteilt hatte. Ihr Magen brannte und fing an zu knurren.

„Ich brauche dich wohl nicht zu fragen, ob du Hunger hast", bemerkte er grinsend.

Me-ga-pein-lich, aber wenigstens hatte er diese gefühllose Haltung verloren und war nach wie vor entschlossen, mit ihr zu reden. Ein einziges Wunder. Sie würde sich nicht (noch einmal) beschweren.

„Wenn du hiervon was haben willst, musst du mir sagen, ob du ehrlich denkst, dass du die nächste Disziplin gewinnen kannst. Ganz zu schweigen von der übernächsten und überübernächsten. Denn nach dem letzten Wettkampf gefällt mir der Gedanke, die Rute zu stehlen, immer besser."

In seiner Stimme schwang eine Spur Reue mit, und sie wusste, dass er die Zweiadrige Rute so oder so stehlen wollte. Falls er es könnte. Was sie allerdings nicht wusste, war, warum er sich in diesem Moment für ihre Meinung zu dem anstehenden Wettkampf interessierte.

Anscheinend hatte er die Frage in ihren Augen gelesen, denn er fügte schroff hinzu: „Ich will nicht, dass du noch einmal so verletzt wirst."

In ihrer Brust erblühte ein Schmerz. Sie würde ihm antworten. Nicht wegen des Hamburgers, sondern wegen seiner Sorge. „Ich …" Mist. Ganz ehrlich? Sie hatte schon gedacht, den ersten Wettkampf zu gewinnen. Hatte gedacht, das Wissen um die Rachegelüste ihrer Gegnerinnen würde ihr einen Vorteil verschaffen. Doch sie hatten sich auf sie geworfen, und Kaia war hilflos gewesen.

Beim nächsten Mal würden sie von Neuem auf sie und ihr Team losgehen. Daran führte kein Weg vorbei. Und sie könnte nicht mal über mangelnde Fairness lamentieren, weil sie im umgekehrten Fall mit jedem, der ihre Familie verletzt hätte, genau dasselbe getan hätte.

Familie. Das Wort hallte in ihrem Kopf wider, und sie musste an Taliyahs Zweifel denken. Ihr ganzes Leben lang hatte sie einfach nur bewundert werden wollen. Geliebt. Respektiert. Ihr ganzes Leben lang war sie von allen im Stich gelassen worden. Sie war tatsächlich Kaia die Enttäuschung.

„Tut mir leid, dass ich verloren habe“, flüsterte sie.

Seine Miene wurde weicher, und er streichelte ihr über die Stirn. „Du hast mich nicht enttäuscht. Bei diesen Gegnern hätte niemand einen Sieg aus dem Hut zaubern können.“

Tröstende Worte. Doch tief im Innern wusste sie, dass *er* es geschafft hätte. Er schaffte es immer.

„Und trotzdem hast du mir Sorgen bereitet“, fügte er hinzu, und die Schroffheit kehrte zurück. „In dieser Hinsicht werde ich nicht lügen.“

Worte wie von einem echten Gemahl. Sehnsucht erfüllte sie. Sie wollte genau das, wollte ihn. Jetzt und für alle Zeit. Und deshalb würde sie es um seinetwillen schaffen. „Ja“, antwortete sie schließlich. „Ich kann den nächsten Wettkampf gewinnen.“

Kalt, hart, gnadenlos. So müsste sie sein. Und so wäre sie auch. Sie würde ihren Wert beweisen – so wie sie es schon immer hatte tun wollen. Niemand würde sie aufhalten.

Ein Gähnen zerstörte ihre mörderischen Gedanken.

Strider gab ihr den Hamburger und stellte ihr alberne, einfach zu beantwortende Fragen, sodass sie den Shake als Bezahlung annehmen konnte. Als sie fertig war, sagte er: „Ruh dich jetzt aus. Ich habe später noch große Pläne mit dir.“

Ihr Blick wanderte zwischen seine Beine, wo sich eine leichte Wölbung abzeichnete.

Er lachte. „Du verruchte Harpyie.“

„Du hast ‚groß‘ gesagt. Da dachte ich …“ *Hoffte ich …*

„Schlaf jetzt“, befahl er grinsend.

„Hast du das denn gemeint oder nicht?“ Ihre Augenlider zitterten und gingen zu, doch auch sie grinste.

„Du wirst abwarten und es herausfinden müssen.“

14. KAPITEL

Es bestand die winzige Möglichkeit, dass William ganz vielleicht ein klitzekleines bisschen zu weit gegangen war. Natürlich wäre er der Erste, der zugäbe, dass er *eventuell* einen winzigen Fehler gemacht hatte. Doch ob Fehler oder nicht – größtenteils natürlich nicht – man kann mich nicht dafür verantwortlich machen, dachte er, als er sich mit Fußtritten den Weg durch das bahnte, was von Gillys Eltern übrig geblieben war.

Am Ende hatten sie darum gebettelt. Und zwar im wahrsten Sinne des Wortes ‚gebettelt'. Während seiner „Arbeit" hatte er den Song Scotty Doesn't Know von Lustra gehört – eines seiner Lieblingslieder, denn er fand, der Text versinnbildlichte sein Leben. Er hatte seinen Opfern Adrenalinspritzen verabreicht, um zu verhindern, dass sie ohnmächtig wurden. Und natürlich hatte er ihnen die großen Blutgefäße abgebunden, damit sie nicht verbluteten.

Ohnmacht und Blutverlust waren nämlich die natürlichen Feinde einer guten Foltersitzung.

Zum Ende hin, als sie begriffen hatten, dass sie die Sache nicht überleben würden, hatten sie angefangen zu betteln. Erst als sie ihre Sünden zugegeben und ihn damit unfassbar wütend gemacht hatten, weil er erfahren musste, dass der Missbrauch, den er sich vorgestellt hatte, bei Weitem nicht an das herankam, was Gilly hatte ertragen müssen, hatte er sie getötet. Beinahe wünschte er, er hätte es nicht getan. Wäre doch nett gewesen, die Sitzung über ein paar Tage auszudehnen. Nun ja.

Jetzt musste er ein bisschen aufräumen.

William drehte sich ein Mal im Kreis, begutachtete das Schlachtfeld und versuchte sich zu entscheiden, wo er anfangen sollte. Vielleicht sollte er einfach gehen. Es gab einfach zu viel zu tun. Dann fiel ihm ein, wie gern Menschen ausflippten, wie gern Nachrichtensender Storys über ausgebrochene Psychopathen verbreiteten, und er stellte sich vor, dass Gilly von der Sache erfuhr. Nicht dass er sie über die Geschehnisse im Dunkeln lassen wollte. Er würde es ihr erzählen. Irgendwann. In ferner Zukunft. Wenn sie älter wäre. Ungefähr … fünfzig. Vielleicht.

Nach allem, was diese Leute – nein, diese *Ungeheuer* – ihr angetan hatten, wäre sie nicht erschüttert. Wie auch? Sie hatten ihr auf übelste Art wehgetan, als sie viel zu jung und schwach gewesen war, um sich zu schützen. Er hatte sich einfach nur revanchiert.

Dann kam ihm ein Gedanke in den Sinn, bei dem sein Magen zu rumoren begann. Vielleicht hätte sie sie gern selbst umgebracht. Um sich zu rächen, um mit der Sache abzuschließen oder so was. Oder was war, wenn er alles in den falschen Hals bekommen und Gilly gewollt hatte, dass man diese Leute in Ruhe ließe? Menschen hatten so spezielle Vorstellungen von Grenzen, die man überschreiten oder nicht überschreiten durfte. Und wehe dem, der es wagte, eine verbotene Grenze zu übertreten. Dann galt man für alle Zeit als boshaft und teuflisch.

Wie Williams früherer Kumpel Vlad der Pfähler – ein Paradebeispiel dafür, wie schnell man einen schlechten Ruf erlangen konnte. Köpfe ein paar Tausend deiner Feinde, spieße ihre Körper auf Pfähle auf, stelle sie zur Schau, sodass die ganze Welt sie sehen kann, und zack! – ist man „böse". So etwas Lächerliches!

Für die Menschen gehörten Folter und Tod nicht zum natürlichen Kreislauf des Lebens. Folter galt als unmenschlich, und der Tod eines Angehörigen war ein Grund zu trauern. Sie verstanden nicht, dass die Seele irgendwie weiterexistierte. Dass Macht gleich Recht war. Und dass Schwäche den Zorn deiner Feinde auf sich zog.

„Was zum Teufel hast du getan?", hörte er plötzlich eine Männerstimme hinter sich.

William drehte sich um – und sah sich einem kreidebleichen Kane gegenüberstehen. „Was machst du denn hier? Wie bist du überhaupt hergekommen?"

Ohne den Blick von dem Massaker zu wenden, erwiderte

Kane: „Ich habe die Schicksalsgöttinnen gebeten, mich zu dir zu bringen.“ Und nach einer kurzen Pause fügte er hinzu: „Wie viele Leute hast du hier denn hingerichtet? Hundert?“

„Was hattest du mit den Schicksalsgöttinnen zu schaffen? Die bekommt doch nie jemand zu Gesicht. Und warum zum Teufel wolltest du ausgerechnet zu mir?“

„Sie haben mich zu sich gerufen, aber dazu später.“ Er zeigte auf irgendetwas, das auf dem Boden lag. „Was ist das denn?“

William sah nicht hin. „Ist doch egal. Schnapp dir einen Müllsack und fang an, die Sachen reinzuwerfen.“ Warum hatten die Schicksalsgöttinnen Kane zu sich bestellt? Kaum hatte William sich die Frage gestellt, verwarf er sie auch schon wieder. Es war ihm völlig schnurz. „Wir haben viel zu tun und nur wenig Zeit.“

Den Hüter von *Katastrophe* als Helfer zu engagieren wäre nicht gerade seine erste Wahl gewesen – erstens hatten sie noch nie viel Zeit miteinander verbracht, und zweitens zog Kane die Art von Ärger an, die er im Augenblick mit allen Mitteln zu vermeiden versuchte – aber William würde sich nicht beklagen.

„Wer sind ... waren ... diese Leute?“

„Namen sind so unwichtig, findest du nicht? Du brauchst nur zu wissen, dass sie mich ... beleidigt haben.“

„Dich beleidigt?“, wiederholte Kane, der sich noch immer nicht rührte.

„Ja.“

Kane sah ihm fest in die Augen. „Sie heißen nicht zufällig ‚Gillys Eltern‘, oder? Denn soweit ich weiß, warst du scharf auf ein Stück von ihnen – oder auf mehrere Stücke, wie's aussieht.“ In seinem Ton lag keine Verachtung, sondern nur Akzeptanz.

Die fehlende Verachtung spielte keine Rolle. Niemals zugeben oder leugnen, was man getan hat, sondern immer denen drohen, die einem Fragen stellten. Das war schon immer Williams Motto gewesen. „Wenn du irgendwem davon erzählst, werde ich persönlich dafür sorgen, dass deine Bauchspeicheldrüse dieselbe Behandlung erfährt.“

Kane machte sich nicht vor Angst in die Hosen, sondern schaute ihn einfach nur an.

„Warum warst du denn nun bei den Schicksalsgöttinnen?" Es interessierte William noch immer nicht, aber er hätte sogar über so etwas Langweiliges wie das Wetter gesprochen, um das Thema zu wechseln.

Kane schüttelte den Kopf, dass die braunen, schwarzen und goldenen Locken nur so flogen. Wortlos stapfte er in die Küche und kam kurz darauf mit zwei großen Müllsäcken zurück. Einen gab er William.

„Danke."

Eine halbe Stunde arbeiteten sie schweigend nebeneinander.

Kane brach die Stille mit einem Seufzer. „Du hast mich wegen der Schicksalsgöttinnen gefragt."

„Und warum du ausgerechnet zu mir gekommen bist. Aber es interessiert mich schon nicht mehr."

„Ist mir egal. Du solltest es dir nämlich lieber anhören, weil es dich und alle anderen betrifft."

Cleverer Schachzug, ihm ein Informationshäppchen zuzuwerfen, um seine Neugier zu wecken. William benutzte oft dieselbe Taktik. „Spuck's schon aus."

„Sie haben mir gesagt … sie haben mir gesagt …" Kane ließ eine Seite des Müllsacks los und rieb sich über das müde Gesicht. „Sie haben gesagt, ich würde die Apokalypse in Gang bringen."

Ein freches kleines Wort. *Apokalypse.* William hielt inne. „Sie haben was gesagt?"

„Du hast mich schon verstanden." Er zupfte am Kragen seines T-Shirts. „Ich werde mich nicht wiederholen."

„Du bist *Katastrophe*. Insofern ergibt die Sache schon einen Sinn. Aber du könntest auf keinen Fall …" Plötzlich kam William ein Gedanke, und sein Körper erstarrte. „Teufel, nein. Du wirst nicht mit ihr schlafen, hast du verstanden?"

Kane zog irritiert die Augenbrauen hoch. „Nicht mit wem schlafen?"

Das konnte er so gar nicht gebrauchen. „Warum sollten die

drei alten Weiber dich hierhin schicken? Zu mir?“ Ein Wort klang schärfer als das andere.

„Weil ich gehört habe, dass du einen guten Draht zu Luzifer hast oder so. Dass du die Vier Apokalyptischen Reiter erschaffen hast. Und da diese Reiter beim Weltuntergang eine große Rolle spielen, habe ich angenommen … Was? Du siehst aus, als würdest du dich gleich übergeben.“

Das war schlecht. Ganz, ganz schlecht. Wenn die Schicksalsgöttinnen Kane gesagt hatten, er würde die Apokalypse in Gang bringen, dann *würde* er die Apokalypse in Gang bringen. Aber die Tatsache, dass Kane sich daraufhin entschlossen hatte, William aufzusuchen … bedeutete, dass die Apokalypse womöglich eher beginnen würde, als alle dachten. „Ich habe keinen guten Draht zu Luzifer. Oder hätte mir ein Freund vielleicht den Arm ausgekugelt, als ich ihm einen Besuch in seinem kleinen Untergrund-Spa abgestattet habe? Hä? Hä? Nein!“

„Nein, aber ein Bruder vielleicht schon. Stichwort ‚Geschwisterrivalität‘ und so.“

„Er ist nicht mein Bruder!“ Die Lüge kam ihm leicht und locker über die Lippen, wie schon fast sein ganzes Leben lang. Aber das hier war ein Herr der Unterwelt. Und Herren der Unterwelt urteilten nicht. „Na schön. Er ist mein Bruder.“ Wie dieses Geständnis an ihm nagte. Geschwisterrivalität konnte nicht mal annähernd den Hass zwischen ihnen erklären. „Na und?“

Okay, einen Moment mal. Er hatte soeben etwas begriffen. Die Harpyien waren Abkömmlinge von Luzifer. Luzifer war sein Bruder. Deshalb war Williams Schwärmerei für Kaia …

Verfluchte Scheiße! Als die Worte durch seinen Kopf rasten, erschauerte er. Kaia würde also ohne die segensreiche Erfahrung leben müssen, von ihm beglückt zu werden.

Verdammt noch mal! Sein Bruder vermieste ihm aber auch jeden Spaß.

Eine Glühbirne platzte und schickte goldene Funken auf Kanes Kopf. Er beachtete sie nicht. „Nichts na und. Ich bin nur neugierig. Sind die Reiter gut oder böse? Auf unserer Seite oder nicht?"

„Keine Ahnung." Gelogen. Er wusste es genau.

„Also gut. Dann will ich es anders versuchen. Du hast irgendetwas von einer Frau gesagt … davon, dass ich mit ihr schlafe …"

Keine Reaktion zeigen. „Und?"

„Und – mit wem soll ich nicht schlafen, mein holder Prinz der Dunkelheit?"

Ah, er kapierte schneller, als William gedacht hätte. „Mit dem einzigen weiblichen Reiter", grummelte er, während irgendetwas seine Brust einschnürte. „Oder der Reiterin. Egal. Da unten halten sie sich nicht mit Geschlechterfragen auf."

„Okay, jetzt bin ich verwirrt."

William ging zu dem einzigen sauberen Lehnstuhl im Zimmer und ließ sich darauf nieder. Ein wie großes Weichei wäre er, wenn er jetzt seinen Kopf zwischen die Knie steckte? Andererseits wäre er ein noch viel größeres Weichei, wenn er anfangen würde zu hyperventilieren. „Hier kommt die schonungslose Wahrheit: Luzifer und ich haben verschiedene Mütter, aber denselben Vater. Hades."

„Moment. Ich dachte, Hades und Luzifer wären Brüder?"

„Das denken viele, weil die beiden das Gerücht fleißig verbreiten. Aber ich habe noch eine Überraschung: Sie sind beide Lügner. Wie dem auch sei – willst du jetzt den Rest hören oder mir weiter erzählen, was du alles nicht weißt?"

Kane kniff die Augen zusammen, winkte jedoch ab.

„Dort unten hat es mir nicht besonders gut gefallen." Eine Untertreibung. Es war die Hölle gewesen. Ha! Nettes Wortspiel. „Ich habe es geschafft, einen Teil der Dunkelheit aus meinem Körper zu drängen, und so sind die vier Reiter entstanden."

„Warum weiß ich das nicht? Mein Dämon hat schließlich auch da unten gelebt."

„Hallo, *Katastrophe* existierte an Luzifers Seite. Wir hatten kleine Schwierigkeiten mit dem Teilen und mussten den Raum da unten in verschiedene Reiche aufgliedern. Luzi hat das Feuer und die Dämonen genommen – bla, bla, bla – und ich das Fegefeuer und die Seelen. Auch wenn sich seine Lakaien ständig zu mir geschlichen und mich bestohlen haben, aber das habe ich ihm verziehen.“ Verzeihung in Form eines Fluchs, dachte er grinsend. Und zwar einer, den Luzi niemals würde brechen können.

„Was hat das alles mit mir zu tun?“, fragte Kane.

„Dazu komme ich noch.“ *Was soll ich nur sagen, was soll ich nur sagen?* Hades hatte sich dafür entschieden, sich auf Luzifers Seite zu schlagen. Offensichtlich sah er in William eine peinliche Enttäuschung ohne richtig „böse“ Seele.

Erstens war das Müll. Niemand war böser als William. Man brauchte sich nur anzusehen, was er mit diesen Menschen gemacht hatte. Und es tat ihm nicht leid! Zweitens war nichts falsch daran, wenn man mit der Familientradition brach, um ein eigenständiger Mensch zu sein.

Du schweifst ab. Als die Griechen den Himmel übernehmen mussten, hatten sie die Titanen eingesperrt. Und Hades, der Zeus auf den Thron verholfen hatte, wurde für unkontrollierbar befunden und ebenfalls eingekerkert. William hatte das Durcheinander im Himmel zu seinem Vorteil genutzt und war geflohen.

Und da Luzifer nicht um den Thron der Unterwelt hatte kämpfen wollen, sondern ihn für sich allein gewollt hatte, war er sein Komplize gewesen.

Danach hatte William viele ruhmreiche Jahrhunderte verlebt, in denen er alles flachgelegt hatte, was sich bewegte. Sogar Hera, Zeus' geliebte Königin. Natürlich hatte Zeus ihn letztlich mit heruntergelassener Hose erwischt, und noch ehe William aus einem Himmelsfenster hatte springen können, war er verflucht und mal wieder in einem Gefängnis eingesperrt worden.

Jetzt war er frei und konnte sich von einem Ort zum anderen

beamen. Das Leben war herrlich!

„William?"

Er blinzelte. „Was?"

„Du wolltest mir gerade sagen, was das Ganze mit mir zu tun hat."

„Nein, wollte ich nicht."

„Verdammt noch mal, sag mir, warum du denkst, dass ich mit einem deiner verfluchten Abkömmlinge schlafen werde", forderte Kane ihn auf. „Das ist nämlich echt ekelhaft. Mir kommt jetzt schon alles hoch."

Er stützte die Ellbogen auf die Knie und schaute wütend drein. Tief einatmen. „Wenn du die Apokalypse in Gang bringen willst, musst du einen Reiter befreien. Und der einzige Grund, der mir einfällt, warum du einen dieser Bastarde befreien würdest, ist, weil du dich verliebt hast. Du stehst nicht auf Männer, weshalb nur noch mein Mädchen übrig bleibt. Und der einzige Grund, weshalb du dich in sie verlieben solltest, ist, weil du mit ihr geschlafen hat." Lange ausatmen.

Kane schnaubte. „Wieso? Sind ihre weiblichsten Stellen etwa mit Crack übersät?"

„Im Prinzip schon", erwiderte er monoton.

Wenigstens schaute Kane nicht mehr so zweifelnd drein. „Vorgewarnt ist gut gewappnet. Ich werde einfach nicht in die Hölle gehen. Problem gelöst."

„Ich mag deine Gedankengänge, auch wenn sie so naiv sind wie die von einem Schulmädchen."

„He …"

„Hör zu: Die Schicksalsgöttinnen sind nicht nett. Sie haben dich nicht etwa hier abgesetzt, weil sie so gute Herzen haben. Sie haben nämlich keine Herzen. Sie haben gesehen, dass du die Apokalypse ins Rollen bringst, und deshalb haben sie begonnen, die Dominosteine aufzustellen. Von jetzt an wirst du an jeder Ecke der Versuchung begegnen, und irgendwann werden sie dich irgendwie in die Hölle führen."

Noch ehe Kane antworten konnte, krachte etwas durch das

Fenster, zertrümmerte das Glas und rollte zwischen sie. Sie sahen zuerst das Ding an und dann einander. Eine Handgranate.

„So ein Mist", sagte William und sprang auf.

„In Deckung!", schrie Kane und streckte die Hand nach ihm aus.

Zu spät. *Bumm!*

Flammen leckten über seine Haut und Tausende Scherben aus Holz und Stein regneten auf ihn nieder, während er von einer gewaltigen Druckwelle in die Luft geschleudert wurde. Er flog hoch und höher. Und fiel tief und tiefer. Bei der Landung krachte er auf seinen Kopf und brach sich den Schädel. Kane fiel auf ihn drauf und brach ihm weitere Knochen. Der Krieger bekam keine Rückendeckung.

Verdammte *Katastrophe*. William wusste genau, wer Schuld an dieser Misere hatte.

„Alles … klar … Alter?", krächzte er irgendwie.

Irgendetwas Hartes traf ihn an der Schläfe, und die Dunkelheit verschluckte ihn mit einem Bissen. Dann wusste er nichts mehr.

William … schwebte. Eine Sekunde, nachdem dieser Gedanke Gestalt angenommen hatte, spürte er etwas Hartes in seinem kaputten Rücken. Er hörte Reifen quietschen. Kleine Erschütterungen schickten heiße Flammen durch seinen Körper. Da begriff er, dass er auf einer Krankentrage lag und jemand ihn wegtrug. *Nicht stöhnen. Nicht zusammenzucken.*

„Der hier sieht tot aus", sagte eine unbekannte Männerstimme. Der dazugehörige Sprecher musste um die fünfzig sein, und so kratzig, wie er sich anhörte, war er vermutlich Raucher.

„Nein Sir. Noch nicht." Noch ein Mann. Dieser war jung, vermutlich Anfang zwanzig. „Aber wenn Sie denken, dass der übel aussieht, sollten Sie mal den anderen sehen. Den Dämon."

„Das reicht nicht. Ich brauche sie beide lebendig."

„Aber Sir …"

„Frag nicht weiter, Sohn. Tu, was notwendig ist, um diese beiden Kreaturen am Leben zu halten.“

Eine Pause, ein lautes Schlucken. „Der hier ist aber kein Dämon. Wir sollten …“

„Es ist mir scheißegal, was er ist. Er war mit dem anderen da drin, mitten in diesem Blutbad. Er verdient, was er kriegen wird.“

Diesmal keine Pause. „Ja Sir. Ich stimme Ihnen zu, Sir.“

Wieder ein Ruckeln, ein größeres diesmal, und Williams Kopf wurde zum zweiten Mal getroffen. Wie zuvor riss die Dunkelheit ihn unaufhaltsam mit sich.

Piep, piep, piep.

Das langsame, rhythmische Piepen vermischte sich mit dem Geräusch hastiger Schritte und schweren Atmens. William öffnete die Augen einen Spaltweit – Götter, tat das weh. Es war, als steckten Holzsplitter unter seinen Lidern, die seine Hornhaut zerkratzten. Als er endlich klar sah, war er irritiert.

Eine dicke Schicht Folie bedeckte den Raum und alle, die sich darin aufhielten. Rings um ihn herum eilten Leute hin und her, doch er konnte ihre Gesichter nicht erkennen.

„Wir verlieren ihn!“, rief jemand – eine Frau.

„Sein Dämon …“

„Ich weiß! Ich tue, was ich kann, aber vielleicht reicht es nicht.“

Sie sprachen von Kane. Davon, ihn zu … William versuchte, die Arme zu heben. Er wollte helfen, den Krieger zu retten. Nur waren seine Handgelenke am Bett festgebunden, und er hatte nicht die Kraft, sich loszureißen.

Was zum Teufel war hier los?

„Herr Doktor, der hier wacht auf.“

„Verdammt noch mal, ich bin noch nicht so weit. Geben Sie ihm noch mal zehn Milliliter. Das sollte reichen, bis ich den hier außer Gefahr gebracht habe.“

Etwas Scharfes wurde ihm in die Schulter gerammt, und

auf einmal zerfielen seine Gedanken in tausend Stücke. „… in Ordnung, Junge?“

William kämpfte sich seinen Weg aus der Dunkelheit und bereute es augenblicklich. Dieser Schmerz! Am ganzen Körper. Seine Haut fühlte sich verbrannt an, und seine Knochen waren so weich wie Pudding.

„Gut so. Nur noch ein bisschen.“

Er öffnete die Augen. Einen Moment lang drehte sich die Welt. Doch schon bald klärte sich sein Blick, und er erblickte eine hübsche Frau. Vor lauter Erschöpfung waren ihre feinen Gesichtszüge gespannt. Sie trug einen weißen Laborkittel und um den Hals ein Stethoskop. Die blonden Haare waren zum Pferdeschwanz zusammengebunden, und auf ihrer Nase saß eine schlichte Brille.

„Du fragst dich bestimmt, wer ich bin und wo du bist.“

Das konnte er nur bejahen, obwohl er sich die Antwort schon denken konnte. Die Jäger hatten zum nächsten Schlag ausgeholt. Er erinnerte sich an den Hass in den Stimmen von „Sir“ und seinem jungen Gefährten, als sie über die Dämonen gesprochen hatten.

William sah zu seinen gefesselten Hand- und Fußgelenken. Sie hatten sich nicht auf robustes Seil verlassen, sondern dicke, schwere Ketten benutzt. Als Nächstes begutachtete er seine Verletzungen und begriff, dass ihn einzig ein Wunder zusammenhielt. Er fühlte sich wie eine Schachtel voll verhedderter Geschenkbänder mit der zerfledderten Haut und den ebenso zerfetzten Muskeln.

„Also?“, drängte die Frau.

„Mir egal.“ Um die Worte herauszubringen, musste er seinen Kiefer förmlich entriegeln, wodurch es hinter seinen Schläfen zu schmerzen begann. „Der Mann …“ Mehr wollte einfach nicht durch seine rauc Kehle kommen.

„Er lebt“, erwiderte sie wissend.

Den Göttern war Dank. Erleichterung machte sich breit. Was sie nun auch sagen würde, er käme damit klar.

„Eigentlich wollte ich nicht diejenige sein, die dir diese Nachricht überbringt, aber du hast ein Recht darauf, es zu wissen. Dein Freund … Er wird in diesem Augenblick in die tiefsten Höhlen der Hölle gebracht."

Außer damit.

15. KAPITEL

Kaia hatte gewusst, dass Strider eine brutale Ader hatte, und sie hatte geglaubt, genau das an ihm zu mögen. Jetzt war sie sich ziemlich sicher, dass diese Ader ihn das Leben kosten würde. Weil sie ihn verdammt noch mal umbringen würde! Und zwar qualvoll. Nachdem sie ihn ausgesaugt hatte, natürlich.

Seine „großen Pläne“ für sie? Dass sie noch mehr von seinem Blut trank. Jedenfalls nahm sie das an. Seit sie aus ihrem Nickerchen erwacht war, war ein ganzer Tag vergangen; sie hatte nicht mehr tun dürfen, als von ihm zu trinken.

Natürlich musste sie dafür sorgen, dass er seine Entscheidung bereute. Sie musste ihm zeigen, welche Konsequenzen es hatte, wenn er absichtlich die falsche Vorstellung in ihr weckte, dass sie sich küssen und berühren und, na ja, sich süß und schmutzig lieben würden, bis ihre Herzen vor Anstrengung fast explodierten.

Sie brauchte nicht noch mehr Blut. Ihre Knochen waren schon längst wieder zusammengewachsen, und auch ihre Haut war verheilt. Sie war komplett wiederhergestellt und absolut in der Lage für ein heißes Liebesspiel. Dennoch schnitt er sich jede Stunde ein Handgelenk auf und hielt ihr die Wunde über den Mund. Selbst jetzt saugte sie an ihm und schluckte sein köstliches, warmes Blut herunter, das nun eine leichte Zimtnote hatte.

Wie jedes Mal zuvor breitete sich auch jetzt die Wärme in ihr aus, kitzelte ihre Nervenenden und erinnerte sie daran, was sie *nicht* taten.

„Nur noch ein bisschen“, sagte er heiser. Sein Unterarm bog sich unter ihrem Griff.

Sie schloss die Augen, während sie seinen himmlischen Geschmack genoss. Ob sie je genug davon bekäme? Nein, niemals, entschied sie im nächsten Moment. Er hatte sie nach allen Regeln der Kunst süchtig gemacht. Nicht nur nach seinen Küssen – das war ihr längst klar geworden – und nicht nur nach seinem

Blut, sondern auch nach seiner Anwesenheit. Nach seinem gefährlichen Grinsen und seinem Sinn für Humor.

Was würde sie tun, wenn er sie wie geplant nach den Spielen verließe?

Normalerweise hätte sie sich gesagt, sie würde schon einen Weg finden, ihn zum Bleiben zu bewegen. Sie hätte sich für ihre Kraft und Gerissenheit auf die Schulter geklopft und sich in der Gewissheit gebadet, dass sie alles erreichte, was sie wollte. Doch nachdem sie soeben die Prügel ihres Lebens bezogen hatte, war sie nicht mehr so optimistisch. Außerdem musste sie sich jeglichen verbliebenen Optimismus für die bevorstehenden Wettkämpfe aufheben.

Und deshalb – bei den Göttern – würde sie tausend verschiedene Erinnerungen an Strider horten. Nur für alle Fälle. Die würden ihr während langer, kalter, einsamer Winterabende Gesellschaft leisten und in heißen, schwülen Sommernächten neben ihr schlafen. Ganz gleich, wo er wäre oder mit wem, sie würde nie mehr ohne ihn sein.

Natürlich musste sie sich solche Erinnerungen erst einmal schaffen, und das hieß: Sie musste ihn verführen. Und zwar schnell. Beiseite mit den Rացheplänen. Selbst jetzt summte ihr Körper förmlich vor Verlangen, ihn zu berühren. Wenn er sie doch nur aus seiner Halsschlagader trinken ließe …

Kaia hatte ihn mehrmals gefragt, und er hatte mehrmals abgelehnt. Vertraute er ihr nicht? Oder vertraute er sich selbst nicht? Sie malte sich aus, wie sie ihn auf die Matratze drückte und sich auf ihm ausbreitete. Ihre Brüste würden sich an seinen Brustkorb schmiegen, und das Zentrum ihrer Lust käme ganz dicht an seins.

Sie würde sich an ihm reiben, während sie von ihm tränke. Er würde stöhnen, ihr die Hände auf den Po legen und sich fester und schneller unter ihr bewegen. Schon bald würde ihnen beiden das nicht mehr reichen, und er würde an ihrer Kleidung zerren. Und sie an seiner. Sie wären nackt und …

Noch ehe sie einen weiteren Schluck von seinem Blut nehmen konnte, riss er die Hand weg und unterbrach den Kontakt. „Schluss jetzt“, sagte er keuchend. „Du hast genug Heilstoffe bekommen.“

Erst jetzt bemerkte sie, dass sie sich auf dem Bett gewunden und schwer geatmet hatte. Sie hatte sich ihm zugewandt, voller Verlangen die Beine gespreizt, und – Götter – sie war schon ganz feucht.

Er stand auf und ging ein Stück weg. Blieb stehen und drehte sich um. Dann sah er sie an und lehnte sich gegen den Fernsehschrank. Zitternd und innerlich kochend setzte sie sich auf und genoss den ersten vollen Blick, den sie auf ihn hatte, seit sie vor wenigen Minuten nach einer ausgiebigen Dusche und in den sauberen Klamotten, die Bianka ihr gebracht hatte, aus dem Badezimmer gekommen war. Da hatte er bereits auf der Bettkante gesessen und sie bloß zu sich gewinkt.

Sie hatte gedacht … gehofft … aber nein. Als sie vor ihm gestanden hatte, hatte er sie nicht etwa auf die Matratze geworfen, um Kaialand zu erobern, sondern sie zu sich hinuntergezogen und mal wieder von sich trinken lassen.

Während sie ihn musterte, stockte ihr der Atem. Die blonden Haare fielen ihm wirr um sein böses Engelsgesicht. Seine Lippen waren rot – als hätte er darauf herumgekaut. Viel herumgekaut. Er trug ein schwarzes T-Shirt mit dem Aufdruck „Ich liebe William“.

„William hat es mir geschenkt“, erklärte er achselzuckend, als er ihren Blick bemerkte.

Beim bloßen Klang von Williams Namen musste sie innerlich kichern. Der dunkelhaarige Charmeur war in sie verknallt, und sie konnte es kaum erwarten, dass er endlich begriff, warum sie ihn immer abgewiesen hatte. Wahrscheinlich würde sie so heftig lachen, dass sie sich in die Hose machte!

Wie auch immer – das T-Shirt war ihr schnurz. Was sie interessierte, waren Striders Brustmuskeln, die sich darunter abzeichneten. Sie waren fest und wohldefiniert. Seine Brustwarzen waren ein wenig aufgerichtet – und definitiv zum Lecken geeignet. Am Saum des Shirts konnte sie die Ausbeulungen erkennen, die von den Waffen verursacht wurden, welche er sich in den Bund seiner Jeans gesteckt hatte. Derselbe Jeansstoff bedeckte auch die Beule einer anderen Sache, die sie nur zu gern gesehen hätte, aber nun ja.

Sie spürte nur ein leises Stechen in der Seite, als sie aufstand. „Du musst jetzt unbedingt ganz ehrlich sein", sagte sie.

Ein wachsamer Ausdruck legte sich auf sein Gesicht. „Okay."

„Wie gut sehe ich aus?"

Er ließ den Blick von oben nach unten wandern. Sie trug ein Neckholderkleid aus roter Spitze mit einem V-Ausschnitt, der ihr bis zum Bauchnabel reichte. Der Saum endete kurz unter ihrem Po.

Striders Pupillen weiteten sich, was fast immer der Auftakt zu einer Berührung war. „Du muss dir noch eine Hose anziehen." Seine Stimme war nicht mehr als ein Krächzen. Und er bewegte sich nicht auf sie zu.

Das war eine der Situationen, in denen „fast" echt zum Kotzen war. „Ach was. Als ob ich so rausgehen würde. Meine Hose liegt … gleich …" Sie sah sich um. „Hier." Sie ging zum Nachtschrank und hob besagte „Hose" hoch. Einen Fetzen aus elastischer roter Spitze, der ihrem Kleid an Sexyness in nichts nachstand.

Geschickt schlüpfte sie schnell in den Stoff und wandte sich wieder ihrem Gemahl zu.

Dem stand der Mund offen. „Wir haben gerade zusammen auf dem Bett gesessen, und du hast von mir getrunken – deine Lippen auf meiner Haut –, ohne dabei ein Höschen zu tragen?"

„Willst du damit sagen, du hast gar nicht nachgesehen?", erwiderte sie und zog eine Schnute. Kein Wunder, dass er so problemlos aufgestanden war.

„Nein. Habe ich nicht."

„Warum nicht?"

„Verdammt, Kaia. Du kannst nicht einfach ohne Hose herumlaufen."

„Weshalb ich mir ja auch gerade eine angezogen habe. Hast du mir nicht zugesehen?"

Er kniff die Augen zu zwei schmalen Schlitzen zusammen. „Du hast Hose gesagt. Dass du dir eine Hose angezogen hast."

„Genau. Eine *Unter*hose."

„Aber …" Er knackte mit dem Kiefer und streckte eine Hand in ihre Richtung aus. „Wo willst du in dem Teil denn Waffen verstecken?"

„Strider, bitte. Du könntest mir und meinen Mädels ruhig ein wenig mehr zutrauen." Sie zog den tiefen V-Ausschnitt auseinander und entblößte damit ihre nackten Brüste, deren Spitzen hart und gerötet waren. Daneben hingen direkt unter ihren Achselhöhlen kleine, schmale Messer. „Wir machen das schon seit unserer Pubertät."

„Gütige Götter." Ein gurgelnder Laut drang aus seiner Kehle, als sie sich das Kleid wieder richtete und ein Grinsen unterdrückte. Je mehr er ihr widerstand, desto häufiger würde er Zeuge dieser kleinen Peepshows werden.

„Komm", forderte er sie auf.

Sie ging zu ihm hinüber und verschränkte die Finger mit seinen. Herrlich, dieser Körperkontakt. „Willst du mit mir rummachen?"

„Gütige Götter", wiederholte er. Auf seiner Stirn bildeten sich kleine Schweißperlen. „Wir haben noch Pläne. Erinnerst du dich? Große Pläne. Wir müssen wohin."

Blut trinken war also nicht der einzige Punkt auf seiner Agenda gewesen. Aber Sex stand offensichtlich auch nicht darauf. „Wohin gehen wir denn?", fragte sie und gab sich alle Mühe, ihre Enttäuschung zu verbergen.

„Das wirst du schon sehen." Nach einem kurzen Rundumblick zog er sie mit sich in die kühle Nachtluft. Als Erstes bemerkte sie, dass sie immer noch in Wisconsin waren. Sie hatte bislang weder nachgesehen noch gefragt. Der Mond hatte sich hinter Wolken versteckt und warf pink-violette Schatten in alle Richtungen. Schnee bedeckte den Boden, Bäume ragten hoch in den Himmel hinauf …

„Frierst du?“, fragte Strider.

„Ach was. Das ist doch gar nichts.“ Außerdem hüllte sie die Wärme ein, die von seinem Körper ausging. „Irgendein Hinweis auf Harpyien- oder Jägeraktivitäten, seit ich aufgewacht bin?“ Oder während der zwei Tage, in denen sie ohnmächtig gewesen war?

„Nein. Wir haben dich ziemlich gut versteckt.“

Dennoch blieb sie wachsam. Sie liefen mehrere Blocks weit, ehe Strider vor einem Pick-up stehen blieb und sie losließ. Er brauchte nur drei Minuten und achtzehn Sekunden, um den Wagen aufzubrechen und den Motor zu starten. Sie verzichtete drauf zu erwähnen, dass sie es in zwei Minuten geschafft hätte. Womöglich hätte sein Dämon das als Herausforderung aufgefasst.

Deshalb sagte sie nur: „Gut gemacht“, als er den Truck anwarf und die Straße entlangsauste. „Und jetzt sag mir, wohin wir fahren. Ich stehe nämlich nicht auf Überraschungen. Außer, es geht dabei um einen Mann, der mich nackt in meinem Bett erwartet“, fügte sie nach einer kurzen Pause hinzu, um ihn zu ärgern.

Er umklammerte das Lenkrad fester, sodass seine Fingerknöchel weiß hervortraten. „Ich habe mit deiner Schwester gesprochen. Mit Taliyah. Wir haben zwei Tage, um dich für den nächsten Wettkampf fit zu machen.“

Moment mal. „Du hast vor, mit mir zu *trainieren*?“ Hielt er sie für eine so schreckliche Kämpferin, dass er meinte, sie bräuchte Nachhilfe? Na ja, warum auch nicht? dachte sie und lachte ein verbittertes, stummes Lachen. Sie hatte ihn mit ihrer Niederlage *enttäuscht* und konnte dafür nur sich selbst die Schuld geben. Doch diese Erkenntnis half auch nicht. Entsetzen und Kränkung jagten wie vergiftete Pfeile durch ihren Körper. Das war nicht gerade die Art von Erinnerung, die sie horten wollte.

„Nein, natürlich nicht“, antwortete er, und sie entspannte

sich ein wenig. Dann fügte er hinzu: „*Ich* werde dich nicht trainieren."

Am liebsten hätte sie lauthals drauflosgeschimpft. Hatte sie nicht geschworen, den nächsten Wettkampf zu gewinnen? Oh doch, das hatte sie. Auch wenn ihr Verstand vor lauter Schmerzen noch vernebelt gewesen war, daran erinnerte sie sich genau.

Doch Kaia biss sich auf die Zunge. Der Sieg war Strider genauso wichtig wie ihr. Er tat das nicht, weil er grausam sein wollte. Aber verdammt noch mal, obwohl sie wusste, warum er das hier in Bewegung setzte, eskalierten die negativen Gefühle in ihr.

Ich bin gut genug, so wie ich bin. Eine klagende Bitte in ihrem Kopf. „Warum wirst du mich nicht trainieren?", fragte sie. Götter, gehörte diese weinerliche Stimme wirklich ihr?

Es folgte eine schwere Pause, bevor er antwortete: „Wegen meines Dämons."

Was bedeutete das? Log er? Nein, dachte sie. Er log nicht. Aber sie bezweifelte, dass sein Dämon der einzige Grund war. „Weil du befürchtest, das Training mit mir könnte ihn herausfordern?"

„Ja. Das wäre nicht das erste Mal."

Er hatte ihr einmal gesagt, dass mit ihr alles eine Herausforderung war und das einer der Gründe sei, weshalb sie nicht zusammen sein könnten. Sie hatte gedacht, er würde schon bald die Vorzüge ihrer Herausforderungen erkennen. Immerhin bereitete ihm jeder Sieg Vergnügen, und dank ihr gewann er mehrmals täglich …

Doch bisher war diese Denkweise immer nach hinten losgegangen. Er verabscheute den Schmerz, der mit einer Niederlage einherging, so abgrundtief, dass er jeden Herausforderer als Bedrohung betrachtete. Je mehr sie ihn bedrängte, desto mehr zog er sich vor ihr zurück.

Das muss sich ändern. Okay. Dann werde ich ihm eben geben, was er will, beschloss sie. Frieden. Ruhigen Wellengang. Völlige Ruhe. Sie wäre so umgänglich, dass es ihm mehr Spaß machen würde, dem Gras beim Wachsen zuzusehen. Vielleicht würde er dann mit ihr ins Bett gehen.

Aber warum konnte er sie nicht als die Frau mögen, die sie war?

Warum konnte das niemand?

„Na schön“, erwiderte sie seufzend und hasste sich dafür, dass sie sich im Selbstmitleid suhlte. Er war bei ihr. Er war nicht abgehauen. Hatte nicht nach der Rute gesucht, während sie zu schwach gewesen war, um ihn davon abzuhalten. „Ist schon in Ordnung. Ich werde trainieren, mit wem du willst.“

Der Pick-up fuhr die gewundenen Straßen der Stadt entlang. Alle paar Sekunden huschten Lichter über die Windschutzscheibe. Kaia stellte die gestiefelten Füße aufs Armaturenbrett und lehnte sich so weit zurück, wie es der Sitz zuließ. Das Kleid rutschte ein Stück hoch und enthüllte den Saum ihres Höschens.

Strider hielt den Blick stur auf die Straße gerichtet. „Ich habe nicht damit gerechnet, dass du mit meinem Plan einverstanden bist.“

Klang er … enttäuscht? Nein. Bestimmt war das reines Wunschdenken ihrerseits. „Deine Zufriedenheit liegt mir eben am Herzen.“

„Ich …“ Er presste die Lippen zusammen und schüttelte den Kopf. Sie drängte ihn nicht zum Weitersprechen – das diktierten ihr die neuen Friedenspläne –, und er tat es auch nicht von sich aus. Mehrere Minuten verstrichen in absoluter Stille. Dann: „Warum habe ich keinen Spitznamen?“

Darüber hatte er *nicht* reden wollen, aber egal. Ruhiger Wellengang, rief sie sich ins Gedächtnis. „Na ja, weil du dir noch keinen verdient hast.“

„Und was muss ich tun, um mir einen zu verdienen?“

„Keine Ahnung. Das ist bei jedem anders. Wir wissen es erst, wenn wir es sehen.“

Noch eine Schweigeperiode. Diese war so angespannt und schwer, dass sie sich weder mit einem Schwert noch mit einer Kettensäge hätte aufbrechen lassen. Kaia hatte keinen Schimmer, was in seinem Kopf vor sich ging.

„Ich dachte, es wäre dir egal, wie wir dich nennen", sagte sie, um die Eintönigkeit aufzulockern.

„Ist es auch", knurrte er. „Ich war nur neugierig."

„Ach so."

„Schon wieder dieses gefällige Verhalten. Bist du am Ende schwerer verletzt, als ich gemerkt habe?"

Um den Kommentar nicht an sich heranzulassen, beschäftigte sie sich damit, an ihrem Kleid herumzuzupfen. „Ach, weißt du, ich bin nicht immer ein Quälgeist."

„Hör auf, deine Klamotten durcheinanderzubringen", sagte er schroff.

Sie erstarrte, wagte nicht einmal mehr zu atmen. Er hatte noch immer nicht zu ihr herübergesehen, und dennoch wusste er, was sie tat? *So* bewusst war er sich ihrer?

„Geht klar." Der ruhige Wellengang machte sich bereits bezahlt. Sie musste ein Grinsen unterdrücken, während sie sich tiefer in den Sitz kuschelte und die Beine ausstreckte.

Ungefähr eine Stunde Fahrt von der Zivilisation entfernt fuhren sie vom Highway hinunter und auf den Parkplatz einer zerfallenen Baracke, an der ein blinkendes Neonschild mit dem Schriftzug „Crazy Abel's" hing. Es standen noch eine Handvoll andere Autos davor, und zwei große, bullige Kerle stolperten aus der Eingangstür ins Freie.

„Eine Bar?", fragte sie und versuchte, nicht zu schmollen. „Eine *Menschen*bar?"

„Du darfst noch ein bisschen spielen, bevor es losgeht."

Wirklich? Vergessen war jegliches Schmollen, und Aufregung machte sich breit. „Das hättest du mir vorher sagen sollen. Dann hätte ich mich in mein Schlampenoutfit geworfen."

Aus zusammengekniffenen Augen musterte er sie von Kopf bis Fuß, wobei sein Blick an ihrem Dekolleté hängen blieb. Er stellte den Wagen ab, wobei er um ein Haar ein anderes Auto gerammt hätte, und sie sprang heraus. Noch ehe er die Autotür geöffnet hatte, hatte sie bereits den halben Weg zum Eingang zurückgelegt. Sie ging an den immer noch schwankenden Männern vorbei und verzog bei dem Geruch von billigem Bier und Zigaretten angewidert das Gesicht. Sie pfiffen ihr nach, änderten die Richtung und folgten ihr.

„Wie viel?", fragte einer von ihnen.

Oh nein, das hatte er nicht getan. Die Hände in die Hüfte gestemmt, wirbelte sie herum und bleckte die Zähne. „Was hast du gesagt?"

„Der Preis spielt keine Rolle. Wir bezahlen alles, ich schwöre", sagte der andere. „Hinterher." Beide lachten. Dann klopfte der Erste dem anderen wohlwollend auf den Rücken, als hätte er soeben das Geschäft seines Lebens ausgehandelt.

Noch ehe sie etwas erwidern konnte, tauchte Strider auf und schlug den Männer synchron auf die Hinterköpfe. Sie flogen nach vorn, doch er packte sie an den Haaren, bevor sie auf dem Boden aufschlugen, rammte ihnen ein Knie in den Rücken und zwang sie, vor Kaia niederzuknien.

„Entschuldigt euch", befahl er, und seine Stimme klang so düster, dass sie beinahe das Feuer und den Schwefel riechen konnte. „Sofort."

Kaias Herz flatterte. Die Männer gehorchten. Sie brabbelten und wimmerten. Strider warf einen von ihnen hoch und schleuderte ihn mit aller Kraft weg. Der Mann sauste durch die Luft und krachte in ein Auto. Sogleich ging die Alarmanlage los. Sein Kumpel folgte ihm nur wenige Augenblicke später.

„Danke", sagte sie, während sie mit aller Kraft den Drang niederkämpfte, vor seinen Füßen zu einer schmachtenden Pfütze zu schmelzen.

„War mir ein Vergnügen."

Seite an Seite betraten sie die Bar.

Die Frau würde ihn jeden Moment mit ihrem mordsmäßigen Körper umbringen. Ihre herrlichen Kurven waren in einen breiten Stoffstreifen gehüllt, der in einigen Ländern nicht einmal als Badeanzug durchgegangen wäre. Leuchtende Haut, aber ohne bunten Schimmer. Anscheinend hatte sie am ganzen Körper Make-up aufgetragen. Nicht, dass er sich darüber beschwerte. Alles, was andere Männer davon abhielt, sie zu begehren, hatte seine volle Zustimmung.

Wem wollte er eigentlich etwas vormachen? Dass andere Männer sie nicht begehrten? Das würde nie geschehen. Was sie auch mit ihrer Haut machte, was sie auch anzöge – andere Männer würden sie immer begehren. Bestes Beispiel: die zwei Scheißkerle vor der Tür. Diese Erkenntnis machte ihn wütend – und stolz.

Sie betrachtete *Strider* als ihren Gemahl. Und niemanden sonst.

Ihr zu widerstehen wurde härter. Und härter. Buchstäblich.

„He, wer ist … Anya? Gideon? Amun? Und ungefähr Tausend andere." Kaia musste schreien, damit man sie bei der plärrenden Musik verstand. Sie sah Strider aus großen, silbergoldenen Augen an, in denen ein Gefühl zu sehen war, das er nicht näher benennen konnte. „Wie hast du die denn alle hierher geschafft?"

Ein Mann konnte sich in diesen unermesslichen Tiefen verlieren. „Ich habe Lucien freundlich darum gebeten, und der hat sie ruck, zuck! hergebeamt." In Wahrheit hatte er es vehement eingefordert, und Lucien hatte sich absichtlich Zeit gelassen. Aber wen interessierten schon die Einzelheiten? „Allerdings bleiben sie nur bis morgen früh."

„Spitze! Eine Nacht lang liebe ich sie immer, aber nach der zweiten möchte ich sie am liebsten umbringen."

„Erwähne nur nicht", er senkte die Stimme, „den ersten Preis. Okay?" Sonst ginge es nur noch darum. Man würde ihm vorwerfen, was er mit dem Tarnumhang gemacht hatte. Seine Motive würden infrage gestellt. Ebenso sein Verstand. Sie würden bleiben wollen, um nach der Zweiadrigen Rute zu suchen und sie zu stehlen.

Er und Sabin hatten bereits miteinander gesprochen. Die anderen mussten die zwei Artefakte bewachen, die bereits ihr Eigentum waren. Sie mussten die Burg in Buda beschützen. Sie mussten gegen jedweden Jägerangriff gewappnet sein. Wenn es ihnen beiden alleine jedoch nicht gelingen sollte, vor Beginn des letzten Wettkampfs die Rute zu stehlen, würden sie Verstärkung holen.

Während Kaia in dieser Nacht mit dem Training beschäftigt wäre, würden sie die Eagleshields zur Strecke bringen. Im Grunde war Sabin momentan sogar schon dabei. Er schaute aus dem Himmel herab, um das scheinbar Unfindbare zu finden. Sein Boss müsste eigentlich jeden Moment hier sein, um ihn abzuholen.

„Ich werde überhaupt nichts erwähnen, das schwöre ich. Und vielen Dank!" Kaias rot angemalte Lippen teilten sich bei einem breiten Grinsen, und sie klatschte in die Hände. Dann hüpfte sie hoch und drückte ihm einen brennenden Kuss auf die Wange, ehe sie davonsauste. Ihre Lippen verbrannten seine Haut, brannten sich womöglich in seine Zellen.

In den vergangenen Tagen hatte er nur an sie denken können. Sie war so blass gewesen, so still, so schwach, und er hatte ihr so gern helfen wollen und dennoch nicht mehr tun können, als ihr sein Blut zu geben … und sich nach ihr zu sehnen. Und wie er sich nach ihr gesehnt hatte. Und er tat es noch.

Aber ihm war auch eins klar geworden: Mit ihr zu schlafen würde bis nach dem Turnier warten müssen. Im Augenblick musste er stark bleiben. Er konnte es nicht riskieren, außer Gefecht gesetzt zu werden, indem er eine Herausforderung verlor. Egal was für eine Herausforderung. Auch keine im Schlafzimmer.

Sobald ihr Wohlergehen nicht mehr von ihm abhing, würde nichts mehr seine Hände von diesem Mikrohöschen fernhalten. Er musste sie haben. Musste sie schmecken, sie seinen Namen schreien hören. Hölle, er wollte diese Frau verschlingen, ungeachtet der Konsequenzen. Und nicht nur ein Mal – wie er vor Kurzem noch gedacht hatte –, sondern immer und immer wieder.

Er beobachtete, wie sie sich in Amuns Arme warf. Der Krieger sah müde aus und hatte Blutergüsse unter den Augen, doch er schien sich ehrlich zu freuen, Kaia zu sehen, und wirbelte sie herum. Gideon, der Hüter von *Lügen*, fing sie auf und umarmte sie fest. Sie warf den Kopf zurück und lachte, ehe sie durch seine blauen Haare wuschelte und an seinem Augenbrauenring zupfte. Wie unbeschwert sie war, wie ungehemmt.

Meins, dachte er missmutig und zwang sich, im Stillen hinzuzufügen: jedenfalls für die nächste Zeit.

Niederlage regte sich in seinem Kopf.

Oh nein, wag es nicht. Bleib bloß ruhig, du kleiner Scheißer. Du bist nicht zu dieser Party eingeladen.

In seinen Ohren ertönte ein Grollen, das er sogleich als Kriegsgeheul erkannte.

Du willst doch die Zweiadrige Rute holen, nicht wahr? Oder möchtest du lieber in die Büchse der Pandora zurück? Wenn ich versage, ist Kaia nämlich unsere einzige Hoffnung. Und wenn sie verliert, werden wir das Artefakt verlieren. Wenn wir das Artefakt verlieren, könnten die Jäger es benutzen, um sich die Büchse zu schnappen und dich wieder einzusperren. Und zwar bis in alle Ewigkeit.

Stille.

Ja. Das hatte er sich gedacht. Es gab nichts, was *Niederlage* mehr verachtete als seine Erinnerungen an die Büchse, an die Dunkelheit und die Isolation. Was er nicht erwähnte, war, dass Kaia ihn all ihren Hass spüren ließe, wenn er die Rute stahl. Aber irgendwann würde sie ihm vergeben, so wie Juliette ihrem Mann seine düsteren Taten vergeben hatte. Oder nicht?

„Kye“, hörte er Gideon sagen. „Ich stelle dich nur ungern meinem grässlichen Ehemann Scar vor.“ Er deutete auf die dunkelhaarige Sexbombe an seiner Seite. Da Gideon nicht die Wahrheit sprechen konnte, ohne unsägliche Schmerzen zu erleiden, hatte er gelogen. Mit jedem Wort.

„Eigentlich heiße ich Scarlet“, erwiderte seine Frau. Sie war die Hüterin von *Albträume*, und wenn sie in ihren Träumen jemanden tötete, starb er auch in Wirklichkeit. Sie war groß, schlank und höllisch gemein. „Und nur falls du dich das fragen solltest: Ich habe keinen Penis."

Warum konnte ich diesen *Dämon nicht bekommen? Albträume. Das wäre cool gewesen.*

Niederlage brummte missbilligend.

Du bist wirklich eine Nervensäge.

„Ich bin Kaia. Oder auch ‚verdammt Kaia', wie Strider mich gern nennt."

„Stimmt gar nicht", knurrte Strider. Er nannte sie Baby Doll. Und das war sie auch. Wo zum Teufel blieb überhaupt Sabin? Er musste so schnell wie möglich hier raus.

Kaia ignorierte ihn. „Warst du nicht vor nicht allzu langer Zeit im Kerker der Herren eingesperrt?", fragte sie Scarlet. „Zu gefährlich, um frei herumzulaufen, nicht vertrauenswürdig, extrem gewaltbereit und so weiter und so fort."

„Ja. Zum Glück ist es genau das, was den hier so in den Wahnsinn treibt", antwortete sie und wies mit dem Kinn auf Gideon.

Gideon wackelte mit den dunklen Augenbrauen, woraufhin Kaia ein warmes, heiseres Kichern ausstieß. Und Hölle noch eins – Strider spürte, wie sein Körper darauf reagierte. Einen viel schlechteren Zeitpunkt gab es wohl kaum, um einen Ständer zu präsentieren.

Kaia ist in guten Händen, dachte er. *Vor allem, weil Gideons Hände brandneu sind.* Die alten waren ihm von den Jägern abgehackt worden, sodass ihm zwei neue hatten wachsen müssen. Zu jenem Zeitpunkt war Strider angesichts der Schmerzen, die sein Freund ertragen musste, ausgeflippt. Mittlerweile konnte er darüber Witze machen. Jedenfalls brauchte er sich keine Sorgen um Kaia zu machen – oder sich weiterhin nach ihr zu verzehren, denn das täte er, wenn er sie noch länger beobachtete –, und deshalb ging er zur Bar. Und bemerkte die Blondine mit den pinkfarbenen Strähnen und den lückenlos tätowierten Armen. Haidee. Mist. Dass sie und Kaia sich im selben Raum aufhielten, war vermutlich keine allzu gute Idee.

Als sie sich mit zwei Flaschen Bier in den Händen umdrehte, nickte sie ihm zur Begrüßung kurz zu. Und sie leuchtete noch immer – jedoch nicht, weil sie schwanger war, so wie er zuerst angenommen hatte. Sonst hätte sie auf keinen Fall Bier getrunken. Sie leuchtete einfach vor lauter Liebe, was seine zweite Annahme bestätigte.

Wieder spürte er kein Stechen in der Brust, als er sie ansah, und nie zuvor hatte er sich mehr darüber gefreut.

„Du solltest nicht hier sein", sagte er, bevor er beim Barkeeper ein Bier bestellte.

Für einen kurzen Moment sah sie gekränkt aus. Dann war der Ausdruck wieder verschwunden.

„Ich wollte nicht gemein sein", räumte er ein. „Sondern dich nur beschützen."

Sie lächelte süß und schüttelte den Kopf. „Mach dir keine Gedanken. Amun ist gerade erst aus dem Himmel zurückgekehrt, und deshalb hätte mich heute nichts von ihm trennen können. Schon gar nicht, wenn er morgen vielleicht schon wieder fort sein wird."

Wie einsam sie klang. „Wieso morgen?"

„Ich will nicht darüber sprechen", erwiderte sie grummelnd, und das Lächeln erstarb.

Er hob die Hand, um ihr tröstend den Rücken zu tätscheln, nahm sie aber sogleich wieder herunter. Selbst so eine symbolische Geste seinerseits würde ihr womöglich Unbehagen bereiten, und außerdem wurde ihm klar, dass er nun wirklich nicht der Richtige war, um ihr Trost zu spenden.

Bei ihrer hitzigen und turbulenten Geschichte könnte so ein Angebot Amun ziemlich wütend machen. Und das zu Recht. Strider konnte sich gut vorstellen, wie er reagieren würde, wenn einer seiner Freunde eine gemeinsame Vergangenheit mit Kaia hätte – hüstel, Paris, hüstel – und der Mistkerl sie anfasste. Hallo-ho, liebe Wut.

In diesem Augenblick begriff er, dass er sich niemals gewünscht hatte, für immer und ewig mit Haidee zusammen zu sein. Er war scharf auf sie gewesen, ja. Aber seine Gefühle für sie oder irgendeine andere waren nie so stark gewesen, dass er nicht ohne Probleme hatte von dannen ziehen können. Ohne Bedauern. Ohne schlechtes Gewissen. Tja, da bildete Kaia eine unerträgliche Ausnahme. Zumindest bis auf Weiteres. Er brauchte sie. Er wollte sie, und wenn der richtige Zeitpunkt gekommen wäre, würde er sie auch haben. Ende der Geschichte.

Allein der Gedanke daran fraß ihn vor Lust auf und verdrängte jede andere Emotion in ihm.

Nicht jetzt, verflucht. Sie muss sich mit den Jungs entspannen und mit ihnen trainieren. „Übrigens", sagte er zu Haidee, um sich irgendwie abzulenken. „Ich weiß, dass du weißt, warum Amun neulich zu Cronus gerufen worden ist."

„Ach ja? Und?" Ihre Schwermut legte sich ein wenig, und ihr Gesicht hellte sich vor Belustigung auf. „Ich bin zwar nicht mehr von *Hass* besessen, aber hin und wieder macht es mir trotzdem Spaß, dich zu quälen. Außerdem weiß ich, dass sich einer deiner Kumpels einschalten und dir die Einzelheiten verraten würde."

Gewinnen.

Na toll. Gegen eine Frau. Jetzt musste Strider gegen sie einen Willenskampf gewinnen. Doch er glaubte zu verstehen, warum sich sein Dämon wie ein Wilder auf diese Chance zum Sieg stürzte – so einfach er (hoffentlich) auch zu erringen wäre. Nachdem Kaia auf der Fahrt hierher dermaßen gefällig gewesen war, brauchte der Bastard Nahrung.

„Was hat er in Erfahrung gebracht? Und, ja: Wir unterhalten uns gerade etwas länger, ob du das willst oder nicht. Ich werde dir die ganze verfluchte Nacht wie ein Welpe an der Leine folgen, wenn es nötig ist." Wenn diese Drohung sie nicht zum Einlenken brachte, wusste er auch nicht weiter.

„Nichts." Sie seufzte. „Amun konnte sie nicht finden – die Frau, die jetzt von dem Dämon *Misstrauen* besessen ist. Cronus will, dass er morgen wiederkommt und es noch einmal versucht. Nun hast du beide Antworten. Zufrieden?"

„Ein bisschen.“ Er hatte gewonnen, und kleine Glücksfunken füllten seine Brust. „Sag ihm …“ Strider riss die Augen auf, als ihm plötzlich ein Gedanke kam. „Er soll mich anrufen, wenn Cronus mit ihm fertig ist und er sich ein bisschen ausgeruht hat.“ Heute Nacht war Amun zu müde, als dass er ihn in die Pflicht nehmen könnte. Aber wenn ihm jemand helfen konnte, Juliettes Versteck für die Zweiadrige Rute zu finden, war er es. Verdammt, daran hätte Strider schon längst denken sollen. „Er muss mir einen Gefallen tun.“

Haidee trank einen Schluck Bier. „Dir und allen anderen auf der Welt.“

„Verdammtes Mädchen. Lern endlich zu teilen.“

Sie verdrehte die Augen. „Lustig, das ausgerechnet aus deinem Mund zu hören.“

„Nein, es ist pure Ironie. Das ist ein Unterschied. Aber soll ich dir die Wahrheit sagen? Ich bin ein hoffnungsloser Fall, einfach schon zu festgefahren. Du hingegen hast noch eine Chance zu kämpfen.“

Sie lachte und erwiderte etwas, doch ein schriller Schrei im Hintergrund ertränkte ihre Worte. So ein Mist. Striders Ohren erkannten den Schrei augenblicklich.

Er wirbelte im gleichen Augenblick herum, als ein roter, unscharfer Blitz an ihm vorbeiflog und sich auf Haidee stürzte.

16. KAPITEL

Der Wind zerzauste Striders Haare, als er Kaia bei der Taille packte. Er war schnell, aber nicht schnell genug, und als er sie im Feuerwehrmannstil über die Schulter geworfen hatte, waren Haidees Wangen mit blutigen Kratzern übersät.

Haidee schien viel zu erschrocken zu sein, um reagieren, geschweige denn, sich verteidigen zu können. Was so gar nicht zu ihr passte. Niemand hatte solch hoch entwickelte Schutzinstinkte wie Haidee. Entweder wurde sie nachlässig, oder die Trennung von *Hass* hatte sie langsamer gemacht.

„Du fasst ihn nicht an. Du sprichst nicht mit ihm. Niemals!“, fauchte Kaia, und in ihrer Stimme schwangen die Schreie eines anderen Wesens, ihre eigene Wut und dunkle Schwaden der Finsternis mit.

„Verdammt, Kaia.“ Strider klopfte ihr auf den Hintern. Sie merkte es nicht. Sie versuchte sich umzudrehen und rammte ihm dabei versehentlich ein Knie in den Magen. Und zwar fest. Er atmete heftig aus und krümmte sich, wobei er sie um ein Haar losgelassen hätte. Er justierte seinen Griff neu – eine Hand auf die Rückseite ihrer Beine, die andere auf dem unteren Rücken. Mein Gott, war sie heiß! Und zwar nicht im übertragenen Sinne. Die Hitze sickerte nur so durch ihre Poren und verbrannte ihn.

Gewinnen?

Sein Dämon meldetet sich schon wieder. Na großartig! Wenigstens war sich der Bastard nicht ganz sicher, wie er sich der Harpyie gegenüber verhalten sollte. *Ich habe sie doch, oder etwa nicht? Was willst du denn noch?*

„Kaia“, sagte Strider. „Wenn du dich nicht beruhigst, tust du mir noch ernsthaft weh.“

Zu seiner Überraschung durchdrangen seine Worte den Nebel ihrer Wut und zeigten Wirkung. Binnen weniger Sekunden beruhigte sie sich. Sie hing noch immer über seiner

Schulter, ihre flachen Hände drückten gegen seinen Rücken, ihr heißer Atem strich über sein Shirt, drang durch den Stoff und streichelte seine Haut.

Na, Stridey-Monster, auch wieder da? Den Göttern war Dank, dass ihre Beine die Beule in seiner Hose verbargen.

Gewonnen, seufzte *Niederlage* zufrieden, und diese Zufriedenheit durchzuckte ihn wie ein Blitz und steigerte seine Lust noch mehr. Eine Lust, die bei Weitem stärker war als alles, was er mit Haidee erlebt hatte.

In der Bar hielten sich mehrere Männer auf, die ihn und Kaia interessiert beobachteten. Er grinste dümmlich. „Frauen."

Sie nickten verständnisvoll.

Ein finster dreinblickender Amun eilte an Haidees Seite. Haidee sagte nur: „Es ist nichts, Baby. Ehrlich." Dennoch nahm er ihr Gesicht vorsichtig in die Hände und warf dann Strider einen wütenden Blick zu.

Als Hüter von *Geheimnisse* konnte Amun die Gedanken aller lesen, die sich in seiner Nähe aufhielten. Strider hob seine mentale Sperre auf und gewährte seinem Freund Einlass. *Denk nicht einmal daran, dich an ihr zu rächen. Das Ganze hätte viel schlimmer enden können, und das weißt du genau. Kaia hat ihr bloß ein paar Kratzer verpasst, sonst nichts.*

Du beschützt, was dir gehört, und ich beschütze, was mir gehört, gebärdete sich Amun wütend.

Kaia. Sein. Er wollte die Freude, die sich zu der Lust gesellte, gar nicht erst analysieren. Und er brauchte es auch nicht. Sie gehörte tatsächlich ihm. Aber nur eine Zeit lang, sagte er sich.

Haidee schlang die Finger um den Unterarm ihres Mannes, was eine Blutspur auf seiner mokkafarbenen Haut hinterließ. „Ist schon gut. Ich bin okay."

Kaia zeichnete etwas auf Striders Rücken, was ihn ablenkte. Ein Herz, dachte er und verspürte den Drang zu lächeln.

Amun schickte noch einen Schwall Zeichensprache zu ihm hinüber. *Findest du das etwa lustig?*

„Ja. Allerdings. Wenn du uns jetzt entschuldigen würdest?

Wir müssen noch etwas erledigen." Strider trug Kaia zur Tanzfläche.

Da Sabin noch nicht eingetroffen war, gab es keinen Grund, der Versuchung zu widerstehen. Sanft ließ er Kaia von seiner Schulter gleiten, wobei sie sich fest an ihn drückte. Anstatt die Füße auf die Holzdielen zu stellen, schlang sie die Beine fest um seine Taille, sodass sie mitten auf seiner Erektion zum Sitzen kam.

Strider unterdrückte ein Stöhnen. Wenigstens war ihre Körpertemperatur gesunken, und er brauchte sich keine Sorgen mehr zu machen, dass sein bestes Stück Feuer finge. Er blickte ihr tief in die Augen, und die Welt um ihn herum verschwand. Es gab nur noch Kaia, sein Verlangen und das Bedürfnis, die Wut zu mildern, die er unabsichtlich in ihr geschürt hatte.

Er verschränkte die Arme unter ihren Oberschenkeln, damit sie nicht herunterrutschte und um das vor den Blicken seiner Freunde abzuschirmen, was sie nicht sehen sollten. Das, was ihm gehörte. Ihr Hintern gehörte auf jeden Fall ihm.

„Lass mich los", sagte sie ohne großen Nachdruck. Er verzichtete darauf zu betonen, dass sie ihn viel fester hielt, als er sie. „Ich werde diese Schlampe umbringen."

„Nein, Baby Doll, das wirst du nicht."

„Oh doch." Doch das Schwarz verschwand aus ihren Augen und ließ das Silbergold zurück, das er so liebte.

Brrrr. Moment mal. Liebte? Zum Teufel, nein! Er *mochte* die Farbe, das war alles. „Wo ist denn Miss Handzahm geblieben? Die junge Frau, die ich hergefahren habe?" Eigentlich hätte die kleine Kostprobe von Miss Handzahm für ihn der Himmel auf Erden sein müssen. Denn schließlich hatte er immer behauptet, genau das von ihr zu wollen. Doch überraschenderweise mochte er sie viel lieber so, wie sie jetzt war. Aufgebracht und wild.

Vielleicht weil die verlockende Aussicht, sie zu zähmen, sein Blut zum Kochen brachte.

Für einen kurzen Moment flackerte wieder das Schwarz auf.

„Miss Handzahm ist tot. Du hast sie umgebracht, als du mit einer anderen Frau geflirtet hast."

„Falls du es noch nicht wusstest: Tote müssen nicht zwangsläufig für immer tot sein", neckte er sie. „Vielleicht kann sie aus ihrem Grab wiederauferstehen."

Sie stieß ein Keuchen aus. „Ich wusste, dass du mich so magst." Sie rammte ihm die Faust in die Schulter. „Ich wusste es!"

Er lachte. Er konnte seine Belustigung einfach nicht länger für sich behalten.

Sie hielt inne und sah ihn grimmig an. „Was ist so lustig?"

„Du." In diesem Moment war sie so herrlich unlogisch und bezaubernd – und verdammt eifersüchtig. „Am liebsten würde ich dich auffressen."

Sie öffnete den Mund und verzog ihre Lippen in einer Mischung aus Entsetzen und Hoffnung. „Was?"

Wo er ihre Aufmerksamkeit schon mal hatte … Er legte ihr die Hände direkt unter den Po, hob sie hoch und setzte sie auf die Spitze von Stridey-Monster, der so angespannt war wie selten zuvor. „Willst du mir erklären, was da gerade los war? Mit Haidee?"

Sie starrte über seine Schulter, und ihr Gesicht verschloss sich. Dennoch knabberte sie auf ihrer Unterlippe herum, als er das Becken nach vorn schob und sich an ihr rieb. „Nein. Will ich nicht."

„Tu es trotzdem."

Noch eine Bewegung mit der Hüfte. Das Knabbern wurde heftiger. Das ist zu viel, dachte er. *Zu viel für diesen überfüllten Raum*. Er hielt sie ruhig.

„Sag es mir", forderte er sie auf.

Eine Pause. Dann ein schmollendes: „Du magst sie mehr als mich."

Sie hatte einem ganzen Clan voll rachsüchtiger Harpyien gegenübergestanden, ohne sich zu beklagen, aber der Gedanke an ihn mit einer anderen war mehr, als sie ertragen konnte. Das war Balsam für sein Ego, sicher. Aber es gefiel ihm nicht, dass er ihr wehgetan hatte. „Nein, Baby Doll, das tue ich nicht."

„Tust du wohl. Du hast es selbst gesagt."

„Dann war ich verrückt. Und sehr, sehr dumm. Das tut mir ehrlich leid." Es war die Wahrheit. Er hatte nur *gedacht*, in Haidee verliebt zu sein. Hatte sich von der Herausforderung, das Herz eines Feindes zu gewinnen, in die Irre führen lassen.

Nach dem Sieg hätte er sie ohne Reue verlassen. Ganz leicht. Aber Kaia gegenüber hatte er sich richtig gemein verhalten – vielleicht weil er tief im Innern gespürt hatte, dass er sie nicht so einfach verlassen könnte.

„Ich mag dich. Sehr sogar."

Sie hob das Kinn, wodurch wieder dieser liebenswerte, für sie so typische sture Ausdruck entstand. „Aber ich habe mit Paris geschlafen, und das kannst du niemals vergessen."

Ja, das hatte er ihr immer wieder unter die Nase gerieben, nicht wahr? Wirklich dumm von ihm. Bislang hatte ihn diese Tatsache extrem gestört – weil er ein bisschen eifersüchtig und verletzt gewesen war, dass sie Paris ihm vorgezogen hatte –, aber jetzt erschien es ihm unwichtig.

Mit wie vielen Frauen war Strider in all den Jahren zusammen gewesen? Mit wie vielen, seit Kaia sich ihm erklärt hatte? Jede dieser Frauen hätte eine Freundin von ihr sein können.

„Kurze Eilmeldung", sagte er, in der Hoffnung, die Kränkung zu mildern, die er verursacht hatte, „die Hälfte der Leute in diesem Raum hat schon mit Paris geschlafen."

Hoffnung blühte auf, das Gold verschlang ihre Augen, überschattete sogar das Silber – nur um rasch wieder zu ersterben. „Du wirst nie darüber hinwegkommen. Jedenfalls nicht richtig. Nicht bei mir."

Okay, da war wohl ein wenig Schadensbegrenzung angezeigt. „Bitte erlaube mir, das glattzubügeln. Bin ich eifersüchtig? Ja. Wirst du es noch einmal tun? Hölle, nein. Nicht wenn du willst, dass er weiterhin atmet. Mache ich mir seinetwegen Gedanken über *unser* erstes Mal? Ja. Was ist, wenn ich nicht so gut bin? Aber verurteile ich das, was geschehen ist? Nein. Du sprichst hier mit einem, der es selber ziemlich wild getrieben hat, Kaia. Als ob ich in der Position wäre, über andere zu urteilen."

„Du bist eifersüchtig?" Der strahlende Glanz ihrer Haut schimmerte plötzlich unter ihrem Make-up hervor, als ihre Körpertemperatur stieg.

Sein Herz nahm einen unregelmäßigen Rhythmus auf. Ihm lief das Wasser im Mund zusammen. Einmal probieren, bald, sehr bald. Er musste sie einmal probieren. „Ja. Und ich habe noch eine Neuigkeit für dich." Er sprach undeutlich, als wäre er vor lauter Verlangen ganz betrunken. „Ich bin ziemlich besitzergreifend. Und das wird sich niemals ändern."

„Ich will gar nicht, dass sich das ändert. Das gefällt mir nämlich so an dir."

„Gut." Die wenigen Male, die er sich auf diese Beziehungssache eingelassen hatte, war ihm seine Besitzgier schnell zum Verhängnis geworden.

„Und ich …" Auf einmal verfinsterte sich ihr Blick, und das Leuchten ihrer Haut verblasste genauso wie zuvor die Hoffnung. „Das sagst du alles nur, weil ich die Zweiadrige Rute für dich gewinnen soll."

Tja, dieses Misstrauen hatte er wohl verdient. Dabei lag Kaia so was von falsch. Er spürte, wie sich sein schlechtes Gewissen regte. Ganz egal, was er als Nächstes sagte, ganz gleich, ob sie ihm jetzt glaubte – wenn er diese verdammte Rute tatsächlich stähle, würde sie denken, er hätte gelogen.

Darüber kannst du dir später Gedanken machen. „Hat die Rute sexy, rote Haare und einen heißen Körper, der sich gerade an mich schmiegt?"

Sie verzog ihren sinnlichen Mund. „Nein."

Wie zum Küssen gemacht … „Dann bin ich mir ziemlich sicher, dass ich dich um deiner selbst willen mag. Ich meine, was sollte mir an dir denn nicht gefallen?"

„Stimmt", erwiderte sie, jedoch ohne sich zu entspannen.

„Ich bin in der Tat ziemlich toll."

„Mehr als ziemlich."

„Ich weiß. Und niemand wird mir je das Gegenteil einreden können. Ganz egal, wie sehr er sich auch bemüht." Ihre Worte trafen einen wunden Punkt, denn sie erinnerten ihn daran, wie oft er versucht hatte, ihren Stolz zu zerrütten, um sich selbst davor zu schützen, sie zu begehren.

Auch wenn das nie funktioniert hatte.

Niederlage regte sich, und Strider vertrieb ihn mental in eine dunkle Ecke. Er konnte jetzt keine Störung durch seinen Dämon gebrauchen. Das hier war eine Sache zwischen ihm und Kaia.

„Tut mir leid, dass ich jemals etwas anderes gesagt habe", sagte er. „Ich habe ganz offensichtlich an irgendeinem Hirnschaden gelitten."

„Hatte ich mir schon gedacht." Zwar entspannte sich ihre Miene, nicht aber ihr Körper. „Was gefällt dir noch an mir – abgesehen von meinen wunderschönen Haaren und meinem tollen Körper? Denn als wir das letzte Mal darüber sprachen, meintest du, ich würde dir zu viele Schwierigkeiten machen. Du hast gesagt, ich würde dich unentwegt herausfordern, und du hättest keine Lust darauf, dich andauernd mit mir auseinanderzusetzen."

„Wirst du mir in Zukunft bei jedem Streit alles um die Ohren hauen, was ich jemals zu dir gesagt habe?"

„Auf jeden Fall." Sie gab es freiwillig und ohne zu zögern zu.

„Okay, ich wollt's nur wissen." Und hier kam das Schockierende: Es gefiel ihm. Wer einen Kampf gewinnen wollte, musste jede erdenkliche Waffe einsetzen, und sie schwang seine zurückliegende Dummheit wie ein Samuraischwert. Sie schnitt ihn damit und zeigte ihm zugleich, wie er *ihre* Wunden heilen konnte.

„Und?"

„Du forderst mich in der Tat unentwegt heraus, das kann ich

nicht leugnen." Sie erstarrte, und er beeilte sich fortzufahren: „Aber ich muss feststellen, dass es mir nichts ausmacht."

Wut blitzte auf, ein stürmisches Silber ohne einen Hauch von Gold. „Es *macht* dir nichts *aus*? Was bin ich nur für ein Glückspilz! Falls dir eine der Exfreundinnen jemals gesagt haben sollte, dass du gut mit Worten umgehen kannst, hat sie gelogen."

Kaia löste ihre Knöchel und nahm die Beine herunter. Doch er ließ sie nicht los, sondern zwang sie, sich weiterhin an ihn zu drücken – und sich weiter an ihm zu reiben. Mit genau dem richtigen Druck, ohne ihn zu sehr zu stimulieren.

„Sieh mal", sagte er. „Du bringst mich zum Lachen. Du erregst mich. Und ich stelle fest, dass mir das, wovon ich dachte, ich würde es nicht ausstehen können, am allermeisten an dir gefällt. Außerdem weiß ich, dass ich auch nicht gerade ein Zuckerschlecken bin."

Sie fing an, sich zu entspannen. Bei seinen letzten Worten verzog sie das Gesicht zu einer Grimasse. „Du schaufelst dir dein Grab immer tiefer, du Hornochse."

„Komm schon, Baby Doll." Er spreizte die Finger und hätte dabei fast ihre intimste Stelle berührt, während er sich der aufregendsten Achterbahnfahrt der Welt entgegenneigte. „Ich bin ein Neuling auf dem Gebiet ‚Gemahl sein'. Gib mir etwas mehr Freiraum."

Ja, er wusste, dass es lustig war, sie um emotionalen Freiraum zu bitten, während er ihr im selben Moment jeglichen körperlichen Freiraum untersagte, aber hallo? Er war schließlich ein Kerl. Da war das doch zu erwarten. Doch als er im nächsten Augenblick begriff, was er soeben gesagt hatte, erstarrte er, und es schien ihm, als könne er nicht einmal mehr atmen.

Plötzlich strahlte sie pure Verletzlichkeit aus. „Ist das ein Zugeständnis, dass du zu mir gehörst?", fragte sie.

War es das? „Ja", erwiderte er, „für die nächsten Wochen werde ich dir der beste verdammte Gemahl sein, dem du je begegnet bist. Danach kann ich für nichts garantieren. Ich war noch nie der Typ für ‚bis in alle Ewigkeit'. Wenn alles vorüber ist, müssen wir die Lage neu bewerten und sehen, wie es uns damit geht."

Ein Gedanke blitzte in seinem Bewusstsein auf. Was, wenn sie ihm nicht verzeihen könnte, die Rute gestohlen zu haben? Was, wenn diese Tat nicht in die Kategorie „einem Gemahl verzeihen wir fast alles" fiel? Dann gäbe es keine Neubewertung, weil sie nichts mehr mit ihm würde zu tun haben wollen. Dann wären sie fertig miteinander.

Die Panik überkam ihn. Er musste sie davon überzeugen, ihn mit Haut und Haar zu nehmen, und zwar jetzt. Dann fiele es ihr später schwerer, ihn aus ihrem Leben zu verbannen.

Auch wenn er natürlich gar nicht länger in ihrer Nähe würde bleiben *wollen*. Wie er gesagt hatte: Er war noch nie der Typ für „glücklich bis ans Lebensende" gewesen. Ein paar Monate schon, aber niemals länger. Und dennoch konnte er sich im Moment nicht vorstellen, Kaia *nicht* zu wollen. In diesem Moment hasste er die Vorstellung, ohne sie zu sein. Und deshalb musste er sie überzeugen.

„Gib mir eine Chance", beschwor er sie. „Bitte."

Gewinnen? fragte *Niederlage.*

Zurück in deine Ecke.

Entfernt nahm er wahr, dass sich die Musik verändert hatte. Sie war jetzt härter und schneller, doch er weigerte sich, sein langsames Tempo mit Kaia zu beschleunigen.

Ihre Schultern sackten nach unten, doch statt enttäuscht davonzustapfen, weil er ihr nicht versprochen hatte, für immer zu bleiben, legte sie ihm die flachen Hände auf die Brust und flüsterte: „Das ist nicht genug. Ich wünschte, es wäre anders, aber ..."

„Zum jetzigen Zeitpunkt ist es alles, was ich dir anbieten kann." Er nahm ihr Gesicht in seine Hände und zwang sie, ihn weiter anzusehen. „Ich weiß genau, dass ich die Vorstellung von dir mit einem anderen hasse. Ich weiß, dass du die einzige Frau bist, die ich begehre."

Sie fing wieder an, auf ihrer Unterlippe herumzukauen, und

fast, *fast* hätte er das für sie übernommen. Aber noch nicht. Nicht bevor sie eingewilligt hatte.

„Wieso hast du deine Meinung geändert?", wollte sie wissen. „An meinen hervorragenden Kampfkünsten liegt es ja wahrscheinlich nicht, nachdem ich beim ersten Wettkampf mit Pauken und Trompeten untergegangen bin."

Sein Magen brannte, als ein Bild von ihr durch seinen Kopf wehte. Ihr Körper schlaff und blutverschmiert. Ihr Gesicht geschwollen, ihre Gliedmaßen zerfetzt. Nie wieder, dachte er düster. *Ich werde dich beschützen.*

Gewinnen?

Diesmal versuchte er nicht, *Niederlage* zu verscheuchen. Was das anging: ja. Er würde jede Herausforderung annehmen.

Noch ehe er auf Kaias Frage antworten konnte, senkte sie den Blick und fügte hinzu: „Einmal habe ich für dich einen Kampf verloren. Weißt du noch? Die Nacht mit den Jägern? Ich habe dich herausgefordert, mehr Jäger zu töten als ich, und ich hätte problemlos siegen können. Doch stattdessen habe ich meine Opfer dir überlassen."

Seine Brust zog sich zusammen, als ihn ein unbekanntes Gefühl durchbohrte. „Ja, das weiß ich noch, Baby Doll, und ich habe dir nie dafür gedankt. Das tut mir leid."

„Dank hin oder her – ich werde so etwas nicht noch einmal tun. Ich werde nie wieder deinetwegen einen Kampf verlieren", sagte sie in sanftem Ton.

„Da bin ich froh." Ihr Stolz war genauso groß wie seiner. Sie hasste es, zu verlieren, und obwohl sie dabei keine körperlichen Schmerzen erlitt, spürte sie dennoch unbeschreibliche mentale Qualen.

Ihre eigenen Leute nannten sie Kaia die Enttäuschung, verdammt. Deshalb strebte sie stets danach, sich als würdig zu erweisen. Das begriff er nun. Allein deshalb hatte sie ihn herausgefordert. Sie hatte beweisen wollen, dass sie gut genug für ihn war. Und dass sie absichtlich verloren hatte, demonstrierte, wie viel sie für ihn empfand. Auch das wurde ihm jetzt klar.

Dabei hatte sie es gar nicht nötig, irgendwem irgendetwas zu beweisen.

Trotzdem. Wie hatte er sich dafür revanchiert? Indem er sie wieder und wieder zurückgestoßen hatte. In ihm explodierte das schlechte Gewissen – eine Bombe, die er ganz allein gebaut hatte. Von nun an keine Zurückweisung mehr. Solange sie zusammen wären, würde er sie mit der Achtsamkeit und Fürsorge behandeln, die sie verdient hatte.

„Im Moment bist du zufrieden." Sie blinzelte ihn an, und ihr warmer, süßer Atem streichelte seinen Hals. Sein Puls wurde schneller, wollte sich keinen einzigen Atemzug entgehen lassen. „Aber wenn ich dich in irgendeiner Sache schlage, wirst du leiden."

„Und du wirst mich küssen, damit es mir wieder besser geht. Nicht wahr?"

Sie grub ihm die Fingernägel durch sein T-Shirt in die Haut. „Ich … Ich … weiß nicht, was ich sagen soll."

„Sag, dass du mich nicht absichtlich zu einer Sache herausfordern wirst, die ich unmöglich gewinnen kann."

Ein Moment verstrich in Stille, während sie über seine Worte nachdachte. „Ich werde es versuchen, aber versprechen kann ich es nicht. Manchmal bringst du einfach meine schlechtesten Seiten zum Vorschein."

Ha! Er brachte nur das Beste in ihr zum Vorschein. Da war kein Ego-Alarm nötig. Die Wahrheit blieb die Wahrheit – egal wie sehr man sie auseinandernahm. „Wie dem auch sei. Wir werden schon einen Weg finden."

„Ja, wir werden …" Ganz langsam kniff sie die Augen zusammen und bohrte ihm die Nägel noch tiefer ins Fleisch. „Ja, ja. Endlich lerne ich mal *Mister* Handzahm kennen. Wickelst du mich gerade etwa nach allen Regeln der Kunst um den Finger, damit ich Haidee in Ruhe lasse?"

Immer argwöhnisch, aber das lag eben in der Natur dieses kleinen Biests. In dieser Hinsicht waren sie sich wirklich sehr ähnlich. „Wenn du es immer noch willst, kannst du ihr ruhig etwas antun. Allerdings wird Amun dann ziemlich sauer werden und sich auf *mich* stürzen. Und dann werde *ich ihn* verletzen müssen."

„Na schön", erwiderte sie seufzend. „Ich mag Amun. Und deshalb werde ich Haidee in Ruhe lassen."

„Danke", erwiderte er zähneknirschend. Sie mochte *Amun*?

Sie nahm eine Hand von seiner Brust und warf sich die Haare über die Schulter. „Also, was gefällt dir an mir? Das hast du noch nicht gesagt. Du kannst ruhig bildhaft sprechen und vielleicht hier und da etwas Poesie einflechten. Oder vielleicht einen dieser kleinen Limericks, die du neulich erwähnt hast."

Sie wollte es ihm wohl schwer machen, hm? Obwohl sie sich schon längst entschieden hatte, ihm zu geben, was er wollte. Alle Privilegien eines Gemahls, die unsichere Zukunft hin oder her. Sicher, das hatte sie so noch nicht gesagt, aber das brauchte sie auch nicht. Er wusste es einfach. Sie war hier, in seinen Armen, und wollte, dass er sie umwarb.

Typisch Kaia. Niemals langweilig, sondern immer ein Heidenspaß. Zu alledem beherrschte sie die Kunst, *Niederlage* zu erfreuen, beinahe perfekt. Hier und da bot sie ihm kleine Herausforderungen an, um ihn zu nähren. Herausforderungen, die Strider ohne Probleme gewinnen konnte.

Gewinnen.

Aha. Sie hatte es schon wieder getan; sie hatte ihn zu etwas Leichtem herausgefordert. Aber würde er in der Disziplin „Poesie" den Sieg nach Hause tragen? Götter, nein. „Na ja, mal sehen", begann er heiser. „Ich mag deinen klugen Mund. Ich mag deinen schmollenden Mund. Ich mag deinen verrückten Mund. Ich mag deinen schreienden Mund. Ich mag ..."

„Meinen Mund", unterbrach sie ihn trocken und verdrehte die Augen. Doch in ihren Augen funkelte Erregung. Sie drückte sich an den harten Beweis seiner Lust und rieb ihn genau so, wie er es mochte. „Sag mir, warum."

„Nein. Ich *zeige* es dir." Er legte ihr eine Hand in den Nacken und zog ihren Kopf auch das letzte Stückchen zu sich heran.

Ihre Lippen trafen aufeinander, öffneten sich, ihre Zungen begrüßten einander. Sie schmeckte nach Minze und Kirsche, und er erkor diese Mischung zu seinem neuen Lieblingsgeschmack.

Sie zerwühlte ihm die Haare, grub ihre Krallen in seine Kopfhaut. Lust zirkulierte in seinen Adern, die reine, pure Lust, die alles andere ausblendete. Die Leute um sie herum, die Umstände, die Konsequenzen. Er hielt das Feuer in seinen Armen und sehnte sich danach, von den Flammen verbrannt zu werden.

Und er wollte auch *sie* verbrennen. Wollte sein Wesen in jeden Teil von ihr brennen und sie als seine Frau neu erschaffen. Jeder, der sie ansähe, der sich ihr näherte, wüsste, wem sie gehörte.

Mir, sie gehört mir. Verflucht, sie erregte ihn. Ihre Zungen duellierten sich, selbst das war ein Kampf. So ein köstlicher Kampf. Er gewann die Oberhand und machte ihren Mund zu seinem Territorium. Er spürte ihre harten Perlen an seiner Brust und hätte am liebsten hineingezwickt. Wäre am liebsten mit den Fingern tief in sie eingedrungen, um sie zum Höhepunkt der Lust zu tragen.

„Strider", hauchte sie.

„Baby Doll."

„Nicht aufhören."

Gewonnen, sagte *Niederlage* seufzend und pumpte noch mehr von dem Glücksgefühl durch Striders Körper – wodurch sein Verlangen noch stärker wurde.

Strider schob sie vor sich her. Bei jedem knarrenden Schritt wurde die Reibung zwischen ihnen stärker. Als sie den nächsten Tisch erreicht hatten, beugte er sich nach vorn, fegte mit dem Arm sämtliche Bierflaschen herunter und hörte sie in der Ferne auf dem Boden zersplittern. Er drückte Kaia auf das Holz.

Er wollte Sachen mit ihr anstellen. Böse Sachen. Nein, gute Sachen, korrigierte er sich. Er musste gute Sachen mit ihr anstellen. Musste ihr Bester sein. Aber vielleicht würde er sie zu einigen dieser schlechten Sachen drängen, sie dazu bringen, alles zu nehmen, was er zu geben hatte. Sie dazu bringen zu betteln, ihn zu brauchen, sich nach ihm zu sehnen wie nach einer Droge.

„Woo-hoo! Yeah, Baby, yeah!“, rief Anya, die Halbgöttin der Anarchie, und ihre Stimme zerrte ihn gewaltsam aus dem Nebel der Lust. „Reiß ihm die Kleider vom Leib, Kaia. Zeig uns, was er zu bieten hat!“

Knurrend richtete Strider sich auf. Er ließ den Blick durch den Raum schweifen, während seine Gedanken rasten. *Vernichte die Leute, und mach weiter damit, Kaia zu küssen.* Als er begriff, dass jede einzelne Person in der Bar sie beobachtete, kühlte seine innerliche Hitze ab. Einige beobachteten sie grinsend, andere verblüfft und wieder andere – nämlich die Menschen – lüstern.

Die Hitze kehrte zurück, wenn auch aus einem völlig anderen Grund. Wut, unsägliche Wut überschattete seine Lust. Er wollte nicht, dass *irgendwer* Kaia so sah – verloren und gierig, wild auf ihn. Das konnte er nicht zulassen. Und das würde er auch nicht zulassen.

Er packte sie am Arm, zog sie auf die Füße und strich ihr das Kleid glatt. Seine Bewegungen waren steif und abgehackt. Wie hatte er ihr Publikum auch nur für eine einzige Sekunde vergessen können? Jemand hätte ihn angreifen können. Ihn überwältigen. Wie hatte er vergessen können, was mit ihm geschähe, wenn er nicht Kaias Bester war? Ihr bester Küsser. Der Beste in ihrem Bett. Er wäre zerstört, zu schwach, um in seiner Mission erfolgreich zu sein, und ihr in den bevorstehenden Wettkämpfen keine Hilfe.

Allerdings … wurde er momentan nicht vom Schmerz in die Knie gezwungen, weshalb er ganz offensichtlich ihr bester Küsser gewesen war. Wieder mal. Bei dieser Erkenntnis blähte sich seine Brust vor Stolz auf. Natürlich war er der Beste gewesen und … *Ego-Alarm.*

Er hatte Besseres zu tun, als seine Einzigartigkeit zu loben. Wie zum Beispiel sie den Jungs zu übergeben, die sie für den nächsten Wettkampf fit machen wollten, und sie dann zurück ins Motel zu bringen.

Gewonnen, gewonnen, gewonnen, sagte *Niederlage* seufzend, und noch mehr Glücksgefühle machten sich in Strider breit.

Ich habe nie daran gezweifelt. Mit düsterem Blick sah er seine Freunde an. „Genug herumgespielt", sagte er knapp, ehe er seine Aufmerksamkeit wieder Kaia widmete. „Schnapp dir die Jungs, und geh mit ihnen nach draußen. Tu das, wozu ich dich hergebracht habe."

Sie sah ihn überrascht an. „Du kommst nicht mit?"

„Nein." Er gab ihr einen sanften Schubs. „Und jetzt geh."

17. KAPITEL

Zu Striders Bestürzung schafften sie es nicht bis nach draußen.

Als seine Freunde eilig die Getränke abstellten – von wegen: keine Spuren hinterlassen und so weiter – ging die Tür auf, und eine schwarzhaarige Schönheit kam hereinspaziert. Mit lavendelfarbenem Blick scannte sie die Bar … und hielt bei Kaia inne. Die roten Lippen verzogen sich zu einem zufriedenen Grinsen.

Strider erstarrte. Mist. Hatte er mal wieder ein Glück. Sabins Mission war jetzt überflüssig, was bedeutete, dass es heute Nacht kein Jagen und kein Stehlen gäbe. Die Eagleshields waren gelandet.

Kaia fluchte leise. „Ich Glückspilz. Juliette alias ‚Ich nerve dich so lange, bis du dich umbringst' alias die Ausmerzerin ist da." Der Gemahl der Frau ließ nicht lange auf sich warten. Beim ersten Wettkampf hatte Strider ihn nicht gesehen, weshalb er davon ausgegangen war, dass er irgendwo die Zweiadrige Rute bewachte. Darum war er umso überraschter, als der Bastard nun die Bar betrat. Sein Gesichtsausdruck war so selbstgefällig und überlegen, als gehörte alles, was er ansah, ihm. Und keine Spur von dem Artefakt. Dafür flankierten ihn diverse schwerbewaffnete Harpyien. Seine Leibwächterinnen?

Während der Einführungsveranstaltung hatte er schwere Ketten getragen. Jetzt fiel Strider auf, dass er Tattoos trug. Um Handgelenke und Hals hatte man ihm Kettenglieder ins Fleisch geätzt. Wenn er seine Stiefel auszöge, würde Strider vermutlich auch welche um seine Knöchel sehen.

Die Tattoos sahen rot, geschwollen und frisch aus, und Strider hätte sein linkes Ei darauf verwettet, dass er sie erst an diesem Morgen bekommen hatte.

Warum einen so gefährlichen Typen frei herumlaufen lassen, hä? Kaia hatte gesagt, Harpyien könnten ihren Gemahlen fast alles vergeben, aber hey! Der Mann hatte andere Harpyien umgebracht. Das war mit Sicherheit schlimmer als, nun ja, dem Feind ein unbezahlbares Artefakt zu stehlen.

Binnen weniger Sekunden hatten Striders Freunde sich neben ihm aufgestellt und bildeten eine bedrohliche Mauer. Niemand wusste, was hier vor sich ging – abgesehen vielleicht von Amun –, aber sie kannten ihn gut. Sie wussten, wann er sich für einen Kampf wappnete. Zum Teufel, sie erkannten einen Feind in dem Moment, in dem sie ihn sahen.

Gewinnen!

Nicht ein aggressives Wort war bisher gefallen, doch selbst *Niederlage* hatte die Bedrohung gespürt. *Wird erledigt.* Mit Vergnügen.

Der Mann – oder was auch immer er war – erblickte Kaia. In seinen schwarz glänzenden Augen kreiste ein hypnotischer Strudel. Sein Oberkörper war entblößt und seine Brustmuskeln zuckten. Weil er sich vorstellte, wie Kaia ihn anfasste?

Strider verkrampfte. *Meins. Und ich teile nicht. Niemals.*

„Lass uns Juliettes Gefolgschaft kidnappen und ihr damit drohen, sie freizulassen, wenn sie nicht macht, was wir wollen", flüsterte Kaia ihm zu.

„Moment. Was? Drohen, sie freizulassen?"

„Sie sind so furchtbar, dass es eine Strafe wäre, sie zurückzubekommen."

Strider verkniff sich ein Grinsen.

„Schluss mit lustig. Lass Mummy endlich arbeiten." Sie räusperte sich und straffte die Schultern. „Sieh an", sagte Kaia in beiläufigem Ton und dennoch so laut, dass jeder sie hören konnte. „Habe ich denn schon Geburtstag?"

„Nein", erwiderte Juliette. „Aber ich."

Apropos ... „Wann hast du eigentlich Geburtstag?", wollte Strider von Kaia wissen. Seine Freunde würden annehmen, er stellte die Frage ausgerechnet jetzt, um die Neuankömmlinge zu irritieren und ihnen zu zeigen, wie unwichtig sie waren. Und das stimmte zum Teil auch. Aber ein anderer Teil von ihm wollte es *wirklich* wissen.

Aus weit aufgerissenen silbergoldenen Augen sah sie ihn an. „Das weißt du nicht?"

„Nein."

Schmollend zwirbelte sie eine Haarsträhne zwischen den Fingern. „Wie kann das sein?"

„Weißt du denn, wann ich Geburtstag habe?", konterte er.

„Natürlich. An dem Tag, als du mir begegnet bist."

Das war ein genauso guter Tag wie jeder andere. „Nein, weil das eine Fangfrage war, Baby Doll. Ich habe nämlich gar keinen Geburtstag. Weil ich als erwachsener Mann geschaffen und nicht geboren wurde." Eine wahre Geschichte.

„Du kannst so ein Idiot sein." Verzweifelt warf sie die Hände in die Luft. „Hör auf, über solche Sachen mit mir zu diskutieren. Ich habe nämlich immer recht. Im Ernst. Bevor du mir begegnet bist, warst du tot, und das wissen wir beide. Was bedeutet, dass ich dich zum Leben erweckt habe. Also: Herzlichen Glückwunsch nachträglich."

Amun lachte, und das war ein Schock. Der ernste Krieger lachte nämlich nie. Anya nickte, als hätte sie noch nie ein schlüssigeres Argument gehört, und Gideon lachte leise hinter vorgehaltener Hand. Scarlet gab ihm einen Klaps auf den Hinterkopf.

„Du hast recht", erwiderte Strider und hätte am liebsten selbst gelacht. „Also, wann ist dein Geburtstag?"

„Haltet die Klappe", knurrte Juliette plötzlich. „Ich dachte, wir würden ein paar Beleidigungen austauschen."

Er drehte sich wieder zu ihr um, als wäre er überrascht, dass sie immer noch da war. Vor Wut waren ihre Wangen hellrosa und ihre Lippen nur noch zwei schmale Striche. Ausgezeichnet. Wenn sie emotional war, würde sie Fehler machen. Ihr Gemahl hingegen sah amüsiert aus. Und beeindruckt, sogar ein bisschen wehmütig.

Ich warne dich, Kumpel. Halte dich bloß von Kaia fern, projizierte Strider in seine Richtung.

Als hätte er die neue Gefahr gespürt, ließ der Mann seinen Blick zu Strider weiterwandern. Mehrere Sekunden lang starrten sie einander einfach nur wütend an. Auf keinen Fall würde Strider als Erster wegschauen, und das musste der Kerl gespürt haben, denn nachdem er aggressiv die Zähne gebleckt hatte, widmete er seine Aufmerksamkeit wieder Kaia – und leckte sich die Lippen.

Dafür wirst du bezahlen. Warum *Niederlage* nicht „gewinnen" rief, wusste Strider nicht. Aber das würde ihn trotzdem nicht davon abhalten, ein klitzekleines bisschen Stunk zu machen.

„Und, wie hast du sie gefunden?", fragte Strider schärfer als beabsichtigt.

„Ich bitte dich. Als ob es schwer gewesen wäre, euch zu folgen", erwiderte Juliette, die sich nur dazu herabließ, mit Kaia zu sprechen.

Da reckte *Niederlage* den Kopf.

Das ist keine Herausforderung, du Idiot. Wo warst du überhaupt, als ich auf dich gewartet habe?

Keine Antwort. Natürlich nicht.

Kaia verzog den Mund zu einem Lächeln. „Als ob ich nicht gewusst hätte, dass du mir folgst. Als ob ich nicht absichtlich Brotkrumen für dich gestreut hätte. Und jetzt sieh mal, wer diese Krumen wie eine Maus gefressen hat und in einer hübschen, kleinen Mausefalle gelandet ist."

Treffer. Unruhig verlagerte Juliette das Gewicht von einem Bein aufs andere. Sie betrachtete die dämonenbesessenen Krieger vor sich und wurde blass.

Niederlage lachte leise und überraschte Strider erneut. Während der Spiele, als Kaia es ihren Gegnerinnen gezeigt hatte, hatte der Dämon eine ähnliche Reaktion gezeigt. Strider hatte geglaubt, sich verhört zu haben. Dass der Lärm der Menge irgendwie in seinen Kopf eingedrungen sei. Aber jetzt …

Was hatte das zu bedeuten?

Denk später darüber nach. Die Belustigung seines Dämons würde ihm die Halsschlagader jedenfalls nicht durchtrennen. Aber Juliette würde es vielleicht tun, wenn er nicht vorsichtig war. Er musste sich konzentrieren.

„Wann möchtest du uns sagen, warum du mir gefolgt bist – bevor oder nachdem wir mit euren Gesichtern den Boden gewischt haben?“, fragte Kaia beiläufig. „Und mit ‚wischen‘ meine ich: ihn mit eurem Blut bedecken.“

„Während du dich entscheidest“, fügte Strider hinzu, „möchte ich dir Kaias Freunde vorstellen. Der Typ mit der Axt in der Hand ist Gideon. Er ist vom Dämon *Lügen* besessen. Die Frau neben ihm, die immerzu die Dolche hochwirft und wieder auffängt, heißt Scarlet. Sie ist vom Dämon *Albträume* besessen. Die hibbelige Blondine ist die Göttin der Anarchie.“ Er sah keine Veranlassung zu erwähnen, dass sie nur eine Halbgöttin war. Denn das klang nicht annähernd so beeindruckend.

Anya winkte mit dem kleinen Finger. „Hey zusammen. Willkommen auf unserer Party. Hier noch ein paar Fakten über mich, bevor ihr zu tot seid, um zu fragen: Meine Hobbys sind lange Strandspaziergänge, mit meinem Mann kuscheln und Leute umbringen, die mich bedrohen.“ Mit so süßer Stimme gesprochen und zugleich so furchterregend.

Strider wollte gerade weitersprechen, als Juliette keifte: „Ihr interessiert mich alle nicht. Wir sind nicht gekommen, um zu kämpfen. Warum auch? Dafür sind schließlich die Spiele da.“

Ach wirklich? Er hätte eine ordentliche Summe darauf gesetzt, dass genau das Gegenteil stimmte. Und er hätte natürlich gewonnen.

„Bist du sicher?“, fragte Kaia. „Es stört mich nicht, eine Ausnahme zu machen und so zu tun, als wäre das hier ein Wettkampf. Ich würde dich sogar zum ersten Schlag ausholen lassen, ohne mich dafür zu rächen. Allerdings kann ich nicht dafür garantieren, dass meine besessenen Freunde sich genauso gut benehmen.“

Schweigend wirbelte Juliette auf dem Absatz herum und ging zur Bar. Ihr Gemahl und ihr Clan folgten ihr.

Gewonnen, sagte *Niederlage* und seufzte glücklich.

Strider schlug in Gedanken mit ihm ein und freute sich, als

noch mehr Glücksgefühle durch seinen Körper jagten. Das einzige Problem war nur, dass Kaia jetzt nicht trainieren konnte. Und die Bar verlassen konnte sie auch nicht. Das wäre einem feigen Rückzug gleichgekommen. Also saßen sie hier fest, und ihr Rummach-Marathon war ebenfalls aufgeschoben. Mal wieder.

„Kaia!“, ertönte plötzlich eine aufgeregte Frauenstimme. Erneut schwang die Tür auf. Dieses Mal kam Bianka hereingerauscht. Die dunkle Mähne wehte hinter ihr her und klatschte Lysander, der ihr dicht folgte, ins Gesicht. Dahinter betrat ein weiterer Kriegerengel die Bar. Dieser hatte dunkle Haare, stechend grüne Augen und gefühllos leere Gesichtszüge.

Zacharel. Strider hatte den geflügelten Krieger vor Wochen kennengelernt, als er gemeinsam mit seinen Engelskollegen dafür sorgen sollte, dass Amun die Burg in Buda nicht verließ. Es hatte ihn große Mühe gekostet, sich mit dem Kerl auseinanderzusetzen, weil sein Körper jedes Mal, wenn sie einander nähergekommen waren, heftig reagiert hatte.

Strider hatte nie so herum getickt, aber es war auch wirklich nicht seine Schuld. Es gab einfach kein Wesen, das körperlich perfekter war als Zacharel. Außer Kaia. Dieses Mal spürte er jedoch keinerlei Reaktion. Vielleicht weil er schon so stark auf Kaia reagierte, dass nichts anderes mehr mithalten konnte.

Sabin und Gwen kamen als Nächstes herein. Obwohl Strider seinem Anführer keine Nachricht geschickt hatte, um ihn zu informieren, dass die Eagleshields hier waren, wirkte der Krieger kein bisschen überrascht, sie zu sehen. Anscheinend hatte er sie wie geplant aus dem Himmel beobachtet.

Ob er die Rute gefunden hatte?

„Bianka“, sagte Kaia lachend, während sie in die Mitte des Raums lief, wo sich die Zwillinge umarmten und einen Freudentanz vollführten, als hätten sie sich seit Jahren nicht gesehen.

„Ich wäre schon früher gekommen, aber Lysander hat mich in unserer Wolke festgehalten“, erklärte Bianka grinsend. „Er hat mich erst gehen lassen, als Sabin sein Okay gegeben hat –

was ich übrigens noch immer nicht verstehe. Deshalb werde ich ihn auch so lange bestrafen, bis er irgendetwas ausspuckt – Geheimnisse, Gedärme, ganz egal."

Das würde auch erklären, warum er ein blaues Auge hat, dachte Strider grinsend.

„Du hast es gut", meinte Kaia. „Du kannst deinem Gemahl wehtun."

„Ich weiß. Aber, bitte, nur keine Hemmungen. Du kannst ihm auch gern wehtun. Allerdings nicht zu sehr. Im Himmel gibt es momentan nämlich eine Menge Ärger – es geht um irgendein Stück Liebe, das verloren gegangen ist, was auch immer das zu bedeuten hat – und mein Schnuckiputzi ist ziemlich gestresst."

Das war das Letzte, was Strider verstand, bevor die Schwestern anfingen, wild durcheinanderzuplappern.

„... weil du umwerfend aussiehst und ..."

„... ich glaube, ich spinne ..."

„... nächstes Mal will ich eine Videoaufnahme von ..."

„... richtig aufgeschnitten, gibt Haut ein hübsches Portemonnaie ab ..."

„... macht *sie* eigentlich hier?"

Synchron drehten sie sich zur Bar um und bedachten Juliette mit einem Blick, der vor Verachtung nur so troff. Juliette tat, als bemerkte sie es gar nicht. Ganz im Gegensatz zu ihrem Gemahl. Der lächelte die Zwillinge an, als wären sie das Weihnachtsgeschenk, das er sich schon immer gewünscht hatte.

Blut ... wird wärmer ...

Strider hätte sich wie eine Wasserstoffbombe auf den Kerl geworfen, wenn er nicht eine starke Hand auf der linken Schulter gespürt hätte. „Das würde ich nicht tun", warnte Lysander ihn.

„Du nicht. Ich schon." Nicht eine Sekunde ließ er den Mann, den er so gerne umgebracht hätte, aus den Augen.

Eine nicht minder kräftige Hand legte sich auf seine rechte Schulter. „Vielleicht solltest du deine Strategie noch einmal überdenken", riet Zacharel mit seiner kalten, tonlosen Stimme.

Tja, also, vielleicht hatten die Menschen eine andere Vorstellung von körperlicher Perfektion als Strider. Zumindest lungerten sie noch immer in der Bar herum, ohne die Engel zu beachten. Dabei hatten sie Flügel und trugen weibische Roben, verdammt noch mal. Zwei weitere Gründe, sie anzustarren.

„Sie können weder Lysander sehen noch mich", erklärte Zacharel. „Du hast recht. Wenn sie es könnten, würden sie uns anstarren."

Strider biss die Zähne aufeinander. „Halt dich aus meinem Kopf raus."

„Hör auf, deine Gedanken zu mir zu projizieren."

Es war ihm egal, wenn Amun seine Gedanken las. Aber Zacharel? Ein Engel? Das war schon verflucht ätzend. „Der Gemahl. Was ist er?"

Lysander stellte keine Fragen zu ihrem Wortwechsel, sondern erwiderte nur: „Sein Name ist Lazarus. Er ist der einzige Sohn von Typhon."

Ach du Schande. Er hatte recht gehabt – der Typ war alles andere als ein Mensch. Strider verspürte den Drang, den Kopf zu schütteln, es zu leugnen, alles zu tun, außer es zu akzeptieren. Doch wenn ein Engel sprach, gab es keinen Grund zu zweifeln. Niemals. In jeder Nuance von Lysanders Stimme schwang die Wahrheit mit, und jede Zelle in Striders Körper glaubte, was er soeben gesagt hatte.

Als Elitesoldat von Zeus hatte Strider schon gegen viele Ungeheuer gekämpft. Doch keines war mit Typhon vergleichbar gewesen. Der Bastard war ein Riese mit dem Kopf eines Drachen und dem Körper einer Schlange. Die Spannweite seiner Flügel umfasste ein ganzes Footballfeld, und in seinen Augen hatte ein endloser Abgrund gewartet.

Typhon hatte Zeus herausgefordert und hätte auch gewonnen, *war dabei gewesen* zu gewinnen, bis Strider und seine Freunde am Schauplatz aufgetaucht waren und den Riesen in die Flucht geschlagen hatten. Gern geschehen, dachte Strider verbittert, als er sich daran erinnerte, wie Zeus sie beschuldigt hatte, ihn abgelenkt zu haben. Er hatte behauptet, auch ohne ihre Hilfe gesiegt zu haben. Seitdem hatte Strider nie wieder etwas über Typhon gehört, und nun fragte er sich, was mit dem Kerl geschehen war.

„Wer ist seine Mutter?", wollte er wissen.

„Ich weiß zwar nicht, wie sie heißt, aber sie ist eine Gorgone."

„Das wird ja immer besser", murmelte Strider trocken. Gorgonen trugen statt Haaren Schlangen auf dem Kopf, die jeden, der sie ansah, zu Stein erstarren ließen. Außerdem vergifteten sie ihre Opfer, wenn sie zubissen. Medusa war die Bekannteste unter ihnen – so legendär, dass sich sogar die Menschen Geschichten von ihrer bösen Macht erzählten.

Sterbliche. Die waren ja so naiv. Wenn sie gewusst hätten, dass Medusa noch harmlos war. Vergleichen mit den anderen ihrer Art, war sie ein wahrer Schatz.

„Offensichtlich will er ein Stück von Kaia."

„Wer will das nicht?", fragte Zacharel monoton wie immer. „Sie ist eine schöne Frau, und ich habe selbst gesehen, wie glücklich eine Harpyie einen Engel machen kann."

Im nächsten Moment drückte Strider seine Nase gegen die des Engels und atmete scharf ein. „Halt dich bloß von ihr fern."

Gewinnen.

Kein Problem.

„Habe ich vor", erwiderte der Engel ruhig. „Mich von ihr fernhalten, meine ich."

Strider blinzelte irritiert und machte einen Schritt zurück. „Aber du hast doch gerade …"

„Ich habe dir nur zugestimmt. Jeder nicht liierte Mann in dieser Hütte will ein Stück von ihr."

Im Nu hing er dem Kerl wieder im Gesicht. „Und du?" Verdammt noch mal, er musste sich unbedingt besser im Griff haben. Er hatte sich geschworen, sich in den nächsten Wochen auf keine größere Herausforderung einzulassen, und trotzdem reagierte er auf jeden, der auch nur in Kaias Richtung sah.

„Ich habe mich nur davon überzeugt, dass du *sie* begehrst

und nicht … sonst irgendwen."

Zum Beispiel einen Engel. Wieder trat er zurück. Diesmal schneller, da seine Wangen ob dieser Demütigung ganz heiß wurden. Der Bastard zog ihn doch tatsächlich mit seiner früheren Faszination auf.

„Du siehst so unschuldig aus. Dabei bist du in Wirklichkeit der Teufel im Engelsgewand, nicht wahr?"

Zacharel zuckte nur die Achseln, seine Miene blieb unverändert.

Gewinnen?

Ja. Diese Runde geht an uns. Der Engel hatte sich Kaia nicht genähert, und das war alles, was zählte.

Vielleicht stimmte *Niederlage* ihm zu, aber Strider spürte keine Funken des Glücks. Genauso wenig wie irgendwie geartete Schmerzen.

„Was machst du überhaupt hier?", grollte er.

„Bianka nimmt am nächsten Wettkampf teil. Lysander wünscht, dass ich …"

„Lysander kann für sich selbst sprechen", fiel ihm der Kriegerengel ins Wort. „Ich wollte … eine helfende Hand – entweder, um mich zurückzuhalten oder um mich zu unterstützen, falls ich mich gezwungen sehe, Biankas Gegnerinnen zu bestrafen."

Igitt. Wahre Liebe. Wie ekelhaft.

Sowohl Lysander als auch Zacharel konnten Feuerschwerter aus der puren Luft erschaffen. Sollte Kaias Zwillingsschwester also irgendetwas zustoßen, würde bis zum Ende des zweiten Wettkampfs ohne Frage der eine oder andere Harpyienkopf rollen.

„Du weißt aber schon, dass du Bianka blamierst, wenn du …"

„Mit wem sprichst du denn da, Strider?" Obwohl Haidee schon fast vor ihm stand, sprach sie hinter vorgehaltener Bierflasche und wagte nicht, in seine Richtung zu sehen. Er wusste, dass sie vor Kaia keine Angst hatte – auch wenn es klüger gewesen wäre. Sie wollte nur einem weiteren Angriff vorbeugen, während der Feind in der Nähe war.

Und verflucht noch mal – die Engel hatten ihn doch gewarnt. Niemand sonst konnte sie sehen. Außer Gwen und Sabin, wie es schien, denn auch sie lachten hinter vorgehaltenen Bierflaschen.

„Mit niemandem", murmelte er. *Mit niemand Wichtigem.* Er richtete seine Aufmerksamkeit wieder auf Kaia und Bianka, die Unruhestifter im Doppelpack.

„... keinen besseren Zeitpunkt", sagte Bianka gerade.

„Dann lass es uns tun", erwiderte Kaia und grinste teuflisch. „Juliette wird nie begreifen, wie ihr geschieht."

Verflucht. Was hatten sie vor? Bei diesen beiden implizierte „es" immer Blutvergießen, schweren Autodiebstahl oder einen Großbrand. Oder an besonderen Tagen eine Kombination aus allem. Mit wachsender Sorge beobachtete er, wie die beiden Frauen sich in Bewegung setzten, und war bereit, jederzeit loszustürzen.

Dann bewahrheitete sich seine schlimmste Befürchtung. Die beiden stiegen auf die Bühne.

Um Karaoke zu singen.

18. KAPITEL

Paris drückte sich in eine schattige Ecke des himmlischen Harems. In der zu warmen Luft schwirrten sinnloses Geplapper und das Geräusch verspielter Wasserschlachten umher. Der Duft von Jasminöl und Sandelholz stieg ihm in die Nase, und er versuchte, ihn nicht einzuatmen. Unter beide Düfte hatte sich Ambrosia gemischt, wie eine Kokosbrise, die ihn lockte und verführte, und er durfte nicht jetzt schon high werden. Ganz gleich, wie sehr sein Körper vor Verlangen nach einem Schuss zitterte.

Nach seiner Seitengassenschlägerei hatte er die erstbeste Frau genommen, die seinen Weg gekreuzt hatte. *Sex* hatte sie gefügig gemacht – trotz Paris' zerfleddertem Aussehen – und er hatte sich anschließend schnell wieder von seinen Verletzungen erholt.

Leider war er aufgrund dieser lebhaften Begegnung eine Stunde zu spät zu seiner Verabredung mit Mina der Waffengöttin gekommen und musste nun für die Kristalldolche einen höheren Preis bezahlen.

Sie mochte es gern mit etwas Biss, und er hatte Dinge mit ihr anstellen müssen, die ihn vielleicht jahrelang verfolgen würden. Aber jetzt hatte er die Dolche und somit Punkt eins auf seiner To-do-Liste abgehakt.

Er rieb über die Griffe, während er sich mit wachem Blick umsah. Die kobaltblauen Stoffstreifen, die von der Decke herabhingen und das gesamte Zimmer zierten, fand er entsetzlich. Genauso wie die perlenbestickten Sitzkissen und die nackten, glänzenden Körper, die hier und da entlangschlenderten.

Zeit, Aufgabe Nummer zwei abzuhaken – Arca, die Göttin der Gesandten. Sie wusste bestimmt, wo Sienna gefangen gehalten wurde. Jedenfalls hatte ihn das einer seiner vielen Verbündeten glauben gemacht: Bettgeflüster – sein bester Freund und der Feind eines jeden anderen.

Wenn Arca es nicht wusste, hatte er keine Ahnung, an wen

er sich als Nächstes wenden sollte. Oder mit wem er es treiben sollte.

Hör auf, so zu denken. Hier hatte ihn noch niemand bemerkt. Noch nicht. Doch das würde sich allzu bald ändern. *Sex* verlangte nämlich nach seiner täglichen Dosis. Schon jetzt fing der unwiderstehliche Schokoladen-Champagner-Duft an, aus seinen Poren zu dringen. Nicht mehr lange, und Sterbliche wie Unsterbliche, die alle hier waren, um Cronus zu dienen, würden vom Appetit verschlungen.

Der Götterkönig hatte nicht mehr nur eine einzige Liebhaberin. Mittlerweile waren es drei...unddreißig. Ja, Paris hatte dreiunddreißig gezählt. Die siebenundzwanzig anderen standen rings um den Pool, und waren Leibwächter – und keine sexuellen Eroberungen.

Paris hegte große Zweifel daran, ob Cronus überhaupt mit irgendwem hier geschlafen hatte oder vorhatte, sie in der Zukunft alle flachzulegen. Aber Cronus täte alles, um Rhea, seine verräterische Ehefrau, wütend zu machen. Und nichts verletzte den Stolz einer Frau mehr als Untreue. Das wusste Paris nur allzu gut.

Er war nie treu gewesen. Konnte niemals treu sein. Ganz gleich, wie sehr er es wollte. Ganz gleich, wie sehr seine zahlreichen Eroberungen ihn anschrien und beschimpften, weil sie verzweifelt etwas wollten, was er ihnen nicht geben konnte. Etwas ... mehr. Seine Liebhaberinnen waren die Nahrung für seinen Dämon, das war alles. Er durfte sie nicht mehr sein lassen. Und er wollte auch gar nicht, dass sie mehr waren.

Er wollte nur Sienna.

Wenn er sie fände, wenn er sie berühren könnte, wenn sie ihn nicht länger verachtete – was unwahrscheinlich schien, vor allem nach den Dingen, nach den *Leuten*, mit denen er es hier oben getrieben hatte –, würde sie sich ihm dann hingeben?

So viele Wenns.

Seit ihrem Verschwinden war er von Zeit zu Zeit hier oben gewesen und hatte die Ohren weit aufgesperrt – oder anders formuliert: Er hatte jede aus dem näheren Dunstkreis von Cronus ins Bett gezerrt, um an Informationen zu gelangen. So viel zum Thema Untreue. Er war wegen einer bestimmten Frau hier und hatte doch mit einer anderen geschlafen. Und noch einer. Und noch einer.

Reiß dich zusammen. Sonst würde er am Ende doch noch Ambrosia zu sich nehmen.

Hölle noch mal, vielleicht sollte er dem Drang einfach nachgeben.

Oder vielleicht sollte er verschwinden. Cronus würde ein ordentliches Fass aufmachen, wenn er herausfände, was Paris hier trieb. Und ihn auf jeden Fall bestrafen. Denn ... um seine Aktivitäten heimlich ausführen zu können, musste Paris eine Kette tragen – eine *Männer*kette, wie Torin sie nannte – die der Götterkönig ihm gegeben hatte. Eine Männerkette, die er eigentlich nur tragen sollte, um sich vor Rhea zu verstecken. Sie auch zu tragen, um sich vor Cronus unsichtbar zu machen, kam einem kleinen Verbrechen gleich. Aber gekoppelt mit Paris' Absichten ...

Du bist ganz dicht dran. Dichter als je zuvor. Was auch geschähe, er würde nicht aufgeben. Also keine Ambrosia und kein Verschwinden.

„Ich bin so heiß", sagte eine Frau. Sie lag auf einem Liegesessel mit rotem Samtbezug, ihr nackter Körper glänzte, und sie bog den Rücken durch, während sie mit den Fingerspitzen zwischen ihren üppigen Brüsten entlangfuhr. „So scharf."

„Ich auch", sagte eine andere. Sie leckte sich die Lippen und sah sich nach einem Partner um.

Oh ja. Nun hatten sie Paris gespürt.

Seine Freunde waren an ihn genauso gewohnt wie an seinen Duft und an das Verlangen, das er hervorrief, und weitestgehend immun dagegen. Hinzu kam, dass *Sex* sich sonst immer ausgiebig satt essen konnte, weshalb er sich bislang selten so aufgeführt hatte. Das war Paris einfach nicht gewohnt.

„Ich war noch nie so erregt", sagte eine dritte Frau.

Und dann ging es los. Lustvolles Stöhnen erklang, als eine Orgie losbrach. Sich windende Körper, streichelnde Hände, sich spreizende Beine. Die Ansicht weckte nicht die geringste Lust in ihm. Zu oft hatte er das schon gesehen und erlebt. Es langweilte ihn.

Wenigstens waren sie abgelenkt. Er musterte sie auf der Suche nach den verräterischen „langen, geflochtenen weißen Haaren", die Arca angeblich hatte. Das war noch etwas, das er erfahren hatte: Sie war die Figur, um die sich das Märchen von Rapunzel rankte. Als sie einmal eine göttliche Botschaft an einen König überliefert hatte, war er so sehr von ihrer Schönheit gefangen gewesen, dass er beschloss, sie nicht mehr gehen zu lassen. Und beinahe wäre ihm das auch gelungen. Nicht nur, weil er sich Schwarzer Magie bedient hatte, sondern weil sein Timing tadellos gewesen war. Die Griechen hatten die Kontrolle über den Himmel übernommen und die Titanen weggesperrt. Arca war vergessen gewesen.

Paris wusste nicht, ob der Rest der Geschichte stimmte. Ob sie von einem sterblichen Prinzen gerettet worden war. Ob dieser Sterbliche vor ihren Augen getötet worden war, als die Griechen sich endlich an sie erinnert, sie in den Himmel gezerrt und ihrerseits in ein Gefängnis gesperrt hatten. Und er wollte auch nicht darüber nachdenken.

Eines wusste er hingegen genau. Man hatte Acra auf einer goldenen Straße gepackt und hierher gebracht. Das könnte Paris zu seinem Vorteil nutzen. Sie musste den König abgrundtief hassen und sich nach Rache sehnen.

Doch in diesem Teil des Palastes war sie nicht. *Bitte sei in einem anderen Flügel.*

Er schlich an der Wand entlang. Er hätte sich ausziehen und sich als Sklave oder neues Haremsmitglied ausgeben können, doch er wollte seine neuen Waffen nicht loslassen. Denn die würde er mit Sicherheit noch brauchen.

Paris erreichte eine Ecke, blieb stehen, horchte, guckte. Hörte keine Schritte. Sah keine Schatten auf dem Marmorboden. Zentimeterweise ging er weiter und verließ den Badebereich endgültig. Eine verhangene Tür nach der anderen begrüßte ihn, und er knirschte mit den Zähnen. Wenn er jemanden vögeln müsste, nur um herauszufinden, welches Arcas Zimmer war …

Am anderen Ende des Flurs kam eine Sklavin mit einem Silbertablett in den Händen aus einem Zimmer. Als sie Paris sah, schlug sie nicht etwa Alarm. Im Gegenteil. Ihr gebräunter, nackter Körper reagierte augenblicklich – die Brustwarzen verwandelten sich in feste Perlen, und ihr Bauch zitterte. Sie stellte das Tablett auf den Fußboden und kam förmlich zu ihm herübergehüpft. Als wäre sie in Trance.

Was sie vermutlich auch war. Paris hatte seinem Dämon seit dreiundzwanzig Stunden nichts mehr zu essen gegeben. Und er würde noch eine weitere Stunde durchhalten, obwohl *Sex'* Pheromone – oder was immer es war, was der Bastard durch Paris' Poren pumpte – immer stärker würden.

Ein paarmal hatte Paris gewartet, bis er so schwach gewesen war, dass er sich nicht mehr hatte bewegen können. Und trotzdem waren diese Pheromone mit aller Macht aus ihm herausgekommen, sodass sich die Menschen, von der Lust übermannt, auf ihn gestürzt hatten. Einige andere Male hatte Paris, kurz bevor er total schwach geworden war, *selbst* die Kontrolle verloren und sich seinerseits auf die *Menschen* gestürzt.

Die Sklavin erreichte ihn. „Wer bist du, Schöner?“ Mit ihren von zu viel Arbeit verhornten Händen streichelte sie ihm über die Brust.

Vielleicht war er gar nicht so kurz davor, Sienna zu finden, wie er gedacht hatte. Als er sich ihr nämlich zum ersten Mal genähert hatte, hatte sein Dämon angefangen, andere *wegzustoßen*. Und diese Sklavin war weit davon entfernt, weggestoßen zu werden. Aber ich werde meinen Kurs beibehalten, dachte Paris. Er musste einfach. Wenn er hier nicht fündig würde, wüsste er nicht, wohin er gehen sollte.

„Weißt du, wo Arca ist?“, fragte er, ohne auf ihre Frage einzugehen.

Mit ihrer rosafarbenen Zunge fuhr sie sich über die ohnehin schon feuchten Lippen. „Ja.“

Erleichterung machte sich breit. „Sag es mir. Bitte.“

Auf ihrem Eroberungszug wanderten ihre Hände tiefer … und noch tiefer … „Für dich tue ich alles.“

Er wartete und zwang sich, stillzuhalten. Als keine Antwort von ihr kam, wiederholte er: „Sag es mir.“

„Ja, ja, natürlich, aber zuerst muss ich … ich muss … bitte …“ Mit jedem Wort wurde die Stimme der Sklavin tiefer, heiserer und sehnsüchtiger.

Verloren, dachte Paris. Die Sklavin hatte sich bereits in ihrer Lust verloren. Paris bekäme keine Antworten, bevor diese Lust befriedigt wäre. Er lehnte sich an die Wand und starrte zu der gewölbten Decke.

„Knie dich hin“, befahl er, während er sich Siennas zartes Gesicht, ihre dunklen Haare und ihre hinreißenden Sommersprossen vor Augen hielt.

William schritt an den Wänden seiner Zelle entlang. Nachdem die blonde Hexe ihre Bombe über Kane hatte platzen lassen, war er ausgeflippt. Hatte geschrien und um seine Freiheit gekämpft. Sie hatte schnell kapiert, dass er sich nicht beruhigen würde, und seine Liege hierher schieben lassen.

Vor ungefähr einer Stunde hatten sich seine Kräfte soweit erholt, dass es ihm gelungen war, die Metallfesseln zu sprengen. Mit dem Käfig war es schon schwieriger. Vier Wände, allesamt aus Gitterstäben – und William konnte nicht einen davon verbiegen.

Das Gefängnis war extra für Unsterbliche gebaut worden.

Er musste irgendwie hier rauskommen. Er musste zu Kane. Musste den Krieger vor dem Eintritt in die Hölle bewahren. Vor den Reitern. Der Gefahr …

„Aha. Hast du dich also beruhigt.“

Die Blondine. Abermals stieg die Wut in William auf, und er wirbelte auf der Ferse in die Richtung herum, aus der ihre Stimme kam. Und da stand sie. Pferdeschwanz, Drahtbrille, zartes Gesicht, Laborkittel.

„Bist du jetzt bereit, mit mir zu plaudern?", erkundigte sie sich.

Verlier nicht wieder die Beherrschung. Auch wenn er ihr im Augenblick am liebsten an die Gurgel gegangen wäre – er brauchte sie.

Allerdings war er im Nachteil. Teile seiner Haut waren nach wie vor verbrannt, seine Hose – das einzige Kleidungsstück, das er noch am Körper trug – war blutverschmiert und zerfleddert, und seine Haare standen stachelig zu Berge.

Aber er war trotzdem noch attraktiv. Mit Sicherheit.

Er setzte ein verführerisches Lächeln auf. „Und wie bereit ich bin. Wie heißt du, Süße?"

Sie zog eine Augenbraue hoch, die zwei Nuancen dunkler war als ihre Haare. „Ich dachte, mein Name wäre dir egal."

Na großartig. Sie war eine von *denen.* Stur und fest entschlossen, sich nicht von einem Mann schmeicheln zu lassen. Sonst wäre sie schon längst dahingeschmolzen. Und, ja, normalerweise ging das bei ihm so schnell. „Da hat der Schmerz aus mir gesprochen. Ehrlich."

„Na gut. Ich will mal so tun, als würde ich dir glauben. Ich heiße Skye."

„Ich werde dich Dr. Love Button nennen."

„Und ich werde dich kastrieren lassen." Keine Leidenschaft in ihrem Tonfall.

„Verrückt. Du arbeitest für Galen, nicht wahr?" Götter, wie sehr William diesen Mistkerl hasste. Nicht um der Herren willen, auch wenn das dem Hüter von *Hoffnung* nicht gerade Pluspunkte verschaffte, sondern weil William Leute, die ihre boshafte Natur durch Arglist verbargen, einfach nicht ausstehen konnte. Sie erinnerten ihn einfach zu sehr an seinen Bruder. Und arglistiger als Galen ging es nicht mehr, denn der verkleidete sich als Engel, um eine Horde leichtgläubiger Menschen so zu manipulieren, dass sie ihm seine düsteren Bitten erfüllten.

Skye – falls das ihr richtiger Name war – lachte. „Irgendwie schon, aber eigentlich nicht."

Von allen Unantworten, die sie ihm hätte geben können, toppte diese alle. „Würde es dir etwas ausmachen, das ein bisschen näher auszuführen, mein Kätzchen?"

„Ich kann's ja mal probieren." Sie schüttelte den Kopf und steckte die Hände in die Taschen ihres Laborkittels. „Ich bin keine Jägerin. Und auch keine Ärztin. Ich habe nie einen Abschluss in Medizin gemacht."

„Warum hast du dann geholfen, mich zu bombardieren, beinahe zu töten, mich zu heilen und schließlich was? Mich wegzusperren, als würdest du mich verachten. Ach ja. Fast hätte ich vergessen, dass du zudem noch meinen dämonenbesessenen Freund in die Hölle gebracht hast." Etwas, wozu Menschen das Know-how fehlte – oder die Fähigkeit, durch die Hölle zu navigieren, falls sie sie durch irgendein Wunder doch erreichten. Was bedeutete, dass ein Gott – oder eine Göttin – involviert sein musste. Und die einzige Nervensäge, die den Sterblichen derzeit half, war Rhea, die Himmelskönigin. „Und woher weißt du überhaupt von Galen und den Jägern, wenn du nicht zu ihrem hirnamputierten Haufen gehörst?"

Ein zartes Rot stieg ihr in die Wangen. „Erstens habe ich dich nicht bombardiert. Das waren die Jäger. Und zweitens … na schön, mein Ehemann ist ein Jäger. Deshalb weiß ich so viel. Aber ich arbeite daran, ihn da rauszuholen. Und was das andere angeht: Ich habe dich nur weggesperrt, weil du für dich und deine unmittelbare Umgebung eine Gefahr warst."

Er legte sich eine Hand übers Herz, als hätte sie ihn tödlich verletzt. „Als ob ich dir je wehtun würde."

„Wie du meinst."

Was würde es brauchen, um sie zu bezirzen? „Lass uns mal ein Stückchen zurückspulen. Die Jäger – darunter dein Ehemann – haben beschlossen, mich hochzunehmen, und du dachtest dir, du rettest mich einfach mal, obwohl du keinen Abschluss in Medizin hast und obwohl meine Rettung deinen Ehemann wahrscheinlich stinkwütend macht? Ich bin wirklich berührt."

Sie fummelte an ... irgendeinem Plastikteil in ihrer Tasche herum. „Sie haben dich hergebracht und mich um Hilfe gebeten."

„Und obwohl du deinen Mann aus ihren Reihen holen willst, hast du dich dazu entschieden, ihnen zu helfen." Er näherte sich ihr so langsam, dass sie erst bemerken würde, dass er dicht genug an den Gitterstäben war, um sie zu packen, wenn es zu spät wäre.

„Ich habe mich entschieden, *dir* zu helfen."

Noch einen Zentimeter. „Aber du arbeitest nicht für sie."

„Nein."

„Möchtest du, dass ich dir alle meine Geheimnisse verrate?" Noch einen Zentimeter.

Sie kniff die Augen zusammen. „Behalt deine Geheimnisse für dich. Sie interessieren mich nicht." Sie nahm einen Lolli aus der Tasche und steckte ihn sich in den Mund.

Also, *ihre* Geheimnisse interessierten ihn durchaus. „Wenn du nicht für die Jäger arbeitest, für wen arbeitest du dann? Woher wusstest du, wie du mich retten kannst? Und warum lässt du mich jetzt nicht frei? Wie du siehst, bin ich keine Gefahr mehr."

Raus mit dem Lolli. „Erstens bin ich momentan arbeitslos. Was mein Rettungswissen angeht: Ich habe einfach etwas herumprobiert. Bei einigen Arten wachsen die Gliedmaßen nach, bei anderen nicht. Einige haben Flügel, die meisten nicht. Einige reagieren positiv auf Menschenmedizin, andere negativ. Und was die Jäger und deine Freilassung betrifft, muss ich dir leider sagen, dass sie dich in dem Augenblick wiederbekommen werden, wenn ich beschließe, dass du wieder fit bist."

Noch einen Zentimeter. Fast da ... „Aber trotzdem behauptest du, nicht für sie zu arbeiten."

Sie zuckte die Achseln. „Mein Ehemann hat die Vereinbarung mit ihnen getroffen. Er entscheidet."

„Und du wirst dich nicht über ihn hinwegsetzen? Oder seine Meinung ändern?", fragte er so sanft wie möglich.

„Nein." Leise gesprochen, aber dennoch fest und unbeugsam. „Ich kann nicht. Ich würde gern, aber ich kann nicht."

Endlich hatte William sie erreicht. Er grinste. „Wirklich schade." Er ließ den Arm durch die Gitterstäbe schnellen und packte ihren zerbrechlichen Hals.

19. KAPITEL

Am nächsten Morgen bluteten Striders Ohren, und in seinem Kopf kreisten die Worte von Naughty by Nature's O.P.P. Aber das Schlimmste war, dass Kaia und Bianka noch immer sangen. Und zwar schlecht. Verdammt schlecht. Auch wenn er das niemals laut gesagt hätte. Kaia sah so ... glücklich aus, während sie sich das Herz aus der Seele quietschte, und er wollte nichts schmälern, was ihr Freude machte. Aber im Ernst – er hätte wetten können, dass eine Katze, der man das Fell abzog, die Töne besser traf. Und er hätte bei dieser Wette eine Menge Geld gesetzt – ganz zu schweigen von seinem Körper und seinem Dämon.

Nachdem die Mädels erst mal angefangen hatten, hatten sie nicht wieder aufgehört. Obwohl mehrere Stunden vergangen waren, hatte leider keine von beiden eine Kehlkopfentzündung bekommen.

Abgesehen von den Menschen, die die Bar pünktlich zur Sperrstunde verlassen hatten – diese Glückspilze –, hatte niemand sonst gewagt zu gehen. Weder die Herren oder die Skyhawks noch die Engel oder die Eagleshields.

Für die Harpyien war dies schlicht und ergreifend eine andere Form des Wettbewerbs. Wer hielt länger durch? Ausnahmsweise war Strider gewillt zu verlieren. Er wäre gegangen und hätte sich einige Tage lang (dankbar) vor Schmerzen gekrümmt, aber nein, verflucht, er musste seine kleine Harpyie beschützen.

Mehrmals versuchten die Eagleshields, auf die Bühne zu gehen, sich das Mikrofon zu schnappen und alle von ihrem Leid zu erlösen. Strider sprang sogleich auf, um einzugreifen, doch Lysander und Zacharel, die für alle außer für Strider und Sabin noch immer unsichtbar waren, formten im Nu eine undurchdringliche Muskelmauer, durch die niemand hindurchkam.

Und die Harpyien hatten es mit aller Gewalt versucht, hatten wild um sich getreten und geboxt, hatten ihre Krallen eingesetzt, schließlich aber frustriert aufgegeben. Natürlich gaben sie Kaia und Bianka die Schuld, und er hörte verwundertes Gemurmel. Welche starken Kräfte die Zwillinge wohl einsetzten?

Gut. Sollten sie sich ruhig wundern.

Wohl wissend, dass die Engel Kaia Rückendeckung gaben, konnte Strider sich auf Juliette und ihr Spielzeug Lazarus konzentrieren, der weiterhin Kaia anstarrte. Das gefiel ihm nicht. Das gefiel ihm ganz und gar nicht. Und er würde es auch nicht dulden.

Benimm dich, ermahnte er *Niederlage, dann wird alles gut. Ich kümmere mich darum.*

Trotz des Lärms, angesichts dessen der Dämon gewimmert und gebettelt hatte, ihn zurück in die Hölle zu schicken oder in die Büchse die Pandora, *irgendwohin*, solange er nur fliehen könnte, schnaubte *Niederlage.*

Aha. Also keine Kooperationsbereitschaft heute. Das würde ihn trotzdem nicht von seinem Vorhaben abbringen.

Noch ehe er sich einreden konnte, abzuwarten und einen Plan zu schmieden, ging Strider zu den beiden hinüber und schleuderte mit dem Fuß einen Stuhl zu Juliettes Tisch, sodass sich die hinteren Streben in die Tischkante bohrten. Er ließ sich verkehrt herum darauf nieder und stützte die Ellbogen auf die Tischplatte.

Augenblicklich wurde die Spannung im Raum dicker, und er brauchte nicht aufzublicken, um zu wissen, dass Amun und Sabin soeben Posten hinter ihm bezogen hatten. Sie gaben ihm Rückendeckung. Immer.

Endlich ließ Juliette sich dazu herab, ihn zu mustern. Mit den sanften, lavendelfarbenen Augen studierte sie sein Gesicht, seinen Körper und verweilte an Stellen, an denen sie nicht hätte verweilen sollen. „Ich wünsche mir etwas und bekomme es. Ich wollte, dass du näher kommst, und du hast es getan. Auch wenn ich gestehen muss, dass ich schon viel früher damit gerechnet habe."

Wenn sie wirklich seine Aufmerksamkeit gewollt hätte, ob mit fairen oder mit unfairen Mitteln, hätte sie ernsthafter versucht, sie zu bekommen. Dann hätte sie nicht abgewartet, bis er den ersten Schritt unternahm. Tja, wenn sie Eier in der Hose gehabt hätte, hätte sie das getan. Kaia holte sich, was sie wollte, und zwar ohne zu zögern. Und so, fand er, musste eine Frau sein. Entschlossen, ehrgeizig. Und sexy.

Aber diese hier war rachsüchtig, und jeder ihrer Schritte sollte ihr zu dieser Rache verhelfen. Dass er sich ihr genähert hatte, hatte also irgendetwas zu bedeuten. Er wusste nur noch nicht was.

„Und warum?“, fragte er aus ehrlicher Neugier.

Einen Augenblick lang war sie verblüfft, als hätte sie erwartet, dass er über ihre Schönheit philosophieren, um Gnade für Kaia betteln oder sie packen und hier und jetzt auf dem Tisch bewusstlos vögeln würde.

„Weil ich etwas besitze, das *du* haben möchtest, nicht wahr?“

„Wie zum Beispiel?“

„Die Zweiadrige Rute.“ Und als er sie überrascht ansah, fügte sie hinzu: „Ja, ich weiß alles über euch Herren und eure Suche nach der Büchse der Pandora. Ich weiß, dass ihr vier Artefakte braucht, um sie zu finden, und dass die Rute eins davon ist. Warum sonst hätte ich sie deiner Meinung nach als ersten Preis anbieten sollen?“

Statt zu antworten, stellte er eine Gegenfrage: „Wie hast du sie bekommen?“

Ein selbstgefälliges, herablassendes Lächeln erblühte auf ihrem Gesicht. „Ich teile nie meine Geheimnisse.“

Ach nein? Er sah zu Amun. Der große Krieger schaute finster drein. Seine Gesichtszüge waren angespannt. Als er Striders Blick auffing, schüttelte er abrupt den Kopf. Hm. Konnte er ihre Gedanken nicht lesen?

Das kam selten vor.

Andererseits, warum hatte Sabin nicht schon längst *Zweifel* gegen sie eingesetzt? Oder hatte er es versucht und war wie Amun gescheitert?

Strider widmete seine Aufmerksamkeit wieder Juliette, während er Lazarus weiterhin aus dem Augenwinkel beobachtete. Der Penner hatte Strider nicht einmal angesehen, sondern starrte nach wie vor Kaia an. „Ich muss dich leider korrigieren. Die *Gewinnerin* wird das bekommen, was ich will", log er. Denn er bekäme das Artefakt in die Hände, noch bevor die Spiele zu Ende wären. Etwas anderes zu glauben erlaubte er sich gar nicht erst.

„Kommt aufs selbe raus", erwiderte sie achselzuckend. „Weil Kaia so oder so nicht gewinnen wird."

Niederlage knurrte.

Braver Junge.

Gideon hatte Strider vor Kurzem erzählt, dass die Dämonen ihre Körper verlassen und in andere Körper eindringen konnten – nicht dauerhaft und auch nicht lange, aber lange genug, um die jeweilige Person um den Verstand zu bringen. Strider wünschte sich, *Niederlage* würde Juliettes Geist verwüsten und sie von ihrer Schwäche überzeugen, sodass sie nie wieder *irgendetwas* gewinnen würde.

Sie müssten es unbedingt versuchen. Später. *Immer später.* Er wagte nicht, das Unbekannte in dieser Situation auszuprobieren.

„Wenn Kaia verliert", sprach Juliette weiter, „erwarte ich, dass du zu mir kommst. Und vielleicht erlaube ich dir nach langem Betteln, mich glücklich zu machen. Und nachdem du mich glücklich gemacht hast – falls du das überhaupt schaffst – lasse ich dich vielleicht meine Rute benutzen."

Meine Rute benutzen. „Das hat er also gesagt", meinte Strider und lachte leise.

Sie blinzelte irritiert. „Das hat wer gesagt?" Als er nicht antwortete, hakte sie nach: „Was hat er gesagt?"

Kaia hätte den Witz verstanden. Wahrscheinlich hätte Kaia so getan, als sei ihre Bierflasche die Rute, und ihr lachenderweise einen runtergeholt. Götter, er liebte ihren Humor.

„Sag schon", drängelte Juliette.

„Nichts", erwiderte er seufzend. Eines wusste er ganz genau:

Was auch geschähe, er würde diese Frau um gar nichts anbetteln. Wenn er sie verführen würde, und wäre es auch nur, um sie abzulenken, wäre Kaia verletzt. Sie würde sich einmal mehr zurückgestoßen fühlen. Und genau das wollte diese rachsüchtige Frau, aber auf dieses Spiel würde er sich nicht einlassen.

„Ach, eigentlich ist es mir egal, wer er ist oder was er gesagt hat.“ Sie warf sich die Haare über eine Schulter. „Ich bin um einiges hübscher als diese rothaarige Hure, und irgendwann *wirst* du mich anbetteln.“

Wut? Nein, das war ein viel zu schwaches Wort für das Gefühl, das plötzlich in seiner Brust brodelte. Sogar *Niederlage* knurrte. „Ehrlich gesagt bist du das nicht. Es gibt keine Schönere als Kaia. Und übrigens: Sie ist keine Hure. Sie gehört zu mir. Und, nein, ich werde dich um nichts anderes bitten als darum, endlich zu verschwinden.“

Bei der Beleidigung bebten ihre Nasenflügel. „Ach wirklich? Dann will ich dir mal eine Frage stellen, Strider, Hüter des Dämons *Niederlage*. Du bist einer der sagenumwobenen Herren der Unterwelt, und ich habe akribisch über dich recherchiert. Du stellst den Sieg über alles andere. Warum also solltest ausgerechnet du dich dafür entscheiden, der Gemahl von Kaia der Enttäuschung zu werden?“

Das. Reichte. Seine kleine Harpyie würde schon bald einen neuen Namen bekommen. „Kaia ist vieles für mich, aber keinesfalls eine Enttäuschung. Aber verrate mir eins.“ *Du kaltherzige Hexe.* „Hat sich dein Gemahl *entschieden*, mit dir zusammen zu sein?“ Er zeigte auf die eintätowierten Ketten. „Ich möchte nämlich wetten, dass er dir ohne zu zögern den Kopf abbeißen würde.“

Endlich gesellte sich Lazarus zu den anderen an seinem Tisch. „Wie wahr“, sagte er, und Striders Hass nahm ein winziges bisschen ab. Mehr aber auch nicht. Er hätte dem Kerl nach wie vor mit großer Genugtuung einen Dolch ins Herz bohren können.

„Du hältst den Mund“, blaffte Juliette ihren Gemahl an.

Zwar starrte Lazarus sie zornig an, gehorchte jedoch.

Juliettes schmaler Blick verweilte auf Strider. „Es ist eine Ehre für ihn, mit mir zusammen zu sein. Klar?"

Ach wirklich? „Natürlich. Ihr zwei wirkt auch total glücklich", erwiderte er, und seine Stimme troff nur so vor Sarkasmus.

Ihre ohnehin schon scharfen Fingernägel verlängerten sich zu Krallen, und Schwarz blutete in ihre Augen. Ja, herrlich. Ihre Harpyie war kurz davor herauszukommen und zu spielen.

Strider legte noch mal nach, solange er noch konnte. „Na ja, für *mich* ist es wirklich eine Ehre, mit Kaia zusammen zu sein. Und falls du noch so einen Trick versuchst wie beim ersten Wettkampf, als du alle gleichzeitig auf sie gehetzt hast, werde ich das als persönliche Herausforderung verstehen. Bei deiner Recherche hast du doch sicher herausgefunden, was mit denen passiert, die mich herausfordern, nicht wahr?"

Noch mehr Schwarz, das Weiße in ihren Augen war fast vollständig verschwunden. Bis Lazarus ihre Hand tätschelte. Das reichte. Eine einzige Berührung. Allmählich zog sich das Schwarz zurück, und ihre Fingernägel nahmen wieder normale Ausmaße an.

Strider hatte Sabin schon mehrmals dabei beobachtet, wie er Gwen beruhigte, doch zum ersten Mal war er überwältigt von der Macht, die ein Gemahl über seine Harpyie hatte. Überwältigt davon, wie sehr eine Harpyie ihren Gemahl *brauchte*.

Nur war Lazarus ganz offensichtlich ein Sklave, der gewaltsam festgehalten wurde. Warum also hatte er die Frau beruhigt, die ihn versklavt hatte? Sollte ihre Verärgerung ihn nicht eigentlich freuen? Und weiter: *Wie* war es Juliette gelungen, ihn gefangen zu nehmen? Nicht nur einmal, sondern zweimal? Der Mann hatte sich einst einen Weg durch ein ganzes Harpyiendorf geschlagen und war als Sieger hervorgegangen. Zum Teufel, er war der Sohn von Typhon und einer Gorgone, was bedeutete, dass er unvorstellbare Kräfte besaß.

Hatte er ihr *erlaubt*, ihn zu fangen? Das schien die einzig sinnvolle Erklärung zu sein. Aber warum hätte er so etwas tun sollen?

So viele Fragen, und auf keine wusste er eine Antwort. Strider nahm sich vor, Torin anzurufen und den Hüter von *Krankheit* zu bitten, ein wenig am Computer zu zaubern. Vielleicht konnte er irgendetwas Brauchbares ausgraben. Denn eines war sonnenklar: Hier war irgendetwas im Busch.

„Du kannst mir nichts tun, Krieger." Wieder Herrin über ihre Sinne, lächelte Juliette ihr selbstgefälliges Lächeln. „Nicht, ohne Kaia Schmach zu bereiten. Alle würden sie als die schwache Verliererin sehen, die sie ist." Sie machte eine dramatische Pause, ehe sie in einem Singsang hinzufügte: „Wieder einmal."

Genau das hatte Kaia ihm einst gesagt. Zwar hatte er ihr geglaubt, doch er hatte die Bedeutung ihrer Gefühle vor dem Hintergrund seiner eigenen Ziele abgewertet. Und das tat er noch – Leben und Tod übertrumpften verletzte Gefühle immer. Aber jetzt war er stinksauer.

Gewinnen, forderte *Niederlage* und knurrte bedrohlich.

Strider wusste, was sein Dämon wollte. *Mit Vergnügen.* Vor Ende der Spiele würde Strider Juliette „irgendetwas" antun, ohne Kaia Schmach zu bereiten. Herausforderung ausgesprochen, Herausforderung angenommen.

Aus genau diesem Grund müsste er sich von der Frau fernhalten. Und dennoch tat es ihm nicht leid, dass er zu ihr gegangen war. Er war sogar froh. Die Hexe würde für alles bezahlen, was sie heute gesagt hatte, sowie für alles, was sie in der Vergangenheit getan hatte.

„Das werden wir ja sehen", erwiderte er ebenfalls grinsend. Seine Liste angenommener Herausforderungen wurde immer länger. Kaia vor anderen Harpyien beschützen – eine Herausforderung, die er fast verloren hätte, wenn sie sich nicht von ihren Verletzungen erholt hätte. Denn nur weil sie sich erholt hatte, *wegen seines Blutes*, lief er immer noch schmerzfrei herum. Nur deshalb war seine Mission, sich die Zweiadrige Rute anzueignen, noch im Gang. Und nun kam noch eine Mission hinzu: Juliette vernichten.

„Allerdings werden wir das", entgegnete Juliette. „Ach, noch was, Krieger. Du solltest etwas wissen: Wenn man mir die Rute stiehlt oder ich verletzt werde, bevor die Spiele zu Ende sind, wird Kaia getötet. Mein Clan kann es kaum erwarten, zu handeln."

Sie versuchte, ihm die Hände zu fesseln, und sie machte ihren Job gut, verdammt. Wie könnte er Kaia vor einer ganzen Harpyienarmee beschützen? Bei dem Gedanken brach ihm der kalte Schweiß aus.

Endlich hörte der Gesang – Krach – auf.

Plötzlich herrschte absolute Stille, als hätten alle Angst, mit dem falschen Geräusch ein neues Lied zu provozieren. Aber nein. Schritte waren zu hören, und dann zog Kaia einen Stuhl an den Tisch.

„Strider", sagte sie streng.

„Baby Doll", erwiderte er, in der Hoffnung, seine Angst überspielen zu können.

„Den Göttern sei Dank", meinte Juliette mit unerschütterlicher Belustigung. „Dein Gesang war grauenhaft. Meine Ohren brauchten dringend eine Pause."

Strider legte Kaia die Hand in den Nacken und massierte sie sanft. *Ruhig.* „Ich finde, sie klang wundervoll."

Kaia hob das Kinn. „Danke."

„Im Ernst, Baby Doll. Ich könnte dir noch stundenlang zuhören." *Aber bitte erspare es mir.*

Niederlage hätte wimmern können.

„Das liegt daran, dass du ein Mann mit Geschmack bist." Sie beugte sich zu ihm hinüber und drückte ihm einen Kuss auf die Wange.

Der Abdruck ihres Mundes brannte herrlich, und er konnte dem Drang, die Stelle zu streicheln, nur mit aller Kraft widerstehen. Als sie Anstalten machte, sich von ihm weg zu bewegen, hielt er sie fester. Es gefiel ihm, sie so nah bei sich zu haben. Ganz besonders jetzt, da ihm Juliettes Drohung in den ohnehin schon geschundenen Ohren klang.

Einen Moment lang sah Kaia ihn an, und ein Schleier der

Verwirrung verdunkelte ihr Gesicht. Dann setzte sie wieder eine gelangweilt-erwartungsvolle Miene auf und wandte sich erneut ihrer Erzfeindin zu. Erfreut stellte er fest, dass Juliette den zärtlichen Austausch bemerkt hatte und ihre lavendelfarbenen Augen vor Wut funkelten.

„Dem kann ich nur beipflichten. Ihr zuzuhören war das pure Vergnügen“, sagte Lazarus, womit er sich erst zum zweiten Mal zu Wort meldete. Zuvor war seine Stimme tief und wenig bemerkenswert gewesen. Jetzt war sie hypnotisch. Sinnlich. „Kaia die … Stärkste, oder?“

Strider packte den Griff des Dolches, den er an der Seite trug. Auf Wiedersehen abgestumpfte Wut. Hallo wiederkehrender, noch intensiverer Hass. *Wag es ja nicht, noch einmal so mit ihr zu sprechen.*

Juliette lachte. „Hat sie sich so genannt? Die *Stärkste*?“

Kaias Wangen wurden rot. „Und du bist Lazarus der Tampon, nicht wahr?“

Juliette prustete zornig.

Lazarus blinzelte bloß. „Mir ist zu Ohren gekommen, dass du und deine Schwester mich so nennt, und ich will euch schon seit Langem fragen, warum ihr mich mit einem Hygieneartikel für Frauen vergleicht. Weil ich euch zum Bluten gebracht habe?“

Vor lauter Zorn geriet Kaia ins Stottern. „Du … du … Lern du erst mal, wie man richtig auf eine Beleidigung reagiert, verflucht!“

Er neigte zustimmend sein Haupt. „Ich werde mich natürlich bemühen, dich zu erfreuen.“

Strider und Juliette reagierten beide gleich auf die Worte dieses Bastards: mit Wut. Gleichzeitig sprangen sie auf. Ihr Stuhl glitt hinter ihr weg. Seiner blieb zwischen seinen Beinen stehen. Amun und Sabin traten näher an ihn heran. Kaia, die immer noch auf ihrem Stuhl hockte, schob sie wieder zurück, wodurch sie klarmachte, dass sie als Striders Schild fungieren wollte. Und als sein Schwert.

Lazarus erhob sich ebenfalls. „Es ist wohl Zeit zu gehen. So sagen die Menschen doch, oder?“ Er klang kein bisschen besorgt.

„Das …“, fing Juliette harsch an.

„Eigentlich wollte ich etwas Wichtiges mit dir besprechen, Julie“, fiel Kaia ihr ins Wort.

„Juliette.“ Ihre lavendelfarbenen Augen wurden dunkelviolett. „Mein Name ist Juliette die Ausmerzerin. Du wirst mich mit dem angemessenen Respekt ansprechen.“

„Meinetwegen. Auf jeden Fall ist es schade, dass du nicht an den Wettkämpfen teilnehmen kannst. Man könnte fast denken, du hast die Position der Leiterin angenommen, weil du Angst hast zu kämpfen.“

Ein empörtes Keuchen. Das Schwarz kehrte in ihre Augen zurück und löschte jegliche Farbe aus. „Ich habe die Position der Leiterin angenommen, damit ich endlich …“

„Nein“, sagte Lazarus so kräftig, dass die Wände der Bar wackelten. „Genug jetzt.“

Endlich. Ein Aufflackern seiner Macht. Und, ja – hier war auf jeden Fall was im Busch.

Juliette wurde blass und räusperte sich. „Was ich sagen wollte, ist, dass sich da mit Sicherheit etwas arrangieren lässt. Wenn du gegen mich kämpfen willst, kämpfen wir. Aber auch wenn du es nicht willst, wirst du es am Ende tun müssen. Du hast mich vor all den Jahren herausgefordert, aber ich durfte nie darauf eingehen.“

„Weil du zu feige warst?“

„Erstens“, knurrte die Hexe, „mussten wir uns von dem Schaden erholen, den du angerichtet hattest.“

„Ich? Und was ist mit ihm?“ Sie zeigte mit dem Daumen auf Lazarus.

„Die Antwort kennst du. Sein Verhalten war nur eine Reaktion auf dein Verhalten. Und jetzt halt die Klappe und hör zu. Zweitens mussten wir unseren Clan wieder aufstocken, weshalb es uns verboten war, eine Harpyie außerhalb der Spiele zu töten. Und drittens hätte deine Mutter meinen Leuten den

Krieg erklärt." Die Wut verschwand und wurde einmal mehr von der selbstgefälligen Überlegenheit ersetzt. „Aber diese drei Dinge stehen uns jetzt ja nicht mehr im Weg."

Bei der Erinnerung an den mütterlichen Verrat zuckte Kaia zusammen.

Juliette zog eine Kette aus ihrem Shirt und betastete das Holzmedaillon, das daran hing. „Hübsch, nicht wahr?"

Kaia konnte das Zittern ihres Kinns nicht verbergen, als sie sich den Anhänger ansah. „Hab schon Schönere gesehen."

Das ist mein Mädchen. Offensichtlich verletzte der Anblick des Medaillons sie, und Juliette kannte den Grund. Jetzt wollte *er* den Grund erfahren. Trotzdem, das war sein Baby Doll. Sie musste immer das letzte Wort haben. Um jeden Preis. Er konnte ihr das nicht vorwerfen, war sogar stolz auf sie. Erregt von ihr.

Er hatte immer gedacht, dieser Teil ihrer Persönlichkeit könnte ihm gefährlich werden, und das konnte er auch – aber verdammt, wenn sie dieses Verhalten anderen gegenüber an den Tag legte, hätte er sich am liebsten wie ein Neandertaler auf die Brust getrommelt. Sie vielleicht sogar in seine Höhle geschleppt und es wild mit ihr getrieben.

Vielleicht? Ha! Er wollte diese Frau dominieren, die sonst niemand beherrschen konnte. Die Frau, die jedem anderen die Augen auskratzte, die ihn aber zärtlicher als zärtlich behandelte.

Noch ehe Juliette sich eine verletzende Antwort überlegen konnte, hielten alle Harpyien in der Bar – selbst Kaia – inne und setzten einen finsteren Blick auf.

„Was?", fragte Strider beunruhigt.

Er bekam keine Antwort. Synchron holten die Frauen ihre Handys hervor. Kaia las den Text auf dem kleinen Display und erstarrte.

„Der nächste Austragungsort wurde bekannt gegeben", sagte sie emotionslos. „Wir haben vierundzwanzig Stunden, um dorthin zu kommen."

Juliette lachte leise. Obwohl sie die Leiterin war, hatte auch sie auf ihr Handy geschaut. Sollte sie nicht schon längst wissen, wohin es ging? „Die arme Kaia steht vor einer sehr schweren Entscheidung, nicht wahr?", murmelte sie, ehe sie rief: „Lasst uns gehen, Leute."

Endlich stapften die Eagleshields samt ihrer Gemahle, inklusive Lazarus, aus der Bar. Juliette blieb in der Tür stehen und warf Kaia ein Lächeln zu. „Wirklich schade, dass du dich dieses Mal nicht hinter deinen Freunden verstecken können wirst, nicht?" Damit schlüpfte sie hinaus ins Sonnenlicht.

„Was geht hier vor?", fragte Strider mit Nachdruck und zwang sie, ihn anzusehen. Warum glaubte Juliette, dass er nicht mitgehen könnte?

„Wir müssen gehen", flüsterte sie gequält.

Wir. Gut. „Ich hole meine Sachen."

„Nein." Sie schüttelte den Kopf. Ihre roten Locken streiften ihre Schultern, seine Hand. Sie sah ihm nicht in die Augen. „Wir. Das heißt, meine Schwestern und ich. Juliette hatte recht. Du und deine Freunde, ihr könnt nicht mitkommen."

Von wegen. „Warum? Wohin geht ihr – gehen *wir*?"

Sie seufzte schwer. „Zur *Odynia*. Besser bekannt als Heras Garten des Abschieds. Sie hat den Ort einst genutzt, um sich ihrer Gegner zu entledigen, ohne selbst eine Hand gegen sie erheben zu müssen. Natürlich hat Rhea dort heute das Sagen, weshalb ich davon ausgehe, dass *sie* unsere Gastgeberin sein wird."

Rhea, die Götterkönigin der Titanen und wahre Anführerin der Jäger. Weitaus gefährlicher und weitaus mächtiger, als Galen jemals zu sein hoffen konnte. Wenn Strider zu diesem Teil der Spiele erschiene, würde er höchstwahrscheinlich schnurstracks in eine Falle tappen. Wenn er zurückbliebe, könnte Kaia verletzt werden, und er wäre nicht in der Lage, zu ihr zu gelangen und ihr beim Heilen zu helfen.

So oder so würden sie einander Lebewohl sagen.

20. KAPITEL

Dieser dumme Mann hörte einfach nicht auf, ihr zu folgen!

Strider zu entkommen, war einfach gewesen. Seinen Dämon „gewinnen“ zu lassen nicht. Nachdem Kaia die Rhea-Bombe hatte platzen lassen, hatte sie ihn um ein Gespräch unter vier Augen gebeten. Und sie hatte es so gesagt, dass er annehmen musste, mit „Gespräch“ meine sie, ihn bis zur Besinnungslosigkeit zu küssen.

Sie waren in die kühle Luft hinausgegangen, in der ihr ohnehin schon kaltes Blut gefror. Noch ehe Strider ein Wort sagen konnte, hatte sie ihm einen sanften Kuss auf die sinnlichen Lippen gedrückt – der ihn leider nicht besinnungslos gemacht hatte – und ihn herausgefordert, eine Stunde hierzubleiben. Ach ja, und er musste Sabin und Lysander an seiner Seite halten.

Die wahnsinnige Wut, die er ausgestrahlt hatte, als sie sich Bianka und Gwen geschnappt hatte und mit ihnen losgezogen war … die Art, wie er Sabin und Lysander überwältigt hatte, als sie versucht hatten, ihnen zu folgen … die wilde Art, wie er gegen sie gekämpft hatte …

Das würde sie nie vergessen. Tausendmal wäre sie um ein Haar umgekehrt, sosehr wollte sie ihn um Vergebung bitten und ihn anflehen, sie zu begleiten. Sie hatte seinen Dämon gegen ihn benutzt. Etwas, was sie nie hatte tun wollen. Und das auch noch nach diesem spektakulären Kuss, nach dem sie sich endlich auf dem richtigen Weg befanden. Götter … Allein der Gedanke an Rhea und ihre boshafte Natur hielt sie zurück. Kaia konnte sich nicht auf den ersten Preis konzentrieren und gleichzeitig Strider beschützen. Und selbst wenn sie es könnte, lagen die Jäger vielleicht schon in der *Odynia* auf der Lauer – bereit, ihm den Kopf abzuschlagen.

Sie musste Strider um jeden Preis beschützen. Sie brauchte ihn mehr als die Luft zum Atmen. Und er war ihr gegenüber weicher geworden. Wollte mehr von ihr. Er hatte sie vor den

Augen aller anderen geküsst. Und zwar so leidenschaftlich und schmutzig, als ob er jeden Moment mit ihr schlafen wollte. Als ob er nicht genug von ihr bekommen könnte. Als ob sie eine Droge wäre, die man ihm viel zu lange vorenthalten hatte. Dann hatte er sie Baby Doll genannt und wie einen geschätzten Gefährten gestreichelt.

Kaia hatte alles zerstört, indem sie ihn herausgefordert hatte, statt mit ihm zu reden, und dieses Wissen führte dazu, dass sich ihr Magen schmerzhaft verkrampfte. Doch sie hatte weder Zeit gehabt, ihm irgendetwas zu erklären, noch ihn von den Vorzügen ihres Plans zu überzeugen. Team Kaia blieben nur vierundzwanzig Stunden – mittlerweile nur noch neunzehn –, um Rheas Garten im Himmel zu erreichen. Doch dazu mussten sie zuerst die Pforte erreichen, welche die Götterkönigin geöffnet hatte.

Taliyah und Neeka gingen voraus, und Kaia und die restlichen Ladys folgten ihnen, während sie sich den Weg durch das winterliche Wunderland Alaskas bahnten. Alaska, das Heimatland der Skyhawks und der Ort, an dem sich vorübergehend die Himmelspforte befand – ein Ort, der zu Ehren der Gewinnerin des ersten Wettkampfs gewählt worden war.

Ihr Ziel? Ein vergessener Landstrich zwischen zwei bestimmten Bergen. Sie hinterließen keine Fußspuren, versteckten ihre Düfte und bewegten sich im Verborgenen. Nur für den Fall, dass ein anderes Team auf die Idee käme, ihr Vorankommen zu behindern.

Allerdings konnte *nichts* die entschlossenen Männer hindern, die ihnen folgten.

„Wir müssen sie irgendwie aufhalten", sagte Gwen, wobei sich vor ihrem Gesicht kleine Dunstwölkchen bildeten. Sie hüpfte von einem eisbedeckten Baumwipfel zum nächsten, und die erdbeerblonden Haare wehten hinter ihr her.

Ein Vorschlag von Gwennie der Netten. „Nein", widersprach Kaia, während sie ebenfalls zum nächsten Baum sprang. Ihre Flügel flatterten unter ihrem weißen Kunstpelzmantel.

Dann würde Strider verlieren, und sie konnte den Gedanken, dass er sich tagelang vor Schmerzen krümmte und immer schwächer würde, nicht ertragen. So wäre er ein äußerst leichtes Ziel für Juliette. „Die Pforte schließt morgen früh um 08:01 Uhr. Wir schlüpfen hinein, kurz bevor sie zugeht. Dann werden sie uns nicht weiter folgen können."

„Ziemlich riskant", meinte Bianka, die sich direkt hinter ihr befand. Der Ast wippte unter dem Gewicht der Zwillinge. Zwar nur leicht, aber er bewegte sich. „Am Ende kommen wir noch so spät, dass wir selbst nicht mehr reinkommen, und wir können es uns nicht leisten, von noch einem Wettkampf disqualifiziert zu werden. Sonst sind wir endgültig raus aus dem Rennen und haben keine Chance mehr, den dritten Platz zu ergattern, geschweige denn den Hauptpreis."

Verdammt. Gemahle sollten einem das Leben doch leichter machen und es nicht verkomplizieren. Kaia machte eine Pause und rieb sich mit der Hand übers Gesicht. Auf einmal war sie so erschöpft, dass sie sich am liebsten hingelegt hätte. Sie hatte seit Tagen nicht richtig geschlafen. Zuerst war sie zu beschäftigt damit gewesen zu heilen, und dann war sie zu beschäftigt damit gewesen, sich den Kopf über mögliche Überraschungsangriffe zu zerbrechen. „Hast du denn einen anderen Vorschlag, das hier durchzuziehen, ohne unsere Männer zu verletzen?"

Ein unnatürliches Pfeifen ertönte in der Luft, und ihre Ohren zuckten. Dieses Geräusch kannte Kaia nur zu gut. Angst überkam sie.

Sie wurden aus dem Hinterhalt angegriffen.

„Runter!", rief sie, während sie Bianka mit sich riss. Der Ast wackelte, und direkt über ihren Köpfen versank ein Pfeil im Baumstamm. Der Geruch von Avocado und Salz stieg ihr in die Nase, und sie krümmte sich.

„So ein Mist, ich habe mir einen Nagel abgebrochen!", schrie Gwen wütender, als Kaia sie seit ihren Tagen als Brautmonster gehört hatte.

Kaia schnüffelte und machte Überbleibsel von Schweiß und

Angst aus. Harpyien hatten diesen Pfeil nicht abgefeuert, sondern Menschen. Allerdings hätte sie große Summen darauf gewettet, dass Harpyien die Menschen dafür bezahlt hatten. Wie sonst hätten sie wissen sollen, dass sie eine aus einem Avocadokern geschnitzte und in Salz getunkte Pfeilspitze benutzen sollten und keine Pistolenkugeln? Woher hätten sie wissen sollen, dass die Substanzen in der Kombination das Herz einer Harpyie wochenlang schwächten, ganz gleich, wo sie getroffen wurde?

Und wenn sie nicht von anderen Harpyien angeheuert worden waren, hatte Rhea persönlich sie angestiftet, weil Kaia und ihre Gefolgschaft mit den Herren befreundet waren. Als einer der Menschen seinen Bogen spannte, erhaschte Kaia einen Blick auf die Tätowierung an seinem Handgelenk: eine liegende Acht. Das Symbol der Unendlichkeit. Das Symbol der Jäger.

Und das, wo Strider, Sabin und Lysander in der Nähe waren … Verflucht. Sie wollte nicht, dass Strider sich in der Nähe dieser kranken Scheißkerle aufhielt. Und vielleicht waren die Jäger genau deshalb geschickt worden. Entweder, um den Jungs den Garaus zu machen oder um die Mädels außer Gefecht zu setzen, die mit ihnen zusammen waren.

Doch es würde ihnen nicht gelingen.

„Sie haben auf uns gewartet, und ihr wisst alle, wie sehr ich es hasse, wenn jemand auf sein Opfer wartet", knurrte Bianka, während sie ihren Rucksack mit Kleidung und Proviant fallen ließ. Man hörte ein dumpfes Geräusch, als der schwere Nylonbeutel im Schnee aufkam. „Zeit für eine kleine Bestrafung."

„Ja." In dichter Folge landeten sechs weitere Pfeile in ihrem Baum, einer näher am Ziel als der andere. Sie zog zwei Dolche hervor, visierte ihre Ziele an, warf den ersten Dolch, dann den zweiten. Es ertönte ein Grunzen, ein Schrei. „Lass mir einen übrig, ja?", bat Kaia, als sie ihre Tasche neben die ihrer Zwillingsschwester warf.

„Nein, verdammt. *Du* musst *mir* einen übrig lassen."

„Wenn du es trotzdem machst, nenne ich dich auch nicht

mehr Hure der Himmlischen Hügel." Kaia warf ihr einen Luftkuss zu, ehe sie sprang ... fiel ... und mit einem kaum zu vernehmenden Geräusch in Hockstellung landete. Kleine Schneeflocken flogen um sie herum, während sie blitzschnell ihre Umgebung scannte. Sie zählte dreiundfünfzig Jäger. Die meisten von ihnen befanden sich am Boden, die gespannten Bögen im Anschlag.

„Du kämpfst mit miesen Tricks, Kye", rief Bianka von hinten. „Aber der Deal steht."

Sie kicherte und freute sich, dass sie sich nicht würde beherrschen müssen. Weitere Pfeile perforierten die Bäume. Noch immer schlugen sie viel zu dicht ein, als dass man sich hätte wohlfühlen können. Ihre Harpyie bettelte kreischend, herausgelassen zu werden. Kaia versuchte nicht mal, den kleinen Liebling zurückzuhalten. Ihre Schwestern wussten, was sie zu tun hatten, wie sie sich aus der Schusslinie hielten. Augenblicklich verwandelte sich ihr Sichtfeld in einen schwarzen Tunnel, in dem kleine rote Punkte tanzten. Körperwärme.

Ihr Appetit auf Blut wurde so stark, dass ihr das Wasser im Mund zusammenlief.

Wenn diese Männer die Gelegenheit bekämen, würden sie Strider etwas antun, und deshalb würden diese Männer sterben. Qualvoll. Grinsend stand sie auf.

„Da, sie ist da drüben!", rief jemand.

„Ich sehe sie!"

In der nächsten Sekunde rauschten Pfeile auf sie zu. Sie sah sie. Es waren sechs an der Zahl, und sie bewegten sich ganz langsam. Einen nach dem anderen fing sie sie auf, betrachtete sie und warf sie zu Boden.

„Habt ihr das gesehen? Unmöglich!"

Mit einem Sprung setzte Kaia sich in Bewegung. Binnen eines Augenblicks befand sie sich inmitten der Menschen. Mit reißenden Klauen und Zähnen tänzelte sie durch die Menge. Süßes Blut rann ihre Kehle hinunter. Schon bald erklangen rings um sie Schmerzensschreie und verzweifelte Gnadengesuche.

Gnade? Was war das? Dieses Wort kannte sie nicht. Das einzige Wort, das sie kannte, war „mehr". Sie brauchte mehr. Mehr Schreie, mehr Blut. Sie riss noch inbrünstiger, biss noch enthusiastischer. La, la, la, das machte ja so viel Spaß. Oho! Sie kannte doch noch andere Wörter: so viel Spaß. Brechende Knochen machten das schönste Geräusch. Und wenn Haut zerriss, entstand das bezauberndste Schlaflied. Schrei, Schrei, Flehen. Schrei, Schrei, Flehen. La, la, la.

Viel zu schnell hörten die Körper auf, sich zu bewegen. Die Schreie und das Flehen erstarben. Keine Knochen mehr zu brechen. Keine Haut mehr zu zerreißen. Keine Schlaflieder mehr. Kaia hielt inne. Ihr Blick war finster. Aber … aber … sie wollte noch mehr. Warum konnte sie nicht noch mehr haben?

Sie atmete ein und aus – und der Duft von Zimt stieg ihr in die Nase. Und Zimt war gleich Strider.

Strider.

Ihr Strider.

Ihr unwiderstehlicher, sexy Gemahl, der sie Baby Doll nannte.

Die Harpyie kreischte und zog sich, gesättigt und auf Strider konzentriert, zurück.

Kaia blinzelte mehrmals, bis sich ihre Sicht klärte. Sie atmete schwer und merkte, dass ihre Haut von Schweiß bedeckt war. Nein, das war kein Schweiß. Das war Blut. Blut und … andere Sachen.

„Schön, dich wiederzuhaben, Schwesterchen", sagte Bianka und klopfte ihr anerkennend auf die Schulter. „Wie versprochen habe ich einen beiseitegenommen und ihn für dich aufgehoben."

Kaia schaute sich um. Sie sah roten Schnee und reglose Körper – oder vielmehr das, was davon übrig war. Die Menschen hatten ein Sprichwort: Wer sich mit einer Kugel anlegt, zieht den Kürzeren. Tja, die Harpyien hatten ebenfalls ein Sprichwort: Wer sich mit einer Harpyie anlegt, stirbt.

Der einzige noch lebende Mensch war an einen Baum genagelt. Pfeile ragten aus seinen Schultern und Fußgelenken hervor, und er zitterte, als Kaia auf ihn zuging. Jeder Schritt tat weh, sodass sie auf halber Strecke stehen blieb, um sich zu begutachten. Als sie nichts Ungewöhnliches sah, abgesehen von dem vielen Blut, zog sie den nun roten Mantel aus. Sie hatte Schnittwunden an Armen, Beinen und am Bauch – und eine Pfeilspitze in der Seite stecken. Mist.

„Mist“, sagte Bianka laut, als sie den Pfeil bemerkte. „Wir müssen das Ding rausholen, ehe es noch mehr Schaden anrichtet.“ Ihre Zwillingsschwester schnappte sich ihre Tasche, holte eine Zange heraus, drückte Kaia in Sitzposition hinunter und machte sich an die Arbeit. Jeden noch so kleinen Splitter zog sie heraus.

Wie das brannte … Am liebsten hätte Kaia geschrien und die Hand ihrer Schwester weggeschlagen, aber sie riss sich zusammen. Sie zwang sich, sich auf etwas anderes zu konzentrieren. Auf ihr Team. Sie musterte Gwen, die zwar blass war, aber unversehrt. Neben ihr standen zwei weitere Teammitglieder: Juno und Tedra. Eine hatte ein paar Kratzer, aber die andere war mit Einstichstellen übersät und schwankte stark. Sie würde definitiv nicht am nächsten Wettkampf teilnehmen. *Verflucht noch mal!*

Und hatte Kaia vor Kurzem nicht den Duft von Zimt wahrgenommen? War es nicht das gewesen, was sie beruhigt hatte? Also wo war Strider jetzt?

„Fertig“, sagte Bianka und stand auf. Sie klang besorgt. Sie beide wussten, dass Kaia das Blut von Strider brauchte. Sonst wäre sie später in extrem schlechter Verfassung.

„Danke.“ Kaia stand auf und legte den restlichen Weg zu dem Jäger zurück. Er war mindestens zwölf Zentimeter größer als sie und bestimmt fünfzig Kilo schwerer, und dennoch verströmte er den Geruch von Angst – säuerlich und intensiv. Immerhin hatte er die Show aus der ersten Reihe mitverfolgen können.

„Bitte … töte mich nicht …“, heulte er. „Nicht so. Nicht so wie sie.“

„Keine Sorge“, versprach sie und lächelte kalt. „Und im Gegenzug wirst du mir einen Gefallen tun. Ja?“

„Ja.“ Tränen der Erleichterung liefen ihm die Wangen hinab. „Bitte, ja.“

„Gut. Das ist gut. Jetzt hör gut zu. Ich werde es nämlich nicht zweimal sagen.“ Sie zog den Dolch aus dem Knöchelhalfter und riss einen Streifen Pelz von ihrem Mantel ab.

„W…was machst du denn da? Du hast gesagt, du wirst mir nichts tun.“

„Nein. Ich habe gesagt, ich werde dich nicht töten, und das mache ich auch nicht.“ Mit flinken Bewegungen legte sie ihm den blutroten Streifen um den Hals. „Hörst du zu? Gut. Ich sage dir jetzt, was du tun sollst …“

Strider roch das Blut schon lange, bevor er die Lachen sah.

Er war Kaia schon seit Stunden auf den Fersen, und sein Dämon wurde immer wahnsinniger. *Gewinnen, gewinnen, gewinnen.* Wenn er das Wort noch ein Mal hörte, würde er jemanden umbringen. Nämlich sich selbst. Und dann Kaia. Das schien zwar unmöglich, aber er würde es schon irgendwie hinkriegen. Er war fest entschlossen. Und sie war die Einzige, die die Schuld an diesem Schlamassel trug.

Nur … als er schnüffelte, um sicherzugehen, dass er sich nicht getäuscht hatte, vergaß er seine Wut auf *Niederlage* und auf Kaia und dachte nur noch an ihre Sicherheit. Es roch definitiv nach Blut.

Er und Sabin tauschten einen Blick und rasten in Turbogeschwindigkeit durch die schneebeladenen Äste, die ihnen zum Dank für ihren Einsatz hart ins Gesicht klatschten. Strider hielt seine Sig Sauer in der einen Hand und einen Dolch in der anderen. Er war auf alles vorbereitet, außer darauf, Kaia verletzt vorzufinden. Oder gar …

Gewinnen, gewinnen, gewinnen.

Sie finden? Ja, das würde er. Sie retten? Ja, auch das. Lysander und Zacharel flogen über ihnen. Anscheinend hatten sie den

Duft des Todes ebenfalls wahrgenommen, denn sie fingen an, wild mit ihren langen, eleganten Flügeln zu schlagen, als sie zum Sinkflug ansetzten.

Alle vier Männer erreichten den Schauplatz des Geschehens gleichzeitig.

Leichen lagen auf dem Boden. Alle männlich. Blut sickerte in den Schnee. Ein Beweis dafür, dass die Menschen keinen leichten Tod gestorben waren – aber am Ende hatten sie wahrscheinlich darum gebettelt, sterben zu dürfen.

Lysander ging zwischen den Leichnamen umher, schnüffelte, berührte sie. „Einige Harpyien sind verletzt."

„Kaia auch?", krächzte er, und ihm blieb das Herz stehen.

Eine schreckliche Pause. „Ja, aber sie ist weitergezogen. Sie sind alle weitergezogen."

Den Göttern sei Dank. Sein Herz fing wieder an, einigermaßen regelmäßig zu schlagen.

„Diese Menschen waren vom Dämon *Unfriede* verseucht", fügte Lysander hinzu. „Ihr Verstand war einzig auf Zwietracht aus."

Rhea war vom Dämon *Unfriede* besessen. Und Rhea hatte allen Harpyien ihren Garten des Abschieds geöffnet. Um die Frauen ihrer Feinde besser vernichten zu können? „Nicht vom Dämon *Hoffnung*?", fragte er.

„Nein. Hier war *Unfriede* am Werk, ohne Frage."

Mist. Striders Aufgabe – Kaia zu beschützen – war jetzt tausendmal schwieriger. Aber das war ihm egal. Er täte, was getan werden müsste, selbst sich mit der Götterkönigin persönlich anlegen. „Woher weißt du das?"

„Jeder Dämon gibt einen charakteristischen Geruch ab." Er sprach die Worte voller Ekel. „Und aus diesem Mann sickert noch immer der beißende Geruch der Zwietracht."

„Dann sind unsere Frauen in Gefahr", meinte Sabin.

„Das wissen wir." Aber das war typisch Sabin – Captain Jackass der USS Offensichtlich. Strider rieb sich übers Gesicht. Er war gereizt. Auch das war Kaias Schuld. Die verletzt war und nicht an sein Blut kam, welches sie zum Heilen brauchte.

„Ich werde meine Engel rufen, damit sie das Chaos hier beseitigen“, sagte Zacharel.

Seine Engel? „Noch nicht.“ Inmitten des Todes stieg auch ihm ein Duft in die Nase. Kaias Duft, um genau zu sein. Zwar mochte sein Geruchssinn nicht so hoch entwickelt sein wie Lysanders, aber wenn es um Kaia ging, nahm er die kleinsten Dinge wahr.

Schnüffel. Er folgte dem kupferähnlichen Geruch, und Sabin folgte Strider. *Schnüffel.* Strider hockte sich hin und hob eine zerbrochene Pfeilspitze hoch. Die Spitze war mit Blut bedeckt. Er führte die Spitze zur Nase und schnüffelte noch mal, diesmal tiefer. Eindeutig erkannte er Kaias Duft. Sie war verletzt, wie Lysander gesagt hatte.

Nun, da der Beweis unmittelbar vor ihm lag, geschah etwas mit ihm. Ein roter Schleier der Wut legte sich über sein Sichtfeld. Der dünne Schaft zerbrach in seiner Hand. *Ich muss sie halten. Muss mich davon überzeugen, dass es ihr gut geht. Und ich muss denjenigen verletzen, der sie verletzt hat.*

„Sie ist in Ordnung“, meinte Sabin. „Sie ist weitergezogen. Der Engel kann nicht lügen.“

Er vernahm ein ersticktes Wimmern, und jeder Muskel in seinem Körper spannte sich an. Irgendwer lebte noch. Er und Sabin teilten sich auf und gingen von beiden Seiten um einen dicken Baumstamm herum. Ein Mann – ein Mensch, ein Jäger, dessen Arme seitlich festgenagelt waren, um sein tätowiertes Handgelenk zu präsentieren – war dort gefangen. Er trug nicht mehr als einen blutverschmierten Bogen um den Hals. Er war mit Fell bedeckt, das aussah wie von Kaias Mantel.

Ein Geschenk also.

Als der Jäger die Krieger erblickte, fing er an zu weinen.

Strider stob auf ihn zu, packte ihn am Kinn und drückte ihm seinen Dolch gegen die Wange. „Dass du noch am Leben bist, hat einen Grund. Welchen?“ Halt. Zuerst eine Vorsichtsmaßnahme. „Falls du es wagen solltest, mich auch nur mit einem

Wort herauszufordern, werde ich dir die Kehle durchschneiden, bevor du zu Ende sprechen kannst. Kapiert?“ So etwas würde er seiner Harpyie durchaus zutrauen. Sie war ein gerissenes, kleines Ding und fest entschlossen, ihn abzuschütteln.

Tja, Pech gehabt. Rhea würde ihn in dem Augenblick angreifen, wenn sie ihn erblickte, aber das interessierte ihn nicht. Er durfte ihr nichts antun, weil ihr wehzutun bedeutete, Cronus wehzutun – und zwar buchstäblich –, und Cronus würden ihn anschließend zum Mittagessen verspeisen. Doch auch das interessierte ihn nicht. Er würde für Kaia da sein. Er würde sie um jeden Preis vor der Götterkönigin beschützen.

Wegen der Zweiadrigen Rute, ja. Wegen seines Dämons, das auch. Aber vor allem, weil er unbedingt zu Ende bringen wollte, womit sie in der Bar angefangen hatten. Wenn er nicht bald diesen geschmeidigen kleinen Körper unter sich spürte, würde er implodieren.

Was ist denn mit dem Vorsatz, bis nach dem Turnier zu warten?

Der dämliche Vorsatz wurde fallen gelassen. Ich will sie sofort.

„B...bist du St...Strider?“, fragte der Mensch.

Er nickte steif.

„I...ich soll dir sagen, d...dass du dir keine S...Sorgen machen sollst. Die F...Frauen haben alles im G...Griff.“

Sabin stellte sich neben Strider. „Ist das alles?“

Der Mensch zuckte zusammen. „N...nein. W...wenn ihr ihnen f...folgt, wenn sie euch s...sehen, lassen sie sich d...disqualifizieren.“

Strider und Sabin tauschten wieder einen Blick, der weit über „So ein Mist“ hinausging und eher nach „Verdammte Scheiße“ aussah. Wenn irgendwer gewillt war, sich ins eigene Fleisch zu schneiden, waren das die Zwillinge.

„Danke, dass du die Nachricht überbracht hast“, sagte er zu dem Jäger – kurz bevor er ihn tötete.

Er rechnete damit, dass die Engel ihn rügten, aber sie schwiegen, als der Kopf des Menschen, dessen wertloses Leben nun ausgelöscht war, nach vorn fiel.

Manchmal ließ Strider seine Feinde davonkommen, in der Hoffnung, sie hätten ihre Lektion über die Grauabstufungen zwischen Gut und Böse gelernt. Aber diesmal nicht. Der Mann hatte Kaia angegriffen. Sein Schicksal war bereits besiegelt gewesen.

Der Sieg war winzig, und *Niederlage* reagierte kaum.

„Kommt“, sagte Strider, während er die Klinge seines Dolches an seiner Jeans abwischte und die Waffe zurück in die Scheide steckte. „Wir sind schon viel zu weit hinter ihnen zurückgefallen.“

Zacharel neigte nachdenklich den Kopf zur Seite. „Du willst wirklich das Risiko eingehen, dass …“

Strider brachte ihn mit einem wütenden Blick zum Schweigen. „Wir gehen. Wir müssen nur dafür sorgen, dass uns niemand sieht.“

21. KAPITEL

Die Himmelspforte befand sich genau dort, wo sie der Kurznachricht zufolge sein sollte. Es war ein schimmerndes Luftloch zwischen zwei vereisten, mondbeschienenen Bergen. Kaias Team kauerte auf einem Felsen hoch oben und beobachtete, wartete. Bangte.

Kaia lag auf einem rutschigen Felsvorsprung. Die Kälte kroch ihr bis in die Knochen. Normalerweise machten ihr solche eisigen Temperaturen nichts aus. Aber diesmal zitterte sie, und ihre Zähne klapperten. Vermutlich hatte sich ihre Wunde entzündet, und sie hatte leichtes Fieber, aber wenigstens waren die Schmerzen weg. Die Kälte hatte die dämliche, nach wie vor klaffende Verletzung betäubt.

Um sich von so einer Verletzung zu erholen, brauchte sie Striders Blut.

Im Grunde brauchte sie einfach nur Strider. Sie hatte keine Ahnung, wie sie schon so lange ohne ihn ausgekommen war. Aber weil sie so ein ungezogenes Mädchen war, würde sie ihn nicht kriegen. Jedenfalls nicht in nächster Zeit – und vielleicht auch danach nicht. Sie konnte nur hoffen, dass er die Nachricht, die sie ihm hinterlassen hatte, bekommen hatte und bereits auf dem Weg nach Buda war. Sein Wohlergehen kam vor ihrem verständlich großen Verlangen nach ihm. Wenn auch nur ein bisschen davor!

Sie drehte an dem Rädchen ihres Fernglases, um sich die Umgebung etwas genauer anzusehen. Weiß, Weiß und noch mehr Weiß, aber bislang waren keine anderen Harpyien in Sicht. Und auch keine verräterischen Atemwölkchen. Keine hellen Flecken, die die Felsen hinunterschlichen und sich zentimeterweise der Sicherheit näherten. Kein Klicken in der Brise als Anzeichen dafür, dass irgendwer Pfeile anspitzte. Doch selbst die Stille behagte ihr nicht. Erst wenn sie den Fuß des Berges erreicht hätten und durch die Pforte träten, befänden sie sich auf neutralem Gebiet. Dann wäre niemand mehr in der

Lage, sie anzugreifen.

Die Frage war nur, ob sie den Fuß erreichen würden.

„Ich finde, wir sind gut", meinte Taliyah, als sie sich das Fernglas schnappte und es über die höheren Gipfel schwenkte. „Und wir können wirklich nicht länger warten. Du und Tedra, ihr müsst dringend versorgt werden, aber hier können wir das nicht machen."

Bianka nahm Taliyah das Fernglas aus der Hand und sah hinunter zur Ebene. „Wenn Lysander hier wäre, könnte er über uns fliegen und ..."

„Schon wieder dieser Schwachsinn?" Kaia nahm sich das Fernglas zurück und warf es sich über die Schulter. In der letzten Stunde hatte Bianka sämtliche Gründe genannt, warum es besser wäre, wenn ihre Männer hier wären. Als ob Kaia das nicht schon längst gewusst hätte, verdammt.

„He!", beschwerte sich Neeka. „Das tat weh."

Kaia drehte sich um und verzog das Gesicht, als sie einen stechenden Schmerz in der Seite spürte. Die hübsche Rothaarige sah sie wütend an und rieb sich die Beule, die sich über ihrem linken Auge bildete. „Ich würde mich ja entschuldigen, aber es war absolut Biankas Schuld, weil sie ..."

„Pst!" Bianka schnitt ihr das Wort ab, indem sie ihr den Mund zuhielt. Mit der freien Hand zeigte sie auf die schimmernde Pforte. „Sieh doch."

Sie schaute hin. Die Falconways und die Songbirds hatten soeben den Gipfel des gegenüberliegenden Berges überquert und rannten nun auf die Pforte zu. Schneller ... und schneller, bis sie nur noch verschwommen zu sehen waren. Niemand versuchte sie aufzuhalten, und eine nach der anderen schlüpften sie durch das schillernde Luftloch – und waren schon nicht mehr zu sehen.

Falls ihnen Jäger auflauerten, hätten sie doch wenigstens aus ihrem Versteck hervorgelugt, um zu sehen, wer auf die Pforte zulief. Oder?

„Okay", meinte Kaia nickend. „Die Pforte liegt direkt vor

uns. Wir werden es also wie folgt machen: Da zwei von uns zu verletzt sind, um zu rennen, wir an Geschwindigkeit verlieren, wenn ihr uns tragt, und ich nicht will, dass wir uns trennen, setzen wir uns gleich alle auf unsere Rucksäcke und rutschen über diesen Vorsprung bis nach unten. Wie auf Schlitten. Und dann, *ta-da*, sind wir gesund und munter im Himmel, bevor wir es überhaupt merken."

Sie hörte zustimmendes Gemurmel.

Nach wenigen Minuten hatten sie sich aufgestellt und waren bereit zum Schlittenfahren. Kaia führte die Truppe an. Sie saß auf ihrem Rucksack, ihre Beine baumelten bereits über der Felskante. Das Herz schlug hart in ihrer Brust. Sie war schon tausendmal von diesem Berg gesprungen, wenn sie mit Bianka „Wer schafft es, sich weniger Knochen zu brechen" gespielt hatte. Meistens hatte sie gewonnen – Bianka hatte sich immer nur die Hände vors Gesicht gehalten und ihren Körper quasi ungeschützt aufs Eis knallen lassen. Aber das spielt jetzt keine Rolle, dachte sie. *Konzentrier dich.* Nur – wenn eins ihrer Mädchen verletzt würde ...

Sie biss fest die Zähne aufeinander. Das würde nicht passieren, nicht noch mal.

Als sie ausatmete, bildete sich ein Wölkchen vor ihrem Gesicht. „Und", sie rutschte, „los", sie schlingerte, „geht's!" Sie sauste los. Der Wind peitschte ihr ins Gesicht, während sie schneller und schneller wurde, genauso wie die anderen Teams vor ihr. Der Stoff ihres Rucksacks scheuerte schnell durch. Als Nächstes wäre ihr Mantel dran, dann ihre Haut. Sie war fast da ...

Eine Pfeilspitze bohrte sich in ihren Oberschenkelmuskel. Noch ehe sie reagieren konnte, traf sie ein zweiter. Sie schrie vor Schmerzen auf. Verdammt! Wie? Wo waren ... da! Jäger kamen aus Miniaturluftlöchern heraus, als hätten sie zwischen den Reichen gekauert, sie beobachtet und abgewartet. Am liebsten wäre sie von ihrem Rucksack geflogen und hätte sie einen nach dem anderen in Stücke gerissen, aber ... sie sauste durch die

Pforte, und die Jäger verschwanden aus ihrem Sichtfeld.

Ein Schwindelanfall. Ein viel zu grelles Licht. Dann lief ihr Rucksack auf die dicken Wurzeln eines Baums auf und blieb stehen. Sie blinzelte, um einen freien Kopf zu bekommen, und griff nach dem Pfeil, der noch immer aus ihrem Bein ragte. Gwen raste mit einem *Hmpf* in sie hinein und schlug ihr versehentlich die Hand weg.

Noch ein Schrei entfuhr ihr, noch ein Schmerz zuckte durch ihren Körper.

„Alles okay?", fragte Gwen, die bereits aufgestanden war und Kaia aus der Rutschbahn zog.

„Ja, sicher." Sie suchte die Umgebung nach den Falconways und den Songbirds ab. Kein Zeichen von ihnen, den Göttern war Dank. Jedenfalls allen außer Rhea, dieser Schlampe. Ihr würde Kaia für gar nichts danken, selbst in Gedanken nicht. „Und bei dir?"

„Bei mir auch. Aber ich glaube, sie haben Bianka erwischt. Ich habe sie schreien gehört."

Nein! Lieber würde sie selbst tausend Verletzungen ertragen, als zuzulassen, dass Bianka auch nur eine einzige bekam. „Ich werde sie umbringen …" Die Drohung blieb ihr in der Kehle stecken. Ein Ast des Baumes bewegte sich verstohlen nach unten, die Blätter – es waren zwei an der Zahl, eins oben und eins unten – waren an den Rändern überraschend scharf gezackt und gingen auf und zu wie ein Maul.

Sie lebten. Die Bäume lebten. Kaia riss die Augen auf, als sie gegen die riesigen, maulartigen Blätter schlug, und rollte sich außer Reichweite. Noch ein stechender Schmerz. „Hast du das gesehen?", fragte sie keuchend.

Der Ast zog sich zurück, weg von ihnen.

„Ja, und ich taumle immer noch. Sei vorsichtig." Gwen wirbelte hin und her, in jeder Hand einen Dolch, beobachtete die Bäume und forderte sie heraus, sich noch einmal zu bewegen.

Plötzlich tauchte Bianka auf und kam abrupt zum Stehen. In Schulter, Unterarm und Bauch steckten Pfeile. Schon jetzt war ihre Kleidung blutverschmiert. „Mist! Sie haben mich erwischt."

Bei ihrem Anblick musste Kaia ein Wimmern herunterschlucken.

Rhea hat tatsächlich nicht gewollt, dass wir es bis hierher schaffen, dachte sie finster. *Tja, dann würde Rhea schon bald eine unangenehme Überraschung erleben.* „Ich helfe dir sofort, Schwesterchen. Ich muss zuerst nur etwas erledigen." Die Wut gab Kaia die nötige Kraft, um sich den Pfeil aus dem Bein zu ziehen. Als sie fertig war, humpelte sie zu ihrer Schwester und zog sie aus der Rutschbahn – und wieder griffen die bissigen Äste an.

Gwen half ihr, sie abzuwehren. Sie trat und schlug auf sie ein, bis sie sich wieder zurückzogen.

„Diese Dreckschweine!", keuchte Bianka, die vor Schmerzen und durch den Blutverlust ganz blass war.

„Über die Jäger müssen wir uns später Gedanken machen." Und über unsere Rache. „Ich glaube, diese Bäume sind verdammte Vampire." Zitternd kniete Kaia sich hin und zog sanft – na ja, so sanft wie möglich – die Pfeilspitzen aus dem Fleisch ihrer Schwester.

Bianka beschwerte sich unentwegt. Zuerst schrie sie Kaia an, dann Taliyah, Neeka und die anderen, die nacheinander eintrudelten. Neeka war die einzige andere, die in dieser Runde etwas abbekommen hatte, und Taliyah verarztete sie. Keiner von beiden gab auch nur den leisesten Mucks von sich.

„Was ist, wenn unsere Jungs durch die Pforte kommen, hm?", fragte Kaia. „Sie sind auf nichts vorbereitet."

„Wenn sie so dumm sind herzukommen, verdienen sie, was sie bekommen werden. Und jetzt kommt", erwiderte Taliyah. „Wir mögen uns zwar auf neutralem Boden befinden, aber es liegt immer noch ein einstündiger Fußmarsch vor uns, ehe wir unser Ziel erreichen. Wir dürfen nicht zu spät kommen."

Ja, und in einer Stunde konnte eine Menge passieren. „Du bist doch nur eifersüchtig, weil du keinen Ritter auf einem weißen Pferd hast, der kommt, um dich zu retten."

Taliyah verdrehte die babyblauen Augen. „Deine Verletzungen haben ja schon zu Wahnvorstellungen geführt. Wenn ich meinen Gemahl finde, werde ich ihm direkt ins Herz stechen, bevor er mir auch nur einen Moment des Unbehagens bereiten kann."

„Verstehe. Dein Gemahl kann mit meinem ohnehin nicht mithalten. Das kann keiner. Also bist du ohne sowieso besser dran."

„Meiner ist besser als deiner", widersprach Bianka.

„Auf keinen Fall."

„Auf jeden Fall."

„Mädels." Taliyah klatschte in die Hände, um ihre Aufmerksamkeit zu bekommen. Genauso wie sie es gemacht hatte, als sie noch Kinder waren und sich um ein Spielzeug gestritten hatten. „Eure Gemahle sind beide ätzend. Und jetzt haltet die Klappe und bewegt euch."

„Aber meiner ist *besser* ätzend als deiner." Im Davonhumpeln behielt Kaia die Pforte im Auge und war zugleich erleichtert und besorgt, als die Männer nicht hereinkamen.

Dreimal Hurra. Einmal nichts. Alle Teams waren rechtzeitig angekommen. Natürlich überquerte das Team Kaia die Grenze zum Schlachtfeld als Letztes, aber egal. Auf dem Weg hatten sie ein paar Beulen und Schrammen abbekommen, aber immerhin waren sie in keinen Hinterhalt mehr geraten, und deshalb beschwerte Kaia sich nicht (ganz im Gegensatz zu Bianka).

Die schlimmste „Schramme" hatte sie abbekommen. Einer der fleischfressenden Bäume hatte sie erwischt, bevor sie ihn hatte verscheuchen können. Scharfe, blätterige Zähne hatten ihr tief ins Handgelenk gebissen. Bei ihrem Aufschrei schien der Baum, nun ja, *gewürgt* zu haben. Er hatte gezittert und geschwankt und war vor ihren Augen verkümmert. Er war schwarz geworden, hatte gänzlich aufgehört, sich zu bewegen, und Bianka hatte den Ast mit einem einzigen Stoß ihres Dolchs entfernen können.

Danach hatten die Bäume sie in Frieden gelassen. Vielleicht hatte ihr Fieber den einen, der sie gebissen hatte, vergiftet, und die anderen waren schlau genug, um mit demselben Schicksal zu rechnen. Ja, sie hatte definitiv Fieber, und von „leicht" konnte nicht mehr die Rede sein. Obwohl weit und breit kein Eis zu sehen war, zitterte sie vor Kälte.

Reiß dich zusammen. Auch für Strider.

Die konkurrierenden Harpyien versammelten sich auf der einzigen Lichtung, die von dichten (nicht bissigen?) Pflanzen umgeben war. Die Luft war warm, die Sonne golden und hell mit kleinen violetten, blauen und pinkfarbenen Farbstichen. Es waren keine Gemahle oder Sklaven anwesend, und Kaia fragte sich, warum die anderen Frauen ihre Männer zurückgelassen hatten. Bestimmt nicht aus denselben Gründen wie sie.

Rhea war nirgendwo zu sehen. Dafür stand Juliette auf dem ausgestreckten Ast eines Baumes und blickte über die Menge. Die schwarzen Haare wehten in einer perfekten Brise hinter ihr – nicht zu wenig und nicht zu heftig.

„Willkommen, liebe Schwestern", verkündete sie. „Ich freue mich, euch mitteilen zu dürfen, dass alle teilnehmenden Teams die Deadline eingehalten haben." Ihr lavendelfarbener Blick wanderte zu Kaia. Da sie ihr Aussehen im Spiegel ihrer Puderdose kontrolliert hatte – ja, das Aussehen zählte, selbst hier draußen –, wusste Kaia, was Juliette sah. Dunkle Halbmonde unter ihren Augen, bleiche Haut, abgesehen von den viel zu roten Wangen. „Zum Glück wurde unterwegs niemandem aufgelauert."

Die Hexe wusste von den Jägern. Woher? Es gab nur eine Antwort, die einen Sinn ergab. War es möglich … Arbeitete sie mit Rhea zusammen? Kaia drehte sich der Magen um, die Säure brannte, dass es schäumte.

Juliette fuhr fröhlich fort: „Wie ihr vermutlich geahnt habt, seid ihr hier, um zu kämpfen." Jubelrufe erklangen. Als der Jubel wenig später verebbte, fügte sie hinzu: „Die Zeit für die zweite Disziplin ist gekommen – Todesstoß."

Jetzt waren „Ooohs“ und „Aaahs“ zu hören.

Juliette hielt die Hände hoch und bat um Ruhe. „Zuerst ein paar Worte zum Spiel. Ihr werden vier Mitglieder auswählen, die kämpfen. Diese vier müssen gleichzeitig in den Bäumen und in der Luft kämpfen. Euer einziges Ziel besteht darin, eure Gegnerinnen zu Boden zu werfen. Sobald eine Harpyie den Boden berührt, scheidet sie aus. Und es wird euch besonders freuen, dass es keine Regeln gibt, die eure Methoden in irgendeiner Form einschränken. Also fühlt euch frei, auch mal unter die Gürtellinie zu schlagen, wie es die Menschen so gern formulieren.“

Eifriges Geschnatter, Fäuste, die zusammenschlugen. Kaia blieb unbeweglich und mit hämmerndem Herzen am selben Fleck stehen.

„Das erste Team, das alle vier Mitglieder verliert, scheidet aus“, erklärte Juliette weiter. „Um den heutigen Sieg einzufahren, muss ein Mitglied eures Teams den Boden als Letzte berühren. So einfach sind die Regeln.“

Ja. Richtig. Bei Juliette war doch nichts einfach.

Sie grinste und zeigte ihre strahlend weißen Zähne. „Ach ja, bevor ihr fragt: Es gibt kein Zeitlimit. Diese Disziplin dauert so lange wie nötig. Allerdings habt ihr nur fünf Minuten, um zu entscheiden, wer kämpft und wer am Boden bleibt – und darauf wartet, die dringend notwendige medizinische Hilfe zu leisten.“ Sie blickte auf die Stoppuhr, die um ihren Hals baumelte – gleich neben ihrem Skyhawk-Krieger-Medaillon. Ein Medaillon, das Tabitha ihr gegeben haben musste – Kaias Medaillon –, obwohl sie verschiedenen Clans angehörten. „Diese fünf Minuten beginnen … jetzt.“

Binnen Sekunden hatten sich die Teams in Grüppchen versammelt, und das Gemurmel von Frauenstimmen vermischte sich mit dem Tageslicht.

„Ich will“, sagte Kaia und gab damit den Anstoß. Sie hatte eine Menge zu beweisen.

Bianka küsste sie auf die Wange. „Ich liebe dich, Kye, das

weißt du. Und du weißt auch, dass ich dich in Sachen Brachialgewalt und Rache für einsame Spitzenklasse halte. Aber zu fliegen, nach allem, was man dir beim letzten Mal angetan hat, ist nicht besonders klug. Ganz zu schweigen davon, dass du immer noch verletzt bist!"

„Danke", erwiderte sie trocken. „Wirklich nett, dass du die Verletzung nicht erwähnt hast. Und nur fürs Protokoll, Himmlischer Hügel: Du wurdest auch gerade angeschossen."

„He! Du hast versprochen, mich nie wieder mit diesem affigen Namen anzusprechen."

„Als ob das ein Versprechen wäre, das ich tatsächlich halten kann."

„Bee hat recht", mischte sich Taliyah ein, ohne weiter auf ihren Konflikt einzugehen. „Es sind ohnehin schon alle auf unser Blut aus. Sie werden sich wieder gegen uns verschwören, und deshalb müssen unsere schnellsten Spielerinnen in die Luft."

Kaia keuchte empört. „Ich weiß genau, dass du nicht das vorschlägst, was ich denke. Ich bin schnell. Wie der Blitz."

„Ja, aber Gwen ist schneller. Ich übrigens auch. Und Neeka. Und Bianka. Zur Hölle noch mal, Juno und Tedra sind schneller als wir alle zusammen", sagte Taliyah mit einer ausladenden Handbewegung auf die anderen Teammitglieder. „Deshalb habe ich sie schließlich angeheuert. Außerdem hat Juno bislang noch gar nicht gekämpft, und Tedra hat sich schon von den Pfeilen erholt."

Alle außer Kaia nickten. Sie presste die Zunge gegen den Gaumen. Das wirkte beinahe … einstudiert. Eines war klar: Die anderen wollten nicht, dass sie kämpfte. Sie glaubten nicht, dass sie ihnen helfen könnte, sondern sie nur behindern würde.

Götter, wie weh das tat … wie erniedrigend das war … beide Emotionen zogen ihr beinahe den Boden unter den Füßen weg. Am liebsten hätte sie sich auf Striders Schoß gekuschelt und geweint. Er würde seine starken Arme um sie legen und sie trösten. Und dann würde er ihr sagen, wie gut sie war.

Oder auch nicht.

Das letzte Mal, als sie zusammen gewesen waren, hatte er von ihr verlangt, dass sie mit seinen Freunden trainierte. Selbst er zweifelte an ihren Fähigkeiten.

Der Magen … verkrampft … schon wieder.

Sie hätte sich mit ihren Schwestern anlegen können. Hätte ihre Position ausspielen und auf ihrer Teilnahme bestehen können. Stattdessen nickte sie zustimmend. So wie sie es bei Strider gemacht hatte. Erstens hätten sie sonst nur mit ihr diskutiert, und sie hatte keine überzeugenden Argumente. Zweitens – wie die anderen so ruppig betont hatten – war sie nicht in Bestform. Und drittens hatte nicht ihr Stolz oberste Priorität, sondern der Sieg.

„In Ordnung“, sagte sie und zwang sich zu einem souveränen Ton. „Bianka, Juno und Tedra. Ihr macht mit. Wenn du wirklich in Ordnung bist, Bee. Du wurdest schwer getroffen.“

„Mir geht's gut.“ Sie schenkte Kaia ein erleichtertes Lächeln. Sie wusste genau, was in Kaias Kopf vorging. „Ich hatte ein Reagenzglas mit Lysanders Blut dabei und habe es auf dem Weg hierher ausgetrunken.“

Clever. Und, zum Teufel, warum hatte sie nicht daran gedacht, Strider um ein Reagenzglas mit *seinem* Blut zu bitten? Auch wenn er ihr keins gegeben hätte. Nicht nach allem, was sie ihm angetan hatte. Außerdem hätte er sich dann um sie sorgen müssen. Hätte sich mehr Gedanken um ihre Gesundheit machen müssen, als wenn er an ihrer Seite blieb.

„Ihr könnt die vierte Teilnehmerin aussuchen“, meinte sie, wohl wissend, dass sie es ohnehin täten.

Die anderen akzeptierten den Entscheid ohne symbolische Diskussion – Überraschung, Überraschung – und beschlossen schnell, dass Gwen die Vierte im Bunde sein sollte. Sabins Blut hatte ihr nach dem Fangen beim Heilen geholfen, und sie war von den Pfeilen verschont geblieben. Gegen Neeka sprach ihre Gehörlosigkeit, und Taliyah war für Luftspiele nicht so gut ausgerüstet wie die jüngste Skyhawk.

Der schrille Ton einer Pfeife ertönte, und die Gruppen wurden still.

„Die Zeit ist um", verkündete Juliette. „Alle auf die Plätze."

Ein großes Herumlaufen begann. Während die ausgewählten Teammitglieder auf die Baumwipfel kletterten, blieb Kaia am Boden und beobachtete die Szene. Es fühlte sich an, als läge eine Eisenschelle um ihr Herz. Eine Schelle, die noch fester zugedrückt wurde, als sie Juliettes Blick auffing und die Harpyie sie mit der für sie typischen selbstgefälligen Genugtuung anlächelte.

Ich wusste, dass du es nicht bringst, schien dieses Lächeln zu sagen.

Kaia gab sich Mühe, nicht rot zu werden oder in Tränen auszubrechen.

„Ignorier die Hexe einfach", riet Taliyah ihr und klopfte ihr auf die Schulter. „Du bist in jeder Hinsicht besser als die."

„Danke, Tal."

Neeka kramte die Verbandsachen aus ihren Rucksäcken – die hoffentlich ungebraucht bleiben würden – und gesellte sich zu ihnen. Keine Sekunde zu früh.

Juliette richtete eine Pistole gen Himmel, hielt inne, während alle voller Spannung warteten, und drückte schließlich den Abzug.

Bumm!

Hoch über ihnen setzten sich die Harpyien explosionsartig in Bewegung. Blätter raschelten, Körper knallten zusammen. Angestrengtes Stöhnen, schmerzerfülltes Ächzen und wütende Schreie erklangen, zeugten von Verletzung und Genugtuung. Kaia versuchte, ihre Schwestern im Blick zu behalten, doch die Mädels waren zu weit oben und bewegten sich zu schnell, verschwanden hinter Blättern und Wolken, sodass sie schon bald aufgab. Stattdessen sah sie auf den Boden und wartete darauf, dass die ersten Körper herunterfielen.

Nach wenigen Minuten spürte sie einen Luftzug und verkrampfte, als sie einen Aufprall hörte. Die Anspannung wuchs, als sie wenige Meter vor sich eine reglose … Songbird erblickte.

Rings um sie bildete sich eine Blutlache, während eines ihrer Teammitglieder zu ihr eilte, um Hilfe zu leisten.

Den Göttern sei Dank. Kaias Magen entkrampfte sich, doch das Brennen blieb. Würde Gwen auch so enden? Und Bianka?

Sie ballte die Fäuste und zitterte am ganzen Körper, als sie den Blick von dem Grüppchen Songbirds losriss. Auf der gegenüberliegenden Seite der Lichtung sah sie Blätter wackeln und dunkle Haare aufblitzen. Eine unschuldige Harpyie, die einfach einen Moment für sich brauchte? Eine hinterhältige Harpyie, die jemanden angreifen wollte, obwohl sie sich auf neutralem Boden befanden? Ein Jäger, den nichts anderes interessierte, als sein Ziel zu zerstören? Oder vielleicht Rhea höchstpersönlich?

Nein, zur Hölle. Soweit Kaia wusste, gehörten diese dunklen Haare zu Sabin. Oder sogar zu Lazarus. Wie er sie in der Bar beobachtet hatte, wie er sie verhöhnt hatte ... Er war noch nicht fertig mit ihr. Da war sie sich absolut sicher.

Um kein Risiko einzugehen, beugte sie sich zu Taliyah hinüber und flüsterte: „Ich hab was gesehen. Bin gleich zurück.“

Ihre ältere Schwester ließ das Kampfgeschehen nicht aus den Augen. „Sei vorsichtig. Und ruf, wenn du mich brauchst.“

Sie kannte ihre Schwester gut genug, um zu wissen, dass sie nur einen Witz machte. Hätte sie wirklich geglaubt, es gäbe irgendeine Bedrohung, hätte Taliyah die Kaltherzige darauf bestanden, Kaia zu begleiten. Wieder spürte sie einen stechenden Schmerz der Kränkung in ihrer Brust, schüttelte ihn jedoch ab.

Sie verschmolz mit dem dichten grünen Laub. Die Bäume und Pflanzen schienen sich nun regelrecht von ihr abzuwenden, als hätte sich die Erfahrung des Baumes herumgesprochen und als fürchteten sich nun alle vor ihr. Schade, dass man dasselbe nicht von ihren Harpyiengefährtinnen sagen konnte.

Sie hielt in jeder Hand einen Dolch, während sie in geduckter Haltung um die Lichtung herumschlich. Sie war noch etwas wacklig auf den Beinen, weshalb ihre Schritte schlurften. Sie war lauter als beabsichtigt, aber es ging nicht anders. Wenn der Eindringling ihr Trampeln nicht bemerkte, so hörte er mit Sicherheit ihr Herz. Es schlug wie ein Presslufthammer auf höchster Stufe und hämmerte hart gegen ihr Rippen.

Schließlich entdeckte sie Fußspuren, die nicht von einer Harpyie stammten. Die hier waren groß, breit und tief. Wer auch immer sie hinterlassen hatte, brachte mindestens einhundert Kilo feste Muskelmasse auf die Waage.

Das schränkte die Möglichkeiten schon ein wenig ein. Sie hatte es entweder mit einem Jäger, mit Sabin oder mit Lazarus zu tun. Ihre Gedanken rasten, während sie einen Verdächtigen nach dem anderen ausschloss. Wenn es ein Jäger wäre, gäbe es noch weitere Fußspuren. Schließlich waren die Jäger wie Kakerlaken – wo sich eine versteckte, fand man auch noch tausend andere. Wenn es Sabin wäre, würde sie auch Strider wittern. Die beiden waren nie weit voneinander entfernt.

Blieb Lazarus der Tampon.

Ja, ja. Vielleicht würden sie sich endlich das längst überfällige Gefecht auf Leben und Tod liefern. Und das ausgerechnet jetzt, wo sie nicht bei vollen Kräften war. Na super!

Etwas Schweres krachte auf ihren Rücken und warf sie mit dem Gesicht voran auf den Boden. Dasselbe Gewicht drückte sich so gewaltsam gegen sie, dass ihre Flügel in ihre Schlitze gequetscht wurden, sodass sie sich nicht mehr bewegen konnte und ihre Kräfte noch weiter schwanden. Die Luft rauschte so schnell aus ihrem plötzlich dreckverschmierten Mund, dass ihr schwindelig wurde.

Sie war so fest entschlossen gewesen, sich an ihr Opfer anzuschleichen, dass sie nicht sorgfältig genug auf ihre Rückendeckung geachtet hatte. So ein Anfängerfehler! Verdammt noch mal, was war nur mit ihr los?

Das hier war noch ein Beweis für ihre Schwäche. Kein Wunder, dass ihre Schwestern sie nicht in der Luft hatten sehen wollen.

Aber trotzdem, nichts hielte sie davon ab, zu kämpfen. Sie fuhr Krallen und Fangzähne aus, doch als sie gerade versuchte, sich umzudrehen und ein Knie zwischen sich und den Angreifer zu bringen, flüsterte eine Männerstimme: „Nicht. Ich habe gewonnen und fertig.“ Befriedigung und Freude lagen in der vertrauten – geliebten – Stimme.

Strider. Im Gegensatz zu Juliettes Süffisanz störte seine sie nicht im Geringsten. Sie genoss sie sogar. Er war hier. Er war bei ihr, quicklebendig und wohlauf. Natürlich war er in Gefahr, doch im Augenblick war ihr das egal. Er war hier!

„Vertragen wir uns wieder?“, fragte er in demselben seidigen Flüsterton. Sein warmer Atem liebkoste ihr Ohr, und die pure Erleichterung durchflutete sie. Bis er hinzufügte: „Warte. Nicht antworten. Lazarus, dieser Dreckskerl, ist direkt vor uns und wartet auf dich. Er hat dir eine Falle gestellt.“

Als sie wieder bei Atem war, keuchte sie: „Was für eine Falle?“

„Eine mit Blumen, Kerzen und einem juwelenbesetzten Kelch, der vermutlich mit seinem kranken Blut gefüllt ist.“

Sie riss die Augen auf. Lazarus wollte versuchen ... sie zu verführen? Warum? „Ich weiß zwar nicht, ob sein Blut krank ist, aber vergiftet ist es wahrscheinlich schon.“ Nicht wahr? Er wollte sie reinlegen. Ihr vormachen, dass er sie mochte, und sie dann umbringen.

„Wenn wir Glück haben, stirbt er vor Enttäuschung, wenn du nicht auftauchst.“

„Es muss heißen: wenn *er* Glück hat.“

„Guter Einwand. Ich muss mich nur noch entscheiden, ob ich ihn jetzt umbringe oder später.“

„Option Nummer zwei?“, fragte sie hoffnungsvoll.

„Den gleichen Gedanken hatte ich auch. Jetzt habe ich nämlich etwas Besseres zu tun.“ Strider wich ein Stück zurück, und sie konnte sich endlich auf den Rücken drehen. Er saß mit gespreizten Beinen auf ihrer Hüfte und sah sie mit glühendem Blick an. Seine gebräunte Haut war schmutzig, und in seinen Haaren klebte getrocknetes Blut. „Aber keine Sorge. Er bekommt noch, was er verdient hat.“

„Bist du verletzt?“ Wenn ihn irgendwer verletzt hatte, würde sie ihre Harpyie von der Leine lassen. Sie könnte gar nicht anders. Sie würde …

„Mir geht es gut." Sein Gesichtsausdruck wurde sanfter und, Götter, er war so schön. „Erinnerst du dich an die Jäger, die dich zuletzt angegriffen haben? Tja, sie haben danach noch richtig gelitten. War mir ein Vergnügen."

Die Erleichterung wurde noch intensiver, mischte sich mit einem Gefühl von Stolz. Das war ihr Mann, ihr Krieger. Niemand war stärker. Niemand war so rachedurstig oder so tüchtig.

„Danke. Aber jetzt musst du verschwinden", sagte sie und gab ihm einen sanften Stoß. „Rhea könnte in der Nähe sein, und du bist …"

„Nein." Er bewegte sich keinen Millimeter. „Sabin und die Engel halten nach ihr Ausschau. Bislang haben sie noch keinen Hinweis auf ihre Anwesenheit entdeckt."

„Das bedeutet nicht …"

„Ruhe, Kaia", unterbrach er sie zum zweiten Mal. „Du steckst in Schwierigkeiten und manövrierst dich nur noch tiefer hinein." Er stand auf, bückte sich und fasste sie am Handgelenk. Dann zog er sie ebenfalls hoch und führte sie weg von Lazarus.

Blätter und Zweige schlugen ihr entgegen, und Insekten summten, machten sogar Anstalten, sie zu stechen.

„Ich darf nicht zu weit weggehen", sagte sie keuchend vor Anstrengung. Verflucht. Ihre Seite und ihr Bein pochten, da die Wunden bei ihrem Sturz wieder aufgegangen waren. Jetzt lief das Blut heraus und sammelte sich in ihren Stiefeln.

„Du gehst so weit, wie ich es dir sage", erwiderte er harsch, nicht ahnend, welche Schmerzen sie hatte.

„Strider, hör mir zu. Meine Schwestern kämpfen gerade. Ich muss …"

„Es ist mir egal, was sie machen. Du und ich werden jetzt reden. Und jetzt sei still, während ich uns einen geeigneten Platz suche. Sonst muss ich dich mundtot machen. Und, Kaia? Ich kann es kaum erwarten, dich mundtot zu machen."

Sie presste die Lippen aufeinander und schwieg, während er sie immer tiefer in den Wald führte.

22. KAPITEL

Strider schleifte Kaia durch immer dichter werdenden Nebel und über einen tosenden Fluss. Als er diesen Weg zum ersten Mal gegangen war, hatten die Bäume versucht, ihn bei lebendigem Leibe zu verschlingen, und er hatte alle paar Minuten sein Messer einsetzen müssen. Jetzt waren dieselben Bäume vollkommen ruhig. Nicht ein einziges Blatt tanzte im Winde. Was sollte *das* nun schon wieder?

Die Frage wurde unwichtig, als er die Höhle erreichte, die er während der Verfolgung von Kaia gefunden hatte. Es geschähe ihr ganz recht, wenn er sie einfach hineinwerfen und einen dicken Felsbrocken vor den einzigen Ausgang schieben würde. Sie könnte die nächsten Jahre in Einzelhaft verbringen und über ihre Fehler nachdenken.

Er hatte sie anschreien wollen, wirklich – weil sie ohne ihn losgezogen war, weil sie beinahe in die Verführungsfalle von diesem Mistkerl Lazarus getappt war, für deren Inszenierung Strider ihn übrigens noch bestrafen würde –, aber als er sich mit dem Rücken an die Kristallmauer drückte, sah er sie zum ersten Mal ganz, seitdem er ihren hübschen Hintern auf den Boden geworfen hatte. Ihre traumhaften roten Haare waren an den Spitzen feucht und ließen kleine Wassertropfen auf ihren nackten Bauch tropfen.

Der Fluss hatte das Make-up abgewaschen, das immer ihre Haut bedeckte, und nun strahlte sie wie ein Diamant im Sonnenlicht. Wenn auch nicht so hell wie zuvor. Und sie zitterte. Er wurde nachdenklich. Warum zitterte sie? Hier drinnen war es so heiß wie in der Hölle.

Allerdings schmälerte das ihre Wirkung nicht. Nichts konnte sie schmälern. Vielleicht weil sie ein knappes, bauchfreies Top und Shorts trug. Beides war weiß, durchsichtig jetzt, und er sah genau hin. Rosafarbene, harte Brustwarzen und zwischen den langen, geschmeidigen Beinen ein zauberhafter rötlicher Fleck, und wenn er nicht bald wegschaute, würde noch der Reißverschluss seiner Hose gesprengt.

Strider musterte den Rest von ihr – und bemerkte, dass sie verletzt war. Die aggressiven Wunden in der Flanke und auf ihrem Oberschenkel weckten eine Wut in ihm, die jegliche Lust verdrängte. Kein Wunder, dass ihre Haut nicht ganz so intensiv strahlte und ihr Körper nicht aufhören konnte zu zittern.

Er biss sich ins Handgelenk und hielt ihr die Wunde an den Mund. „Trink."

Sie stöhnte vor Verzückung und gehorchte sofort. Was für ein herrliches Gefühl, dachte er, während sie an seiner Wunde saugte, und so schön warm. Sie schloss hingebungsvoll die Augen. Als er sah, wie zuerst die zerrissenen Muskeln und dann die Haut wieder zusammenwuchsen, nickte er zufrieden und nahm seinen Arm weg.

Jetzt war er es, der stöhnte. Natürlich war ihre Haut nun wieder makellos und wunderschön, und er konnte nicht anders, als sie mit seinen Blicken zu verschlingen. Die Lust kehrte mit voller Wucht zurück.

Sieh ... nach oben ... Ihre Lippen waren feucht und zu einem Schmollmund verzogen. *Noch höher.* Denn verflucht noch mal, Stridey-Monster pulsierte wie verrückt. Ihre silbergoldenen Augen leuchteten, jegliche Emotionen spiegelten sich darin. Bedauern, Erleichterung, Erregung, Kränkung. Er wollte die schlechten Gefühle wegwischen und die guten verstärken. Und das geht nur, indem ich sie mir nehme, dachte er. *Endlich. Und zwar voll und ganz, ohne mich zusammenzunehmen.*

Ja, Baby. Der Gedanke gefiel ihm. Es fühlte sich an, als würde er zum ersten Mal in seinem Leben klar denken. Er brauchte, was sie ihm bot. Er wollte seinen Anspruch auf sie deutlich machen und alle anderen Männer warnen.

Mit Sicherheit hätte sein Handeln Konsequenzen, doch das spielte keine Rolle. Nicht hier und jetzt. Sie hatte ihn verlassen und war alleine losgezogen, und die Trennung hatte ihn schier wahnsinnig gemacht.

Er presste sich an sie, und sie keuchte. Was für ein wundervolles Geräusch, so voller Lust und Verlangen.

„Danke", sagte sie mit leiser, verführerischer Stimme. „Du hast ja keine Ahnung, wie dringend ich das gebraucht habe."

„Gern geschehen."

„Willst du mich immer noch zum Schweigen bringen? Wenn ja, würde ich dir nämlich vorschlagen, einen Racquetball und Klebeband zu benutzen."

„Ist nicht nötig. Ich weiß schon mit dir umzugehen." Und falls nicht, nun ja, gäbe es keine bessere Vorgehensweise.

Ihr stockte der Atem. „Wirklich?" Nun klang sie beinahe hoffnungsvoll.

Er nickte. „Wirklich. Also, lass uns mal sehen, was ich tun kann, um sämtliche Rekorde zu brechen."

„O...okay."

„Du hast mir mal erzählt, dass Paris dir zig Orgasmen gemacht hat. Das sind deine Worte, nicht meine. Wie viele genau sind denn ‚zig'?"

Ihr Erröten war anbetungswürdig. So verschämt war sie umso erotischer. „Keine Ahnung. Ich habe nicht mitgezählt. Und ich will auch nicht über ihn reden."

„Denk nach. Und zähle. Und du wirst über ihn reden, und zwar noch genau ein Mal. Nach dieser Unterhaltung wirst du ihn vergessen. Für immer."

„Warum?" Sie legte die flachen Hände auf seine Brust. „Ich meine, warum soll ich mich erinnern, wenn ich doch nur an dich denken will?"

„Wegen meines Dämons. Warum sonst?" Mit einer Fingerspitze zeichnete er die Kontur ihres Kiefers nach. „Also tu es. Bitte."

Gewinnen.

Schockierend, dachte er trocken. *Das werde ich.* Hoffte er jedenfalls.

In ihrer Miene dämmerten Verständnis und Angst. Soeben hatte sie begriffen, dass Strider ihr *einen* Orgasmus mehr besorgen müsste als Paris. Dass selbst der Sex eine Herausforderung für ihn war. Überlegte sie gerade, ob sie jemals friedliche Stunden zusammen verbringen würden? Ob es je einen Augenblick nur für sie beide gäbe, ohne Spiele, ohne Gewinner und ohne Verlierer?

„Du wusstest, dass es so sein würde, bevor du mich als deinen Gemahl akzeptiert hast", sagte er steif. „Spiel nicht mal mit dem Gedanken, mich jetzt fallen zu lassen. Denk einfach nur nach, und sag es mir."

„Ich will dich gar nicht fallen lassen. Aber ich will dich auch nicht verletzen." Sie kaute auf ihrer Unterlippe herum – aus Nervosität, wie er feststellte. „Ich glaube, es waren v…vier."

Dieses Stottern … „Glaubst du das, oder weißt du das?"

Eine Pause. Noch mehr Kauen. „Ich, äh, weiß es. Ja, ich weiß es. Vier. Es waren vier. Ganz sicher."

Gewinnen.

Klappe. Bin dabei. Er würde ihr (mindestens) fünf Orgasmen besorgen, bevor er käme. Und mit jedem Einzelnen würde er sie um den Verstand bringen. Allerdings würde er das fertigbringen müssen, solange sie noch angezogen war. Denn sobald er sie auszöge, wäre er auch schon in ihr, würde er sie ausfüllen und die Kontrolle verlieren, die er brauchte.

„Ehrlich gesagt bin ich ein bisschen überrascht, dass vier für dich zig sind, aber jedem das Seine. Mach dich nur auf eine Billiarde gefasst." Er schob eine Hand zwischen ihre Körper und öffnete ihre Shorts.

Ihre Augen wurden größer. „Wir werden *jetzt* miteinander schlafen?"

„Ja." *Rrrratsch.* Er zog eine Augenbraue hoch. „Nach deinen multiplen Orgasmen. Ist das ein Problem?"

„Nein. Es ist nur … Ich habe doch gesagt, dass ich dich nicht verletzen will. Also, was ich meinte, war, dass ich dich nicht versehentlich verletzen will. Du brauchst also … Verflucht, du brauchst ein Sicherheitswort." Ihr Brustkorb hob und senkte sich in kurzen Abständen, so heftig atmete sie. „Tut mir leid."

Verblüfft fragte er: „Ich? *Ich* brauche ein Sicherheitswort?"

Sie hatte gar keine Angst gehabt, dass er es womöglich nicht schaffte, sondern dass sie ihm wehtäte. Fast hätte er gegrinst. Das hier war jetzt schon die beste sexuelle Erfahrung seines Lebens.

Sie nickte verunsichert. „Ist das in Ordnung für dich?"

Reizende Frau. Er sah zu der Öffnung in ihren Shorts hinunter. Weißes Höschen. Aus Spitze. Hübsch. „Wie wär's mit einem Sicherheitssatz? Meiner lautet: ‚Da draußen ist jemand'." Ohne auf eine Antwort zu warten, kniete er sich hin.

„Oh Götter." Ihr Bauch zuckte. „Okay, ja, okay. Götter, ich wiederhole mich, aber das geht."

Er fixierte den roten Schatten unter der Spitze, und ihm lief das Wasser im Mund zusammen. Er beugte sich vor, schmiegte die Nase an sie und inhalierte ihren süßen, weiblichen Duft.

„Oh Götter", sagte sie wieder. „Du … du wirst der Beste sein, Strider, keine Sorge. Okay? Ich weiß es."

In diesem Moment machte er sich über gar nichts Sorgen. In seinem Kopf gab es nur noch sie, sonst nichts. Er wollte sie schmecken, sie um mehr betteln hören, spüren, wie sie sich an ihn klammerte, ihn vielleicht an den Haaren zog.

Er spreizte ihre Beine so weit, wie es mit den Shorts möglich war, die ihre Bewegungsfreiheit einschränkten. Des Höschens ungeachtet, presste er die Zungenspitze an ihre empfindlichste Stelle. Steigerte den Druck. Götter, er konnte sie bereits schmecken, und nie hatte er etwas lieber gemocht.

Seine Erregung wurde immer schmerzhafter, fast unerträglich. Verdammt. Wie gut würde es sich anfühlen, wenn er mit einer Hand nach unten fassen und sie hoch und runter bewegen würde, während er sein Gesicht zwischen ihren Beinen vergrub?

Seine Hand wanderte nach unten, noch ehe er realisierte, dass er sich bewegt hatte. Verflucht. Er packte ihre Oberschenkel. Er musste seine Fantasie zügeln, musste seine Aufgabe erfüllen, aber distanziert bleiben. Erst wenn er Paris geschlagen hätte, könnte er an seine Lust denken.

Strider ließ die Zunge über ihrer Knospe kreisen.

„Oh Götter, ja", stöhnte sie.

Kein Grund, seine Fantasie zu zügeln. Ihr Lustschrei verursachte einen Kurzschluss in seinem Kopf. Befriedigen, er wollte sie befriedigen. Feucht, ihr Höschen war feucht, aber er wollte es nass sehen.

Er fuhr damit fort, sie genüsslich mit seiner Zunge zu verwöhnen. Wollte sie überall schmecken und liebkosen. Als sie anfing, ihr Becken nach vorne zu schieben, streichelte er ihr über die Waden, die Oberschenkel, schob die Hände in ihre Shorts. So weiche, glatte Haut ... so verdammt warm.

Obwohl er die Hände am liebsten noch weiter hätte wandern lassen, obwohl er sich danach sehnte, mit den Fingern in sie einzudringen und ihre Lust zusätzlich anzufachen, neckte er sie nur mit der Möglichkeit, es zu tun, während seine Zunge die süße Qual nicht für eine Sekunde unterbrach. Dann, endlich, packte sie ihn am Hinterkopf und hielt seinen Mund fest an sich gedrückt. Sie keuchte, und ihre Haut war schweißbedeckt.

„Ich brauche ... ich muss ..." Sie hielt ihn an der Stelle fest, wo sie ihn am meisten brauchte. „Strider!", schrie sie, als sie kam.

Einer war geschafft. Blieben noch vier.

Er stellte sich auf zittrige Beine. Ohne etwas zu sagen, drehte er sie um, sodass sie mit dem Gesicht zur Wand stand. Seine Erektion rieb an ihrem Po, und er atmete scharf ein. Er ließ die Hände über ihren Körper wandern, glitt unter ihre Shorts und in ihr Höschen. Kontakt. Nackte Haut auf ihrem heißesten, feuchtesten Punkt und, oh süßer Himmel, sie fühlte sich fantastisch an.

Ihr entfuhr ein Stöhnen. Sie bog den Rücken durch. Sie hob die Arme und fuhr ihm mit den Fingern durch die Haare. Er rieb ihre geschwollene, kleine Perle, drang mit einem Finger in sie ein und bewegte sich in ihr. Nahm einen zweiten Finger hinzu und bewegte sich weiter, bis sie sich wieder zu krümmen anfing und der nächsten Erlösung entgegenstürmte.

„Strider, ich brauche, ich brauche ..."

„Ich weiß, Baby Doll." Er nahm noch einen Finger, dehnte sie.

Mit der freien Hand umfasste er eine ihrer Brüste. Es war eine perfekte Handvoll. Die kleinen Spitzen waren steif, schmerzten wahrscheinlich. Er kniff hinein. Sie atmete scharf ein. Das Geräusch berührte ihn, stachelte seine eigene Erregung weiter an. „Wie bin ich?“

„Der Beste. Nie war einer besser. *Bitte.*“

Er konnte nicht anders. Er brauchte geballten Kontakt. Mit einem Ruck zog er ihr Becken nach hinten, und ihre Pofalte massierte ihn. Als sie aufstöhnte, begann er, seine Finger langsamer in ihr zu bewegen. Innerhalb weniger Sekunden bewegte sie ihre Hüften stärker, damit er seinen Rhythmus beibehielt. Er tat es nicht. Er wurde noch langsamer.

Schon bald fing sie an, flach und angestrengt zu atmen. Ihre Haut wurde noch heißer, brannte fast durch seine Kleidung. Es tat weh, aber verflucht, es war ein so guter Schmerz. Vor allem, als sie ihm die Fingernägel so tief in die Kopfhaut bohrte, dass es zu bluten anfing. Dann verkrampfte sich jeder einzelne Muskel ihres Körpers, ihre Knochen schienen zu vibrieren. Wieder rief sie seinen Namen. Diesmal war neben ihrer Stimme noch eine zweite zu hören. Diese war kratziger, schnurrte fast, und er wusste, dass ihre Harpyie bei ihr war und gemeinsam mit ihr genoss.

Zwei waren geschafft. Blieben noch drei.

„Strider, ich will dich … lecken … Du musst doch … Schmerzen haben.“

Verflucht. Nur zu gern hätte er ihr köstliches Angebot angenommen. Er biss sich auf die Zunge, bis er Blut schmeckte. Ja, er hatte Schmerzen, aber er hätte noch viel größere, wenn er die Sache nicht vernünftig machte. „Noch nicht.“

„Bitte …“

Götter, sie würde ihn noch umbringen.

Er würde sie noch umbringen.

Kaias Beine zitterten so heftig, dass sie kaum noch stehen konnte. Ihr Blut hatte zu kochen angefangen, und sie war innerlich schon längst geschmolzen. Und trotzdem konnte sie nicht genug von Strider kriegen. Nach dem ersten Höhepunkt hatte sie sich sofort nach dem nächsten gesehnt. Und nach dem zweiten war das Verlangen noch immer da gewesen.

Wenn es ihr schon so ging, wie musste er sich dann fühlen? Brannte er? War er kurz davor zu platzen? Verdammt noch mal, er sollte ihre gemeinsame Zeit genießen und sich nicht quälen.

Sie wurde vom Schwindel gepackt, als er sie wieder umdrehte. Er gab ihr weder Gelegenheit zu reden noch sich zu erholen, sondern drückte einfach seine Lippen auf ihre und drang genauso mit der Zunge in sie ein, wie sie es sich von *ihm* wünschte. Als er ihren Hintern packte und sie hochhob, musste sie die Beine um seine Hüfte schlingen, um nicht das Gleichgewicht zu verlieren. Als sie es tat, drängte er sich fest an sie, und sie bekam seine harte Erregung an ihrer empfindlichsten Stelle zu spüren.

Sie stöhnte. Er keuchte.

Nicht eine Sekunde lang unterbrach er den Kuss. Diesen süßen, quälenden Kuss. Diesen wunderbar zügellosen und erotischen Kuss, der sie bis ins Mark traf und, oh Götter im Himmel, sie kam schon wieder, noch ehe sie ihn in die Hand nehmen und verwöhnen konnte.

„Du bist wunderschön, wenn du kommst“, sagte er mit angestrengter Stimme. „Noch zweimal, Baby Doll, okay?“

Er verstand es nicht. Wie konnte sie es ihm nur begreiflich machen. Die Anzahl der Orgasmen spielte keine Rolle. Die Tatsache, dass *Strider* sie küsste, *Strider* sie berührte, *Strider* ihr Lust bereitete, reichte aus. Keine Erfahrung würde diese jemals übertreffen.

Sie musste es ihm begreiflich machen.

Kaias Beine waren weich wie Butter, als sie sich hinstellte. Er drückte sie mit dem Rücken an die Kristallmauer – so kalt –, nahm ihre Brüste in die Hände und drückte sie sanft. Rings um seinen Mund, seinen geschwollenen, noch immer feuchten Mund, hatten sich Falten der Anspannung gebildet.

Sie legte die Finger um seine Handgelenke und drückte so fest zu, dass er sich nicht bewegen konnte, ohne einen stechenden Schmerz zu spüren. Blitzartig sah er ihr in die Augen. Seine marineblauen Augen waren glasig. Sahen hungrig aus.

Nun, da sie seine Aufmerksamkeit hatte ... drehte sie ihn zur Seite und tänzelte vor ihn, sodass sich ihre Positionen umkehrten. Mit den Krallen schabte sie über seine Jeans. Dort, wo sie sich an ihm gerieben hatte, war der Stoff feucht.

„Was hast du ..." Die Frage endete in einem heiseren Stöhnen, als sie ihm mit den Fingern über die Haut streichelte. Über die heiße, erregte Haut. „Kaia, du ... du kannst nicht ... Verdammt, Baby! Tu es, bitte."

Sie hatte sich bereits hingekniet. Jetzt nahm sie ihn tief in den Mund. Er wühlte in ihren Haaren. Vielleicht hatte er vorgehabt, ihren Kopf zurückzureißen, doch als sie fester an ihm saugte und ihn mit der Zunge verwöhnte, massierte er bloß ihre Kopfhaut – ganz sanft und zärtlich, als hätte er Angst, an den Strähnen zu ziehen.

„Baby ... Liebling ... *Bitte.*" Er bewegte das Becken zum Rhythmus ihres Mundes und versuchte immer noch sanft und langsam zu sein, während sein Körper es eindeutig hart und schnell wollte.

Obwohl sie es genauso genoss, ihn zu verwöhnen, wie er es genoss, verwöhnt zu werden, wurden seine Zweifel in ihrem Kopf laut und machten sich breit. Was, wenn die Anzahl der Höhepunkte tatsächlich eine Rolle für seinen Dämon spielte? Strider wäre in jedem Fall ihr bester Liebhaber, keine Frage, aber wenn die Anzahl wichtig war und sie nicht mehr als vier Höhepunkte hätte, bevor er zum ersten Mal käme, würde Strider Höllenqualen leiden. Und wenn er Höllenqualen litte, würde er nicht noch mal Sex mit ihr haben.

Dann würde er sich an den Schmerz erinnern statt an die Lust.

Oh ... verflucht. Sie müsste ihren Willen später durchsetzen.

Abrupt hörte sie auf, und er stöhnte gequält auf. Zweimal noch, dachte sie. *Ich muss noch zweimal kommen, bevor ich ihn über den Rand der Lust stoßen kann.* Sie kam sich egoistisch und gierig vor, aber sie konnte kein Risiko eingehen. Später würde sie nicht nur ihren Willen durchsetzen, sondern auch alles wiedergutmachen. Sie würde es ihm so oft besorgen, dass er eine Woche nicht gehen könnte.

Sie zitterte noch heftiger als zuvor, als sie aufstand, seine Hand aus ihren Haaren nahm und zwischen ihre Beine legte, wo sie heiß und nass war. Als er sie berührte, stöhnte sie auf.

„Kaia, bitte ... du musst ... ich muss ...“ Seine Stimme klang angestrengt, sein Gesicht war so angespannt wie ein Gummiband, das jeden Moment reißen könnte. Und seine Augen ... seine Augen glühten aus einer Mischung aus Blau und Rot – Strider und sein Dämon, die um die Kontrolle kämpften.

„Ich gebe mich dir hin“, flüsterte sie und schmiegte sich so eng an ihn, dass seine Finger tief in sie hineinrutschten. „Ich gehöre dir, und wir werden das hier so machen, wie du es willst.“

„Nein, ich will ... muss ...“

„Ich weiß, Liebling, ich weiß, aber mach einfach so weiter, ja? Mach so weiter, bis ich stopp sage. Und dann wirst du ihn so tief in mich reinstecken ... dass ich nicht ... mehr die...selbe bin.“ Die letzten Worte kamen mit einem weiteren Stöhnen aus ihrem Mund. Der Druck ... baute sich wieder auf ... brach über ihr zusammen ...

„Ja“, knurrte er.

„Oh ja!“ Bestimmt legte sie seinen Daumen auf ihre Klitoris. Ein vierter Höhepunkt durchzuckte sie. Sie ritt auf den Wogen der Lust, ohne seinen Fingern zu erlauben, ihre schonungslosen Bewegungen einzustellen. Ihr Blut, das zuvor noch gekocht hatte, wurde zu einem Inferno. Dampf sickerte durch die Poren ihrer Haut und bildete einen feinen Nebel rings um sie herum. Sie verstand es nicht, wusste, dass es seltsam war und falsch, aber darüber würde sie sich jetzt keine Gedanken machen. Das hier war viel zu wichtig.

„Kaia ... beeil dich ...“ Der Schweiß tropfte ihm von der Stirn. Er atmete schnell durch die Nase. „Ich kann nicht mehr lange. Ich sterbe …"

Die Wellen nahmen nicht eine Sekunde ab, und dann baute sich der Druck von Neuem auf. „Nur noch ein bisschen …" Ihre Brustwarzen rieben an seiner Brust, wodurch eine himmlische Reibung entstand. „Bitte, noch ein bisschen."

„Wenn ich in dich eindringe, komme ich sofort."

„Das sollst du auch."

„Götter, Kaia. Ich war noch nie so scharf."

Gut, das war gut. Genauso wie er ihr bester Liebhaber sein wollte, wollte sie seine beste Liebhaberin sein. Wollte die Erinnerungen an alle anderen verdrängen. Wollte die Einzige für ihn sein. Jetzt und für immer.

„Du gehörst mir", sagte sie.

„Dir. Ich hätte dir nie widerstehen sollen." Tief aus seiner Kehle drangen raubtierhafte Geräusche. Mit der freien Hand schlug er in die Mauer hinter sich, direkt neben seinen Oberschenkel, und das Kristallglas zersplitterte. Noch ein Schlag. Ein Splittern. Noch einer. Splittern.

So viel Leidenschaft … nur ihretwegen … Der Dampf verdichtete sich, und unwillkürlich bestieg sie ihn, als wäre er ein weiterer Berg, und verhakte die Füße hinter seinem Rücken. Er drang mit den Fingern in sie ein, tief, so wunderbar tief, und endlich, *endlich*, explodierte sie. Sie stieß einen lauten Schrei aus, wurde fast zerrissen, sah silberne Sterne.

Im nächsten Moment flog sie nach hinten. Mit einem heftigen Aufprall landete sie auf dem Rücken, sodass ihr die Luft wegblieb. Sie hatte keine Zeit, sich zu erholen. Die Kleider wurden ihr vom Leib gerissen. Sie spürte ihn, hart und groß, so fantastisch groß, wie er in sie eindrang, sie dehnte. Als sie die Augen öffnete, sah sie Strider – mit fieberhaftem Gesichtsausdruck und bar jeglicher Kontrolle lag er auf ihr. Er hatte sich gerade das letzte Kleidungsstück ausgezogen. Er spreizte ihre Beine so weit wie möglich und stieß abermals fest zu.

Er brüllte. Aber er kam nicht, noch nicht, und sie schrie vor Lust, als sie sich aufbäumte, um seinen Bewegungen entgegenzukommen. Sein raubtierhaftes Knurren wurde immer wilder, als er sich kraftvoll in ihr bewegte. Er ist weder Mensch noch Unsterblicher, dachte sie. *Er ist ein Tier.* Und sie liebte es. Eigentlich hätte sie schon längst übersättigt sein müssen. Hätte seine Lust einfach nur aufnehmen müssen. Doch als sie ihn so tief in sich spürte, verlor auch sie sich in der Lust und wurde selbst zum Tier.

Dann hörte er auf. Hörte auf. Er starrte auf sie hinunter, während sein Schweiß auf ihren Körper tropfte. „Baby Doll?", fragte er mit rauer, tiefer Stimme.

„Ja, hier. Und jetzt beweg dich!"

„Nein. Kannst du … schwanger werden?"

„Nein. Ich bin gerade nicht fruchtbar."

Im nächsten Moment bewegte er sich weiter, und sie war wieder verloren. Das war ihr Gemahl, ihr Mann, und sie waren vereint. Waren eins. Dieses Wissen war heiß, es berauschte sie. Sie kratzte ihm den Rücken auf, biss ihm in die Lippe, schmeckte sein Blut, und dann küsste er sie. Seine Zunge bewegte sich im selben Takt wie sein Becken und brannte seinen Geschmack in ihren Mund. Das war es, wonach sie sich insgeheim gesehnt hatte, und sie gab sich bereitwillig in Striders Besitz.

Ja, in seinen Besitz, begriff sie. Sein Dämon war ein Teil von ihm, aber Strider war ein Teil von ihr. Überlebenswichtig.

„Strider", keuchte sie. „Mein Strider."

Vielleicht war es sein Name auf ihren geschwollenen Lippen, der ihm den Rest gab. Denn er brüllte abermals, und das wahnsinnige Geräusch hallte von den Wänden wider. Sein Körper verkrampfte über ihrem. Ein Ausdruck absoluter Lust legte sich auf sein Gesicht, und er drang noch ein letztes Mal in sie ein – bevor er kam … und sie geradewegs zum nächsten Gipfel katapultierte.

23. KAPITEL

Sie hatte ihn verbrannt. Und zwar buchstäblich. Strider war von Brandblasen übersät. Oder zumindest war er es gewesen. In dem Moment, als er den Höhepunkt erreicht hatte, war auch sein Dämon gekommen. Kaia, eine starke, tüchtige Harpyie, hatte sich ihnen voll und ganz hingegeben, hatte ihnen alles von sich gegeben, und die unendliche Lust, die durch dieses Wissen ausgelöst worden war, hatte schockierende Kräfte in ihm freigesetzt. Die Blasen hatten wenige Sekunden nach ihrem Entstehen angefangen zu verheilen.

Noch nie hatte er so etwas erlebt. Und jetzt fühlte er sich … unbesiegbar. Ja, das war das richtige Wort. Er könnte alles schaffen. Könnte eine Armee umlegen, die Büchse der Pandora finden, was auch immer. Sein Dämon fühlte dasselbe, stöhnte sogar selbstvergessen, war noch immer in den Gefühlen verloren.

Irgendwann zwischen der Weile, die Strider auf seinen Knien verbracht und Kaias sensibelste Stelle verwöhnt hatte, und der Weile, die *sie* auf *ihren* Knien verbracht und *seine* sensibelste Stelle verwöhnt hatte, war es unwichtig geworden, ihr bester Liebhaber zu sein. Er hatte nur noch mit ihr zusammen sein wollen. Mit ihr, *Kaia*. Mit keiner sonst.

Sie war sein Leiden und seine Heilung geworden, als sie ihn in Höhen befördert hatte, von deren Existenz er nicht mal was geahnt hatte.

Jetzt drehte er sich auf die Seite und hielt sie fest an sich gedrückt. Er wollte sie nicht loslassen. Weder jetzt noch jemals sonst.

Kaia vergrub den Kopf in der Kuhle, die sein Hals und seine Schulter formten, und ihre seidigen Haare kitzelten auf seiner Haut. Beide waren sie schweißnass. Ihre Körpertemperatur war bislang kaum merklich gesunken. Doch was er am schönsten fand: dass sie leuchtete. Verdammt, und wie sie leuchtete. Sämtliche Regenbogenfarben leuchteten auf ihrer Haut. Sie weckte in ihm das Verlangen, noch mal von ihr zu probieren, obwohl es unmöglich hätte sein sollen, ihn zu erregen. Mindestens für ein Jahr.

Mit dem Finger zeichnete sie den Rand seines blauen Schmetterlingstattoos nach, und die Tinte schien sich ihr entgegenzubewegen, als wollte sie noch mehr von dieser Hitze. Noch mehr Verbrennen. Noch nie hatte er einer Frau gestattet, die Kennzeichnung zu liebkosen. An dieser Stelle war *Niederlage* in seinen Körper gefahren. Diese Stelle erinnerte ihn permanent an seine eigene Dummheit. Manchmal betrachtete er das gezackte Bild und schämte sich. Doch in diesem Moment war er froh, dass es da war. Er mochte es, wie Kaia jedes Detail seines Körpers wahrnahm.

„Du hast keine … Schmerzen, oder?“, fragte sie mit rauer Stimme.

Wo er sich am liebsten auf den Brustkorb getrommelt und vor Stolz geschrien hätte? „Das Gegenteil von Schmerzen.“

„Wirklich?“

„Wirklich.“ Das fragte sie oft. Als ob sie sich nicht traute, ihm zu glauben. „Ich habe nicht mal meinen Sicherheitssatz gebraucht.“

Sie kicherte, doch im nächsten Moment war ihre Belustigung schon wieder vorüber. Ihr Körper wurde steif und sie ernst. „Dann hat es dir also … Spaß gemacht?“

Er legte das Kinn auf sein Brustbein und sah zu ihr hinunter. Da sie aber ebenfalls nach unten schaute, konnte er nur ihre roten Haare sehen. „Fragst du das im Ernst?“

Offensichtlich aufgebracht, blaffte sie: „Hätte ich sonst gefragt?“

„Hast du mich nicht brüllen gehört? Zweimal?“

„Doch“, erwiderte sie sanft. „Habe ich.“

„Und trotzdem willst du wissen, ob ich Spaß hatte?“

„Na ja, du hast gesagt, du hättest keine Schmerzen, also weißt du schon mal, dass du mein bester Liebhaber warst. Aber ich kann es von mir unmöglich wissen, solange du es mir nicht sagst.“

Ach so. Er machte den Mund auf, um zu antworten, doch sie war gerade erst warm geworden. „Und überhaupt", fuhr sie fort, „du hast mir *solange* widerstanden. Du wolltest nie mit mir zusammen sein. Du hast mir geradezu eingebläut, dass das mit uns nur vorübergehend ist."

Vorübergehend. Das Wort setzte sich in seinem Kopf fest wie eine Bombe, die kurz vor der Explosion stand. Die Vorstellung davon, dass diese Frau mit einem anderen Mann zusammen wäre, nackt und gesättigt wie jetzt, vertraut wie jetzt ... jede Zelle in seinem Körper schrie vor Protest auf. *Meins.*

Wenn er sich auf sie einließ, würde sie ein „Für immer und ewig" erwarten.

Normalerweise zuckte er bei dem Wort „ewig" zusammen. Aber jetzt schien „ewig" nicht genügend Zeit zu sein. Nicht mit ihr. Es gab viel zu viele Dinge, über die er mit ihr reden wollte, die er mit ihr machen wollte, zu viele Möglichkeiten, sie zu nehmen und trotzdem den alten Kram zu machen.

Bedeutete das, dass er sie ... liebte?

Auch bei diesem Gedanken zuckte er nicht zusammen. Aber sie zu lieben, hieße, ihre Bedürfnisse über seine zu stellen, über seine Mission, über alles. Wenn er das täte und sie dann später verlöre ... sie zu verlieren, hieße, alles zu verlieren. Außerdem würde sie ihn permanent herausfordern, ob absichtlich oder nicht. Sie würde seine Aufmerksamkeit einfordern und ihn nicht einfach so davonkommen lassen.

Aber. Und das war ein GROSSES Aber. Er hatte gedacht, er würde es hassen, so zu leben. Er hatte sogar gedacht, er bräuchte eine Pause von der Herausforderung, um einfach nur zu sein, wer und was er war, weshalb er mit Paris und William Urlaub gemacht hatte. Einen Urlaub, der nicht gerade lange gedauert hatte. Nach einem Tag war ihm todlangweilig gewesen. Und er war rastloser gewesen denn je, auf der Suche nach ... irgendetwas.

Was vielleicht erklärte, warum er sofort zu Kaia geeilt war, als sie ihn aus dem Gefängnis angerufen hatte. Was vielleicht seine Entscheidung erklärte, ihren Gemahl zu spielen, ohne sich auf etwas Festes einzulassen. Aber es erklärte nicht, wie er sich jetzt fühlte. Besitzgierig bis ins Mark, beschützerisch und aufgekratzt.

Unterm Strich ließ sich sagen: Er brauchte es, herausgefordert zu werden, um zu überleben. Nicht nur, weil jeder Sieg seinen Dämon nährte und den kleinen Scheißer glücklich machte, sondern auch, weil er sich so ... *lebendig* fühlte. Und wenn er mit Kaia zusammen war, war er nicht nur lebendig. Dann knisterte er förmlich. Innerlich und äußerlich.

Er erinnerte sich daran, wie sehr er sich eines Abends nach ihr gesehnt hatte – als er ihr im Flur der Burg begegnet war. Sie hatte nur eine violette Robe getragen, ihre Haare waren unordentlich gewesen, ihre harten Brustwarzen hatten sich unter dem dünnen Stoff abgezeichnet und sie hatte nackte Füße gehabt. Sie hatte vergnügt und zugleich erregt ausgesehen, und er hatte ihre Erregung auf eine Art stillen wollen, wie es anderen Liebhabern nicht gelungen war.

Zum Glück hatte Paris den Kopf aus seiner Zimmertür gesteckt und Kaia ihre Puschen zugeworfen, bevor *Niederlage* die Herausforderung, mit ihr zu schlafen, hatte annehmen können. Jedenfalls hatte Strider das damals gedacht. Er war weggegangen und hatte alle Bilder von Kaia aus seinem Kopf verbannt. Allerdings war er von dem Moment an grantig gewesen. Niemand hatte es ihm recht machen können. Selbst seine jüngste Vernarrtheit in Haidee hatte nicht geholfen, ihn von der Harpyie abzulenken. Aber jetzt ...

Seine Befriedigung war unvergleichlich. Genau wie sein Verlangen, diese Frau zu halten. Sie nie wieder gehen zu lassen. Nie wieder von ihrer Seite zu weichen.

Ja. Er liebte sie.

Die Erkenntnis erschreckte ihn nicht. Vermutlich hatte er es in seinem tiefsten Innern schon die ganze Zeit über gewusst, es sich aber nicht eingestehen wollen. Er hatte dagegen angekämpft. *Kein Kämpfen mehr.*

Kaia war die Richtige. Die Einzige, die er wollte, brauchte und haben musste. Sie war der Anfang und das Ende. Sie gehörte ihm. In jeder Hinsicht. Sie war seine andere Hälfte, seine benötigte Hälfte. Er hatte ihr viel zu lange widerstanden. Hatte sich eingeredet, sie wäre wie alle anderen. Aber wie sollte sie wie die anderen sein, wenn sie doch so viel mehr war, und zwar in jeder Hinsicht?

Sollte er es ihr sagen oder nicht? Würde ein Liebesgeständnis sie von den Spielen ablenken?

„Strider?", fragte sie zögerlich, als ob sie fürchtete, ihm Angst eingejagt zu haben.

Oberflächlich betrachtet war sie eingebildet, selbstbewusst und widerspenstig. Sah man aber genauer hin, entdeckte man, wie verletzlich sie in Wahrheit war. Er hasste sich dafür, diese Verletzlichkeit nicht schon viel früher bemerkt zu haben. Wie oft und auf wie viele verschiedene Arten hatte er sie in den vergangenen Wochen verletzt?

Er drückte sie fest. „Du weißt doch, dass ich dich niemals anlügen würde, nicht wahr?"

Jetzt erstarrte sie so richtig. „Ja." Wie viel Angst doch in einem einzigen Wort liegen konnte.

Obwohl sie ihm leidtat, versuchte er, nicht zu grinsen. „Dann hör mir jetzt gut zu: Du warst … Mist, ich finde nicht mal Worte, um dir zu sagen, wie gut du warst. So etwas, so jemanden wie dich habe ich noch nie erlebt, und ich habe jeden verdammten Moment genossen."

„Wirklich?", fragte sie wieder.

„Oh ja. Wirklich."

„Tja." Sie küsste ihn auf die Brust und klang schon selbstsicherer, als sie hinzufügte: „Das liegt daran, dass ich einfach umwerfend bin."

„Umwerfend und in fantastisch gedippt."

„Und garniert mit überwältigend."

„Götter, ich liebe den Geschmack von allem."

Wieder lachte sie, warm und voll wie Wein. „Danke schön."

„Gern geschehen. Und ich meine es auch so. Du bist eine Göttin, Kaia."

Noch ein weicher, süßer Kuss. „Ach was, das ist nur so ein Gerücht, das einer meiner Exfreunde in die Welt gesetzt hat."

Seine Mundwinkel hoben sich zu einem Lächeln. „Und?" Mit den Fingerspitzen fuhr er über den kleinen Hügel ihrer Wirbelsäule. „Wann bist du fruchtbar?"

„Wieso? Willst du ein Baby?"

„Hölle, nein. Machst du Witze? Ich habe schon genug Angst vor dem Tag, an dem die Kleinen von Maddox und Ashlyn bei uns herumlaufen – Klein-Stridey und Klein-Stridette." Obwohl … Irgendwie gefiel ihm die Vorstellung von einem kleinen rothaarigen Teufelsbraten, der die Burg verwüstete und ihn wahnsinnig machte, weil er ihn jede Minute aufs Neue herausforderte. Das Wort „gefiel" machte ihm ein bisschen Angst. „Ich frage, weil ich wissen will, wann ich mir einen Kondomvorrat zulegen muss."

Sie biss ihm behutsam in die Brustwarze. „Besserwisser. Harpyien sind nur einmal im Jahr fruchtbar, und bis es bei mir so weit ist, dauert es noch acht Monate. Außerdem liegen die Chancen, dass du ein unsterbliches Kind mit mir bekommst, ohnehin nur bei eins zu einer Million."

„Aber die Chancen, einen Verbrecher zu zeugen, stehen eins zu zehn."

Sie lachte, und er genoss den sorglosen Klang.

Stolz erfüllte ihn. *Ich habe sie zum Lachen gebracht.* „Warum sind die Chancen so gering?", fragte er neugierig. Falls sie glaubte, er wäre in dieser Hinsicht unfähig, würde er mit ihr zu einem Spezialisten gehen, die Sache mit dem Becher machen und ihr beweisen, was für Ausnahmetalente seine kleinen Schwimmer waren.

Ego-Alarm.

Na ja, aber so war es halt.

„Wegen meiner Erbanlagen väterlicherseits", erklärte sie mit leichtem Zögern. „Die Phönixe haben noch nie schnell Kinder gezeugt. Deshalb sind sie auch vom Aussterben bedroht."

„Wenn es so schwer für sie ist, sich fortzupflanzen, wie konnte deine Mutter dann Zwillinge mit einem haben?"

Ihr Leuchten wurde schwächer. „Weil sie ein Überflieger ist."

„So wie du." Apropos Kinder … „Was wolltest du eigentlich werden, als du noch klein warst?" Er stellte fest, dass er unbedingt mehr über sie und ihre Vergangenheit wissen wollte. Über ihre Hoffnungen und Träume.

Ein sehnsüchtiges Seufzen. „Ehrlich gesagt wollte ich Herrscherin über die gesamte Welt werden. Oder die Vorzeigefrau des Herrschers."

Jetzt war er es, der lachte.

Sie hob den Kopf gerade lange genug, um ihn anzusehen. „Was?"

„Nichts. Deine Ziele gefallen mir einfach. Sie sind süß. Wie du."

„Süß." Sie verdrehte die Augen. „Genau das, was eine Frau in den Augen des Mannes sein will, den sie wie ein Pferd reitet."

Na, wer war jetzt der Besserwisser? „Es ist überhaupt nichts verkehrt daran, süß zu sein. Ich zum Beispiel bin wahnsinnig süß."

Sie verdrehte nochmals die Augen, ehe sie sich wieder an seine Seite kuschelte. „Ich habe bestimmt schon mal erwähnt, dass ich es rührend finde, wie bescheiden du bist. Was wolltest du denn werden, als du noch klein warst?" Sie zeichnete kleine Kreise auf seine Brust.

Er nahm ihre Hand und küsste die Fingerspitzen, ehe er sie wieder auf seine Brust legte. „Ich war niemals klein. Deshalb habe ich auch nie darüber nachgedacht."

„Ach ja. Das vergesse ich immer. Aber warum hast du dann einen Mongolenfleck auf dem Po?"

Er zog eine Augenbraue hoch. „Dir entgeht wirklich nichts."

„Ich bin eben sehr aufmerksam", erwiderte sie ernst. „Nicht dass du denkst, ich würde dich unentwegt beobachten oder dir wie eine Stalkerin folgen."

Reizendes Mädchen. „Das ist kein Mongolenfleck, sondern ein Tattoo. Oder das, was davon übrig ist." Und etwas, worüber er nie sprach – außer mit Kaia. „Eine Frau hat mich mal herausgefordert, mir ihren Namen eintätowieren zu lassen. Ich habe es getan, aber vorher habe ich mit Sabin ausgemacht, es überzutätowieren, falls es sich nicht wieder entfernen ließe."

„Die Frau hast du natürlich umgebracht."

So blutrünstig, seine Kaia, aber das war eines der Dinge, die er so an ihr mochte. „Ich habe ihre Träume von einem glücklichen Leben mit mir bis ans Lebensende zerstört."

Sie nickte verständig. „Und jetzt leidet sie bis in alle Ewigkeit. Gut gemacht. Aber es ist schon traurig. Dass du keine Kindheit hattest, meine ich."

Er zuckte die Achseln. „Geht so. Man kann nicht vermissen, was man nie hatte."

„Irgendwann demnächst werden wir zusammen baden, und dann zeige ich dir, wie man mit Quietscheentchen spielt." Sie ließ die Hand an seinem Bauch hinuntergleiten, umkreiste seinen Bauchnabel und legte sie ihm schließlich zwischen die Beine.

Es durchfuhr ihn wie ein Blitz. „Ich glaube, das Spiel wird mir gefallen."

„Gut. Und weißt du was? Du hast dir endlich einen Spitznamen verdient."

„Ach ja?" *Höher.*

Sie streckte die Zunge ein Stückchen heraus und leckte solange über seine Brustwarze, bis sie hart wurde. „Ja. Bonin' der Barbar."

Unwillkürlich musste er schnauben. „Gefällt mir. Und es ist viel besser als der Sexorzist."

„*Viel* besser."

„Aber du hast dir auch einen neuen Spitznamen verdient, Kaia-Baby." Als sie ihre Hand nicht weiter nach oben bewegte, griff er nach unten und legte ihre Finger um seine immer härter werdende Erektion. Oh ja. So war es gut.

Der Ortswechsel lenkte sie vom Thema ab, wenn auch nur für ein paar Sekunden. Er konnte ihre Anspannung spüren. Spitznamen waren für sie eine schmerzhafte Sache. Das hatte er schon verstanden. Er hatte ebenfalls verstanden, dass sie ihren Titel zwar hasste, zugleich aber meinte, ihn verdient zu haben. Dabei machte jeder Fehler, und ihr hatte man wegen ihrem lange genug das Leben schwer gemacht. Teufel noch eins, sie war doch noch ein Kind gewesen. Strider konnte sich nicht mal vorstellen, welchen Ärger er gemacht hätte, wenn er vom Kind zum Mann herangewachsen wäre, statt als Erwachsener auf die Welt zu kommen.

Er hatte ja schon *ohne* Kindheit genug Schaden angerichtet. Hatte die Büchse der Pandora gestohlen. Die Dämonen auf eine ahnungslose Welt losgelassen. Den Tarnumhang fünf boshaften, unmoralischen Wesen überlassen.

Schluss jetzt. Er legte sich auf Kaia und hielt sie mit dem Gewicht seines muskulösen Körpers fest. Instinktiv schlang sie ihm die Arme um den Hals. Verflucht. Es passte ihm gar nicht, dass ihre Finger nicht mehr dort waren, wo er sie platziert hatte. Aber vermutlich war es besser so. Sie spreizte die Beine, öffnete sich für ihn.

Er legte ihr eine Hand unters Kinn und zwang sie, sich weiter auf sein Gesicht zu konzentrieren. „Ich will mit dir über etwas reden", sagte er.

In seinem Kopf hörte *Niederlage* auf, lustvoll zu stöhnen. Vielleicht hatte er Striders Unbehagen gespürt und fürchtete sich vor einem Kampf mit der Harpyie.

„Ich weiß, worüber du reden willst." Kaia leckte sich über die Lippen, und beim Anblick ihrer rosa Zunge zuckte *er* kräftig. „Über Paris, stimmt's? Tja, du musst ..."

Er schüttelte den Kopf. „Mit diesem Thema sind wir durch. Ihn gibt es in deiner Erinnerung nicht mehr."

„Natürlich nicht. Aber was ist, wenn ich ihm zufällig begegne? Wenn ich bei dir bin, wird das früher oder später passieren. Du wirst sehen, wie wir uns unterhalten, und dann wird dir wieder einfallen, dass du mir niemals vergeben kannst, dass ich …“

Ein erneutes Kopfschütteln brachte sie zum Schweigen. „Es gibt nichts zu vergeben, Baby Doll. Du und ich, wir waren damals schließlich nicht zusammen. Wir haben nicht mal miteinander geflirtet.“

Ein leuchtender Blick durchbohrte seine Seele. „Aber … aber … deshalb hast du mir doch widerstanden. Deshalb konnten wir doch nicht zusammen sein.“ Und blitzschnell fügte sie hinzu: „Nicht dass ich denke, dass wir jetzt zusammen sind.“

„Wir sind zusammen“, knurrte er, und sein harscher Ton ließ keinen Raum für Zweifel. *Versuch nur abzuhauen. Dann wirst du schon sehen, was passiert.*

Verblüfft öffnete sie den Mund. „Sind wir?“

„Sind wir.“

„So richtig?“

„So richtig. Ich bin dein Gemahl und du bist meine Frau. Nur meine. Muss ich einen Ring tragen oder so was? Oder du?“ Ihm fiel das Medaillon ein, das ihre Mutter und ein paar andere Harpyien getragen hatten. Ebenfalls fiel ihm ein, dass er mit ihr auch über sie hatte sprechen wollte. „Oder vielleicht ein Medaillon?“

„Nein“, krächzte sie. „Weder Ringe noch Medaillons. Die sind für Krieger, und meins wurde mir genommen, nachdem … Du weißt schon.“

Kein Wunder, dass sie so traurig gewesen war, nachdem sie gesehen hatte, dass Juliette eins trug. Nun ja – Kaia würde ihr eigenes bekommen, und das wäre das *Beste*. Wie ihr Gemahl. *Ego-Alarm.* „Dann gehen wir also offiziell miteinander?“

Enttäuschung legte sich auf ihr Gesicht, und in ihren Augen glitzerten Tränen. „Ja. Bis die Spiele vorbei sind, ich weiß.“

Ob sein Geständnis sie ablenken würde oder nicht, er musste es ihr sagen. Er konnte sie einfach nicht so im Ungewissen lassen. „Nach den Spielen auch. Und wenn es jemanden gibt, dem man vergeben muss, dann bin ich es. Weil ich dich so lange und so harsch weggestoßen habe.“ Während er sprach, wurden ihre Augen immer größer und feuchter. „Das tut mir leid, ehrlich." Er streichelte mit dem Daumen ihre Lippen. „Glaub mir, ich werde es für immer bereuen. Weil … verdammt, Kaia, weil ich dich liebe."

Niederlage schien in seinem Kopf erstarrt zu sein. Er wagte nicht, sich zu rühren, während er dem Gespräch lauschte. Wenn Kaia ihm im Gegenzug kein Liebesgeständnis machte, würde sein Dämon … was?

Ist mir egal. „Du brauchst nichts zu sagen", fuhr Strider fort. *Ich werde ihr Herz gewinnen.* Und er wollte es ohne den Einfluss seines Dämons schaffen. Sonst würde Kaia ihm niemals glauben, dass er wirklich so fühlte, wie er behauptete, und nicht wieder mal sein Siegeswillen aus ihm sprach. „Ich möchte sogar gar nicht, dass du jetzt irgendetwas sagst. Wir vertagen es einfach bis nach dem Turnier."

Sie blinzelte. Sonst gab sie ihm kein Zeichen, dass sie seine Worte gehört hatte. „Vertagen? Wie eine Konferenz?"

Na klar. Sie würde ihn nie einfach so davonkommen lassen. „Du könntest dich ruhig ein bisschen über das freuen, was ich gesagt habe", beschwerte er sich.

Sie schürzte die Lippen und entspannte sie schnell wieder, als wollte sie ihm keinen Hinweis darauf geben, was sie fühlte. „Ich kann nicht."

„Du *kannst nicht*?"

Niederlage grollte. Ihm gefiel ihre Antwort noch weniger als Strider.

Endlich lugten Gefühle durch Kaias ausdruckslose Maske, und er sah eine Mischung aus Angst und Hoffnung. „Ich liebe dich auch, glaube ich. Ich meine, ich habe nie zugelassen, mehr für jemanden zu empfinden als Lust, aber ich habe auch noch niemals so für jemanden gebrannt wie für dich. Aber was ist, wenn ich dich enttäusche? Wenn ich dich nicht verdiene und dich gehen lassen muss? Wenn du *willst*, dass ich dich gehen lasse. Was, wenn …"

Er küsste sie lange und leidenschaftlich, füllte ihren Mund

mit seinem Geschmack und verlangte eine Erwiderung. Sie gab sie ihm, packte seinen Kopf und raubte ihm den Atem. Die Worte „Ich liebe dich“ zu hören, selbst mit der Unsicherheit, die sie begleitet hatte … wow. Jetzt war er noch erregter als zuvor, als er zum ersten Mal in ihr gewesen war.

Sie. Liebte. Ihn. Keine Frage. Vielleicht hatte sie es noch nicht ganz verstanden, aber sie liebte ihn, und dieses Wissen brachte ihn schier um. *Brachte. Ihn. Um.* Bis zu diesem Augenblick war ihm nicht klar gewesen, wie sehr er sich nach ihrer Liebe sehnte.

Er war der König der verdammten Welt, Mann.

Niederlage fing an zu stöhnen.

Strider zwang sich, den Kuss zu beenden, und legte sich auf die Seite. Kaia versuchte, auf ihn zu klettern, versuchte zu Ende zu bringen, was sie angefangen hatte, doch er hielt sie fest an seiner Seite. Sex, ja – natürlich würden sie es noch mal tun. Aber offensichtlich mussten sie noch ein paar Dinge klären.

„Du bist nicht Kaia die Enttäuschung. Hörst du? Das wollte ich dir vorhin sagen. Du bist Kaia die Mächtige. Was glaubst du, wie viele Harpyien da draußen es geschafft hätten, den härtesten Herrn der Unterwelt zu erledigen? Den Herrn, der zufällig auch der stärkste, gerissenste und erotischste ist. Und falls du Zweifel haben solltest, von wem ich spreche: Ich beschreibe mich selbst.“

„Ich weiß.“ Tränen kullerten aus ihren Augen auf seine Brust, so heiß, dass sich auf seiner Haut kleine Quaddeln bildeten. „Keine außer mir?“

„Ganz genau. Keine außer dir. Und jetzt fordere mich heraus, bei dir zu bleiben.“

Vor Wut wurde sie steif wie ein Brett. „Nein!“

„Kaia …“

„Nein. Das werde ich nicht tun. Und es ist mir egal, was du sagst. Du musst aus freien Stücken bleiben, und nicht, weil du dem grausamen Schmerz deines Dämons entgehen willst.“

Aber sie sollte nicht mit der Angst leben, dass er sie jeden Moment verlassen könnte. „Wenn du es tust, schenke ich dir noch einen Höhepunkt."

Langsam entspannte sie sich wieder. „Na ja ..."

Das Piepen ihres Handys ließ sie beide zusammenfahren. Dann piepte *sein* Handy. Eins hätten sie ignorieren können. Aber beide? Irgendetwas musste passiert sein. Gleichzeitig schossen sie hoch.

„Ich wette, der Wettkampf ist zu Ende. Meine Götter, meine Schwestern! Wie habe ich sie bloß vergessen können?" Sie krabbelte zu ihren Klamotten und durchwühlte die Taschen ihrer Shorts.

Er fand sein Handy, und sie blickten gleichzeitig auf die Displays. Sie keuchte. Er schnaubte. Dann sahen sie einander schweigend an.

„Du zuerst", sagte er.

„Sie haben gewonnen." Sie klang benommen und verunsichert. „Sie haben den ersten Platz belegt. Sie sind verletzt, aber am Leben, und sie erholen sich schon wieder. Außerdem ist es ihnen gelungen, dass die Skyhawks disqualifiziert wurden. Was bedeutet, dass wir uns jetzt auf Augenhöhe mit meiner Mutter befinden."

„Das ist toll." Er zog die Augenbrauen hoch, als er die neue Tränenflut sah, die ihre Wangen hinunterfloss. „Oder nicht?"

„Doch." Ein entschlossenes Nicken. „Meine Familie lebt, und sie haben den Sieg geholt, den wir brauchten. Ich bin so glücklich, dass ich platzen könnte."

„Aber?"

Sie ließ die Schultern fallen. „Aber sie haben es ohne mich geschafft", flüsterte sie gequält. „Ich habe nichts dazu beigetragen. Sie brauchen mich nicht. Ich bin ihnen nur im Weg. Sie verlieren, wenn ich helfe, und gewinnen, wenn ich es nicht tue."

Seine Brust zog sich zusammen. „Baby Doll, nur weil sie ohne dich gewonnen haben, heißt das noch lange nicht, dass du ihnen im Weg bist. Es bedeutet lediglich, dass sie auf diese Runde besser vorbereitet waren."

Schweigend zog sie sich an. Seufzend tat er es ihr gleich.

„Sabin und die Engel haben Rhea gefunden", sagte er, obwohl sie nicht gefragt hatte. „Oder vielmehr: Sie haben den Ort gefunden, an dem sich die Göttin eigentlich aufhalten sollte. Sie gehen davon aus, dass Rhea Hals über Kopf abgehauen ist, und das schon vor mehreren Tagen oder gar Wochen. Ihre Kleidung lag überall verstreut, auf dem Boden lagen weiße Federn und alles war staubig."

„Federn. Galen?"

Er nickte. „Sabin meint, es gibt keinerlei Spuren, weshalb es unmöglich ist, einen von beiden von dort aus zu verfolgen. Sie müssen sich irgendwo hingebeamt haben."

„Aber ... warum sollte sie den Wettkampf hier abhalten, wenn sie nicht zusehen kann?"

„Vielleicht hat sie nicht mit ihrer Abwesenheit gerechnet. Vielleicht hatte sie vor, hier zu sein, aber dann hat sie irgendetwas daran gehindert."

„Und die Jäger?"

„Vielleicht hat sie die Befehle, dich zu töten, schon vor ihrer Abreise erteilt. Oder jemand anderes hat sie angeführt."

Kaia straffte die Schultern, sah ihm in die Augen und neigte den Kopf zur Seite, während sie nachdachte. „Ich kenne nur eine Person, die mich genug hasst, um ..." Ihr Blick verfinsterte sich. Sie hatte zwei Schritte auf ihn zu gemacht, aber jetzt blieb sie abrupt stehen und starrte auf ihre Füße. „Ich klebe fest. Strider, ich klebe fest!"

Er versuchte, zu ihr zu gehen – doch es ging nicht. Wie ihre klebten auch seine Füße am Boden fest. Er blickte ebenfalls nach unten. Der Höhlenboden wurde ... dünner? Ja, genau das geschah. Er wurde dünner, weicher und verwandelte sich in ... Nebel.

Von dem Wunsch besessen, seine Frau festzuhalten, streckte er die Hand nach ihr aus. Kurz bevor er sie berührte, fielen sie gleichzeitig um und stürzten hinab ... und weiter hinab ...

Hinab.

24. KAPITEL

Kane wachte langsam auf, aber er ließ sich nicht anmerken, dass die Synapsen in seinem Gehirn wieder zündeten. Er war unter Schmerzen und Drogen eingeschlafen, und traurigerweise war das öfter passiert in den vergangenen … Tagen? Wochen? Er hatte sich angewöhnt, zunächst Bestandsaufnahme zu machen, wenn er aus einer Benommenheit erwachte, und sich erst dann zu bewegen oder zu sprechen.

Er hatte Schmerzen wie ein Boxer, der soeben nach achtzehn Runden einen großen Kampf verloren hatte. Obschon viele Verletzungen bereits angefangen hatten zu heilen, war die tiefste von allen noch immer dabei, seinen Namen in das Buch mit dem Titel „Genesung ungewiss“ zu ätzen. Und wer hätte es gedacht? Seinem Dämon gefiel es. Er kicherte in seinem Kopf, während er die Auswirkungen der Katastrophe aufsaugte – jedenfalls hin und wieder.

Links und recht von Kane gingen zwei fleischige Wachmänner, die ihn stützten und eine lange, sich windende Höhle entlangzerrten, in der es nach Schwefel, Verwesung, menschlichen Fäkalien und beißender Angst stank. Er gab sich Mühe, nicht zu würgen. Er kannte diese Gerüche nur zu gut – immerhin hatte sein Dämon jahrhundertelang mit ihnen zusammengelebt.

Vor ihm lief ebenfalls ein Wächter, hinter ihm gingen sogar fünf. Keiner von ihnen schien bemerkt zu haben, dass er aufgewacht war.

Während er eine Flucht plante – indem er sich ausmalte, wie Engel hereingerauscht kämen (was nicht geschähe), seine Freunde durch die Höhlenwände brachen (auch das ein No-Go) und er sich in einen grünen Hulk verwandelte (nur in seinen Träumen) –, packte ihn die Wut. Er bräuchte überhaupt nichts zu tun. Am Ende würde sein Dämon diese Menschen zerstören. *Katastrophe* lebte für Momente wie diesen. Und wenn Kane dabei ums Leben käme – was machte das schon?

Er erinnerte sich an die Explosion und an William, den

man von ihm isoliert und in ein anderes Fahrzeug geworfen hatte. William. Ob der Unsterbliche noch lebte? Ob er gefoltert wurde? Vermutlich. Seine Wut wurde stärker. Dafür würden diese Menschen bezahlen. Auf jeden Fall.

Hörst du mich, Katastrophe? *Sie müssen dafür bezahlen.*

Das Kichern wuchs zu einem schadenfrohen Lachen, das einmal durch seinen ganzen Kopf raste.

Warte auf mein Zeichen. Keiner der Wächter ahnte, welche Verwüstung ihnen unmittelbar bevorstand. Und das würde auch so bleiben. Bis es zu spät wäre.

Als sein Anführer Sabin aufgebrochen war, um gegen die Jäger zu kämpfen, war Kane oft zurückgelassen worden. Zu viele kleine Katastrophen hatten ihre Bemühungen ruiniert, ja zum Teil sogar sabotiert. Aber manchmal ... manchmal wurde Kane alleine losgeschickt. Und wenn das geschah, ging *niemand* mehr lebendig davon.

„... zu schwer", sagte einer der Wächter keuchend. „Los, wir legen ihn einfach hier ab."

„Geht nicht. Anweisung des Doktors. Wir bringen ihn zum Tor, sonst kommen wir nicht zurück."

„Ich schwitze wie ein Schwein."

„Du *bist* ein Schwein. Zu viel gegrillt, du fetter Mistkerl? Der Spaziergang tut deinem Walrosskörper mal ganz gut."

„Friss Scheiße und stirb, Arschloch. Ich habe Probleme mit meinen Drüsen."

„Ich sehe das genauso wie Duane", sagte ein anderer. „Wenn er noch mehr schwitzt, explodiert er wahrscheinlich wie ein Reaktor oder so. Er wird es eh nicht zurück schaffen, Tor hin oder her."

Die Temperatur war in der Tat etwas unangenehm und die Luftfeuchtigkeit so hoch, dass man die Luft mit einem Messer hätte schneiden können. Ganz offensichtlich schleiften sie ihn tiefer in die Erde, in Richtung ... Höllentor? Aber woher sollten Jäger wissen, wie man das anstellte? Und *warum* sollten sie das tun? Das entsprach nicht ihrer üblichen Vorgehensweise.

Einfangen, foltern und – seit Neuestem – töten, um den Herren die Dämonen zu rauben, *das* war es, wofür sie lebten. Ihr jetziges Verhalten machte gar keinen Sinn. Es gab ihm nur ein ungutes Gefühl, weil er es womöglich mit anderen Leuten zu tun hatte, als er gedacht hatte.

Er würde sich nicht die Zeit nehmen, sie auszufragen. Mit ihrer „Guck mal, was für eine hübsche Bombe ich habe"-Routine hatten sie ihre Absichten klar gezeigt. Er musste einfach nur einen Ort finden, an dem sein Dämon gut arbeiten konnte. Und das wäre höchstwahrscheinlich die Endstation – in vielerlei Hinsicht. Das „Tor". Je tiefer sie vorgedrungen wären, umso unwahrscheinlich war es, dass Unschuldige zu Schaden kämen.

Aus der Ferne hörte er das Klicken einer Waffe, die entsichert wurde. Um ihn herum schien niemand Notiz davon zu nehmen. Die Wächter plauderten weiter. Ob jemand Kane erschießen würde? Oder die Wächter? Sein Dämon pirschte unruhig durch seinen Kopf, bereit, etwas oder jemanden zu zerstören.

Noch nicht. Noch nicht.

Das Gelächter wurde lauter. Schon bald würde *Katastrophe* zuschlagen, egal was Kane täte oder sagte.

Wenn der Schuss tatsächlich für ihn bestimmt war, würde er überleben. Aber für den Fall, dass seine Freunde hier waren, um ihn zu retten, wollte er noch nichts unternehmen. Er schöpfte Hoffnung.

Als das erste *Peng* ertönte, grunzte der Wächter zu seiner Linken und sackte zu Boden. Der Wächter rechts fluchte. Das Geplapper verstummte.

„Was zum ..."

„Wer war ..."

Noch ein *Peng*.

Kanes rechte Seite wurde ebenfalls losgelassen, und er fiel auf den dreckigen Boden. Er lag still. Auch dann noch, als etwas Schweres in ihn hineinkrachte und ihm mit einem Hieb die Luft aus der Lunge presste. Einer meiner Wächter, dachte er. *Jetzt ist er bewusstlos oder wahrscheinlich sogar tot.*

Richtig. Er spürte, wie ihm warme Flüssigkeit am Rücken entlanglief und von seinen Seiten tropfte.

Peng, peng, peng. Den Männern um ihn herum blieb keine Zeit, sich vorzubereiten oder zu verstecken. Sie stürzten. Aus den Löchern in ihren Brustkörben trat ihr Lebenssaft aus, bis sie tot waren. Der gesamte Anschlag dauerte nicht mal eine Minute. Ohne jegliche Gegenwehr vorbei und beendet.

Eine Befreiung, ja, und dennoch bewegte oder sprach er noch immer nicht. Sondern wartete einfach. Wachsam …

Er hörte Schritte. Er erkannte das Donnern schwerer Stiefel.

„Siehst du ihn?", rief jemand. Ein Mann, unbekannt.

Mist! Die Hoffnung verkümmerte, starb. Nicht seine Freunde. Wer zur Hölle blieb dann noch?

„Ich hab ihn! Er ist hier."

Jemand schob den Wächter von ihm herunter.

„Lebt er?"

Das Rascheln von Kleidung, dann zwei harte Finger, die ihm in den Hals gebohrt wurden. „Auf jeden Fall. Aber vielleicht nicht mehr lange. Sein Puls ist schwach, wir müssen uns also beeilen."

„Diese Ärztin hat echt ein saumäßiges Glück. Wenn er vor unserem Eintreffen gestorben wäre …" In der Stimme des Mannes lagen Wut und Hass. „Aber ich würde sie trotzdem am liebsten verprügeln, weil sie die Anweisungen nicht befolgt hat."

„Das wirst du schön bleiben lassen. Ihr Alter würde dir mit Vergnügen den Kopf abschlagen. Lass uns den Kerl einfach zu Stefano bringen. Soll *er* entscheiden, was mit ihm passiert."

Stefano. Die rechte Hand von Galen, ein hohes Tier unter den Jägern und eine allgegenwärtige Nervensäge. Zu schade, dass der Bastard nicht hier war. Allerdings begriff Kane nun so einiges. Die Jäger hatten das Haus in die Luft gejagt. Die Jäger hatten ihn zu dieser Ärztin gebracht, die zwar keine Jägerin, aber mit einem Jäger verheiratet war, damit er überlebte. Die Jäger hatten ihn nicht hier runtergebracht. Das war die Frau gewesen – die sich damit den Anweisungen ihres

Mannes widersetzt hatte.

Der Ehemann musste davon erfahren und dafür gesorgt haben, dass ihre Komplizen getötet wurden.

„Scheiß Dämonentier“, murmelte der Typ, der seinen Puls genommen hatte, während er aufstand. Ein gestiefelter Fuß landete in Kanes Bauch und drückte einige seiner Organe gegen seine Wirbelsäule.

Mit aller Willenskraft hielt Kane die Augen geschlossen und die Muskeln entspannt. *Katastrophe* wütete mittlerweile in seinem Kopf. Er glich jetzt einem brodelnden Hexenkessel. *Noch nicht,* wiederholte er. Wenn sie vorhatten, ihn zu Stefano zu bringen, könnte er den Bastard endlich vernichten und gleichzeitig so viele seiner Feinde wie möglich ausschalten – auch wenn das bedeutete, sich selbst ebenfalls auszuschalten. Das hatte er hier unten ohnehin tun wollen. Ein Ortswechsel spielte da kaum eine Rolle.

Sicher, wenn Kane tot wäre, könnte sein Körper das Böse, das in ihm wohnte, nicht länger in sich halten, und sein Dämon würde auf eine nichts ahnende Welt losgelassen. *Katastrophe* würde fliehen – wahnsinnig, hungrig und besessen von dem Drang, eine Tragödie nach der anderen anzurichten.

Das war Kanes Freund Baden auch passiert. Er war gestorben – von den Jägern geköpft –, und sein Dämon *Misstrauen* war ungehindert durch die Weltgeschichte gewandert. Vielleicht war das der Grund dafür, dass viele Nationen einander so lange bekriegt hatten. Weil sie den anderen immer Hinterhältigkeit und böse Absichten unterstellten. Vielleicht waren über die Jahre deshalb so viele Ehen in die Brüche gegangen.

Dann war es den Jägern vor nicht allzu langer Zeit gelungen, *Misstrauen* zu finden und ihn mit einem neuen Wirt zu paaren. Einem Wirt ihrer Wahl. Einer Frau. Bislang hatte sie die Herren noch nicht herausgefordert. Vermutlich war sie noch viel zu sehr in dem Bösen verloren, das ihr nun innewohnte, als dass sie hätte mehr tun können als zu stöhnen und um Erlösung zu flehen.

„Diego?", murmelte jemand.

„Ja?", erwiderte ein Mann mit leichtem spanischen Akzent.

„Bist du bereit?"

„Ja, Sir." In den Worten lag ein leichtes Zittern.

„Markov, Sanders, nehmt seine Arme. Nur falls er aufwacht, bevor er stirbt. Billy, du musst tief und schnell schneiden. Wir dürfen uns keine Fehler erlauben."

„Ich bin ja nicht blöd. Wir sind diese Situation schon tausendmal durchgegangen", war die aggressive Antwort des Mannes, der Kane getreten hatte.

„Ja, das sind wir, aber diesmal ist es keine Theorie, sondern Praxis. Es ist eine einmalige Gelegenheit. Wenn wir nicht aufpassen, wird sein Dämon in die Höhle fliehen, bevor Diego ihn in sich aufnehmen kann."

O-kay. Sie werden weder abwarten, noch zu Stefano gehen, dachte Kane. *Sie werden mich umbringen und versuchen, meinen Dämon mit einem Jäger zu paaren.* Vermutlich dachten sie, sie könnten *Katastrophe* unter Kontrolle bringen und den Dämon für ihre Zwecke missbrauchen. Um seine Freunde zu zerstören. Um die Welt zu regieren.

Da kann ich ja nur laut lachen, dachte Kane amüsiert, wurde aber sogleich wieder ernst. Keine Zeit für Späße.

Mach dich bereit, befahl er seinem Dämon.

Das Getose wurde immer schneller, und die gesamte Höhle bebte. Aber nur ein bisschen. Gerade so viel, dass Staubwölkchen aufstiegen und Geröll von der Decke auf den Boden fiel.

„Was ist das?"

„Egal. Beeilt euch einfach. Bringen wir's hinter uns. Das Messer?"

„Hier."

Auf einmal wurde Kane von starken Händen gepackt und umgedreht, sodass er auf dem Rücken lag. Dieselben Hände drückten ihn kräftig nach unten und hielten ihn fest. Kane wartete keine Sekunde länger.

Jetzt!

Das Beben wurde mit einem Mal stärker, das herabfallende Geröll verwandelte sich in Felsbrocken. *Bumm, bumm. Bumm!* Irgendjemand schrie vor Schmerzen auf. Kane wurde losgelassen. Dann noch ein Schrei. Jemand fluchte.

Schließlich öffnete Kane die Augen. Gerade noch rechtzeitig. Ein Felsen raste direkt auf ihn zu. Er rollte sich zur Seite und hustete, als sich sein Mund mit Staub und Schutt füllte. Durch die abrupte Bewegung wurden die Stiche aufgerissen, die eine Wunde entlang einer seiner Rippen zusammengehalten hatten.

Mit einem schnellen Blick erfasste er die Lage. Er befand sich in einer Höhle, wie er vermutete hatte, obgleich sie geräumiger war, als er es für möglich gehalten hätte. Sie verzweigte sich in mehreren Richtungen. Kein Wunder, dass die Jäger seine ursprünglichen Entführer so einfach hatten überwältigen können. Nicht mal eine Armee hätte sich hier vor einem Hinterhalt schützen können. Es gab einfach zu viele Verstecke.

Die Jäger krabbelten in Deckung. Das Beben hielt an, und es regnete immer mehr Felsen. Noch ein Schrei, ein Grunzen. Das Krachen zerbrechender Knochen.

Kane rappelte sich hoch. *Genau so, Kumpel. Mach weiter so.*

„Er darf nicht entkommen!", schrie jemand.

„Ich hab ihn im Visier!"

Peng.

Ein scharfer Schmerz schoss durch sein Bein. Er fluchte. Jemand hatte auf ihn geschossen. Er eilte in eine der dunklen Nischen und wich auf seinem Weg den Felsbrocken aus. Mehr Beben, mehr Felsen. Bald säße er in der Falle. Wenn er das nicht schon längst tat. Aber es war unmöglich, eine Katastrophe dieses Ausmaßes zu stoppen, wenn sie einmal begonnen hatte.

Die Aussicht auf seinen eigenen Tod war ihm ehrlich egal. Er war schon an die tausendmal gestorben und hatte sich bereits vor langer Zeit auf das endgültige Ende vorbereitet. Wenigstens würde er diese Jäger mit sich ins Jenseits nehmen. Auch wenn Kane nicht aufgeben würde, ohne zumindest den Versuch zu starten, seine eigene Haut zu retten. Etwas anderes ließe sein

Kriegerinstinkt überhaupt nicht zu.

Er suchte die Schatten nach einem Ausgang ab … und entdeckte zu seiner Rechten einen Spalt, durch den ein schwacher Lichtstrahl fiel. Ohne aufzuhören zu denken, sprang er darauf zu, riss an den Felsen und vergrößerte den Spalt. Die Schmerzen, die dabei seinen Körper durchzuckten, ignorierte er.

„Kane!“

William? Er hielt inne, erstarrte. Mist. Mist! Wenn er seinen Freund tötete …

Peng.

„Mensch!“, rief William zornig. Irgendwer musste auf ihn geschossen haben. „Dafür wirst du teuer bezahlen.“

Bumm, bumm, bumm.

„Nichts wie raus hier“, rief Kane. „Lauf!“

„Verdammt noch mal, Kane! Wo bist du? Ich habe nicht Oberschwester Ratched ausgeknockt und bin bis hierher an meinen absoluten Hassort gekommen, um mit dir Verstecken zu spielen. Beweg deinen Arsch hier rüber!“

Kane stand auf und atmete noch mehr Staub ein. Blitzschnell verließ er sein sicheres Versteck – und bekam gerade noch zu sehen, wie William einen Jäger an der Gurgel packte. Er war unaufmerksam und sah nicht den massiven Felsen, der direkt auf ihn zuraste.

Und weil Kane seinen Fokus auf William richtete, sah *er* nicht den massiven Felsen, der direkt auf *ihn* zuraste.

„Süßer Sonnenaufgang, das war fantastisch.“

Paris rollte sich vom schweißbedeckten Körper der lächelnden, keuchenden Frau und blickte zur Decke. Wie er gehofft hatte, hasste Arca den Götterkönig, und so hatte sie keine Sekunde gezögert, Cronus zu verraten. Wie er gefürchtet hatte, hatte sie einen Preis genannt – Paris’ Körper. Denn der Duft seines Dämons hatte sie in dem Augenblick erregt, als er ihre Gemächer betreten hatte.

In der vergangenen Stunde hatte er sie so verwöhnt, wie sie

mit Sicherheit noch nie verwöhnt worden war. Sie hatte jede Sekunde genossen, während er sich und sein Handeln verabscheut hatte.

Du tust nur, was du tun musst.

Um ungebetene Störungen hatte er sich keine Sorgen machen müssen. Das geräumige Schlafzimmer lag versteckt im hinteren Teil des Harems. Es war ein Schlafzimmer, das Acra nicht verlassen konnte. Cronus hatte sie doch tatsächlich verflucht, sodass sie unerträgliche Qualen erlitte, wenn sie die weitläufigen Grenzen ihres „Zuhauses“ verließe. Und da er viel von den Sterblichen und aus ihren Fehlern gelernt hatte, hatte der König dafür gesorgt, dass es keine Fenster gab, von denen die Göttin Gebrauch machen konnte.

Offensichtlich hatte der König es für besser gehalten, Acra Tageslicht und frische Luft zu verwehren, als ihr die langen, seidigen Haare abzuschneiden.

Sie stützte sich auf den Ellbogen und sah auf ihn herab. Die weißen Zöpfe lagen wie zurechtdrapiert auf ihrer Schulter. „Und?“

„Ja, es war wirklich fantastisch“, erwiderte er automatisch, wie er es schon zu Abertausend anderen gesagt hatte.

Ihr Lächeln verblasste langsam. „Du könntest wenigstens *versuchen*, überzeugend zu klingen.“

Seufzend musterte er sie. In all den Jahrhunderten war er mit unzähligen Frauen zusammen gewesen, und sie war mit Abstand die schönste. Aber Aussehen bedeutete ihm nur wenig. Was war ein schönes Gesicht wert, wenn dahinter ein Ungeheuer lauerte? Es zählte einzig, welche Gefühle die andere Person in einem auslöste.

Er bezweifelte, dass Acra im Grunde ihres Wesens ein Ungeheuer war. Sie hatte so viele Jahre in Gefangenschaft verbracht, sowohl auf der Erde als auch hier im Himmel, dass sie eigentlich hätte schräg drauf sein müssen. Doch als er zu ihr hineingegangen war, hatte sie ihn nicht angeschrien. Oder angegriffen. Sie hatte ihn einfach nur aus ihren großen blauen Augen angestarrt, seine Hände genommen und gelächelt. Sie hatte eine Einsamkeit ausgestrahlt und eine derart verzweifelte Sehnsucht nach Aufmerksamkeit – jeglicher Aufmerksamkeit –, dass sich seine Brust zusammengezogen hatte.

Und als er versucht hatte, sie über Sienna auszufragen, als sie den Kopf geschüttelt und – bereits in dem Lustnebel seines Dämons verloren – „danach" geflüstert hatte, hatte Paris ohne zu protestieren nachgegeben.

„Tut mir leid", sagte er, darauf bedacht, glaubwürdig zu klingen. Eine weitere Fähigkeit, die er im Laufe der Jahre perfektioniert hatte. „Es ist nur – du hast mich total fertiggemacht, Süße. Ich habe keine Energie mehr."

Leise lachend legte sie sich hin und schmiegte sich an seine Seite. „Cronus wird nichts davon erfahren, versprochen. Wenn du also wiederkommen möchtest ..."

Er schwieg. Er konnte nicht noch mal mit ihr schlafen. Das würde sein Dämon nicht zulassen. Selbst wenn er sie stundenlang küssen und berühren würde, sein bestes Stück bliebe schlaff und unbrauchbar. So war es mit jedem, mit dem er schon mal geschlafen hatte, und außerdem war Paris auf eine Wiederholung auch nicht gerade scharf. Er fühlte sich schon schlecht genug, wenn er mit einer anderen als Sienna schlief.

Sie hatte er gehabt und könnte sie trotzdem noch mal haben. Allein beim Gedanken an sie wurde er hart. Weshalb es war, als würde er sie in ihr wunderschönes Gesicht schlagen, wenn er es mit einer anderen trieb. Als wäre sie nicht gut genug für ihn. Als könnte sie ihn nicht befriedigen. Aber wenn er sein Leben ließe, könnte er sie nicht retten, und er *würde* sterben, wenn er keusch bliebe.

Außerdem hatte er auch aus einem anderen Grund ein schlechtes Gewissen. Seine Liebhaberinnen ... wollten ihn nicht um seinetwillen. Wenn sein Dämon nicht wäre, hätten sie vielleicht nie mit ihm geschlafen, hätten ihn vielleicht geradewegs abgewiesen, ihn unattraktiv gefunden, was auch immer. Auf gewisse Weise zwang er sie also, mit ihm ins Bett zu steigen.

Wie immer entzog sich sein Kopf diesem Gedanken.

„Was ist los?“, fragte Acra. „Du bist ganz verspannt.“

Er zwang sich, sich zu entspannen, und streichelte ihr zärtlich über den Arm. „Ich habe vorhin eine Frau erwähnt. Eine Sklavin. Sie wurde umgebracht und existiert nur in Seelenform, und jetzt ist sie von einem Dämon besessen. Von *Zorn*. Ihre Seele ist für das bloße Auge unsichtbar.“ Er versuchte, seine Verzweiflung zu verbergen. „Weißt du, von wem ich spreche?“

Sie wickelte sich einen Zopf um einen ihrer Finger. „Ja. Ich erinnere mich. Du möchtest wissen, wo Cronus sie gefangen hält.“

Ruhig, ganz ruhig. „Kennst du die Antwort?“

„Nein, ich habe nichts darüber gehört.“

Er schloss die Augen, um eine Welle der Enttäuschung und des Bedauerns niederzukämpfen. Er hatte gedacht … gehofft … er war sich so sicher gewesen …

„Aber“, fuhr sie fort, „ich weiß, wo er früher die Gefangenen hielt, die er nicht kontrollieren konnte. Bevor er in den Tartarus gesperrt wurde. Leute, die niemand finden sollte.“

„Sag es mir.“ Die Worte kamen ihm heftiger über die Lippen, als beabsichtigt.

„Ich habe eine bessere Idee.“ Sie hielt ihn fester und zitterte. „Ich zeige es dir.“

Sein Magen brannte. *Ich darf sie nicht vor den Kopf stoßen.* „Du weißt doch, dass das nicht geht, Süße“, krächzte er. „Du musst hierbleiben.“

„Aber …“ Wieder setzte sie sich auf. Ihr Gesicht war angespannt und wurde von den weichen Zöpfen eingerahmt. *„Bitte.* Ich muss gehen. Ich kann nicht noch länger hierbleiben. Es ist mir hier so verhasst, und allmählich verliere ich den Verstand. *Bitte.*“

Er nahm ihr Gesicht in die Hände und bemühte sich, sanft zu sein. „Sag mir, wo ich diesen geheimen Ort finde, und sobald ich meine Mission erfüllt habe, komme ich, um dich zu holen. Ich werde einen Weg finden, dich zu retten.“

Tränen sammelten sich in ihren Augen. „Das kann ewig dauern. Oder du könntest sterben."

„Ich weiß, und es tut mir leid, aber mehr kann ich dir nicht anbieten." Er konnte sie jetzt unmöglich retten. Er konnte unmöglich versuchen, sie jetzt zu befreien. Das würde Cronus alarmieren. Der Götterkönig würde ihn niederschießen, und Sienna wäre ihm bis in alle Ewigkeit ausgeliefert.

Wenn Paris mit seinem Kopf bezahlen müsste, wenn das sein Schicksal war, wollte er zuerst Sienna in Sicherheit bringen. Sie war seinetwegen gestorben. Sie wurde seinetwegen mit einem Dämon gepaart. Weil er den Götterkönig auf sie aufmerksam gemacht hatte. Paris stand tief in ihrer Schuld.

„Ich könnte dir helfen", sagte Arca. „Nicht nur den Ort zu finden. Ich könnte dich durch die geheimen Korridore führen."

„Ich weiß, Süße, aber das ändert nichts an meiner Meinung."

„Bitte ..."

Er verriet ihr nicht, dass Frauen mit Betteln bei ihm nur wenig bewirkten. Wie viele hatten ihn schon angebettelt, mit ihnen im Bett zu bleiben? Wie viele hatten geweint, als er gegangen war? „Es tut mir leid, aber mehr kann ich dir nicht anbieten."

Und wenn sie ihm nicht sagte, was er wissen wollte, wenn sie sich weiterhin weigerte, würde er ihr am Ende wehtun. *Verletzen ... töten ...* Jeden, der sich ihm in den Weg stellte. Jeden. Er war schon so weit gekommen. Sie würde ihn nicht daran hindern, noch weiter zu kommen.

Eine ganze Weile schluchzte sie lautlos. Dann riss sie sich zusammen, straffte die Schultern und hob das Kinn – eine sture Geste, die ihn an Kaia erinnerte.

Wie kam Strider mit dieser Frau nur zurecht, die fest entschlossen war, ihn in die Knie zu zwingen? Entweder wehrte sich der besitzgierige Krieger gegen ihre Anziehungskraft, oder er hatte schließlich nachgegeben – sonst wäre er nämlich hier an Paris' Seite und würde die Konditionen ihrer „Herausforderung" erfüllen.

„Schwörst du, dass du zurückkommst, wenn du sie gefunden hast?“, fragte Acra.

„Ja. Ich schwöre es. Sobald sie in Sicherheit ist, werde ich kommen.“ In dem Augenblick, als er die Worte aussprach, war er an sie gebunden. Er wusste es, spürte die Kraft der Fesseln. Ein Versprechen zu brechen, das man einem Gott oder einer Göttin gegeben hatte, bedeutete, bis in alle Ewigkeit zu leiden. Falls man es überlebte.

Sie wischte sich die Tränen weg. „In Ordnung. Ich werde dir sagen, was du wissen möchtest. Wenn Cronus seinen alten Gewohnheiten treu geblieben ist – und glaub mir: Ich weiß, dass es so ist –, findest du deine Frau an einem von zwei Orten. Befindet sie sich an dem ersten Ort, hast du sie für immer verloren. Befindet sie sich an dem zweiten und wagst du dich dorthin, wirst du nicht unversehrt wieder herauskommen.“

Sienna befand sich *nicht* am ersten Ort, und basta. „Wie heißt der zweite Ort?“

Als sie die Worte aussprach, gefror ihm das Blut in den Adern. Er hörte auf zu atmen. Er hatte gewusst, dass Cronus sie dafür bestrafen würde, dass sie zu Paris gerannt war, aber er hatte nicht gewusst, dass der Götterkönig sie für immer und ewig quälen wollte.

Paris erhob sich vom Bett und zog sich so flink wie möglich an.

„Wirst du sie trotzdem suchen?“, fragte Acra.

„Ja“, erwiderte er, ohne zu zögern. Jetzt war er entschlossener denn je.

25. KAPITEL

Aus dem Himmel direkt in die Hölle geworfen, dachte Kaia finster. Oder zumindest in ihre Version der Hölle. Und sie hatte nicht mal das süße Gefühl „danach“ genießen können.

Vor ihr knisterte ein Lagerfeuer, orangefarbene Flammen vermischten sich mit blauen. Die Hitze leckte über ihren Körper. Nach dem Liebesspiel mit Strider war sie gar nicht richtig abgekühlt – allein beim Gedanken an das sinnliche Erlebnis lief ihr ein Schauer über den Rücken, und sie musste ein Stöhnen unterdrücken – und sie war froh darüber. Sie mochte die Hitze nämlich. Vor allem wegen des anhaltenden Brummens der Befriedigung, für das ihr … Gemahl gesorgt hatte.

Gemahl.

Momentan war Strider dabei, „die Gegend nach Jägern abzusuchen“. Man brauchte keine zwei Stunden, um den kleinen Landstrich abzusuchen. Er suchte nach der Rute, keine Frage. Aber er würde sie nicht finden. Nicht hier. Juliette war nicht so dumm, das Ding unter ihrer notdürftigen Matratze zu verstecken.

Kaia hatte sich so sehr gewünscht, dass er ihr Bündnis anerkannte. Sie hatte sich so sehr gewünscht, ihn zu berühren und zu schmecken. Von ihm berührt und gekostet zu werden. Dass sie es endlich beide getan hatten … Götter, jetzt war sie zu Tode erschrocken. Weil …

… er sie liebte. Das schockierte sie noch immer. Sie waren ein Paar. Ein richtiges Liebespaar. Er war an ihrer Seite und sie an seiner. Außerdem kam er jetzt an erster Stelle. So musste es sein. Ob er sich als Nervensäge entpuppte oder als romantischer Matratzengott – er gehörte ihr. Sie musste ihn beschützen. Musste sich um seine Zukunft kümmern. Und das hieß? Er wollte, *brauchte* die Zweiadrige Rute. Sie war für ihn überlebensnotwendig.

Deshalb musste sie ihm das Ding beschaffen.

Im Augenblick war ihr Team auf einem guten Weg, sich das Artefakt auf faire Weise anzueignen. Aber was, wenn sich das änderte? Dann würde Juliette damit rechnen, dass Kaia versuchen würde, es sich auf anderem Weg zu beschaffen, und die Chancen, es tatsächlich zu bekommen, würden sich zu ihren Ungunsten umkehren.

Deshalb war jetzt der ideale Zeitpunkt, um zuzuschlagen.

Natürlich würde es Kaia vom Wettkampf disqualifizieren und ein für alle Mal beweisen, dass sie schwach und der Harpyiengemeinschaft unwürdig war. Aber besser ihr Stolz litte, als dass Strider sterben müsste. Sie konnte nicht ohne ihn leben. Sie brauchte sein Blut, ja, aber genauso sehr brauchte sie ihn. Sein Lächeln, sein Lachen, seinen Witz, seine Stärke.

Also kein Wettbewerb und kein weiteres Nachgrübeln. Sie würde die Rute stehlen. Basta. Allerdings würde sie nicht ihre Schwestern in die Sache mit reinziehen. Würde nicht ihr Leben aufs Spiel setzen. Nicht noch mal. Vor allem jetzt nicht, da sie sich von den Verletzungen des zweiten Wettbewerbs erholten.

Es muss heute Nacht passieren, dachte sie und ballte unwillkürlich die Fäuste. Denn jetzt waren fast alle beeinträchtigt, weil sie entweder betrunken oder bewusstlos waren oder sich von ihren Verletzungen erholten. Sie würde mit Strider schlafen – falls er wollte, und er täte gut daran zu wollen – und sich noch einmal von der Hitze erfüllen lassen. Diese Hitze gab ihr Energie. Es war eine Mischung aus Lust und Wut, die in ihr tobte und unbedingt ausbrechen wollte. Etwas verzehren wollte.

Heute Nacht würde sie es zulassen.

Bald … bald … Durch zusammengekniffene Augen sah sie sich um und erspähte Juliette. Die Brünette tanzte direkt neben Kaias Mutter um das flackernde Feuer. Trotz ihrer jüngsten Niederlage wirkten sie glücklich und sorglos. Als wüssten sie etwas, das sie nicht wusste.

Offenbar hatte Juliette ihren prüfenden Blick gespürt, denn sie sah Kaia in die Augen und verzog den Mund langsam zu einem herablassenden Lächeln. Oh ja. Heute Nacht.

Kaia und Strider waren aus Rheas Wald gefallen und hier gelandet, in Alaska. Zwischen den beiden Bergen, wo sich die geheimnisvolle Pforte befunden hatte. Sie hatten die Augen geöffnet und sich hier wiedergefunden – zusammen mit den anderen Harpyien, die an den Spielen teilnahmen, und ihren Gemahlen.

Zuerst waren alle verwirrt gewesen. Dann wütend, weil man sie aus dem Himmel geworfen hatte. Sie hatten die Wut aneinander auslassen wollen. Und hätte Kaias Mutter die Gegend nicht zu neutralem Gebiet erklärt, wäre mit Sicherheit ein Kampf ausgebrochen. Anscheinend bekam Tabitha die Teuflische immer, was Tabitha die Teuflische haben wollte. Statt einander also anzugreifen oder getrennter Wege zu gehen und auf den Beginn des dritten Wettkampfs zu warten, hatten die Harpyien beschlossen zu bleiben und zu feiern.

Es war massenhaft gestohlenes Bier vorhanden, Hardrock-Musik drang durch die Nacht und Fahrzeuge, die sie aus der nächstgelegenen Stadt hergeschafft hatten, beleuchteten mit ihren Scheinwerfern das eisige Tal. Viele der Harpyien waren nach dem letzten Kampf noch von Blutergüssen und Wunden übersät, ein paar andere sogar noch bewusstlos, doch das entmutigte die Feiernden nicht.

Wenige Stunden zuvor hatte irgendwer Kaias Mantel gestohlen, und sie hatte keine Zweifel, wen sie verdächtigen sollte. Vermutlich erwartete Juliette von ihr, dass sie deswegen einen Privatkrieg anzettelte und allen die gute Laune verdarb. Tja, Juliette konnte sie mal kreuzweise. Das Teil war sowieso saudreckig gewesen.

„Hey Baby“, ertönte eine sexy Männerstimme.

Strider. Ihr Strider. Er roch nach Zimt und sah paradiesisch aus mit den rosigen Wangen und den zerzausten Haaren, die sein Gesicht wie ein lebendiger Heiligenschein einrahmten.

Liebte sie ihn? Sie verzehrte sich nach ihm, lachte über seine Scherze und freute sich über seine Aufmerksamkeit. Aber Liebe? Vertraute sie ihm grenzenlos? Ihre Schwestern waren die einzigen Mitglieder in ihrem Kreis der Vertrauten, und sie hatte nie daran gedacht, noch jemanden darin aufzunehmen. Schon gar nicht jemanden, der ganz andere Prioritäten hatte als sie.

Er ließ sich neben sie fallen und hielt ihr ein vereistes Glas hin. „Das ist meins. Nicht deins. Fass es bloß nicht an."

Vielleicht war es gar nicht so schlecht, ihm zu vertrauen. Sie nahm ihm das Glas ab, murmelte „Danke" und nippte daran. Obwohl der Drink eiskalt war, stieg ihre Körpertemperatur immer weiter.

„Ich habe mit Sabin und Lysander gesprochen. Sie haben etwa eine Meile von hier ein Camp aufgeschlagen und verarzten Bianka und Gwen."

Dann hatte er gar nicht nach der Rute gesucht? Wunder aller Wunder. „Was ist mit Taliyah, Neeka und den anderen?"

„Sind ohne ein Wort abgehauen."

„Das machen die immer", brummte sie.

„Mag sein, aber dieses Mal bin ich ihnen gefolgt."

Sie sah ihm ins Gesicht. Seine marineblauen Augen leuchteten, und er grinste verführerisch. Ihr Herz setzte einen Schlag aus. Er trug eine Lederjacke, Jeans und Stiefel. Ein klassisches Strider-Outfit. Der Mann war allzeit bereit, jemandem ordentlich in den Hintern zu treten.

„Wirklich?", fragte sie. „Und sie haben dich nicht gewittert?"

„Das habe ich nicht gesagt."

Sie musterte ihn erneut. Auf seinen Handflächen sah sie frische Schnitte, auf den Fingern kleine Kerben. „Was ist passiert? Haben sie dich verletzt? In dem Fall werde ich nämlich persönlich …"

„Ganz ruhig, Rotschopf." Seine Mundwinkel bogen sich weiter nach oben, bis er breit grinste. „Sie haben mich nur in die Flucht geschlagen. Auf jeden Fall hatten sie am Anfang keine Ahnung, dass ich ihnen gefolgt bin. Sie haben in den Zelten einiger gegnerischer Teams herumgeschnüffelt."

„Auf der Suche nach der Rute?" Aber warum sollten ausgerechnet *sie* das tun?

„Glaube ich nicht." Er strich sich nachdenklich übers Kinn. „In dem Waldstück dort", er zeigte mit dem Daumen hinter sich, „haben sie sich mit einer Gruppe Typen getroffen, die ich nicht kannte. Aber es waren Krieger. Unsterbliche. Taliyah hat mich gewittert, bevor ich dicht genug herankommen konnte, um sie zu belauschen."

Taliyah. Mit Männern. Interessant. Und ungewöhnlich. Normalerweise wahrte ihre ältere Schwester Distanz zum anderen Geschlecht, um nicht Gefahr zu laufen, ihrem Gemahl zu begegnen. Nicht dass Taliyah Männer hasste. Keinesfalls. Aber sie mochte ihren Freiraum. Mochte es, tun und lassen zu können, was sie wollte. Mochte es, an niemanden gebunden zu sein und jederzeit oder Hindernisse verschwinden zu können.

„Die hecken doch was aus", meinte Kaia.

„Mit Sicherheit. Aber ich glaube nicht, dass es dabei um uns oder die Spiele geht. Die Männer waren vor allem an Neeka interessiert. Beinahe so ... als wäre sie ihr Eigentum. Aber apropos Rute", wechselte er nahtlos das Thema, „ich habe nachgedacht. Was ist, wenn Juliette die echte Rute gar nicht hat? Sondern nur eine Fälschung?"

Das war eine Möglichkeit, wenn auch eine sehr kleine. Kaia erinnerte sich nur zu gut an die Macht, die der Speer ausgestrahlt hatte, als Lazarus damit die Bühne betreten hatte. Aber sie würde schon noch die Wahrheit herausfinden – so oder so.

Das Gelächter betrunkener Frauen verhinderte jedwede Antwort ihrerseits. Gut so. An diesem Ort war das Risiko, belauscht zu werden, viel zu groß. „Lass uns später darüber sprechen."

„Nein. Jetzt. Wir werden einfach ... umsichtiger sein." Strider schlang den Arm um ihre Schultern und zog sie dichter an sich heran. Dann flüsterte er ihr etwas ins Ohr, wobei sein warmer Atem sie zärtlich streichelte. „Es gibt da zwei Fragen, die mich umtreiben. Wir wussten nicht, wo die Zweiadrige Rute war. Woher wusste sie es? Und wie hat sie das Artefakt in die

Finger bekommen, ohne auf irgendeiner Seite Aufmerksamkeit zu erregen? Und wieso hat sie sie noch nicht benutzt? Warum sollte sie sie hergeben? Okay, das sind mehr als zwei."

Als er sie berührte, wurden Kaias Brustwarzen hart, und zwischen ihren Beinen wurde es feucht. *Das* verstand er also unter umsichtig? Egal. Sie würde mitspielen. „Vielleicht hat Rhea sie ihr gegeben", flüsterte sie nun in sein Ohr. Sie konnte nicht widerstehen und leckte an seiner Ohrmuschel.

Er atmete heftig aus. Kurz davor, ihn bei lebendigem Leibe zu verschlingen, zwang Kaia sich dazu, sich wieder auf die Tänzerinnen zu konzentrieren. Wie durch einen Schleier bemerkte sie, dass Juliette und ihre Mutter fort waren.

„Aber warum hätte sie das tun sollen?" Er pustete ihr sanft ins Ohr. „Dafür gibt es einfach keinen Grund. Rhea hasst mich und meinesgleichen, sie will uns tot sehen. Sie würde nicht wollen, dass wir so einen begehrten Gegenstand in die Finger bekommen. Sie hätte sie den Jägern gegeben. Galen."

Kaia bekam am ganzen Körper Gänsehaut. „Vielleicht hat Juliette sie ihr gestohlen. Immerhin ist Rhea nicht da, und niemand hat etwas von ihr gehört. Vielleicht hat Juliette sie umgebracht und die Kontrolle über die Jäger übernommen." Sie knabberte an seinem Ohrläppchen, ehe sie ihm ihr Profil zuwandte und gespannt auf seine Erwiderung wartete.

Er enttäuschte sie nicht. Er küsste sich einen Weg an ihrem Wangenknochen entlang, während er die Finger in Richtung ihrer Brust bewegte. „In diesem Fall wäre Cronus auch tot. Die zwei sind miteinander verbunden. Wenn der eine stirbt, stirbt auch der andere. Und Cronus ist quicklebendig. Amun hat sich mit ihm getroffen."

Sie genoss seine Berührung, und ihre Synapsen begannen, heftig zu kribbeln. „Dann hat Juliette sie vielleicht eingesperrt." Wenn Kaia die Rute finden wollte, müsste sie Juliette kidnappen und foltern, um an entsprechende Informationen zu kommen. Diese Notwendigkeit hatte sie bereits akzeptiert. Jetzt würde sie sie außerdem noch zu Rhea und den Jägern befragen.

Mit dem Finger kreiste Strider einmal um ihre Brustwarze, dann noch mal. „In dem Fall wäre sie mächtiger, als wir dachten."

Wow, das fühlte sich gut an. Sie legte die flache Hand auf seinen Oberschenkel und stellte ohne große Überraschung fest, dass ihre Krallen bereits messerscharf und kurz davor waren, sich in sein Fleisch zu graben. „Keine Sorge. Ich komme schon mit ihr zurecht. Außerdem bin ich ihr noch etwas schuldig."

Ganz gleich, welche Antworten Kaia aus Juliette herausholen würde, es war offensichtlich, dass die Hexe die ganze Sache so inszeniert hatte. Womöglich um Strider zu rauben, wie sie zunächst vermutet hatte. Nicht dass Juliette in dieser Hinsicht irgendetwas unternommen hatte, aber sie hatte Kaia definitiv mit etwas verhöhnen wollen, das sie niemals bekommen könnte. Den Sieg. Den Respekt der anderen Harpyien. Aber auch den Respekt von Strider, wenn sie ihn enttäuschte.

Und wenn sie ihn tatsächlich enttäuschte, würde er sie dann immer noch lieben?

Über die Antwort wollte sie gar nicht erst nachdenken. Allein die Möglichkeit erschütterte sie bis ins Mark.

„Nur für die Zukunft", sagte sie und flüsterte nicht länger. „Du solltest wissen, dass ich nicht durchdrehen, sondern mich nur rächen werde."

„Gut." Er drückte ihr einen sanften Kuss auf den Mundwinkel. „Denn genauso mag ich meine Süßigkeiten und meine Frauen: heiß und scharf."

Der Kommentar löste bei ihr ein unerwartetes Lachen aus. „Wie dem auch sei – wir sollten wirklich nicht hier darüber sprechen." Ganz gleich, wie sehr sie den Informationsaustausch auch genoss.

Er seufzte. „Du hast recht."

„Natürlich."

Er verwuschelte ihr das Haar. „Angeberin."

„Ich bin nur ehrlich. Und, was ist mit deinen Händen passiert?", fragte sie. Sie musste unbedingt das Thema wechseln, bevor sie sich noch auf seinen Schoß setzte und es hier und jetzt mit ihm triebe.

„Nichts." In seiner Stimme lag eine Bestimmtheit, die ihr sagte, dass weiteres Nachbohren zwecklos wäre.

Eine Lüge. Sie wusste es, und dennoch beließ sie es dabei. Jetzt war nicht der richtige Zeitpunkt, sich mit ihm zu streiten. Sie mussten sich als vereinte Front präsentieren.

„Ja, ja", erklang noch eine sexy Stimme von hinter ihr. „Wenn das nicht meine Lieblingsharpyie ist."

Strider erstarrte, und sie drehten sich gemeinsam um – eine vereinte Front, juchhu! – und sprangen auf. Lazarus stand vor ihnen, die dicken Arme vor der Brust verschränkt. Wie Strider trug er eine Jacke und Jeans. Im Gegensatz zu Strider beschleunigte sich ihr Herzschlag bei seinem Anblick nicht.

„Hey Tampon. Wo ist deine Herrin?", begrüßte Kaia ihn.

Die schwarze, gläserne Lava in seinen Augen wirbelte bedrohlich im Kreis. Wie? Fand er seinen Kosenamen gar nicht mehr lustig? „Sie hält ein intimes Meeting mit deiner Mutter ab, bei dem sie planen, auf welche Art sie dich am besten vernichten können. Ich soll dich solange ablenken – keine besonders schwere Aufgabe. Würdest du gern mit *mir* an einen intimen Ort gehen? Ich könnte endlich all deine Sehnsüchte stillen."

Aus Striders Kehle stieg ein tiefes Knurren, und das Geräusch erinnerte sie an eine Uhr, die den Countdown zählte. *Tick, tack, tick, tack, gleich wird jemand sterben.*

„Danke", erwiderte Kaia, „aber ich wäre lieber auf einer Insel und würde mich von einem Millionär jagen und erledigen lassen, damit er meine Haut vor seinem Kamin drapieren kann."

„Das Spiel werden wir zwei später spielen, Baby Doll", sagte Strider. „Du hingegen", blaffte er Lazarus an, „kannst jetzt mit mir an einen intimen Ort gehen."

Kaia spürte die kalten Finger der Angst auf ihrer Wirbelsäule. *Bitte, bitte, bitte fordere ihn nicht heraus.*

„Danke", entgegnete Lazarus, „aber du bist nicht mein Typ.

Wenn du nicht mit mir weggehen willst, süße Kaia, dann lass uns doch hier ein bisschen plaudern."

Auf seine Worte folgte abermals ein wildes Knurren von Strider.

Oh Götter. Die beiden würden sich jeden Moment prügeln, und nichts würde sie aufhalten.

Sie wusste, wie mächtig der Unsterbliche vor ihr war. Er hatte ein ganzes Camp voller Harpyien zerfleischt, war unversehrt entkommen und jahrelang untergetaucht. Nun ja, im Grunde wusste sie gar nicht, wie lange er sich versteckt hatte, sondern nur, *dass* er sich versteckt hatte. Strider war ebenfalls mächtig, aber er hatte ein Handicap. Seinen Dämon.

Als ob ihn das beeinträchtigen würde.

Auf diesen Gedanken folgte unmittelbar ein weiterer. *Du kannst die Situation zu deinem Vorteil nutzen.* Sie musste unbedingt wissen, was ihre Mutter und Juliette vorhatten, und ein Kampf zwischen Strider und Lazarus wäre die perfekte Ablenkung, die es ihr erlauben würde, unbemerkt zu verschwinden und ganz zufällig und aus Versehen irgendwen zu belauschen.

Anscheinend hatte Strider dasselbe gedacht – und sein Dämon hatte die Herausforderung, es herauszufinden, offenbar angenommen –, denn er warf sich ohne ein weiteres Wort auf den Krieger. Die beiden stürzten zu Boden. Silberne Klingen glänzten im Mondlicht.

Ja, Strider wollte den Krieger umbringen, aber deshalb hatte er den Kampf nicht initiiert, und sie wusste es. Er hatte ihr die nötige Rückendeckung verschafft, die sie brauchte, um besagte Frauen zu finden, aber verflucht! Es fiel ihr ganz und gar nicht leicht, ihn hier allein zu lassen.

Als die Krieger vor Schmerzen stöhnten, einander herumschleuderten, sich duckten, Schläge austeilten, um sich traten und aufeinander einstachen, wurden die Harpyien, die rings um das Lagerfeuer standen, auf die Schlägerei aufmerksam. In der nächsten Sekunde fingen sie auch schon an zu jubeln und zu wetten.

Kaia schlängelte sich durch den Pulk, wobei sie Strider so lange wie möglich im Blick behielt. Er und Lazarus wälzten sich jetzt im Schnee, wobei sie kleine Blutlachen hinterließen. Ihr Magen verkrampfte.

Keine Sorge. Er kann auf sich selbst aufpassen.

Trotzdem zitterte sie, als sie sich am Rand der Menge hinhockte und schnupperte. Irgendwo musste sie den vertrauten Geruch ihrer Mutter doch wittern. Aber nein, nichts. Sie bewegte sich ein paar Zentimeter nach vorn. Immer noch nichts. Nach rechts. Nichts. Nach links – da!

Sie spurtete los und bemühte sich, so weit wie möglich im Schatten zu bleiben. Schon bald hinderte ein steiler Berghang sie am Weiterkommen. Sie blickte nach oben. Eis, zerklüftete Felsen. Ein Felsvorsprung.

Ein Vorsprung, der höchstwahrscheinlich zu einer Höhle führte.

Was für ein Klischee. Harpyien konnten höher springen als Menschen und sogar für kurze Zeit in der Luft bleiben. Aber weil ihre Flügel so klein waren, konnten sie nicht fliegen. Sie musste es also auf die anstrengende Art machen und klettern. Präzise platzierte sie Hände und Füße, damit nicht der kleinste Stein oder Eiskristall herunterfiele. Falls die Frauen da oben waren – und davon ging sie aus – konnte schon das kleinste Geräusch sie aufschrecken. Sie bezweifelte auch nicht, dass sie das Chaos hörten, das unter ihnen tobte, aber das war etwas, womit sie gerechnet hatten.

Der Krampf in ihrem Magen wurde stärker, als eine Frauenstimme, die sie den Eagleshields zuordnete, jubelte und rief: „Genau so, Cowboy. Schlag ihm die Fresse ein!"

Wer war der Cowboy? Strider oder Lazarus? Bestimmt Lazarus, denn da Juliette eine Eagleshield war, stand ihr Clan gewiss auf seiner Seite. Obwohl Strider ein appetitlicher Herr der Unterwelt war. Diese dämlichen Kühe. Ihretwegen schämte sie sich fast, eine Harpyie zu sein.

„Heilige Hölle, ich glaube, du hast ihm die Nase gebrochen.

Was für ein himmlischer Schlag. Mach's noch mal! Mach's noch mal!", rief eine andere.

„Schlag ihm in die Weichteile!"

„Ich vögle den Gewinner!"

„Nichts da. Das mache ich."

Du darfst nicht hinsehen.

Sie kletterte immer weiter nach oben und machte keine Pause, bis sie den Vorsprung erreicht hatte. Ihre Arme zitterten, und ihre Oberschenkel brannten, doch sie verharrte in ihrer Position und lauschte. Sie hörte Gemurmel, ja, aber es war so leise, dass sie nicht mal sagen konnte, ob es Männer- oder Frauenstimmen waren. Geschweige denn, wie viele Personen sprachen.

Um das herauszufinden, müsste sie hineingehen.

Wenn man sie entdeckte, würde man sie angreifen. Aber ein Kampf war besser als ein geheimes Treffen, bei dem Pläne geschmiedet und beschlossen wurden. Zumindest würde sie die Teilnehmer daran hindern, irgendwelche Ziele festzulegen.

Sie holte tief Luft, langte nach unten, sodass sie an nur einer Hand an dem Vorsprung baumelte, und zog ein Messer. Dasselbe wiederholte sie mit der anderen Hand, und erst dann schwang sie sich hoch.

Ein Fehler. Einer, den sie nie vergessen würde.

Man hatte sie reingelegt, das begriff sie augenblicklich, und Panik machte sich breit.

Doch ihr blieb keine Zeit zu handeln. Aus dem Boden der Höhle schossen Metallschellen hervor, die sich ihr um die Knöchel legten und ihre Zähne so tief in ihr Fleisch bohrten, dass sie auf den Knochen trafen. Sie unterdrückte einen Schmerzensschrei, obwohl ihre Knie nachgaben. *Ich darf Strider nicht ablenken.*

Ihre Mutter und Juliette hatten gar kein intimes Treffen abgehalten. Sie hatten sich gar nicht getroffen. Sie hatten einfach eine Truppe mordlustiger Jäger zusammengetrommelt. Und diese Jäger starrten sie jetzt lächelnd an, als hätten sie die ganze Zeit auf sie gewartet.

26. *KAPITEL*

Gewinnen, gewinnen, GEWINNEN.

Während Strider gegen den stärksten Unsterblichen kämpfte, dem er je begegnet war, sang sein Dämon aufgeregt und nervös. Das wäre ja gar nicht so schlimm gewesen und hätte ihn gar nicht so abgelenkt, wenn nicht noch eine weitere Stimme in seinem Kopf gewesen wäre. Tabithas Stimme. Sie trieb ihn immer weiter auf eine tobende Dunkelheit zu, die er noch nie zuvor erfahren hatte.

Sie wollen sie umbringen. Sie werden *sie umbringen.*

Er wusste verdammt genau, dass die Harpyien sie umbringen wollten. Aber würden sie es auch schaffen? Hölle, nein. Doch wenn Tabitha mit ihm sprach, konnte sie sich unmöglich mit Juliette treffen. Und wenn sie sich nicht mit Juliette traf, warum zur Hölle hatte er dann eine Herausforderung angenommen, die er womöglich nicht gewinnen würde, nur um die anderen abzulenken und Kaia die Möglichkeit zu geben, ins feindliche Lager einzudringen?

GEWINNEN!

Du bist mir keine große Hilfe. Er spürte harte Knöchel an seinem Mund, und seine Zähne zerfetzten dem Bastard die Haut. So hatte er sich die Sache nicht vorgestellt. Sein Gehirn knallte gegen seinen Schädelknochen, und einen Moment lang sah er Sterne. Er hasste Sterne. Er schmeckte Blut, schluckte es runter. Lazarus rollte sich auf ihn und hielt seine Schultern mit spitzen Knien am Boden. Box, box, box.

Knochen knackten. Brachen. Zerschmetterten.

GEWINNEN!

Ich weiß, *verdammt,* knurrte er seinen Dämon an. Und er *würde* diesen Kampf gewinnen. Sobald er seine Messer in dem blutverschmierten Schnee wiederfände. Dann würde der Dreckskerl seinen Kopf einbüßen. Vielleicht. Hoffentlich.

Bestimmt.

Auf jeden Fall würde er Lazarus die Eingeweide herauszerren. Er war eine Bedrohung für Kaia. Und Kaias Bedrohungen durften nicht am Leben gelassen werden.

Sie wird sterben. Heute Nacht. Du kannst nichts tun, um sie zu retten. Schon wieder Tabitha.

Box, box, box.

Noch mehr Sterne, noch mehr Schmerzen. Die Wut raste durch seinen Körper wie ein Blitz, den man zu lange eingesperrt hatte. Mit aller Kraft bäumte er sich auf, sodass Lazarus krachend hinter ihm landete.

Augenblicklich war Strider aufgestanden. Durch geschwollene Augen sah er Lazarus fröhlich grinsen, als er sich ebenfalls hochrappelte. Strider wusste genau, dass sein Gegner ihm viel Schlimmeres hätte antun können. Er hätte Filetstücke aus ihm machen können. Doch stattdessen hatte das Kind einer Göttin und eines albtraumhaften Ungeheuers seine Fäuste benutzt. Was hatte das schon wieder zu bedeuten?

Als die Harpyien jubelten, umkreisten die Krieger einander.

„Tz, tz, tz. Wie berechenbar du bist", sagte Lazarus. Wie seltsam. Er hatte die Sprache der Götter genutzt, die vor langer, langer Zeit gesprochen worden war. Eine Sprache, die die Harpyien vermutlich nicht verstanden.

Strider antwortete in der gleichen harschen, fast vergessenen Sprache. „Wie pathetisch du bist. Lazarus der Schoßhund, Juliettes Haustier."

Auf Wiedersehen Lächeln. Ein goldener Stern für Strider – und plötzlich mochte er Sterne. Na, so was. *Niederlage* lachte leise.

„Denkst du, dir wird es anders ergehen? Dein kleiner Rotschopf wird dich genauso versklaven, wie Juliette mich versklavt hat. Was meinst du eigentlich, worum es bei diesem Turnier wirklich geht? Nicht etwa um die idiotischen Wettkämpfe, die diese Frauen so gern bestreiten. Hier geht es einzig darum, den Rotschopf zu bestrafen."

„Für das, was *du* getan hast – nach allem, was ich gehört habe."

Lazarus zuckte unbeeindruckt die Achseln. „Sie hat mich befreit. Deshalb trägt sie die Schuld."

„Sie war noch ein Kind."

Wieder ein Achselzucken. „Und ich war stinkwütend über meine Situation. Ich kann mich nicht kontrollieren, wenn ich wütend bin."

Was bedeutete, dass er im Augenblick nicht stinkwütend war. Oder falls doch, hielten ihn die eintätowierten Ketten an Hals und Handgelenken davon ab, diese Wut rauszulassen.

„Nun kämpft schon weiter", rief eine Harpyie.

„Aber echt. Wie laaaangweilig!", beschwerte sich eine andere und warf ihre leere Bierflasche nach Strider. Sie zerschellte an seinem Bauch.

GEWINNEN!

Dämlicher Dämon.

Während du plauderst, stirbt sie gerade. Und wieder die sympathische Stimme von Tabitha.

Er presste die Backenzähne aufeinander. Er wusste, dass die alte Hexe ihn nur verhöhnte. Dass sie versuchte ihn abzulenken, ihn zu provozieren, ihn dazu zu bringen, sich der Auseinandersetzung zu entziehen und absichtlich zu verlieren. Dann wäre er außer Gefecht gesetzt, und Kaia wäre verwundbar.

„Wenn Juliette so mächtig ist, warum hat sie dann nicht schon längst versucht, *mich* zu versklaven?", wollte Strider wissen. Zuerst die Antworten, dann die Prügel. „Wie du mir, so ich dir."

Lazarus sah ihn mitleidig an. „Hast du denn gar nichts gelernt? Die Harpyien genießen Drama und Theatralik mehr als jede andere Rasse."

Kein Zweifel. „Wie hat sie es eigentlich geschafft? Du bist ein ziemlich tougher Kerl – für ein Weichei. Wie hat sie dich zu ihrem Sklaven gemacht?"

Seine geschwollenen Lippen zuckten. Vor Belustigung? „Genau wie du. Ich kann dir nur eins verraten: Hüte dich vor dem ersten Preis."

Vor der Rute? *Die Rute* hatte Lazarus zum Sklaven gemacht.

„Dann ist es also die echte?“ Da ging sie dahin – seine Theorie von der falschen Rute. Obwohl er sich so sehr gewünscht hatte, dass sie stimmte. Keine Hände waren besser als die falschen Hände.

„Kann ich nicht sagen.“

„Willst du nicht sagen, meinst du.“

In den onyxfarbenen Augen funkelten tausend Geheimnisse. „Nein. Ich kann nicht. Schon mit dem bisher Gesagten bewege ich mich am Rande des Gehorsams.“

„Und was passiert, wenn du ungehorsam bist?“

„Schmerzen. Tod. Die üblichen Verdächtigen. Und jetzt muss ich dir leider sagen, dass ich dich weiter ablenken muss.“

Strider zog eine Augenbraue hoch. „Das findest du schade?“

Ein überzeugendes Nicken. „Du bist kein schlechter Kerl, und ich mag den Rotschopf. Sie ist so herrlich kratzbürstig.“

„Sie gehört mir.“

Ein Grinsen – so langsam und dick wie herabtropfender Honig. „Zuerst musst du überleben.“ Eine weitere Warnung gab es nicht. Lazarus schoss so schnell nach vorn, dass er mit dem bloßen Auge nicht mehr zu erkennen war.

Wieder hämmerten Fäuste auf Strider ein, und er stürzte unter Schmerzen zu Boden. Während die Schläge auf ihn niederprasselten, drehte er sich. Es war ihm egal, dass er keine Luft mehr bekam, Hauptsache er konnte sein Gesicht schützen.

Gewinnen!

Zumindest schrie sein Dämon nicht mehr. Mit dem Blick suchte Strider den Schnee und die Harpyien nach Waffen ab, schoss dabei nach links und rechts, raste um die Harpyien herum in der Hoffnung, sein Gegner würde nicht sie schlagen, um ihn zu treffen. Der Typ erinnerte Strider an Sabin, der Männer und Frauen im Kampf als gleichberechtigt betrachtete und niemanden diskriminierte, wenn es ums Töten ging. Aber Juliette war seine Gebieterin und hatte ihm wahrscheinlich verboten, ihren Schwestern etwas anzutun.

Endlich. Er erspähte Breitschwerter. Nicht seine, sondern

die einer Harpyie. Er zog sie aus den Scheiden auf ihrem Rücken.

„He!“, kreischte sie, als sie ihn bemerkte.

Strider schoss davon, ehe sie ihm eins verpassen konnte. Auf dem Eis geriet er ins Schliddern. Er rang um Balance, lief jedoch weiter und lauschte dabei nach irgendwelchen verräterischen Geräuschen, die vielleicht Lazarus' Position preisgaben.

Er vernahm das empörte Schnaufen von Frauen direkt hinter ihm. Das hieß, dass irgendwer die Harpyien rücksichtslos zur Seite schob, statt um sie herumzutänzeln. So ein Anfängerfehler, dachte er. Für so was war Lazarus ein viel zu guter Kämpfer. *Wollte* er etwa verlieren?

Verflucht, Strider wollte ihn nicht mögen.

Als er eine freie Strecke erreichte, wirbelte Strider herum, duckte sich und streckte die Arme – die Schwerter fest in den Händen – zu den Seiten aus. Treffer. Lazarus sprang zwar hoch, allerdings zu spät. Das scharfe Metall schnitt ihm in die Knöchel, brachte ihn zu Fall. Und als er fiel, fiel er hart. Das Eis wich bei seinem Aufprall keinen Millimeter zurück.

Während *Niederlage* in Striders Kopf jubelte – *gewonnen, gewonnen, gewonnen* – nagelte er den Krieger genauso fest, wie es ihm zuvor ergangen war, mit den Knien auf den Schultern. Lazarus leistete keinen Widerstand.

„Das tat *weh*.“

„'Tschuldigung.“ Strider rammte die Schwertspitzen neben den Schläfen des Mannes in den gefrorenen Boden. „Und vielen Dank auch“, sagte er, während er sich bemühte, das Glücksgefühl niederzuringen, das der Sieg mit sich gebracht hatte. Er durfte sich nicht ablenken lassen.

Überrascht sah Lazarus ihn an.

„Denkst du etwa, ich hätte nicht gemerkt, dass du absichtlich verloren hast? Du hältst mich wohl für total bescheuert.“ Wieder benutzte er die antike Sprache der Götter.

Im nächsten Moment riss sich das Glücksgefühl von seinen Ketten los … er konnte es keine Sekunde länger unterdrücken.

Zusammen mit *Niederlage* zitterte und stöhnte er.

Funken der Ekstase entzündeten sich in seinen Adern und heizten ihn auf. Nicht so sehr wie beim Sex mit Kaia, aber genug, dass er eine astreine und extrem peinliche Erektion bekam.

Noch ehe Lazarus etwas sagen konnte, verwandelte sich seine Verwunderung in Belustigung, und er zog fragend eine Augenbraue hoch.

„Ist nicht deinetwegen", sagte Strider und wurde rot.

„Den Göttern sei Dank."

„Und?" *Lass uns den Rest schnell hinter uns bringen.* „Erholst du dich schnell?"

„Ja."

„Dann entschuldige ich mich schon mal im Voraus, aber ich brauche fünf Minuten alleine und darf nicht riskieren, dass du mir folgst." Er riss die Schwerter aus dem Eis und rammte sie Lazarus in die Schultern. „Tu mir einen Gefallen und bleib liegen."

Ein Grunzen, als der massige Körper verkrampfte. Buhrufe aus allen Richtungen.

Strider sprang auf und begab sich außer Reichweite, wobei er bereits mit fieberhaftem Blick die Umgebung scannte. Die Harpyien sahen ihn mit offen stehenden Mündern an, wichen sogar zurück. Ein paar von der mutigen Sorte winkten ihm auffordernd zu oder lächelten ihn verführerisch an – unverblümte Angebote, mit ihnen ins Bett zu steigen.

Er fing Sabins Blick auf. Lysander stand neben ihm. Hinter seinen Schultern ragten die Bögen seiner goldenen Flügel auf. Trotz der Kälte schwitzten die zwei. Anscheinend hatten sie von dem Tumult Wind bekommen und waren herbeigeeilt.

Mit einer kurzen Kopfbewegung zeigte er zu dem Berg zu seiner Linken, und sie nickten. Während Lazarus ihm ins Gesicht geschlagen hatte, hatte er Kaia nicht aus den Augen gelassen. Sie war auf diesen Berg geklettert und in einer Höhle verschwunden.

Entschlossen stapfte er los. Nach wenigen Schritten flankierten die zwei Gemahle seine Seiten. Auf dem Weg meinte er, Rauch zu riechen. Und brennendes Fleisch. Von einer plötzlichen Panik gepackt, blickte er nach oben. Unter die Panik mischte sich Furcht. Aus der Höhle kam dunkler Rauch.

Verdammt! Keine Zeit zu klettern. „Bring mich da rauf!", verlangte er. „Sofort."

Lysander erfasste die Dringlichkeit der Lage. Er packte Strider unter den Armen, streckte die Flügel aus und ging in die Knie, um sie abzustoßen. Sie schossen in die Luft, und der Engel setzte ihn auf dem Felsvorsprung ab, ehe er wieder nach unten flog, um das Gleiche mit Sabin zu wiederholen.

„Kaia!" Strider rannte hinein und hustete, als der dichter werdende Rauch in seiner Kehle brannte. Mit der Hand wedelte er vor seinen Augen herum, um irgendetwas erkennen zu können. Dann stand er im Mittelpunkt der Verwüstung, und es gab keinen Grund mehr, die Dunkelheit wegzuwischen. Er konnte alles sehen.

Mindestens fünfundzwanzig Körper brannten. Die Flammen, die auf ihnen züngelten, beleuchteten die Umgebung. Die Leichen waren so verbrannt, dass er nicht sagen konnte, ob es Männer oder Frauen waren. Das Herz sprang ihm beinahe aus der Brust, als sich mit einer neuen Panikwelle sein Blut erhitzte. Sie konnte nicht unter den Toten sein. Sie konnte einfach nicht.

Dann hätte er sie im Stich gelassen. Er konnte sie nicht im Stich gelassen haben. Er brauchte sie. Er liebte sie. „Kaia", sagte er trotz des Kloßes in seiner Kehle. „Kaia, Baby Doll. Wo bist du, Liebes?"

„Was zur Hölle ist denn hier los?", sagte Sabin hinter ihm.

„Große Gottheit!", keuchte Lysander.

Strider ignorierte sie, während er sich runterbeugte, um die Leichen zu inspizieren, die am nächsten lagen. Zitternd streckte er die Hand aus und nahm den Dolch, der in der schwarzen Hand lag. Der Griff war so heiß, dass er sofort Brandblasen bekam, doch er ließ ihn nicht los. Aber er kannte ihn auch nicht. Okay. Gut. Das war sie schon mal nicht.

Wenige Meter vor ihm erklang ein Wimmern. Von einer Frau. Gequält. Vertraut. Das süßeste Geräusch. Im Nu war er auf den Füßen und rannte los. Dann sah er sie und blieb abrupt stehen. Sein Magen verkrampfte sich.

Sie hing an der Wand.

So erleichtert er auch war, dass sie lebte, wäre *er* am liebsten gestorben. Man hatte ihr Schwerter durch die Schultern gebohrt und an die Felswand genagelt. Das Blut lief über ihren nackten Körper und zeichnete rote Linien auf ihre Haut. Wenn sie sie vergewaltigt hatten …

Allein bei dem Gedanken war Strider bereit, sich seinem Dämon zu öffnen, seine böse Hälfte regieren und jeden Erdenbürger zu Brei schlagen zu lassen.

Verschieb die Wut auf später. Jetzt musst du dich um sie kümmern. Ein schwerer Schritt, dann noch einer.

Auf seinem Hemd knisterten Flammen, die den Stoff verbrannten und seine Haut versengten. Er blieb stehen und versuchte, sie auszuklopfen. Als das nicht klappte, zerrte er sich den Stoff über den Kopf und warf ihn weg. Erst da erlosch das Feuer.

„Was ist mit ihr …“

„Raus hier“, knurrte Strider und schnitt Sabin das Wort ab. „Beide. Sofort.“ Sie würde nicht wollen, dass irgendwer sie so sah.

Schweigen. Zögerliche Schritte. Strider sah seine Frau unentwegt an. Ihre Augen waren pechschwarz. Nicht ein weißer Punkt war darin zu sehen. Dafür waren sie durchsetzt mit denselben Flammen, die ihn gezeichnet hatten. Sie knisterten wütend.

„Kaia“, sagte er sanft.

Sie kämpfte gegen die Schwerter an und wimmerte erneut.

„Halt still, Baby Doll. Okay?“ Er machte einen weiteren Schritt auf sie zu. Ein Fehler. Seine Jeans fing Feuer. Wieder blieb er stehen. Diesmal hielt er sich gar nicht erst damit auf, die Flammen auszuklopfen, sondern schnitt sich den störenden

Stoff vom Körper. Nun stand er nur noch in Unterwäsche und Stiefeln da.

„Hör mir zu, Baby Doll. Ja?“, sagte er in einem neuen Versuch. Er ließ das Messer sinken, damit sie nicht glaubte, er wollte sie angreifen. „Bitte hör mir zu. Ich will dir helfen. Und ich *werde* dir helfen, ob du willst oder nicht. Bitte töte mich nicht, bis ich dich hier rausgebracht habe.“

Er rechnete damit, dass *Niederlage* gegen das viele „Bitte“ protestieren würde. Es vielleicht sogar als Herausforderung verstünde. Doch der Dämon schwieg. Fürchtete er sich immer noch vor Kaia? Oder bedauerte er, was man ihr angetan hatte, nachdem sie in seinen Armen so viel Lust erfahren hatten?

„Ich komme jetzt.“ Strider atmete die dicke Luft ein ... hielt den Atem an ... und weiter an ... und ging nach vorn. Seine Haut wurde immer wärmer, doch er fing nicht noch mal Feuer, und endlich war er bei ihr. Unendlich vorsichtig nahm er ihr Gesicht in die Hände und fuhr ihr mit den Daumen über die zarten Knochen, die unter dieser seidigen Haut lagen. Überrascht stellte er fest, dass seine Krallen herausgekommen waren. Die Krallen des Dämons. Doch er verletzte sie nicht, sondern war sanft, ganz sanft.

„Oh Baby“, stöhnte er, und seine Brust schmerzte. „Es tut mir so leid.“

Aus den Winkeln dieser mitternachtsschwarzen Augen liefen Tränen, und er wusste, dass er die Frau in ihr erreichte. Er hatte sie nicht vor dieser Untat beschützt und wusste nicht, warum er sich deshalb nicht vor Schmerzen krümmte. Weil sie wieder heilen würde? *Bitte lasst sie wieder heilen.* Weil nicht die Harpyien ihr das angetan hatten, sondern jemand anderes? Wenn dem so war – wer war es dann gewesen? Wieder mal die Jäger?

Verzweifelt, wie er war, hätte er sich am liebsten die Halsschlagader aufgeschnitten und sie so viel heilendes Blut trinken lassen, wie sie brauchte. Doch das ging nicht. Noch nicht. Er konnte nicht riskieren, dass ihre Knochen und ihre Haut um das Metall herum heilten, das sie festnagelte.

„Ich werde jetzt die Schwerter herausziehen, okay?“ Er durfte nicht zulassen, dass so was noch einmal mit ihr geschah. Niemals. Es war einfach unerträglich. *Das ist eine Herausforderung*, sagte er zu *Niederlage. Und zwar eine, die du annehmen wirst. Wir müssen sie beschützen, und wenn wir noch mal versagen, werden wir leiden. Auch wenn sie später wieder heilt. Verstanden?*

Eine Pause. Dann ein leises: *Gewinnen.*

Obwohl Strider sie am liebsten nicht losgelassen hätte, tat er es, und packte die Schwerter. Sie waren heißer als der Dolch, mit dem er sich die Hose aufgeschlitzt hatte, und seine verbrannten Hände pochten vor Schmerzen. Es war ihm egal. Sein Schmerz war unwichtig. Es zählten einzig *ihre* Schmerzen. Er wusste, dass die kleine Bewegung ihr wehtat, weil die Tränen schneller zu laufen begannen.

Um sie nicht länger als unbedingt nötig zu quälen, zog er mit aller Kraft. Einige Sekunden lang blieb das Metall in den Knochen stecken. Er musste noch kräftiger ziehen. Sie gab keinen Mucks von sich. Dann war sie endlich frei und sackte nach vorn. Er warf die Schwerter weg, fing Kaia auf und legte sie sanft am Boden ab. In ihren Knöcheln hatte sie ebenfalls Wunden. Da sie aber nicht gefesselt waren, ignorierte er sie.

Wieder wollte er sie halten. Und wieder versagte er sich diesen Luxus. Mit einer seiner Krallen schnitt er sich tief in den Hals, beugte sie runter und legte die Wunde direkt auf ihren Mund.

„Trink, Baby Doll. Dann wird es dir besser gehen, das schwöre ich. Und danach erzählst du mir, was passiert ist, und ich werde alle Beteiligten bestrafen. Auch das schwöre ich.“

Zuerst reagierte sie nicht. Dann leckte sie einmal mit der Zunge, die genauso heiß war wie die Schwertgriffe, über den Schnitt. Er musste keuchen, wich aber nicht zurück. Endlich schloss sie die Lippen um seine Wunde, brandmarkte ihn für jetzt und alle Zeiten und saugte. Sie saugte und saugte und, oh ja, das gefiel ihm.

„So ist es gut", lobte er sie. „Braves Mädchen. Nimm dir so viel, wie du brauchst. Nimm dir alles."

Sie nahm ihm beim Wort und trank sich satt. Als sie fertig war, überkam ihn der Schwindel, doch es war ihm egal. Er war nur froh, dass *Niederlage* auch das nicht als Herausforderung betrachtete. Er setzte sich auf und sah sie an.

Kaia hatte die Augen geschlossen, ihr Atem ging schnell und flach. Ihre Temperatur war ein bisschen gesunken, und ihr Gesicht sah nicht mehr ganz so blass aus. Das hieß doch, dass sie dabei war zu heilen, nicht wahr?

Er musste sie unbedingt aus dieser verqualmten Höhle bringen. Sein durchlöchertes Hemd lag nur wenige Zentimeter entfernt. Er schnappte es sich und wickelte das, was von dem Stoff übrig war, um Kaias Körper. So sanft wie möglich nahm er sie auf den Arm. Er schwankte, ließ sich davon jedoch nicht beeinträchtigen.

Am Höhlenausgang rief er nach Lysander. Der Engel erschien nur eine Sekunde später. Er schwebte vor Strider, und seine Flügel bewegten sich elegant durch die Luft.

„Bring uns zu unserem Zelt", krächzte Strider. Er durfte seine Frau nicht verlieren.

27. KAPITEL

„Komm schon, Baby Doll. Ich habe dich lange genug schlafen lassen. Jetzt sei nicht so träge."

Strider, dachte Kaia benommen, und ihr Körper erwachte zum Leben. Er war hier an ihrer Seite. Er musste hier sein. Seine Stimme, so nah, so süß. Sie spürte, wie ihr jemand zärtlich die Haare aus der Stirn strich. Diese Berührung kannte sie. Sie liebte sie und reckte sich ihr entgegen.

„Ja, komm. So ist es gut."

Seine heisere Baritonstimme glich einer Rettungsleine, an der sie sich verzweifelt festklammerte. Zentimeter für Zentimeter zog sie sich aus der dicken, widerlichen Dunkelheit, die sie umgab. Auch wenn jede Bewegung *schmerzte*. Strider, sie musste zu Strider. Das war mein letzter Gedanke gewesen, erinnerte sie sich. *Mein letzter Gedanke, bevor …*

Sie hatte so viele Schreie gehört. Ängstliche Schreie, gequälte Schreie. Ihre eigenen und so viele andere. Der Geruch verbrannter Haut war ihr in die Nase gestiegen, und sie hatte gewürgt. Würgte auch jetzt bei der Erinnerung daran. Ließ die Rettungsleine los. Stürzte hinab, hinab in die Dunkelheit.

„Kaia! Ich sage es jetzt zum letzten Mal. Wach auf, verdammt. Und zwar sofort!"

Strider. Sie packte die Rettungsleine von Neuem. Wieder kletterte sie nach oben … weiter nach oben … An der Oberfläche wartete ein helles Licht auf sie. Sie musste nur den Arm ausstrecken … zupacken … sie war fast da … noch ein kleines Stückchen …

Sie öffnete die Augen. Ein erschrockenes, entrüstetes Keuchen blieb ihr in der Kehle stecken. Sie atmete schwer und schwitzte. Sämtliche Muskeln klammerten sich an ihren Knochen fest. Sie versuchte sich aufzusetzen, wurde aber entschlossen nach unten gedrückt.

„Nein. Du bist noch dabei zu heilen. Ich möchte nicht, dass du dich bewegst."

Plötzlich sah sie Striders schönes Gesicht. Seine dunkelblauen Augen waren glasig und blickten fieberhaft drein. Rings um seinen Mund verliefen tiefe Sorgenfalten, und seine sonst so braune Haut war fast so hell wie seine Haare. Nein, nicht ganz. Er hatte farbige Flecken – knallrote Quaddeln und Blasen.

Er war nackt. Als sie ihn sah, knisterte etwas in ihr. Wissen, Macht, Verbundenheit. Ja, eine Verbundenheit, die noch tiefer war als das, was sie für Bianka fühlte. Diese Verbundenheit verband sie nicht nur. Sie wob sie zusammen, sodass sie nicht mehr sagen konnte, wer wer war. Sie waren eins.

„Bist du okay?" Götter, selbst das Sprechen tat weh. Ihre Kehle war wund und rau, als hätte sie irgendwer mit Glasscherben ausgekratzt und das blutende Fleisch nur so zum Spaß mit Säure eingepinselt.

„Ja, mach dir um mich keine Sorgen. Denk nur an dich. Du warst drei Tage bewusstlos."

Drei Tage? Sie riss die Augen auf. „Der dritte Wettkampf …"

„Fängt in zwei Tagen an. Bianka hat mich auf dem Laufenden gehalten."

Den Göttern war Dank. *Aber trotzdem.* Drei Tage. „Ich sehe bestimmt schrecklich aus", murmelte sie. Sie wäre sich gern mit den Fingern durch die Haare gefahren, beschloss jedoch, dass es zu anstrengend wäre, den Arm zu heben.

„Du siehst lebendig aus, und das finde ich verdammt noch mal schön."

So ein lieber Mann. Ihr Herz setzte einen Schlag aus, als sie sein Kompliment aufsaugte.

„Außerdem", fügte er hinzu, „sind wir beide sauber. Lysander hat mir Roben gegeben. Engelsroben. Einen ganzen Stapel. Jedes Mal, wenn ich eine neue angezogen habe, war es, als würde ich ein Bad nehmen. Bei dir war es genauso. Du bist also von Kopf bis Fuß gewaschen. Glaub mir, das war echt schräg."

Warum erzählte er ihr das? Das ergab keinen … oh. Ach so. Er wollte sie. Okay, dafür würde sie sich anstrengen. Die Erregung wärmte ihren Körper, ihre Brustwarzen wurden hart wie Perlen.

Sie ließ den Blick über ihren Körper schweifen, um zu sehen, welche Verletzungen sie umschiffen müsste.

Kaia war nackt, ihre Schultern waren farblos und verschorft. Der Bauch: okay. Die Beine: okay. Die Knöchel: verletzt. Nicht schlecht.

Sie lag auf einem Teppich aus falschem Fell, den wohl ihre Zwillingsschwester gebracht hatte, in einem beinahe leeren weißen Zelt. Die Luft, die sie umgab, war aufgeheizt, obwohl die Luft am Zeltausgang vor Kälte beinahe kristallisierte.

Strider stützte sich auf einen Arm, wobei er sorgfältig darauf achtete, dass seine Erektion – und oh ja, er hatte eine – sie nicht berührte. Sogleich spürte sie eine angenehme Wärme zwischen ihren Beinen. Sie sehnte sich nach seiner Berührung, nach seinem Mund. Wollte diese neue, tiefere Verbundenheit erforschen. Sie leckte sich die Lippen.

„Du bist ja schnell“, sagte sie lächelnd.

„Verdammt, Kaia. Hör mit den schmutzigen Gedanken auf, und rede mit mir. Darauf warte ich schon seit *Tagen*.“

Sein *Kosename* für sie lenkte ihren Blick wieder in sein Gesicht. Die Sorge war mit voller Gewalt zurückgekehrt und erinnerte Kaia wieder daran, weshalb sie hier war, in welcher Verfassung sie war – und zu was für einer Gefahr sie für diesen Mann geworden war. Sie brauchte ihre Lust gar nicht zur Seite zu schieben, denn die verschwand von ganz allein.

„Okay. Gut. Worüber willst du mit mir reden?“

Er sah sie aus funkelnden Augen an. „Erstens: Falls du jemals daran gezweifelt haben solltest, dass ich dein Gemahl bin, vergiss es. Du hast neben mir geschlafen.“

Nicht das furchtbare Thema, mit dem sie gerechnet hatte. Sie entspannte sich ein wenig. „Tut mir leid, Liebster, aber so funktioniert die Sache mit dem Schlafen nicht.“

Er sah sie irritiert an. „Wie funktioniert sie dann?“

„Nickerchen zählen nicht, wenn die Harpyie aufgrund einer

Verletzung einschläft. Ich muss neben dir schlafen, wenn ich genesen bin, und das ist bisher noch nicht passiert."

„Wird es aber noch." Er strahlte eine solche Entschlossenheit aus, dass sie wusste: Dies war eine Herausforderung für ihn. Eine Herausforderung, die er eindeutig akzeptierte.

Doch das störte sie nicht. Sie wollte neben ihm schlafen, sich an ihn kuscheln. Etwas, das sie bei noch keinem Mann getan hatte. Wie oder warum das geschähe, spielte keine Rolle.

„Und jetzt erzähl mir, was zum Teufel passiert ist", fuhr er fort und klang mit jedem Wort barscher. „Haben diese Männer ... wurdest du ...?" Okay. Quaddeln waren jetzt nicht das Einzige, was seinem Gesicht Farbe gab. Wut war hinzugekommen. So viel Wut.

Wut wegen der Misshandlung, die ihr widerfahren war? „Haben sie was? Mich an die Wand genagelt? Ja. Haben sie Feuer gefangen und sind verbrannt? Ja, das auch." Wieder blitzte die Erinnerung an die Schreie und Flammen in ihrem Kopf auf. Doch statt sie – wie in der dunklen Höhle – zu quälen, verschafften sie ihr jetzt ein Gefühl der Genugtuung.

Der Sieg gehörte ihr.

„Nein, Baby Doll." Sein Gesichtsausdruck wurde weich und unsicher. Zärtlich strich er ihr über die Nase. „Haben sie dich ... vergewaltigt?"

„Nein." Bei der Berührung musste sie zittern. „Sonst hätte ich dafür gesorgt, dass sie toter sind als tot."

Erleichterung mischte sich unter die Wut und die Zärtlichkeit. „Okay. Dann werde ich nicht auf ihre verkohlten Überreste pinkeln. Aber wie hast du sie umgebracht? Ich meine, ich weiß, dass sie verbrannt sind, aber wie hast du das geschafft? Du musst es gemacht haben, nachdem sie dich an die Wand genagelt hatten. Sonst hätten sie dich wie einen Weihnachtsschinken in Scheiben geschnitten."

Kluger Mann. „Ich ..." Als *diese* Erinnerung hochkam, verfinsterte sich ihr Blick und sie sah weg. „Ich möchte nicht darüber reden", flüsterte sie. Zwar war sie mit dem Endresultat hochzufrieden. Doch der Weg dorthin hatte regelrecht eine Büchse der Pandora in Sachen Komplikationen geöffnet – und sie ging nicht davon aus, dass Strider diese Ironie witzig fände.

Er kniff die Augen zusammen. „Tu es trotzdem. Sofort. Und zwar von Anfang an. Ich will alles hören."

So gebieterisch, ihr Krieger. So sexy. Eigentlich wollte sie es ihm nicht erzählen, aber sie täte es dennoch. Sie täte alles, selbst das, um ihn davor zu bewahren, Schmerzen zu spüren. „Als ich auf dem Vorsprung ankam, wurde ich bereits von den Jägern erwartet. Sie haben sich auf mich gestürzt, und wir haben gekämpft. Ich hätte auch gewonnen, aber sie wussten, dass sie auf meine Flügel losgehen mussten." Vermutlich dank Juliette, wenn es auch verboten war und mit dem Tod bestraft wurde, über so eine Schwäche zu sprechen. „Als sie erst gebrochen waren, war es ein Leichtes, mich an die Wand zu nageln."

Angespannt hörte er zu. „Ich habe dich nicht schreien gehört."

Das wusste sie. Sie hatte ihre Schreie ja extra unterdrückt, um ihn nicht von seinem Kampf mit Lazarus abzulenken. Den er anscheinend gewonnen hatte, weil er sonst nicht hier und offensichtlich schmerzfrei wäre.

Hatte sie ihn sexy genannt? Sie meinte natürlich unwiderstehlich hinreißend. Aber warum hat er die Jäger nicht schreien gehört? fragte sie sich. Interessant. Hatte irgendjemand den Lärm irgendwie in der Höhle festgehalten?

„Und weiter?", fragte er mit krächzender Stimme.

Tu es. „Ich war so wütend, so … verzweifelt, dass meine innere Hitze irgendwie aus mir herausgeschwappt ist."

„Diese Hitze kenne ich", sagte er heiser.

Irritiert zog sie die Augenbrauen zusammen. „Tatsächlich?"

„Ja. Als wir miteinander geschlafen haben, hast du mich ziemlich heftig verbrannt."

„Was!" Anscheinend hatte sie nur auf ihren Körper geachtet, aber nicht auf seinen. Wie egozentrisch. „Götter, Strider. Das tut mir unendlich leid."

„Mir nicht." Seine Lippen zuckten. Zum ersten Mal, seit sie aufgewacht war, war er aufrichtig amüsiert. „Mir hat es gefallen."

Das beruhigte sie nicht. Sie hätte ihn *töten* können. Doch statt länger darüber nachzudenken und am Ende noch in Tränen auszubrechen, fuhr sie mit ihrer Erzählung fort. „Ich habe Feuer gefangen, aber es hat mich nicht verletzt. Ich habe nicht verstanden, was da vor sich ging, sondern einfach nur zugesehen, wie die Männer ebenfalls Feuer fingen. Und als die anderen versucht haben, aus der Höhle zu rennen, habe ich sie angesehen, und das Nächste, woran ich mich erinnere, ist, dass sie gebrannt und sich vor Schmerzen gekrümmt haben. Meine Harpyie hat gelacht." Und ehrlich gesagt, hatte auch sie gelacht. „Dann bin ich wohl ohnmächtig geworden."

„Ich verstehe das nicht. Wie konntest du Feuer fangen und Minuten später wieder unversehrt sein?"

Die Antwort war genau der Grund, weshalb sie nicht darüber hatte reden wollen. „Ich hätte schon längst eins und eins zusammenzählen sollen, aber ich habe mich angestellt wie ein Kleinkind. Vielleicht weil ich zu sehr davon abgelenkt war, meinen Gemahl zu umwerben."

Er lachte bellend. „*Wobei* hast du dich wie ein Kleinkind angestellt? Und du hast gesagt, du hättest mich umworben? Baby Doll, wenn die vergangenen Wochen deiner Vorstellung von einem Balztanz entsprechen, müssen wir ernsthaft an deiner Flirtkompetenz arbeiten."

„Ruhe. Ich hab dich doch gekriegt, oder nicht?"

„Ja", erwiderte er zärtlich. „Du hast mich gekriegt."

Das besänftigte sie (und ließ sie dahinschmelzen). „Wie schon gesagt: Mein Vater ist ein Phönix-Gestaltwandler. Anscheinend habe ich einige seiner Fähigkeiten geerbt." Und das gefiel ihr ganz und gar nicht! Natürlich wusste sie ihre neu entdeckte Fähigkeit, ihre Feinde in Kohlebriketts zu verwandeln, zu schätzen. Aber die Phönixe waren eine dünkelhafte, abweisende Rasse, und jeder, der auch nur die kleinsten Anzeichen von Pyrokinese präsentierte, wurde gefangen genommen und – gewaltsam – in ihrem Gebiet festgehalten.

Ehrlich. Sie hatte keine Ahnung, wie ihre Mom und ihr Dad überhaupt zusammengekommen waren.

O-kay. *Ekelhaft.* Sie scheute sich vor der Vorstellung. *Egal.* Jedenfalls war das der Grund dafür, dass ihr Dad sie und Bianka vor vielen Jahrhunderten entführt hatte: um sicherzugehen, dass keine von beiden eine Affinität zu Feuer und Flammen besaß. Sie hatten keine solche Affinität gehabt und waren deshalb wieder freigelassen worden. Mehr noch: Man hatte ihnen verboten, jemals zurückzukommen.

Jetzt sollte sie auch keine solche Affinität zur Schau stellen. Phönixe konnten von Geburt an extreme Hitze aushalten und Flammen kontrollieren. Bisher hatte sie das nicht gekonnt. Wie also war es dazu gekommen? Warum jetzt? Vielleicht war es eine schlummernde Fähigkeit? Aber hätte sie in dem Fall nicht in der Pubertät zum Vorschein kommen müssen? Ansonsten fiel ihr nur eine Sache ein, die dafür verantwortlich sein konnte. Eine Sache, die sich in letzter Zeit in ihrem Leben verändert hatte: ihr Verlangen, ihr *brennendes Verlangen* nach Strider.

Wenn – falls – ihr Dad es herausbekommen sollte, würde er sie dann holen kommen? Von ihr verlangen, bei seinem Volk zu leben? Keine Frage. Ja. Das würde er. Und sie würde sich weigern. Wäre sie gezwungen, gegen ihn und seine Brüder Krieg zu führen, nur um weiterhin ein selbstbestimmtes Leben zu führen? Würde er Strider dazu benutzen, sie zum Mitgehen zu zwingen?

„Ich bin froh, dass du die Fähigkeiten deines Vaters geerbt hast. Du lebst, und das allein zählt“, sagte Strider. „Du hast dich großartig geschlagen.“

„Wirklich?“ Sie könnte nie genug Lob aus seinem Mund hören.

„Wenn es dein Ziel war, dass ich mich zu Tode sorge, dann ja.“ Jetzt blickte er finster drein, während sich seine Zuneigung in Wut verwandelte. Vermutlich machte ihn das ganze „was wäre wenn“ langsam verrückt. „Du gehst nie wieder alleine fort. Du wirst dich an mich ketten und es gut finden. Verstanden?“

Sie würde sich nicht dazu herablassen, auf so eine lächerliche Bemerkung einzugehen. „Nur damit du es weißt: Du hast dich auch gut geschlagen.“ Wenn sie ihm Honig ums Maul schmierte, hörte er vielleicht damit auf, sich von seiner Sorge um sie leiten zu lassen, und sich daran erinnern, dass sie gewonnen hatte.

„Ach, weißt du – eigentlich hast du deine Sache überhaupt nicht gut gemacht, und das ist die unverhohlene Wahrheit der Götter. Du wärst fast draufgegangen! Du hast nicht geschrien, und ich weiß genau warum. Weil du mich nicht ablenken wolltest. Aber weißt du was? Es wäre mir lieber gewesen, du *hättest* mich abgelenkt! Dann hätte ich dir nämlich beistehen und helfen können, die Bastarde zu töten.“

Genauso gut hätte er zusammen mit den Jägern verbrennen können. „Du … du … hast deine Sache auch nicht gut gemacht!“

„Nö. Du hast ja schon gesagt, dass ich gut war.“

„Aber dann habe ich es zurückgenommen.“

„Tut mir leid, aber das gilt nicht. Du hast es vermasselt, indem du dich hast festnageln lassen. Mach das nicht noch mal. Begreifst du überhaupt, was sie dir hätten antun können?“

Richtig. Das ganze „was wäre wenn“ machte ihn definitiv wahnsinnig. Die Entrüstung fiel von ihr ab. Wie konnte sie ihm das vorwerfen? Im umgekehrten Fall hätte sie sich genauso verhalten. „Ich werde es nicht noch einmal tun.“

Strider atmete angestrengt aus. Mit jedem Molekül, das seine Lunge verließ, entspannte er sich sichtlich mehr. „Und warum wolltest du mir nichts von den Jägern erzählen?“

Nun ja, vielleicht steckte doch noch ein bisschen Entrüstung in ihr. Ziemlich prüde erwiderte sie: „Weil ich dir nun, da ich dir von meiner neu entdeckten Feuerkunst erzählt habe, auch noch etwas anderes sagen muss: Wir können keinen Sex mehr haben.“ Und das meinte sie genauso, wie sie es sagte. Nach dem Aufwachen mochte sie ihre Entschlossenheit vergessen haben, doch jetzt erinnerte sie sich wieder daran.

„Von wegen!“, brüllte er.

„Strider, es geht nicht. Ich werde dich verbrennen.“ Und zwar ernsthaft. Ihn vielleicht sogar töten.

Mit weicherer Stimme sagte er: „Das hast du beim letzten Mal auch nicht getan.“ Dann wandte er sich ihr endlich, endlich zu und drückte ihr genau dort seine Erektion zwischen die Beine, wo sie es am meisten brauchte.

Ihre Lust erwachte explosionsartig wieder zum Leben, und sie musste sich in den Teppich krallen, um sich davon abzuhalten, ihn anzufassen. Die Hitze ... sie konnte spüren, wie sie sich wieder aufbaute und unter ihrer Haut brodelte. „Lügner. Du hast gesagt, du hättest Brandblasen gehabt.“

„Aber ich habe auch gesagt, dass es mir gefallen hat.“

Lass dich bloß nicht erweichen. „Das ist mir egal. Beim letzten Mal hatte ich noch nie etwas in Brand gesteckt. Aber nun, da ich es ein Mal getan habe, liegen die Chancen, dass ich es wieder tue, ziemlich hoch. Und wenn ich mit dir zusammen bin, verliere ich offensichtlich jeden Funken Verstand. Ich wäre nicht in der Lage, mich zu kontrollieren.“

„In diesem Fall wirst du an den letzten beiden Wettkämpfen wohl nicht teilnehmen können. Denn da wirst du sehr wahrscheinlich wütend werden, wie ein Vulkan ausbrechen und alle in deiner Nähe umbringen.“

„Ja, aber meine Gegnerinnen will ich ja auch umbringen.“ Das stimmte zwar nicht so ganz, aber sie wollte sich nicht eingestehen, dass er recht hatte.

„Was deine Familie in Gefahr bringen wird.“

Dieser verfluchte Kerl!

„Spitz schon mal die Lippen, Butterblümchen, denn es geht gleich los. Falls du es schaffst“, fügte er nachdenklich hinzu. „Deine Verletzungen ...“

Er hatte sie bei ihrem Stolz gepackt, und sie reckte entschlossen das Kinn. „Ich schaffe alles.“

„Gut. Ich habe mich nämlich viel zu lange um dich gesorgt

und brauche dich. Außerdem habe ich eine Belohnung dafür verdient, dass ich mich um dich gekümmert habe. *Nicht wahr*?"

Die Sorge um seine Sicherheit dauerte fort. Er war der wichtigste Teil ihres Lebens. „Es ist dein Dämon, der aus dir spricht. Ich weiß es genau. Wenn du mal vernünftig darüber nachdenken würdest ..."

„Baby Doll, ich habe nicht mehr vernünftig nachgedacht, seit ich dich kennengelernt habe. Wir werden miteinander schlafen. Dir wird es gefallen, mir wird es gefallen und wir werden beide mit dem Leben davonkommen." Er machte eine Pause und lachte leise. „Verstanden? Davon*kommen*."

Sie verdrehte die Augen, aber dass er ihre Sorge so gar nicht teilte, ließ ihre Angst ein wenig schrumpfen.

Doch Strider war noch nicht fertig. „Mein Dämon mag es, dich zu dominieren, ja. Und der Sex mit dir ist befriedigender als alles andere, weil mein Dämon auch Angst vor dir hat – wodurch deine Kapitulation umso süßer wird. Aber noch hat er keine Herausforderung angenommen. Hier geht es allein um dich und mich. Und um Lust. Um reine, tosende Lust."

Sie kaute auf ihrer Unterlippe herum. „Ich will nicht, dass *Niederlage* Angst vor mir hat. Ich will, dass er mich immer mag."

Langsam verzog er die Lippen zu einem Lächeln. „Gut. Der Bastard hat nämlich gerade zustimmend geschnurrt."

„Wirklich?" Endlich erlaubte sie es sich, ihm die Arme um den Hals zu schlingen. Er drückte *ihn* an sie, bewegte sich vor und zurück und holte ein lustvolles Stöhnen aus ihr heraus. Doch die Hitze, die sie ausstrahlte, wurde immer stärker, sodass er ins Schwitzen kam. Das machte ihr Angst. „Strider."

„Ich bin dein Gemahl. Du kannst mir nicht wehtun."

Noch ein gutes Argument. „Aber ... da spricht die Erregung aus dir."

„Nein, mein Vertrauen in dich und deine Macht."

„Du hast gesagt, ich hätte einen armseligen Job gemacht."

„Habe ich nicht."

„Hast du doch."

„Klappe, Kaia. Und hör auf, die Sache zu boykottieren. Sieh es mal so, wenn du willst: Deine Harpyie ist ein böses Mädchen, und sie liebt mich. Sie wird mir nicht wehtun. Finde dich damit ab, und lass uns weitermachen."

„Sie *toleriert* dich", log Kaia.

„Sie braucht offensichtlich Nachhilfe in Sachen Ausdrucksweise. Sie liebt mich." Und bevor sie ihm widersprechen konnte, fuhr er fort: „Und sie ist stärker als deine Phönix-Seite. Sie muss stärker sein." Während er sprach, zwirbelte er ihre Brustwarzen und gewährte ihr damit noch mehr von dem ach so süßen Körperkontakt, nach dem sie sich so sehnte. „Sonst hätte es nicht so lange gedauert, bis du zum ersten Mal jemanden in Brand setzt. *Aber.* Wenn es dir dann besser geht ..."

Er hob sie hoch und trug sie zum Ausgang. In dem Moment, als Strider hinausging, fühlte sie, wie die Temperatur sank. Von dem dunklen Himmel fiel dichter Schnee.

„Wir sind allein hier draußen", sagte er. „Alle anderen sind gestern abgereist, und Lysander hat Wachen auf der anderen Seite der Berge postiert. Niemand kann sich anschleichen."

Gut zu wissen. Peinlich war jedoch, dass sie nicht eine Sekunde an einen möglichen Hinterhalt gedacht hatte. Sondern nur an diesen Mann. Nur an seine Berührungen.

„Du wirst erfrieren", warnte sie ihn, als er sie in den Schnee legte. Die Gänsehaut brach ihr aus, als sie langsam abkühlte.

„Du musst dich schon entscheiden. Entweder ich verbrenne, oder ich erfriere. Was denn nun?" Er spreizte ihre Beine so weit wie möglich und setzte sich vor sie. „Wie schön", raunte er und streichelte ihre feuchte Spalte.

Flehend bog sie den Rücken durch. „Wie *gut.*"

„Und das gehört alles mir." Er neckte ihre Knospe, stachelte ihr Verlangen immer weiter an – und berührte sie überall, nur nicht *da*. „Sag es."

„Ich gehöre dir", sagte sie atemlos. *Für immer.*

Er küsste und leckte das Zentrum ihrer Lust, brachte sie zum Stöhnen und war dann wieder über ihr. Der Schnee rieselte rings um ihn nieder, so quälend schön. Er drang nicht in sie ein, noch nicht, sondern fing von Neuem an, sie langsam und fest zu streicheln, zu necken, immer mehr zu necken. Abermals stöhnte sie vor Erregung.

„Strider. Bitte."

„Götter, schmeckst du gut. Ich brauche noch mehr." Und wieder tauchte er ab, leckte und saugte.

Die pure Lust durchströmte sie, und sie krallte sich in seine Haare. Trotz des kalten Winds blühte die Hitze wieder auf und raste durch ihre Adern. Obwohl ein angenehmer Schwindel ihre Sicht trübte, beobachtete sie ihn, fest entschlossen, ihn beim ersten Anzeichen von Gefahr zu stoppen. Auf seinen Schläfen bildeten sich Schweißperlen, die auf ihre Oberschenkel tropften. Schweiß, aber keine Quaddeln. Gut, gut, so gut.

Nicht einen Moment hörte er auf, sie mit der Zunge zu verwöhnen, in sie einzudringen, sich ihr wieder zu entziehen, das Ganze zu wiederholen, bis er endlich ihre empfindsamste Stelle berührte. Der kleinste Druck genügte, um sie zum Höhepunkt zu bringen. Befriedigung strömte durch ihren Körper, reiste vom Scheitelpunkt ihrer Schenkel in ihre Brust, ihre Arme, ihre Füße. Sandte eine Flut der Empfindungen durch alle Körperteile. Hinter ihren Augenlidern entzündeten sich Flammen, verließen sie jedoch nicht.

Sie begann, es zu glauben. Sie könnte diesem Mann niemals wehtun. Weder absichtlich noch versehentlich. Er war ihre andere Hälfte, so unentbehrlich wie ihr Herz. Hölle, er *war* ihr Herz. Er beruhigte ihre Harpyie, und jetzt zähmte er offensichtlich den Phönix.

„Mach die Augen auf, Baby Doll."

Sie gehorchte, ohne zu zögern. Er war über ihr, die Haare klebten an seinem Kopf. Er schwitzte noch immer. Mit der Spitze seiner Erektion berührte er flüchtig ihre feuchte Öffnung, und sie musste sich auf die Lippe beißen, als neues Verlangen aufflammte.

„Der Moment der Wahrheit", sagte er. Noch eine flüchtige

Berührung. „Du hast die Engelsroben verbrannt. Von uns beiden. Deshalb sind wir nackt. Und du hast mich in Brand gesteckt. Einmal. Aber ich habe es überlebt." Ohne auf ihre Antwort zu warten, drang er tief in sie ein.

Instinktiv schob sie ihm das Becken entgegen, um ihn noch tiefer in sich aufzunehmen. „Du … Mistkerl", brachte sie irgendwie hervor. Er war so groß, er dehnte sie. Er berührte sie tiefer als jeder andere vor ihm. Aber sie war so feucht, dass er sich leicht in ihr bewegen konnte. „Dafür könnte ich dich … umbringen." Nach dem Höhepunkt war sie sich so sicher gewesen, dass sie ihm nicht wehtun konnte. Und nun musste sie erfahren, dass das gar nicht stimmte. Sie hatte ihn verletzt, und es könnte wieder passieren …

„Ein Unfall", sagte er stöhnend. Er drang fest in sie ein, zog sich zurück, drängte sich wieder in sie.

„Ich werde dich nicht in Gefahr bringen." Konnte sie ihn wegstoßen? *Zu seinem eigenen Wohl, zu seinem eigenen Wohl.* „Strider …"

„Du wirst mich nicht in Gefahr bringen. Und ich werde es dir beweisen."

28. KAPITEL

Strider brachte seine Frau zu einem Höhepunkt nach dem anderen. Gnadenlos bog er ihren Körper in jede vorstellbare Position. Er saugte an ihren Brustwarzen, leckte ihren Körper von Kopf bis Fuß, neckte ihre intimsten Stellen, indem er sie langsam aber bestimmt rieb, bewegte sich in ihr – erst langsam und sanft, dann schneller, immer schneller. Seine Stöße wurden schnell und flach, dann tiefer.

Als sie auf dem Rücken lag und kaum noch Luft bekam, legte er ihre Beine auf seine Schultern. Als sie den nächsten Höhepunkt erreicht hatte, führte er ihre Beine zu seiner Taille. Nach dem nächsten Höhepunkt drehte er sie auf den Bauch und nahm sie von hinten. Die ganze Zeit über wand sie sich, stöhnte und bettelte um mehr.

Mehr. Ja, er konnte ihr mehr geben. Er könnte sie ewig so verwöhnen, trotz seines rasenden Verlangens nach einem Höhepunkt. Und dieses Verlangen baute sich immer stärker auf, verschlang ihn. Aber nie war er entschlossener gewesen, sich in ein anderes Wesen einzubrennen. Und genau das würde er. Bis jede ihrer Zellen ihn kannte und ihn nicht mehr verleugnen könnte.

So würde sie niemals vergessen, dass sie zu ihm gehörte. Würde niemals vergessen, was er mit ihr machen würde, wenn sie ihm noch einmal solche Angst machte. Auch wenn sie das nicht sonderlich abschrecken würde. Hölle noch eins, er war gerade dabei, ihr allen Grund zu geben, jeden verdammten Tag in Schwierigkeiten zu geraten. Sie brauchte nur beinahe zu sterben und bekäme den besten Sex ihres Lebens. Kein bescheuerter Ego-Alarm erforderlich, vielen Dank.

Er … Er wollte nur einfach nicht, dass dieser Moment endete. Er brauchte es. Brauchte sie.

Ihn auf Distanz zu halten, war keine Option. Ja, er hatte gewusst, wie sie reagieren würde, wenn sie erführe, dass sie ihn verbrannt hatte. Und, ja, er hatte es ihr erst gesagt, als sie unfähig gewesen war, großes Aufheben darum zu machen. Hallo?

Er war schließlich clever. Aber wie er gesagt hatte: Es war ein Unfall gewesen. Was er ihr nicht gesagt hatte, sondern später mit ihr besprechen würde: Es war ein Unfall gewesen, den er provoziert hatte.

Sie war beinahe gestorben, war dabei gewesen, den berühmt-berüchtigten letzten Atemzug zu tun. Er hatte genügend Menschen sterben gesehen, um zu wissen, wann der Sensenmann im Anmarsch war. Und er hatte gewusst, dass Lucien sich schon bald auf den Weg gemacht hätte. Lucien wäre dem Ruf gefolgt, egal, wie hitzig Strider protestiert hätte. Er hätte Kaias Seele ins Jenseits gebracht, genauso wie es sein Dämon *Tod* verlangte. Mit diesem Wissen vor Augen hatte Strider fast den Verstand verloren und dasselbe getan wie seinerzeit Gideon.

Er hatte seine Frau geheiratet.

Gideon hatte ihm mehrfach davon vorgeschwärmt, wie toll es gewesen war, sich mit einem Dolch zu ritzen, dann das Gleiche bei Scarlet zu tun und ihr beider Blut miteinander zu vermischen. Die ganz alte Art der Hochzeit. Durch das Ritual hatten sich ihre Leben und Seelen verbunden, und Gideons Kraft hatte sich auf Scarlet übertragen. Also hatte Strider es getan. Hatte erst sich geschnitten und dann Kaia. In dem Augenblick, als die Klinge in der weichen Haut zwischen ihren Brüsten versunken war, war sie ausgebrochen, hatte um sich geschlagen, war das Feuer neu entflammt.

Ein *winziger* Teil seiner Haut war verbrannt – ungefähr sein kompletter Oberkörper –, aber das war nur ein kleiner Preis für ihr Leben gewesen. Er war zwar schon ihr Gemahl gewesen, aber er hatte der Beziehung noch etwas mehr … Würze verliehen. Hatte sie zu Seelenverwandten gemacht. Zu Partnern. Und, Götter, dieses Wissen war beinahe zu viel für ihn.

Meine, dachte er jetzt. *Meine Frau.* Für immer.

Mit jedem Höhepunkt von Kaia bekam *Niederlage* ein wenig mehr Vertrauen in seine Fähigkeit, sie zu zähmen. Wurde er immer besitzergreifender. Wie Strider hatte der Bastard begriffen, dass sie ihn niemals absichtlich verletzen würde. Dass sie zu gewinnen – was vor ihnen noch kein anderer geschafft hatte – einer der größten Siege ihrer Existenz war.

Außerdem goss der Bastard Glücksgefühle in Striders Adern, und das war fast mehr, als er ertragen konnte.

„Strider", stöhnte Kaia und wackelte mit ihrem kleinen, kurvigen Po, als er sein Tempo wieder verlangsamte. „Bitte."

Immer weiter fiel der Schnee, ein herrlicher Sturm, den er zwar sah, aber nicht spürte. Seine Frau war einfach zu heiß. Es war eine Hitze, die er willkommen hieß, anbetete, ersehnte … Nie hätte er gedacht, dass er so eine Hitze einmal brauchen würde. Eine Hitze, die jetzt für Kaia, Lust und Befriedigung stand. Was für eine starke Kombination! Wahrscheinlich würde er den gesamten Sommer mit einem Ständer durch die Gegend laufen.

„Hast du deine Lektion gelernt?" Er musste die Worte regelrecht herauspressen, denn vor lauter Verlangen war seine Kehle wie eingeschnürt.

„Ja."

Er beugte sich nach unten und drückte den Brustkorb gegen ihren sengend heißen Rücken. Ihre Wirbel rieben herrlich an seiner Haut. Sie gurrte zustimmend. Doch sosehr er diesen neuen, intensiveren Kontakt auch selbst begrüßte, verharrte er nicht in der Position. Stattdessen schlang er die Arme um sie und richtete sie beide auf, sodass sie knieten. Ihre Knie ruhten zwischen seinen.

In dieser Position drang er noch tiefer in sie ein als zuvor. Sie ließ den Kopf auf seine Schulter fallen, und ihre langen Haare kitzelten zwischen ihren Körpern. Er fasste an ihre Brust, die rosa Perle lugte zwischen seinen Fingern hervor. Mit der anderen Hand glitt er zu ihrer feuchten Knospe.

„Verdammt noch mal, ich will es härter!", befahl sie. Ihre Bewegungen waren jetzt unkoordiniert. „Und schneller."

„Nein. Zuerst sagst du mir, was du gelernt hast", forderte er und zwang sich, sich nicht zu bewegen. Er berührte ihre empfindlichste Stelle nicht, sondern neckte sie nur dadurch, dass seine Finger ihr ganz nah waren.

Sie knurrte. „Dass ich dich nicht verletzen kann, wenn ich beim Sex die Kontrolle verliere. Nur zu deiner Info: Das habe ich schon vor ungefähr fünf Höhepunkten gelernt, du Mistkerl."

„Ich wusste nicht, dass du so schnell dazulernst."

„Also, warum bewegst du dich nicht? Wenn du nicht endlich weitermachst, werde ich dich nämlich doch verletzen!" Das Knurren wurde immer heftiger. Sie bohrte ihm die Krallen in die Oberschenkel, als sie hinzufügte: „Ich schwöre dir, dass ich mich umbringen werde und dich verrotten lasse."

Er lachte heiser. Seine Frau war ja so ungeduldig. *Den Göttern sei Dank.* Anders hätte er sie auch nicht haben wollen.

„Ich liebe dich", sagte Strider. Noch ehe sie antworten konnte, neigte er den Kopf und presste seine Lippen auf ihre. Ihre Zungen kämpften, tanzten. Er packte ihre Hüfte und zwang sie, ihn zu reiten. Er drang so fest und tief in sie ein, wie er nur konnte, nur um sich bei der nächsten Aufwärtsbewegung beinahe völlig zurückzuziehen.

Als das nicht reichte, drückte er mit dem Daumen auf den süßesten kleinen Punkt der Welt. Sie war so klein, so eng. Er wusste, dass er fast zu groß für sie war. Vielleicht hätte ihn das bremsen sollen, doch sie war stark und käme mit allem klar, was er tat. Also bewegte er sich mit harten, schnellen Stößen in ihr. Der Kuss hörte nicht auf, wurde nicht langsamer, und es gefiel ihm, dass jeder nach der Leidenschaft des anderen schmeckte.

Sie hob eine Hand und bohrte ihm die Krallen in die Kopfhaut. „Strider", rief sie stöhnend, während sie sich kurz von seinen Lippen losriss. „Ja. *Ja*!"

Welch süße Segnung! Seine Muskeln zitterten vor Verlangen. Seine Knochen schmerzten. Er musste … würde … verdammt! Er hatte sich so lange zurückgehalten, dass er die selbst errichtete Mauer nicht mehr durchbrechen konnte.

Seine Bewegungen wurden immer fieberhafter. Schließlich rollte er sich zusammen mit ihr auf die Seite, ohne den kalten

Schnee wahrzunehmen. Er nahm ihr oberes Bein, legte es über seins und spreizte sie, so weit er konnte.

Härter … immer härter … aber die Erlösung stellte sich dennoch nicht ein. Allmählich wurde er verzweifelt. Er schwitzte so stark, dass das Eis unter ihm schmolz und sich kleine Pfützen bildeten. Er grub die Finger so fest in Kaias Hüfte, dass er wusste, am nächsten Morgen Blutergüsse an der Stelle vorzufinden.

Sie stöhnte und wimmerte. Und als sie „Ich liebe dich" schrie, als sie kam, als sie förmlich explodierte und sich ihre Muskeln um ihn anspannten, begriff er, dass er genau darauf gewartet hatte. Dass er genau das gebraucht hatte. Ihre Liebeserklärung.

Dann kam auch er. Sein heißer Samen strömte in sie. Hinter seinen Augenlidern blitzten helle Lichter auf, und sein Brüllen hallte durch die Nacht.

Als sein Höhepunkt abebbte, sank er neben ihr nieder. Sie zitterte. Nicht vor Kälte, sondern vor Erschöpfung. Er war zu schwach, um zu lächeln und sich stolz auf die Brust zu trommeln. Seine Frau – seine *Ehefrau* – war glücklich.

„Hast du das ernst gemeint?", brachte er irgendwie hervor, während der Schlaf bereits an ihm zerrte.

Sie gab erst gar nicht vor, ihn misszuverstehen. „Ja." Ihre Stimme klang dünn und erschöpft.

„Wurde auch langsam Zeit."

„Halt einfach die Klappe und halt mich fest."

Okay, ein kleines Lächeln brachte er doch noch zustande. „Du willst schlafen? Im Ernst?"

„Versuch, mich davon abzuhalten." Gähnend barg sie den Kopf in der Kuhle zwischen seinem Hals und seiner Schulter.

„Du vertraust mir? Dass ich dich beschütze?"

Einige Minuten verstrichen, ohne dass jemand etwas sagte.

„Kaia?"

„Was?", murmelte sie schläfrig.

„Ist es so? Vertraust du mir? Dass ich dich beschütze?"

„Natürlich", meinte sie. Sie hatte die Augen geschlossen, und wenige Minuten später lag sie vollkommen entspannt neben ihm und schlief tief und fest.

Natürlich, hatte sie gesagt. Als ob er während des Wartens auf ihre Antwort nicht Angst und Wasser geschwitzt hätte. Er brachte die Kraft auf, sie zurück ins Zelt zu tragen. Dort hielt er sie die ganze Nacht fest und schwor den Göttern, sie nie wieder loszulassen.

Kaia war noch immer ganz benommen von ihrer Liebesnacht mit Strider, als sie zwei Tage später bei ihren Schwestern ankamen. Die Frauen saßen über ihre Waffen gebeugt, schärften die Spitzen und bereiteten sich auf den dritten Wettkampf vor.

Sie und Strider hatten nicht noch mal miteinander geschlafen und auch nicht über ihre Gefühle füreinander gesprochen. Eine Gefälligkeit seinerseits, das wusste sie. Sie musste sich konzentrieren und ihren Fokus auf den ersten Preis richten. Leider war sie nicht in der Lage gewesen, Juliette zu entführen und zu foltern, um an Informationen über die Zweiadrige Rute zu gelangen. Die, wie Strider ihr erzählt hatte, offensichtlich waschecht und – entgegen ihrer Hoffnung – keine Fälschung war.

Und jetzt war auch keine Zeit dafür. Die Reise von Alaska nach Rom hatte ihr jegliche Chance vermasselt. Denn obwohl Juliette nun innerhalb ihrer Reichweite war, sollten die Spiele in einer halben Stunde beginnen.

Bianka bemerkte Kaia, als sie auf der Suche nach ihrem Polierstein aufsah. „Kye!" Grinsend sprang sie auf, sodass ihre Waffe neben dem Wassereimer zu Boden fiel. Sie eilte zu ihr und nahm Kaia fest in den Arm. „Ich hätte Strider fast umgebracht, als er mir verboten hat, dich zu sehen. Aber ich wusste, dass du es gar nicht lustig fändest, wenn er auch nur einen Kratzer hätte." Ein langer, tiefer Seufzer. „Zum Glück hat er mich mit täglichen Nachrichten auf dem Laufenden gehalten. Dadurch wusste ich, dass du auf dem Wege der Besserung bist. Aber dich zu sehen …"

Heiße Tränen stachen in ihren Augen. „Ja, ich weiß. Ich

musste dich auch unbedingt sehen.“ Sie wusste, dass Strider ihren Schwestern nichts von der Sache mit dem Feuer erzählt hatte. Genauso wenig wie ihre Männer, die die Nachwirkungen mit eigenen Augen gesehen hatte. Nicht dass Strider ihnen irgendetwas erklärt hatte.

Diese Entscheidung hatte er ihr überlassen.

Erzählen oder nicht? Wenn sie es täte, würden ihre Schwestern nicht wollen, dass sie kämpfte. *Wollen sie das denn überhaupt?* Sie ignorierte die harsche innere Stimme. Wenn sie es nicht wollten, dann aus gutem Grund. Vielleicht würde sie wieder ein Feuer entfachen, vielleicht auch nicht. Wenn die Harpyien sie ärgerten, dann vermutlich schon. Und wie die Jäger würden sie sterben. Und das war gut. Es käme sogar unerwartet. Bei Wettkämpfen wie diesem wurde es begrüßt, wenn man seine Fähigkeiten einsetzte und jeden noch so kleinen Vorteil für sich nutzte.

Aber wenn sie die Kontrolle verlöre, würde sie dann auch ihrer Familie schaden?

Sie wünschte, sie hätte Zeit zu üben und die Grenzen ihrer Phönix-Seite zu testen. Waren starke Gefühle der Auslöser? Oder würde es schon reichen, wenn sie einfach nur an Feuer dachte? Selbst jetzt floss die Hitze einsatzbereit durch ihre Adern.

Sie hätte gern jemanden um Rat gefragt, doch der einzige andere Phönix, den sie kannte, war ihr Dad, und lieber verbrächte sie den Rest der Ewigkeit damit, sich Gedanken über die Wahrheit zu machen, als auch nur eine Minute mit ihm zu sprechen. Seine Boshaftigkeit, seine völliges Desinteresse am Wohlergehen anderer, am Wohlergehen seiner eigenen Töchter ... Sie erschauderte. Er eignete sich nicht gerade zum Vater des Jahres.

Noch ein Grund dafür, sich aus dem Wettkampf rauszuhalten. Wenn sie Feuer finge oder jemand anderen in Brand setzte, würde sich ihre neue Fähigkeit schnell rumsprechen. Und am Ende käme noch ihr geliebter Daddy, um sie zu holen.

„Verdammt noch mal, Mädchen. Hast du Fieber?“ Bianka

schwitzte, als sie die Umarmung lösten – bis auf einen Arm, den sie um Kaias Taille liegen ließ.

„Nein“, log sie. „Das liegt daran, dass ich mich so freue. Und, du brauchst es gar nicht zu sagen, weil ich es auch so weiß: Strider ist ein Glückspilz.“

„Das stimmt.“

Kaia unterdrückte die kleinen Funken der Schuld, ehe sie sich entzünden konnten – sie hasste es nämlich, ihre Zwillingsschwester zu belügen –, und sah sich um. Taliyah nickte ihr zur Begrüßung zu, ehe sie sich wieder der Aufgabe widmete, ihre Waffe zu schärfen. Gwen warf ihr einen Handkuss zu. Neeka schenkte ihr ein kleines Lächeln, und die anderen winkten.

„Dann bringt mich mal auf den neuesten Stand“, sagte sie.

Bianka zog sie nach vorn. Kaias andere Hand war mit Striders verschränkt und blieb es auch bis zur letzten Sekunde. Als sie und ihre Zwillingsschwester sich auf den Boden des Team-Kaia-Zeltes setzten, sah sie, wie Sabin, Lysander und Strider sich in einer Ecke versammelten, die Köpfe zusammensteckten und leise miteinander sprachen.

Sie spitzte die Ohren, um irgendetwas aufzuschnappen, konnte jedoch nichts verstehen. Sie versuchte, ihre Lippen zu lesen, doch die Männer standen mit dem Rücken zu ihr.

Fast wäre sie aufgestanden, zu ihnen hinübergestapft, hätte ihren Mann an den Schultern gepackt und ihn geschüttelt. Am liebsten hätte sie ihn aufgefordert, ihr zu sagen, was hier vor sich ging, was sie nicht wissen sollte.

Du vertraust ihm. Du weißt, dass er dir niemals wehtun würde. Und so war es. Sie vertraute ihm blind. Ganz offensichtlich. Sonst hätte sie nämlich niemals neben ihm geschlafen.

Götter, das war vielleicht herrlich gewesen! Aufgewühlt von sinnlichen Träumen und neben sich ihren Mann spürend. In seinen starken, kräftigen Armen hatte sie sich wie in einem schützenden Kokon gefühlt. Der Schlaf hatte ihn fest im Griff gehabt, und seine Gesichtszüge waren entspannt gewesen, jungenhaft.

Nie zuvor in ihrem Leben war sie so zufrieden gewesen.

„Also … was meinst du? Bist du dabei?", fragte Bianka und zerrte sie aus ihren Gedanken.

Mist. Sie hatte nicht ein Wort mitbekommen. „Wobei genau? Erzähl es mir noch mal. Deine Erklärung war nämlich so lahm, dass ich ganz durcheinander bin."

Bianka kannte sie ziemlich gut und verdrehte die Augen. „Du bist so eine schlechte Lügnerin."

Ach ja? hätte sie beinahe gefragt und selbstgefällig das Kinn gehoben. *Meine letzte Lüge hast du auch nicht bemerkt.* „Schließ nicht von dir auf andere. Also los."

„Ich habe dir erzählt, dass wir uns in Rom befinden, im Kolosseum. Und stell dir vor: Es ist das alte Kolosseum. Es sieht genauso aus wie früher – nur *ganz* anders."

Kaia nahm an, dass man nicht schlau zu sein brauchte, wenn man so hübsch war wie Bianka. „Bee, Süße. Du bist wirklich zauberhaft, aber auch ziemlich verwirrt. Weißt du eigentlich, wie sehr du dir gerade widersprochen hast?"

„Wovon redest du? Es macht sehr wohl Sinn, wenn man nicht jedes meiner Worte auf die Goldwaage legt. Und soll ich dir noch was sagen? Das Kolosseum ist mit den Augen eines Sterblichen nicht zu sehen. Wir sind vor den Blicken der Sterblichen geschützt, und das in einem Reich, das wir nicht durch eine Pforte betreten müssen. Hier und doch nicht hier."

„Und wie soll das gehen?"

„Juliette hat das irgendwie hingekriegt."

Allein beim Klang dieses Namens biss sie unwillkürlich die Zähne aufeinander. Juliette hatte sie in eine Falle gelockt, hatte einigen Sterblichen – die zufällig Striders Feinde waren – die Gelegenheit gegeben, sie zu töten. Die Schlampe musste endlich bezahlen. „Und?"

„Und wir werden wie Gladiatoren kämpfen. Was ich vorhin schon versucht habe, dir zu sagen. Aber du hast ja nicht zugehört. Na ja, egal, du kannst prima mit bloßen Händen kämpfen, und unser Team braucht dich in dieser Runde. Bist du fit dafür?

Immerhin wurdest du in Alaska ziemlich übel verletzt."

Sie *brauchten* sie? Obwohl sie den ersten Sieg ohne sie eingefahren hatten? Argwöhnisch sah sie ihre Schwester an und suchte nach irgendeinem Anzeichen dafür, dass sie ein falsches Spiel mit ihr trieb oder sie beschwichtigen wollte. Doch in diesen wunderschönen bernsteinfarbenen Augen lagen nur Unschuld und Vertrauen. Nur Entschlossenheit verhärtete diese roten Lippen.

Also kein Beschwichtigungsversuch. Und auch keine Schuldzuweisung wegen ihrer vergangenen Niederlagen. Bianka glaubte an sie.

Konnte sie selbst auch an sich glauben?

Ihre neue Fähigkeit könnte ihre Schwestern verletzen, ja, aber sie würde ihr definitiv helfen, einen zweiten Sieg zu holen. Einen Sieg, auf den Strider angewiesen war. Damit er überlebte.

Sie sah zu ihm hinüber. Er stand noch immer mit seinen Freunden im Kreis, doch jetzt sah er sie an. Seine blonden Haare waren zerzaust, seine Wange gerötet. In ihrer Nähe waren sie immer gerötet, als wäre er permanent erregt. Das gefiel ihr.

Seine langen Wimpern bogen sich nach oben. Sie bildeten wirklich den perfekten Rahmen für diese verwegenen blauen Augen. Seine Lippen waren geschwollen und köstlich rot. Sie mochten nicht noch mal miteinander geschlafen haben, aber geküsst hatten sie sich sehr wohl. Oft. Und lange. Bei jeder Gelegenheit hatte sie an seiner Zunge gesaugt.

Sie war süchtig nach ihm, keine Frage.

Sie musterte ihn intensiver. An Fingern und Handflächen hatte er Schnittverletzungen. Dieselben Verletzungen hatte er vorher schon gehabt, doch sie waren verheilt. Oder nicht? Ihr Blick verfinsterte sich. Es gefiel ihr gar nicht, dass er schon wieder verletzt war. Und noch weniger gefiel ihr, dass sie nicht wusste, warum oder wie das geschehen war. War *sie* dafür verantwortlich?

Bei diesem Gedanken verkrampfte sich ihr Magen. Sie, nun ja, sie liebte ihn einfach so sehr, verdammt. Bevor sie die Worte herausgeschrien hatte, war sie sich nicht sicher gewesen, aber jetzt wusste sie es. Er war die personifizierte Stärke. Er war teuflisch. Er war witzig und charmant und hatte ein vorlautes Mundwerk, dem sie nicht widerstehen konnte. Er brachte sie zum Lachen. Er reizte sie bis aufs Blut, weil er wusste, dass sie es aushalten konnte. Er neckte sie, hatte keine Angst vor ihr. Er kannte sie, verstand sie, war manchmal zärtlich und manchmal harsch. Er sorgte sich um sie und vertraute ihr.

Er hatte sie sogar miteinander verheiratet.

Als sie davon erfahren hatte, war sie zutiefst erschrocken. Ja, er dachte, das wäre immer noch sein kleines Geheimnis, aber sie war ihm auf die Schliche gekommen. Sie war sich nicht sicher, warum er es noch nicht zugegeben hatte, geschweige denn, warum er es überhaupt getan hatte, aber ihre Sturheit verlangte von ihr, dass sie wartete, bis er mit der Sprache herausrückte. Und weil sie so verschlagen war, würde sie ihn solange reizen, bis er endlich Klartext redete.

Aber unterm Strich mochte sie seine Methoden.

Genauso wie es ihr gefiel, zu wissen, dass sie genauso ihm gehörte wie er ihr. Und daher wusste sie auch, dass er es getan hatte. Sie *fühlte* ihn. Er war Teil ihrer Gedanken, war in ihrem Blut, in ihrer Seele, in ihrem Herzen. Die tiefe Verbindung zwischen ihnen war stärker als alles, was sie je erfahren hatte.

Seit sie in seinen Armen erwacht war, wusste sie, dass sich zwischen ihnen irgendetwas verändert hatte. Und sie hatte unzählige Stunden damit verbracht herauszufinden, was es war. Die Erinnerung war in kleinen Blitzen gekommen und gegangen – das Glitzern einer Klinge, Blutstropfen, der Druck von Striders Haut, sein flüsternder Atem. Die Worte: „Du bist mein, und ich bin dein. Wir sind eins. Von diesem Moment an sind wir eins."

Oh ja. Sie waren verheiratet, und Kaia war nie glücklicher gewesen. Sie verdankte diesem Mann so schrecklich viel.

Sie sah ihm dabei zu, wie er ein Päckchen Red Hots aus der hinteren Hosentasche zog und den Inhalt in seinen Mund kippte. Er kaute, sein starker Kiefer arbeitete. Er war so sinnlich, dass sich ihre Brust zusammenzog.

Anscheinend hatte er ihre Blicke gespürt, denn er sah zu ihr herüber und zwinkerte ihr zu. Sie musste ihn beschützen. Was das auch mit sich brächte, sie musste ihn beschützen.

Sie musste diese Rute beschaffen.

Schließlich widmete sie ihre Aufmerksamkeit wieder ihrer Schwester und hob das Kinn. „Ich werde kämpfen“, sagte sie.

29. KAPITEL

Wieder saß Strider auf der Tribüne, um seiner Frau – Ehefrau! – beim Kämpfen zuzusehen. Doch das römische Kolosseum war etwas vollkommen anderes als die billigen Zuschauerplätze in „Brew City“ in Wisconsin. Über die Jahrhunderte war er vielleicht ein, zwei Mal hier gewesen. Er kannte den Travertin, den Ziegel und den Marmor und hatte nie geglaubt, diese Dinge noch einmal zu sehen. Jedenfalls nicht in so makellosem Zustand. Als wäre keine Zeit vergangen, als hätte sich die antike Welt irgendwie mit der Gegenwart vermischt.

Es gab vier Ränge. Zu den drei ersten führten breite, gebogene Eingänge für den Adel, und der Vierte, der unterste, hatte rechteckige Eingänge für das Fußvolk. Rings um die Arena waren zum Schutz der Zuschauer Netze gespannt.

Und die Arena selbst, tja, auch die kam ihm bekannt vor. Ein vom Blut Abertausender Kämpfer gefleckter Holzboden bedeckte den gesamten Bereich. Man konnte den Boden auch entfernen und die Arena fluten, sodass Wasserschlachten ausgetragen werden konnten. Oh ja, die Römer hatten ihre Spiele geliebt.

Und die Harpyien standen ihnen diesbezüglich in nichts nach. Die Teilnehmerinnen warteten in einer der unterirdischen Kammern darauf, gerufen zu werden. In der Zwischenzeit erzählte Juliette mit leiernder Stimme, was die Anwesenden erwartete. Wenn es je einen langweiligen Bla-bla-bla-Moment gegeben hatte, dann diesen. Er verspürte einen noch stärkeren Drang, sich beide Trommelfelle zu durchstechen, als beim Karaokeauftritt der Zwillinge.

„… die bisher härteste Disziplin“, sagte sie gerade. „Und da bereits zwei Wettkämpfe entschieden sind, könnte ein Team nach diesem hier die Nase vorn haben.“

Wissen wir doch. Die Teams würden gleichzeitig gegeneinander kämpfen, und zwar mit den Waffen ihrer Wahl. Pro

Teilnehmerin war nur eine Waffe erlaubt. Allerdings durften sie während des Kampfgeschehens weggeworfene oder verlorene Waffen ihrer Gegnerinnen an sich nehmen.

Jedes Team bestand aus zehn Kämpferinnen. Was an sich in Ordnung war – hätte Kaia nicht nur sieben Teammitglieder gehabt, sich selbst mitgezählt. Das bedeutete, dass sie alle kämpfen mussten. Falls sie kämpfen wollten. Kaum überraschend wollten sie alle kämpfen, obwohl sie sich von Anfang an im Nachteil befinden würden.

Rings um ihn herum jubelten Frauen. „Haut richtig drauf, brecht ihnen das Kreuz. Zeigt ihnen, wie schlecht sie sind!"

Erst vor zwei Tagen wäre Kaia um ein Haar gestorben, und obwohl er dafür sorgte, dass sie anständig aß und ihre Medikamente nahm, war sie noch immer nicht wieder voll bei Kräften. Aber er war schlau genug gewesen, sie nicht zu bitten, die Teilnahme abzulehnen. Ihr Stolz war ihr wichtig, und was ihr wichtig war, war jetzt auch ihm wichtig.

Selbst wenn das den Verlust der Zweiadrigen Rute bedeutete.

Er könnte sie der Gewinnerin immer noch stehlen – wer immer das auch sein mochte.

Gewinnen.

Ja, ja. Niederlage war nervös. Kaia war jetzt ein Teil von ihnen. Sie gehörte ihnen, und Strider vermutete, dass ihr Sieg für den Dämon genauso wichtig war wie sein eigener. Auch wenn er nicht wusste, ob er höllische Schmerzen erleiden würde, wenn sie unterläge. Beim letzten Mal war es nicht so gewesen, aber andererseits waren sie beim letzten Mal auch noch nicht verheiratet gewesen. Er hoffte inständig, die Antwort nicht heute zu erfahren. Wenn er im Grunde auch wusste, dass das nicht geschähe. Sie würde nicht verlieren. Trotz ihrer anhaltenden Schwäche, trotz der Tatsache, dass sich jedes einzelne Mitglied jeden Teams zuerst auf sie stürzen würde, hatte sie diesen Sieg in der Tasche.

Noch vor fünf Minuten hatte er sie im Arm gehalten und fest gedrückt, ehe sie ihn hier allein gelassen hatte.

„Irgendwelche Tipps, damit ich gewinne?“, hatte sie gefragt.

„Ja. Tu, was du tun musst, um zu überleben.“

„Das ist alles? Wow. Du hast es ja nicht gerade drauf, andere zu ermutigen.“

Er hatte sie bei den Schultern gepackt und ihr in die Augen gesehen. „In Ordnung, wie wär's dann hiermit: Du bist emotional dermaßen in die Sache involviert, dass diese Emotionen jeden deiner Schritte beeinflussen. Normalerweise würde ich sagen, dass das dumm ist. Aber da ich meine Eier gern behalten möchte, sage ich dir nur, dass du deine Gefühle zwar nicht abstellen, aber zu deinem Vorteil nutzen kannst.“

„Und wie?“, hatte sie gefaucht.

„Nun ja, ein Teil von dir liebt die Frauen, gegen die du kämpfst, egal, wie schlecht sie dich behandelt haben. Das kannst du nicht leugnen.“

Sie versuchte es erst gar nicht.

Er fuhr fort: „Du darfst nicht vergessen, dass sie dich von jetzt auf gleich angreifen werden – trotz der Liebe, die du für sie fühlst.“

„Okay.“

„Außerdem lässt du dich leicht ablenken und …“

„Wie, noch *mehr*?“

„Hör zu. Während du da unten bist, darfst du nicht an mich denken. Denk nicht darüber nach, was ich gerade mache oder ob es mir gut geht.“

Sie bleckte die Zähne. „Du hast vor, nach der Zweiadrigen Rute zu suchen. Wie könnte ich da nicht …“

„Denk nicht darüber nach, was ich gerade tue. Okay? Das gilt auch schon für jetzt, für diesen Moment.“

Ein steifes Nicken.

„Außerdem, Kaia: Wenn du sie nicht besiegst, werde ich sie viel grausamer umbringen, als du es getan hättest. *Niederlage* hat zwar die Herausforderung ausgesprochen, dich vor allen Harpyien zu beschützen, bevor ich herkam. Aber hier und jetzt spricht nicht mein Dämon aus mir, sondern dein Gemahl.“

Ihr war die Kinnlade heruntergeklappt.

„So. Jetzt bist du bestens motiviert, das zu tun, was getan werden muss. Also mach sie fertig."

Neben ihm rutschten Sabin und Lysander unruhig auf ihren Plätzen umher und holten ihn zurück in die Gegenwart. Zacharel war noch nicht aufgetaucht.

„Ich hasse diesen Gladiatorenscheiß", murmelte Sabin.

„Tja, was denkst du, wo die Römer dieses Verhalten gelernt haben?", fragte der Engel.

Einen Augenblick lang fehlten Sabin die Worte. „Versuchst du gerade, mir zu sagen, dass die *Harpyien* dafür verantwortlich sind? Dass *sie* die Lehrmeister der Römer waren?"

„Versuchen muss ich das nur, wenn es dir an Intelligenz mangelt."

Sabin öffnete den Mund, um eine scharfe Erwiderung abzufeuern, doch in dem Moment ertönte eine Trompete, die den Beginn des dritten Wettkampfs ankündigte, und die Menge wurde still. Eine Sekunde später ächzten und quietschten mehrere Eisentore, als sie hochgezogen wurden. Heraus kamen die Kämpferinnen. Im Laufschritt eilten sie in die Arena.

Strider setzte sich aufrecht hin und konzentrierte sich. Weitere Eisentore gingen auf. Löwen, Tiger und Bären – oh Götter – schlossen sich den Harpyien an. Alle wirkten aggressiv und hatten Schaum vor dem Maul.

Er suchte … und suchte … da. Er erhaschte einen Blick auf die hellroten Haare, die zu einem Zopf zusammengebunden waren. Kaia trug Dunkelrot, wie auch der Rest ihres Teams. Doch im Gegensatz zu den anderen hatte sie keine Waffe in der Hand. Sein Blick verfinsterte sich.

Verdammt, Kaia, fluchte er, als er allmählich begriff. Sie würde ihr Feuer benutzen – ihr neues und bislang nicht getestetes Feuer – und hatte nicht riskieren wollen, dass irgendwer ihr vorwarf, zwei Waffen zu benutzen.

Wenn sie eine andere Harpyie mit den Flammen tötete, würde sie sich danach hassen. Oder noch schlimmer: Wenn das Feuer nicht zur rechten Zeit käme, würden die anderen sie töten, und er würde sie hassen, sie bestrafen, und wie versprochen vernichten. Aber sie hatte beschlossen, es seinetwegen und wegen der Rute zu riskieren. Dieser verfluchte Sturkopf!

Er hatte gedacht, sie zum Siegen motiviert zu haben. Aber er hatte bloß den Wahnsinn in ihr geweckt.

„Warum zum Teufel sind ihre Hände leer?“, fragte Sabin im Plauderton. „Selbst Gwen trägt eine Waffe.“

Er gab keine Antwort. Er konnte einfach nicht. Er hatte einen Kloß in der Kehle, der ihm die Stimme und die Luft raubte. Die anderen Teams stürzten sich wie erwartet auf sie. Was er allerdings nicht erwartet hatte, war, dass die Tiere sie verfolgten, als hätte sie eine Zielscheibe auf den Rücken gemalt. Er konnte sich schon denken warum. Irgendwer hatte sie mit Hilfe von Kaias Duft gegen sie aufgewiegelt.

Und den hatte dieser Jemand höchstwahrscheinlich von ihrem gestohlenen Mantel.

Binnen Sekunden war Strider aufgesprungen und bahnte sich schubsend den Weg durch die Menge. Bis ihn etwas Hartes in den Rücken traf und zu Boden schickte. Er hatte keine Zeit, sich zu fangen. Mit der Stirn schlug er gegen einen Stein, woraufhin ein stechender Schmerz in seinem Kopf explodierte. Der Sauerstoff verließ seine Lunge. Er konnte nur noch verschwommen sehen.

Doch er schüttelte das Gewicht einfach ab, stand auf und lief weiter. Er machte sich gar nicht erst die Mühe, sich umzudrehen, um zu sehen, wer versucht hatte, ihn aufzuhalten.

Gewinne … für sie, sagte *Niederlage.*

Ja. Ich werde für sie gewinnen, sie beschützen. Das werde ich.

Benommen nahm er Kaia ins Visier. Sie schoss durch die Arena, während sie gegen die tobenden Tiere kämpfte. Die Bestien waren überglücklich damit, ihrem neuen Spielzeug nachzujagen.

Strider wurde ein zweites Mal in den Rücken getroffen und wie eine Stoffpuppe zu Boden geworfen. Brüllend wirbelte er herum, um noch einen kleinen Mord zu begehen, ehe er seine Reise fortsetzte.

Gewinnen. Eine neue Herausforderung.

Ja, dachte er wieder. *Das hier werde ich auch gewinnen.*

„Sie werden deine Frau disqualifizieren, wenn du ihr hilfst." Lazarus erhob sich von ihm und stand auf. Er trug weder Waffen noch Hemd, und seine Hose, die er sich offenbar hastig angezogen hatte, stand offen. Die dunkle Kette, die man ihm tätowiert hatte, pulsierte. Sie glitt wie eine Schlange um seinen Hals, wobei die Kettenglieder aus Tinte tatsächlich aneinanderschlugen.

Strider stand auf und dachte kurz nach. „Lieber disqualifiziert als tot. Aber gut. Du und ich haben noch etwas zu klären, bevor ich weitergehe."

Lazarus zog eine Augenbraue hoch. „Viel Glück dabei."

Gewinnen.

Bin dabei. Er kniff die Augen zusammen und machte einen Schritt vor – nur um innezuhalten, als er Sabin und Lysander sah, die sich zu ihm vorkämpften und ihn riefen. Sie schauten ihn an, ohne ihn jedoch wirklich zu sehen. Sie rannten sogar durch ihn hindurch, bevor er zur Seite springen konnte.

Schockiert blickte er an sich hinunter. Sie waren durch ihn durch gerannt, als wäre er nicht fester als Nebel.

„Uns kann niemand sehen", sagte Lazarus leichthin. „Nicht einmal die Engel."

Rote Punkte trübten seine Sicht. „Was hast du mit mir gemacht?"

Als er die Buhrufe und das Zischeln der Menge vernahm, wirbelte er herum und starrte nach unten. Das Feld der Kämpferinnen war schon ein wenig ausgedünnt, aber die meisten Mitglieder vom Team Kaia waren noch dabei. Inklusive Kaia selbst.

Ihre Haut war mit Blut bedeckt, und er war sich nicht sicher, ob es von ihr stammte oder von den anderen, doch ihre Bewegungen waren nicht langsamer geworden. Noch immer verteilte sie Fausthiebe und Tritte und warf Frauen zu den … nein, nicht zu den Tieren. Zu Bianka, die ihnen mit einem langen, gebogenen Messer den Rest gab. Die Tiere waren mittlerweile satt und zufrieden, saßen am Rand und beobachteten den Kampf aus schläfrigen Augen.

Seine innere Panik nahm ab. Kaia hatte nicht von dem Feuer Gebrauch gemacht. Oder vielleicht hatte sie auch einfach nicht gewusst, wie sie es auf Kommando einsetzen sollte. Aber so oder so – sie teilte kräftig aus und besiegte eine Gegnerin nach der anderen. Und was noch besser war: Die Teams waren nicht mehr in der Lage, sich im Rudel auf Kaia zu stürzen. Dafür bewegte sie sich einfach zu schnell.

„Mir bleiben nur ein paar Sekunden", sagte Lazarus, der jetzt neben ihm stand. „Wenn Juliette bemerkt, dass ich weg bin …"

Gewinnen.

Als sein Dämon ihn an die angenommene Herausforderung erinnerte, erwiderte Strider: „Tut mir leid, aber ich muss es tun." Blitzschnell teilte er nun einen Fausthieb aus. Seine Fingerknöchel krachten in die Nase des anderen Mannes. Knorpel zerbarst. Blut lief aus den Nasenlöchern.

Niederlage seufzte zufrieden und schüttete Glücksgefühle in Striders Körper aus.

Lazarus straffte die Schultern und wischte sich das Blut mit dem Handrücken weg. „Ich bin wohl nicht der Erste, der dir sagt, wie nervtötend du bist."

„Wohl eher der Tausendste." Er ging den Rang entlang bis zur Ecke. Der Krieger folgte ihm, bis er wieder neben ihm stand. „Also, wie kommt es, dass wir hier sind und doch nicht hier sind?"

„Juliette war gezwungen, mir immer mehr Macht zu geben, damit dieses Turnier nach ihren Wünschen ablaufen kann."

„Sie kann dir Macht geben? Einfach so?" Er schnippte mit den Fingern.

Ein steifes Nicken.

„Zum Beispiel?"

„Zum Beispiel die Fähigkeit, Illusionen zu erzeugen, die kein

Wesen durchdringen kann." Noch ein Nicken, und ihre Umgebung veränderte sich augenblicklich.

Strider blinzelte. Eben hatte er noch makellose Ränge gesehen. Jetzt nahm er sie so wahr, wie sie heute tatsächlich aussahen: verfallen und abgetragen durch die Zeit und raue Elemente. Ganz zu schweigen von den Menschen, die durch die verschiedenen Bereiche schlenderten und Fotos schossen. Dann, nach einem weiteren Blinzeln, waren die Ränge wieder brandneu.

„Und außerdem die Fähigkeit, unsere unsterbliche Welt vor der sterblichen zu verstecken?", fragte Strider.

„Ja, genau."

„Und das erzählst du mir, weil …" Weil Strider verdammt gut wusste, dass das Ganze womöglich ein Trick war. Dass der Bastard ihn vielleicht in einem falschen Gefühl der Sicherheit wiegen wollte, ehe er zuschlug. Hölle noch eins, so abgelenkt, wie er war, könnte Lazarus ihn jeden Augenblick angreifen, ohne großen Widerstand befürchten zu müssen.

„Weil ich ein Sklave bin und nicht länger einer sein will."

Er hätte nachbohren können, aber … „Ich traue dir nicht. Und das wird sich auch nicht ändern." Er beobachtete, wie Kaia und Bianka einander bei den Händen nahmen. Bianka wirbelte ihre Schwester herum, sodass Kaia mit den Beinen drei Frauen umtrat, die ihre Schusswaffen auf sie gerichtet hatten. Als Bianka sie losließ, sauste Kaia wie eine Bowlingkugel durch die Luft und warf ein paar andere Harpyien wie Kegel um.

Was für eine Frau.

Er hatte ein Geschenk für sie, das ihm ein Loch in die Tasche brannte. Warum er es ihr noch nicht überreicht hatte? Er wusste es nicht. Er war sich nicht sicher, ob es ihr gefallen würde. Ehrlich gesagt, war es potthässlich und bewies, was für ein Weichei er geworden war, seit sie sich kannten.

Allein deshalb wird sie es lieben, dachte er grinsend.

„Was?", wollte Lazarus wissen.

„Kaia", war alles, was er antwortete.

„Ja, sie ist stark. Und auf ihre Art ehrenhaft. Du hast ja keine

Ahnung, wie sehr ich dich beneide."

„Solange es mehr nicht ist, hast du vermutlich nichts zu befürchten."

„Was uns zu dem Grund zurückführt, warum wir hier sind. Du brauchst mir nicht zu trauen", meinte Lazarus in einem noch dringlicheren Ton als zuvor. „Du sollst mir nur zuhören. Weißt du, was die Zweiadrige Rute alles kann?"

Damit hatte er seine volle Aufmerksamkeit. Strider umklammerte das Geländer so fest, dass seine Knöchel weiß wurden. „Sag es mir."

„Die Rute stiehlt von den Lebenden. Sie raubt einem Körper *alles* und schließt ihr Diebesgut in sich ein."

„Sie ist im Grunde also nur eine Hülle", krächzte Strider, als er zu verstehen anfing. Das ergab Sinn. Furchtbar beängstigenden Sinn.

„Ja. Aber wenn man die Rute schwingt, kann man die Kräfte nicht in sich selbst aufnehmen. Man muss sie jemand anderem geben. Oder wenn man sie selbst haben will, muss man die Rute jemand anderem anvertrauen, sodass diese Person einem die Kräfte gibt."

„Und das hat Juliette für dich getan. Dir Kräfte gegeben." Wie die Sache mit den Illusionen, die er erwähnt hatte.

„Ja", wiederholte der Krieger. „Nichts, was von großer Bedeutung wäre. Nichts, was ihr schaden könnte. Nur kleine Dinge, die ich machen kann, um ihre Schwestern zu beeindrucken."

„Inwiefern beeindrucken diese Kräfte sie denn?"

„Das fragst du noch?" Der massige Mann klang gekränkt. „Die Harpyienspiele wurden noch nie an so exotischen Orten ausgetragen."

„Woher soll ich das wissen? Ich war bisher noch nie dabei."

Lazarus schnaubte. „Dann sei dir dein Unwissen gerade noch einmal verziehen."

„Danke", erwiderte er trocken. „Jetzt geht es mir gleich viel besser."

„Wie gesagt – nervtötend."

„Wie hat Juliette die Rute überhaupt in die Finger gekriegt?"

„Wie die anderen ihrer Art ist auch sie eine Söldnerin. Sie würde alles tun, solange der Preis stimmt, und das hat Cronus' Frau zu ihrem Vorteil genutzt. Sie wusste, dass Juliette seit Jahrhunderten nach mir gesucht hat. Und sie wiederum hat nach einem Weg gesucht, sich und den Jägern die Zweiadrige Rute zu sichern. Deshalb hat die Königin vor einigen Monaten versprochen, mich an Juliette zu übergeben, wenn es ihr gelingen sollte, meiner Mutter die Rute zu stehlen. Denn sie ist die Gorgone, deren Aufgabe es war, sie zu bewachen. Juliette hat die Gelegenheit sofort beim Schopf gepackt.

Aber gierig, wie diese Hexe ist, hat sie beschlossen, die Rute *und* mich zu behalten, nachdem sie erfahren hatte, was das Ding alles kann. Sie tötete meine Mutter und hatte vor, eine Replik von der Rute anfertigen zu lassen, die sie dann gegen mich eintauschen wollte. Aber Rhea und die meisten Mitglieder ihrer Armee sind kurz vor ihrem Treffen verschwunden, sodass Juliette mich einfach aus meiner Zelle holen konnte – und zwar ganz ohne Gegenleistung. Und ohne Hindernisse."

„Warum bist du eigentlich eingesperrt worden?"

Scham flackerte in seinen Augen auf. „Die ehemalige Götterkönigin Hera hatte Gefallen daran, sich eine Menagerie an Männern zu halten. Ich hatte gehört, dass mein Vater, der dazu verdammt war, den Schlaf der Toten zu schlafen, von ihr festgehalten wurde. Deshalb habe ich mich selbst fangen lassen in der Hoffnung, ihn zu retten. Aber ich habe ihn nicht gefunden, und dann konnte ich nicht mehr entkommen."

Den Schlaf der Toten. Das hieß, dass Typhon lebte und alles mitbekam, jedoch unfähig war, aus dem Bett aufzustehen. Das war dieser Kreatur also widerfahren. „Tut mir leid", hörte Strider sich sagen. Er hatte auch traurige Geschichten auf Lager, aber nichts war vergleichbar mit dem Leid, das Lazarus ertragen musste.

Er hatte gewusst, dass die Zweiadrige Rute in den falschen

Händen großen Schaden anrichten würde, aber er hatte nicht gewusst, wie gefährlich sie wirklich sein könnte. Und jetzt wusste er auch noch, warum die Jäger Kaia und ihren Schwestern aufgelauert hatten. Nach Rheas Verschwinden hatte Juliette sich mehr genommen als nur die Zweiadrige Rute; sie hatte das Kommando über die Jäger übernommen. „Was ist mit Galen passiert? Rheas rechter Hand?" Bestimmt hätte er auch dazu etwas zu sagen.

„Galen ist der Hüter von *Hoffnung*?" Auf Striders Nicken hin fuhr er fort: „Der Krieger ist kurz vor Juliettes Ankunft aufgebrochen. Aber ich weiß nicht wohin."

Aha. Galen war also irgendwo da draußen. „Und wo ist die Rute jetzt?"

„Ich habe sie."

Entschlossen sah Strider ihn an. Schließlich hatte er sich doch noch von der Dringlichkeit des Kriegers anstecken lassen. „Wo ist sie?"

Lazarus wirkte gelangweilt. „Ich habe jetzt die Fähigkeit, Gegenstände in meiner unmittelbaren Nähe zu verstecken. Sie ist hier. Bei mir."

Die Augen weit aufgerissen sah Strider sich um. Er tastete die Luft rings um die Schultern des Kriegers ab. Er fand nichts anderes als Körperwärme, aber er wusste, dass die Rute hier war. So nah, dass er sie während ihrer Unterhaltung vermutlich gestreift hatte. Das Herz schlug ihm hart gegen die Rippen.

„Gib sie mir. Sofort", sagte er. Dann erinnerte er sich daran, was Kaia vor nicht allzu langer Zeit zu ihm gesagt hatte, und hielt inne.

Wenn er die Rute stehlen würde, bedeutete es für sie, vor den Augen ihrer Leute erniedrigt zu werden. Abgesehen von der Zeit, in der sie ohnmächtig oder krank gewesen war und sich wegen ihrer Verletzungen vor Schmerzen gekrümmt hatte, hatte sie unentwegt davon gesprochen, sie selbst zu stehlen. Weshalb er davon ausging, dass sie genau das vorhatte. Seinetwegen. Er hätte fortgehen sollen – ihretwegen –, doch er konnte nicht. Zu viele Leben standen auf dem Spiel. Ich werde einen Weg finden, mich bei ihr zu revanchieren, sagte er sich. *Ganz bestimmt.*

Die schwarzen Augen des anderen Mannes wurden matt. „Ich … kann nicht."

„Einen Dreck kannst du. Hol sie schon aus der Scheißluft. Wie am ersten Abend bei der Orientierungsveranstaltung."

„Ich kann nicht", wiederholte Lazarus.

„Warum nicht?" Seine Stimme peitschte wie ein Blitz.

„Weil ein Teil meiner Seele in der Rute gefangen ist. Ich kann nichts tun, was Juliette mir verboten hat. Es geht einfach nicht, egal, wie sehr ich mich bemühe. Und glaub mir, ich *habe* mich bemüht. Das ist der einzige Grund, warum sie mir die Rute anvertraut hat. Und deshalb werde ich auch sterben, ehe ich irgendwem erlauben kann, mir die Rute wegzunehmen."

Strider zog ein Messer aus dem Halfter an seinem Knöchel. „Ich will nicht gegen dich kämpfen."

Sein Gegenüber reckte stur das Kinn, was ihn an Kaia erinnerte. „Und ich wünsche nicht, gegen dich zu kämpfen. Ich habe schon so oft darüber nachgedacht, dass ich aufgehört habe mitzuzählen, und jedes Mal ist die Lösung dieselbe. Juliette kontrolliert die Rute, und deshalb kontrolliert sie mich. Sie wird sich niemals freiwillig von einem von beiden trennen. Ich bin ihr Gemahl, und wie du sicher gehört hast, tun die Harpyien alles Erforderliche, damit ihre Gemahle an ihrer Seite bleiben. Selbst wenn der unwahrscheinliche Fall eintreten sollte, dass ich ihr ein zweites Mal entkomme, würde sie nie aufhören, nach mir zu suchen. Ich habe beschlossen, lieber zu sterben, als ihr in irgendeiner Form zu helfen. Ich würde lieber sterben, als sie glücklich zu machen. Und diese Entscheidung solltest du unterstützen, da sie von mir verlangt, deine Frau zu verführen und zu *verletzen*."

Diese Verführen / Verletzen-Sache konnte der Kerl sich gleich wieder abschminken.

„Nur damit wir uns richtig verstehen: Du sagst …"

„Ich sage, dass ich schon einmal als Sexsklave benutzt worden bin. Und das werde ich nie wieder zulassen. Ich sage, dass deine Frau mich einst freigelassen hat, und ich sie im Gegenzug verletzt habe. Ich werde sie nicht noch einmal verletzen. Ich sage, dass Juliette meine Mutter getötet hat. Jetzt werde ich ihre Träume zerstören."

Entsetzen machte sich in Strider breit. „Du ..."

„Ich will, dass du mich umbringst. Ja. Auch wenn ich Juliette noch so gern vernichten möchte – ich kann nicht mehr als Sklave leben. Ich habe zu viele Jahrhunderte in einer Zelle verbracht, und jetzt soll ich den Rest der Ewigkeit mit einer Frau verbringen, die ich verachte? Nein! Ich sehne mich nach der Freiheit, selbst wenn ich sie nur im Tod finden kann." Lazarus fiel auf die Knie, neigte den Kopf zur Seite und präsentierte Strider seinen verletzlichen Hals. „Tu es. Bevor ich es mir anders überlege."

In diesem Moment begriff Strider, dass er ein anderes Wesen noch nie so bewundert hatte. Selbstopferungen hatten in seinem Leben nie eine große Rolle gespielt, und nun kniete Lazarus vor ihm und gab alles auf. Nicht der Liebe wegen, sondern um der Rache und der Freiheit willen. Und diese Motive waren um Längen besser.

Wenn jemand eine zweite Chance verdient hat, ein langes und glückliches Leben zu führen, dachte er plötzlich, dann dieser Mann.

Strider hatte im Namen des Sieges schon eine Menge verachtenswerter Dinge getan, und als Folge des Krieges gegen die Jäger sogar noch Schlimmeres, aber das hier – einen guten Mann umbringen – würde allem die Krone aufsetzen. In einem anderen Leben wären sie vielleicht sogar Freunde gewesen.

„Der Tod muss nicht das Ende sein", sagte er, damit es ihm selbst besser ginge.

Er sah Bedauern im Gesicht des anderen aufflackern. „Für mich schon. Ähnlich wie ihr Herren ohne eure Dämonen unvollständig wärt, bin ich unvollständig ohne den Teil meiner

Seele, der in der Rute gefangen ist. Wenn ich sterbe, kann ich bestenfalls darauf hoffen, dass dieser Teil von mir verkümmert und ebenfalls stirbt; soweit ich weiß, ist es so gut wie unmöglich, dass sich die beiden Teile meiner Seele wieder vereinen und gemeinsam in den Himmel reisen."

„Unterm Strich heißt das also, dass du keinen Schimmer hast, was mit dir geschehen wird."

Ein verblüfftes Zwinkern. „Ist es das, was du brauchst, um diese Tat auszuführen? Den Glauben daran, dass ich ein glückliches Leben im Jenseits führe? Ich muss nämlich zugeben, dass mich erstaunt, wie sehr dir meine Hinrichtung offenbar widerstrebt. Von einem gefürchteten Herrn der Unterwelt hätte ich mehr erwartet. Bring mich nicht dazu, dich herauszufordern, Herr von *Niederlage*. Tu es einfach. Befrei mich."

Strider hob die Klinge höher, sah den Puls pochen. Sein Handgelenk zuckte, doch er verharrte in derselben Position.

Verflucht. Er brachte es nicht fertig. Er konnte dieses Wesen nicht umbringen.

Anscheinend spürte Lazarus seine schwindende Entschlossenheit. „Sollte ich weiterleben, werde ich einen Weg finden, deine Frau in mein Bett zu locken. Sollte Juliette weiterleben, wird sie deine Frau töten, wenn ich mit ihr fertig bin. Und das auch nur, wenn sie gerade großherzig ist – was sie nie ist.

Meines Wissens nach ist der Plan bislang, die Spiele zu Ende zu bringen und deine Frau währenddessen mit ihren vielen Misserfolgen zu erniedrigen. Wenn es Juliette schließlich langweilig wird, sie zu verhöhnen, wird sie Kaia ihren freien Willen nehmen – so wie sie es bei mir gemacht hat. Kaia wird nicht in der Lage sein, sich zu weigern, unter Juliettes Kommando die Jäger anzuführen. Ach, den Teil hatte ich noch gar nicht erwähnt? Juliette wird Kaia zwingen, dich und alle, die du liebst, zu vernichten. Verstehst du, was das bedeutet? Du wirst dich mit deiner eigenen Frau bekriegen."

Im Nu festigte sich der Entschluss zu handeln. Nicht weil Kaia ihm nachstellen würde, sondern einfach weil Kaias Glück alles für ihn war und weil auch sie eine zweite Chance verdient hatte.

Niemals würde er zulassen, dass Juliette sie erniedrigte. Niemals würde er zulassen, dass diese Hexe mit ihrem Verstand und ihren Gefühlen spielte. Und Juliette zu erlauben, weiterhin mit Lazarus zu spielen, mit einem Kerl, der nobel genug war, die Seite zu wechseln, um einen anderen zu retten? Mit einem Kerl, dem man schon genug wehgetan hatte? Oh nein, das würde ebenfalls nicht passieren.

„Ich danke dir für dein Opfer. Es wird nicht vergebens sein. Juliette wird ihre Strafe erhalten", schwor er. „Darauf gebe ich dir mein Wort."

„Ich danke dir mein ... Freund."

Strider schlug zu.

30. KAPITEL

Wenige Minuten zuvor …

Vielleicht war mein Team zu Anfang benachteiligt, dachte Kaia und keuchte vor Anstrengung, aber inzwischen haben wir für ausgeglichene Verhältnisse gesorgt. Und das war ziemlich schnell gegangen. Momentan waren nur noch Mitglieder der Eagleshields und der Skyhawks bei Bewusstsein.

Zuerst hatte man ihr Beleidigungen entgegengeschleudert. „Schwach."

„Dämlich."

„Schlampe." Die üblichen Verdächtigen. Ausnahmsweise hatte sie sich davon nicht ablenken lassen. Vielleicht weil sie sich auf einen einzigen Gedanken konzentriert hatte: Bewahre Strider vor Schmerzen.

Der Mann, der Herausforderungen hasste, hatte sich selbst herausgefordert. Ihretwegen. Hätte sie irgendwie an seiner Liebe zu ihr gezweifelt – das hätte sie überzeugt.

Sie musste diesen Kampf gewinnen. Um seinetwillen. Er hatte gedroht, jeden zu töten, den sie nicht besiegte, aber sie wusste, dass er das nicht täte. Er liebte sie viel zu sehr, als dass er einer Angehörigen ihrer Rasse ernsthaft geschadet hätte. Wenn sie also versagte und er dann nicht die angekündigte Bestrafung vollzöge, würde er dann doppelt leiden?

Gewinnen, gewinnen, gewinnen.

Oh ja. Ihre Strategie? Zuschlagen und wegrennen. Bislang hatte sie sich mit keiner ihrer Gegnerinnen auf einen Zweikampf eingelassen. Jedenfalls nicht länger, als es dauerte, einmal fest zuzuschlagen – okay, bisweilen auch zweimal. Sie hatte einen Schlag verteilt und war weitergedüst, ohne zuzulassen, umzingelt zu werden. Hatte sich ihr mehr als eine Harpyie genähert, war sie den Angreiferinnen einfach aus dem Weg gesprungen, sodass sie gegeneinandergeprallt waren. Was natürlich dazu geführt hatte, dass sie auf*einander* losgegangen waren und ihr die Arbeit damit abgenommen hatten.

Die Entschlossenheit der anderen, sie und nur sie zu vernichten, wäre am Ende ihr Untergang. Wie passend, dachte sie, während sie sich umdrehte, um sich mit ihrer nächsten Gegnerin zu befassen. Als sie die Harpyie erblickte, verpuffte ihre Vorfreude.

Ihre Mutter.

Kaias Kehle wurde trocken. Zum ersten Mal in diesem Wettkampf glimmten heiße Funken in ihr auf. Sie war so vorsichtig gewesen.

Tabitha ließ den reglosen Körper fallen, den sie an den Haaren festgehalten hatte, und sah ihrer vergessenen Tochter ins Gesicht. Rings um sie nahm der Kampf seinen Lauf. Allein Bianka bemerkte, was vor sich ging, und alarmierte die anderen. Schon bald drängte das Team Kaia die anderen Frauen an den Rand der Arena, um Kaia und ihrer Mom ausreichend Platz zu verschaffen.

„Endlich. Die Tochter, die ich einst einen ganzen Morgen lang gelobt habe, als ich meinen Mitstreiterinnen versicherte, dass du eines Tages stärker als ich sein würdest, nur um festzustellen, dass du uns alle fast zerstört hättest", sagte Tabitha. *Ihre* Vorfreude war geradezu greifbar. „Endlich erhältst du dafür die gerechte Strafe. Ich werde dir für die Erniedrigung, die du uns beschert hast, den Platz zuweisen, der deiner würdig ist."

Sie hatte einen ganzen Morgen damit zugebracht, Kaia zu *loben*? Sie hatte versichert, Kaia würde stärker sein? *Lass dich nicht einlullen. Genau das will sie doch nur.*

„Und wo ist dieser Platz?" Sie musste kalt sein. Dieser Kampf war überfällig, und zwar schon seit Jahrhunderten. *Setze Stärke ein und kein Feuer.*

Ihre Mutter zuckte mit einer scheinbar zarten Schulter. „Zu meinen Füßen, natürlich."

Früher wäre Kaia durch diese Bemerkung zerstört gewesen. Aber heute verspürte sie nur ein mildes Stechen. Sie wurde geliebt, und zwar von einem Mann, der sich mit der Liebe nicht eben leichttat. Er betrachtete sie als würdig. Mehr brauchte sie nicht. „Du kannst es gern versuchen."

„Oh, ich werde mehr tun als das."

Reden, reden, reden. Kaia winkte mit den Fingern. Die Flammen hatte sie erfolgreich erstickt. „Wollen wir hier nur rumstehen, oder fangen wir endlich an?"

Überraschenderweise rührte Tabitha sich nicht vom Fleck, sondern zog nur eine schwarze Augenbraue hoch. „Ich gebe dir fünf Sekunden, um wegzulaufen. Diese Chance habe ich noch niemandem gegeben. Ist gewissermaßen um der alten Zeiten willen. Und, Kaia: Das ist der einzige Vorteil, den ich dir einräume. Danach werde ich mir deinen Kopf holen." Sie warf einen Dolch in die Luft. Einen Dolch, der bereits blutverschmiert war.

„Eins", fing Kaia zu zählen an.

Wenn sie sich nicht irrte – und sie musste sich irren – flackerte Stolz in den bernsteinfarbenen Augen ihrer Mutter auf. „Du bist unbewaffnet. Erwartest du wirklich zu gewinnen?"

„Zwei."

Noch ein Flackern. „Versuchst du, deinen Mann zu beeindrucken? Zu schade, dass er gar nicht da oben sitzt. Er ist vor ein paar Minuten verschwunden."

Keine Reaktion. Auf solche Tricks würde sie nicht hereinfallen. Sie würde sich nicht von ihrem Weg abbringen lassen. „Drei."

Tabithas Mundwinkel zuckten. „Erinnerst du dich noch daran, als du ein kleines Mädchen warst und ich stundenlang mit dir trainiert habe? Ich habe dich jedes Mal besiegt."

Keine Reaktion! „Vier."

„Also gut. Hören wir auf zu reden." Tabitha ließ den Blick über die Menge schweifen. „Niemand wird uns unterbrechen. Ist das klar?" Mit diesen Worten ging sie in Kampfposition – die Beine gespreizt, die Knie gebeugt, die Arme angespannt. „Das hier ist ein Duell zwischen mir und dir, Tochter."

Ihr Herz setzte einen Schlag aus. „Fünf."

Sie flogen aufeinander los.

Tabitha hatte den Beinamen „die Teuflische" nicht umsonst erhalten. Sie schnitt Kaia in dem Moment mit dem Dolch, als sie in ihre Reichweite kam. Sie waren zu dicht, als dass sie den Treffer hätte vermeiden können. Kaia verfluchte sich, weil sie erwartet hatte, dass ihre Mutter zuerst versuchen würde, sie zu Boden zu werfen. Also tat sie das Einzige, was ihr übrig blieb. Sie hob die Arme, sodass die Klinge nicht ihren Hals oder ihre Brust erwischte, sondern ihren Unterarm. Als sie den scharfen Schmerz auseinanderklaffender Haut spürte, setzte ihre Mutter blitzschnell zum nächsten Stich an. Dieses Mal zielte sie auf den Bauch.

Kaia wehrte sich. Auf halbem Weg fing sie Tabithas Hand ab. Mit der Ellenbeuge klemmte sie ihr Handgelenk ein, drehte es nach oben und nutzte das Moment zu ihrem Vorteil. Als sich ihre Arme auf Schulterhöhe befanden, drückte sie Tabithas Handgelenk samt Dolch gegen ihren Körper und schlug ihrer Mutter mit der freien Hand gegen die Schläfe. Natürlich hätte sie ihr auch den Dolch aus der Hand schlagen können, aber besser sie schlug jetzt zu, da sie die Möglichkeit dazu hatte, als ihre Mutter zu entwaffnen.

Warum kämpfen, als hätten sie ewig Zeit, wenn sie die Sache sofort zu Ende bringen konnte?

Tabitha stolperte und fiel benommen auf die Knie. Natürlich hatte sie sich in den wenigen Sekunden, die Kaia brauchte, um zu ihr hinüberzugehen, wieder aufgerappelt. Ehe sie zuschlagen konnte, wirbelte Tabitha herum und wich ihr aus. Im nächsten Augenblick wurde Kaia von hinten angegriffen. Mit einem Schlag auf den Kopf. Sie taumelte, ihre Gedanken überschlugen sich. Wie sie ihre Mutter kannte, würde sich die Frau bestimmt auf sie stürzen, versuchen, sie auf den Boden zu drücken und ihr den Hals durchschneiden, während sie mit ihrem Gewicht die Flügel zerquetschte. Es gab nur einen Weg, diesen Angriff abzuwehren. Kaia nutzte ihre taumelnden Schritte, um sich abzustoßen und einen Überschlag nach hinten zu machen.

Weniger als einen Augenblick lang sah sie unter sich Tabithas dunkle Haare. Sah, dass sie richtiggelegen hatte. Sah, dass Tabitha stehen blieb und begriff, dass sie so leicht nicht siegen würde. Dann landete Kaia, schlug mit dem Fuß aus und zielte dabei auf die Niere ihrer Mutter. Treffer.

Grunzend fiel Tabitha auf die Knie. Kaia trat abermals nach ihr – keine Gnade – diesmal gegen die flatternden Flügel. *Bumm.* Der Körper ihrer Mutter flog nach vorn, der Knorpel im rechten Flügel brach. Wieder geschah das Ganze so schnell, dass die Zuschauer nicht blinzeln durften, um alles mitzubekommen.

Eigentlich hätte die Verletzung ihrer Mutter ein wenig den Wind aus den Segeln nehmen müssen, aber Tabitha hatte Millionen Jahre auf dem Buckel und kämpfte nicht zum ersten Mal mit einem gebrochenen Flügel. Scheinbar unempfänglich für den Schmerz, den sie verspüren musste, stand die Frau auf und drehte sich um.

„Ist das alles, was du drauf hast, Baby?“ Tabitha lächelte, doch es klebte Blut auf ihren Zähnen.

Kalt. Gnadenlos. „Mal sehen.“

Wieder gingen sie aufeinander los, trafen sich in der Mitte. Was folgte, war eine blitzschnelle Abfolge von Schlägen und Abwehrbewegungen. *Kalt, bleib kalt.* Jedes Mal wenn ihre Mutter mit dem linken Arm ausholte, zielte sie mit dem Dolch auf Kaias Halsschlagader. Kaia bekam mehrere Kratzer ab, aber die Klinge sank nicht einmal tief genug in ihr Fleisch, um ernsthaften Schaden anzurichten. Und das lag nicht etwa daran, dass ihre Mutter nur halbherzig zuschlug! Kaia hatte Fähigkeiten, von denen sie selbst nichts geahnt hatte.

Momentan hatte Tabitha die Oberhand und schubste Kaia zurück. Sie hielt sich wacker auf den Beinen – kalt, kalt, ganz kalt, erstickte jeden neuen Funken, der versuchte, in ihr aufzuglimmen –, bis sie über einen bewusstlosen Körper stolperte. Da stürzte sie. In der nächsten Sekunde saß Tabitha auf ihr.

Als der Dolch auf sie zukam, wusste sie, dass sie nur eine Möglichkeit hatte, ihren Hals zu retten. Und ihr Leben. Der

Dolch brauchte ein Ziel. Sie fing das Metall mit ihrer Handfläche ab und ließ es zu, dass sich die Spitze durch ihr Fleisch bohrte, bis sie auf der anderen Seite wieder herauskam. Es tat saumäßig weh, aber das war es wert. Zwar war ihr Knochen zersplittert, aber der Dolch steckte darin fest, sodass Tabitha eine leere Hand zurückzog.

Wovon sie sich jedoch nicht aufhalten ließ. Auf einmal regneten Faustschläge auf Kaias Gesicht nieder, in so dichter Folge, dass sie ihnen nicht ausweichen konnte, und beinahe hätte sie das Bewusstsein verloren. Dennoch blieb sie kalt, und schließlich brachte sie die Kraft auf, sich nach hinten auf ihre Schulterblätter zu rollen, ihre Mutter abzuschütteln und die Beine hochzuschwingen.

Sie legte Tabitha die Knöchel um den Hals und zog ihre Mutter herunter. Die Frau fiel hart auf ihren Rücken, sodass eine ordentliche Ladung Luft aus ihrer Lunge rauschte. Oder gerauscht wäre – hätte Kaia die Absätze ihrer Stiefel ihrer Mutter nicht in die Kehle gerammt, wodurch sie ihr die Luftröhre abdrückte und die Luft am Entweichen hinderte.

Ohne Pause stand Kaia auf. Sie konnte kaum etwas sehen, weil ihr unentwegt Blut in die geschwollenen Augen tropfte. *Bring es zu Ende.* Mit aller Kraft zog sie sich den Dolch aus der Hand – und verflucht noch mal, das Rausziehen tat noch mehr weh als das Eindringen! – und warf die Waffe aus dem Feld. Nun waren sie beide unbewaffnet.

Sie stolperte nach vorn in der Hoffnung, auf ihrer Mutter zu sein, ehe die erfahrene Soldatin Zeit hatte, zu heilen oder sich eine Strategie zurechtzulegen. Aber sie hatte Pech. Tabitha war ruck, zuck! wieder auf den Beinen, und sie standen sich zum dritten Mal gegenüber. Langsam gingen sie umeinander herum.

„Nicht schlecht", krächzte Tabitha. Ihre Stimme war wegen der noch nicht verheilten Luftröhre ganz rau. „Ich hätte schon längst mit deinem K. o. gerechnet."

„Das liegt daran, dass du zu viel von dir hältst und zu wenig von deinen Artgenossen."

„Aus gutem Grund." Ohne Gefühl.

Ich werde dafür sorgen, dass sie irgendetwas *fühlt.* Kaia leckte sich die Lippen und schmeckte Blut. „Der Preis für die Mutter des Jahres geht an Tabitha die Teuflische. Oder nein, doch nicht. Aber du brauchst dich nicht schlecht zu fühlen. Vater habe ich den Preis ebenfalls aberkannt."

Tabitha hielt in ihrer Bewegung inne, blinzelte, und ihre Lider verbargen und enthüllten Schmerz. „Ich bin eine gute Mutter."

Äh, was? *Das* hatte sie getroffen? „Wenn du mit *gut* meinst, dass du die schlechteste Mutter der Welt bist, dann stehst du ganz oben auf der Liste, ja."

Tabitha kniff die bernsteinfarbenen Augen zusammen, und jeglicher Schmerz verschwand. „Wenn du tot bist, wird sich eine andere Harpyie deinen Mann schnappen. Das weißt du doch, nicht wahr? Und als die Person, die dich besiegt hat, liegen die ersten Rechte bei mir."

Autsch. Jetzt ging sie ihr auch mit Worten an die Gurgel, um eine emotionale Reaktion auszulösen. Wie Strider gesagt hatte: Kaia war höchst emotional. Sie konnte fühlen, wie das Feuer wieder entfachte. Es wurde heißer ... und heißer ...

Sie könnte die Flammen herauslassen und die Sache sofort zu Ende bringen. Sie hatten gekämpft. Nun könnte man ihr kein Fehlverhalten mehr vorwerfen. Kaia hatte sich gegenüber ihrer Mutter behauptet. Doch obwohl es zwischen Mutter und Tochter keine Liebe gab, wollte sie die Frau nicht mit ihren Flammen umbringen.

Allerdings spielte es keine Rolle, was sie wollte. Nicht jetzt. *Tu, was du tun musst, um zu überleben.* Das waren Striders Worte gewesen.

Es war an der Zeit.

Endlich öffnete sie sich der Hitze, hieß sie willkommen, ließ sie wachsen, sich ausbreiten – sich von ihr verschlingen.

Heißer ... immer heißer ... Sie wusste nicht, was sie erwarten sollte. Beim letzten Mal war die Veränderung so unerwartet über sie hereingebrochen, dass sie nicht eine Sekunde hatte innehalten und darüber nachdenken können, was da gerade vor sich ging. Was sollte sie tun, wenn die Flammen nicht kämen?

Auf dem Gesicht ihrer Mutter spiegelte sich Entsetzen. In Kaias Ohren dröhnte es, ihr Körper wurde immer heißer, bis sie alles nur noch durch einen himmelblauen Schleier sah. Binnen weniger als einer Sekunde waren wütende Flammen aus ihren Poren gedrungen und beanspruchten jetzt jeden Zentimeter ihres Körpers. Sogar ihre Kleider verbrannten.

„Tut mir leid, Mom“, sagte sie. Sie machte einen Satz nach vorn. Körperkontakt. Die Frauen stürzten zu Boden. Flammen sprangen von Kaia auf Tabitha über. Sie hielt inne und wartete.

Wo blieben die Schreie ihrer Mutter?

„Dachtest du wirklich, ich hätte mit einem Phönix geschlafen, wenn ich nicht gegen sein Feuer geschützt wäre? Aber ich bin beeindruckt. Du hast mich in die Irre geführt. Ich hatte keine Ahnung, dass du dazu fähig bist.“

„Ich … ich …“ Sie hatte keine Antwort parat. Zu groß war die Verblüffung.

Tabitha fuhr fort: „Ich kann zwar keine Flammen herbeizaubern, aber ich kann sie aushalten. Also, weiter geht's.“

Kaia wurde von Neuem auf den Rücken gerollt und ins Gesicht geschlagen. Sie ließ es geschehen – mehr aus Erstaunen denn aus dem Unvermögen heraus, ihre Mutter abzuschütteln.

Als ihre Sinne wieder erwachten, hörte sie auf, ihr Gesicht und ihren Hals zu schützen. Sie konnte diese Sache nur auf eine Art zu Ende bringen.

Immer weiter prasselten Schläge auf sie nieder. In ihr explodierte ein stechender Schmerz, kurz darauf konnte sie kaum noch sehen, dann war ihre Kehle zerschmettert. Mit dem Wissen, dass Tabitha als Nächstes ihre Klauen einsetzen und ihr den Kopf abreißen würde, verschwand die Hitze und wurde wieder durch ihre kühle Entschlossenheit ersetzt.

Tu, was immer notwendig ist.

Kaia bog den Rücken durch, ohne sich gegen die Schläge

zu wehren. Ihre Mutter ahnte nichts. Sie war viel zu verloren in dem Rhythmus ihrer Fäuste und ging davon aus, dass Kaia jeden Moment das Bewusstsein verlöre. Kaia langte um den Rücken ihrer Mutter herum und riss. Fest. Ein schriller Schrei durchschnitt die Luft, als warmes Blut ihre Hände bedeckte. Endlich standen die erbarmungslosen Fäuste still. Das Gewicht auf ihren Schultern wurde leichter.

Kaia führte die Hände zu ihrem Mund und leckte. Alles, um zu überleben, sagte sie sich abermals. Blut, jedes Blut war wie Medizin, und sie musste heilen. Der Lebenssaft ihrer Mutter lief ihr die Kehle hinunter bis in ihren Magen. Die Wirkung war zwar nicht so stark, wie wenn sie von Strider trank, aber ihre Sicht klärte sich ein bisschen, und sie setzte sich auf.

Einen knappen Meter entfernt lag ihre Mutter. Sie war bewusstlos und nackt durch die Flammen. Einen gebrochenen Flügel hätte sie aushalten können, aber nicht den kompletten Verlust beider Flügel. Ihr Rücken sah furchtbar aus. Beide Flügel waren ausgerissen. Kaias Brust zog sich zusammen. Vor Bedauern, dass ihre Fehde sie an diesen Punkt geführt hatte, und vor Stolz, dass sie gewonnen hatte.

Sie sah sich um. Die anderen Kämpfe waren ebenfalls vorüber. Zu ihrer Enttäuschung sah sie, dass die Eagleshields ihre Schwestern besiegt hatten, die ihrerseits die Skyhawks besiegt hatten. Jene, die noch auf den Beinen waren, sahen sie verblüfft an. Doch Kaia interessierte sich nur für ihr Team.

Zum Glück waren noch alle am Leben. Von Schwertspitzen in Schach gehalten, aber am Leben. Sie nickten ihr entschuldigend und anerkennend zu. Es interessierte sie nicht, dass sie verloren hatten, sondern nur, dass sie lebten.

Beim nächsten Wettkampf hätten sie die Möglichkeit, sich zu rehabilitieren. Und vielleicht könnte *sie* sich jetzt schon rehabilitieren. Dass sie nackt war, kümmerte sie nicht, und so rappelte sie sich auf. Was auch als Nächstes geschähe, jetzt gab es nur noch drei Rivalinnen im Kampf um den ersten Platz in Runde vier. Und wer dort gewänne, würde *alles* gewinnen.

Die Siegerin würde die Lorbeeren einheimsen und die Zweiadrige Rute.

Ob Strider begriffen hatte, wie kurz sie vor dem endgültigen Sieg standen?

Strider. Ihre Schwestern mochten am Leben sein, aber sie hatte verloren. Mit dem Sieg über ihr Team hatten die Eagleshields auch sie besiegt. Strider hatte soeben seine eigene Herausforderung verloren.

Nein, korrigierte sie sich. *Er hat lediglich geschworen, alle zu töten, die mich besiegen.* Oder alle, die sie verletzten? So oder so – er hatte sich kein Zeitlimit für seine Todesstöße gesetzt. Richtig?

Mit dem Blick suchte sie die jubelnde Menge ab, konnte ihn jedoch nicht entdecken. Sie sah Sabin und Lysander, die ebenfalls für eine Weile verschwunden waren, nun aber zurück waren. Beide waren angespannt, blass und aufgewühlt. Offensichtlich wollten sie sich nur noch ihre Frauen schnappen und verschwinden.

Ging es Strider gut? Wo war er?

Hatte er in diesem Moment Schmerzen?

Sie hätte die Eagleshields herausfordern und den Kampf fortsetzen können. Aber sie konnte sie unmöglich alle gleichzeitig außer Gefecht setzen. Eins ihrer Teammitglieder käme zu Schaden, vielleicht sogar zu Tode. Also musste sie sich entscheiden: ihr Team retten oder Strider vor quälenden Schmerzen bewahren.

Sie betete, er möge sie verstehen, als sie sich hinkniete und damit ihre Niederlage anerkannte.

Drei Dinge geschahen gleichzeitig. Ihre Umgebung veränderte sich – das Kolosseum war nicht länger neu und makellos, sondern alt und verfallen, und sie waren plötzlich von Absperrungen und Menschen umgeben. Juliettes wütender, ungläubiger Schrei hallte von den Wänden wider. Und – und das war das Schlimmste – Striders schmerzhafte Qualen bohrten sich gnadenlos in ihre Seele.

31. KAPITEL

Er war umgeben von absolutem Chaos.

Außer Atem und von lähmenden Schmerzen in die Knie gezwungen, hielt Strider die Zweiadrige Rute umklammert. Harpyien, Gemahle und Sklaven rannten in alle Richtungen. Sie versuchten zu fliehen, ehe die Polizei einträfe. Und die würde bald eintreffen, zusammen mit Reportern. Zahllose Gesetze waren gebrochen und ein nationales Kulturgut entweiht worden. Selbst jetzt bedeckte Blut den Boden und sammelte sich in einer Pfütze um Striders Füße.

Was zur Hölle sollte er machen? Und warum quälte sich sein Dämon so? Warum stöhnte und krümmte er sich in seinem Kopf? Sie hatten doch gewonnen. Oder nicht?

In dem Moment, als er Lazarus den Kopf abgeschlagen hatte, war das Artefakt erschienen. Etwas Schimmerndes war von seinem Körper aufgestiegen und in die Spitze der Rute gesaugt worden. Vermutlich der andere Teil der Seele des Kriegers, die sich wieder mit dem Stück in der Rute vereinte.

Die Illusion hatte nicht länger aufrechterhalten werden können, sodass sich die Umgebung wieder in ihren realen Zustand verwandelt hatte. Diese kleine Komplikation hatte Strider nicht bedacht, weshalb er auch nicht darauf vorbereitet war. Er hatte einzig daran gedacht, endlich an die Zweiadrige Rute zu gelangen. Nun hatte er sie zwar. Doch ihm blieben nicht viele Möglichkeiten, sie erfolgreich zu verstecken.

Juliette wusste, dass ihr Mann tot war. Wusste, dass er sonst niemals ungehorsam gewesen wäre. Dieser Schrei … Sie würde nach seiner Leiche suchen. Würde erfahren, wer für seinen Tod verantwortlich war. Sie bräuchte die Wahrheit nicht erst aufzudecken. Viel zu viele Leute hatten Strider mit einem blutverschmierten Schwert in der Hand über dem leblosen Körper kauern gesehen. Nicht, dass er versucht hätte, die Wahrheit zu verschleiern. Er hatte ein Verbrechen begangen und würde die Konsequenzen dafür tragen.

Allerdings hatte er auch Kaia in die Sache mit reingezogen. Juliette würde sich nicht länger damit zufriedengeben, sie zu erniedrigen. Juliette würde sie bestrafen wollen. Sie verletzen. Sie vernichten.

Als er die Wahrheit erkannte, hätte er sich am liebsten übergeben. Was zur Hölle hatte er getan?

Strider rappelte sich hoch; in seinem Kopf drehte sich alles. Er taumelte, während er mehr und mehr begriff. Er hatte Kaia herausgefordert, den Wettkampf zu gewinnen; anscheinend hatte sie verloren. Mist. *Mist!* Ging es ihr gut?

Irgendjemand rannte in ihn hinein, und er stolperte. Sein Schmerz wurde größer. Er hielt die Rute fester. Er musste sie beschützen; aber er musste auch zu Kaia. Sabin und Lysander kümmerten sich vermutlich um ihre Frauen, weshalb sie ihm keine Hilfe wären.

Mit der freien Hand zog Strider sein Handy aus der Hosentasche. Er brauchte Lucien.

Er sah so verschwommen, dass er die Ziffern nicht erkennen konnte. Trotzdem versuchte er, den Hüter von *Tod* anzurufen. Er hatte seine Nummer auf einem Kurzwahlplatz gespeichert, also brauchte Strider nur drei Ziffern zu drücken – nur drei –, ein Wort zu sagen – Hilfe – und schon würde sein Freund kommen.

Noch jemand lief in ihn hinein, und er stolperte heftiger. Das Telefon rutschte ihm aus der Hand und fiel klappernd auf den Boden. *Verdammt!* Er bückte sich, obwohl seine Knochen und Gelenke protestierend aufschrien, und tastete seine nähere Umgebung ab. Endlich fühlte er das kleine Gerät.

Mehrere Paar gestiefelte Füße stapften über seine Hand, brachen ihm die Knochen – und zerstörten das Handy. Dieselben Füße bohrten sich in seinen Rücken und brachen ihm die Rippen, die sich wie scharfe Spieße in seine Lunge bohrten und ihm die Luft raubten. Als Nächstes wurde sein Gesicht in den Dreck gedrückt.

Man hat mich überrannt, dachte er benommen. *Wie ernied-*

rigend. Hastig legte er die Rute unter seinen Körper, um sie zu beschützen. Obwohl sie so zerbrechlich aussah, bezweifelte er, dass irgendetwas sie zerstören konnte. Auf beiden Seiten befanden sich Sanduhren, und der Stab selbst war dünn und hölzern, aber das Ding war von den Göttern gefertigt. Und er war der lebende Beweis dafür, dass die Götter keine minderwertigen Produkte herstellten. Allerdings könnte man ihm die Rute stehlen, und das würde er nicht zulassen.

Er konnte es kaum glauben, dass er das vierte Artefakt in den Händen hielt. Nach der ganzen Zeit war ihm das vierte Puzzleteil direkt in den Schoß gefallen. Zu einem schrecklichen Preis, ja, aber er hatte es.

Schließlich lichtete sich das Getrampel, und Strider zwang sich aufzustehen. Ihm war schwindelig und er taumelte. Noch ein paar Harpyien rempelten ihn an, als sie an ihm vorbeiliefen, doch sie warfen ihn nicht zu Boden. Vielleicht weil sie es gar nicht versuchten. Sie waren viel zu sehr in Eile.

Wieder erfüllte der Schrei einer Frau die Luft, diesmal aus größerer Nähe. Wie gequält das klang … gequält und wütend, die perfekte Harmonie des Bösen.

„Ich. Werde. Dich. Töten“, ertönten Juliettes Worte. Jedes einzelne troff geradezu vor Hass.

Obwohl er nicht das Geringste sah, drehte Strider sich um und ließ sich von der dünner werdenden Menge mitreißen. Ein paarmal drohten seine Knie nachzugeben, doch er benutzte die Rute als Gehstock und lief weiter.

Wie dicht war Juliette ihm auf den Fersen?

Kaia! rief er in Gedanken. Sie hatten noch nie eine telepathische Verbindung gehabt, aber er hatte auch noch nie so verzweifelt versucht, zu ihr zu gelangen. Er konnte nur hoffen, dass ihre Heirat ihre Verbindung vertieft hatte. *Wo bist du?*

„Ich bin hier.“ Ein vertrauter Duft stieg ihm in die Nase. Kurz darauf spürte er, wie ihm jemand einen warmen Arm um die Taille legte und ihn nach links zog. „Ist es das, was ich denke?“

Den Göttern war Dank. Sie lebte, sie war hier und sie konnten tatsächlich per Telepathie miteinander reden. Diesen Vorteil würde er schamlos ausnutzen, sobald sie in Sicherheit wären. Im Augenblick spürte er, wie ihr Herz neben ihm schlug. Es schlug schnell, aber es schlug, und das war alles, was zählte. „Ja. Tut mir leid, Baby Doll. Ich musste sie mir nehmen. Ich konnte die Gelegenheit nicht ungenutzt verstreichen lassen. Und fass sie nicht an, okay?“ Er wusste nicht genau, wie die Rute funktionierte. Wusste nicht, wie sie die darin gefangenen Seelen und Fähigkeiten an jemand anderen weitergab oder wie sie die Seelen und Fähigkeiten von den Lebenden stahl, und er wollte nicht riskieren, bei Kaia einen irreparablen Schaden anzurichten. „Bist du okay?“

„Kannst du das nicht sehen?“

„Nein. Meine Hornhaut ist verletzt.“

„Das erklärt, warum du fast gegen die Wand gerannt wärst“, erwiderte sie trocken. „Hör zu: Obwohl ich am liebsten deinen Kopf dagegen schmettern würde – also wirklich, denkst du allen Ernstes, ich würde dir die Rute wegnehmen? – tut es mir sehr leid, dass ich verloren habe. Es tut mir leid, dass du meinetwegen Schmerzen hast. Ich hätte gewinnen und alle töten können, aber dann wären meine Schwestern ebenfalls gestorben, und ich konnte nicht …“

„Du brauchst nichts zu erklären. Ich bin einfach nur froh, dass du hier bist. Und nein, ich denke nicht, dass du mir die Rute wegnehmen würdest. Aber sie ist gefährlich, und ich weiß nicht, wie man richtig damit umgeht.“ Das müsste er sich dringend erklären lassen.

Sie zog ihn nach rechts. „Verstehe. Ich verzeihe dir, dass du mich angeblafft hast, aber zurück zum eigentlichen Thema: Du hasst es, zu verlieren. Ehrlich gesagt – ich glaube, du würdest deine eigene Mutter umbringen, um einen Kampf zu gewinnen. Wenn du eine hättest. Und du hast an meine Fähigkeiten geglaubt, aber ich …“

„Kaia“, unterbrach er sie abermals. „Du bist wirklich ein unverbesserlicher Sturkopf. Mir ist alles egal. Das Einzige, was zählt, ist, dass du am Leben bist, das schwöre ich. Und außerdem bist nicht du diejenige, die sich entschuldigen muss. Du hast mich gebeten, die Rute nicht zu nehmen, damit du sie gewinnen kannst. Aber ich habe sie mir trotzdem genommen."

„Diesbezüglich habe ich meine Meinung längst geändert."

Sie zog ihn nach links.

„Ich weiß. Aber das ändert nichts an der Tatsache, dass ich …"

„Du wusstest es? Woher? Ach, egal. Lass uns später darüber reden. Aber wer von uns beiden ist jetzt eigentlich der Sturkopf?"

Trotz seiner Schmerzen musste er grinsen.

„Verdammt", fluchte sie plötzlich. „Juliette ist immer noch hinter uns her, und ich kann sie irgendwie nicht abschütteln."

Seine Belustigung verschwand.

Kaia schob ihn eine Treppe hinunter und um eine Ecke herum. „Sie kommt näher, und wenn ich nichts unternehme, ist sie bald bei uns." Ohne auch nur eine kleine Verschnaufpause einzulegen, drückte sie ihn gegen eine harte, kühle Mauer. „Du bleibst hier."

Er hatte keine Zeit, sie auszufragen. Sie ließ ihn los, und im nächsten Moment spürte er eine unbeschreibliche Hitze. *Sie hat sich soeben in Brand gesetzt,* begriff er.

Strider hörte Frauen schreien.

„Du wirst dafür bezahlen, dass …", begann Juliette, doch die Worte wurden von einem gequälten Keuchen abgeschnitten.

Zu gern hätte er gesehen, was da vor sich ging.

Der Schweiß lief an seinem Körper hinab. Seine Schmerzen waren keinen Deut schwächer geworden, und ohne Kaia an seiner Seite, die ihn ablenkte und führte, spürte er jeden einzelnen Stich mit voller Wucht. Er krümmte sich, übergab sich. Er hätte an Kaias Seite kämpfen sollen, doch stattdessen stand er hier herum und ließ sie alles alleine machen. Er war ihr ein Klotz am Bein. Wäre er nicht gewesen, hätte sie schon längst ohne Probleme fliehen können.

„Das sollte die Hexe eine Zeit lang aufhalten", sagte sie zufrieden, während sie ihm erneut einen Arm um die Taille legte und ihn vorwärts zerrte. Obwohl sie im Augenblick nicht brannte, war ihre Körpertemperatur merklich gestiegen.

„Du wirst langsam richtig gut darin." Er biss die Zähne zusammen, um die schmerzhafte Hitze auszuhalten.

„Vielleicht weil sie mich permanent vor Wut zum Kochen bringt."

Der Geruch von verbrannter Baumwolle stieg ihm in die Nase. Mein Hemd, merkte er. Dann traf ihn ein weiterer Gedanke. Sie hatte am ganzen Körper gebrannt. Ihre Kleidung war mit Sicherheit vollständig verbrannt.

„Du bist nackt, nicht wahr?" Die Vorstellung, dass irgendjemand außer ihm sie so sah, war ihm zuwider. Doch zugleich amüsierte ihn das Bild, das er und sie abgeben mussten.

„Ja", bestätigte sie ohne jegliche Scham. „Schon eine ganze Weile. Aber jetzt erzähl mir endlich, wie du an die Rute gekommen bist."

Schuldgefühle überkamen ihn, als er von Lazarus, Juliette und der Macht berichtete, um die es ging. Die ganze Zeit über führte Kaia ihn um Ecken, treppab und treppauf.

„Dann ist Lazarus also tot?"

Er spürte eine angenehm kühle Brise. „Ja. Er war kein schlechter Kerl. Ich wünschte, es hätte eine andere Lösung gegeben." Und vielleicht gab es die auch. Lazarus hatte gesagt „soweit ich weiß" – was bedeutete, dass er sich womöglich geirrt hatte. Eventuell konnte er überleben, was Strider ihm angetan hatte. Zumindest seine Seele. Vielleicht war sie jetzt in der Rute gefangen.

„Ja, mir ist er auch immer sympathischer geworden. Vielleicht … Blödsinn. Lass uns später darüber reden." Sie ließ ihn los. „Ich hole schnell meine Sachen und ziehe mir etwas über. Warte hier."

Dann sind wir also in unserem Zelt, dachte er schwankend. Er spitzte die Ohren und lauschte nach ihren Schwestern, doch er hörte nichts außer Kaias Bewegungen. Dann packte sie ihn auch schon wieder und schob ihn durch ein Labyrinth. Zumindest fühlte es sich so an. Langsam erholte sich sein Sehsinn und er ahnte, dass sie vor einem Zaun standen.

„Klettern", sagte sie, womit sie seine Vorstellung bestätigte.

Sein ramponierter Körper protestierte den gesamten Weg über, doch er riss sich zusammen und kletterte.

„Jetzt spring."

Noch ein Zaun, auch wenn dieser nicht mehr war als eine Hürde. Als er landete, ächzte er vor Schmerzen.

„Felsblock", meinte sie und zog ihn zur Seite.

Als sie ihn umrundet hatten, rannten sie. Rannten einfach. Mit kontrollierten Atemzügen inhalierte er den Geruch von Kiefern, Schmutz und Autoabgasen. Seine Stiefel donnerten zuerst auf Felsboden, dann auf Gras und schließlich auf Asphalt. Ein paarmal hörte er das überraschte – und vielleicht entsetzte – Gemurmel von Menschen.

Kaia wurde langsamer, blieb stehen und entfernte sich wieder von ihm. „Bleib hier."

Mehrere Sekunden verstrichen. Es war ihm zuwider, hilflos herumzustehen und die Rute so ungeschützt zu präsentieren.

„Bargeld", murmelte sie, als sie wieder neben ihm stand.

„Schlaues Mädchen."

Ein goldener Schimmer durchbrach die Dunkelheit vor seinen Augen, und er blinzelte. Noch ein Blinzeln. Keine Veränderung. Nur dieses schwache kleine Licht, aber das war genug. Er fing an, zu heilen.

Eine gefühlte Ewigkeit später mietete Kaia ein Motelzimmer und brachte sie darin in Sicherheit. Sie half ihm ins Bett, und er ließ sich auf die Matratze fallen, ohne die Rute loszulassen.

„Nur zu deiner Info: Du siehst scheiße aus, Bonin'." Sie legte sich neben ihn und strich ihm vorsichtig die Haare aus der Stirn.

Er genoss die Berührung. „Danke, Rotschopf. Ich muss sagen, es ging mir auch schon mal besser."

„Kann ich irgendetwas für dich tun?"

„Nein. Ich brauche nur etwas Zeit."

„Also, was kann dieses Ding denn nun alles? Du hast die Sache mit den Seelen erwähnt, ja. Aber ich bin verwirrt."

„Hast du ein Handy?", fragte er, statt zu antworten. Das Wichtige zuerst. Er musste das Artefakt aus Rom und aus Juliettes Reichweite schaffen.

„Ja. Hab ich mitgenommen, als ich mich angezogen habe."

„Ruf Lucien an und bitte ihn, herzukommen."

Während sie seinen Anweisungen folgte, wurde das Licht vor seinen Augen heller und größer. Allmählich konnte er kleine Details erkennen. Die Decke über ihm war ein Mix aus Weiß und Gelb. Die Wände waren aus weißem Putz. Das Fenster war von dickem, rotem Stoff umgeben. Neben ihm stand ein zerkratzter Nachttisch, auf dem eine blaue Lampe stand. Er ließ den Blick zu Kaia wandern, die beim Telefonieren auf und ab ging. Als sie fertig war, begann sie hektisch auf der Tastatur herumzutippen.

Noch ein paar Minuten verstrichen, und er konnte sie deutlich erkennen. Blutergüsse färbten ihr linkes Auge und die linke Wange bläulich, und ihre Oberlippe war aufgeplatzt und geschwollen. Die Haare waren verknotet. Sie trug ein sauberes T-Shirt und frische Jeans, aber keine Schuhe. Sie war barfuß durch die Straßen gerannt, und das sah man auch. Ihre Zehen waren schwarz vom Schmutz und bei jedem Schritt hinterließ sie einen blutigen Abdruck auf dem gefliesten Boden.

Nicht ein Mal hatte sie sich beklagt oder einen Schmerzenslaut von sich gegeben. Sie war durch und durch Kriegerin, und sein Herz schwoll vor Liebe und Stolz. Es hatte ihr nichts ausgemacht, dass er die Rute genommen hatte. Nein, sie hatte ihn dafür gelobt. Obwohl er ihr dadurch nichts als Ärger bereitete.

Seine Kaia war wirklich einmalig.

Sie hatte das Beste verdient. Deshalb würde er ein besserer Mann werden. Für sie.

Mit finsterem Blick steckte sie sich das Handy in die hintere Hosentasche. „Lucien hat gesagt, er ist jeden Moment hier. Ich habe gerade noch meinen Schwestern geschrieben, um ihnen mitzuteilen, wo wir sind. Taliyah und Neeka sind ganz in der Nähe und werden auch gleich hier sein. Von den anderen habe ich noch nichts gehört."

Noch ehe sie zu Ende gesprochen hatte, klopfte es an der Tür. Taliyah wartete nicht, bis Kaia sie hereinbat, sondern kam einfach hereingestürmt, Neeka direkt hinter sich. Die Schwestern umarmten sich.

„Tut mir leid, dass wir verloren haben", sagte Taliyah und tätschelte ihr den Rücken.

Kaia zuckte die Schultern. „Dazu habe ich ja auch meinen Anteil beigetragen."

„Du bist also ein Phönix, hm?", meinte Neeka.

„Ja." Sie rieb sich mit blutverschmierten Fingern durchs Gesicht, was ihre Erschöpfung umso sichtbarer machte. „Ich war auch ziemlich überrascht."

Taliyah schüttelte den Kopf, sodass die blonden Haare mit weiblicher Anmut um ihre Schultern tanzten. „Ach, Neeka und ich waren gar nicht so überrascht."

Kaia zog die Augenbrauen zusammen. „Warum nicht?"

„Weil du schon seit mehreren Wochen Anzeichen dafür zeigst. Außerdem bist du schon am Tag deiner Geburt in Flammen aufgegangen. Mutter wollte dich vor deinem Vater beschützen. Deshalb gab sie dir etwas, das über die Jahrhunderte verhinderte, dass es wieder geschah, und das zudem auf das Phönix-Gift reagiert, falls du gekratzt oder gebissen werden solltest." Noch ein Tätscheln, dann ging Taliyah langsam zu Neeka. „Ich wusste, dass es nur eine Frage der Zeit ist, bis du wieder Feuer fangen würdest."

Strider konnte Kaias Gedanken hören. Sie waren so intensiv, dass sie wie Blitze durch ihre telepathische Verbindung zuckten. *Wie krass ist das denn? Mutter hat sich tatsächlich mütterlich verhalten und mir geholfen. Ich möchte die Frau umarmen und dann schütteln. Aber ich darf nicht weich werden. Wir befinden uns schließlich im Krieg.* „Das hättest du mir sagen müssen!", rief sie laut.

„Aber wirklich", pflichtete Strider ihr bei. Er hätte sich gern aufgesetzt, einen finsteren Blick aufgelegt, irgendetwas getan, aber verflucht – die Schmerzen wurden immer stärker, und sein Dämon stöhnte und ächzte.

Taliyah beachtete ihn nicht. „Und dir unnötige Sorgen bereiten? Wozu? Nun, da es passiert ist, brauchst du dir noch immer keine Sorgen zu machen. Okay? Dein Vater wird nicht versuchen, dich mitzunehmen, das verspreche ich dir."

„Denkst du das wirklich?" In jeder einzelnen Silbe klang Verletzlichkeit mit.

Am liebsten hätte er sie zu sich gerufen und festgehalten. Wenn ihr Dad – sein Schwiegervater, wie ihm plötzlich klar wurde – sich als Problem erweisen sollte, würde ihr Dad den Zorn eines von einem Dämon besessenen Kriegers zu spüren bekommen.

„Ich weiß es sogar", versicherte Taliyah ihr. „Er ist tot. Ich habe ihn mit eigenen Händen umgebracht. Und ich weiß, ich weiß. Seine Leute hätten dich gewollt, wenn sie davon erfahren hätten, dass du ihr Feuer aushalten kannst, denn es gibt nicht viele Frauen, die dazu in der Lage sind."

„*Hätten* gewollt?", fragten Kaia und Strider wie aus einem Mund. Ihm fiel auf, dass der Tod ihres Vaters sie offenbar nicht berührte. Denn in ihrer mentalen Verbindung war keine Spur von Trauer zu erkennen.

Ein steifes Nicken, als hätte ihre Überraschung sie gekränkt. „Strider hat dir doch bestimmt erzählt, dass Neeka und ich uns weggeschlichen und eine Gruppe Männer getroffen haben. Also: Neeka war mir einen großen Gefallen schuldig und hat sich bereit erklärt, an deiner Stelle einen Phönix-Krieger zu heiraten."

Das musste ja ein riesiger Gefallen sein, wenn die Hochzeit mit einem Fremden eine adäquate Revanche war. Und was zur Hölle hatte sie gemeint? „An *ihrer* Stelle?" Strider hatte nicht vorgehabt zu schreien, aber verdammt noch mal. „Die denken, sie wird außer mir noch jemanden heiraten? Darüber sollten sie lieber noch mal nachdenken! Sie gehört zu mir."

„Ich verstehe das nicht", sagte Kaia leise. „Und er hat recht. Ich gehöre zu ihm."

Ihre Liebeserklärung machte ihn genauso heiß wie ihr inneres Feuer, aber gleichzeitig besänftigte sie ihn – was sie vermutlich beabsichtigt hatte.

Taliyah erwiderte: „Sie hätten dich geholt und ihn getötet. Und da ich wusste, dass dich das traurig machen würde, habe ich anderweitige Vorkehrungen getroffen."

Einfach so? „Jetzt werden sie bloß versuchen, sich beide zu holen."

„Nein", versicherte Taliyah ihm. „Ich werde dir zwar keine Details über die Abmachung verraten – das obliegt allein Neeka –, aber sie werden nicht kommen, um sich Kaia zu holen."

„Neeka", sagte er und ließ den Blick zu der anderen Rothaarigen schweifen.

Sie beobachtete mit einem leicht traurigen Ausdruck im Gesicht die Schwestern, weshalb sie nicht mitbekommen hatte, dass er mit ihr sprach. Kaia sah sie ebenfalls an, und die Harpyie nickte.

„Warum?", fragte Kaia.

„Ich habe ihr das Leben gerettet", antwortete Taliyah anstelle der Eagleshield. „Wie gesagt: Sie war mir etwas schuldig."

„Kann sie ihr Feuer aushalten?", fragte Strider. Denn falls nicht, würden die Krieger trotzdem zu Kaia kommen.

„Noch nicht", sagte Neeka.

Jetzt erwiderte sie seinen Blick. „Dann ist das, was du tust …"

„Aber ich werde es können. Eines Tages. Doch momentan habe ich etwas, das sie genauso schätzen."

„Und jetzt müssen wir wirklich gehen", meinte Taliyah und zerrte ihre Freundin zur Tür, ehe Neeka ihre Worte näher erläutern konnte. Nicht, dass sie das getan hätte. Ihre Lippen waren ziemlich fest verschlossen. „Wir sind Tabitha auf den Fersen, um sicherzugehen, dass ihre Leute sie in Sicherheit bringen. Du hast sie verdammt gut fertiggemacht. Ich war ganz schön beeindruckt, Baby Girl."

„Danke", erwiderte Kaia nicht ganz ohne Schuldgefühl.

Taliyah lächelte sie flüchtig an. „Sobald ich sicher bin, dass man sich um sie kümmert, komme ich wieder."

Die Tür ging zu, und die Frauen waren fort.

Strider beobachtete, wie das schlechte Gewissen Kaias Gesicht verdunkelte.

„Wegen deiner Mutter?", fragte er.

„Ja. Ich wünschte, unsere Beziehung wäre nie an so einen entsetzlichen Punkt gelangt, aber …"

In diesem Moment nahm Lucien vor ihren Augen Gestalt an, und Kaia presste die Lippen aufeinander. Der große Krieger sah von einem zum anderen und fluchte. „Was zur Hölle ist denn mit euch passiert?"

Strider schaute seinen Freund an. Schwarze Haare, verschiedenfarbige Augen – eins blau, eins braun – und ein Gesicht, das genauso vernarbt war wie der Nachttisch. „Was passiert ist, spielt keine Rolle. Nur das Endergebnis zählt. Das hier", sagte er und hielt ihm die Zweiadrige Rute entgegen, „ist das vierte Artefakt."

Lucien riss die Augen auf, als er die Rute an sich nahm. „Du nimmst mich auf den Arm, stimmt's?" Er ließ den Blick über den fraglichen Gegenstand schweifen.

„Nein. Da draußen rast eine sehr wütende Harpyie umher, die sie zurückhaben will, und sie wird alles tun, um sie sich zu holen."

Der Hüter von *Tod* knackte mit dem Kiefer. Er war ein Krieger mit Leib und Seele. „Wie hat sie sie denn überhaupt in die Finger gekriegt?"

„Das erzähle ich dir ein andermal." Striders Stimme … so schwach, so fern. Wieder versuchte er, sich aufzusetzen, versuchte er, sich zu konzentrieren und dazubleiben. Allmählich saugten die quälenden Schmerzen und die Erschöpfung das letzte bisschen Kraft aus ihm heraus. Er lag da, rang um Luft und sprach angestrengt weiter: „Zumindest wissen wir endlich, was dieses Artefakt alles kann. Irgendwie kann es Seelen und übernatürliche Fähigkeiten in seiner Spitze einfangen. Diese Spitze kann die Seelen und Fähigkeiten außerdem an andere weitergeben."

Angespannte, schwere Stille, während Lucien die Neuigkeiten verarbeitete.

Dann ertönte ein *Piep*.

„Eine SMS." Kaia holte ihr Handy heraus, starrte auf das Display und seufzte erleichtert. „Gwen und Sabin sind in Sicherheit. Ich habe ihnen gesagt, wo wir sind, und sie sind auf dem Weg."

Strider war ebenfalls erleichtert. Schnell sprach er weiter. Er wollte alle Fakten auf den Tisch gelegt haben, bevor er ohnmächtig würde. „Ich weiß nicht, wie ich das verdammte Teil benutzen muss. Ich weiß nur, dass derjenige, der es in der Hand hält, sich nicht nehmen kann, was in der Rute gefangen ist, sondern es nur an andere weitergeben kann."

Piep.

Eine Pause. „Lysander kann Bianka nicht finden", sagte Kaia jetzt, und in ihrer Stimme schwang Panik mit. „Er macht sich Sorgen und fragt, ob irgendwer sie gesehen hat."

„Ich bin sicher, dass sie …", begann Lucien.

Noch ein *Piep*.

Noch eine Pause. „Oh meine Götter." Kaia schluckte ein Schluchzen herunter. „Nein, nein, nein. Nein!"

Endlich fand Strider die Kraft, sich aufzusetzen. Ihre Sorge übertrug sich sofort auf ihn. „Was ist los, Baby Doll?"

Die Tränen sprangen ihr in die Augen, als sie ihm das Display hinhielt. Ihre Hand zitterte, während er las: *Deine Schwester soll überleben? Dann lass uns verhandeln.*

Es schnürte ihm die Kehle zu, als er das Zeichen sah, das auf einen Anhang hinwies. „Was ist das für ein Anhang?"

„Ein Anhang? Ist mir gar nicht aufgefallen." Ihr Zittern wurde stärker, als sie genauer hinsah. Sie drückte ein paar Tasten und unterdrückte wieder ein Schluchzen. „Ein Video. Ich sehe Bianka. Sie ist gefesselt. Und sie blutet."

Nach einigen Sekunden statischen Rauschens hörte er Bianka schreien: „Sag ihr, sie soll sich ins Knie ficken, Kye!" Dann hörte man Juliettes Stimme: „Bring mir in einer Stunde die Zweiadrige Rute, sonst werde ich deiner Zwillingsschwester genauso den Kopf abschlagen, wie dein Bastard von Gemahl ihn Lazarus abgeschlagen hat, das schwöre ich dir. Und wenn du es wagen solltest, die Sache mit dem Feuer zu machen …"

Ein wütendes Kreischen. „Weißt du was? Bring deinen Gemahl auch her. Entweder deine Schwester stirbt oder er. Du hast die Wahl. Für jede Minute, die du zu spät kommst, wird deine Schwester leiden." Eine Pause. „Ach, und … Kaia? Ich hoffe inständig, dass du zu spät kommst. Viel Glück dabei, uns zu finden."

32. KAPITEL

Juliette hatte sich mit der Falschen angelegt.

Kaia hatte die ganze Stunde genutzt, um ihre vertrauenswürdigen Angehörigen und Freunde zusammenzutrommeln. Alle waren ohne zu zögern herbeigeeilt, und dafür wäre sie ihnen für immer dankbar. Die ganze Zeit über hatte Strider, der ganz offensichtlich noch immer unter Schmerzen litt, sie beruhigt und ihr versichert, dass alles gut werden würde.

So ein liebenswerter Mann. Er saß direkt hinter ihr, sein Zimtduft hüllte sie ein, und sie entschied sich, ihm zu glauben. Außerdem hatte sie gemerkt, dass sie tiefer verbunden waren denn je, und er unterstützte sie unentwegt über ihre mentale Verbindung und machte ihr Mut.

Sie hatte ihre eigene Mutter besiegt. Das hier würde sie auch schaffen.

Juliette ausfindig zu machen war nicht schwierig gewesen. Nicht mit Lucien und seinem Beam-Dingsda. Er war ihrem spirituellen Pfad gefolgt, bis er sie aufgespürt hatte, hatte sich vergewissert, dass es Bianka gut ging (sie war verletzt, hielt sich aber wacker), hatte Kaia informiert, wohin sie kommen musste. Dann war er zu Bee zurückgeeilt, um sie zu beschützen – unsichtbar natürlich.

Luciens heimliche Anwesenheit war der einzige Grund, warum Kaia der hinterhältigen Juliette noch nicht die übelsten Schmerzen zugefügt hatte. Dasselbe galt für Lysander. Nun ja, das und die Tatsache, dass Zacharel ihn mit eiserner Hand zurückhielt.

Sobald sich die Lage änderte, würde Lucien sie verständigen, und sie könnten ihren derzeitigen Plan ändern. Einen Plan, der dafür sorgen würde, dass die Eagleshields so etwas nie wieder versuchen würden.

Mit Taliyah und Gwen an ihrer Seite marschierte Kaia hoch erhobenen Hauptes los. Strider und seine umstandsbedingten Brüder gingen hinter ihnen. Lysander und seine Kriegerengel-

Armee befanden sich in der Luft, sie kreisten über der Gegend, wobei sie ihre weißgoldenen Flügel elegant ausstreckten. Man hatte Kaia gesagt, sie würden im Himmel gebraucht – irgendein Engelskrieg, der sich zusammenbraute – doch Lysander hatte sie stattdessen hierher beordert.

Seine Frau war für ihn das Allerwichtigste.

Juliette hatte sich also mit der falschen *Familie* angelegt. Denn das sind diese Leute um mich herum, dachte Kaia. *Meine Familie.* Nicht ein einziger von ihnen würde ruhen, bevor Bianka in Sicherheit war. Sie würden sogar für sie sterben. Würden für Kaia sterben.

Genauso wie Kaia für sie sterben würde.

Dazu wird es nicht kommen. Sie straffte die Schultern, während sie die Umgebung analysierte. Der vom Mond beschienene Strand bot einen trügerisch ruhigen Anblick. Entlang des Weges reckten sich antike römische Ruinen in den Nachthimmel, und Felsbrocken schimmerten silbern im fahlen Licht. Wasser wurde in den Sand gespült, was wie ein beruhigendes Schlaflied klang.

Zu schade, dass schon bald Blut spritzen und Schreie ertönen würden.

„Juliette", rief Kaia. Kein Warten mehr. Sie wollte die Sache hinter sich bringen.

Eine zornige, rußbedeckte Juliette trat in einen goldenen Mondstrahl. Ihr Hass war so stark, dass die Luft um sie herum vibrierte. Ihr Clan bildete eine bedrohliche Linie hinter ihr.

Kaia blieb wenige Meter vor ihr stehen, gerade noch außer Reichweite, und ihre Gefolgschaft tat es ihr gleich.

Juliette brodelte. „Ich bin überrascht, dass dein kleingeistiges Ich es geschafft hat, mich zu finden, aber ich bin sehr froh darüber. Lass uns die Sache sofort zu Ende bringen. Wo ist die Rute?"

Statt zu antworten, sagte Kaia: „Das mit deinem Gemahl tut mir leid, ehrlich, und ich wünschte, die Dinge hätten ein anderes Ende genommen. Aber ich kann die Vergangenheit nicht ändern. Ich kann nur die Zukunft willkommen heißen. Deshalb gebe ich dir eine Chance – nur eine – einfach zu gehen. Lass meine Schwester frei, und ich bin weg. Ende."

Juliettes Antwort ließ keine Sekunde auf sich warten. „Oh nein. Du wirst dieses Land nicht unbeschadet verlassen." Sie schnippte mit den Fingern, und zwei Eagleshields zerrten eine wütende und blutüberströmte Bianka vor die Linie. „Ich glaube, du solltest eine Wahl treffen, Kaia die Enttäuschung. Deine Schwester oder dein Mann."

Lysanders wuterfülltes Brüllen hallte vom Himmel. Juliette hatte Glück, dass Zacharel hier war, um ihn daran zu hindern, Amok zu laufen.

Nachdem Bianka ihrem Mann das Daumen-hoch-Zeichen gegeben hatte, sah sie Kaia in die Augen und grinste boshaft. Beinahe wäre Kaia vor Erleichterung zusammengebrochen. Auf dem Video zu hören, dass es ihrer Schwester – den Umständen entsprechend – gut ging, war nicht dasselbe, wie es mit eigenen Augen zu sehen.

„Ich hab's dir doch gesagt", flüsterte eine raue Männerstimme. Sie spürte zitternde Finger über ihre Wirbelsäule streicheln. Strider. Trotz seiner Schmerzen unterstützte er sie.

Und auf einmal erkannte Kaia den Witz der Situation. Bianka würde diese Erfahrung bis in alle Ewigkeit benutzen, um Kaia ihrem Willen zu beugen.

Erinnerst du dich an das eine Mal, als deine Erzfeindin mich entführt hat? würde ihre Zwillingsschwester sagen. *Ich mich auch. Deshalb musst du mir diesen kleinen Gefallen tun.*

„Also eigentlich", sagte sie und warf Juliette ein boshaftes Lächeln zu, „hast *du* die Wahl. Aufgeben oder sterben." Und dann rief sie: „Lysander, du bist dran."

Die Engel schossen vom Himmel herab. In weniger als einer Sekunde saßen die Eagleshields mit nach unten geneigten Köpfen auf den Knien, und die geflügelten Krieger hielten ihnen Feuerschwerter an die Hälse.

„Wow, das war leicht", sagte sie. Hoffentlich würden die Harpyien nicht merken, dass es den Engeln – die nach einem Verhaltenskodex lebten, den Kaia nicht verstand – nicht erlaubt war, sie ohne „triftigen Grund" zu verletzen. Wie auch immer so ein Grund aussah.

Lysander nahm Bianka in den Arm, sprach beruhigend auf sie ein und wollte wissen, was man ihr angetan hatte.

Bianka küsste ihren Mann und warf der verblüfften Juliette einen finsteren Blick zu. Obwohl auch sie am Boden kniete, sah die Anführerin der Eagleshields nicht sonderlich eingeschüchtert aus. „Ich habe dir doch gesagt, dass es dumm von dir war, dich mit einem Gemahl anzulegen, der ein Engel ist."

„Aber … aber …"

„Ja", bekräftigte Kaia, als sie merkte, dass Juliette endlich begriff. „Wir haben dich wirklich so schnell besiegt." Nun schnippte sie mit den Fingern und zog damit die Geste ins Lächerliche, die Juliette zuvor benutzt hatte. „Und nun wollen wir mal das eine oder andere klären. Lysander, würdest du deinen Lakaien bitten, das Feuerschwert von der Brünetten abzuziehen? Aber nur von der Brünetten."

Ein Moment verstrich in schwerer Stille. Dann nickte Lysander steif, und der dunkelhaarige Engel, der Juliette in seiner Gewalt hatte, wich zurück. Im Nu verschwand auch das flackernde Schwert.

Juliette sprang auf, versuchte jedoch nicht, wegzulaufen. Klug von ihr. Natürlich wäre Kaia ihr gefolgt, und das Resultat wäre alles andere als hübsch gewesen.

„Es sind nur noch drei Clans übrig, die sich den ersten Preis holen können", sagte Kaia. „Meiner, deiner und die Skyhawks."

„Stimmt nicht", meldete sich eine Frau mit brüchiger Stimme.

Kaias Mutter humpelte aus dem Schatten und blieb neben den Engeln stehen.

Kaia erwiderte Tabithas gefühllosen Blick und bemühte sich, nicht in Panik zu geraten. Tabitha war noch dabei zu heilen. Unter ihren Augen waren tiefe Ringe der Erschöpfung zu sehen, ihre Schultern hingen schlaff nach vorn und ihre Beine zitterten, als würde sie jeden Moment zusammenbrechen.

„Was machst du hier? Willst du gegen meinen Platz im Finale protestieren?“ Kaia hob das Kinn. Sie war stolz auf sich. Ihre Stimme hatte nicht offenbart, was sie gerade fühlte. Kein verräterisches Zittern. „Tja, du kannst …“

„Nein“, unterbrach Tabitha sie und schockierte sie noch mehr. „Taliyah hat mir erzählt, was geschehen ist. Deshalb bin ich hier. Ich entscheide mich dafür, mein Team von dem Turnier zurückzuziehen.“

„Was?“, fragten Kaia und Juliette gleichzeitig.

Tabitha nickte und wäre dabei fast umgefallen. „Ich wollte dir einfach die Chance geben, dich den Clans ohne meine Hilfe zu beweisen. Und diese Chance hast du genutzt. Ich werde nicht länger gebraucht. Und wie du sehen kannst, stelle ich momentan keine Bedrohung dar.“

Kaia war sprachlos.

„Wenn das stimmt, warum hast du mich dann verhöhnt?“, meldete Strider sich zum ersten Mal zu Wort. Seine Wut verlieh seinen Worten Kraft.

„Sie hat dich verhöhnt?“, fragte Kaia zornig. „Wann?“

Angefangen hat es bei der Einführungsveranstaltung, sprach er in ihren Gedanken. *Vor dem ersten Wettbewerb.* Er konnte in ihrem Kopf sprechen? Sie hatte davon gehört, dass einige Paare dazu in der Lage waren, aber nie hätte sie erwartet, zu diesen Glücklichen zu gehören. Spitze!

Tabitha hob das Kinn genauso, wie Kaia es immer tat. *Daher habe ich das also. Ha.*

„Ich habe dich nicht verhöhnt, du dummer Mann.“ Ihre bernsteinfarbenen Augen leuchteten wütend. „Ich habe dich vor den Absichten ihrer Feindin *gewarnt.* Übrigens: gern geschehen. Immerhin hast du mir im Gegenzug nichts als Kummer bereitet.“

„Nenn ihn nicht dumm“, fauchte Kaia. Das durfte allein sie. Aber, äh, ihre Mutter hatte versucht, ihr zu *helfen*? „Und warum sollte er dir überhaupt glauben? Du hasst mich schließlich.“

Schon gut, Baby Doll. Mach dir um mich keine Sorgen.

Tabithas Miene wurde einen Hauch weicher, als sie ihre Aufmerksamkeit wieder auf Kaia richtete. „Du bist meine Tochter … Kaia die Flügelvernichterin. *Deshalb* sollte er mir glauben.“

Kaia die Flügelvernichterin. Der Name hallte durch ihren Kopf. Ein Traum wurde wahr. Dieser Name war um Längen besser als der, den sie sich selbst gegeben hatte. „Ich …“ Sie wusste nicht, was sie sagen sollte. Nicht in einer Million Jahren – oder in eintausendfünfhundert – hätte sie erwartet, diese Worte aus dem Mund dieser Frau zu hören.

„Nur damit du es weißt: Ich hasse dich nicht. Ja, ich war wirklich wütend, weil du vor all den Jahren ungehorsam warst. Ja, dein Handeln war enttäuschend. Eigentlich hättest du dich selbst rehabilitieren sollen, doch das hast du nie getan, und ich war des Wartens überdrüssig. Als ich begriff, dass du deinen Gemahl gefunden hast, wusste ich, dass du dich entweder vollständig verlieren oder endlich die Kriegerin in dir entdecken würdest, die du eigentlich schon immer warst. Und, ja, das bedeutet, dass ich dich nie aus den Augen gelassen habe. Das bedeutet auch, dass ich geholfen habe, dich in einen Hinterhalt zu locken – zu deinem eigenen Besten. Ich war ziemlich stolz, dass du die Jäger besiegt und unseren Plan durchschaut hast.“

Nicht gerade eine Liebeserklärung, bemerkte Kaia. Andererseits war das eben Tabitha – abrupt, harsch und unverbesserlich. Aber war sie eine Lügnerin? Nein. Niemals. Tabitha sagte, was sie dachte. Immer. Das wusste Kaia. Ihre Brust füllte sich mit Gefühlen, die sie nicht länger unterdrücken konnte. Ihre Mutter hasste sie nicht!

Bedeutete das, dass sie unterm Weihnachtsbaum zusammenkämen? Wohl kaum, aber Hölle, das hier war mehr, als sie seit Jahren gehabt hatte. Sie würde es annehmen. Denn wirklich – ihre Mom hasste sie nicht. Das konnte sie gar nicht oft genug wiederholen.

„Ich kann nicht gerade sagen, dass ich dir für dein Verhalten dankbar bin“, erwiderte Kaia, „aber ich bin glücklich mit meinem Leben.“

Striders Zufriedenheit legte sich wie ein Umhang um sie.

„Du bist jetzt stark genug, um zu verteidigen, was dir gehört. Natürlich bist du glücklich.“ Tabitha humpelte auf sie zu und streckte den Arm aus. „Hier.“

Mit hochgezogenen Augenbrauen nahm Kaia ... ein Skyhawk-Medaillon entgegen. Ein neues. Ein hübscheres als das, was Juliette besaß. Die Augen weit aufgerissen legte sie sich das Lederband um den Hals. Die Holzscheibe war leicht und fühlte sich kühl an, und dennoch brannte sie sich tief in Kaia ein.

„Komm mich bald besuchen, dann ... reden wir.“ Damit drehte Tabitha sich zu Juliette um. „Ich habe deine Gesellschaft lange genossen. Genauso wie du meine. Ich wusste, dass du und Kaia euch eines Tages im Kampf gegenüberstehen würdet. Und das ist nur fair. Schließlich hat sie dir deinen Gemahl weggenommen. Meine einzige Hoffnung war nur, dass sie wenigstens ein bisschen auf deinen Angriff vorbereitet wäre. Jetzt ist sie es.

Aber du hättest ihren *Gemahl* angreifen sollen und nicht Bianka. Nach all den Jahren, in denen ich dich trainiert habe, hatte ich gehofft, du hättest gelernt, dass die Strafe zu dem Verbrechen passen sollte. Deshalb, wegen deiner heutigen Taten, überlasse ich dich dem Schicksal, das du selbst über dich gebracht hast: einer Abreibung von meiner Tochter.“ Nachdem sie alles gesagt hatte, drehte sie sich um und stolperte davon.

Sie hasst mich tatsächlich nicht. Kaia schniefte und versuchte, nicht vor Freude in Tränen auszubrechen. Ihre Mutter hatte sie nicht gerade verteidigt und sie nur als „ein bisschen vorbereitet“ bezeichnet, aber trotzdem. Kein Hass!

Und jetzt verteidige ich, was mir gehört ... „Sieht so aus, als wären nur noch du und ich übrig“, sagte sie zu Juliette. „Wir beide werden die Sache alleine ausfechten.“

Auf dem Gesicht ihrer Feindin machte sich Zufriedenheit breit. „Wirklich? Du wirst nicht deine Sklaven in die Bresche springen und dich von ihnen retten lassen?“

„Die Engel und die Herren sind meine Freunde, nicht meine Sklaven. Aber ich weiß natürlich, dass dir dieses Konzept fremd ist. Und warum sollte ich ihnen erlauben, zu übernehmen? Ich werde den Boden mit deinem Blut tränken. Fair und anständig."

Juliette blickte zu Strider und kniff die Augen zusammen. Kaia rechnete schon fast damit, dass sie statt ihrer den Krieger herausfordern würde. „Die Gewinnerin bekommt deinen Gemahl."

Hexe. „Vergiss es. Nicht in …"

„Tu es, Baby Doll", unterbrach Strider sie und küsste sie auf die Wange. „Ich habe keinerlei Zweifel, wer diese Sache gewinnen wird."

Sie hatte ihn schon einmal enttäuscht, und dennoch vertraute er ihr. Die Entschlossenheit stieg wie eine unaufhaltsame Flutwelle in ihr auf. Juliette würde für diesen Vorschlag leiden.

„*Ohne* jegliche Unterbrechung", knurrte Juliette, der es gar nicht gefiel, dass man ihre Fähigkeiten nicht anerkannte.

„Abgemacht", erwiderte Kaia. „Waffen? Ich lasse dir die Wahl. So nett bin ich nämlich."

„Frau gegen Frau. Und keine Flammen, Schlampe."

„Kommst du nicht mal mit ein bisschen Hitze klar?" Sie war ohnehin zu kühl und resolut, als dass sie von dem Feuer Gebrauch gemacht hätte. „Also gut. Aber wie mir zu Ohren gekommen ist, bist du in Sachen Nahkampf ein wenig aus der Übung. Ist das nicht der wahre Grund, weshalb du nicht selbst an den Spielen teilnimmst?"

Juliettes Nasenflügel bebten. „Finde es heraus."

Strider sah aus, als wollte er Einspruch erheben. Doch stattdessen gab er ihr einen weiteren Kuss. Er vertraute ihr immer noch. Die Flutwelle wuchs zu einem Tsunami.

„Wenn ich mit dir fertig bin, wird nichts mehr von dir übrig sein", fügte Juliette hinzu, als sie zahlreiche Dolche und eine Pistole ablegte.

„Du belügst dich dermaßen selber, dass du mir leidtust." Kaia legte ihr Arsenal ebenfalls ab. Sie beobachtete, wie die Engel die Eagleshields zwangen, wegzukriechen, um zu verhindern, dass sie Juliette in irgendeiner Form halfen. Die Herren gingen mit ihnen. Strider strich ihr ein letztes Mal über den Rücken, ehe er weghinkte.

Im nächsten Moment ging es los. Sie und Juliette umkreisten einander. Die Frau sonderte so intensiven Hass ab, dass die Luft vibrierte. Du hast einen entscheidenden Fehler gemacht, Julie-Mädchen, dachte sie. Dass sie Strider ins Spiel gebracht hatte, hatte dazu geführt, dass Kaia garantiert nicht herumalbern würde. Die Sache war ernst, und sie würde ohne jede Gnade handeln.

Warte noch … warte …

„Du denkst, du bist unbesiegbar, weil du deine Mutter bezwungen hast", keifte Juliette. „Tja, offensichtlich hat sie in dem Kampf nicht alles gegeben."

„Rede dir das nur ein, wenn es dir hilft." *Warte …*

Ein Kreis … noch einer …

„Ich habe dich bei allen Wettkämpfen beobachtet." Die Selbstgefälligkeit war in Juliettes Ton zurückgekehrt. „Weißt du, was mir aufgefallen ist?"

Warte … „Dass du mir in jeder Hinsicht unterlegen bist?" *Warte …*

Juliette kniff die Augen zusammen. „Dass es dir an Kontrolle mangelt."

Das war die pure Ironie. Im Augenblick war jede von Juliettes Bewegungen allein von ihren Gefühlen angetrieben. Sie dachte, Kaia wäre abgelenkt. Doch das war sie nicht. Sie war hoch konzentriert.

Ein Schrei ertönte. Juliettes Körper spannte sich an … flog auf Kaia zu …

Jetzt!

Kurz bevor die andere Harpyie sie erreichte, schoss Kaia in die Luft. Ihre Flügel arbeiteten fieberhaft, als sie rücklings einen Salto über Juliette hinweg machte. Da Juliette den Kampf zwischen Kaia und Tabitha mit angesehen hatte, hatte sie den Zug erwartet und wirbelte schnell herum. Kaia jedoch hatte mit *diesem* Zug gerechnet und vollführte blitzschnell einen weiteren Überschlag. Wieder stand sie hinter Juliette.

Noch ehe die Harpyie begriff, dass Kaia zum zweiten Mal den Platz gewechselt hatte, packte Kaia ihre Flügel, bohrte ihre Krallen in Haut und Sehnen und riss mit aller Kraft. Genauso wie sie es bei ihrer Mutter getan hatte.

Ein patentierter *Kaia die Flügelvernichterin*-Zug, der ihr genauso leichtfiel, wie während der Fruchtbarkeitswoche – die auch als Höllenwoche bekannt war – eine Schüssel ihrer Lieblingseiscreme auszuschlecken. Aber was sollte man von einer Frau mit einem Namen wie ihrem auch anderes erwarten?

Strider jubelte. „Das ist mein Mädchen."

Ächzend fiel Juliette mit dem Gesicht voran in den Sand. Sie versuchte, sich auf die Knie hochzurappeln, hatte jedoch keine Kraft mehr und brach zusammen. Wie Kaia prophezeit hatte, ergoss sich rings um sie ihr Blut. Das dunkle Rot sah auf den reinen, weißen Sandkörnern beinahe obszön aus.

Die Eagleshields waren mehrere Augenblicke mucksmäuschenstill. Ihr Schrecken war geradezu greifbar. Dann keuchten sie entsetzt auf.

Grinsend hockte sich Kaia neben ihre Erzfeindin. Juliettes schmerzerfüllter Blick ging an ihr vorbei. „Wir haben einander beide wehgetan. Dabei sollten wir es belassen. Ich will dir sogar sagen, dass es mir leidtut, wie weit es gekommen ist. Aber, und hör mir gut zu, wenn du irgendjemandem nachstellen solltest, den ich liebe, werde ich dich vernichten. Und du weißt, dass ich das nun zu tun vermag. Ich habe die Zweiadrige Rute, und ich werde deine Seele ohne Reue damit einfangen. Außerdem habe ich diese durch und durch guten Engel an meiner Seite. Du hättest sie einfach nicht verärgern sollen. Mehr habe ich nicht zu sagen."

Sie wartete nicht auf eine Antwort. Am Ende würde Juliette sie noch damit aufziehen, dass sie gar nicht wusste, wie man die Rute benutzte, oder sie womöglich noch dazu bringen, etwas zu tun, was sie gar nicht tun wollte. Nämlich der Frau den Kopf abschlagen. Deshalb stand sie auf und ging auf Strider zu.

Lächelnd traf er sie auf halber Strecke.

Den Rest des Tages verbrachte Kaia damit, mit ihrem Mann zu schlafen – ausgerechnet in ihrem Schlafzimmer. Dass sie in ihrem Haus in Alaska waren, in dem Haus, wo er ihr einst das Herz gebrochen hatte, war surreal. Aber egal. Nach ihrem Sieg über Juliette hatte er eine wahre Kraftinfusion bekommen. Eine Infusion, die er bestens zu nutzen gewusst hatte.

Jetzt lag sie in seinen Armen und war unvergleichlich gesättigt. Sie hatte diesem Mann so viel zu verdanken. Ihr momentanes Glücksgefühl, ja, aber auch das Vertrauen in sich selbst. Sie war stark, aber er hatte sie stärker gemacht. Weil er ihr vertraute, weil er unter die Oberfläche schaute, weil es ihn nicht interessierte, was andere von ihr dachten, weil ihn ihre Fehler nicht interessierten. Und er hatte keine Angst davor, sie um ihrer selbst willen zu lieben. Nichts lag ihm ferner, als sie zu verändern.

„Ich liebe dich", sagte sie.

„Weil du klug bist. Dafür gibt es übrigens noch einen Beweis: Sieh nur, bei wem du gelandet bist. Nicht bei Paris, diesem Trottel, sondern bei mir."

Sie lachte leise. Es tat gut, ihn im Spaß über seinen Freund reden zu hören und nicht wütend oder eifersüchtig. „Wolltest du mir nicht noch etwas sagen?"

„Doch." Er seufzte. „Also, wo wir gerade von Paris reden: Ich muss in den Himmel, um ihm dabei zu helfen, seine nicht so tote Freundin zu finden. Ich habe es ihm versprochen. Aber das hatte ich dir schon gesagt, nicht?"

„Ja."

„Gut. Ich möchte, dass du mich begleitest."

Als ob sie darüber nachdenken müsste. Und ihre Bereitschaft resultierte nicht nur aus einer Sehnsucht, an Striders

Seite zu bleiben. Sie wollte auch, dass Paris glücklich wurde. „Natürlich."

„Danke. Und ich liebe dich auch. Deshalb habe ich mich selbst herausgefordert, dafür zu sorgen, dass du für den Rest deiner Tage glücklich bist."

Sie stöhnte. „Du musst damit aufhören." Wenn er ihretwegen – wieder – verletzt würde …

„Keine Sorge. Du darfst mich gern von den Vorzügen überzeugen, die es hat, wenn ich mich nicht selbst herausfordere, Baby Doll."

„Und wie soll ich das anstellen, hm?"

„Sei nicht albern. Mit deinem Körper natürlich."

Sie bedeckte sein Gesicht mit kleinen Küssen. „Das werde ich auch. Aber wolltest du mir nicht *noch* etwas sagen?"

„Doch, aber woher weißt du das?"

Sie tippte sich mit dem Finger gegen die Schläfe. „Klug, du erinnerst dich?"

Er setzte sich auf, griff nach unten und wühlte in der Tasche seiner Hose, die neben dem Bett lag. Als er sich wieder aufrichtete, streckte er seine Hand aus. Von seinen Fingern baumelte eine Kette herab. „Hier."

„Was ist das?", fragte sie, während sie sich neben ihm hinsetzte und die Kette an sich nahm. Eine dünne Holzscheibe hing an den Gliedern. In der Mitte befand sich ein verschlungener, zu einer Seite geneigter blauer Schmetterling, der genauso aussah wie das Tattoo auf seinem Bauch und seiner Hüfte.

Er errötete. „Es ist eine Kette. Also, ein Medaillon. Es ist nicht so schön wie das deiner Mom oder wie das, welches sie dir gegeben hat, aber …"

„Die Schnitte in deiner Hand", sagte sie atemlos. „Du hast es selbst geschnitzt."

Er nickte.

Ihre Augen füllten sich mit Tränen, als sie das Medaillon, das Tabitha ihr gegeben hatte, abnahm, auf den Nachttisch legte und das neue anlegte. „Das hier ist *schöner* als das von meiner

Mutter.“ Sie schlang ihm die Arme um den Hals. „Ich liebe dich, Strider. Vorhin habe ich nur einen Scherz gemacht, aber jetzt meine ich es ernst.“

Er lachte warm und heiser. „Eigentlich bevorzuge ich Bonin’. Und ich liebe dich auch, Rotschopf. Mehr, als ich in Worte fassen kann.“

„Sabin hat sich nach der Hochzeit bloß Gwens Namen auf verschiedene Körperteile tätowieren lassen, der Loser“, sagte sie und fuhr mit den Fingern über das Medaillon. „Ich bin ein echter Glückspilz.“

Er erstarrte. „Ach ja, apropos verheiratet ...“

„Endlich“, sagte sie lachend. „Aber wenn du mir etwas gestehen musst, gibt es dafür einen besseren Zeitpunkt. Zum Beispiel kurz bevor du in mir bist.“

„Du weißt, dass wir verheiratet sind“, stellte er fest und sah sie dabei intensiv an. Sie nickte. Er entspannte sich. „Woher?“

„Einige Leute können einfach keine Geheimnisse für sich behalten und täten besser daran, alles ihrer verliebten Ehefrau anzuvertrauen.“

„Kaia.“

„Also schön. Ich habe die Verbindung gespürt.“

„Weil ich in deinem Kopf gesprochen habe, wette ich. Ich hätte es wissen müssen.“ Dabei grinste er. „Und es macht dir nichts aus?“

„Ausmachen? Ich will deine Frau sein. Du erinnerst dich sicher noch daran, welche Träume ich als junges Mädchen hatte, oder?“ Sie knabberte auf ihrer Unterlippe. „Aber ... vielleicht solltest du dir meinen Namen auch überall eintätowieren lassen. Ich meine, das Medaillon ist wirklich wunderschön, aber die Tinte wäre der Zuckerguss auf dem Kuchen. Sie würde beweisen, dass wir ein besseres Paar sind als Sabin und Gwen.“

„Wird erledigt.“

Als sie sich auf ihn setzte, umfasste er ihr Gesicht mit beiden Händen. „Nicht, dass ich an deinen Worten zweifle, aber du musst mir unbedingt deine Liebe beweisen. Du weißt doch noch, dass du mir das versprochen hast, oder?"

„Allerdings. Sag mir einfach wie", flüsterte sie atemlos, denn sie wusste genau, wohin das führen würde. „Ich meine, ich liebe dich schließlich auch um deines Intellekts willen. Also könnte ich wahrscheinlich stundenlang hier sitzen und dir beschreiben, wie sehr ich mich an deinen genialen Ideen erfreue. Und dann könnte ich …"

„Lass uns heute mal so tun, als ob du mich nur wegen meines Körpers lieben würdest." Er legte sich hin und zog sie mit sich nach unten. „Du kannst oben anfangen und dich langsam nach unten vorarbeiten. Ach so, währenddessen kannst du mir natürlich auch gerne zeigen, wie dankbar du mir für meine genialen Einfälle bist. Ich meine, deine Schwester ist schließlich allein meinetwegen in Sicherheit. Da ist das schon das Mindeste, was du tun kannst."

Sie verkniff sich ein Lachen. „Hast du gar keine Angst, dass ich dich herausfordere?"

Seine Augen leuchteten. „Baby Doll, ich wäre enttäuscht, wenn du es nicht tun würdest."

EPILOG

Kane wurde augenblicklich wach und schoss empor. Panik machte sich in ihm breit, vielleicht ein Überbleibsel von den herabfallenden Felsbrocken – und nahm zu, als er die Eisenstäbe um sich herum sah.

Stäbe? Ein Käfig? Er saß in einem verfluchten *Käfig*? Was … warum …? Noch ehe der Gedanke Gestalt annehmen konnte, sah er, dass ein bewusstloser und blutender William gerade vor seinem Käfig davongetragen wurde.

Die Angst traf ihn, kalt, hart und stechend. Er streckte die Hand aus – sie zitterte – und versuchte, nach seinem Freund zu rufen. *Wach auf. Wehr dich.* Doch es kam kein einziges Wort heraus.

Kane schluckte, seine Kehle füllte sich mit Sägespänen. Und sein Kopf … verflucht noch mal, sein Kopf pochte wie die Hölle. Sein Magen drohte, sich jeden Moment zu entleeren, während sein Körper von links nach rechts zurück nach links und wieder nach rechts flog.

Der Käfig wird durch einen unterirdischen Flur gerollt, begriff er. Dann überkam ihn ein heftiger Schwindel, und er schloss die Augen. Er atmete konzentriert ein und aus, in der Hoffnung, das widerliche Gefühl ließe nach. Die Luft war heiß und feucht und roch nach Verwesung und Schwefel.

Verwesung. Schwefel. Das konnte nur eins bedeuten: Er wurde noch tiefer in die Hölle gebracht.

Sein Dämon brüllte.

Kane öffnete die Augen einen Spaltweit und sah sich seine Umgebung an – diesmal ganz langsam und ruhig. Er erspähte … Ungeheuer mit Hörnern und Flügeln neben seinem Käfig. Statt Haut hatten sie Schuppen, und ihre Augen leuchteten rot. Dämonen. Lakaien.

Das Brüllen in seinem Kopf verwandelte sich in Gelächter. In ehrlich amüsiertes Gelächter.

Anscheinend hatte er gestöhnt, denn eine der Kreaturen

blickte böse in seine Richtung und bleckte die langen, weißen Säbelzähne. Im nächsten Moment griff eine Klaue in den Käfig und tätschelte ihm die Wange. Seine Haut klaffte auseinander.

Einmal mehr verlor Kane das Bewusstsein.

Ich muss nur noch eine Sache abhaken, und dann kann ich weiter nach Sienna suchen, dachte Paris. Er brauchte bloß Viola zu finden, die Halbgöttin des Jenseits und in Erfahrung bringen, wie ein Mann wie er die Seelen der Toten sehen konnte.

Es hieß, dass sie Stammgast in einer bestimmten Bar im Himmel war. Und diese Bar war sein Ziel. Während er durch die Straßen stapfte, zog er sein Telefon aus der Tasche und schickte seinem Freund Strider eine SMS.

Ich entbinde dich von deinem Versprechen.

Er drückte auf *Senden* und steckte das Gerät wieder ein. Nach allem, was er von Acra über die Gefahren erfahren hatte, die die zwei Reiche bargen, welche er betreten müsste – und über die Möglichkeit, sie nie wieder verlassen zu können –, war er nicht bereit, das Leben seines Freundes zu gefährden. Schon gar nicht, nachdem der Kerl gerade erst seine Harpyie geheiratet hatte. Ja, Strider hatte ihm die frohe Botschaft auf sein Handy geschickt.

Das werde ich nie erleben, dachte er traurig. Doch statt sich in der Verzweiflung zu wälzen, öffnete er sich wieder der Dunkelheit, die nun permanent in ihm toste. So viel Dunkelheit. Ein Nebel, der ihn durchzog und in einen eiskalten, harten Dreckskerl verwandelte.

Verletzen … töten …

Gut. Er brauchte diese Kälte jetzt mehr denn je.

Was auch geschähe, er würde Sienna retten – und wenn er dafür *sein* Leben lassen müsste.

– ENDE –

Die Herren der Unterwelt
Glossar der Charaktere und Begriffe

Aeron	ehemaliger Hüter von *Zorn*
Allsehendes Auge	Artefakt der Götter, das die Macht hat, in den Himmel und in die Hölle zu sehen
Amun	Hüter von *Geheimnisse*
Anya	(Halb-)Göttin der Anarchie
Arca	Göttin der Gesandten
Ashlyn Darrow	Menschenfrau mit übernatürlichen Fähigkeiten
Atropos	eine der drei Schicksalsgöttinnen; zerschneidet die Fäden
Baden	Hüter von *Misstrauen* (verstorben)
Bianka Skyhawk	Harpyie; Zwillingsschwester von Kaia
Cameo	Hüterin von *Elend*
Cronus	König der Titanen; Hüter von *Habgier*
Danika Ford	Menschenfrau
Dean Stefano	Jäger; rechte Hand von Galen

dimOuniak	die Büchse der Pandora
Eine Wahre Gottheit	Herrscher über die Engel
Galen	Hüter von *Hoffnung*
Gideon	Hüter von *Lügen*
Gilly	Menschenfrau
Gorgone	Unsterbliche mit Schlangenhaaren und der Macht, ihr Gegenüber mit einem einzigen Blick in Stein zu verwandeln
Griechen	ehemalige Herrscher über den Olymp, jetzt im Tartarus gefangen
Gwen Skyhawk	zur Hälfte Harpyie, zur Hälfte Engel
Hades	einer der Herrscher über die Hölle
Haidee	Unsterbliche; ehemalige Jägerin
Hate	ein Halbgott und Hüter von *Hass*
Hera	griechische Göttin
Herren der Unterwelt	verbannte Krieger der griechischen Götter, in deren Körpern nun Dämonen leben
Jäger	sterbliche Feinde der Herren der Unterwelt

Juliette Eagleshield	Harpyie; Erzfeindin von Kaia
Juno	Harpyie; Verbündete von Kaia
Kaia Skyhawk	Harpyie; Schwester von Bianka, Taliyah und Gwen
Kane	Hüter von *Katastrophe*
Klotho	eine der drei Schicksalsgöttinnen; spinnt die Fäden
Köder	Menschenfrauen, Komplizinnen der Jäger
Kriegerengel	himmlische Dämonenmörder
Lachesis	eine der drei Schicksalsgöttinnen; webt die Fäden
Land der Asche	Heimat der Phönix
Lazarus	Gefangener unsterblicher Gemahl von Juliette; Sohn von Typhon
Legion	Dämonenlakai; Freundin von Aeron
Lucien	Hüter von *Tod*; Anführer der Budapester Krieger
Luzifer	Prinz der Dunkelheit; Herrscher über die Hölle
Lysander	Elite-Kriegerengel und Gemahl von Bianka Skyhawk

Maddox	Hüter von *Gewalt*
Medusa	bekannteste Gorgone
Mina	Waffengöttin
Moiren	Die drei Schicksalsgöttinnen; drei unsterbliche Frauen, die das Schicksal weben
Neeka	Harpyie; Verbündete von Kaia
Odynia	auch bekannt als „Garten des Abschieds“; Himmelsreich von Rhea
Olivia	ein Engel
Pandora	unsterbliche Kriegerin; einst Wächterin der *dimOuniak* (Büchse der Pandora)
Paris	Hüter von *Promiskuität*
Phönix	ein Unsterblicher mit Feuersmacht und der Fähigkeit, die Toten aus ihrer Asche auferstehen zu lassen
Reyes	Hüter von *Schmerz*
Rhea	Königin der Titanen; entfremdete Frau von Cronus; Hüterin von *Unfrieden*
Sabin	Hüter von *Zweifel*; Anführer der griechischen Krieger

Scarlet	Hüterin von *Albträume*
Sienna Blackstone	verstorbene Jägerin; neue Hüterin von *Zorn*
Skye	eine Pseudoärztin; Ehefrau eines Jägers
Strider	Hüter von *Niederlage*
Tabitha Skyhawk	Harpyie; Mutter von Taliyah, Bianka, Kaia und Gwen
Taliyah Skyhawk	Harpyie; ältere Schwester von Bianka, Kaia und Gwen
Tarnumhang	Artefakt der Götter, das die Macht hat, seinen Träger unsichtbar zu machen
Tartarus	griechischer Gott der Gefangenschaft; außerdem das Gefängnis der Unsterblichen im Olymp
Tedra	Harpyie; Verbündete von Kaia
Titan	derzeitiger Herrscher über den Olymp
Torin	Hüter von *Krankheit*
Typhon	Vater von Lazarus; Unsterblicher mit Drachenkopf und Schlangenkörper

Unaussprechliche	verschmähte Götter; Gefangene von Cronus
Viola	(Halb-) Göttin des Jenseits
William	unsterblicher Krieger (und Gott unter Göttern – sagt *er* jedenfalls)
Zacharel	ein Kriegerengel
Zwangskäfig	Artefakt der Götter, das die Macht hat, jeden seiner Insassen zu versklaven
Zweiadrige Rute	Artefakt der Götter; verschlingt Seelen und verleiht Fähigkeiten
Zeus	griechischer Gott

Lesen Sie auch:

Gena Showalter

Royal House of Shadows:
Der Vampirprinz

Band-Nr. 65064
6,99 € (D)
ISBN: 978-3-86278-467-7

Ich brauche Dich, Jane.

Mit einem Stirnrunzeln legte Jane Parker die Nachricht auf die Küchenanrichte. Sie betrachtete das abgegriffene, ledergebundene Buch, das in einer schmucklosen Schachtel auf einem Meer aus schwarzem Samt lag. Vor einigen Minuten war sie von ihrem Fünfmeilenlauf zurückgekehrt. Das Paket hatte sie danach auf der Veranda gefunden.

Es stand kein Absender darauf. Keine Erklärung, warum das Ding für sie hinterlassen worden war, und kein Hinweis darauf, wer „Ich" sein sollte. Oder warum Jane gebraucht wurde. Warum sollte irgendjemand ausgerechnet sie brauchen? Sie war siebenundzwanzig Jahre alt und hatte gerade erst wieder gelernt, ihre Beine zu benutzen. Sie hatte keine Familie, keine Freunde, keinen Job. Nicht mehr. Ihre kleine Hütte in Kleinste Stadt Aller Zeiten, Oklahoma, lag abgeschieden, eine winzige Erhebung in der umliegenden Weite aus grünen Bäumen und endlos blauem Himmel.

Sie sollte das Ding einfach wegwerfen. Aber natürlich war ihre Neugierde wieder einmal größer als ihre Vorsicht. Wie immer.

Sorgfältig nahm sie das Buch hoch. Doch sobald sie es berührte, sah sie ihre Hände in Blut getaucht. Sie keuchte erschrocken auf und ließ das schwere Buch auf die Anrichte fallen. Aber als sie dann ihre Hände ins Licht hielt, waren sie sauber, die Fingernägel ordentlich geschnitten und in einem hübschen Rosa lackiert.

Deine Fantasie geht mit dir durch, und in deinem Blut ist vom Laufen noch zu viel Sauerstoff. Das ist alles.

Kalte, harte Logik – ihr bester und einziger Freund.

Der Einband des Buches knarrte, als sie es in der Mitte aufschlug, wo ein zerfetztes rosa Band lag. Der Duft von Staub und Moschus drang zu ihr hinauf und dazwischen noch etwas anderes. Etwas … das ihr das Wasser im Mund zusammenlaufen ließ, und das ihr vertraut war. Sie legte die Stirn in noch tiefere Falten.

Jane rutschte auf ihrem Stuhl hin und her, als ein scharfer Schmerz durch ihre Beine fuhr, und atmete tief ein. Oh, ja. Ihr lief wirklich das Wasser im Mund zusammen, als sie einen Hauch von Sandelholz wahrnahm. Sie bekam eine Gänsehaut, verspürte ein angenehmes Prickeln, ihr Blut erhitzte sich. Wie peinlich. Und, okay, auch interessant. Seit dem Autounfall, der ihr Leben vor elf Monaten zerstört hatte, kannte sie Erregung nur noch in der Nacht, in ihren Träumen. Am helllichten Tag so zu reagieren, und das nur wegen eines Buches, war ... merkwürdig.

Sie gestattete es sich nicht, darüber nachzudenken. Sie würde ohnehin keine zufriedenstellende Antwort darauf finden. Stattdessen konzentrierte Jane sich auf die Seiten, die vor ihr lagen. Sie waren vergilbt und empfindlich, brüchig. Und mit Blut besprenkelt? Kleine scharlachrote Tropfen befleckten die Ränder.

Mit den Fingerspitzen fuhr sie behutsam über den handgeschriebenen Text, und ihr Blick blieb dabei an einzelnen Worten hängen. *Ketten. Vampir. Gehören. Seele.* Mehr Gänsehaut, mehr Kribbeln.

Sie errötete ein wenig.

Jane kniff die Augen zusammen. Wenigstens ergab der Duft nach Sandelholz jetzt einen Sinn. In den letzten Monaten hatte sie immer wieder von einem Vampir geträumt, der in Ketten lag, und beim Aufwachen hatte sein Duft noch an ihrer Haut geklebt. Und, ja, er hatte sie erregt. Davon erzählt hatte sie niemandem. Wer hätte ihr also dieses ... Tagebuch schicken sollen?

Sie hatte jahrelang nicht nur in der Quantenphysik gearbeitet, sondern auch im Bereich der Grenzwissenschaften. Manchmal hatte sie Kreaturen erforscht, die aus „Mythen“ und „Legenden“ stammten. Sie hatte kontrollierte Befragungen mit tatsächlichen Bluttrinkern durchgeführt und sogar deren Leichen seziert, wenn man sie ihr ins Labor gebracht hatte.

Jane wusste also, dass es Vampire, Formwandler und andere Kreaturen der Nacht wirklich gab, auch wenn sie ihre Mitarbeiter aus der Quantenphysik nicht in diese Wahrheit eingeweiht hatte. Vielleicht hatte es jemand herausgefunden und ihr einfach einen Streich gespielt. Vielleicht gab es keine Verbindung zu ihren Träumen. Allerdings schien bereits eine Ewigkeit vergangen zu sein, seit sie mit diesen Mitarbeitern zuletzt Kontakt gehabt hatte. Und außerdem, wer würde so etwas tun? Keiner von ihnen hatte sich genug für sie interessiert, um *irgendetwas* zu tun.

Lass die Sache ruhen, Parker. Ehe es zu spät ist.

Dieser Befehl ihres Selbsterhaltungstriebs ergab keinerlei Sinn. *Zu spät wofür?*

Ihre Instinkte antworteten nicht. Na gut, die Wissenschaftlerin in ihr *musste* jedenfalls wissen, was vor sich ging.

Jane räusperte sich. „Ich lese ein paar Absätze, mehr nicht", sagte sie laut. Sie war allein, seit man sie vor einigen Monaten aus dem Krankenhaus entlassen hatte, und manchmal war der Klang ihrer Stimme besser als die Stille. „Ketten lagen um den Hals des Vampirs, um seine Handgelenke und seine Fußknöchel. Man hatte ihm das Hemd und die Hosen genommen, ein Lendenschurz war seine einzige Kleidung und nichts schützte seine bereits misshandelte Haut. Die Glieder der Ketten schnitten ihm bis auf die Knochen, ehe er heilte – und sie ihn wieder schnitten. Es war ihm gleich. Was war Schmerz, wenn freier Wille, wenn die eigene Seele einem nicht mehr gehörte?"

Eine Welle des Schwindels brach über sie herein, und sie presste die Lippen zusammen. Ein Augenblick verging, dann ein weiterer, ihr Herz schlug schneller und hämmerte wild gegen ihre Rippen.

Brutale Bilder tauchten vor ihr auf. Dieser Mann – dieser Vampir – gefesselt, hilflos. Hungrig. Seine sinnlichen Lippen waren straff gespannt über scharfen weißen Zähnen. Er war überraschend gebräunt und verlockend muskulös, mit dunklem, unordentlichem Haar und einem Gesicht, das sie mit seiner überirdischen Schönheit noch jahrelang in ihren nächtlichen Fantasien heimsuchen würde.

Was sie gerade gelesen hatte, hatte sie schon gesehen. Viele

Male. Aber wie? Das wusste sie nicht. Sie wusste nur, dass sie in ihren Träumen Mitleid für diesen Mann empfunden hatte, sogar wütend gewesen war. Und gleichzeitig war da immer eine Andeutung von Erregung im Spiel gewesen. Jetzt ergriff diese Erregung Besitz von ihr.

Je mehr sie atmete, desto mehr hing der Duft nach Sandelholz an ihr, und desto mehr veränderte sich ihre Wirklichkeit, als wäre ihr Zuhause nicht mehr als ein Trugbild. Als wäre der Käfig des Vampirs echt. Als bräuchte sie nur aufzustehen und loszugehen – nein, zu rennen –, um bei ihm zu sein, jetzt und auf ewig.

Okay. Genug davon. Sie klappte das Buch zu, auch wenn noch viele Fragen offengeblieben waren, und ging mit eiligen Schritten davon.

Eine so starke Reaktion sprach, besonders vor dem Hintergrund ihrer Träume, gegen einen Streich. Nicht, dass sie daran je wirklich geglaubt hätte. Doch alle anderen Möglichkeiten bereiteten ihr so viele Sorgen, dass sie sich weigerte, sie auch nur in Betracht zu ziehen.

Jane duschte, zog sich Jeans und T-Shirt an und aß ein nahrhaftes Frühstück. Gegen ihren Willen wanderte ihr Blick immer wieder zu dem Ledereinband. Sie fragte sich, ob es den versklavten Vampir wirklich gab und, zugegeben, auch, ob sie ihm helfen konnte. Ein paarmal hatte sie das Buch schon aufgeschlagen, ehe ihr überhaupt bewusst wurde, was sie tat. Und jedes Mal war sie davongeeilt, ehe sie in den Bann der Geschichte geraten konnte.

Vielleicht hatte man ihr das dumme Ding genau deswegen gegeben. Um sie zu ködern, damit sie sich wieder an die Arbeit machte. Sie musste aber nicht arbeiten. Geld war für sie kein Problem. Darüber hinaus liebte sie die Wissenschaft einfach nicht mehr. Warum sollte sie? Es gab nie eine Antwort, nur immer noch mehr Fragen.

Wenn ein Puzzleteil an seinen Platz geglitten war, brauchte man zwanzig weitere. Und am Ende konnte nichts, was man tat, nichts, was man gelöst oder entwirrt hatte, die Menschen retten, die man liebte. Es gab immer irgendeinen dämlichen Kerl, der sich in der Bar ein paar Bier genehmigte, in seinen Wagen stieg und in deinen raste. Oder sonst etwas Tragisches.

Das Leben war willkürlich.

Jane sehnte sich nach Eintönigkeit.

Aber als Mitternacht heranrückte, kreisten ihre Gedanken immer noch um den Vampir. Sie gab auf, kehrte in die Küche zurück, schnappte sich das Buch und stakste zurück ins Bett. Nur ein paar Absätze, verdammt, und *dann* würde sie sich wieder nach Eintönigkeit sehnen.

Janes viel zu großes T-Shirt rutschte ihr bis zur Taille hoch, als sie das Buch auf ihren angezogenen Beinen ablegte, die Stelle aufschlug, wo das Lesezeichen immer noch steckte, und ihre Aufmerksamkeit auf die Seiten richtete. Einige Sekunden lang schienen die Worte in einer Sprache geschrieben zu sein, die sie nicht verstand. Und einen Wimpernschlag später waren sie wieder englisch.

O-kay. Sehr merkwürdig, und sicherlich – hoffentlich – bloß durch den Schlafmangel hervorgerufen.

Sie fand ihre Stelle. „Man nannte ihn Nicolai." Nicolai. Ein starker, sinnlicher Name. Die Silben klangen in ihrem Kopf wie eine Liebkosung. Ihre Brüste zogen sich schmerzlich zusammen, sehnten sich nach einem heißen, feuchten Kuss. Jane errötete am ganzen Körper. Sie versuchte, sich zu erinnern. Einen Vampir namens Nicolai hatte sie nie befragt, und der Vampir in ihren Träumen hatte nie mit ihr gesprochen. Er hatte sie überhaupt nicht wahrgenommen. „Er wusste nichts von seiner Vergangenheit, wusste nicht, ob er eine Zukunft hatte. Er kannte nur seine Gegenwart. Seine verhasste und qualvolle Gegenwart. Er war ein Sklave, eingesperrt wie ein Tier."

Wie schon beim ersten Mal wurde ihr plötzlich schwindelig. Dieses Mal las Jane weiter, auch dann noch, als ihre Brust sich zusammenzog. „Man hielt ihn sauber und ölte ihn ein. Zu jeder Zeit. Nur für den Fall, dass Prinzessin Laila ihn in ihrem Bett brauchte. Und die Prinzessin brauchte ihn. Oft. Nachdem er ihre grausamen, perversen Gelüste befriedigt hatte, blieb er geschlagen und verletzt zurück. Doch er ergab sich nie. Der Mann war wild, fast unkontrollierbar, und so voller Hass, dass jeder, der ihn ansah, in seinen Augen den eigenen Tod erblickte."

Das Schwindelgefühl verstärkte sich. Ihr Verlangen ebenfalls. Einen solchen Mann zu zähmen, all seine Wildheit auf sich selbst konzentriert zu wissen, zu spüren, wie er wild hämmernd in einen eindrang ... aus freien Stücken ... Jane schauderte.

Konzentrier dich endlich, Parker. Sie räusperte sich. „Er war hart und gnadenlos. Ein Krieger im Herzen. Ein Mann, der absolute Kontrolle gewöhnt war. Wenigstens glaubte er das. Selbst ohne seine Erinnerungen merkte er genau, dass jeder Befehl, der an ihn gerichtet wurde, seine Nerven wund kratzte."

Noch ein Schaudern durchfuhr sie. Sie knirschte mit den Zähnen. Er brauchte ihr Mitleid, nicht ihr Verlangen. *Ist er für dich wirklich so echt?* Ja, das war er. „Wenigstens bekam er einige Tage Erholung", las sie weiter, „von allen vergessen. Der ganze Palast stand Kopf, weil Prinzessin Odette von den Toten auferstanden war, und ..."

Der Rest der Seite war leer. „Und was?" Jane blätterte um, aber ihr wurde bald klar, dass die Geschichte ein offenes Ende hatte. Na toll.

Glücklicherweise – oder auch nicht – entdeckte sie am Ende des Buches noch etwas Geschriebenes. Sie blinzelte und schüttelte den Kopf. Die Worte veränderten sich nicht. „Du, Jane Parker", las sie langsam vor. „Du bist Odette. Komm zu mir, ich befehle es Dir. Rette mich, ich flehe Dich an. Bitte, Jane. Ich brauche Dich."

Ihr Name stand in dem Buch. Wie kam ihr Name in das Buch? In derselben Schrift wie alles andere? Auf denselben alten vergilbten Seiten, mit derselben verschmierten Tinte?

Ich brauche Dich.

Sie konzentrierte sich wieder auf den Teil, der an sie gerichtet war. Immer wieder las sie: „Du bist Odette", bis das Bedürfnis, zu schreien, endlich von ihrer Neugierde besiegt wurde. Ihre Gedanken überschlugen sich. Es gab so viele Möglichkeiten. Gefälscht, echt, Traum, Realität.

Komm zu mir.

Rette mich.

Bitte.

Ich befehle es Dir.

Etwas in ihr reagierte auf diesen Befehl stärker als auf alles andere. Der Drang, zu rennen – hierhin, dorthin, überallhin – durchfuhr sie. Bis sie ihn fand, ihn rettete, war nichts anderes mehr wichtig. Und sie konnte ihn retten, wenn sie nur erst bei ihm war.

Ich. Befehle. Es. Dir.

Ja. Sie wollte gehorchen. So sehr. Sie fühlte sich, als wäre eine unsichtbare Leine um ihren Hals gelegt, an der man jetzt zog.

Jane schloss das Buch mit zitternden Fingern. Sie würde niemanden suchen. Nicht heute Nacht. Sie musste sich sammeln. Morgen, mit klarem Kopf nach einer starken Tasse Kaffee, würde sie sich die Sache logisch erklären können. Hoffte sie jedenfalls.

Nachdem sie das Buch auf ihren Nachttisch gelegt hatte, ließ sie sich in ihr Bett fallen und schloss die Augen. Sie versuchte, ihre rasenden Gedanken zu beruhigen, hatte aber wenig Erfolg. Wenn Nicolais Geschichte stimmte, war er von seinen Ketten so gefangen, wie sie es einst von den Leiden ihres Körpers gewesen war.

Ihr Mitleid wuchs … breitete sich aus …

Während man ihn in einem Käfig gefangen hielt, war sie an ihr Krankenbett gefesselt gewesen, mit gebrochenen Knochen, gerissenen Muskeln und einem von Medikamenten vernebelten Verstand, und das alles, weil ein betrunkener Fahrer in ihren Wagen gerast war. Und während sie unter dem Verlust ihrer Familie gelitten hatte – immer noch litt –, weil ihre Mutter, ihr Vater und ihre Schwester im selben Wagen gesessen hatten, wurde Nicolai von einer sadistischen Frau mit unerwünschten

Berührungen gefoltert. Sie spürte eine Welle des Mitleids und einen Funken Zorn.

Ich brauche dich.

Jane atmete tief ein, langsam wieder aus und drehte sich auf die Seite. Sie klammerte sich fest an ihr Kissen, so fest, wie sie sich plötzlich an Nicolai klammern wollte, um ihn zu trösten. Um bei ihm zu sein. *Äh, fang damit gar nicht erst an.* Sie kannte den Mann nicht einmal. Deshalb würde sie sich auch nicht vorstellen, mit ihm zu schlafen.

Aber genau das tat sie. Seine Qualen waren vergessen, als sie sich ausmalte, wie er sich auf sie legte, die silbernen Augen vor Verlangen leuchtend, seine Pupillen geweitet. Seine Lippen waren voll und gerötet, weil er ihren ganzen Körper mit Küssen bedeckte, und ihr Geschmack glänzte noch feucht darauf. Sie leckte ihn, schmeckte ihn, schmeckte sich selbst, wollte ausnahmslos alles, was er ihr zu geben hatte.

Er stieß einen anerkennenden Laut aus und ließ seine Fangzähne aufblitzen.

Sein großer, muskulöser Körper bedeckte ihren. Auf seiner erhitzten Haut bildeten sich kleine Schweißperlen, sodass ihre Körper sich auf dem Weg zum Höhepunkt leichter aneinanderreiben konnten. Lieber Gott, fühlte er sich gut an. So verdammt lang. Lang und stark. Er passte perfekt, füllte sie ganz aus. Vor, zurück, schneller und schneller, bis an den Rand der höchsten Empfindungen und dann langsamer … langsamer … qualvoll.

Sie kratzte ihm mit den Fingernägeln über den Rücken. Er stöhnte. Sie schlang ihm die Beine um die Hüften und drückte ihn an sich. *Ja. Ja, mehr.* Schneller, immer schneller. Nie genug, fast genug. *Mehr, bitte mehr.*

Nicolai drang mit der Zunge in ihren Mund ein und spielte mit ihrer Zunge, ehe er zubiss und gierig an ihrem Blut saugte. Ein scharfes Stechen, und dann, endlich, oh Gott, endlich trat sie über die Grenze.

Gena Showalter
Die Herren der Unterwelt 7 – Schwarzes Geheimnis
Band-Nr. 65056
8,99 € (D)
ISBN: 978-3-86278-325-0
eBook: 978-3-86278-412-7
464 Seiten

Gena Showalter
Die Herren der Unterwelt 6 – Schwarze Lügen
Band-Nr. 65045
8,99 € (D)
ISBN: 978-3-89941-959-7
eBook: 978-3-86278-122-5
464 Seiten

Gena Showalter
Die Herren der Unterwelt 5 – Schwarze Leidenschaft
Band-Nr. 65040
8,95 € (D)
ISBN: 978-3-89941-892-7
eBook: 978-3-86278-092-1
512 Seiten

Gena Showalter
Höllisch verliebt
Band-Nr. 65062
9,99 € (D)
ISBN: 978-3-86278-354-0
eBook: 978-3-86278-446-2
352 Seiten

Gena Showalter
Verflucht verliebt
Band-Nr. 65051
9,99 € (D)
ISBN: 978-3-89941-985-6
eBook: 978-3-86278-156-0
384 Seiten

Gena Showalter
Unsterblich verliebt
Band-Nr. 65038
9,95 € (D)
ISBN: 978-3-89941-872-9
eBook: 978-3-86278-070-9
352 Seiten